血　脉

（上册）

主编　蒲　元　曹唯溪

中共中央党校出版社

图书在版编目（CIP）数据

血脉 / 蒲元，曹唯溪主编 . -- 北京 : 中共中央党校出版社 , 2022.12（2023.12 重印）

ISBN 978-7-5035-7374-3

Ⅰ . ①血…　Ⅱ . ①蒲… ②曹…　Ⅲ . ①历史故事—作品集—中国—当代　Ⅳ . ① I247.81

中国版本图书馆 CIP 数据核字（2022）第 134924 号

血脉（上、下册）

策划统筹　郭海涌

责任编辑　郭海涌　曾忆梦

责任印制　陈梦楠

责任校对　王明明

出版发行　中共中央党校出版社

地　　址　北京市海淀区长春桥路 6 号

电　　话　（010）68922815（总编室）　（010）68922233（发行部）

传　　真　（010）68922814

经　　销　全国新华书店

印　　刷　北京鑫益晖印刷有限公司

开　　本　710 毫米 ×1000 毫米　1/16

字　　数　394 千字

印　　张　33.5

版　　次　2022 年 12 月第 1 版　2023 年 12 月第 2 次印刷

定　　价　96.00 元（上、下册）

微 信 ID：中共中央党校出版社　　**邮　　箱**：zydxcbs2018@163.com

编委会

前　言

人民的抗战

九一八，东北沦陷，华北告急！中华民族面临空前危机！

我们会不会亡国？抗战是否有胜利的希望？这个巨大疑问，压在四万万同胞的心头。

1938年5月，毛泽东在《论持久战》中说："战争的伟力之最深厚的根源，存在于民众之中。日本敢于欺负我们，主要的原因在于中国民众的无组织状态。""动员了全国的老百姓，就造成了陷敌于灭顶之灾的汪洋大海。"[①]有远见的中国共产党人已经预测到了战争的胜负。

可是，狂妄的日本军人，却仍然相信只要他们强大的武器一响，中国就会很快臣服。他们甚至一度认为灭亡中国只需三个月。然而，随着时间的推移，让他们根本没想到的是，动员、组织、武装起来的中国民众，成为他们面前无法逾越的高山。

从林海雪原到黄河之滨、从太行腹地到江南水乡，这块神圣的土地上，有着千千万万个顽强的生命，他们就是毛泽东说的"汪洋大海"，他们就是徐向前说的"人山"。[②]当他们愤怒起来，一股排山倒海的滚滚铁流喷薄而出，这块土地变成了火海刀山，把侵略者彻底埋葬。

抗日战争时期，中国共产党领导广大群众成立了多种类型的武

① 《毛泽东军事文集》第2卷，军事科学出版社、中央文献出版社1993年版，第340、308页。

② 《徐向前军事文选》，解放军出版社1993年版，第420页。

装组织：人民武装自卫队、青年抗日先锋队、妇女自卫队、抗日救国儿童团等，他们是群众，平时耕种、工作；他们也是战士，站岗、放哨、送情报……

除此之外，还有工救会、农救会、妇救会、青救会、文救会……各种各样的团体自上而下组织严密，覆盖社会各个角落。这些各行各业的抵抗者，其力量不容小觑。

在河北清苑县的冉庄，民兵们发挥聪明才智，把一棵生长多年的榆树树干从中间剖开掏空，镶上炮膛再把树干合起箍紧，在后面钻上安装导火索的孔，做成了榆木大炮。大年三十晚上，李恒木等十一名民兵抬着装好火药和手榴弹头的榆木炮，奇袭耿庄鬼子据点。战斗只用了个把钟头，就端掉了鬼子炮楼。

还有更多的人民群众穿过铁丝网，爬过封锁沟，躲过日寇瞭望的眼睛，迎着乌黑的枪口和纷飞的子弹，冒着牺牲的危险，把千万斤粮食从平原运到太行山，送到八路军嘴边，一句朴实的话“你们只管打鬼子，绝对让你们吃饱饭”，蕴含着多少辛苦，多少艰难？敌人扫荡时“坚壁清野”，八路军进驻时则倾囊奉献，又包含着多少寄托，多少情感？

不仅是在敌后，在全国乃至世界各地，一切爱国人士都积极以各种形式参加和支援抗战，投身到火热的抗日救亡运动中。上海、北平、天津等大中城市的工农群众纷纷组织抗日义勇队、宣传队，支援前线，参军参战。教师、学生以及宗教界、妇女界等都建立了各自的抗日救亡组织。华东、华中地区的许多工商界人士抱着与敌人斗争到底的精神，把自己的企业搬迁到西南和西北后方省区继续从事生产，以支持长期抗战。

中国各民族群众，也都以各种方式、各种行动参与抗日救亡斗争，英勇顽强表现了中华民族同仇敌忾、万众一心的爱国主义精神，涌现了千千万万舍身救国的民族英雄。

“我不愿你在我近前尽孝，只愿你在民族分上尽忠”。这是四川青年王建堂在出川抗战前，收到父亲赠送的一面旗帜上的两行字。旗的正中写着一个斗大而苍劲有力的“死”字。旗的左侧，父亲这样鼓励儿子：“国家兴亡，匹夫有分。赐旗一面，时刻随身。伤时拭血，死后裹身。勇往直前，勿忘本分！”这是何等深厚的家国情怀，这是何等伟大的平民精神！

一条细流，难以泛起波涛；百川入海，才能翻动巨浪。全体中华儿女同仇敌忾、众志成城，形成一股摧枯拉朽、不可抵挡的滚滚铁流。再狂妄的侵略者，也最终陷入到人民战争的汪洋大海之中不能自拔。

2015年9月3日，习近平总书记在纪念中国人民抗日战争暨世界反法西斯战争胜利70周年招待会上说：“在那场艰苦卓绝的反侵略战争中，在中华民族危亡的时刻，中国人民的爱国热情像火山一样迸发出来。在中国共产党倡导建立的抗日民族统一战线旗帜下，‘四万万人齐蹈厉，同心同德一戎衣’，中国人民以血肉之躯筑起拯救民族危亡、捍卫民族尊严的钢铁长城，用生命和鲜血谱写了中华民族历史上抵御外侮的伟大篇章。”①

抗日战争的历史经验证明，人民是克敌制胜的法宝。那个年代，虽然我们肩扛落后武器，却掌握着这样一个先进理论：离开人民，军队便是无根之木；一切为了人民，才能成为扎根在人民中的参天大树。

① 习近平在纪念中国人民抗日战争暨世界反法西斯战争胜利70周年招待会上的讲话。

今天，中华民族正前所未有地接近实现伟大复兴的目标，也前所未有地遇到更大的阻力和压力、更多的风险和挑战。更需要大力弘扬抗战精神，始终保持忧患意识，以强烈的使命感和只争朝夕的精神，学习和运用人民战争的理论，让这个制胜的法宝踏上时代的“风火轮”，化作打赢未来战争的强大武器，让胆敢觊觎和侵略我中华者彻底埋葬在人民战争的汪洋大海之中，让万众一心的滚滚铁流荡尽所有的邪恶和阴暗，让和平正义的阳光永远普照大地！

在党的二十大报告中，习近平总书记强调:“江山就是人民，人民就是江山。中国共产党领导人民打江山、守江山，守的是人民的心。”“团结就是力量，团结才能胜利。全面建设社会主义现代化国家，必须充分发挥亿万人民的创造伟力。全党要坚持全心全意为人民服务的根本宗旨，树牢群众观点，贯彻群众路线，尊重人民首创精神，坚持一切为了人民、一切依靠人民，从群众中来、到群众中去，始终保持同人民群众的血肉联系，始终接受人民批评和监督，始终同人民同呼吸、共命运、心连心，不断巩固全国各族人民大团结，加强海内外中华儿女大团结，形成同心共圆中国梦的强大合力。”

江山就是人民，人民就是江山。让我们永远铭记历史所启示的伟大真理，自信自强、守正创新，踔厉奋发、勇毅前行，为全面建设社会主义现代化国家、全面推进中华民族伟大复兴而团结奋斗。

本书编写组

二〇二二年十月

序　言
抗战，永远不能忘记的历史

一提起抗日战争，我的心灵总是无限愤怒与激动。

当年，国难当头，祖国的危难激起了中华民族的觉醒，民族力量空前凝聚。从白山黑水到黄河长江，为祖国的独立，民族的存亡，中华民族有多少父母把亲生的儿子献给了国家，他们在易水河边抱头痛哭，而后毅然奔向战场。

抗战期间全国许多大学都已内迁，其中有一所就是著名的西南联合大学。在发动参加青年远征军时，报名的学生计有上千，一部分高学班的同学，经过三个月英语学习均成为美军翻译，有的编入空军，大部编入陆军。不少学生在战斗中阵亡，家人望穿秋水，斯人远兮，泣血干兮。中华的好男儿，在敌人的炮火下前仆后继、怒目裂眦，用生命写下了血的历史丰碑。

前方有中华男儿热血死拼，后方有全国的士农工商都动员起来了。从七七事变到八一三上海战役，再到武汉失守的一段时间，为了贯彻持久必胜的策略，国家把许多的企业及时地西迁至大后方，当时的长江民生轮船公司夜以继日川流不息地与时间赛跑，把上海的许多纱厂以及武汉、南京的金陵兵工厂等许多工厂，抢运到大后方，卢作孚先生贡献出了巨大的精力、财力、物力。

由于沿海各省的港口逐渐被日军占领，外援全部断绝，为了打通西南大动脉，中国健儿在缅甸开始全面反攻，当时就有十万民工等待在战地，当我军每攻克一寸土地，次日这段公路就修筑到那里。

日军节节败退，当我军收复腾冲时，这条数千公里的公路全部修筑完成，第一次，四十辆军用物资车辆源源不断试运通车，民众支持抗战的力量是多么高涨啊。

为了远程轰炸日本，当时必须使用一种美军大型的空中堡垒飞机，但是四川的机场无法适应战时需求。为此政府发动数万民工修建机场，工地领班的负责人就是县长专员，大学建筑系的学生全部被动员到工地中。据说机场的跑道单是水泥钢筋就有一公尺高的厚度，工程之大可想而知。我在高中求学时的数学教员黄正钳先生，那时正在大学求学，也分配到工地。

为了避免日机的轰炸，我就读的浙江省宁海县中学早已迁到黄坛山区。记得某天晚上，有一架飞机在夜幕当空盘旋了十多分钟才离去，我们所有的同学，均不知道是敌机还是盟军的飞机，也没有听到防空警报，待到次日，我们才知道是一架美国飞机轰炸日本，返归途中准备在衢州机场降落，却无法联系到机场，这架美机燃油耗尽，飞行员只好跳伞，当地的军民立刻过去救了这位美军飞行员。当天，镇政府就将美军护送至宁海县政府，并由宁海中学教导处的黄中宁老师用英语作了安慰，事后用轿子把他抬到大后方，再转送至重庆，这是我亲身经历的一件事。据说，宁海县的临县象山县，同样有一架美机坠山，飞行员跳伞至山区，由乡民救起再护送至大后方。

除了救助之外，民间杀敌救国的故事也是数不胜数。有一个故事发生在我们宁海县西店乡，西店大多数人民依靠捕鱼为业，有一天渔民出海捕鱼，不幸在海洋中碰到日军，日军将渔船劫持而去，装上汽油运至某港口。这艘船上的五位水手，以眼传神，想杀掉押运的日军。当晚当日军站岗之时，被水手打入海中，其他几个日军正在睡觉，水手们即刻冲进房内，日军措手不及，均被乱棍打死打伤，于是水手们开足马力驶往西店。当时的六区专员俞济民给他们颁奖，船员杀敌的故事一时传遍了整个浙东。

14年浴血抗战中，民众在激愤，全民在战斗，中华民族悲惨的血在流。一件件苦难的回忆，让我的心忐忑无法平静。

小学时，我的班主任胡孝心老师（中共党员）天天教导我们唱歌，每天晚上他带领我们到大街小巷歌唱《义勇军进行曲》《流浪三部曲》《黄河大合唱》《我们在太行山上》《咱们游击队》《大刀向鬼子们的头上砍去》等许多歌曲，在静寂的夜空去鼓舞民众。当我上初中时，我就参加了校中的话剧队，经常到乡间去演话剧，如《古城的怒吼》《咱们游击队》《日出》《落花生》《血手印》等剧作，星期天还要去募捐慰劳伤兵，小学生每人都要学会缝制棉衣寄往前方。

当时还有一种童子军制度，是供小学生和初中生的一种军事训练。这门学科，每个学生有一把猎刀、一根军棍、一束绳子、一把吹哨，绳子可以结十个结头，如椅结可以结成一把椅子，人可坐在其中，从高空放下，在火灾中逃生。一根根棍子用绳子扎起来就可以搭成一座简易桥梁或者一个瞭望台，用于渡河和侦察敌情。吹哨，可以吹成许多暗号，适应战时应用。童子军平时要学习救护，包扎伤员，如宁海县被敌机轰炸后，育婴堂被炸，我就跑步到育婴堂包扎受伤的乳母，再送医院。童子军还要学游泳，如上海的一位童子军杨慧敏学生，在深夜举着一面国旗游过苏州河，送至战斗在四行仓库的守军，成为震惊中外的新闻。童子军的服装脱下就可以抬伤员，在全民抗战中起到了积极作用。

在海外，华侨陈嘉庚先生设法到处募捐支援抗战。文化界许多学者如音乐家冼星海先生创作《黄河大合唱》，在抗战中极其流行，鼓舞民心，作出莫大的贡献。田汉、老舍各位先生创作大批抗日话剧，郁达夫、范长江等文化界巨星，书写各种抗日文章，无处不在宣传抗日争取最后胜利，为抗战献出了全部的精力。

我长大参军后，1945年8月15日的晚上，我们突然听到军号声，这是紧急集合的号声，我们全连士兵马上起床集合，连长带队跑步到团操场。即刻，团长宣布日寇已经无条件投降。一刹那间，全团士兵高喊：胜利万岁！中国万岁！许多同志由于过分兴奋激动，嗓子都喊哑了。随后，我们就立刻跑到部队附近的村子里，把每家农户都喊醒，告诉他们日本投降了。他们高兴万分，家家户户拿出点心给我们吃，所有店铺中的鞭炮全都卖空，整个天空都是鞭炮声，胜利万岁声、欢呼之声一直到天明。

庆祝胜利过了三个星期后，我们到闽江口登上日军的军舰，只见每个日军都垂头丧气，毫不作声。我们有位同学能说日语，对日军说："我们中国军人，与你们作无情的战斗，来保卫我们的祖国，今天我们终于胜利了，历史将向你们无情审判，这就是你们的下场。"

承蒙本书编写组同志们的信任，嘱我为本书作序，由于我已九十九岁，各方面都已衰退，根本无从执笔，又加上前段时间大病一场，想想自己恐亦将不久于人世，但有生之年能够写下回忆，为抗战研究尽一点力，是我分内之事。

写完了一点回忆，已是夜阑人静，我的心在跳，眼眶含着泪水，我不知道再想写点什么。恍惚间，又见当年战马在嘶吼，漫山遍野青磷，闪烁光华……

14年浴血抗战，中国人民付出了多少血的代价，才赢得今日的胜利，是多么心酸难忘。这段悲痛的历史，凡是中华儿女都要好好想一想，祖国的大地上还留下多少先烈的血迹？

忘记历史就意味着背叛。抗战，是中华民族最不应忘记的历史！

现在，中国强大了，中国进入了新时代。每一个中华儿女，不论男女，不分老幼，都要忠心报国、自强不息，把祖国建设得越来越富强，立足于世界，早日实现中华民族的伟大复兴！

抗战老兵　孔相宗

二〇二二年十月

九十九岁的抗战老兵孔相宗

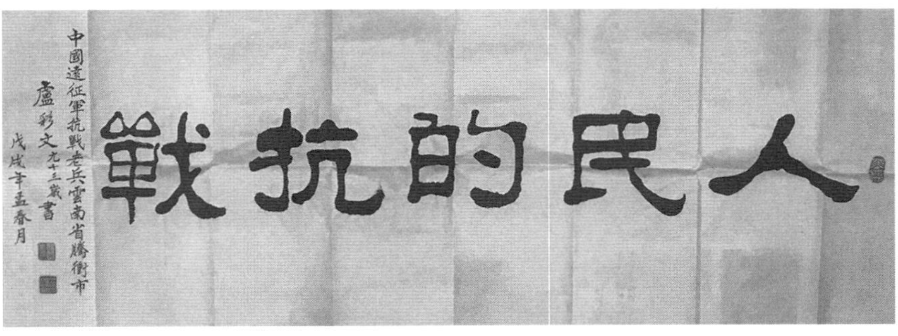

九十七岁的抗战老兵卢彩文2019年所写的“人民的抗战”书法

目　录

上　册

下 册

第一章　大地坚韧——全民抗战

大地坚韧，万千民众同仇敌忾。大地，拥有无穷的力量，孕育着希望和生命；最可爱可敬的中华民族，就是最宽广雄浑的大地，就是中国抗日战争伟力最深厚之根源。

本章主要叙述抗日战争期间，中国人民以不同的方式抵御外侮的光辉历史。

第一节血肉长城，主要记叙东北民众与日寇进行艰苦抗争的事迹；

第二节奋起迎敌，主要记叙中原民众与日寇进行艰苦抗争的事迹；

第三节并肩而战，主要记叙敌后根据地广大民众与抗日军队携手杀敌的事迹；

第四节死字旗飘，主要记叙四川青年王建堂义勇从军，其父赠旗壮行的事迹；

第五节“献金”与“献机救国”，主要记叙各界人士、各族群众捐款抗日救国的事迹。

第一节　血肉长城

日本明治维新后，在对外发展策略上，向来主张所谓“大陆政策”，也就是将日本发展的重心放在亚洲大陆上，1890年，帝国会议确立此政策，后来，日本发动甲午战争、日俄战争，即其“大陆政策”的实施。1927年，一贯主张“经营大陆”的田中义一内阁召开东方会议，提出“大陆政策”实施的新指向，奉行向中国扩张的政策。[①]日本不仅要把满蒙从中国本土分离出去，而且要灭亡中国，然后吞并亚洲，最终称霸世界。[②]

1931年6月中下旬，日本关东军确定了在中国辽宁省沈阳市北郊的柳条湖炸毁铁路，制造事端，以此为借口，占领东北军在沈阳的驻地——北大营，继而进攻沈阳，控制东北之中枢，最终占领全东北的方案。行动日期定为9月底。

9月18日22时20分，关东军按既定作战方案，在南满铁路柳条湖路段点燃了埋置的炸药，炸毁了一段铁轨。以爆炸声为信号，日军开始向东北军驻地北大营进攻。东北形势紧张之际，以蒋介石为首的南京政府正忙于“围剿”中央苏区红军及应付两广战事。为避免两线作战，蒋介石曾致电张学良，说明现在尚非对日作战之时，应以平定内乱为优先，随后又通电全国，宣布“攘外必先安内”，这就是国民党政府的“攘外安内”政策。受此政策影响，加之张学良

① 张宪文、张玉法：《中华民国专题史》第11卷，南京大学出版社2015年版，第49页。

② 郭汝瑰、黄玉章：《中国抗日战争正面战场作战记》(上)，江苏人民出版社2002年版，第82页。

日军于1938年在柳条湖爆破现场竖立的“纪念碑”（抗战胜利后被推倒，现收藏于沈阳九一八历史博物馆）

等东北军高级将领也没有意识到日军的险恶用心，以为日方仅意图制造地方冲突事件，于是在日军发起进攻后多次下令不得抵抗，以免事态扩大，使得日军轻易占领了北大营及整个沈阳城。①尽管此时日本在东北的兵力只有三万余人，而中国的东北军有十余万人，但日军掠地千里，辽、吉两省在很短时间内几乎尽陷，全世界为之震惊。②

然而，大规模正面作战结束后，东北地区并未进入日军所希望的状态。美国《密勒氏评论报》发表文章称：“满洲事实上没有不

① 张宪文、张玉法：《中华民国专题史》第11卷，南京大学出版社2015年版，第50页。

② 张学良宣布东北易帜后，东北军改编为国防军和省防军两种，其中国防军实力较强，省防军以保安地方为责，实力较弱。九一八事变前，东北国防军大部被调到关内参加中原大战以及与石友三部作战，留在东北的驻军总数有十七万左右，但多是省防军。其中，沈阳驻军总兵力是一万五千人。引自步平、王建朗：《中国抗日战争史》第1卷，社会科学文献出版社2019年版，第98页。

被袭击的地方，城市和铁路，竟找不出一处来。”英国《伦敦每日导报》也报道说：“目下满洲境内，日本人没有一条绝对安全的道路。”使日本人和伪满洲国“日陷不宁”的武装力量，就是东北抗日义勇军。

辽宁的义勇军兴起最早、发展迅速。九一八事变后，辽宁省警务处长黄显声从沈阳带出部分警察，沿铁路向锦州且战且退，并在锦州一带率领公安骑兵总队等进行抗日。1932年1月，东北民众自卫义勇军成立，分为二十二路，约六七万人，分布广泛。4月21日，唐聚五就任辽宁民众自卫军总司令，辽宁的义勇军达到五十六路约二十万人，划分为五大军区。辽宁义勇军采取游击战术，到处袭击日军，破坏交通，扰得日军不得安宁，并歼灭了相当数量的日军。

在吉林，中东路护路军长绥司令丁超和依兰镇守护使李杜于1932年1月下旬组织了吉林自卫军，由李杜任总司令。吉林自卫军在日军进攻哈尔滨时，给敌人以重创。

除此之外，东北各地还有很多农民自发组成的抗日武装，主要

被日军强占后的北大营

日军向哈尔滨进攻

活动在农村地区，亦是东北抗日义勇军不可或缺的一部分。例如，1934年3月，黑龙江省依兰县土龙山农民为反抗日本侵略者武装移民、强占土地及强收民间枪支，在谢文东、井振卿等人的领导下，组成了抗日武装，进行了历时七个月的斗争。此外，还有由东北农民杰出代表李天德领导的热东抗日救国义勇军，郭文联领导的“仁义军”抗日队伍，王文福领导的抗日队伍等。

由于敌我力量差距很大，东北抗日义勇军主要采取游击战术，袭击日军小股部队和中小据点，破坏交通线，打击日军后勤运输；条件允许时也发动了一些攻坚战斗，甚至敢于进攻日军占领大中城市。总之，通过各种战法与敌斗争。正如1931年12月9日东北民众救国义勇军军政委员会发表的成立宣言那样，将士们“誓起奋勇杀敌，光复中国固有河山”。

需要强调的是，东北抗日义勇军并非一支部队，而是九一八事变后一个时期，东北地区所有抗日队伍的统称。这些队伍名称各异，大多互不隶属；更特殊的是，他们并不完全由职业军人组成。东北沦陷后，东北军除少数叛变沦为伪军外，一部分辗转入关寻找主力，其余不少均同当地爱国民众结合，组成了许多抗日武装力量。这些民众中，既有知识分子、农民、工人、商人、市民、青年学生、宗教界人士、开明绅士、地主，也有民团、民间秘密结社（如大刀会、红枪会）、绿林武装等。据学者潘喜廷统计，东北抗日义勇军的人员结构，“爱国农民占50%；曾当过胡匪的约占20%；曾充当东北军警官的约占25%；知识分子和工人、商人约占5%”。[①]由此数据可以看出，非职业军人在义勇军中占到了大多数。因此，各阶层人员的广泛参与，是东北抗日义勇军的鲜明特点之一。

东北抗日义勇军的另一个显著特点，就是多民族参与。[②]长期以来，东北地区一直是个多民族杂居的地区，除汉族外，还有满、蒙古、回、朝鲜、锡伯、鄂伦春、鄂温克、达斡尔、赫哲、柯尔克孜等多个民族，其中汉族、满族、朝鲜族、蒙古族人数较多。九一八事变后，东北地区各民族都遭受日本侵略者的奴役和压迫。在中国共产党的号召下，东北少数民族同胞与广大汉族群众紧密团结，踊跃参与到各种抗日团体和各种形式的抗日游击武装中来。

以满族为例，1931年冬，满族优秀儿女邓铁梅在凤岫边界建立东北抗日民众自卫军，仅两个月就聚集两千人，其中满族参加者甚多。骑兵第5旅部四十人中，满族指挥员达三十人，有的连队，满族战士达70%以上。1932年秋，当抗日民众自卫军发展到一万五千人时，其中半数以上是满族青年。另据记载，黑龙江省宁安县世环镇70%以上的满族群众参加了反日组织。哈尔滨工大、商船专门学校、医专、一中、二中等院校的许多满族学生走出课堂奔赴抗日战场。

据统计，仅1931年和1932年参加东北抗日武装力量各少数民族人数，即达到十七万人和十万人之多。

由是，东北各地逐渐形成了各阶层、各民族联合抗日的壮观局面。

东北抗日义勇军的组建与发展始终得到了中国共产党的多方帮

① 潘喜廷等：《东北抗日义勇军史》，辽宁人民出版社1985年版，第75页。

② 关伟：《论东北各民族抗日斗争的特点》，《军事历史研究》2008年第1期。

助与支持。[①]根据学者霍燎原的研究，在吉林各地的义勇军中，大多都有中国共产党派去的党团员骨干参加。在其他地区也是如此，例如，九一八事变后第三天，中共满洲省委即向辽宁盘锦派出一名党员（姓名已不可考），这名党员便以东风镇大马家房屯项国学家为工作地点，发动组织了盘山抗日义勇军。又如，1932年初，中共党员张甲洲联络北平的东北学生，准备返回东北创建反日武装。5月，张甲洲回到东北，组建了巴彦反日义勇军。6月，赵尚志等受中共满洲省委的指派，来到巴彦帮助张甲洲进行义勇军的建设。义勇军日益壮大，名声愈显，吸引许多农民和当地小股武装前来投奔，队伍扩充到七百余人，期间还曾经联合其他义勇军部队攻下了巴彦县城。

毛泽东在《论联合政府》中指出："这个战争（中国人民的抗日战争），是在一九三一年就开始了……国民党政府采取了不抵抗政策。但是东三省的人民，东三省的一部分爱国军队，在中国共产党领导或协助之下，违反国民党政府的意志，组织了东三省的抗日义勇军和抗日联军，从事英勇的游击战争。"[②]

由于东北抗日义勇军在政治上不被国民党政府承认，在物资上也没有得到相应的保障，因此一切作战和生活物资只能自行解决。在自然条件特别恶劣的白山黑水间，生存都相当困难，还要与优势的敌军连续交战，义勇军将士们面临着极其困难的局面。

例如，1932年，在辽宁本溪活跃的一支由黄锡山领导的家族武装抗日自卫队，起初只是为了保护村寨，后来，黄锡山又联合周边其他几支小股武装，以窟窿山为据点，伺机打击日本侵略军。由于

① 王明伟：《东北抗战史》，长春出版社2016年版，第120页。

② 中共中央文献研究室、解放军军事科学院：《毛泽东军事文集》第2卷，军事科学出版社、中央文献出版社1993年版，第764、765页。

缺乏武器弹药，自卫队只能通过袭击日、伪军守备队来获得战争所需的枪支弹药，而这无疑要付出很大代价。因为弹药问题实难解决，黄锡山不得不设法从沈阳请来一位田姓技师，建了一处秘密兵工厂。名为厂，其实仅是作坊的规模，只能制作由碎玻璃、铁铧犁碎片与火药装在一起的“铁公鸡”“一声雷”之类的土炸弹、土地雷等。部队就使用这些性能很差的弹药来抵抗日、伪军。

相比较，黄锡山的抗日自卫队的装备保障还算是不错的。很多义勇军队伍尚在使用长枪、大刀，用这类武器冲锋陷阵，与日军拼杀伤亡惨重。即使是当时名震一时的“大刀队”，在白刃战之中，也因传统大刀在设计上较日军的刺刀有所缺陷，其长度往往短于日本经常使用的三八式带刺刀步枪，在作战中常处于被动地位。

缺枪少弹只是一方面，由于日军的封锁和作战的不确定性，加之东北地区地广人稀，义勇军在日常生活物资方面也遇到很大困难。东北抗日义勇军战士狄殿一回忆：“在一次作战结束后，每顿饭只有两个窝头，一碗盐水汤……”

后勤和装备保障成为关系到义勇军生死存亡的重要环节。危急时刻，包括东北在内的全国广大民众及海外华侨纷纷为义勇军募集钱粮和其他生活物资，这些援助使义勇军在抗战初期物资和军需供给方面的困难有所缓解，对义勇军牵制日军扩大侵略起到了重要支持作用。

在对东北抗日义勇军部队的援助组织工作中，东北民众抗日救国会发挥了巨大作用。九一八事变后，在中国共产党的号召下，全国成立了一大批致力于抗日救亡的民间团体。其中有三个团体是由东北籍人士组织的，分别是东北同学抗日救国会、东北同乡反日救国会和抗日救国会。为了集中力量，1931年9月下旬，上述抗日团体整合统一为东北民众抗日救国会。

东北民众抗日救国会的主要工作，首先是揭露日寇罪行，宣传抗日主张，呼吁民众支持，推动政府抗战。1932年2月，救国会创办了《救国旬刊》；同年9月，又创办了《覆巢》小报和《东北通讯》。这些报刊以大量篇幅揭露日本侵略者在东北的种种暴行，报道东北各地义勇军英勇杀敌的战绩和东北人民的抗日斗争事迹，刊登国内外各社会团体和个人对义勇军物资与资金支援情况，发表国内外对东北事件的评论。

东北民众抗日救国会还积极开展报告会、联谊会、亡省纪念会等活动，鼓舞民众特别是广大青年的爱国激情和抗日斗志；组织宣传队，沿平津、平汉路南下，介绍九一八事变后东北的情况，号召各界人民行动起来，支援东北的抗日斗争。

这些思想战线和社会动员工作，对于发动全国民众和海外华侨在精神上、物质上大力支援义勇军，起到了不可替代的重要作用。

为了提高募款效率，扩大募款范围，东北民众抗日救国会向国内外同胞发出呼吁电，同时派人分赴上海、南京、苏州、杭州、香港、南洋、旧金山等地，拜会各界人士，募集抗日资金，得到各界的广泛支持，大家“踊跃解囊，所惠殊多”。东北民众抗日救国会还联合北平各抗日群众团体，采用各种形式进行“劝募”和“义卖”活动。例如，在北平就通过数次“义卖”得款三万多元，全部支援东北抗日义勇军。

1932年5月，东北民众抗日救国会领导倡议发行“爱国奖券”，以筹集抗日经费，得到各界爱国人士的积极支持。6月，东北民众抗日救国会成立北平爱国奖券总事务所，确定了爱国奖券面额及发行办法。截至1933年初，共发行七期，张学良带头认购，数额巨大，

朱庆澜赠抗战将士的题词

东北军政官员、各界人士，甚至小商小贩和普通农夫也争相购买，宁沪地方人士还纷纷汇款认购。[1]这些都对支援东北抗日救亡工作起到了重要作用。

在军械军需物资方面，据不完全统计，仅1932年10月至1933年6月的九个月中，东北民众抗日救国会向东北义勇军大批量运送军械军需物资四次，每次二十吨左右，小批量的运送从1931年末开始则接连不断。[2]例如，1932年11月，李纯华等一行三十余人到达北平，他们把东北抗日救国会筹集的一批武器弹药及其他军用物资，从海路秘密运往辽东地区。这些物资，大大提升了辽南一带义勇军的战斗力。

此外，在东北民众抗日救国会的努力下，一部分爱国将领不顾蒋介石的禁令，通过东北民众抗日救国会给义勇军以大量军械、弹药和现金援助。除了东北民众抗日救国会外，当时社会各界有识之士自发组建的各种后援会，也在集合多方力量对东北抗日义勇军进行援助。在救国会、后援会等救亡组织的呼吁倡议下，一些美国、加拿大、缅甸、秘鲁的华侨团体，也通过自己的力量集资捐赠军用

---

① 杨小东：《东北民众抗日救国会在东北抗日战争中的作用》，《辽宁社会主义学院学报》2003年第3期。

② 边吉：《东北民众抗日救国会的成立及其在东北抗战初期的历史功绩》，《党史纵横》1995年第12期。

物资及粮饷，支援东北抗日义勇军。

总之，社会各界民众的积极援助，不仅改善了义勇军的后勤和装备保障状态，对义勇军抵抗日军扩大侵略发挥了重要作用，也使广大义勇军将士感受到他们的抗日斗争不是孤立的，更加鼓舞着他们驱逐日本帝国主义，收复东北失地的决心和勇气。

至1932年，东北抗日义勇军进入全盛时期，总兵力达到五十万人左右，和日、伪军进行了大小约三千次战斗。[①]义勇军此起彼伏、声势浩大的活动，使日军疲于应付。从地域上看，东北地区一百三十余县市都燃起了抗日烽火，不同程度地打击着日、伪军。从九一八事变到1933年，日军被东北义勇军消灭的达一万余人。[②]就连日本战史也承认，日军在义勇军的打击下“困难重重，伤亡惨重”。

东北抗日义勇军遍地开花，使得东北日军一度相当恐慌。为了对付活跃的抵抗力量，日军不得不向东北增调大批兵力，并增加大口径火炮、飞机、坦克等重型武器的配置，其在东北的兵力迅速增加，加上伪军的配合，兵力优势更为明显。

由于东北抗日义勇军各自渊源不同，从一开始就缺少统一的指挥系统，也无明确的行动纲领，义勇军首领素质差异甚大，成员结构多元，而且缺乏训练条件，加之国民党政府又不予援助，在训练有素、装备精良的日军重兵连续攻击下，尽管进行了英勇的抗击，但最终难以为继。至1933年1月，辽宁、黑龙江、吉林的义勇军主力抗敌活动先后告于失败，但小规模的抵抗运动则一直没有停止。

---

① 郭汝瑰、黄玉章：《中国抗日战争正面战场作战记》（上），江苏人民出版社2002年版，第154页。

② 《东北抗日斗争史论丛》第2辑，辽宁人民出版社1985年版，第17页。

东北义勇军的抗日活动，历史意义很重大。第一，他们的存在有效地牵制并消耗日军的大量兵力，削弱了日军对东北各地的实际控制，并为中国共产党领导东北人民开展抗日游击斗争，开辟抗日游击根据地创造了有利条件；第二，广大东北义勇军成员，在国难当头、民族危亡之际，毅然举起抗日救国的大旗，表现了崇高的民族气节，发扬了中华民族爱国反帝的正气，对于全国抗战救亡运动具有积极推动作用；第三，这些抗日武装与敌人斗争的经验教训，为中国共产党领导东北人民进行抗日游击战争，提供了许多有价值的借鉴。

此外，还有相当一部分东北抗日义勇军骨干和余部官兵，后来发展成为或参加了东北抗日联军，为抗日救国继续浴血奋战。

1932年4月15日，由毛泽东起草的《中华苏维埃共和国临时中央政府宣布对日战争宣言》发表，“中华苏维埃共和国临时中央政府特正式宣布对日战争，领导全中国工农红军和广大被压迫民众，以民族革命战争驱逐日本帝国主义出中国，反对一切帝国主义瓜分中国，以求中华民族彻底的解放和独立”。[①]与此同时，毛泽东又起草了《中华苏维埃共和国临时中央政府关于动员对日宣战的训令》，特别强调了抗日义勇军的组织和领导工作，“在接近中心城市与帝国主义势力直接统治的地方，可由游击队领导民众组织抗日义勇军，实行游击行动”[②]。

中共中央先后选派罗登贤、杨靖宇、赵尚志、周保中、李兆麟、

---

① 中共中央文献研究室、中央档案馆编：《建党以来重要文献选编（1921—1949）》第9册，中央文献出版社2011年版，第243、244页。

② 中共中央文献研究室、中央档案馆编：《建党以来重要文献选编（1921—1949）》第9册，中央文献出版社2011年版，第248、249页。

魏拯民、冯仲云等优秀干部赴东北，组织、领导东北人民开展抗日游击战争。

1932年至1933年，东北建立了许多支中国共产党领导的抗日游击队，主要包括：磐石游击队、东满游击队、珠河游击队、密山游击队、宁安游击队、汤原游击队、饶河游击队、海伦游击队、和龙游击队、台（安）辽（中）游击队等。这些游击队成为东北抗日联军最早的渊源。

中国共产党领导的上述抗日游击队建立后，在武器装备低劣、环境险恶等极其困难的条件下，开展了英勇卓绝的东北抗日游击战争。在这些抗日武装进一步发展、壮大的基础上，1933年9月至1935年底，各抗日游击队陆续改编为东北人民革命军。至1935年底，中国共产党领导的抗日军队已达六个军六千多人，抗日游击战争区域扩大到四十多个县。[①]这些部队的组建，成为日后东北抗日联军正式成立的基础。

中国共产党领导的抗日军队，政治素质好，顽强善战，能够深入发动群众，紧密依靠人民群众，使抗日游击战争的烽火很快燃遍东北各地，牵制了日军不小的兵力，部分阻止了日本对东北地区殖民化统治的进程，在陷入了黑暗之中的东北人民的心头点燃了希望的火光，在开始了局部抗战的中国人民的心中树立了胜利的信念。

面对日本帝国主义加紧侵略华北进而妄图灭亡全中国的严峻形势，1935年8月1日，中共驻共产国际代表团草拟《中国苏维埃政府、中国共产党中央为抗日救国告全体同胞书》（八一宣言），不久

① 王明伟：《东北抗战史》，长春出版社2016年版，第167页。

公开发表。[①]宣言主张停止内战，组织国防政府和抗日联军，对日作战。这对于推动东北抗日武装力量联合起到了积极作用。

1936年2月，中共驻共产国际代表团拟定了《东北抗日联军统一军队建制宣言》。该宣言宣告：东北人民革命军、反日联合军、各反日游击队，为着组织巩固与行动统一，共同对抗日本帝国主义，废除抗日军一切不同的名称，“一律改组军队建制为东北抗日联军第一、二、三、四、五、六军，以及抗日联军××游击队”。该宣言由杨靖宇、王德泰、赵尚志、李延禄、周保中等署名发表。此后，东北各地的抗日武装相继改编为东北抗日联军。[②]

东北抗日联军第1军至第7军，是中国共产党直接创建和领导的队伍，政治素质好，战斗力强，是东北抗日武装力量的主体和骨干。同期，中国共产党还先后推动组建了东北抗联第8军、第9军、第10军和第11军。这四支部队是接受中国共产党领导的友军。全军共计三万余人。

东北抗日联军开辟了东南满、北满、吉东三大游击区，在南起长白山，北抵小兴安岭，东起乌苏里江，西至辽河东岸的广大地区，开展游击战争，同日、伪军进行大小几千次战斗，粉碎敌人一次又一次“讨伐”。[③]东北抗日游击战争得到迅速发展，沉重地打击了日、伪军。从九一八事变到七七事变前，日军在东北战场被打死、病死、

---

① 本书编写组：《中国共产党简史》，人民出版社、中央党史出版社2021年版，第68、69页。

② 本书编写组：《东北抗日联军史料》，中共党史资料出版社1987年版，第169页。

③ 本书编写组：《中国共产党简史》，人民出版社、中共党史出版社2021年版，第67页。

战伤、冻伤者，共达十七万人以上。[①]东北抗日联军的斗争是中华民族抗日战争的重要组成部分，对全国抗日战争的胜利，做出了不可磨灭的贡献。在中国人民抵抗外来侵略的史册上，书写了悲壮辉煌的篇章。

东北抗日活动多民族群众广泛参与的特点，在东北抗日联军身上体现得非常明显。东北抗日联军中的很多优秀领导者都是少数民族。例如，杨靖宇是回族，周保中是白族，赵尚志、李兆麟等是满族。部队广大官兵更是来自汉、满、朝鲜、蒙古、回等十几个民族。东北地区各族爱国将士和群众，饮冰卧雪，浴血抗日，为抗日救国事业立下了不朽的功勋。

相比东北抗日义勇军，东北抗日联军面对的生存环境更为严峻，自然环境方面虽无大的变化，但是日军力量和重视程度却大大加强了。日军不断增兵东北，1931年至1933年约有五万人，到1937年已经增至约四十万人（虽然主要是用于防苏），但毕竟形成了对东北抗日联军的巨大压力。[②]

在日军接连不断的进攻下，东北抗日联军受到很大损失，各路军均进行整编，并从实际出发制定作战计划，重整士气，进行英勇而艰苦的反“讨伐”作战。

在东北抗日联军与日本侵略者的苦战中，人民群众给予了重要协助和支援。主要有以下几种方式：

第一，开展宣传，扩大影响。东北抗日联军是在极端恶劣的环

---

①　郭汝瑰、黄玉章：《中国抗日战争正面战场作战记》（上），江苏人民出版社2002年版，第155页。

②　郭汝瑰、黄玉章：《中国抗日战争正面战场作战记》（上），江苏人民出版社2002年版，第154页。

境下与日本侵略者进行斗争的，在这场不屈不挠的武装斗争过程中，社会各界人士利用各种方式来声援东北抗日联军，他们通过反日运动、媒体宣传、文艺活动等形式，将抗联的事迹和斗争情况向外界进行宣传。旅居国外的中国留学生和华侨也以各种形式开展抗日救亡宣传活动。

第二，参军参战，协助作战。东北惨遭日本侵略者铁蹄践踏，广大东北民众和全国各地仁人志士奔赴东北参加抗战，成为东北抗日联军的重要力量来源。还有很大数量的民众虽然没有直接加入东北抗日联军的主力部队，但都在各自生活地域参加东北抗日联军的群众武装，提供情报、充当向导、运送物资，并为主力部队随时补充兵员。这些新鲜血液的注入，成为东北抗日联军能够在极其艰苦的斗争环境下坚持下来的重要因素。

东北抗日联军主力退入苏联境内进行野营整训后，还有一部分力量仍然留在国内继续坚持战斗，这些队伍继续得到朝鲜族、达斡尔族、鄂伦春族等群众的大力支持。

第三，提供给养，保护伤员。自日本侵华之后，东北民众在日本帝国主义高度压榨下，经济日益枯竭，生活非常困苦，在这种情况下进行抗日，其艰难程度可想而知。但是，东北民众仍然支援抗联，为部队运送粮食和药品。例如东北农民，当时日伪当局对粮食等生活必需品控制十分严格，农民下地干活只准带一顿饭，在这样的情形下，农民群众仍然冒着生命危险帮助东北抗日联军：有的在收割庄稼时，将粮食留在地里，标上记号，让抗日部队去取；有的不顾风霜严寒往山里给东北抗日联军送粮食、衣物。第10军在五常县的密营被敌军破坏，粮食全部被毁，就是靠着东沙河子屯十八位农民背来的粮食才渡过难关。这些保障活动在一定程度上对部队的物资匮乏起到了缓解作用。另外，由于斗争十分残酷，在战斗过程中东北抗日联军官兵出现大量伤亡，很多伤员因得到群众的救援而存活下来。

在支持抗联和广大东北人民坚持抗日斗争的过程中，各类爱国团体发挥了重要作用。

1937年，为了广泛团结各东北救亡团体的抗日力量，周恩来要求把现有的东北各级救国团体加以整理，“建立整个东北民众救国团体联合会，在今天可以作为建立东北群众统一战线活动的中心”[①]。高崇民随即积极投身于此项工作中。后由周恩来建议，组成东北统一的救国团体——东北救亡总会。[②]

1937年6月20日，东北救亡总会成立大会在北平召开。按照周恩来的指示，东北救亡总会的三项任务之一，即为声援东北抗日联军。抗联代表李延禄、孙山参加了成立大会；北平、天津、上海、汉口、保定、太原、西安、淮阴等地的代表也出席了会议；此外，还有一百多名青年代表也参加了大会。与会人员将别具特色的会旗作为签到簿，这面特殊的旗帜长1.3米、宽1米，用白色粗布镶蓝色边制成。正面是绘制的中国东北热、辽、吉、黑四省地图，上有二百六十八名与会爱国者的亲笔签名。旗帜中“打回老家去”五个大字，则是爱国志士们咬破手指，用鲜血写就，以示他们抗日的决心。

宣传抗日是东北救亡总会的重要工作之一，其先后创办《救国旬刊》《覆巢月刊》《抗日救国》《东北快报》《东北通讯》《东北呼

---

① 《周恩来统一战线文选》，人民出版社1984年版，第55页。

② 杨小东：《“东北救亡总会”会旗暨对东北民众抗日斗争的再认识》，《辽宁大学学报》2009年第3期。

| 与会人员签名的东北救亡总会会旗

声》《黑流》《反攻》等刊物，宣传鼓励民众抗日，同时也宣传中国共产党的抗日主张，激励民众坚持抗战到底，收复一切失地。邓颖超、陆定一、胡绳、莫德惠、孙科、冯玉祥、茅盾、史沫特莱、绿川英子等国内外知名人士都曾在东北救亡总会创办的《反攻》上撰写文章，表明各自在抗战中的观点和主张。

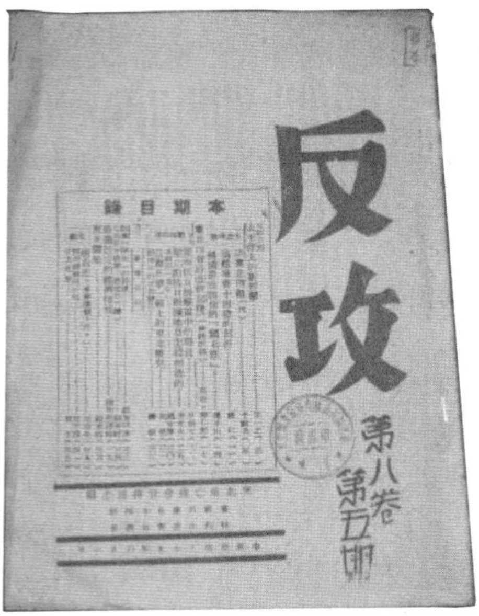

| 东北救亡总会创办的《反攻》杂志

东北救亡总会还组织宣传队赴北平、天津、南京、上海等地宣传东北军民的抗日活动，利用报告会、联谊会、演讲会等多种形式激发鼓舞民众的爱国激情，动员人们以各种方式支持东北人民的抗日斗争，他们还组织慰问团和战地服务团到抗战前线慰问，以实际行动推动了全民族抗战的进程。

东北救亡总会把联络组织东北抗日武装作为工作重点之一，先后派出车向忱、黄宇宙、宋黎、张雅轩、苗可秀等到东北各地开展抗日工作，联络马占山、唐聚五、邓铁梅、李杜等部共同抗日。东北救亡总会在争取社会各界人士为抗日武装提供援助的同时，还积极开展劝募和义卖，为东北抗日力量和全国武装抗战筹集资金和军事装备。他们广泛争取国内各界人士和海外华侨的资助，募捐了大量现金、物资和药品。此外，还努力促进一些国民党爱国将领向抗日武装捐赠军械弹药。

东北救亡总会有力推动了东北民众抗日斗争的发展，在中华民族抗日战争史上留下了不可磨灭的足迹，功不可没。

东北人民不屈不挠的抗日救亡活动，除了直接参加和支援东北抗日义勇军和东北抗日联军外，还体现在很多方面。

例如，东北工人以罢工为主要斗争形式。据日伪资料统计：1937年东北工人罢工三十五起，参加人数四千五百零九人；1938年罢工一百起，参加人数一万零二十六人；1939年罢工一百二十五起，参加人数一万两千八百九十人；1940年罢工一百零九起，参加人数一万零一百五十七人。截至1941年，日伪颁布《治安维持法》，合法的罢工被完全禁止。1941年起，破坏日伪的战略物资及生产能力，成为了工人阶级的主要斗争形式。例如，1941年10月5日，临江县大栗子沟采矿所配给物资仓库起火，烧毁粮食衣服等约值三万四千多元。1944年，关东宪兵队在辽宁地区二十家主要工厂进行的调查显示，发生火灾事故一次的有五家工厂，两次的有三家工厂，四次的有一家工厂。这些火灾绝大多数都不是意外。

在这个过程中，以工人特别是贫苦的码头工人为核心的大连放火团（又称抗日放火团）把东北工人的反日斗争推到了一个高潮。

| 燃起大火的日本“满铁”仓库

大连放火团是由共产国际情报机构领导的抗日秘密组织，其活动范围以大连为中心遍及东北各地；放火目标主要是各类码头、车站仓库的日军战略物资。

据1941年日本关东军参谋本部统计：“抗日放火团”从1935年6月开始对日本在华军事目标进行放火、爆破等谋略破坏活动，至1940年6月被破获，五年时间里成功地在大连放火五十七次，在安东（丹东）爆破铁路一次，在天津放火十次，爆破铁路六次，在北平爆破铁路一次，在青岛放火三次，总计七十八次。其中在大连地区的活动最多，占比超过总数的三分之二：1937年1月，日清制油株式会社失火；4月6日，满洲石油株式会社失火；4月13日，位于大连码头的“满铁”仓库失火；4月19日，日本关东军仓库第207号被服仓库失火；5月12日，日本关东军第78号危险品仓库失火……

这些活动，使日本在华后方基地遭受到严重打击。根据日军档案中的统计，从1935年到1940年，仅在大连一地，这支秘密队伍放火造成的损失就达三千万日元。1940年，在日方的严密搜捕下，由于汉奸的出卖，大连放火团遭到严重破坏，多人被捕，最终十二名骨干被绞死，十八名成员被折磨致死。抗日放火团的其他成员，因为“提供帮助”而被判处七年或十年监禁。

抗日放火团骨干纪守先面对日本人的残酷折磨，坚贞不屈，牺牲前一段时间他被监禁狱中，创作了很多诗歌，其中一小部分被幸存的狱友隐藏保留了下来。有半阕《满江红》这样写道：“国破家亡，民族恨，不共戴天。起来了，反抗巨浪、革命狂澜。武装工农几百万，抵住强敌五六年。要生存，不怕斗争久，决死战！”

东北农民也采取了对抗的方式进行斗争。例如，1942年5月，黑龙江省白城子市居民一千七百九十七人和附近的一千两百九十四名农民，集体前往伪县公署，要求开放粮仓，配给民食。6月，伪滨江省四百余名农妇横卧路上示威，不许从该地往运送“出荷”粮食的八辆大车通过，坚持斗争十三个小时。

九一八事变启动了日本侵略中国的战争机器，日本对东北的侵略，不仅是军事、政治、经济的侵略，还包括文化侵略。日伪统治者及其汉奸文人，从思想上奴化东北广大群众，通过强权到处鼓吹“日满亲善”“王道乐土”“亲善共荣”一类的虚假观念，美化侵略统治。对敢于抗日反满的知识分子，则冠以各种罪名逮捕、监禁和屠杀，妄图消灭东北人民的民族意识，从精神上奴化东北人民，把东北人民变成他们殖民统治的驯服工具。

在这种情况下，开展文化反日斗争，揭露日伪“王道乐土”的险恶与黑暗，在精神上拯救人民、唤醒民族意识、鼓舞人民的斗志，成为与武装抗日同样重要的另一条战线的艰苦战斗。其中，哈尔滨的救亡刊物出版和抗战戏剧、小说创作等活动十分突出。

在当时，与日伪争夺文化舆论阵地，开拓反日文化阵地，引导大众救亡思潮，是当务之急。早在1932年1月，中共哈尔滨道外区委书记张贯一即派地下党员罗烽、金剑啸出版反日报纸《民众报》，面向市民进行反日宣传。1932年4月，中国共产党派人进入《哈尔滨新报》编辑部，创办《声潮》副刊，这是哈尔滨沦陷后展开抗日宣传的第一个副刊，通过发表具有鲜明倾向性和时代特色的文学作品，宣传反帝反封建革命思想，揭露日本统治的反动和黑暗。1933年8月，金剑啸、罗烽通过日伪官办的《大同报》编辑陈华的关系，在《大同报》创办副刊《夜哨》。金剑啸、罗烽、舒群、萧军、萧红、白朗、梁山丁、孙陵等在《夜哨》上发表了大量有进步倾向的文艺作品。这些作品以隐晦的笔触揭露日伪统治下社会的黑暗，指出了斗争方向和前途的光明，取得了意想不到的效果。每到《夜哨》出版的日子，《大同报》报馆门前就聚集着等着买报的群众。《夜哨》出刊第21期后，引起了敌人的注意，为避免危险被迫停刊。1934年春，在中共哈尔滨市委的指导下，白朗负责的《国际协报》副刊，成为与日伪战斗的新阵地。大批进步作家在此发表了很多进步作品，反映了日伪统治下社会的动乱与苦难，描绘了人民的不满和抗争。后来由于敌人统治的日益严酷，进步作家频遭迫害，1934年底，《国际协报》副刊在出完第47期后被迫停刊。

1935年，金剑啸转战到齐齐哈尔，在《黑龙江民报》创办副刊《芜田》，并发表了歌颂东北人民及抗日联军反抗侵略、艰苦抗战的诗篇《兴安岭的风雪》，这首诗引起敌人注意。为躲避追捕，金剑啸重返哈尔滨。1936年4月，金剑啸利用《大北新报画刊》由日本人主办，内容不受日伪机关审查的背景，租用该画刊的主编权，在画刊上刊登诗歌、文章、照片、漫画，隐晦地揭露日伪的黑暗统治，唤起民众对侵略者的仇恨。1936年6月10日，金剑啸在画刊刊登了高尔基逝世的消息并配发了高尔基的头像，日方认为这是中国共产党所为。6月13日，日本特务逮捕金剑啸，封闭了画刊部，次年金剑啸惨遭杀害。金剑啸牺牲后，哈尔滨的文化救亡活动并未停止。1937年，左翼作家们在《大北新报》创办了四个副刊：《大北风》《松江半月刊》《北地人语》和《南北极》。这些副刊在反日斗争中发挥了相当重要的作用，发表的作品对启发大众特别是无产阶级的斗争意志有很大影响。

通过文艺作品宣传抗日爱国思想，鼓舞人民抗日斗志，也是重要的文化救亡方式。

日伪统治下的哈尔滨，人民的思想文化活动受到严酷钳制。针对日伪当局利用戏剧进行反动宣传的情况，进步文化人士创办文艺社团，创作演出抗日的剧目，针锋相对地揭露和抨击日寇对东北人民的欺压、奴役和蹂躏，动员东北人民同日伪进行斗争。

罗烽文集

1933年7月，金剑啸和罗烽领导成立了星星剧团。罗烽以洛虹为笔名在《夜哨》副刊第1期上，公开发表题为《从星星剧团的出现说到哈尔滨戏剧的将来》的文章，指出星星剧团的使命就是：“在黑暗的时刻……凭着那些微弱的光辉……整个地贯注于人们心目中。”舒群、萧军、萧红、白朗、白涛、徐志、刘毓竹等满怀爱国热情投入到剧团的创作、演出和宣传活动中，他们排演的进步短剧《居住二楼的人》《娘姨》《一代不如一代》反响非常好。金剑啸则是剧本创作最多的一位作家，他创作的《云姑的母亲》《咖啡馆》《穷教员》《谁是骗子》《艺术家与洋车夫》等独幕剧，反映了国破家亡下遭受日伪残酷统治的底层百姓的困苦生活，疾呼群众要觉醒，要敢于斗争，推翻日伪政权，思想启迪和教育意义非常深刻。罗烽创作了独幕剧《两个阵营的对峙》《现在晚了》等，借剧中人物之口呐喊出“起来，全世界的奴隶！起来，全世界的罪人”，表达了不当亡国奴，要起来反抗的心声。然而，剧团因进步倾向遭到日伪当局的破坏，不久，徐志被捕，剧团被迫解散。

用戏剧的方式表示不屈斗志的还有塞克和他的寒流社。塞克在九一八事变前曾任哈尔滨《晨光报》副刊主编，曾随南国社到南京等地进行戏剧演出。九一八事变后，塞克在哈尔滨导演了话剧《哈尔滨之夜》，组建了寒流社，出版《寒流》刊物。1936年，塞克发表三幕话剧《流民三千万》，以沉痛的笔触勾画了一幅沦陷东北的流民图景。塞克的戏剧以鲜明的民族情感和浓厚的生活气息为特色，表现时代下的重大主题，成为抗日剧作的先锋，被评论者称为表现了“辗转在铁蹄下的中华民族”。

此外，还有不少优秀作家都通过创作戏剧反映其特殊的爱国情感。例如，1933年，李文光在《夜哨》副刊发表的短剧《黎明》，描写吉林磐石地区的抗日斗争活动。又如，萧红的三幕剧《突击》，剧本描写了殖民侵略与民众的反抗，作者在展现游击队员英勇抗日的同时，描写了普通百姓对抗外敌入侵的决心与勇气，体现了东北民众身上特有的强悍、野性的地域文化精神。此外，还有长期在哈尔滨新闻界工作的宇飞所著，深刻展现民众抗争意志的剧本《土龙山》等。

除了戏剧之外，音乐也成为一种与敌斗争的武器。1935年4月，哈尔滨口琴社成立。这是在中共哈尔滨市委组织领导下开辟的又一个文艺阵地。口琴社团结了一批有文化、有爱国思想的进步青年，名义上是教授口琴、排演节目，实际上是通过演奏的曲目，宣传抗日救国主张。1935年秋，口琴社应邀到哈尔滨放送局演出，为了能让更多的人听到思想性、战斗性很强的乐曲，口琴社用改换曲名的办法，把《义勇军进行曲》改成《乘风破浪》，把控诉日军发动九一八事变，对中国人民烧杀抢掠罪行的《沈阳月》改成《战月场》，瞒过日本人的审查而成功使放送局播出。这些乐曲奏出了人民仇恨日寇、不畏强暴、不甘屈辱的心声，很快传遍东北大地。之后，口琴社又举办了几次音乐会，演奏了聂耳的《大路歌》《开路先锋》等反映中国人民反抗侵略、英勇抗战的音乐作品。日伪当局终于发觉口琴社的真实目的，于1937年4月将口琴社骨干侯小古等十二人逮捕，7月26日，侯小古英勇就义。

在小说的创作上，哈尔滨的进步文化人士撰写并发表了一系列从不同角度反映日伪残害中国百姓的罪恶，表现人民反抗和斗争的有影响的作品。

例如，哈尔滨工人家庭出身满族作家舒群，在九一八事变后曾投身于抗日义勇军，他在《哈尔滨新报》上发表的短篇小说《没有祖国的孩子》，通过描写沦陷区几个孩子失去祖国后的苦难遭遇，以及对看到祖国的国旗升起的渴望，体现了蕴藏在东北人民心中的真挚的爱国情怀和崇高的民族气节。

又如，萧军以磐石一带抗日游击队的活动为素材，创作的著名长篇小说《八月的乡村》，生动描写了东北军民在中国共产党的领导

李桦的木刻版画《“满洲国”赋税》

下不畏牺牲、英勇抗战、抗日救亡的事迹。鲁迅和胡乔木都给予《八月的乡村》很高评价。

这类传达异族欺凌下的民族苦难和觉醒的优秀作品还有：萧红的《王阿嫂的死》《两个青蛙》《哑老人》《麦场》；罗烽的《第七个坑》；陈隄的《云子姑娘》；萧军的《证据》；姜椿芳的《春天》《烽火》《东北风云》等。

抗战期间，宣传画以其直观、鲜明的特点，成为一种有力的文艺斗争武器。不少美术工作者自发参与到东北抗战的宣传队伍里，借绘画之力唤醒广大民众的爱国情感，坚定全体国民自信之决心，团结之精神，同仇敌忾，共赴战场。同时深刻揭露了日军的侵略行径，刻画出许多恶贯满盈、泯灭人性的日军败类丑态。

数量繁多的东北抗战宣传画作大体可以分成四个类型：宣传抗战类、民众生活类、战争场景描绘类和日军暴行描绘类。这些类型均以现实主义叙事手法为主，赋予图文直观的感受进行表达，以图释意，搭配振奋人心的口号，将抗战时期的境况直观地描绘出来。

例如，李可染创作的宣传画《纪念九一八打回老家去》，画面的主体是一位站立着的满怀愤怒的老百姓，他身着白衣白裤，手握步枪，叉开双腿傲立着，仿若随时准备抗争一般，他的身后也是一群怒吼着的老百姓，他们纷纷举起武器，随时等待奋起反抗。画面强有力地展现了民众的力量。油画家汪占非在徐州看到李可染的抗日宣传画很受感染，他说：“当我第一遍看这些画面时，我不由得骤然一惊，被极其强大的艺术感染力所冲击。”

李可染的木刻版画《纪念九一八打回老家去！》

东北抗战宣传画传达出的爱国情结和民族气节感染着东北乃至全国的华夏子孙，它的意义远远超出了白山黑水，对全国的抗战宣传画创作都具有非凡的参考和借鉴意义。

甚至连东北的民间艺人，也都参与到了文化救亡的活动中。在松花江两岸，流传着许多揭露控诉日本侵略者及伪满当局压榨剥削中国百姓种种罪行的民谣。这些民谣作者的姓名多不可考，应该大都是民间稍有文化的群众，通过通俗的语言表达着对侵略者和汉奸愤怒的心情。

例如，有一首《“满洲国”八大恶》的民谣这样写道：

“满洲国”，八大恶，
警察、宪兵、动员科，
防疫班、协和会，
同垦会、努图克，
举手打、张口骂，
一个更比一个恶！

教育领域也是抗日救亡的一个重要阵地。针对日伪企图以教育入手，美化其侵略行径，从根源上毒害中国青少年的险恶用心，东北各地的爱国教育工作者进行了长期的斗争。在日伪殖民统治的高压政策下，东北大多数中、小学教师坚守教育岗位，通过合法讲坛，抵制日伪的奴化教育和愚民教育，向学生进行爱国主义教育，宣传抗战理念，引导学生走上抗日救国道路。

例如，吉林私立毓文中学校长李光汉，是一位热心的教育家和爱国知识分子。九一八事变后，不少人劝他迁校或停止办学，他说："天下兴亡，匹夫有责。我只能硬着头皮干下去，怎能临阵脱逃，让自己同胞任人宰割呢？"他表面上敷衍日伪统治者，暗中保护师生阅读革命和进步书刊，宣传抗日思想。1935年，他与吉林省立第一师范学校训育主任刘建等联络教育界爱国人士，秘密组成吉林教育界救国会，被推举为会长，坚持开展抗日救亡教育活动。同年7月，日本宪兵队将李光汉逮捕，并查封了毓文中学。同时被捕者达二十余人，李光汉等多人被酷刑折磨致死。

又如，曾任黑龙江省立第一中学和师范学校校长的爱国教育家王宾章，齐齐哈尔陷入敌手后，他以伪黑龙江省教育厅厅长职务掩护地下工作，经常向教育、文化界的人士宣传抗日思想。他说："人心不死，国家不亡；抗日政策在本省宜以注重青年思想教育，不忘祖国，仇视日寇为上。"1937年8月，因汉奸告密，王宾章"被日军宪兵队鞠讯，追究共犯。王氏见危授命，大闹公堂，拼死到底徒手搏斗，卒遭卫士开枪射死"。

1936年末到1937年初，日伪又在安东等地区制造了镇压东边道抗日救国会的教育界大惨案，被捕者达三百一十一人。

日本帝国主义的残酷镇压，并未使东北爱国教师屈服，反而激起他们对敌人更加强烈的愤恨之情，采取更为隐蔽的形式进行反对日本侵略者的斗争。

众所周知，在中华民族伟大的抗日战争中，东北抗战开始最早，持续时间最长，环境最艰苦，斗争最惨烈，对日本在东北的殖民统治基础产生了巨大冲击，对全国抗战的胜利也具有重要意义。

正如中华人民共和国国歌《义勇军进行曲》中所唱的那样："起来，不愿做奴隶的人们，把我们的血肉筑成我们新的长城。"东北军民用鲜血和生命铸就了不朽的民族之魂，挺起了中华民族的巍巍脊梁，他们展开的直接对日斗争和战争支援行动，将永远彪炳于中华民族的抗日救国事业史册之中。

第二节 奋起迎敌

1938年5月，毛泽东在《论持久战》中写道："战争的伟力之最深厚的根源，存在于民众之中。"[①]在波澜壮阔的抗日战争中，民众的贡献对于中华民族最终取得战争胜利，发挥了无可估量的巨大作用。仅围绕作战行动而言，民众就积极参与供给军需、运送粮秣、指引道路、提供情报、救治转运伤员等诸多勤务工作（详见本章第三节《并肩而战》）。但在以往著述中，却较少提及中国民众自发的直接抗日斗争。

其实，中国百姓不仅广泛参与各类作战勤务工作，还自发对日本侵略者展开了直接武装攻击或军事对抗。奋起迎敌，堪称豪迈！

中国民众武装对日斗争，在1931年九一八事变之后就已经开始，直至1945年日本战败投降方至结束，时间上贯穿了抗日战争的始终，地域上则涵盖了大部分日军侵占地区。

本章节仅以河南为例，就可让读者了解中国民众与军人齐御外侮，同洒热血的慷慨悲壮。

卢沟桥事变后不久，日军即侵入河南。1937年11月，重镇安阳陷落，安阳、清丰、长垣等惨案相继发生。[②]豫北民众愤怒了！各种民间自发抵抗此起彼伏，以王兴涣为首的民众抗日活动就是其中的典型代表。

王兴涣，沁阳崇义镇西葛万村人，生于1903年。1937年底，

---

① 《毛泽东军事文集》第2卷，军事科学出版社、中央文献出版社1993年版，第340页。

② 1937年10月至11月，日军制造安阳惨案，屠杀安阳城内百姓一千人（一说两千人）。12月，日军制造清丰惨案，两天时间内屠杀县城居民1096人。1938年3月，日军制造长垣惨案，屠杀无辜群众1700多人。

王兴涣主动联络温县的胡玉明、济源的张德功商议抗日大计。三人一拍即合，组织了一支农民抗日武装，取名为抗日保怀自卫军。[①]自卫军由王兴涣担任团长，胡玉明、张德功为副团长，主要驻地是沁阳和济源。1938年3月，自卫军先后在廖屯、十三里店、水运、两水等地截击日军；4月，配合郭大佛、李世平的游击队，在西宜截击由济源向泌阳县城撤退的日军；5月，配合当地驻军一部，同围攻十八里的日军展开激战；之后，又在崇义南、谷旦北截击日军，打死打伤日军数十人，战马几十匹。

日军对王兴涣切齿痛恨，多次试图剿灭均未成功，便暗地收买王兴涣的部下王子陶，意图不轨。1939年春，王兴涣带七人前往河南焦作、新乡、开封等地联络抗日力量，行程被王子陶向日军透露。返回时，王兴涣等在沁阳火车站被日本特务密捕，不久惨遭杀害，为国捐躯。王兴涣牺牲了，但是济源百姓的自发抗争始终没有停息。

1941年11月某日，一股日军沿济源邵原镇蛋窝河，从黄背角搜山至鳌背山附近。后来，日军指挥员安排大部兵力携带抢掠的物资先行撤离，留下一个小分队人放火焚烧百姓房屋。撤往山林的村民见状不禁怒火万丈，一些猎户决定组织起来，使用中国军队撤退时散落丢弃的枪支，在蛋窝河伏击日军。

当日14时左右，烧完房屋的小股日军毫无防备地从黄背角村顺河回撤，抵达蛋窝村附近时，东山伏击点——后山神庙悬崖处枪声响起。由于河道地势较低且宽阔无遮蔽物，一众敌兵纷纷中弹。日军阵脚大乱，一面放枪一面逃离伏击区域，沿河向下游奔去。转移途中，日军发现河中有两块麦秸垛大小的巨石，认为可做依托，便

---

① 沁阳一带古称怀川。

聚集于石下试图反击。但蛋窝村猎户颇有谋略，提前在大石上方设置了巧妙的伏击点，藏身于石后的日军又被击伤多人。这次战斗规模尽管不大，却打出了济源百姓的威风。

蛋窝村伏击战战场旧址

不仅是济源，豫北地区到处都燃起了打击日寇的烽火。

1937年12月，日军侵入清丰，清丰城郊农民自动组织起来，杀死奸污妇女的日军数十人。

1938年2月，博爱县城失守后，该县农民武装首领王某率众千余人佯装向日军投降，领到子弹补给后率众杀敌，获汽车四辆，收复了县城。

1938年3月，从安阳南犯的日军途经司马村，大肆掳掠，无恶不作。当地武装首领李伍常联络附近驻军将司马村包围，向日军发起猛攻，毙伤敌二百余人。

1938年4月，浚县天门会首领王钦甫集合会众二百余人夜袭马头镇日军，毙伤敌四十名，活捉三名，获枪二十支。

1938年4月，汉奸刘善道率日、伪军百余人进犯延津县马厂，当地农民击鼓集合，用大刀、红缨枪与敌拼杀肉搏，毙伤日、伪军五十余人，获机枪一挺。5月，敌军出动三千余人包围马厂，待敌进至距村三十米处，农民突然发起攻击，毙伤敌三百余人，击毁汽车两辆，余敌退去。

1938年3月8日，日军出动骑兵数人，向温县以东方向侦察，当地民众范廷兰、任升荣率抗日游击自卫队三十人，埋伏于刘村沟，击毙敌军一名，其余日军向西北方向逃窜。自卫队追击至西南冷村附近，再击毙敌三名，共获战马四匹和枪支等战利品，打响了温县境内抗日战斗的第一枪。3月9日晨，日军出动千余人，分三股东犯温县刘村，炮击北平皋。此时北平皋村内驻中国军队第40军的一个连，村民千余人架起土抬枪四百余支，协助部队守寨。激战至10时许，日军破寨入村，双方展开巷战。因敌众我寡，守军和武装村民几乎全军覆没。10月，温县当地武装首领殷嘉靖联合其他民间帮会领袖王承恩、李逢山等，以及武陟、孟县和沁阳各色枪会两千余人，手持鸟枪、长矛、大刀，分三路围攻温城日军。但在攀援城墙时，遭日军杀伤较大，蒲被、吴春耕等两百余人牺牲，攻城战斗失败。

1939年9月2日，阳武县城北曹李庄村农民李九贵组织了五六十人的民众游击队，有步枪五十余支，在关帝庙、郝村一带进行抗日游击活动，不断打击日军，牵制了驻城日军的行动。

1940年1月15日，当地农民银友义率领他组织的原武常备特务队二十五人，在小朱庄与日本侵略军进行战斗。特务队以游击战术与日军周旋，后因寡不敌众败散。

修武、博爱、沁阳等地以民间练武的“武学堂”为基础组织游击队；修武、获嘉的农民武装多次袭击敌军，使敌联络中断，并夺取敌辎重给养。

封丘全县涌现出农民武装二十多队，多者数百人，少者数十人。其中张连三部曾在城关、阎小寨多次袭击日军，曾一次歼灭日、伪军八十多名。

在汲县分驻四乡的日军因夜间常被农民劫去枪械，“均移驻城内，不敢出城”。

…………

豫东是继豫北之后河南第二块大面积失陷的地区。1938年3月起，中日军队数十万部队在鲁南苏北激烈厮杀，史称徐州会战。①此战中国军队在台儿庄、禹王山等地重创日军，沉重打击了敌寇嚣张气焰。会战后期的1938年5月中旬，日军进犯豫东平原，中国军队组织兰封会战。②至5月23日，河南兰封失陷，随后虞城、商丘、宁陵、民权、睢县、柘城、杞县、通许、陈留、尉氏、开封、中牟等地先后被日军攻陷，郑州形势危急。6月9日，中国军队炸开花园口黄河大堤，黄河水经中牟、尉氏沿贾鲁河南下，泛滥于豫皖平原，无数百姓遭难，日军亦被阻于黄泛区以东。③

哪里有压迫，哪里就有反抗。日军在豫东统治的开始，也正是当地民众自发武装斗争的发端。西华开明绅士响应国家“有钱出钱，有枪出枪，有粮出粮，支援抗日”的号召，于1938年建立西华人民抗敌自卫团，最多时有三千余人。自卫团在西华、太康、睢县等地伏击日军的运输队，守卫黄河新河道，抵御日军西犯。

退役军人魏凤楼，在豫东家乡组织民众抗日武装一千二百多人，

---

① 王建朗、黄克武：《两岸新编中国近代史》民国卷，社会科学文献出版社2016年版，第412页。

② 王辅：《日本侵华战争》第2卷，辽宁人民出版社2015年版，第648页。

③ 王辅：《日本侵华战争》第2卷，辽宁人民出版社2015年版，第654页。

于开封以东破铁路、打据点，袭扰日军。

杞县、睢县当地民众亦分别组织一百余人的农民抗日武装，袭击日军抢粮部队，攻打敌人据点，影响迅速扩大，青年农民、学生纷纷要求加入，部队很快发展到六七百人。

尉氏一带的民众反抗活动也异常激烈。1938年6月20日，尉氏农民刘祖尧等在五里河袭击乘船之日军，夺船三艘，每艘船上有日军若干名，除一名被生擒外，其余全被淹死。

丨抗战中的中国民众武装

1938年夏，盘踞在尉氏寺前张村的日军百般蹂躏百姓，激起村民的强烈愤慨。6月中旬的某个深夜，该村刘全等几位青年，趁日军休息、岗哨松懈之际，持杀猪刀、大粪杈、抓钩等原始武器，将日军的部分装备破坏。翌日晨日军追查，汉奸汇报是寺前张群众所为，但日军误把寺前张听成是附近另一处村庄芦墓张。6月17日晨，一百多名日军包围该村，将全村未及逃脱的村民集中在菜园和大墙根两处集体枪杀，共杀害一百二十三人。数日后，逃难归里的百余名青壮年怀着满腔复仇怒火，冒着生命危险，趁日军撤到新黄河

（贾鲁河）以东之际，手持斧头、铁锤、钢锨等拆毁日军架设的码头桥，并放火烧毁了敌军用汽车一辆。

1938年6月13日上午，四十多名日军侵扰朱岗寨，焚毁麦垛、奸淫妇女，并枪杀两名无辜群众。为保卫家乡，村民吴青山率本村及为避黄水而来的七八个邻村的农民，挖壕修寨，引黄河水注入壕沟，并搜集土枪十五支，“五子土炮”“猪娃土炮”各一门，配制火药，铸造铁砂，严阵以待。7月18日，两名日军持枪意欲进村抢劫。村民奋起还击，击伤一名日军。然后，村民们集中武器，三人一组，日夜守寨。7月21日，二十多名日军在机枪掩护下，发起进攻，村民待敌靠近后还击。日军进攻未果撤去。7月22日晨，日军再次强攻朱岗寨，村民沉着应战，击毙日军二十余人，击伤多名。中午，敌得到有生力量和三门火炮的支援，攻破东寨门。村民自卫武装一面组织老幼妇弱转移，一面英勇抵抗。子弹铁砂用光后，手持铡刀、棍棒、铁锨等与日军展开肉搏战，毙伤敌三十多人，但终因武器相差悬殊庄寨失守。未撤出的八百多名群众悉数被杀，一千七百多间房屋被烧毁。

1938年6月上旬，日军由开封南下，经尉氏直指洧川。主要由当地民众组成的尉氏县自卫队在魏征庙、张碾、马庄一带布防，抗击日军。日军采取迂回路线前进，绕过洧川县城，径奔长葛。当日军行至官亭时，花园口黄河大堤被炸开，滔滔黄河滚滚南流，日军被迫调整部署。6月18日下午，两百多名日军从仓刘双洎河东撤，自卫队十四位战士，掂着汉阳造老式步枪，先埋伏于张碾村东边的一片坟地中袭击敌军，待敌慌乱之际又转移到马庄村头，继续伏击日军。日军无心恋战，在炮火掩护下东退。

1938年，尉氏农民赵金玉集合农民武装数百人，在新店街附近毙伤敌数十人，在郭新店毁敌船四艘，打死窜扰韩集之敌三十余人。

大约同一时间段，洧川农民赵老四，在中牟、尉氏一带组织农民武装，最多时有三千多人，协同正规军作战。

兰封、考城、商丘等地也都组建有规模不等的农民自卫军、保乡团、游击队，与侵略者周旋，以各种形式保卫自己的家园，支持国家抗战。

到1938年10月，豫东地区的农民抗日武装已达数万人。其中，宁陵乡绅郝日勋是众多抗日武装领袖中的突出代表。郝日勋，1906年生，自幼读书，曾任乡长。1938年日寇入侵豫东后，日伪土匪猖獗，民不聊生。郝日勋组织起小型自卫队，很短时间发展到三十余人。后因与宁陵逻岗匪首冯万选战斗失利，家庭乡邻遭到威胁，无奈之下委身于敌，出任民权某区伪区长一职。

1939年3月，不堪与日伪为伍的郝日勋设法联系上了中共吴屯地下党组织，地下党员王洪恩被派往郝日勋处担任副官。郝日勋忍辱负重，在日伪旗号掩护下，至1941年组织起五百余人的地方武装，多次秘密为八路军购买运送药品及弹药。郝日勋还利用职务尽量保护当地民众，例如，他曾以各种理由拒绝了日方提出的强制遣送劳工去东北做苦役和开挖柳河北护路沟的要求。

郝日勋的行为逐渐引起日军警惕，为监视该部，日伪在附近设立警察所。1941年10月2日，日伪通知郝日勋去民权县城开会，其实预谋在会议中将其拘捕调查。此事的风声为中共吴屯地下党事先获知，郝日勋一方面将武装力量安排到黄河故道南岸刘庄、潘楼一带以防万一，另一方面派其弟郝日谋代为参会，郝日谋果然被扣押。当夜郝日勋部袭击伪警察所，击毙伪警多人。10月4日，郝日勋率五百余人在王庄寨乡刘庄宣布起义。

日军恼羞成怒，派兵前往老郝集火烧了郝日勋家中房屋。10月6日，经中共吴屯党支部书记袁治洪提议，郝日勋部在山东省曹县界牌集进行整编，命名为抗日自卫大队，下设五个中队。整编结束后开赴河南商丘西北孙付集、考城东南阎集一带黄河故道沿岸活动。

12月22日，日伪从商丘、开封等地出动千余人，配属卡车五十余辆、坦克一辆，“扫荡”自卫大队驻地阎集以东胡老家一带。6时许，战斗打响，因敌军火力猛，汽车速度快，自卫大队被截为几段，队伍伤亡六十余人，郝日勋左臂受伤，大队副张奏旭、五中队队长孙家化阵亡。不久，自卫大队在村内的三个院落据点逐渐被敌攻克，守军自班长秦和起以下全部壮烈牺牲。此时，胡老家的自卫大队有生力量只剩下传令队和防守村西中队的一个班，连同一并参加战斗的郝日勋年仅十二岁的儿子郝正林在内，共计仅三十七人。日伪猛攻自卫大队最后的坚固据点，连攻三次均被打退。至中午炮声暂停，之前被敌捕获的郝日谋被汽车载至附近劝降：“哥哥，别打啦，赶快投降吧，投降仍能回四区当区长，我可以被释放……”郝日勋见弟弟绑在汽车上被逼喊话，毅然命令机枪手孙继堂向其弟开枪，绝不苟且。如此激战又起，至下午四时许，自卫大队仅余十七人，但无一人胆怯后退。护兵杨学义枪法出众，于战斗中击伤日军指挥员太田部队长，暂时解了被敌军包围之困。

为避免全军覆没，郝日勋一面组织抵抗，一面安排向相邻小院挖掘地道，时至傍晚，简易地道挖通。邻院虽小，但屋舍较为坚固，加之天色已暗，日、伪军一时难以得手。傍晚时分，自卫大队增援部队从东北、西北方向攻来，内外夹击，日、伪军无心恋战，败退而走。胡老家战斗结束后，自卫大队缩编为三个中队，转移驻地到山东曹县西汪楼一带。

日伪对于未能全歼自卫大队耿耿于怀，1942年4月13日凌晨，商丘、兰封、考城、曹县等处大量日军，突然袭击自卫大队驻地汪楼村。激战三个多小时，敌人用火炮将寨墙工事打塌，自卫大队伤亡惨重。但由于百姓尚未完全逃出，自卫大队仍坚持抵抗。紧要关头，郝日勋加派队员十余人掩护群众撤退，自己率领自卫大队向前汪楼突围。战斗中，郝日勋的妻子和两个儿子先后阵亡，郝日勋本人也在突围中身受重伤，于前汪楼壮烈牺牲。此次战斗，自卫大队所部二百余人大部战死，仅三十余人侥幸脱险。战后，郝日勋的遗体被找到，当地军民举行了庄严的葬礼。自卫大队余部大多参加八路军，继续着郝日勋誓死抗敌的志愿。

豫东南是河南遭到日军侵犯的第三块较大范围的地区。1938年夏，日军为展开武汉会战，一部自安徽合肥向西，至9月初攻入河南，中国军队在富金山等地进行了顽强阻击，但终因力量不足，固始、商城、光山、潢川、罗山等县先后失守，1938年10月12日，豫南重镇信阳陷落。[①]

豫东南地区由于沦陷面积相对较小及各种原因，目前可见的民众抗敌史料较少。但即使在不多的资料中，仍然可以强烈感受到当地百姓自发抵御外侮的英雄气概。其中最具有代表性的，非张唤民领导的淮南抗日卫国游击队和牛少山率领的抗日游击队莫属。

张唤民，字汇九，1911年生，固始人。曾在国民党政府水利部门任职。卢沟桥事变后，面对民族危亡，张唤民慷慨激昂，四处宣讲抗日救国道理，激发民众抗日热情。

1938年夏，日寇侵犯固始，人民惨遭蹂躏。张唤民将家中现金

① 王辅：《日本侵华战争》第2卷，辽宁人民出版社2015年版，第714页。

全部拿出，于溃逃散兵处买来长短枪二十余支，将积极要求抗日的邻里亲友几十人集合起来，组成淮南抗日卫国游击队。武汉会战前夕，侵华日军经固始分水陆两路向西推进，沿淮而上的敌寇乘坐汽艇通过，每日三五艘、七八艘不等，经常靠岸闯入附近村镇烧杀奸淫、抢掠财物。张唤民曾带领队伍隐蔽在淮河大港口芦荻丛中伏击敌艇，击沉日军汽艇一艘，击毙军官一名，重伤其士兵三人。后又在苗埠口、曹家集、陈族湾、望港集等处多次袭扰敌人。日军受创后再不敢放肆骚扰，沿淮村镇民气大振。

不久，日军驻三河尖中队中队长柴田少玉中尉查知袭击汽艇行动系张唤民所为，多次派兵报复，因游击队行动飘忽不定，始终未能得手。于是，日军便寄希望于汉奸周虹如。与此同时，淮河阻敌后，张唤民深感要抗日必须广泛联合武装力量，扩大队伍。初秋某日，他同塾师段梦初、警卫员凌学胜等有事前往蒋集，接到周虹如的请柬，被邀请共商抗日事宜。当时在三河尖有当地民众杨某为首的一支群众自发武装，张唤民想通过周虹如联系杨某，成立联合指挥部，扩大抗日力量。由于周虹如投靠日军行事较为隐秘，此前也未作出明显的汉奸举动，故而张唤民疏于警惕和防范，不料正入了汉奸的圈套，在周家午饭时，周虹如花言巧语，将张唤民的手枪骗了过来。张唤民当即被软禁，半夜时分即遭枪杀，为国捐躯，年仅二十七岁。中华人民共和国成立以后，凶手周虹如被枪决。

牛少山，1920年生，潢川上油岗乡万营村人，自幼好习枪耍棒，青年时以贩运粮食为生。1938年秋，牛少山的骡马队在息县张庄附近遭日军打劫，骡马被打死，粮食亦被劫掠，加上日军侵占潢川后奸淫烧杀，暴行不断，牛少山决心抗日。一次日军散兵进村扰民，牛少山用变卖财产得来的简陋武器，以一指被炸断的代价击毙日军三人。此后，他以缴获日军的四支枪起家，组织了一支游击队，在豫东南潢川、息县、固始、商城一带抗击日军。

一次，牛少山听说息县、潢川交界处一个据点的日军想找厨师，就趁机派出一位精明的游击队员前往为日军服务。因日军想吃鸡，厨师便引诱日军前往宋寨抓鸡，并提前设法通知了牛少山。于是游击队在宋寨设伏消灭了前来的七八名日军，但带路的厨师队员不幸牺牲。宋寨伏击战后，牛少山游击队声威大震，很快发展到七十多人、四十多支枪的规模。不久，游击队根据内线消息，又在潢川通往商城的必经之地张庄附近的一个陡坡上，伏击了押送军用物资的日军一个班。此战中，游击队员事先在公路上挖好三个坑，里面堆满土制火药，最下层是数枚手榴弹。但是，日军押运队伍在进入伏击圈前突然开火，一名游击队员被击伤。游击队副队长认为埋伏人员已经暴露，应该调整计划，牛少山根据敌军射击的盲目性，判断日军并未察觉危险，只是随意试探射击。果然，枪声很快停止。天黑坡陡，日军马车走得很慢，待三辆马车驶到火药坑附近时，牛少山一声令下，爆炸声、枪声大作，日军猝不及防陷入混乱。为节约弹药，游击队冲出与敌展开白刃战，一个班的日军被全歼，但游击队也有数人伤亡。

张庄胜利后，牛少山游击队进一步发展到一百多人。由于日军开始采取“以华治华”政策，当地一些地方武装经不起诱惑，沦为伪军。日军也派人来招降牛少山，送了金条和团长的委任状。牛少山拒不投敌，坚持抗日。这期间，他与一位中共地下党员过从甚密，曾根据对方提供的情报，攻击过在潢川、固始交界处的一个日军据点，使其不能参加对光山、罗山的增援作战，以减少光山、罗山一带抗日军队的压力。当时，牛少山考虑日军据点易守难攻，游击队又缺乏重火力，便采取了围而不打的战法。一方面，队员们在油桶里燃放鞭炮，模拟出机枪的声音，使一时摸不清情况的据点日军不敢轻举妄动。另一方面，他们在据点的对外道路上埋设了炸药。数小时后，先前增援光山、罗山战场的日军撤回，游击队又乘机炸死炸伤二十多名日军和十几匹战马。此次战斗最终导致日军放弃了该据点。而牛少山游击队又开始了新的战斗……

自1938年10月信阳失守，河南豫北、豫东和豫东南五十余县的广大地区沦为敌占区。中国正面战场部队则退守黄河以南、新黄河以西、淮河以北地区与日军对峙，这一局面持续了六年之久。

豫中、豫西南广大百姓在遭到了侵略者荼毒戕害的同时，也发起了不同规模和形式的自发抵抗活动，并一直坚持到日本败亡投降。

发生在豫中大地上千千万万民众抗敌的事迹，其中能够由历史档案或由当事人回忆记录下来的，只是极少的一部分，无数英雄的故事已消散在了岁月的长河里，这是多么的遗憾。然而，令人欣喜的是，流传至今的一些抗战歌谣，还在以生动鲜明的语言颂唱着河南民众抗战的难忘事迹。现摘录部分如下：[①]

《大家都煮东洋鬼》

你兑面，我兑水，
大家都煮东洋鬼。
翻一翻，死一千，
捺一捺，死一万。
翻一翻，捺一捺，
把鬼子煮得稀巴烂。

---

① 《大家都煮东洋鬼》《密县城　方又方》《月奶奶　亮光光》《公鸡叫　天亮了》《日本鬼子太猖狂》为樊百全编写。《日本鬼子是坏蛋》系杨兰春编写。《小小孩儿》《鬼子魂吓掉》为连德林收集整理。

《密县城　方又方》

密县城，方又方
玉石宝塔在中央。
横贯郑、登路，
溱、洧交流长。
新建筑，古风光，
莫叫敌人来毁伤。
不毁伤，要抵抗，
你用高射炮，
我拿机关枪。
全凭铁和血，
打败日军保家乡。

《月奶奶　亮光光》

月奶奶，亮光光
我送哥哥上战场。
东庄王二哥，
西庄有老张。
我们都是密县人，
大家一起来抵抗。
不怕死活往前闯，
打败日本鬼，
欢欢乐乐回家乡。

《公鸡叫　天亮了》

公鸡叫，天亮了，
咱们战壕已挖好。
你拿枪，我拿刀，
敌人近了出战壕。
砍掉敌人头，
好给大家把仇报。

《日本鬼子太猖狂》

日本鬼子太猖狂，
东庄烧房子，
西庄抢食粮。
再迟些时不理他，
眼看要杀咱爹娘。
叫弟弟和兄长，
大家干，大家抗，
要把日军都杀光。

《日本鬼子是坏蛋》

日本鬼子是坏蛋，
侵占中原一大片。
全国男女齐动手，
举起刀枪跟他干。
打过他，跟他打，
打不过他跟他占。

他占城，咱占县，

他占中间咱绕圈转。

打到反攻那一天，

把他送到阎王殿。

《小小孩儿》

小小孩儿，咱俩玩儿。

上哪儿玩？黄河沿儿。

河边有群日本兵，

咱们拉着大炮轰！

河边有个汉奸队，

叫他抱着鬼子死尸睡！

《鬼子魂吓掉》

一过陇海道，鬼子魂吓掉。

吃饭怕肠烂，喝水有尿臊。

走路怕地雷，过河怕断桥。

出门怕冷枪，住房怕火烧。

鬼子投了降，乖乖把枪交。

河南民众的奋起迎敌，在波澜壮阔的中国人民抗日战争中，并非孤例。实际上，在全国所有沦陷区和中日力量的接触地带，都有当地民众奋而抗争的可歌可泣的事例。

例如，在武汉会战序战阶段，日军进攻安徽和县，就遭到了当地军民的抵抗。日军第147联队战史记载，该联队一部参加了1938年4月24日攻打和县的战斗。由于防守力量不足，和县于当日下午失守，一位名叫成本华的中国女性被日军俘虏并杀害，时年仅二十四岁。

日军进攻和县

不知出于何种目的，日军在杀害成本华前，为她拍摄了照片。后来，照片发表在1938年5月由日本大阪、东京朝日新闻社出版发行的《“支那”事变画报》临时增刊第16辑和正刊第28辑上。[①]1979年日本每日新闻社出版发行的《日本战史》画报中，再次刊登了成本华就义前的一张照片。根据和县档案馆的档案史料、《和县志》以及一些口述史料的记载，在和县守卫战中，成本华隶属于地方武装

《“支那”事变画报》刊登的成本华照片

① 房列曙、房列明：《武汉会战应从“最美抗日女英雄成本华”讲起》，《江淮文史》2018年第3期。

性质的抗日人民自卫军，配合中国正规军进行防御。也就是说，作为和县历阳镇高巷村人的成本华，是以当地民众的身份参与到了惨烈的抗日战争中，并为之付出了最宝贵的生命。

1997年12月，中国对外翻译出版公司出版了方军的著作《我认识的鬼子兵：一个留日学生的札记》，书中刊登了成本华的照片。这是国内刊物第一次刊出这张照片。此后，成本华的英雄事迹被重新发现，并广为传播，中央电视台纪录频道也播出了关于成本华的纪录片，无数中国人为之动容，称赞成本华为“最美抗日女英雄”。

收藏家樊建川对成本华的照片进行解读时，称成本华是中国抗日战争不屈战俘的代表。2005年4月，他在《成本华的风采》一文中写道：“成本华本人却是最镇定的，表现出一种安详，甚至面露微笑。她的双手交叉放在胸前，这是一种自信、无所畏惧的姿态，在以残暴闻名于世的日军环视之下，表现得从容不迫。”其实，在最早刊登成本华照片的《“支那”事变画报》上，就用日文写着注释：“昭和十三年四月，在中国战场上俘获的中国军队女战士成本华，二十四岁，对于我军的刑讯，她始终面露微笑毫无惧色，将自己的青春献给了国家。”

成本华塑像揭幕仪式

即使是侵略者，也被中国民众抵御外侮的不屈精神所折服！

2015年8月29日，由安徽省和县人民政府出资兴建的抗日女英雄成本华纪念广场，在和县得胜河西畔建成，并向市民开放。成本华烈士若泉下有知，亦可含笑长眠了！

在中华民族14年的浴血抗战中，奋勇抗战的英雄数不胜数。在北京平谷，有这样一位被敌人活埋，而又奇迹般活下来的抗日女英雄。

陈杰英（1926—2007）女，平谷杨家会村人。原名刘杰英，丈夫陈生牺牲后，为承遗志改为陈姓。

陈杰英出生在贫苦的农民家庭里，坎坷的生活经历，铸造了她一股倔强、泼辣的性格。1940年，刘杰英的哥哥刘福兴在村里担任干部，积极从事抗日工作。刚满16岁的刘杰英在哥哥的革命思想影响下，也满腔热情地参加了抗战工作。刘杰英经常跟着乡亲们上山，为抗日游击队和县政府的同志们送去粮食、军鞋等物品。有时遇到山路坡陡难行，赶着驮东西的牲口上不去，她就背着沉甸甸的包袱，爬上崎岖的山路，送到事先和同志们约定好的隐蔽地点。

1942年10月的一天，鬼子和汉奸又突袭包围了杨家会。十几个鬼子汉奸一窝蜂似的闯进刘杰英家。在母亲的掩护下，刘杰英趁机跳到窗外，翻上墙头。可惜慢了点，一个凶恶的鬼子端着刺刀追过来，朝她身上猛刺。她的腰部受了伤，但她咬紧牙，下了墙，踉踉跄跄地朝着邻村的河套那边婶子家的方向奔去。刚跑出几十步，她就摔倒了，鲜血浸透了衣裤。她每前进一步，伤口都像刀剜一般疼痛。好不容易她才爬到婶子家门口，只见房门敞开着，村里连个人影也没有。为了防止敌人发现目标，她又朝5里外井儿峪的方向爬去……

天色渐渐黑下来，敌人撤走了。村里一片寂静。乡亲们在野外找到刘杰英，把她抬回家。母亲顾不上遭敌人毒打后的伤痛，忙乱地把女儿安置好，用盐水给她擦洗伤口，把烧焦的棉花灰涂在伤口上。

1943年9月14日，常年在外从事抗日活动的哥哥回到家中，由于特务告密，刘福兴和十多名党员、进步群众被押到离据点不远的大水坑边杀害了。刘杰英闻知后，怀着悲愤的心情，深夜越过“治安壕”将哥哥的尸体背回家安葬了。

那天，刘杰英带着满腹悲痛，拖着疲倦的身子回到家中。眼前的情景使她惊呆了：只见父亲被双手倒背捆绑着，脑袋向下戳在水缸里，早已呛死了。再一看里屋，她那活泼、可爱的小侄女（仅仅8岁）也被敌人打死了……

在不到六天的时间里，日本鬼子夺去了父亲、哥哥和小侄女三位亲人的生命！她的泪水流干了，眼睛里喷射着复仇的怒火。不久，她出嫁到西古村，与青年农民陈生结了婚。婚后两个多月，陈生就参加了八路军，在南水峪战斗中光荣牺牲。为了纪念抗日牺牲的丈夫，刘杰英改名陈杰英。

1943年11月的一天，几个据点的鬼子、汉奸一起出动，包围了杨家会和邻近的几个村庄。她趁敌人四处搜寻的机会，从窗户跳到院里。三个鬼子紧追不放，抓住了她。他们押着她走出不远，其中一个鬼子看到前边有个妇女正在躲藏，便追赶上去。剩下的两个鬼子端着刺刀威逼着她朝没有人的农户家走去。村里的小巷和宅院都布满了敌人。吆喝声、叫骂声连成一片，乡亲们大部分都跑上了山。她看出鬼子不怀好意，便径直朝着一户人家走去，进门后，屋里屋外空无一人。鬼子见状，就端着刺刀逼着她进屋。她用力挣脱着，鬼子用刺刀扎伤了她的腰。她不顾一切地和敌人搏斗起来，她突然猛地一推，把身旁的一个鬼子推搡进屋里，奋力反扣上门。另一个鬼子端着刺刀再次朝她刺来。她躲闪不及，刺刀刺伤她的臀部。她忍住疼痛，拼命奔向村外的树林隐蔽起来。她撕开身上的衣服包扎了伤口，一直坚持到敌人撤走。敌人四处打听，几次围村抓捕她，都没有得逞。

1944年1月16日，放光村据点的鬼子和伪军到西古村清乡。那天，陈杰英正在家里和几个姐妹坐在炕上纺线，突然鬼子闯进来，把她带了出去。全村群众都被驱赶到这儿。陈杰英被带到人群的前

抗日英雄陈杰英（右）和蓟县砖瓦窑村“八路军母亲”杨妈妈（中）、小英雄赵清泉（左）的合影

面。几个鬼子把陈杰英捆了起来，扔到土坑里，但她拼命挣扎、反抗。鬼子又朝她腹部和腰部扎了两刺刀，她昏了过去，鬼子才得以把土填上。这时愤怒的人群又冲了过去，敌人再也拦不住，只得夹着尾巴溜回了据点。敌人走后，乡亲们急忙把陈杰英从坑里扒了出来。

因埋的时间不长，又是冻土，有空隙，尚存一息，经过抢救，陈杰英苏醒了过来，被乡亲们抬回了村。

陈杰英伤愈，已是1944年7月。她坚决要求参加八路军，成了一名光荣的八路军战士。在十四分区经过半年多革命理论和妇女工作的学习后，被分配到密云县做妇女工作。她把对敌人的刻骨仇恨和对党的满腔热爱，全部倾注到抗日的工作中、支前的生产上。1944年11月，陈杰英光荣地加入了中国共产党。1945年5月被冀东十四军分区命名为“战斗英雄”。

还有河北涞源县的抗日小英雄王二小，他的故事更是感天动地，让日寇瑟瑟发抖！

牛儿还在山坡上吃草

放牛的却不知哪儿去了

不是他贪玩耍丢了牛

那放牛的孩子王二小

……

这首广为流传，感动了几代人的《歌唱二小放牛郎》，在中华大地流传了多年，至今仍印刻在太行山的记忆中，传唱在老百姓心间。歌曲中的主人公王二小，是一名少年抗日英雄，为将日寇引入我军包围圈而牺牲。

1929年，王二小出生在河北涞源县上庄村一户贫苦农民家里，

11岁便沦为孤儿，不得不外出要饭。后来听说插箭岭南边靠近解放区，他便来到了南马庄地区的狼牙口村。在与抗日军民的接触中，他逐渐懂得了抗日道理，参加了抗日儿童团。狼牙口是长城的重要关城，也是涞源通向阜平的交通要道，是日军扫荡的必经之路。王二小经常放着牛在山坡上为八路军站岗放哨，抽空还给八路军割草、送军鞋、送信，为抗日做了许多工作。

1942年10月25日，日本鬼子又来“扫荡”，走到山口时迷了路。敌人看见王二小在山坡上放牛，就叫他带路。王二小装着听话的样子走在前面，为了保护转移的乡亲，把敌人带进了八路军的埋伏圈。突然，四面八方响起了枪声，敌人知道上了当，气急败坏之下，日军用枪打中了王二小，用刺刀刺向他的胸膛把他弱小的身躯摔在一块大石头上！

战斗结束时，王二小还活着，几个战士将鲜血直流的王二小和另外两名受伤八路军战士一起送到刘家庄，但最终因伤势过重，机智勇敢的小英雄王二小不幸牺牲，年仅13岁。王二小牺牲后，当地军民把他埋葬在刘家庄的山坡上。

当时任涞源县青救会干部张士奎得到这个消息，马上报道给了边区青救会，《晋察冀日报》在第一版发表了这条消息。词作家方冰、曲作家李捷夫，被王二小的故事深深感动。根据报道，创作了歌曲《歌唱二小放牛郎》。

在当年晋察冀根据地，到处都活跃着儿童团员身影，涌现出一批王二小式少年英雄，一首童谣背后，融合了许多真实的英雄事迹。正是有千千万万个王二小的觉醒和抗争，才在民族危亡之际筑起了我们的钢铁长城。

河北涞源县的王二小纪念馆，陈列着王二小的事迹。东侧山坡上建有王二小墓。他的鲜血染红的那块大石头，人们称为“血色石”。

2015年8月26日，国家新闻出版广电总局发布了“我最喜爱的十大抗战歌曲”网络投票结果，《歌唱二小放牛郎》是入选的10首歌曲之一。

河北涞源县王二小纪念馆里的王二小雕塑

手持红缨枪的儿童团员

那么，面对极其凶残的侵略者，是什么原因促使广大中国民众，特别是农民积极投身到抗日斗争之中去的呢？

第一，当然是由土地观念和家园意识生发的自卫需要。学者费孝通在《乡土中国》中说：“直接靠农业来谋生的人是黏着在土地上的。”以农业为生的人离不开土地，土地是农民的基础。当日本侵略者的炮声打破乡间的宁静，战火使赖以生存的农业生产荒废了，这自然激起了农民的反抗意识。正如作家姚雪垠在抗战题材小说《差半车麦秸》中借王

小说《差半车麦秸》

哑巴的口说得那样："鬼子打不走，庄稼做不成。"质朴的语言道出了农民拿起枪进行反抗的最初动机。土地不仅承载着农民的生活方式，也是他们的家园所在地，作家孙犁在《关于〈荷花淀〉的写作》中说："他们热爱自己的家，自己的父母妻子，他们当兵打仗，正是为了保卫他们。暂时的分别，正是为了将来的团聚，父母妻子也是这样想。"从中可以看出，家国意识也促使农民积极参加反抗侵略者的活动。

第二，知识文化界的思想动员活动"催化"推动着农民参加抵抗行动。客观地说，20世纪30年代的中国农民的思想，还是比较涣散与落后的，与此同时，农村也处于无组织无准备的散乱状态。抗战期间，广大农民普遍还不明白民族抗战的重大意义及抗战与他们自身的关系。尤其是在抗战初期，许多农民对抗日战争持漠视或逃避的态度，这种态度也直接表现为农民对战争的迟钝反应。这时，中国知识文化界展开的深入社会各个层面的、轰轰烈烈的抗日救亡思想动员活动，就成为唤醒农民认清抗战意义及战争与其自身关系，并积极投身到战争中去的重要"催化剂"。

小说《荷花淀》

第三，则是民族意识对农民参加抗日战争的激励作用。日本的疯狂侵略使中国社会的民族矛盾上升为主要矛盾，阶级矛盾下降为次要矛盾。不论是贫民还是富农，只要或多或少地存在民族意识，就会希望尽快赶走侵略者。尽管农民中也有麻木不仁者，抑或当汉奸者，但总体意识是期盼国家与民族的解放。学者魏宏达在《抗战第一年的华北农民》一文中写道："看到抗战勇士壮烈牺牲，无辜民众惨遭涂炭，更激起了他们（农民）的民族意识和爱国热情。"故而，民族主义也就成为农民参加抗日斗争的动因之一。

在抗日战争中牺牲的难以计数的英雄百姓，与在正面和敌后战场殉国的中国军人一样，他们的名字，都一一镌刻在中华民族艰苦卓绝伟大抗战的胜利丰碑之上，永垂不朽，万古流芳！

第三节 并肩而战

中国的抗日战争是一场旷日持久的长期消耗战。战争对于人力、物力、财力的需求异常巨大。浩繁的战争给养和勤务，不仅需要大量钱粮，还需要大量人力的投入。当时的中国是个实实在在的农业国，四亿五千万人口中农民达到三亿五千万，比例接近80%，农民毫无疑问成为战争资源最主要的承担者。

纵观整个抗战，中国农民在各个阶段、各个方面和各种地区，把臂为伍，勠力救国，作出了不可磨灭的巨大贡献。主要体现在以下三个方面：

首先是贡献了大量的粮食和兵员，支持了长期战争。粮食是战争最基本的要素。“抗战要政，首在足食足兵”。粮食问题不仅关系正面战场，同时也对敌后战场的中国军队产生了重要影响。在进入山西战场与日军激烈交锋，部队规模迅速扩大后，八路军也逐渐开始面临“异常困难”的经济局面。对此，毛泽东的意见是“必须一面扩军，一面自给自足，不靠国民党发饷，而靠自己筹集供给”。2019年10月，本书编者之一蒲元前往山西考察八路军抗战遗址，经当地文史学者王箭引荐，于长治市黎城县西北部四十五公里处的孔家峧村，拜会了抗战期间曾任孔家峧村村长和八路军孔家峧粮秣仓库负责人的郭建仁的嫡孙郭海波，听郭海波介绍了其祖父协助八路军开展后勤工作的情况，并详细查看了郭家保存下来的大量抗战期间当地民众支援军队粮秣的原始票据。聂荣臻曾经高度评价敌后根据地的粮食供应，“农民为我们提供了一个巨大而可靠的供给部，不仅供应吃的穿的，还负责储存和保护物资，部队走到哪里，哪里都有我们的粮仓，不管白天黑夜，都可以立即得到所需要的粮食。”[①]

农民用勤劳的双手和默然的忍受，解决了战时供应之繁、给养之巨的大难题，不仅成功保障了军粮供应，也基本解决了公务人员和民众的粮食供给问题。

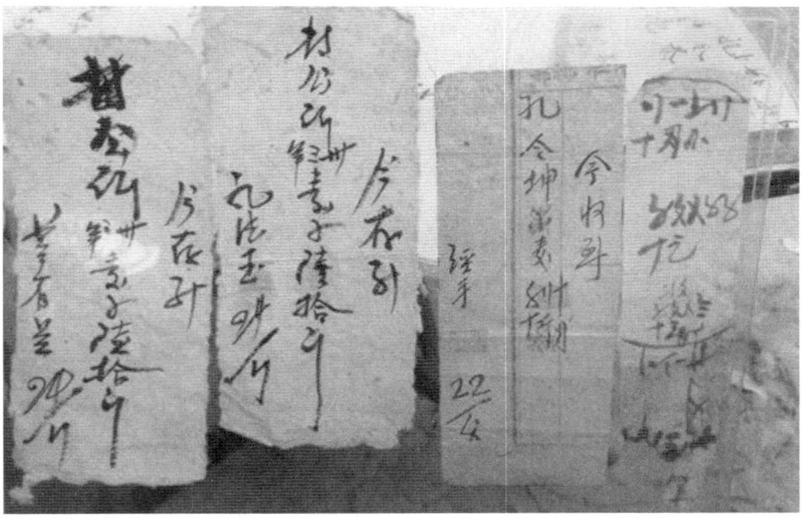

郭海波保存的当地民众支援八路军粮秣的原始票据

与粮食供给相仿，抗战期间的民众对于军队兵员的补充也是源源不竭。本章第四节《死字旗飘》将就此问题进行叙述，此处从略。

中国农民对抗战作出巨大贡献的第二个方面主要体现在提供各类战争勤务支援上，其中包括前线劳军、协助侦察、充当向导、传送消息、运送物资、保护伤员等。

例如，1937年秋淞沪会战，上海地区“乡民以我守军忠勇奋发，为国牺牲，箪食壶浆，自动送至前线慰劳”。

① 《聂荣臻回忆录》，解放军出版社1986年版，第413页。

又如，1941年冬，大批日、伪军围攻驻山东省沂南县马牧池村的八路军山东纵队司令部，一名八路军战士在反“扫荡”突围中身负重伤，被当地妇女明德英救下。当时，这名伤员因失血过多导致缺水休克，而周围又没有水源，正在哺乳期的明德英毅然用乳汁救活了伤员。随后，她又和丈夫李开田倾其所有，收养伤员半个多月，使其康复归队。在1943年一次战斗后，明德英又一次营救了八路军山东纵队军医处香炉石分所仅十三岁的看护员庄新民。日军搜村时，明德英与李开田便将庄新民认作儿子，后庄新民身体恢复返回部队。中华人民共和国成立后，作家刘知侠以明德英的真实事迹创作了短篇小说《红嫂》。

再如，1942年，日军对八路军大青山游击根据地进行铁壁合围大“扫荡”，部队主力暂时向晋西北撤退，部分伤员不能随军同行，巴日嘎斯太的蒙古族民众不避艰险，不仅妥善保护了伤员，后来还分期分批将他们安全护送到晋西北。

抗日敌后根据地群众对八路军还有过一种特别的帮助，与救助伤员有些类似，却又相当不同：太行山区的妇女们用自己的乳汁喂养抗日将士的后代，这个英雄的群体被人们称为“太行奶娘”。全面抗战爆发后，八路军东渡黄河，挥师抗日，活跃在中国北方广袤的大地上。特别是太行山，作为八路军主要的根据地和指挥中心，从1937年到1945年，官兵们在这里奋战了整整八年。在这期间，一些八路军将士有了自己的孩子。但是，残酷的战争中，尤其是抗战相持阶段，日军把相当大的精力用于对付敌后根据地，面对日军疯狂的“围剿”“扫荡”，八路军必须保持高度机动，孩子们显然无法随部队行动，留在老乡家里，一旦被日伪发现，不仅孩子危险，老乡也要遭殃。怎么办？危难之际，那些朴实的太行山农家妇女们，却无畏地张开双臂，去拥抱这些英雄的后代，用乳汁、身躯甚至生命，哺育着奶儿们，保护他们的安全，有的奶娘甚至为此牺牲了自己的亲人。

2015年，应邀出席纪念中国人民抗日战争胜利七十周年阅兵式的“太行奶娘”张招弟载誉返乡

在传递消息方面，1942年6月4日，浙赣会战期间，中国第三战区向所属部队下达了“避免在衢州决战”及转移的命令。衢州城外各军交替掩护，逐渐撤走。但城内的第86军因通信器材全被日军飞机、火炮击毁，与上级失去联系，丝毫不知城外部队已开始撤退，仍依托城防继续苦战，面临毫无意义的全军覆没巨大危险。千钧一发之际，船民齐大年从信安江游水进入城中，带来第10集团军总司令王敬久关于守军向枫林港突围的指示。后第86军虽付出相当大的代价，但大部脱险，为后续抗战保存了有生力量。

在敌后战场更是这样。日军第110师团师团长桑木崇明曾说：“(中国)老百姓可以随便用眼色或手势传达八路军要知道的消息，速度比电话还要快。”

由于抗日战争是一场规模巨大的战争，而战争勤务涉及广泛，极耗人力而又事关战局得失，因此，在中国军队现代化条件很低的情况下，群众的自发行为只能替代很小一部分战争勤务，主要勤务工作还须由大量有组织的人力来承担，包括疏通或破坏交通、运送大量物资、袭敌扰敌、坚壁清野等。

例如，1938年鄂南作战时，农民在当地政府的组织下，仅一个星期即修复几条长达八百里的公路，而使部队输送得到保障。

又如，1942年底，云南怒江泸水抗日江防部队对驻扎片马的日军发动进攻。日军凭险固守，中国军队苦战一年仍不能攻克。后决定迂回到敌军防守比较薄弱的山后丫口进攻，但通往此处只有一条崎岖山道，大部队无法进军。于是当地组织动员各族民工五百余名，经过三个月的努力，抢修了一条驿道。1944年3月初，中国军队采取迂回奇袭与正面突击相配合的战法，一举夺回片马。

有时需要疏通道路，有时则又要破坏道路阻止敌军。1939年湘北粤北作战中，大量农民被组织起来，出色地进行了坚壁清野和破坏交通工作，致使“敌人不得不枵腹而逃，予我军以歼敌的机会”。

参与运输保障，也是农民支援抗战的主要方式之一。1945年3月，西峡口战役爆发，中国数十万军队云集豫西南抵御日军。此次作战时间长达两个多月，当地山多粮匮，各类供应全凭后方转送。山路崎岖，运输不易，稍有贻误，势必影响战局。当地各乡镇组织运输队、担架队，肩挑背驮，驰驱于山谷鸟道中，所有军粮供给弹药补充，虽在万分艰苦环境下，均能无缺无误，伤病官兵亦能够及时抬至后方医院调治。其中，广大当地农民功不可没。

中国农民有组织的战争勤务支援行动，还有一种特殊的形式——挖掘地道。

“地道战，地道战，埋伏下神兵千百万，埋伏下神兵千百万。千里大平原，展开了游击战。村与村、户与户，地道连成片，侵略者他敢来，打他个人仰马也翻……”耳熟能详的主题曲及电影《地道战》，都对抗击日军的地道战进行了生动形象的描述。[①]

| 游击队员在地道内战斗

地道斗争最早的发源地在华北的冀中地区。[②]历史上华北地区就有挖掘地道的记载，河北永清、霸县等地多次发现地下古战道：“古战道结构十分复杂，既有宽大的藏兵室，又有窄小的‘迷魂洞’，还有掩体、夹壁墙、闸门和迷惑人的‘翻眼’等军事专用设施。战道与水井相通，内有通气孔、放灯台、蓄水缸、土炕等生活设施。古战道在土中的埋深，浅的顶部距地表一米左右，深的有五米多。”

① 该片系解放军总参谋部指定八一电影制片厂拍摄的民兵传统教学片，1965年上映。

② 黄道炫：《地下长城：抗战时期冀中地区的地道战位置》，《团结报》2019年1月11日。

冀中平原坦荡，日军机动能力强的优势可以充分发挥，八路军与之周旋的难度比在山区大得多，向地下发展是一个自然的选择。在冀中地区领导抗战的八路军将领吕正操回忆：“开始地方干部和人民群众为了防敌抓掳，在不得已时就藏入菜窖、山药窖内。继而挖掘了隐蔽洞，也只是挖在家中或院落里，叫‘地窨子’，也叫‘口袋洞’‘蛤蟆蹲’。”这一时期的地道挖掘，基本可以看作是群众自保的一种措施。

冀中根据地直逼日军在华北的控制中心平津地区，距河北重镇保定更是咫尺之遥，可谓日军的肘腋之患。1939年，随着相继夺取武汉、广州，日军开始将重心放在巩固其控制区域上，冀中的八路军受到日军连续攻击。由于日军军事上具有绝对优势，根据地大幅缩小，最小的时候，面积不足原先的三分之一。

侵华日军士兵斋藤邦雄所画的根据地军民实施地道战的漫画
（出自《陆军步兵漫话物语》）

面对这种异常严峻的态势，1942年3月，中共冀中行署、冀中军区等发出关于开展地道斗争的指示信，强调：“在敌后平原残酷的战斗环境里，一方面群众的生命财产要求安全，抗战的物质资财要求保全，另一方面分散的群众性的游击战争，不仅需要坚持，并且要求猛烈广泛开展，这就需要创造新的斗争方法。作为以上要求的有效依托，地道斗争就是适合于以上要求的一种新的创造。”随后，经由中共各级组织的推动，原先无法转移且隐蔽效能有限的地洞，开始逐渐相互打通，形成地道。“当敌人进行搜索时，‘死窟窿’里的人是逃不出敌人的手掌的……于是长距离的地道开始挖掘了，不但每家的地道都通着，而且地道从这个村庄通到了那个村庄，通到四周围的村庄去。”

这说明，地道已经不再是只具有单纯隐蔽功能的群众自救设施，而转向专门用于对敌作战的军事工程。据不完全统计，仅1944年，冀中平原挖掘地道即达两万里以上。①

很快，日军就发现，冀中地区地道几乎无处不在：“地下室的入门，在屋内者，多在鸡笼、便壶、灶台及柴薪乱草的下面；在屋外者，多在马、牛、羊、猪等厩房的底下，及喂猪喂马的槽底下；地下室内，不但可隐匿兵器、粮秣等，又可收容人员及医院的设施，或兵器修理工厂、印刷厂等；于破土房子，或空地下面，掘成地下室，上面堆积农作物或煤炭、马粪等来隐蔽。”

日军在报告中写道：“部队最初进驻无极县时，共方工作队、游击队四处潜伏，居民毫不合作，气氛令人可怕。对此，各队首先由所在地开始进行肃正。逐步向四周扩大。但终归抓不住人。部队在行动中经常受到来自住房的窗口、墙上，丘陵树林中的突然射击。

① 黄道炫：《敌意——抗战时期冀中地区的地道和地道斗争》，《近代史研究》2015年第3期。

偶尔发现敌人，紧追过去，却无影无踪。以后得知他们挖有地道，地道的入口设在仓库、枯井、小丘的洞穴等处，地道四通八达，甚至有地下集合的场所。”

1942年，冉庄利用地道打死打伤日、伪军一千二百余人，我军仅阵亡三十二人，伤四十一人。冉庄附近的日军经过多次失败后哀叹：宁绕黑风口，不从冉庄走。1945年，负责平津保地区警备的日军中将野副昌德感叹：“剿共战已变成地道战。”[①]尽管地道有其天然劣势，但只要挖掘科学、运用得当，地道斗争确实成为八路军及民兵打击日军和隐蔽自己的绝佳方式。

从最初的简单自救设施——地洞，升级为大规模地下军事工程——地道，不仅挖掘工作量非常大，工期也较长。以八路军有限的兵力和繁重的作战任务，不可能将主要兵力很长时间用于挖掘地道。而且地道基本是依村而建，出入口大部分都在农户家中，地道在院子地下，部队即使有心挖掘，也难以越过群众直接去施工。因此，只有百姓们愿意付出巨大的人力、物力，地道才有可能挖掘成功。

在中国共产党行之有效的组织动员下，加之反抗侵略者严酷压榨的朴素情感驱动，广大民众积极投入到地道挖掘这项浩大的工程之中，有关报告甚至提到：“有不少村，群众挖洞情绪颇高，挖上了瘾。”

除了挖掘之外，村庄还要承担被日军发现后进行报复的风险；而老乡愿意为地道保守秘密，通过地道帮助掩护武装人员，也是地道发挥效果的关键。所以，“地道行之有效，完全是依靠了群众的

---

① 黄道炫：《敌意——抗战时期冀中地区地道和地道斗争》，《近代史研究》2015年第3期。

民众参与抗战

条件，干部战士与群众取得了紧密的联系。不然哪怕地道是铁打的，也必遭敌之破坏”。

至抗战结束前，冀中乃至华北其他地区的地道，已成为敌后一座坚不可摧的地下长城。聂荣臻为此亲笔题词：“神出鬼没、出奇制胜的地道战，是华北人民保家卫国，在平原地带战胜顽敌的伟大创举。”①

由于地域广大，人数众多，军情紧急等原因，民众对于军队的勤务支援，不可能如粮役那样有比较确切的数据统计，但广大农民在当地政府或者驻军的组织下，“不分男女，不分老幼一齐动员起来，为军队服务”，表现出“赤忱为国服务的劳绩”，这一点是毫无疑问的。

除了供给粮食、兵员和从事战争勤务工作外，广大民众还直接拿起武器，就地参战，奋勇杀敌。抗战期间，全国各个战场均有农民及城镇居民自发展开对日斗争。

① 宋涛：《敌后抗战兵法之十：地道战》，《新民晚报》2015年11月6日。

直接参战的民众，可以分为两种情况，一是自发杀敌，本章第二节对此已有论述。

而另一种情况，就是有组织的行为。抗日战争期间，有大量农民是在中国共产党的组织发动下开始积极抗击日、伪军的。当时专门从事抗日救亡的孙治方曾疾呼："扩大乡村工作，发展农民运动。"国共两党都注意到，动员、组织和武装农民成为坚持抗战的重大问题。但是，无论是组织发动农民的力量投入、工作能力及最后的成效方面，中国共产党都远远超过了国民党。

在中国共产党创建的敌后抗日根据地中，实行主力部队、地方部队、民兵三结合的武装力量体制。一边生产，一边战斗，担负侦察、向导、扰敌、破坏、掩护群众和抗日军队、营救盟军、提供军需供应等任务。战时是兵、无战为民的民兵，成为中国共产党敌后动员和组织农民投入抗战的主要形式。

中国人民抗日战争博物馆收藏着一块晋冀鲁豫边区政府为表彰抗日英烈而颁发的"舍身取义"牌匾。匾的正中位置从右到左镌刻四个金色大字"舍身取义"；左侧竖刻"山交编村全体干部群众敬立民国三十五年四月十五日"；右侧竖刻几行字："晋冀鲁豫边区政府奖给——英勇的广生同志：你在民族革命当中，任人民武装主任，历经与敌伪斗争数载，不屈不挠，始终保卫群众利益，勇敢积极，

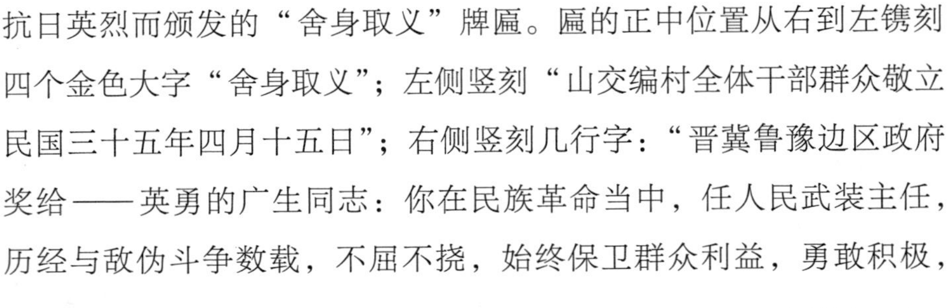

"舍身取义"匾

为革命坚持到底。不幸于三十三年四月十五日被敌包围，为保护群众退却牺牲敌手，血迹垂世、英名不朽，凡革命志士踏血前进，赓续革命成功矣。”

匾中提到的广生，全名田广生，山西省武乡县故城镇茅庄村人。全面抗战爆发后，武乡群众自发地组织起抗日游击武装，八路军第129师也派出了工作团到武乡。不久，成立了以武乡为中心的太行抗日根据地，田广生则担任了武乡县武西区武装部民兵主任。1944年4月15日凌晨2时，驻扎在南沟的日军平山中队长，调集日、伪军三百余人偷袭进茅庄村。当时民兵武装住在村西头一家，值班岗哨发现敌情后，马上通知撤退，但为时已晚，日、伪军已将住所包围。为掩护其他民兵和群众突围，田广生等三人在后院与敌殊死搏斗，击毙敌军十多人，子弹打光后展开白刃战，终因兵力悬殊被敌伪所俘，壮烈牺牲。

由于民兵组织庞大，遍布乡村，无处不有，无时不在，又熟悉地形与人情，杀敌有方，因此威力强大。这令曾亲见亲闻的美军联络官和记者叹为观止，盛赞其（作战）“到了玩游戏那样纯熟的地步”。

综合来看，敌后根据地民兵配合八路军主力部队作战，主要有地雷战、麻雀战、破袭战和围困战等典型战法。①

地雷战是晋察冀根据地民兵在反“扫荡”中创造的。最初，河北省安国县民兵无意间将两枚手榴弹埋入地下，炸伤两名日军，群众欣喜之余纷纷仿效，利用瓷瓶子、瓦罐子等装上炮药或炸药，埋在田边地头、井台路面，打击前来“扫荡”之敌。地雷战由此肇始。

① 马广志：《丰富多彩的抗日游击战争》，《文史月刊》2009年第8期。

丨民兵土法制作地雷

在运用地雷破敌方面，最出神入化的当属山东海阳民兵。1943年冬，三百多名日、伪军到海阳县赵疃村北的东村庄一带抢粮。赵疃民兵在大路上布好地雷阵，炸死炸伤敌十五人。日伪吃过苦头，也曾研究出一些排雷的办法，例如，胁迫无辜群众走在队伍前蹚路等。魔高一尺，道高一丈，面对敌人的狡诈，民兵也在研发新的地雷。例如，有一种“拉雷”，当百姓被日军强迫踏雷时，踩上去雷不会爆，待群众过去，通过拉拽引线专炸日军队伍。还有一种“子母连环雷”，看似普通地雷，敌一旦起出母雷，子雷会跟着爆炸，防不胜防。在不断的实践中，海阳民兵先后制造和改进了“丁子雷”“水雷”“梅花雷”等三十余种雷。为了反制日军对地雷的研究，民

丨图书《地雷阵》

兵甚至还研究出了一种在地雷腹中自动点火的“慢雷”。某次，日军起出一枚此种地雷，谨慎携带准备返回驻地研究，在半路地雷爆炸。

地雷战给日、伪军造成不小的伤亡和强烈的心理震撼，伪《新民报》因此惊呼：“踏进匪区，如临深渊，如履薄冰。”

麻雀战，以麻雀吃食时的状态为名。敌后抗日军民编成若干个战斗小组，出没于山野密林、狭谷隘口、地道暗洞、街头巷尾，如同麻雀啄食一般，见到小股或者实力较弱的日、伪军，短时间呼啦啦一大群集中起来，以优势兵力发动进攻，而后又迅速四散，隐蔽起来，使敌军的反扑无处发力。这种避实击虚，相机而动，以众击寡，速战速散，逐步消耗敌人有生力量的战法，使敌人打不着、追不上、甩不掉、吃不好、睡不着，陷入心神不宁、狼狈不堪的痛苦境地。后来，这种战法被八路军指挥员刘伯承总结为麻雀战，是敌后地方武装打击日军最常用的一种游击战法，即所谓“麻雀虽小威力大，闹得鬼子难招架”。

沁源民兵围困日军据点

破袭战，即以破坏日伪交通线、补给线等为主的一种战法，也是敌后军民在反“扫荡”、反“清乡”斗争中创造出来的。著名的百团大战就具有鲜明的破袭战特点，百团大战的主力是八路军正规部队，但破袭日军交通线、后勤补给线、通信联络线的，却主要是各地民兵。这些协同作战对于打击日、伪军也发挥了巨大作用。

集上述几类战法于一身的，则当属围困战。抗日战争期间，八路军和当地民众发动的沁源围困战，堪称战史上的经典之役。

沁源县位于山西省中南部，太岳山东麓，是晋东南、晋南、晋中交汇之地，西汉置县，初名谷远，因处沁河之源，北魏始名沁源。抗日战争时期，沁源既是延安通向全国各抗日根据地的交通要道，又是太岳根据地党政军领导机关的所在地，被日军视为眼中钉、肉中刺，是日军“扫荡”的重点区域之一，日军曾八次闯入沁源进行疯狂“扫荡”。1942年10月，日军一部侵入沁源，企图在这里建立“山岳剿共实验区”，并以军事、政治、经济、文化、特务等种种方法欲使这里“伪化”，把沁源变成“蚕食”太岳根据地的前哨基地。

为了粉碎敌人的企图，英勇的沁源人民与八路军一起，采取“空室清野、转移上山、关门打狗”的持久武装斗争策略，组织起十余支抗日武装，同时有组织地把县城附近二十三个村庄的一万五千多名群众转移到大山里，使敌人找不到一名群众，使偌大的沁源城成为一座空城。为了围困敌人，沁源军民填死水井，炸毁碾磨，数九寒天，带上粮食和日用品，进入山庄窝铺，天当被、地当床，寒风露宿，历经艰辛，敌人不退，绝不回家。

在长期围困敌人的过程中，军民相互配合，采取了地雷战、麻雀战、破袭战、伏击战、夜袭战等多种战术与敌人周旋。沁源军民的斗争让进犯之敌不敢上路出行、不能安宁睡觉，既找不到群众、更抢不到粮食，被牢牢地围困于人民战争的汪洋大海之中。

1945年4月11日，日军被迫撤出沁源，围困战以沁源军民的胜利而告终。在历时两年半的沁源围困战中，沁源军民与敌人进行战斗两千八百余次，歼灭日、伪军四千二百人，解救群众一千七百余人，夺回牲口两千余头。沁源军民用自己的机智勇敢和流血牺牲，写下了一部可歌可泣的英雄史诗。

2019年10月，本书编者之一蒲元前往山西考察抗战遗址时，得到山西历史文化学者王箭的大力协助。在交流中蒲元意外获知，王箭的祖父王鹏飞就是赫赫有名的沁源围困战的指挥员之一。

太岳武委会部分干部（左一为王鹏飞）

沁源围困战开始后，王鹏飞兼任沁源县对敌围困总指挥部参谋长及中峪、交口战区指挥部总指挥等职，直接领导作战。

在彻底解放沁源的最后一战中，对敌围困总指挥部组织了十二个民兵轮战爆炸队和一个三十人组成的民兵机动爆炸队，其中，机动爆炸队由王鹏飞亲自领导。1944年底，王鹏飞还因发明瓷质“瓶瓶雷、罐罐雷”和组织开展爆炸运动，荣获太岳行政公署、太岳军

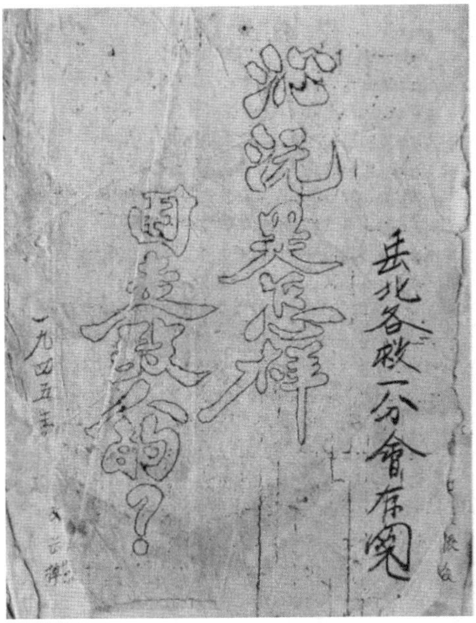

《沁源是怎么困走敌人的？》报告

区奖励。

王箭向蒲元提供了一批珍贵的沁源围困战历史资料。1945年5月，沁源围困战胜利后，太岳军区岳北一分区武委会召开武委会主任会议，所属十一个县武委会参会，副主任张明作了沁源对敌围困作战经验的总结发言《沁源是怎样困走敌人的？》。为了让读者更“原汁原味”了解沁源围困战中，当地民众是何如配合八路军抗击日本侵略者的，现摘引部分资料如下：

第一，开展爆炸铺地运动。在据点周围半里地至五里地左右，凡可行走之处，都布满了雷阵、雷群、雷网、单个雷和陷马坑。雷阵大部是梅花状，雷群大部是五虎长蛇阵，陷马坑大部是在敌必走之处，挖一深洞，中插铁尖，周围是雷网，上盖席子一条或两条，伪装后即可。这一个月中，共被敌踏炸、陷炸和绊炸的雷总共数在三百余颗以上。仅九号一日敌人千余，由沁县到二沁大道上先后绊炸、踏炸和陷炸的达九十余颗。毙敌达廿余个。敌人每次进出据点都要流血和死人。这种战术应大大发挥，这是围困封锁敌人的最良武器。

为了制造恐怖和伪装，就把地貌完全改变，用乱物、灰土、碎乱草将大地完全铺遍，夜间铺据点附近，白天铺远处。各种雷阵、雷网都埋伏在这个伟大的铺地下面。沁源天天有几百、几千人在完成这个工程。还要在这个伟大的雷区中，掩插上数通圪针网。据点附近的空村（无人住）中，也布满了雷，大街小巷上插满了圪针和铺了地。这就是使敌动之生畏，十分恐怖的雷区。

沁源的英雄们开始时雷拴在圪针网上，敌人一拔圪针雷就炸了，炸死了不少的敌人。而后敌就用火烧和用绳子远处拉的办法来破坏。我们的英雄们又将雷踏埋在圪针底下或网空里，又炸了敌人。此后敌人慢慢用手挖，见到石头就向地下挖，就可起出。而后又改为自卫雷和雷中雷，起雷的敌人又上了我沁源英雄们的当。沁源的雷都防了潮，敌人未用在霍县用水破坏的办法破坏。我有些绊雷，敌人破坏的办法是用剪子将拉绳剪断，我们的英雄们又改为弓拉雷。又把剪绳的敌人杀了个一塌糊涂。敌人是智穷技尽了，称我们的弓拉雷为“飞雷”……

第二，几种恐怖战术和破坏战术的普遍应用。各轮炸队住的地方都在据点附近。近者一里远者五里。不论白天或夜间活动的区域，都是碉堡下几步或几十步远的地方。为什么要这样近呢？这就是沁源民兵不受损失的根据。据王鹏飞及战斗英雄李德昌、郑士威等同志谈，这是民兵的新战术，可以把敌人和群众完全隔绝……我可天

沁源民兵使用的训练教材

天夜夜看着敌人，即便有一点小行动，我也会知道。便利我随时扰乱敌人，使敌疲于奔命。他们每天在敌据点附近，就是这样过日子。清早吹起床号，下早操、喊口令，吹开饭号，吹上课号。一个号可到处吹，四周到处喊操。把敌人恐吓得直说“八路大大的有”……敌人认为我在四周有许多队伍，上午民兵们学习起来，架起瞄准架子打靶。看靶人的叫喊声，敌人听得很清楚。枪声那就更不用说了，一面可以学习，一面可以恐吓敌，那是主要的，当然还是恐吓敌人了……白天四周的烟围着敌人，也增加了不少恐怖作用。据说，用狼屎做的狼烟最好。把狼粪点上火，起来的烟是向天上直冲，对敌恐怖作用更大。

英雄们都规定好了，轮流夜袭、夜摸敌人，这些本地人到了夜间就是到了他们的世界。交口敌人有水桶十六只，利用晚间偷出十二只，因为敌人最困难的是没有水吃。据点里边的柴火，都是利用晚间去用土造燃烧弹烧的，因为敌人的第二个最困难的问题是没有柴火烧。碾磨是在两年以前利用夜间破坏了。水井也填死了，敌人只有吃带糠的米……

每天晚间，我们不停息地轮流着给敌人奏乐，四周的火点着了，锣鼓响起来了，敌人听着并不快乐，而是恐怖厌战和悲观。伪军们听着是更加动摇和恐怖。在碉堡附近打一枪，照例换到敌人机关枪。而后用假枪打一枪后，也照换个几十枪，不知道换了多少枪。这种假枪是这样做的，找一个子弹壳，在屁股上一边钻一小孔，中注顺药，口上塞住用香火一点，远处听着就像打枪。还可以做成假机关枪，若把它排起，安在一个木板上从头燃起就像打机关枪似的。有多少连发多少……

敌人白天组织了打柴队和担水队。柴是打不回一根的，水也不易担上，担一担水你总得流血和死人，有些民伕是在这个时候解放了，有些敌人和伪军是在这些时候被打死和打伤了。粮食抢不上，送粮的运输队打垮了，我郑士威、李德昌这些英雄们吃大米，而敌人在死城里吃起糠来。

第三，冷枪战术得到了高度的发挥。这种战术是最合算的。既省子弹又不受损失。先打骑马的指挥官和机枪手。联队长就是我战斗英雄郑士威用冷枪打死的，防共队长是我任小儿神枪手打死的。神枪手任小儿同志在27天中，敌人死在他的冷枪下边的就是四名。死在郑士威冷枪下边的就是三名。他们都是预伏在大道一边或据点附近的山坡上石隙里。距敌人走的地方也不过是一百米远的样子，前面埋伏上雷，后面也有神枪手掩护，山上有照哨的指挥员，在对面也有佯击的。待敌人走近时，我神枪手瞄准骑马的。瞄准，枪响坠马都是一连串的事情。其他方向的枪也同时打响，也可以打假枪，混乱敌人听觉和视觉。人死了也不知道是从何处来的怪枪，再有机会又是准准一枪。都是有把握的。任小儿同志保险四枪中三敌。如果敌人发觉了向山上搜时，埋伏下的雷和上边的神枪手又可作掩护，万一逃不脱时，神枪手就可悄悄钻进石缝里去，让敌人找上三天也是找不到的。

五子炮是沁源的新创造，这是以朱秀芝同志为首研究出来的，威力特别大，四百米远是它的有效射程，也可以打冷枪，也发挥了很大作用。特别是它配合冷枪作用更大，北园之战，一炮死敌五名（含一名日军中队长）。

伏击和钓鱼战虽用得不够普遍，也有显著成绩，利用夜间或利用有利地形，最容易取得胜利。崔三成同志掌握了交口敌人的规律，若在铁丝网附近打上一枪，敌人一定出来，到铁丝网附近搜索一阵。

他就将两颗手榴弹拴在铁丝网下边的小路上就“乒”的一枪，果然敌人就出来了，碰上了那两颗手榴弹，将敌炸得再也不敢出来……郭维成的夜伏也很成功，他带上十余人伏击在道路旁的破屋中，将敌人打得乱跑，夺下牲口……

日军最初根本没有把沁源民兵放在眼里，但是在付出了血的代价后，日军的态度发生了巨大变化。作家周立波1944年发表的文章《沁源人民》中，对此有精彩的描述：

敌人起初看不起民兵，替他们起了一个外号“三粒子弹”(意即武器落后、弹药缺乏——编者注)，后来吃了好多亏，就不得不把他们放在眼里了。作了几回战，民兵的武器好了，他们缴获了三八式和歪把子，而且由于实战经验多，他们中间出了好多神枪手。任念、李文海与贺风光都是百发百中的角色。任念是贫农，种地之余，也去打猎，枪法很好。他弹无虚发，枪一响，总要打倒一个敌人。他一个人一条枪打死了四十二个敌人和汉奸，自己挂了八次彩，六次枪伤，两次刺刀伤。沁源的敌人都知道任念的名字，并且非常害怕他。别的民兵和敌人作战时，常常叫道：“任念在这里，要你的狗命。”敌人和汉奸，听了就逃走，或是赶快找掩蔽的地方。有一次民兵分路去袭击敌人，三处地方叫“任念在这里”，敌人都不敢乱动；有一处没有这样说，敌人出动来追击，任念却正在那里，他一枪一个，接连打死他们五个人。

在围困沁源的斗争中，民兵起了巨大的作用。他们都是“本土人”，对于道路、地形和风俗都十分熟悉。正规军和民兵配合得好，就会和当地的老百姓都搞得很好，而且在进袭敌人时，能够找到顶好的地形和捷径，能打胜仗。

从上文可以看出，沁源围困战中，民兵发挥了巨大的甚至可以说是决定性的作用。民兵的本质还是农民，战时为兵，平时务农。但是，沁源围困战的情况却与一般的敌后抗日斗争不同，它是长期持续的，这就导致相当一部分民兵无法兼顾生产和战斗。家里的主要劳动力不能种地，意味着家庭没有粮食和收入。这个问题如果解决不好，民兵有后顾之忧，战斗力要大打折扣。不仅如此，日军也认识到农业生产问题对于敌后根据地的重要性，千方百计破坏沁源民众的生产基础。那么，沁源军民如何应对呢？

一方面是在敌人不易到达的山区大力开荒，但山区土地贫瘠，这种拓展不能弥补所有的损失。因此，另一方面就是广泛运用各种战法，让敌人有心无力，不敢大规模外出杀害或抓捕耕种的群众，使群众能够最大限度利用原有农田耕种收获。

日军并不蠢，他们很快就意识到人民群众对中国共产党武装力量的支持，是自己在沁源难以立足的关键。于是，日伪也开始“争取群众”，积极开展“维持”工作，但却毫无结果。

新华社太岳分社副社长江横，在1943年12月发表的文章《围困沁源半年的斗争特点》中写道：“各据点群众均自动提出：‘宁饿死在山沟，也不回家维持鬼子！’群众的伟大处，还在于他们实践了从这一诺言，而且是从饥寒搏斗中，一直坚持下来……”

从这些当年留下的文字中，可以清楚地看到，日军在敌后根据地面对的，绝不仅仅是八路军正规部队，还有众多的游击队、广大的民兵和无数的人民群众。在这种磅礴力量打击下，侵略者怎能不失败？

太岳军区一分区政治部宣传干事苏策，在1945年4月发表的文章《沁源的解放》中以这样一段话作为结尾：“敌人从圣佛岭到交口和沁源城，一共住的是一个中队，里边只有七十个敌人，另外还有

群众慰问抗战将士

六十九个伪军，走的时候就没有吃过饭，饿得一点力气也没有，每天每人还得从城墙背到碉堡四十块砖。新兵们整天受老兵欺负，流着眼泪偷着和民夫们拿纸烟换点什么东西吃。自从这次我们发动新的围困以来，敌人根本吃不上正经东西，吃糠吃豆皮和玉茭皮子，养十头牲口杀得只剩下一头叫驴了。敌人退走后，我们进去还看见他们留在碾子上的，尽是些豆子皮……敌人是不得不走了，因为再迟延些时的话，也许所有的敌人会全部留在沁源的土里，一个也走不了呢！”

1945年4月23日延安《解放日报》刊登了《太岳新华日报》的社论，社论中说：“沁源的日寇是被八万余军民汇成的巨流赶走的，它比一般县城的光复有更重大的意义，值得我们分外高兴；有更宝贵的经验，值得我全区军民研究学习。”

不光是沁源，在全国各个敌后根据地，都呈现出军民团结一致抗敌的良好局面。1939年，《中国农村》杂志记者李洪在河南永城采访时，适逢新四军组织的全区农民代表大会与农民自卫队成立大会，他对“平静的中国农村中会藏有这样多红缨枪”，对“头发苍白满脸皱纹的老人们，十几岁的小伙子，穿着破棉袄、腰上束着一根麻绳的农夫们”乃至“五十多岁的老太太们”的“我们也都要救国”的激昂情绪深感惊讶和敬佩。他还记下了农民间的议论：“要是去年就这样组织起来多好，鬼子们保不能占着我们的县城”，“十个打一个也可以把鬼子杀个净光”。

从1941年起，敌后战场的民兵数量已超过主力军和地方军的总和，到1944年8月，仅华北、华中两敌后战场，民兵总数已达二百一十三万人。民兵成为抗击并夺取抗日战争胜利的重要力量。

有论者指出，最终将中国的长期抗战打下来的，是穿上军装和不穿军装的中国农民。日军也曾哀叹：“对于在民众里长下深根，且能巧妙掌握民心之共产党军，想把他和一般民众分离判别，实是困难事情。尤其在敌之根据地内，更属困难。”“由于血缘和地缘的关系，民众与中国共产党军队的关系非常坚固，不可轻视。”

然而，中国民众，特别是占到人口比例近八成的广大农民，在为抗战作出突出贡献的同时，也承受了巨大牺牲。

纵观中华民族伟大抗日战争全过程，可以说，中国共产党发动和领导的敌后根据地民众武装与全国各沦陷区的农民自发武装，与中国军队广大爱国将士一道，英勇不屈、浴血杀敌，共同促成了中华民族全民抗战的宏伟局面，使强大之敌陷入我人民战争的汪洋大海之中而无以自救。

他们的功绩将永载史册！

第四节 死字旗飘

虽然全面抗战爆发后华北、华东一带硝烟弥漫，日军进展神速，可是距离大后方的四川还远得很！就算日本人有天大的本事，真的打进四川盆地占领了成都，他们也绝难沿着当时那条只能容人肩挑背扛通过的蜿蜒山路，把战火燃烧到安县（今北川县）的崇山峻岭里来。然而，正是这个远离战火、相对来说安宁祥和而又与世隔绝的地方，却发生了一起震惊全国的“报国从军”大事件。

1937年7月7日，卢沟桥事变爆发，举国震动。仅仅一天即7月8日午后，远在大西南的四川成都的大街小巷中就响起罕见的急促吼叫声。原来，成都《新民报》主编李有伦根据从省政府得到的中央通讯社电稿，紧急组稿、校样、开印出了该报号外《抗战爆发了》，在无数报童的大声呼喊中开始售卖。[①]半小时后，各家报纸的号外撒遍了市区主要街道。

消息传来，偏远的安县曲山场也沸腾起来了，抗日活动此起彼伏，救亡歌曲响彻云霄，人们爱国热情空前高涨。就连镇上的小学生，每天早晨上课前集体列队时也要大声呼喊自己的名字：“某某某，你忘记了日本鬼子占领了我国东三省吗？”“某某某，你忘记了日本鬼子占领了我国华北吗？”“某某某，你忘记了日本鬼子在屠杀我国同胞吗？”“不敢忘，不敢忘！”天下兴亡，匹夫有责。曲山场的黄泥巴脚杆及其子女们，可能一生中从来没有离开过这方圆几十里的土地，但现在他们的心却和全国四万万五千万颗跳动着的心一

① 郑光路：《四川大抗战》，四川人民出版社2015年版，第36页。

样，同呼吸，共命运。

在小镇激昂的人群中，有一位二十五岁的青年名叫王建堂。[①]他自幼好学上进，曾就读于私塾，后辗转于内江中学、中坝省立第二中学及彰明江彰文学院等数所学校，这时在镇上担任小学教员。华北之大，已放不下一张平静的书桌！日寇入侵山河破碎令血气方刚的王建堂愤懑不已，也让镇上一帮热血青年们义愤填膺。

位卑未敢忘忧国，王建堂和朋友们逐渐产生了从军报国的念头。在他的带头下，不长时间竟有一百七十六人（一说一百四十五人）报名参军。大家为这支队伍取名为川西北青年请缨杀敌队，一致推举王建堂为首，并呈请安县政府出征抗日。他们向县长成云章请缨，每一个人咬破指头，写了血书，意志坚决，无可动摇。是年初冬，安县政府在大安游艺场召开出征大会，欢送这一百多名即将走上战场的青年勇士。就在欢送会的前几天，即将离家的王建堂返回曲山场，来跟父亲王者成辞行。直到此时，年近六旬的王者成才得知，他的儿子已经志愿从军即将上阵杀敌了。

此时淞沪会战已打响，由于装备落后、训练不足、指挥不当等诸多原因，中国军队牺牲极大，伤亡数是日军的数倍，甚至十数倍。[②]王者成自然晓得儿子参军九死一生，哪有父亲愿意把孩子送到战场上去死，他的内心应当是绞痛的。

出征大会盛况空前，整个坝子聚集了三千多人。就在队伍即将出发之际，主席台上的县长成云章收到一个包裹，是王者成寄来的，

---

① 王建堂，字家林，1912年9月11日生，四川安县人。

② 据何应钦透露，淞沪会战中国军队消耗达八十五个师之众，伤亡官兵三十三万余人。引自余子道、张云：《八一三淞沪抗战》，上海人民出版社2001年版，第408、410页。

请县政府转交王建堂，成云章便将包裹打开，取出其中的物品，只是匆匆扫过，便惊得一动不动，恍如泥塑木雕。

原来，王者成寄给即将出征的儿子的，是一块用大大的粗土白布做成的“旗帜”，其正中写着一个斗大的“死”字，古朴凝重，力似千钧。在“死”字两侧，还写有数行较小的字，右边是：“我不愿你在我近前尽孝，只愿你在民族分上尽忠”，左边是：“国难当头，日寇狰狞。国家兴亡，匹夫有分。本欲服役，奈过年龄。幸吾有子，自觉请缨。赐旗一面，时刻随身。伤时拭血，死后裹身。勇往直前，勿忘本分！”

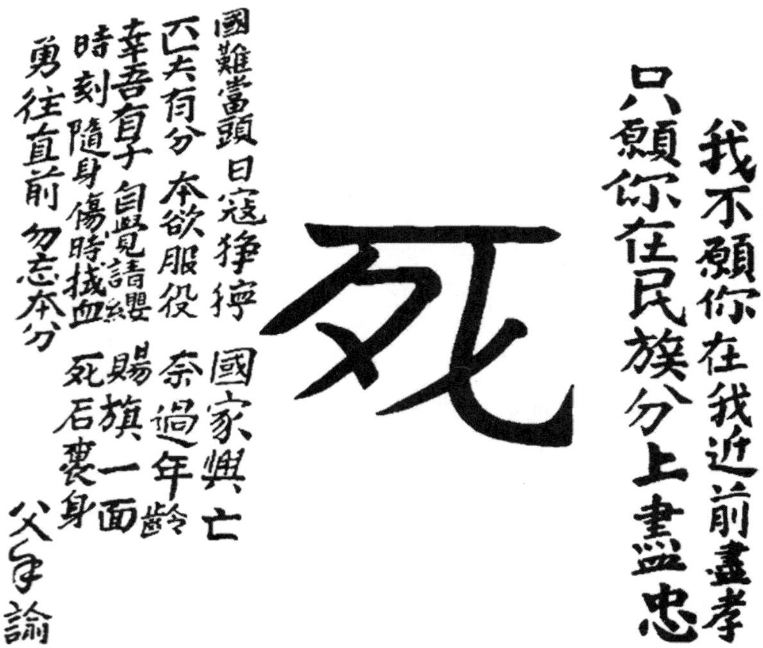

丨死字旗（复制品）

古今中外，为父母者，无不希望自己的孩子平安幸福。父母以“死”寄语子女之事，从未闻之。而王者成的这面旗帜所赠送的，更是将要踏上血与火的战场，本就危险万分的儿子。也许，王者成在用颤抖的手书写旗上的文字时，所想到的是儿子慷慨赴死，为国家民族来洒尽最后一滴血。“吾子死则吾国生”，这“死”的残酷“祝愿”背后，是何等的大义！何等的忠勇！

这面“死字旗”的陡然出现，令台上台下所有人无不动容，无不落泪，无不为这面旗帜上的文字震慑鼓舞。人们咬紧牙关，将紧握的双拳高举过肩，无法再用语言表达感情。初冬的天空下起了毛毛细雨，雨水与激动的泪水交织在一起，已分不清多少是泪，多少是雨，但从所有人的目光之中，似乎听得到那不屈的吼声。最后，成云章将死字旗郑重交到王建堂手中，王建堂在雷动般的掌声中接过大旗步入队伍。父老们夹道相拥，翘首目送着这一队青年的身影，在那面漫卷寒风的死字旗下，渐渐远去在曲折的出征小路上。真可谓，风萧萧兮易水寒，壮士一去兮不复还！

很快，父亲送儿子死字旗上战场的消息成为特大新闻，不胫而走。当时成都的《新新新闻》报，便以《义民王者成送子出征》《模范父亲王者成》等为标题，进行了多篇报道，还刊登了死字旗上的全部文字。文章刊发后，全川震动，全国震动。四川军管区专门派员会同安县政府兵役科长李敬之，在曲山场机关法团、学校及乡民的簇拥下，隆重地把一块木匾送至王家，悬挂于大门上方。匾上正中镌刻着四个金光灿灿的大字“父义子忠”，上款是“者成先生送子杀敌有嘉”，下款是“四川军管区司令部赠”。据当年目击者老街坊张顺选回忆：“当时送匾的盛况比过春节还热闹！”王氏父子深明大义、精忠报国的壮举在被人们交口称赞、传为佳话的同时，更是有力推动了全民族同仇敌忾、众志成城的抗日热潮，激励着更多的人走上战场，奋勇救国。

不久，王建堂率队步行至成都，向四川军管区报到。兼任军管区司令的四川省主席、第29集团军总司令王瓒绪接见了这支队伍，并命军管区参谋长赵斌竭尽抚慰事宜，特地赠送“民族之光”大旗以志褒扬。后该队再步行至重庆，经三个月训练后编入第29集团军野战补充2团（后转入第44军），于1938年初春东出四川，奔赴湖北抗日前线。

第29集团军官兵奔赴抗日前线

由于王建堂是率队集体从军，所以自入伍之日起便是见习排长，后历任副连长、连长、司令部参谋、副营长等职，并多次担任敢死队队长。自1938年出川，至1945年抗战胜利，七年中一直处在火线，先后参加武汉会战、鄂西会战、常德会战、长沙会战等战役，作战英勇，多次立功受奖，其中两次被授予甲级勋章。

由于历史久远、资料损毁，当事人亦早已去世，本节仅将王建堂的四小段作战经历摘录如下：

第一段，夜袭茶陵。第44军曾先后多次进攻日军占领的茶陵县城，规模较大的有三次。其中一次，师部任命时为排长的王建堂为敢死队队长，夜袭茶陵县城。王建堂率领数十人组成的敢死队，从茶陵东南门之间攀城而上，向守敌突然发起袭击。日军措手不及，死伤颇多，余部则一面负隅顽抗，一面求援。不久日军援军反攻，我军也增派兵力支援，统归王建堂指挥。激战一昼夜，虽未夺下县城，但给敌不小打击，为避免天明后被动，我方主动撤出。此次战斗中王建堂机智勇猛，指挥有方，被授予勋章一枚。

第二段，带缺的银圆。王建堂从军后曾有一段时间担任副连长，分管全连后勤军需。一次连里发完军饷，有枚银圆因有缺损而未发出。王建堂觉得这枚银圆无用，但又不舍得丢弃，于是顺手放入上衣口袋。激烈的战斗很快又打响了，王建堂冒着密集的炮火向日军阵地冲去，不断有战友在身边中弹倒下，还活着的人则已杀红了眼，早把生死置之度外，只顾冲锋向敌。奔跑中的王建堂突然猛地感到小腹右侧一震，接着一阵剧痛传来，他下意识弯下腰去，心头一沉知道自己肯定中弹了，但憋着还未倒下的一口气，继续向前冲去……直到惨烈的战斗结束，王建堂才猛然又想起负伤的事。说也奇怪，居然感觉右小腹似乎不像刚才那样痛了。低头一看，上衣右下口袋有一个弹孔，伸进口袋一摸，棉衣及内衣全被打穿，一块硬邦邦的东西深陷在肉里，周围有些黏糊，一触之下又感疼痛。急忙找来卫生员解开衣服一看，那枚带缺银圆已被子弹打凹变形，陷在右腹表面的肉里。若没有这枚银圆，不死亦是重伤。侥幸逃过一劫的王建堂并未多么欣喜，他知道漫长的战斗还在后面。

第三段，洞庭湖阻击战。大约是1943年秋，已经是连长的王建堂，率部驻扎在洞庭湖畔，而对岸日军因缺乏渡水交通工具，一时也没有贸然强渡，双方便在洞庭湖两岸相持下来。中国军队利用这段时间构筑了较为坚固的防御工事，而日军也在这一时间调来了先进的钢艇。一日黄昏，约一个中队的日军分乘多艘钢艇，向王建堂所在连的防御阵地方向快速驶来。王建堂指挥全连，向敌军猛烈开火。由于钢艇十分坚固，且在湖中航行速度非常快，故日军在湖中并未受到多大损伤。但当日军登陆后，开阔的滩涂使之毫无隐蔽之处，完全暴露在守军火力之下。喊杀声、枪炮声响成一片，一直持续到次日凌晨，日军的枪炮声渐渐稀疏下来，直到最后完全停止。随着曙光升起，滩涂上横七竖八地摆着一大片日军尸体。此次战斗，王建堂率部共歼敌一百多人，缴获钢艇三艘，而我军伤亡甚小。特别是在缴获的指挥艇上发现了敌军的作战计划和地图，这是具有重要价值的情报。为此，战区长官部授予王建堂甲级勋章一枚。

第四段，马鞍山脊遇险。事情也发生在王建堂担任连长期间。某日，据可靠情报，一股日军将向我军防区进犯。团部命令王建堂连为先头部队负责阻击，阻击阵地在日军必经的一个马鞍形的山脊上，距我军营地二十多华里。情报显示，日军驻地到马鞍山脊的距离远于我军，且均为小路，因此王建堂认为自己会比敌人先到。率部出发后，基于敌军距离较远，加之时值酷暑烈日当头，王建堂未派尖兵在前方搜索，而是自己走在队伍的最前面，他脱掉上衣裸露半身，将手枪单挎在右肩，左手挽着衣服，还小声哼着川剧走。手中既没有直接掌握武器，更没有做随时战斗的准备。王建堂绝没有料到，这次大意轻敌几乎使他送命。

一路无事，王建堂率部抵达了目的地，他第一个攀上山梁，突然眼见山石的另一边竟冒出三个头戴钢盔的日军来。双方都是一呆，日军大喊一声，率先端着刺刀向王建堂刺来。由于距离太近，事发突然，王建堂也只是下意识大喊一声，却不及躲避。千钧一发之际，王建堂身后的轻机枪手范大个子，平时习武身手矫捷，急中生智一腿扫来，王建堂应声顺着向右边山坡倒去，如此左边两名日军的刺刀便刺空了，但右边一把刺刀虽偏离心脏，仍刺进了王建堂的左肋。王建堂倒下后，三名日军完全暴露在范大个子枪口下，机枪声骤然响起，敌人应声倒毙。部队迅速在马鞍山脊展开，构筑简易工事。身负重伤的王建堂被紧急包扎后送往战地医院抢救。然而奇怪的是，除了这三名日军外，山脊附近并无其他日军，全连防守一天一夜，也未见到敌后续部队。事后分析，此三人很可能系敌尖兵，距本部尚有一段距离，开火后估计日军发现山脊被占领，不易攻取，便取消了进攻计划。马鞍山脊之战是王建堂负伤较重的一次。

最终，王建堂坚持到了抗战胜利。然而不幸的是，当初和他一起请缨抗日的一百多名同乡青年，绝大多数没能看到日本侵略者的战败和投降，他们甚至没有留下名字。王建堂曾说过："我的战友，随时一个排上去十几个人，转头没有几个人了，剩下十几个人又上去，回来又没有几个人了，剩下就是我们几个人活着。"

抗战胜利后，王建堂继续在军中服役，1950年1月，他随部在成都起义，次年3月解甲还乡，回到家乡和父亲团聚。1957年，死字旗的始创者王者成去世。

至于那面曾经让万千国人为之震撼的死字旗，它曾在战火硝烟中漫卷飘扬，也真正做到了"伤时拭血"。据《安县志》主编杨永安介绍，王建堂第一次负伤是在湖北黄冈的一次战斗中，当时他脚部被日军手榴弹炸伤，血流不止，王建堂就用死字旗按压住伤口，鲜血浸染红了一片。伤口得到包扎后，王建堂又把死字旗折叠用油布包好收在军用挎包里。战事倥偬，一次他又受伤比较严重，当救援队用担架去抬他的时候，装着死字旗的军用挎包脱落在一旁，没有被带回来。王建堂当时应该是处在昏迷状态，否则他不可能落下这面旗帜。死字旗从此遗憾地丢失在抗日战场。

1987年，王建堂根据自己和其他见证者的回忆，亲自复制了一面死字旗，陈列于北川县文化馆文物室。1992年6月，死字旗的拥有者老兵王建堂“归队”。[①]但是，这仅存的一面死字旗又毁于2008年的“5·12”汶川大地震。

纵然先后两面死字旗都遗失损毁在中华民族深重的危难之中，死字旗却永远不会消失。现居住于四川绵阳的王烈勋，系王者成之孙，王建堂之侄。叔叔复制死字旗时，他亦在旁。由于王建堂后半生坎坷孤寂，并无子嗣，王烈勋便责无旁贷地担负起传承死字旗不朽精神的重任。2018年春，他根据保留下来的死字旗影像资料以及他本人的亲身经历，再一次重新绘制出死字旗。

同时，他深入发掘家族先辈的抗战事迹，向社会各界不遗余力地公益宣讲死字旗的故事。录制的节目在中央电视台《影像志》栏目、《朝闻天下》栏目、《晚间新闻》栏目、四川电视台纪录片栏目播出，在全国乃至整个华语世界都产生了积极影响，为发扬伟大抗战精神作出了独特的贡献，已成为四川乃至全国抗战界公认的死字旗传人。

死字旗将永远向人们讲述着中华民族所经历的那段苦难与抗争。

全面抗战爆发后，四川各地各族民众自发请缨的事例不胜枚举，除上文介绍了的川西北青年请缨杀敌队外，还出现了西充八百义勇壮丁、德阳三十七勇士、新津三兄弟等一大批感人至深的事例。

西充是四川偏远小县，但全面抗战一爆发就成立了西充县各界人士抗敌后援会，以各种形式宣传救亡、动员抗日。1937年9月23日，西充占山乡逢场。联保主任办公室门前和戏楼台上，贴上了红

---

① 归队，关爱抗战老兵志愿者对抗战老兵去世的敬称。

纸告示："有志抗日的知识青年，参加义勇壮丁队出川抗日！凡十八岁以上的青年，身体健康，有一定文化，愿意参加者，请到联保办公室登记。出发日期另候通知。"占山乡小学老师杨益滋（中共地下党员）等人在戏楼边搭了个台子，大声呼唤："同胞们，青年们，日本鬼子占我东北，杀我父老，奸我姊妹，抢我财物……我们不当亡国奴！参加义勇壮丁队，出川抗日光荣！"

不长的时间，全县便有八百多人自愿入伍。1937年10月1日，西充县集中抗日义勇队伍八百五十六人，召开欢送大会。主席台上方的横幅写道："西充县各界人士抗敌后援会欢送第一批义勇壮丁出川抗日大会"，两侧的对联写道："万里赴戎机壮怀激烈，何日平胡虏回望乡关"，还有"为民前锋""抗战到底"两面锦旗竖立于侧。次日，八百义勇壮丁分编为八个连队，浩浩荡荡地列队从西充出发。公路两边站满了送行的人，妻送夫，父送子，兄送弟，场面壮观，还有送水果、送熟鸡蛋的，一群缝纫工人抬了几笼热包子，热情地

四川青年志愿从军（衣服前胸写着"志愿抗敌"）

给义勇队分送，还说："你们先走一步，我们随后就来！"

当年底，八百义勇壮丁补充到第43军第26师野战补充营，开赴江西训练。后辗转江西湖口、南昌、浙江绍兴、江西上高等地作战，直至1945年8月9日日本投降前夕，八百义勇壮丁中残存的寥寥之人还随部参与进攻浙江分水的战斗，这是他们在抗战中的最后一战。至抗战胜利，西充八百壮士除李宏毅一人奇迹生还，其余全部为国捐躯！早在1943年，西充县各界人士抗敌后援会就在当地肃王庙立碑，寄托家乡父老对他们深深的怀念。

1938年，日军开始轰炸四川成都后，德阳正处于日机轰炸航线上，目睹敌机从头上飞过轰炸同胞，八角井人愤怒了。早在1931年九一八事变后，八角井乡中心小学的语文教师李大公目睹东北沦陷，三千万同胞一夜之间变为亡国奴，痛感"国家兴亡，匹夫有责"，毅然告别新婚妻子，辞去教师职务，考入黄埔军校武汉分校，毕业后任第98师第583团3营9连连长。1937年夏，李大公奉命率部开赴上海坚守宝山县城。9月5日，敌在飞机坦克掩护下轮番强攻，李大公率部奋力抵抗，因敌众我寡，所部无一生还，全体壮烈捐躯。

四川成都川军抗日阵亡将士纪念碑

1938年以后，八角井上空轰隆隆的敌机飞来飞去，时局紧张、人心惶惶，学生不能正常上课，商家无法营业。国难当头，乡中心小学体育老师萧尤军联络乡友黄家同、邹名生、张方述、胡仁堂、廖名均、廖名芝等三十七人，组成德阳县八角井乡抗日志愿军，联名上书县府请缨杀敌。三十七人中有教师一人、印刷工人一人、商家子弟三人、手工业者三人，其余二十九人皆为农民。1939年6月15日，萧尤军高举德阳县八角井乡抗日志愿军旗帜，三十七位热血男儿身着当地父老缝制的灰色军装，背着印有“抗战到底”的竹斗笠出发。6月20日，队伍到达绵阳编入成茂师管区。7月初，到达河南邓县编入第13军第110师。在此后长达六年的抗日战场上，三十七名英雄中有十九人英勇牺牲。1944年，日军逼近贵州独山，时局危急紧张，八角井乡中心小学再掀救国热潮，教师尹大富和该校毕业生陈孝元投笔从戎，参加远征军赴缅甸抗击日寇。

1943年11月21日的重庆《新华日报》上有这样一篇报道，四川新津有一位七十二岁的老人高尚奇，因痛恨日本侵略者的凶残行径，自发将四个儿子中的三个动员去参军抗日：长子高光祖、次子高光文在湖北前线，四子高光大十五岁就加入装甲兵团，转战在湘桂各地战场。仅留老三高光田在家做小生意，维持一家六口人的生活。

抗战期间，投入保家卫国神圣战斗的四川少数民族青年为数亦不少。例如，1938年初在南宁上空参加对日空战的藏族英雄飞行员扎西，滕县保卫战中第124师白族连长白文波，徐州会战中第127师羌族军医何春林，常德会战中第57师回族排长马朝海等。又如，第145师第433旅，就有满、蒙等少数民族军官四十人。

不仅仅是天府之国的四川，整个抗日战争期间，放眼全国，全国各地青年志愿从军的事例也是数不胜数。在中国的广大乡村，传唱着一首《抗敌四季歌》：“夏季里，日正长，征衣换上别爷娘，勇敢从军去，为国为家乡。”慷慨豪壮，颇有古风，反映了青年杀敌报国的志向。就连遁入空门的僧众也投入到这场洪流之中。1938年秋至1939年春，在佛教圣地山西五台山，有百余名僧人参加了八路军，其中包括菩萨顶等十处寺庙僧人三十余人。僧人们被编入晋察冀二分区4团，人称“僧人连”。

| 母亲叫儿打东洋　妻子送郎上战场

而各地父母送子从军行为也从未间断过。“母亲叫儿打东洋，妻子送郎上战场”，是民众踊跃参军抗敌真实的写照。1937年初，晋察冀军区刚成立时正规部队总共只有三千人，到12月，军区所辖四个军分区和直属队已近一万五千人，到1938年10月，正规部队发展到十五万人。[1]其中，相当一批青年战士，都是在父母妻子相送之下来参加八路军的。

国家有难，送子参军，最具代表性的，莫过于河南省沁阳县义

① 张宪文、张玉法：《中华民国专题史》第11卷，南京大学出版社2015年版，第365页。

庄村农民冯大娘。冯大娘，本名李河运，抗战期间先后动员儿子、儿媳、女儿、女婿、侄子、侄女、侄孙等一批亲属参加八路军、游击队等抗日武装，还协助县委做全县的参军动员工作。沁阳县参加八路军晋豫边游击支队（唐天际支队）的十批青年，几乎每一批都有冯大娘的子女或亲友。冯大娘的家也成为中共沁阳县委开会地点，并在此成立县妇女救国会，冯大娘还担任了妇女救国会主任。1941年，冯大娘积劳成疾去世。1955年被追认为中共党员，1960年被追认为烈士。冯大娘烈士墓1987年被沁阳县人民政府确定为文物保护单位。

在冯大娘动员和支持下入伍参加抗战的主要亲属有：

冯精华：冯大娘长子。1937年3月，于山西参加牺牲救国同盟会。1937年5月赴延安进入抗日军政大学学习，10月加入中国共产党。不久被派往豫北一带发展抗日武装，并担任中共沁阳中心县委武装委员。1938年3月，担任八路军晋豫边游击支队警备大队副大队长。1940年春，部队改编为第2纵队新编第1旅第2团，冯精华担任1营营长，不久率部参加百团大战。1943年4月，调任太岳军区第四军分区参谋长。

冯大娘（李河运）烈士墓

任慧贞：冯精华之妻。抗战期间参加革命，1939年在山西前线去世。

冯志庆：冯大娘次子。抗

战期间参加革命，1940年任八路军第129师某部副连长，牺牲在抗日前线。

冯秀贞：冯大娘长女。抗战期间参加革命，曾任沁阳县妇女救国会主任，中共月湖泉党支部书记，晋南专区妇联主任等职。

冯秀兰：冯大娘次女。抗战期间参加革命。

冯秀芳：冯大娘三女。抗战期间参加革命。

冯志国：冯大娘三子。十三岁参加晋豫边区游击队，曾任沁阳独立营指导员等职，多次荣立战功。

陈惠香：冯志国之妻。抗战期间参加革命，曾任区抗日救国会干部，沁阳妇女救国会主任等职。

冯志功：冯大娘四子。抗战期间参加革命。

冯志方：冯大娘之侄。抗战期间参加革命，1938年任义庄自卫队长，10月赴延安抗日军政大学学习。在反“扫荡”作战中，组织兵工厂，制造爆炸武器。

冯菊：冯大娘侄女。抗战期间参加革命，1939年牺牲在抗日战场。

胡文华：冯菊丈夫。1937年参加八路军晋豫支队，因杀敌勇敢，被太岳军区授予“杀敌英雄”称号，后牺牲于抗日前线。

冯仁山：冯大娘侄孙。抗战后期参加革命。

冯仁义：冯大娘侄孙。抗战后期参加革命。

中华大地上，像冯大娘这样的英雄母亲数不胜数。2014年7月7日，习近平总书记在纪念全民族抗战爆发七十七周年仪式上讲话中提到，北京密云县一位名叫邓玉芬的母亲，把丈夫和五个孩子送上前线，他们全部战死沙场。华北平原上的一个庄户人家写下这样一副对联：“万众一心保障国家独立，百折不挠争取民族解放”；横批是："抗战到底"。这是中华儿女同日本侵略者血战到底的怒吼，是中华民族抗战必胜的宣言。①

英雄母亲邓玉芬雕像

和冯大娘一样，邓玉芬也是中华民族千万个英雄母亲的杰出代表。1933年，古北口长城抗战失败后，密云长城以外的地区被日本侵略者占领，邓玉芬的家乡从此坠入了日伪统治的水深火热之中。邓玉芬和乡亲们盼望着中国军队早点打回来，盼啊盼，终于盼来了八路军。1940年4月，八路军晋察冀军区第10团进入密云西部山区开辟丰(宁)滦(平)密(云)抗日根据地。邓玉芬第一次见到八路军，她一遍遍地聆听八路军宣讲抗日道理，觉得句句都说在自己的心坎上，越听心里越豁亮。她开始懂得了只有穷苦人都行动起来，拿起枪杆打日本，才能救国救己。7月，丰滦密第一支游击队——白河游击队在猪头岭上成立了，邓玉芬的大儿永全、二儿永水就成了这支游击队的战士。从此，邓玉芬的心就和八路军、游击队紧紧连在了一起。9月，邓玉芬又送三儿参加了白河游击队。三个儿子不久都随着游击队升编为主力部队到外地作战，邓玉芬托人捎去话："别惦记家，安心打鬼子。"

① 习近平在纪念全民族抗战爆发七十七周年仪式上的讲话。

三个儿子在外抗战，邓玉芬在家也积极投入抗日斗争。她承担起全部家务活，并带领几个小儿子开荒种地，让丈夫为八路军运军粮、背子弹、跑交通。邓玉芬还冒着生命危险掩护和救治八路军和县区干部，自打八路军来了那天起，谁也说不清她究竟迎来送走了多少干部战士，养好了多少伤病员。

1941年秋末，日本侵略者对丰滦密抗日根据地发动了万人大"扫荡"，实行残酷的烧光、杀光、抢光、片光（片光青苗）的"四光"政策和"部落"化政策，疯狂制造"无人区"。为了不让敌人的阴谋得逞，邓玉芬叫丈夫又把在外扛活的四儿、五儿找了回来，参加村里的自卫军模范队（即基干民兵），坚持斗争。后来，出于安全考虑，丰滦密抗日政府动员妇孺老弱到山外投亲靠友，邓玉芬和丈夫这才带着年幼的六儿、七儿暂时离开"无人区"，借住到山外亲戚家。

1942年春天，邓玉芬一家响应抗日政府的号召，决定重返"无人区"搞春耕。3月21日清早，邓玉芬收拾好亲友送给的农具和种子，送丈夫先回山里安摊儿。丈夫走后没几天，传来了噩耗，丈夫任宗武与四儿永合、五儿永安在百梯子不幸遭到马营据点日军偷袭，丈夫和五儿同时遇害，四儿也被抓走了！邓玉芬闻讯犹如五雷轰顶，悲愤交加，她几次晕厥过去，悲痛欲绝。然而，邓玉芬没有被吓倒，没有屈服。她苏醒过来后，立刻决定了应该怎样去做。她拉起两个小儿子，怀着对日寇的血海深仇毅然回到了猪头岭。

这以后，不幸的事情接踵而至：1942年秋，大儿永全在保卫冀东盘山根据地的一次战斗中英勇牺牲；1943年夏，被抓走的四儿永合惨死在鞍山监狱中；1943年秋，二儿永水在战斗中负伤回家休养，因伤情恶化无药医治死在家里。一个又一个沉重的打击，坚强的邓玉芬都挺住了。她眼里没有了泪，有的是仇恨和怒火。她笑得少了，但对抗日工作更积极了，每天都拼命地干，春播、秋收、做军鞋、照料伤员，凡是对抗日有益的事样样干在前面，从早到晚一时不闲。她把更多的母爱给了两个未成年的儿子，她盼望着六儿、七儿快些长大，继承父兄的遗愿，早日把日本鬼子赶出中国。

1944年春，敌人为了肃清“无人区”抗日力量，再次进行疯狂“扫荡”，一连七天七夜搜山，百姓纷纷躲进深山。邓玉芬的六儿跑丢了，她只好背着不满七岁的小七躲进一个隐蔽的山洞里，一藏就是好几天。山洞里又阴又冷，加上几天几夜没有东西吃，小七病了，浑身烧得像火炭，哭闹着要回家，要吃饭。邓玉芬百般哄劝，小七仍哭闹不止。这时正赶上敌人又来搜山，如果哭声被敌人听见，不但母子二人会落入魔爪，更严重的是旁边不远的山洞里还藏着乡亲们，必然也给他们带来杀身之祸。邓玉芬心急如焚，可孩子哪受得住饥饿的煎熬啊，还是大声地哭。眼见敌人越来越近，邓玉芬急出了一身冷汗。情急之中她再也顾不得许多，从破棉袄里撕下一团棉絮，一狠心塞进小七的嘴里。小七猛踢猛挣，邓玉芬紧紧搂住他，死死地堵住他的嘴。过了许久，敌人走远了，邓玉芬忙把棉絮扯出来，可怜的孩子已被堵得脸色青紫，最后，孩子用微弱的声音喃喃地说：“娘，我饿，饿……”邓玉芬的心都碎了，她真想冒险出去给孩子找点吃的来，可这关系着附近乡亲们的安危，她不能这样做啊！当天晚上，连个大名都没有的小七连病带饿死在妈妈的怀里。邓玉芬再也承受不住这巨大的精神打击，她撕心裂肺地大叫一声，当即昏死过去。乡亲们含着眼泪把小七埋在山坡上，邓玉芬守在坟旁，坐了整整一宿。终于，在曙光重又出现的时候，坚强的邓玉芬又一次重新站了起来，她要亲眼看到胜利的那一天。这一天终于来到了。

1945年8月，中国人民经过十四年奋战，终于打败了日本侵略者。邓玉芬笑呵，尽情地笑呵，她用笑声告诉九泉之下的丈夫、大儿、二儿、四儿、五儿、七儿：咱们胜利了！

1970年2月5日，邓玉芬因病医治无效不幸逝世，享年七十九岁。

邓玉芬为抗日献出了一切，她给人们留下了宝贵的精神遗产，她用行动树立起了英雄母亲的不朽丰碑。英雄母亲邓玉芬誓死不当亡国奴的爱国主义精神，为国家舍小家的无私奉献精神，不畏强暴、百折不挠的勇敢斗争精神，视子弟兵为亲人的伟大母亲情怀，已经成为中华民族最宝贵的精神财富。为了缅怀邓玉芬的英雄事迹，2012年，中共北京市委宣传部、密云县委县政府在石城镇张家坟村修建了“英雄母亲邓玉芬”主题雕塑和英雄母亲主题广场。雕塑高五米，花岗岩材质，基座为山石，英雄母亲邓玉芬伫立在山岩上，左手握布鞋，右臂挎针线筐，眺望着远方，盼望着亲人和战士们胜利归来。

第五节　献金与“献机救国”

据说拿破仑讲过，对于战争而言，有三件重要的事，第一件是金钱，第二件是更多的金钱，第三件是更多更多的金钱。其实，孙武早在两千多年前就在他的兵法第二篇中指出了金钱对于战争的重要性。

那么，抗日战争时期的中国，是否拥有足够的金钱来支撑这场敌强我弱又旷日持久的战事呢？

还是先从对手说起吧。20世纪30年代的日本已经进入工业国的行列，从财政上看，1937年日本的财政收入大约是中国的九倍多，而且日本财政收入高于支出，是有结余的，在这个底气的支撑下，日本同年度的军费达到中国的四倍，侵华战争爆发后，在“以战养战”策略下，日本的财政收入始终大于支出，人均GDP除了1945年略有下降外，其余竟还在逐年上涨。[①]

反观中国，本身是一个落后的农业国。抗战爆发后，大片国土陷入敌手，特别是东南富庶地区的陷落，对财政影响显著，国民党政府税收中的关税、盐税和统税均受到严重打击。三项税收的减少曾分别达到四分之三、三分之二和五分之四的惊人程度。在财源日趋枯竭的同时，消耗也巨大，全面抗战爆发的前三年，军费都占到政府开支的六成左右，再加上战时各种困难带来的花费，造成赤字占支出的比重始终在七成以上，最高的年份甚至接近90%！

这组数据不能不让人惊诧，如此积贫积弱的中国，竟然能够最

---

① 史卫：《抗日战争中的“全民财政”》，《新理财》2015年第8期。

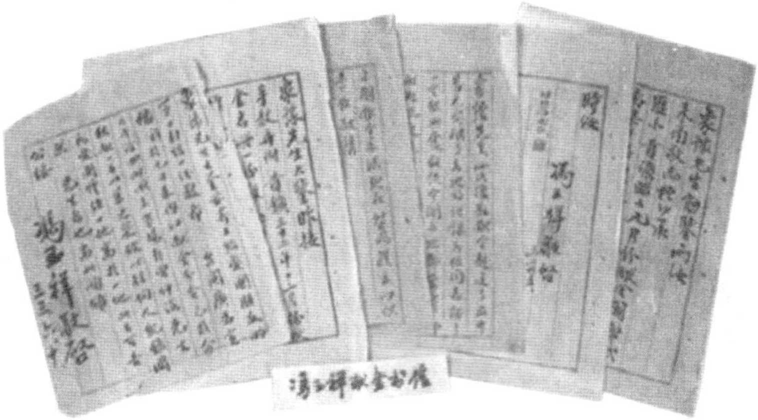

丨冯玉祥关于献金活动的部分书信

终坚持到胜利那天！有人曾经总结，中国人民之所以能够赢得抗战胜利，靠的就是中华民族顽强不屈的抗争精神！这种精神贯穿着中国抗日战争的全过程，在经济财政方面的体现尤其明显：广大中国人民，不论出身、职业、籍贯、年龄、性别，有钱出钱、有物捐物，用各种各样的捐献方式竭力支持着抗战。

据统计，民众捐献在国民党政府国库总收入中的比重，1938年达到5.63%，1939年达到7.44%，超过该年国民党政府三大税收来源之一的统税。

中国社会各阶层民众慷慨解囊、踊跃捐献，在一定程度上改善了国家财政的拮据状况，这对于持久抗战的意义无须多言。中国人以此种方式将自己与抵御外侮的民族使命紧紧地联系在一起，促进了民众的大团结、大一致，以实际行动向世人表明中国人民不甘屈服的决心和意志。这一切，对于实力远远落后于敌人的中国来说，其意义和价值无法估量。

1937年8月21日的湖南《大公报》曾经报道：在国家民族面临生死存亡的关头时，“我们唯一救亡图存的方法，只有‘同心协力，

丨广大民众踊跃参加献金活动

有钱的出钱，有力的出力，咬紧牙根，去抗御强寇’。……现在前方的将士奋勇杀贼，舍身为国。这是出力的实际办法，所以后方有钱人们就该出钱，有多钱的人就该出多钱，才能够做到‘同心协力’四个字。”

实际上，早在九一八事变之后，中国民众就开始了抗战献金活动。1932年第19路军在上海与日军作战。在慰劳第19路军行动中，各地捐款达到二百二十七万多元。1936年，中国军队在绥远反击日军，取得系列胜利。援绥运动随即展开，各地民众捐款额为一百五十六万多元。全面抗战爆发后的1939年，在中国华北、华中、华东大片国土陷于敌手的情况下，民众献金还达到七十七万多元，着实不易。

抗战中的献金活动，除了有富商大贾、名流士绅等参与外，越来越多的普通百姓都参与进来，民众捐献呈现出前所未有的广泛性。记者唐贤龙在一次民众节约献金救国大会后写道：“昨天早上还不到九点钟，当太阳尚躲在云端里的时候，少城公园里的体育场上，便挤满了各色各样的人群，有气宇轩昂的军人，有文质彬彬的学生，有大腹便便的银行家，有穷苦辛劳的工人，有花枝招展的仕女，有头发斑白的老太婆，有天真烂漫的小孩子，甚至连一向修心学道的和尚道士们，也都精神抖擞地挤在那儿，一阵一阵地都涌向那一块广场。赶往那里献金去！”

在这场“地无分南北、人无分老幼”的史无前例的全民献金热潮中，有五组人群特别值得铭记。

丨八路军驻武汉办事处组织的“中国共产党献金团”

第一组是开大规模高效率献金运动之先河的中国共产党人。

南京失守后，国民党政府的政治军事中心迁移到武汉。1937年12月23日，王明、周恩来、董必武等七人领导下的中共中央长江局在武汉成立。1938年1月，中共中央长江局与武汉八路军办事处合署办公，中国共产党在武汉的领导力量得到不断增强。经中共中央批准，周恩来、郭沫若还受邀分别担任国民党政府军事委员会政治部副部长、政治部第三厅厅长。

从此，武汉的抗日救亡运动，在中国共产党的积极倡导推动及国民党政府的支持配合下，开始蓬勃兴起走向高潮。例如，武汉成立了以共产党员为领导核心的中华全国戏剧界抗敌协会等多个全国性抗日救亡团体，到1938年夏，各类救亡团体已达两百六十余个。各团体通过集会、演讲、游行、夜校等多种形式发动民众、宣传抗战。又如，同一时期，中共中央的机关报刊《民众》和《新华日报》相继创刊于武汉，在文化阵地上树起了导向抗战、团结和进步的旗帜。

武汉各界民众踊跃参加献金运动

在全面抗战一周年纪念日（1938年7月7日）即将到来之际，为更广泛地发动民众，唤起全民族抗日的意识和决心，以实际行动保卫武汉，支援前线抗战，周恩来和郭沫若决定组织大规模纪念活动，并将募捐献金作为活动的主要内容。这是一个对于献金运动具有里程碑意义的决定。经过紧张周密的前期准备，1938年7月2日，武汉抗战救国周年纪念筹备会发出通知，决定7月7日至9日在武汉三镇设置六个献金捐款台，进行为期三天的抗日献金活动。

中国共产党在经费极度紧张困难的情况下，带头尽力捐献。毛泽东、王明、博古、林伯渠、吴玉章、董必武、邓颖超等七位参政员，献出了7月份的薪金共二千四百五十元；周恩来将7月份薪金

|《新华日报》组织的献金活动

二百四十元全部捐出；八路军驻武汉办事处的工作人员，各捐出当月薪金五元；驻汉中共代表团和八路军驻汉办事处节省经费各捐献一千元；李克农代表八路军全体将士，献出从伙食费中节省出来的一千元。[①]

中国共产党发起的这次捐献活动，得到了武汉各界民众的热烈响应，原计划三天的活动延长到五天。就是这短短五天时间，武汉参与献金的民众达数十万人次，现金和实物折款总计四十多万元。[②]相比于1932年的慰劳第19路军捐款额二百二十七万和1936年的援绥捐款额一百五十六万，武汉献金的数量并不突出。但是，前两次捐款都是全国性的，而武汉的献金活动仅限一市。如此比较，则的确令人惊叹。武汉民众心系祖国的热情，中国共产党细致有效的思想动员和社会宣传，以及杰出的组织能力，这些都是此次献金活动大获成功的关键。《新华日报》社论指出："这次献金运动，是中国兴亡的重大测验，测验的结果如何？可以万分肯定地回答，中国不

① 金功辉：《抗战初期全国各界捐资救国概述》，《民国档案》2002年第3期。

② 金功辉：《1938年七七献金评析》，《江苏教育学院学报（社会科学版）》2005年第4期。

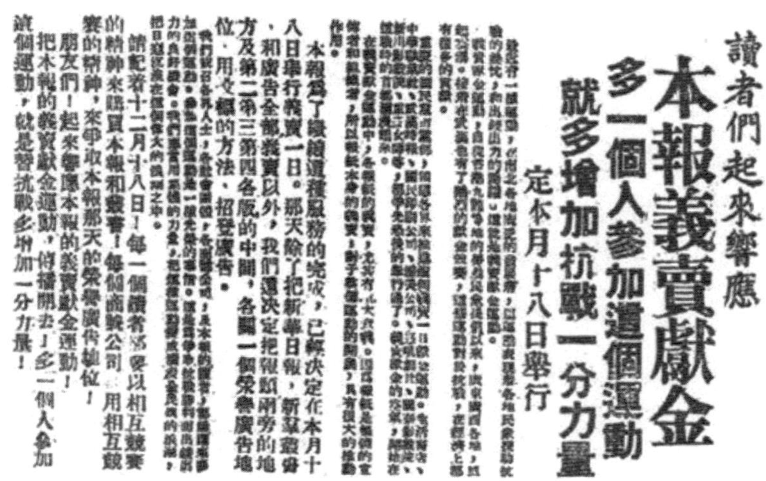

讀者們起來響應

本報義賣獻金

多一個人參加這個運動

就多增加抗戰一分力量

定本月十八日舉行

本報為了繼續這種服務的完成，已經決定在本月十八日舉行義賣一日。那天除了把新華日報，新羣叢書，和廣告全部義賣以外，我們還決定把報紙兩旁的地方及第二第三第四各版的中間，各闢一個榮譽廣告地位，用投標的方法，招登廣告。

請記着十二月十八日！每一個讀者都要以相互競賽的精神來購買本報和叢書！每個商號公司，用相互競賽的精神，來爭取本報那天的榮譽廣告地位！

朋友們！起來響應本報的義賣獻金運動！

把本報的義賣獻金運動，傳播開去！多一個人參加這個運動，就是替抗戰多增加一分力量！

| 1938年12月12日《新华日报》发布的义卖献金公告

会亡，中国一定复兴！”

武汉抗战一周年献金活动，后来被看作开全面抗战期间大规模高效率献金运动之先河，对后续全国范围内相关活动展开具有深远借鉴意义。

由于很早就认识到，唯有组织动员民众，真正做到有钱出钱、有力出力，达到全国人力物力财力总动员，才能补足军事技术上的弱点，争取抗战的最后胜利，因此，整个全面抗战期间，中国共产党始终为献金活动积极奔走宣传。中国共产党的喉舌《新华日报》，对于献金募捐保持了很高的关注度。从1937年到1945年的八年间，平均每年报道二百三十多条献金运动相关的简讯、消息、短评或社评，将近每三天就有两条。从这一点即可以看出中国共产党对宣传献金运动的重视。

在这场伟大的全民献金活动中，第二组值得纪念的人群是代表着未来和希望的中国少年。

抗日战争爆发后，交战区的中国少年儿童成为受伤害最大的一个群体。他们遭受着战火的侵袭、敌军的残害；而身处后方的孩子们也并不幸福，要面对日军惨无人道的平民轰炸，以及父辈从军征战后的家庭缺失乃至破碎……

尽管幼小的身躯还无法扛枪卫国，但心灵里却一样萌芽着抗日救国的念头。因此，在轰轰烈烈的抗战献金运动中，也闪动着无数中国少年儿童的身影。稚嫩的身影只一晃，便隐没于历史长河的角落，但他们激起的那朵朵洁白浪花，却那样夺目和美丽。

现存各类文献中，保存着众多少年儿童主动参加献金活动的记录，涉及的地域极广，人数众多，限于篇幅，本节无法一一记录，仅选择有代表性的摘录如下：①

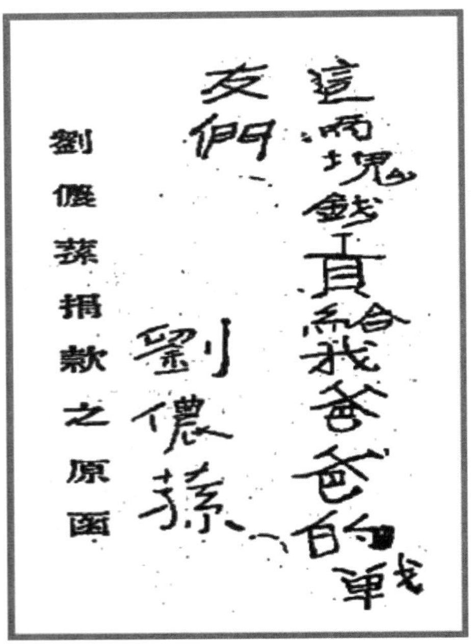

刘侬荪的捐款留言

五岁的袁良斌捐献两块钱，说请国家买两颗炸弹打日本鬼子去。

五岁的封应宸把父母给他的糖果钱五元及金饰品三件，慷慨捐献。

五岁的刘侬荪捐出买糖果的两元钱给前方战士，她在给报社的捐款信中写道：“这两块钱贡给我爸爸的战友们。”

七岁的陈小莹感念伤兵艰难，在中秋节将要到来之际，将祖母给自己的两元钱糖果费捐献

① 为方便阅读，少年儿童及下一部分普通民众的献金时间和地点未做转录。此外，捐款数额大小除与捐款额本身有关外，还受因通货膨胀导致的货币贬值的影响。

出来。

七岁的圣约瑟小学学生于谦，因自己年幼无法上阵杀敌，特将自己平日积蓄的储蓄罐当众打破，把法币两元八角九分和银币一元悉数捐献。

从战区流落而来的九岁难童杨德功，以贩卖香烟为生，将自己卖烟得来的一角四分全部捐出，并表示愿意继续为国捐献。

祝信纲小朋友将他历年储有糖果费的木匣，整个搬到献金台来，打开一看里面角票、镍币、铜币及其他硬币装得满满的，有二十五元七角之多。

陈寿钦小朋友献出她多年节省下来的点心费三十元。

丨少年儿童在宣传献金救国

林少筠小朋友把省下来的两元糖果钱送到献金台，正巧被四岁小男孩钱正钧看到，也让爸爸抱他到献金台捐款五十元，并向现场的民众敬礼。

卖香烟的九岁儿童胡世山，从一个纸盒内取出他仅有的一角四分，拿出其中的一角镍币投进捐款箱。

小学生萧端容捐出多年积攒的压岁钱十元，在给《大公报》的信中，她写道："目前是救国第一，要是亡了国，只有奴化教育，我们有钱也没有正常的书读。"

小学生曾济省主动捐献铜元五百九十七枚，折合十四元九角。

小学生万长林、万长康、万修仪和万修和分别捐献二十元，为前线将士购买寒衣。

流亡女学生胡金生，捐献其亡父母所遗钻戒一只。

三名分别叫绪先、绪官、红珠的孩子，捧了三个存钱罐，当众打开计算，共计捐献九元八角五分。

一位小朋友把自己的泥娃娃拿到送礼现场拍卖，引得在场的许多单位和个人争相竞拍。最后，他将拍卖所得的二百二十七元全部捐献。

少年儿童在宣传抗战救国

一位小学生无钱可捐，终宵不寝，将打草鞋变卖的二十元钱捐献。

一位患病的小和尚捐献一百元。

八位擦鞋的难童将一天的擦鞋收入捐出，请募捐机构代为转交受伤将士，总计十八元。

一百多位难童将一天卖报纸的收入捐出，共计一百二十余元。

一群幼儿园娃娃，两只小

手捧着钱币，让人扶上了捐献活动主席台，把钱交给了台上的叔叔阿姨，赢得全场热烈掌声。

一所小学的学生们在热烈献金的同时附信一封，信中写道：“敬请转献国家的献金总数共计为钱币十万五千八百八十五元，区区之数聊表寸心。我们不敢说要超居人前，但也不敢自暴自弃……我们谁都不肯落后，有绝食的，有以劳动换取的，有节省日用的，有以热泪向家长争取的。”

…………

抗战期间，还有一支声势浩大的儿童擦鞋队，曾经多次进行献金。这支擦鞋队的创建者是江民声。江民声，早年参加东北抗战，参与组建哈尔滨民众救国自卫军，后因叛徒告密，被日军北满宪兵司令部通缉，逃亡上海，又辗转来到武汉。此时国共合作，举国上下同仇敌忾，救亡歌声响彻三镇。同时，华北沦陷，华东沦陷，拥入武汉的难民越来越多，其中有不少的流浪青少年。曾有一段擦皮鞋谋生经历的江民声，随即去难民收容站领回一批难童，成立了擦皮鞋大队，自任大队长。他用自己的积蓄购置了工具，无偿发给难童，亲手教他们擦鞋手艺。

不久，擦皮鞋大队亮出旗号，在汉口摆摊设点，成员多达数十人。每个摊点都插着一些彩纸小旗，上书“自救救国”“团结抗日”“有钱出钱，有力出力”“踊跃捐献，支援前线”等口号，十分醒目。武汉民众本就同情难童，看到还附带为前线募捐，纷纷慷慨解囊，不管皮鞋脏不脏，都去照顾一下生意。“童鞋军”一时名声大噪，武汉《大汉晚报》《新快报》等都进行了报道。不久，又有一百多名难童加入，江汉大道上的小旗越来越多，标语口号也越喊越响亮，浩浩荡荡，蔚为壮观。擦皮鞋大队每月定期将一笔捐款送交报馆代转前方，还设置了义卖募捐柜，上书："向浴血苦战的抗日将士们致敬！"更多的难童要求加入擦皮鞋大队，队伍成员最多时达到两千余人。

1938年10月中旬，日军前锋逼近武汉，枪炮声隐隐可闻。撤退的军民众多，交通工具供不应求，在招商局轮船公司的关心下，擦皮鞋大队才得以搭上轮船，平安入川。成千上万的难民拥入四川，地少人多，安身之处难觅，生活更是艰苦，擦皮鞋大队陷入饥寒交迫的境地，不久江民声也被迫离开。但是，擦皮鞋的难童们却始终没有忘记捐款救国。在重庆街头，不少擦鞋儿童的工具箱上都插着彩色小旗，书写着抗战标语，有关部门也一直收到难童们的小笔擦鞋收入捐款。当地一家晚报在新闻中真诚地评价道："他们才是高贵的人。"

中国的少年儿童，在炮火和硝烟中迅速成长起来。作为"国家未来主人翁"，他们心系祖国的付出与努力，足令所有国人感动，亦令敌人胆寒！

在民众献金运动中，第三组不应被忘记的人群是始终处在历史舞台聚光灯之外的中国普通民众。

翻开中国一部又一部史书，可以说是一部又一部的帝王将相史。在这些数以千万计的文字中，很少能够看到普通民众的身影，几千年来，他们总是默默藏在时光变幻的历史帷幕深处。然而，当人们打开尘封着的抗战献金历史档案时就会发现，这是一部绝不同于以往，而由千千万万普通人的名字连缀起来的大书。

为纪念他们并激励后人，本节摘录部分普通民众捐款捐物记载如下：

市民周维均，家境贫寒，爱国有心，捐款无力，但是却将全家绝食半日所得二角捐出。

市民吕永贞将月饼费和小孩糖果费一元四角捐赠。

妇女参加献金活动

市民章启元捐款十三元五角以后，再无钱可捐的他又把家里一只母鸡捐了。

寡妇冉张氏，变卖祖产，捐助军粮五百石。

盲眼乡民张少卿在乡邻的帮助下前往献金台，家贫身残不忘忧国，将其全部动产三十元捐出。

市民华荣生把结婚金戒指捐出时说："因为它同我有过八年的关系，所以在同它分手的今天，心里免不了有一点恋恋不舍。但是，我想起前方的将士，为了国家，为了争取我们中华民族的生存，他们且不惜牺牲头颅，我这一点点物质上的牺牲，还有何可惜呢？我又想起后方被敌机炸死的同胞们，可怜他们的身体常常被炸得四分五裂……于是我更加替我的金戒指庆幸，因为它将要发生最有意义的作用——就是要从一个装饰纪念品，变成打击敌人的子弹。"

从北平流亡的隆泰号伙计捐出了两把纯钢打造的大刀。

无独有偶，大汉黄泽盛将三十八把大刀上台捐献，他说："我没有别的东西，也没有钱，这儿送上几把大刀，给兄弟们杀鬼子去吧！”

流亡到后方的六十岁老人傅部周以贩卖长生堂无极丹为生，先捐款一角九分，随后边卖无极丹边献金，一共捐献三次，将几天卖药所得利润全部捐出。

只身一人逃难到后方的难民温栋臣年过六旬，把仅有的五元多投入献金柜后说：“我个人从战区逃出来，亲见同胞被敌人残害，皆无家可归。现在自己虽然年老，不能上前线作战，但亦表示爱国热忱。”

由战区逃亡的董谟鸿、董谟菊两姐妹，将慈母最爱遗物宝石金戒指一颗献上义卖。

失明算命先生周子清，因双目失明不能上阵杀敌，深感遗憾，为报国特将节省下来的四角钱捐献国家，充作抗战费用。

礼和店员易静安，胃病复发情愿不吃药，把节省下来的两元奉

人力车夫参加献金活动

献出来。

女佣人杨嫣将历年薪水积蓄五十元送到赈济委员会。

赤脚黄包车夫熊炳云连续捐款几次，他说：“我是2074号人力车夫，不会写字。我看见今天大家都给杀鬼子的兵来捐款，我没有钱，我就决定出半天的力来献金，我拉好多就送上好多，拉到哪个礼台就送到哪个礼台。两路口、都邮街都送过了，现在又送来四毛五分。”不久，他又送来两毛钱。有人坐车，他说请先等等，请先付车钱以便送礼劳军。他还鼓励同胞有钱的多送点儿，不要做亡国奴。

工人王大娘一下将相当于她一年的薪水两千元全部捐献。

菜贩李君等及四马路小菜场全体菜贩，联合捐助国币一百零八元九角五分，请抗敌后援会转交救护委员会，充作伤兵救护费用。

负伤军人李荫龙临死前拍卖金戒指和怀表，钱款全额捐献国家。

边远地区的县民马胜霄，家境贫寒，年逾七旬，将自己房屋出卖，捐得一千元，以为前方将士缝制寒衣。

农民安礼将个人数年来之积蓄粟米一百石，供献政府补助军需。

农民何焕三，誓要抗战到底、捐助到底，特将所有田业每年收入之租谷三百担捐作抗日军粮。

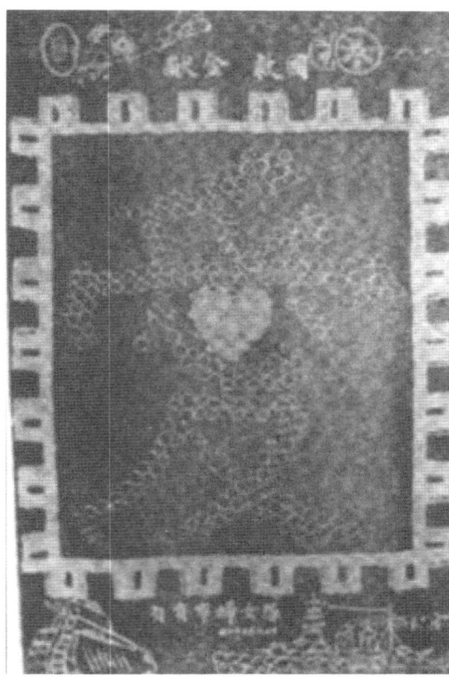

四川自贡妇女捐献七百二十五只金戒指组成“爱”字

白发老翁周钰欣闻八路军百团大战大获全胜的消息之后，极为振奋，将其压缩生活开支省下的十元送到《新华日报》馆以示慰问。

百岁乡民王玉梅将自己一生积蓄购买生药一千袋，装成四大包，义捐给前方抗日将士。

百岁老人郭庶潘从九十里外赶往参加捐献大会。

小学校长赵天全手持两盆素心兰，步行四十余里赶到现场义卖献金。

报国寺印光法师苦于修持、积蓄几无，但仍然积极参与抗战募捐，自动捐六百元。在他的带动下，灵岩常住捐二百一十元，德森捐三十元，妙真、了然、恒智等亦各捐洋十元。

在成千上万的普通献金者中，能够被记录下名字无疑是幸运的；而更多更多的，则是那些无名的英雄们。

一位六十多岁的市民老者要将棺材卖出献金。儿子反对：“你百年之后怎么办？”老者气道：“日本人打到家门口了，万一沦陷都死无葬身之地，还要什么寿材？我死后用芦席一卷就可以了，听我的话卖掉棺材就是孝，不卖就是不孝。”于是儿子从父命变卖棺材将钱捐出。

一位老人坐人力车专程赶到献金台，捧出一些古老的银链、银镯、银戒和银币。他唯恐不收，还诚恳地对工作人员解释：“我没有更值钱的东西，就这些银器给你们献上变钱，也算尽了我一份心意。”

一位从战区流落到后方的车夫将自己拉车半年来的积蓄四元六角捐出来。在捐款的同时，他还用自身的悲惨经历感召同胞们有钱出钱有力出力。很多人力车夫载人过献金台时，都要自动放下车杆走上台去，将其用血汗换来的钱，几角几分地投入箱内。某地捐款时一次竟涌来六百多名车夫，纷纷掏出一毛一分的碎币，投入捐款箱。

一位年迈的农民，将自己一辈子辛苦积攒的五百二十元积蓄全部捐献。

一位老太太带领个小宝宝，拿着一只旧鱼肝油桶凿一个洞，捐款人在钱包上写名字投入洞内，到了报馆，将桶打开，按名交款。

一位刚丧偶的妇女将刻有丈夫名字，正戴在手上的结婚戒指以及一副耳环捐献出来，了解她困难境况的工作人员不忍收下，劝她将戒指变卖，养活子女。这位妇女坚持要捐，并说："把戒指不拿去卖钱养孩子，是要让孩子懂得，国家比他要紧。只要国家好了，他们才不会当亡国奴！"

一位农妇将靠针红赚的三十元寄到报社，希望代为转捐用以慰劳伤兵。

丨普通市民参加献金活动

三四位贫苦老人，结伴拄拐，蹒跚来到献金台，把节省下来的一日生活费一角、二角投进捐款箱内。

一位从沦陷区逃出来的年近六旬的难民，拄着棍子，一天竟前往献金三次，他还气喘吁吁地对台下的民众呼吁：“我是从河北省逃出来的，我全家都被鬼子杀了。国亡之后，连命都保不住，要钱有什么用。”

一位收容所的难民，为了纪念八一三淞沪抗战，于是绝食一天，将省下来的伙食费捐出。

十几位洗衣保姆每人捐款一百元。

某地街上洗衣老婆婆们组成一支自由献金队，依次上台，献出她们为人洗衣积存下来的钱：一元、二元、五元……十四人刚好凑满一百元。

三位歌女将手上金戒指脱下义卖，卖得现款全数捐献。

渝鑫铁厂的工友将四百五十二元四角捐献，后来该厂冷作、红炉两部门工友又捐赠七十元。

乞丐参加献金活动

合众轮船公司的工友捐款五百元。

两名断了腿的辛亥老兵拄着木棍上献金台献出两元钱后表示：“现在年老残废，不能背起枪杆打鬼子去，谨献纳两块大洋，买一粒子弹。”

一位原第29军士兵献了他仅有的几十元钱，他在长城喜峰口抗敌时受伤，募捐者劝他收回款去，他坚决不肯。

两位在山西战场负伤的伤

兵拄着拐杖前往献金，并未留下一言一语，只是默默捐出了四角钱。

一群在抗战前线负重伤的伤兵，虽然不能做重体力活，也无法重返前线对日作战，他们就把制雨伞、编藤椅所得全部捐献。

一位带着四个小孩的空军烈属在献金的同时，还把一个紫缎绿双龙花的桌布捐献。

二十七位出征军人家属联合捐款四元二角五分。《新华日报》报道："这数目是由一分、二分、五分、一角叠起来的，这四元二角五分在众人心里起的反应甚至超过了十五万元，这是他们送走了生产者丈夫、儿子以后的生活费中抽出来的。"

在留存至今的献金活动资料中，可以不止一次看到各地乞丐献金的记载，短短的文字朴实无华，却令人感动不已。

瘫痪乞丐吴某大，虽然终日于街头乞讨，仍怀爱国之心，将所乞讨的财物五角全部捐献国家。

跛脚老乞丐何瑞祥，拿出他乞讨所得积存的二十块银圆，全部捐献，并说打败鬼子，我们不当亡国奴，就可以过好日子。

七十四岁的老乞丐周德义捐献他半月乞讨来的钱。

七旬高龄的乞丐廖得福献金二百九十七元后说："我前年被炸，财产荡然，连年贫病交加，以致沦为乞丐。目前听先生（冯玉祥）演说，得知国家危在旦夕，非群起挽救不可，愿将连年乞讨所储的二百九十七元函奉国家，以示爱国不分贫富。"

乞丐于某持其行乞所积蓄之十元，送交报社，转汇前方，为抗敌之用。

某地乞丐教养所全体乞丐将绝食一日所得伙食费二十元和做工所得一日工资十二元捐赠。

一群乞丐将各人多年讨来的两千两百五十元捐献出来。

一位要饭的哑巴乞丐捐了十二个铁环和两分钱。

在某地孙中山铜像前，一位每天在人行道旁哀求苦叫的断腿乞丐，凭着仅剩的两截大腿蹒跚挪动着，腋下还夹着一卷残破的芦席，他慢慢爬上献金台，将右手的五分钱投到箱里。他说："我是残废乞丐，这一生是不能为国家上火线打仗了，但我是愿死也不做亡国奴的。"

一长串衣不蔽体、瞎眼跛脚的乞丐，一个搀扶着一个，踉踉跄跄地从主席台左侧上去，用颤颤巍巍的手抚摸着"救国献金柜"，把自己乞讨来、勒紧肚子积攒的零星铜币、镍币、小钱叮叮当当地放进柜里，然后又从右侧蹒跚地走下台来。

…………

抗战时期使用的募捐专用箱

在献金活动中积极行动的广大普通百姓，他们本身就是战争的受害者，或流离失所，或生活艰难，然而他们并未因为自身的苦难而消沉，而是想方设法捐钱捐物为抗战事业贡献力量。贫苦民众捐款的准确金额如今已难以统计，从每一笔来看，大都是较少甚至极小的数额，但是其背后所体现出的人民对于国家义务的承担和奉献却是丝毫不差，值得后世永远敬佩。

轰轰烈烈的抗日献金活动遍及全国，其中第四组值得铭记的人群是身居边陲之地却心系国家命运的各族民众。

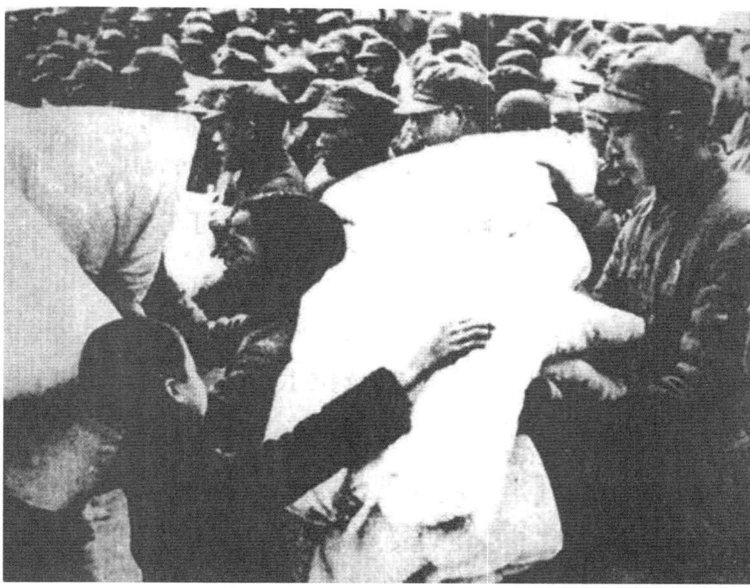

大后方民众向抗战将士捐献寒衣、棉被

以远在西北大后方的新疆为例，新疆抗日募捐持续时间较长，而且范围广。从最早的1936年冬，为绥远抗战将士募捐寒衣开始，到1943年的文化劳军募捐活动，与抗战相伴始终。

1936年绥远抗战爆发后，新疆各族各界同胞与全国其他省份民众一道，积极为抗日将士捐款。如阿克苏地区捐银一千两百三十三万两，鄯善地区捐银二百七十六万多两，塔城、额敏民众捐银一百一十九万多两等。

新疆民众虽然远离抗战前线，没有直接与日本侵略者浴血奋战，但是广大民众都明白“人家在牺牲流血，我们则在后方安享太平，但我们还有同样重要的救国责任应该担当，因此，出钱这回事本来就是极平常的救国道理”，因而，为抗战开展的捐款活动在每一个角落展开。从机关团体到边远农村牧区，各族各界民众纷纷把自己的积蓄、金银珠宝送上献金台。

新疆的募集寒衣款在全国名列前茅。在鞋袜劳军运动中，新疆也超额完成了募捐任务。在新疆开展的献金活动远不止于募集寒衣和鞋袜，据不完全统计，整个抗日战争期间，新疆各族人民节衣缩食为抗战进行的各类捐款折合约五千万元，此外还有大量实物。

1938年11月30日的《新疆日报》这样报道迪化的献金活动：“许多各族各样的人们，在争抢着献金，好似恐怕自己的光荣落在别人的后面。有许多商人们，背负着笨重的钱包，工人们拿着自己血汗的金钱，农人们甚至于拖着土产出现在台前，更引人注目的就是有许多老爷爷和老婆婆，都穿着艳丽的衣服，过年似的领着自己的儿孙寻找到这献金台来，把他们自己存的金银，赤诚而高兴地亲自送到台上来。”仅十天的时间，迪化献金总额达十二亿两新疆币。①

迪化是新疆省会，在献金活动中走在了全疆前列，而新疆其他地区也不遑多让。

以塔城为例，自1937年9月至1938年9月，民众向新疆抗日救国会后援总会捐资数额巨大。1938年11月，又积极参加抗日献金运动委员会发起的全疆性三天献金运动，仅塔城妇女界就为抗日捐献省银票现金三百余万两。同月30日，额敏县民众募捐寒衣及献金运动民众踊跃，其中利顷成、马文德、阿不都阿孜等商户捐款都在省银票万两以上。塔城监狱三十六名监犯自动请求减少伙食，节余伙

① 迪化，即今乌鲁木齐。

| 新疆妇女参加献金活动

食费作为抗日募寒衣捐款。

1939年，额敏县蒙古族同胞募捐寒衣，捐款成绩为：大元宝六个，重二百八十余两；银票一百二十一万五千两。在塔城开创西医门诊部数年的俄罗斯族医生格林根，在已经以药资费数十万两捐助救国之后，又决定将节省购得的二十五头牛捐出，以表达他对前线作战将士的敬意。

1942年，塔城地区的抗日募捐更为广泛。行政长公署、公安局、县政府、土产公司、林业局、工商会、农牧局、报社、民众俱乐部、中学、小学、各族文化促进会和工人、市民、农牧民都参加了抗日献金。据不完全统计，当年12月底塔城开展文化劳军运动，捐款大洋一万一千二百六十三元一角。培育出著名的巴什拜羊的塔城裕民县富裕牧民巴什拜·乔拉克，全面抗战初期捐献马匹二百匹、小麦四十二石八斗，抗战中期，他又捐献带马鞍的战马五百匹。

新疆民众除了通过捐钱捐物支持抗战，还给予了抗战前线喋血战士们精神上的鼓励和支援。1938年10月底，十万封用新疆各族文字写成的慰问信被送到抗日前线，将祖国西陲人民对抗战必胜的赤诚信念和对前方战士的诚挚问候，带到烽火硝烟的战壕和游击健儿的山村。

同新疆人民一样，身处祖国大西南的云南民众也积极捐献救国。

九一八事变后，为支援东北军民的抗日活动，云南私立生生保育园的学生将节约所得四百三十一元，寄往东北的马占山部；云南白药创始人曲焕章也通过捐赠药品来表达爱国之情，并致电马占山，表示“聊表区区之爱国愚忱，甚愿将士努力杀贼，复我疆土，是所至望”！

1932年一·二八淞沪抗战开战两日后，为支援在上海抗战的第19路军官兵和受难同胞，昆明市抗日救国会作出发动各界捐款慰问第19路军的决议。云南各族民众积极响应，慷慨解囊。例如，华安机器厂的五十九名工人主动捐款四千五百六十元，并致电慰问前线将士；省立第一师范学校全体学生把2月份节约下的伙食津贴（每人八元）捐出；文明街回春药房的袁氏三兄弟捐赠出价值约一千九百余元的刀伤丹，等等。不仅昆明，个旧、开远、楚雄、宁洱、路南等县的民众也积极捐输，汇寄第十九路军现银一万两。

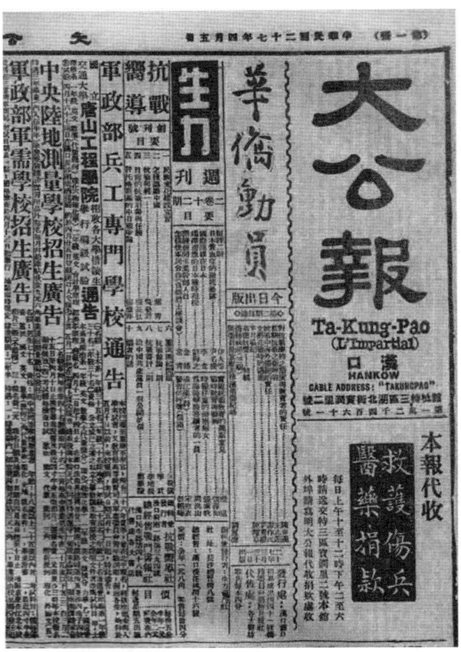

大公報

Ta-Kung-Pao

(L'Impartial)

漢口

HANKOW

CABLE ADDRESS: "TAKUNGPAO"

本報代收

救護傷兵醫藥捐款

華僑動員

生力 週刊

抗戰嚮導

軍政部兵工專門學校通告

唐山工程學院通告

中央陸地測量學校招生廣告

軍政部軍需學校招生廣告

1938年4月5日的《大公报》(汉口版)报头下方代收捐款启事十分醒目

1937年卢沟桥事变爆发后，云南的抗战献金活动也走向高潮。特别是广大劳苦大众虽生活在社会底层，颇多困苦，但依旧忍饥挨饿，将节约所得贡献国家。因前方战事紧张，药品稀缺，云南民众在献金救国的同时，继续捐出大量药品。例如，曲焕章就曾一次捐送百宝丹二千瓶、虎力散二千瓶；药商汤辅臣捐出祖传的保险丹一千包；乾齐的张茂林捐送白药一箱，约计一千瓶；高月轩等捐百宝丹五十罐；日月大药房捐献白仙丹粉剂一千瓶，特装白仙丹丸剂一千袋；爱国药房捐头痛丹一千二百包；树励药房捐万效丹一千瓶……

不仅新疆和云南，其他诸如西藏、广西、青海、甘肃、西康等边远省份人民无不如此！①

西藏藏传佛教领袖班禅额尔德尼·曲吉尼玛（九世班禅）自九一八事变发生后，便在内蒙古、上海、北平、甘肃、青海等地，向僧俗民众宣传抗日救国。抗战初期，数次捐赠战马数百匹。此后多次慷慨解囊，捐助前线抗日将士。1937年10月28日，他捐赠医药费三万元，并带头认购救国公债两万元；11月8日，再次为赈济前线伤员及难民捐款两千元。1939年入藏的康藏民众抗敌赴难宣传团离开拉萨前，当地僧俗民众捐献了自织的一百一十多匹氆氇，委托他们制成军用背心，带到前方，分送抗日将士。这些氆氇质料精良、花纹特殊，可制成背心四百多件。虽然为数不多，但“表示遥远后方之西藏民众自动敬慕抗战将士热忱”。

1939年1月，时值冬令，凛冽的寒风中，西康藏区民众在贡嘎活佛等人的带领下，再次捐赠有良好御寒作用的氆氇一百二十匹。后来又将各种土特产品、皮毛、珍贵药材等送到征聘寒衣分会。时间不久，分会将征得的各种物品折合成款，已达两万元。

---

① 西康，民国时期省名，设立于1939年，所辖地区约为今四川省甘孜藏族自治州、阿坝藏族自治州、雅安市，西藏自治区昌都市等。1955年撤销。

1939年，青海省各族民众踊跃参加征募寒衣活动，一次就捐献羊皮袄十万件之多。

在边疆各省区经济普遍落后，社会生活水平相对低下的条件下，无论官员还是民众，无论老者还是孩童，无论城镇还是牧区，各族各界民众深明大义，克服种种困难，舍小家救国家，积极投入到抗日募捐活动的洪流中，表现出极大的抗战决心，为抗战的最终胜利作出了贡献。也许这些地区的献金数额并不算特别巨大，但已实属不易。他们身上散发出的爱国主义光辉，永远闪耀在中华民族不屈御侮的史册之中。

还有一个特殊群体，在献金救国运动中发挥了独特的作用，他们就是不操枪炮而以报刊为阵地的新闻界从业人士。

近代中国影响力最大的大众传媒当属报纸。抗日战争期间，大批有良知的中国新闻界人士，以笔为刀，以刊为枪，不遗余力宣传救亡、支持抗战，发挥了不可替代的巨大作用。在献金募捐方面，也是如此。其中，《大公报》全体员工就是一个做出了突出贡献的英雄群体。

抗日战争期间，在全国各不同地区的《大公报》中，创刊于1937年9月18日的汉口《大公报》，尽管存在时间只有短短一年多，但在献金募捐活动中的表现却最为突出。

汉口《大公报》编辑和记者对募捐活动给予了极大的关注，他们运用大量版面对募捐活动进行呈现，引发读者关注。例如，武汉七七献金活动只有五天，但汉口《大公报》为号召读者踊跃捐输，对这短短几天募捐活动进行了充分的报道，发表社评三篇，短评五篇，消息二十八篇，共计三十六篇之多。

为了达到最佳的募捐效果，汉口《大公报》的编辑和记者是费了一番苦心的。例如，在1938年的救护伤兵运动中，他们一方面结合战局变化情况及伤兵的悲惨境遇进行报道，激起公众同情，并及时告知读者军队和战士们所急需的物资有哪些，让读者对前线情况有充分了解，为募捐奠定基础；同时在捐款活动中特别注重对社会各阶层人民的捐献行为进行报道，刊登大量感人事迹，以号召更多的人们积极捐助。

为了更有效地推动献金活动，汉口《大公报》尤其重视刊登募捐公告进行动员。全面抗战爆发前，《大公报》的广告版面通常能够占到整个报纸的50%以上。然而，七七事变后，民族危机不断加深，《大公报》上下心系国家，将大量版面用来报道抗战内容，有时甚至满版都是战争内容，完全不见广告的踪影。广告刊发的骤然缩减，意味着经济收入的降低。这对于一家不依靠任何政府组织，仅靠自身力量经营的报纸来说，尤为难能可贵。

在当时的社会环境下，由《大公报》这样具有较高声誉的全国性大报发出呼吁，不仅能使有关公益募捐的信息传播得更快更广，而且借助报纸的知名度和美誉度，可以增强募捐运动的可信度，赢得更广泛的支持，从而获得更多的同情和实际的救助。

同时，报社还主动担负起代收读者及社会各界人士捐款的工作。据有关记载：1932年，代收慰劳上海抗日军队捐款十五万四千余元；1936年至1937年，代收绥北士兵寒衣捐款二十五万七千余元；1937年，代收第29军慰劳金一千五百七十一元三角；1938年，为救护伤兵运动代收捐款十四万六千余元，为难民难童捐款活动代收善款一万两千九百二十二元七角，为征募寒衣运动代收捐款九千二百二十五元四角，为节约献金运动代收捐款三万两千六百九十四元一角九分；1939年，代收征募寒衣捐款五万五千一百七十一元八角；

| “大公剧团”《中国万岁》话剧广告

1942年，代收文化劳军献金六万零二百二十三元二角四分；1943年至1944年，代收征募劳军献金七百六十五万元；1943年至1944年，代收湘鄂劳军捐款五十一万元；1944年，代收慰劳湖南将士捐款二百六十七万五千元；1945年，代收湘西将士慰劳金二百九十九万八千元，等等。

代收捐款工作听起来很简单，实际上工作非常琐碎繁杂，来自全国各地的捐款绝大多数都是小金额，计算量巨大，除去统计核对外，还要将捐款人姓名和捐款金额一一记录，并将捐款收入与支出情况及时公布，保证募捐信息的公开透明。汉口《大公报》发行时期，经济条件较差，人员缺额很大，但仍然专门抽调人员负责接收捐款事宜。

汉口《大公报》全体同仁在做好宣传工作的同时，自身也积极捐献，起到了良好的带头作用。在武汉七七献金运动中，报社捐献一千元，报社全体职工又凑集了四百一十三元一角五分。1938年征募寒衣运动中，报社捐献一千元，折合棉背心五百件，防毒面具五十副；两天之后，报社员工又集资捐献二百五十件棉背心。以实际行动践行了“忘记之为大，无私之为公”的“大公”精神。

为了扩大募捐活动的影响，汉口《大公报》甚至还组建了一个大公剧团。1938年6月16日，汉口维多利亚纪念堂的灯火亮得耀眼，纪念堂门口人头攒动，喧闹异常，报童们边发传单边吆喝着，“买荣誉券，看国防剧，爱国抗敌！”其实无须他们宣传，热情的观众从下午4点就排队候票，不多时，剧场里已聚满来宾。大公剧团制作的三幕国防剧《中国万岁》就在这里首演。

当日20时整，《大公报》汉口馆编辑主任王芸生致辞，他指出此次公演的目的，一是募捐救护伤兵，二是为了扩大对抗日的同情与拥护。随后，以国民党政府军事委员会政治部第三厅厅长身份出席活动的郭沫若走到台前发表讲话，他用极壮烈的声音呼喊道：“这表示中华民族除了有抗战力量，还没有忘记创造文化，更表明了建国不忘抗战，抗战不忘建国。”“今天的演戏，我们认为是在庆祝抗战胜利。抗战胜利万岁！”①

公演连续四天，6月19日是演出的最后一天，因为是星期天，共演日夜两场，两场都观众爆满。在晚场音乐节目前，仍由王芸生致闭幕词。他除了简要地总结演出情况外，还以“马革裹尸还”的精神激励在场观众，乃至全中国儿女。王芸生的致辞不断被鼓掌声、口号声打断，整个维多利亚纪念堂响彻“打倒日本强盗！”“中国万

① 莫英：《文化抗战——“大公剧团”与〈大公报〉》，大公网2018年8月16日。

岁！”的口号声。

大公剧团这一次公演四天七场，门票收入一万四千余元，公演各项成本共支出三千八百五十二元一角，全部由报社承担，没有从公演收入中扣除一分钱。所有收入全部用于购买药品，由军医署派员取走，分送给武汉各伤兵医院，救济受伤将士。

这次救护伤兵义演不仅为救治伤员募集了资金，而且广泛传播了坚持抗日和团结抗日的思想，激发了人们同仇敌忾的爱国热情，很有意义。从武汉撤退后，大公剧团到重庆继续演出，盛极一时，一票难求。

抗日战争期间，怀着满腔爱国热忱，在献金运动中发挥着积极而重要作用的新闻从业者，当然绝不仅限于大公报社的员工。例如，著名报纸《申报》仅在1937年前后的很短时间内就刊登了大量的抗日募捐广告，其数量总计达四百八十多篇，产生了非常强烈的社会效益，有力推动了献金运动的发展。其他如前文提到的《新华日报》，以及《中央日报》《新民报》《每日译报》《新新新闻》《良友》(画报)等等，这些报刊的编辑、记者、管理者，甚至于门卫、勤杂工人，也都和大公报社的同仁们一样，以纸笔和印刷机为武器，以报社为营垒，以刊物为阵地，用新闻舆论，为呼吁民众捐款献金，坚持抗战到底，做出了独特而重要的历史贡献。

在抗日战争期间的献金活动中，还有一个相当特殊的类别，值得单独书写，这就是著名的“献机救国”运动。

飞机是现代战争不可或缺的重要武器，也是中国军队所急需的，而当时的中国尚无独立完整的航空工业，只得依赖进口；同时，飞机又是一种极为昂贵的大型装备，购置飞机所需甚巨。抗日战争爆发后，尽管空军全体将士奋勇无畏、英勇杀敌，但由于敌我之间过于悬殊的实力差距，中国空军的战机在激烈的战斗中消耗很大，不长的时间内就几乎损失殆尽。对于中国空军而言，尽可能购买先进战机已成为当务之急。而国民党政府的财政状况，却因为战争和封锁而不容乐观，捉襟见肘。这种情况下，有识之士提出，要发挥全民的力量来购买飞机，以加强中国空军的建设。此即为献机救国运动特殊的历史背景。

在中国航空协会、全国航空建设会、中国航空建设协会及各地航空救国团体的积极推动和精心组织下，全国范围内的捐款购机（献机救国）活动有声有色地展开了。

1936年9月5日，全国航空建设会在《中央日报》发布公告，公布了从1933年2月至1936年9月三年多的募捐金额，共收款三百一十九万九千二百三十六元二角九分。这个数目是相当可观的。

据有关资料记载，从1932年开始至1936年初，中国民众捐机共计四十四架。[①]包括：

河南农工商各界捐献的河南第一号、河南第二号、河南第三号、河南第四号、河南第五号。

正太铁路员工捐献的正太铁路号。

北宁铁路员工捐献的北宁铁路号。

津浦铁路员工捐献的津浦铁路号。

陇海铁路员工捐献的陇海铁路号。

胶济平绥两铁路员工捐献的胶济平绥铁路号。

上海民众捐献的上海市第一号、沪工号、沪童军号、沪学号、宁波号、沪商号。

① 李雪：《1931—1937年“航空救国”运动探析》，云南大学2014年硕士学位论文。

浙江民众、政界、学界分别捐献的浙江救国号、浙政号、浙学号。

中央军校师生捐献的黄埔第一号。

新疆各族民众捐献飞机的命名典礼

京沪杭甬两路员工捐献的京沪杭甬铁路第一号、京沪杭甬铁路第二号。

安徽各界民众捐献的安徽号。

湖北各界民众捐献的湖北号。

平汉铁路员工捐献的平汉第一号、平汉第二号。

天厨味精厂员工捐献的天厨号。

湘鄂道清浔株韶等路员工捐献的铁路号。

爪哇侨胞捐献的爪哇号。[①]

北平各界救国团体捐献的北平第一号、北平第二号、北平第三号、北平第四号、北平第五号。

吴兴绚业小学师生捐献的儿童号。

国民党政府交通部邮政员工、电政员工、航政员工分别捐献的邮政员工第一号、邮政员工第二号、邮政员工第三号、邮政员工第

① 爪哇，印度尼西亚岛屿名。

四号，电政员工第一号、电政员工第二号，航政员工号。

江西教育界捐献的江西教育第一号、江西教育第二号。

1936年，有关人士以蒋介石五十岁生日为缘由，全国范围内发起了一场“献机祝寿”活动，至少二十个省区民众大规模参与，再加上一些行业、单位及海外华侨的积极捐献，最终实收款多达一千三百三十四万六千七百九十六元四角六分，购买飞机共计一百一十四架，余款则作为筹办飞机制造厂之用。①

献机运动贯穿着整个抗日战争进程的始终，期间，还有两次专项活动——一元献机运动和一县一机运动——得到了全国民众的高度支持，产生了巨大影响，发挥了重要作用。

一元献机运动自1941年7月7日发起，这一天是七七全面抗战四周年纪念日。至1943年初，全国各地共捐献飞机三百余架。数目虽不很大，但却来之不易，弥足珍贵。

1943年，中国航空建设协会发起一县一机运动，从1943年8月14日开始到1944年8月14日结束，全国都展开了热烈的献机捐款活动。

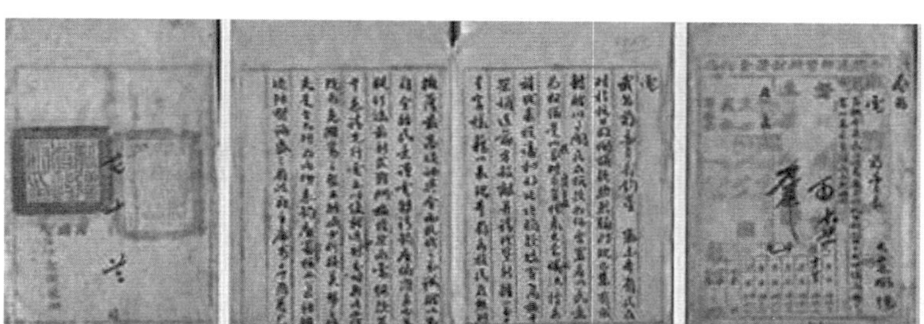

记录新疆民众捐献十架“新疆号”战斗机的档案

① 李雪：《1931—1937年“航空救国”运动探析》，云南大学2014年硕士学位论文。

号称大后方的新疆，也开始了声势浩大的一县一机捐款活动，各族民众充分认识到无空防即无国防，无国防即无国家，纷纷踊跃参加。有关资料记载：1943年9月，独山子炼油厂为响应一县一机募捐运动的号召，全体职工均愿捐献全月工资。该厂的职工多是维吾尔族和哈萨克族同胞，平日并无多少积蓄，但在献机募捐活动中，特别踊跃，许多人的捐助已超过自己的月薪收入。维吾尔族职工哈斯木月薪一百一十元，捐款一百六十元，库尔班月薪六十元，捐款一百元，土尔孙月薪六十元，捐款一百元……一颗颗新疆各族儿女滚烫的爱国之心汇成势不可挡的抗日洪流。

新疆伊宁一号、新疆伊宁二号、新疆伊宁三号、新疆绥定号、新疆霍尔果斯号、新疆温泉精河号、新疆博乐号、新疆巩留号、新疆宁西号、新疆巩哈号、新疆昭苏号、新疆新源号和新疆特克斯号，这是伊犁地区各族人民捐献的十三架战斗机。

塔城地区则捐献飞机十四架，在全疆名列第三。1943年9月7日，塔城一县一机运动劝募委员会成立，分配捐款购买抗战飞机数为：塔城县两架，额敏县两架，乌苏、沙湾各一架，和丰、裕民设治局共一架。分配数下达后，各族民众慷慨捐款，一个月内全部完成分配购机款额。1944年2月，塔城各县捐献抗战飞机款均超过预定数。全区当时有十四万余人，共捐献飞机十四架。

当年3月4日的《新疆日报》刊载《塔城一周》专题，详实报道了塔城各族民众抗日救国踊跃捐献，真挚感人的种种事迹。

在一年时间里，新疆一省共献机一百四十四架。[①]这个数目多出原计划六十四架一倍多，超额完成任务。鉴于新疆当时的人口数量

---

① 一说为一百三十四架。

和经济发展水平，这是一个非常了不起的数字！

和新疆一样，全国其他省份广大人民也在一县一机活动中，以不同方式贡献着自己的力量。

有关资料记载：1943年8月，甘肃的五世嘉木样呼图克图等发动甘肃拉卜楞寺所属各寺院、部落，筹集了银币九十万元巨款（可购飞机三十架），由其兄洛桑泽旺任团长，带领其弟拉卜楞寺阿莽仓活佛等数十人，赶赴重庆捐助。这一义举“打破了边民向国家献机的纪录”，受到国民党政府首脑的接见和民众的热烈欢迎，各大学纷纷邀请洛桑泽旺前往演讲，多家报纸都作了报道，产生很大影响。由于拉卜楞寺支援抗战事迹突出，国民党政府特明令嘉奖，颁给“输财为国”匾额一方。

又如，1944年10月，西藏僧俗群众省吃俭用，捐赠五百万元，用于购机。

这一点一滴聚集起来源源不绝的力量，终将改变战争的胜负结局。

献金是个广义的范畴，百姓捐献的并不仅仅是现金，还包括大量的实物。有关资料记载：仅湖南省沅陵县，从1939年到1944年，当地民众除了捐献大量金钱外，还捐出了棉衣四万九千八百件，鞋袜一万零四百双，粮食两万两千四百石，药品三千八百箱，茶叶五千五百五十斤，书籍两千零六十册，毛巾九千三百条，猪肉一万四千两百斤。此外还有水果、糖、鸡蛋、月饼、钢铁、木材等，数量已经无法确切统计。作为湘西地区的一个落后小县，沅陵各族各界民众为抗战可谓竭尽全力，而这正是全国民众竭力支援抗战的一个真实缩影。

1944年4月《新华日报》一篇关于献金的评论文章指出：“这

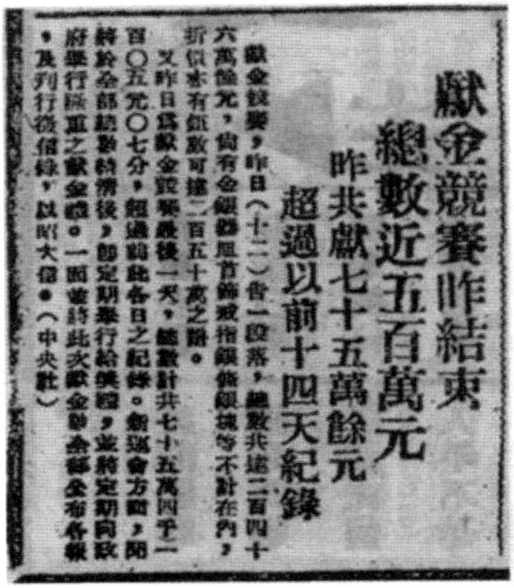

獻金競賽昨結束
總數近五百萬元
昨共獻七十五萬餘元
超過以前十四天紀錄

獻金競賽，昨日（十二）告一段落，總數共達二百四十六萬餘元，尚有金銀器皿首飾戒指銀幣銀盾等不計在內，折價亦有鉅數可達二百五十萬之譜。

又昨日爲獻金競賽最後一天，總數計共七十五萬四千二一百〇五元〇七分，超過前此各日之紀錄。獻金會方面，聞將於全部結數核算後，即定期舉行給獎禮，並將定期向政府舉行隆重之獻金禮。一面並將此次獻金數字公布各報，及列行徵信錄，以昭大信。（中央社）

《新华日报》对重庆献金活动的报道

样踊跃的捐献运动，正足以表现人民爱国抗战的热情，虽经过七年的抗战，虽在艰苦万分的情况下仍不衰竭。只要国家能打胜仗，国土能早些恢复，即使叫他们把点点滴滴的血汗拿出来都是愿意的。”

《大公报》一篇社论也写道：“他们的献金是自动的，无条件的，拿出钱来而不要任何报偿……他们在无条件地出钱或变卖衣物之后，精神上引为无上安慰，深感献金报国的无上光荣。民心之可爱，民心之可用，在这次献金运动中充分表现出来。”

为进行全面抗战，国民党政府还通过发行救国公债、建国储蓄券等形式筹集抗战款项，以冀增加抗战力量。中国广大民众在献金献物之外，再次响应政府号召，输财节用、积极劝募、踊跃认购，购买了数额巨大的各类债券，各尽能力以共救沦亡。

在整个献金救国活动中，海外华人华侨反响热烈，积极支持祖国抗战，作出了杰出贡献。因本书后文专设篇章论述，故本节暂不展开。

需要指出的是，尽管以献金支援抗战是广大民众自愿的行为，但这项活动从抗战初期的小规模民众自发行为发展到有宣传、有组织、有规范且效果日益显著的大规模运动，离不开当时国共两党积极的发动和组织，也离不开高级官员、社会名流的宣传示范效应。例如，国民党政府高级将领冯玉祥就在献金运动中发挥了突出引领作用。著名音乐家贺绿汀也曾创作了一首《义卖歌》，发表在1938年12月17日《新华日报》第四版。

中国的抗战，固然离不开前方将士的苦战，却也一样离不开后方民众的支持。如果后方民众懦弱而涣散，则中华民族不可能形成坚强的战斗力。因此，在日寇肆虐的严峻形势下，贯穿抗日战争始终的献金运动，以全民的投入和巨大的付出，不仅弥补了战时国家财力的不足，支援了抗战前线，稳定了抗战后方，为赢得战争最终胜利具有特殊意义。

更重要的是，在当时的世界眼中，中华民族是一个没有凝聚力一盘散沙的民族。在日本侵略者企图亡我华夏的危急时刻，中华儿女毁家纾难，捐款救亡、救国自救，这种各尽其力、共救沦亡的可贵精神，通过献金等形式，完全爆发出来了。这种民族凝聚力、号召力和向心力，以及由此迸发出的民族自尊、自信、自强精神，不仅在当时，在今天，而且永远是中华民族不断前进的力量之源。

第二章　隆隆机声——工业抗战

现代战争在信息技术被广泛应用之前，工业化是其基本的物质技术依托。工业化发展程度越高的国家，其军队在战争中就越具有优势，否则就居于劣势。完全没有现代工业的国家，要打赢现代战争是令人难以想象的。在淞沪战场上，中日双方军队激战正酣的时候，考虑到抗日战争可能的长期性，特别是中国中西部地区严重缺乏足以支撑持久抗战的现代工业基础，为保留长期抗敌的工业种子，国民党政府发动了一场大规模的工业内迁运动。在艰苦卓绝的抗日战争期间，隆隆的机器声，曾经在大后方和敌后根据地的很多地方响起，这是中国军民工业救国为抗战输送动力的声音。

第一节 烽火航运路

八一三淞沪抗战爆发后，国民党政府为了阻止日军沿长江西犯，决定封锁航道，号召各轮船公司捐献海轮。近代民族资本家虞洽卿的三北航运集团经过多年的苦心经营，到全面抗战爆发前夕，共有轮船六十五艘，有九万余吨，约占当时全国轮船总吨位的13%，是当时全国最大的民营航运集团，他本人也名副其实地成为“中国船王”。

虞洽卿带头积极响应国民党政府的号召，捐献三万多吨海轮自沉于长江江阴要塞口，这几乎占三北航运集团吨位总数的30%，都是虞洽卿的“命根子”，是他多年心血的结晶，而他为了全民族的抗战大业毫不犹豫地捐献出来，以实际行动履行了“坚决支持政府抗战”的诺言。

堵住日本海军进攻的路线只是权宜之计，为的是争取时间，以便于将东南地区特别是上海的工商企业，沿着长江向后方迁移。这个过程中最需要的就是船。自沉三万多吨的轮船之后，三北航运集团利用剩余在长江的部分轮船，积极参与抢运西迁工厂关键的机器设备，以及输送技术与管理人员到达大后方。同时，他还把自己三北造船厂的机器设备历尽千辛万苦迁到大后方。

三北造船厂创办于1924年，厂址在黄浦江边的日晖港口。1926年，三北造船厂开始自行设计制造一千吨以下，以内燃机为主机的长江货轮和客货轮，三北造船厂是当时上海规模较大的船舶制造和修理企业。八一三事变后，上海地区陷入战火，且有随时沦陷之虞，为保存极为有限的民族经济，为坚持长期抗战打下物质基础，包括三北造船厂在内的八家较大造船厂的经理们向上海工厂迁移监督委员会提出内迁申请。然而，国民党政府行政院因各种原因却迟迟不予批复，没有给予应有的经费补贴。结果报名内迁的这些造船厂，大多数都未迁出，落到了日军的手中。但此时的虞洽卿并没有像其他经理一样，而是自力更生，想尽办法，克服种种困难，一面将三北造船厂的部分机件抢运到租界，一面将一百一十六吨的机件物资从日晖港内迁到武汉。

历尽磨难迁出的三北造船厂，是抗战期间从上海内迁入川的唯一具有较大影响的专业造船厂。孙果达指出："三北造船厂吸收了一部分三北轮船公司的轮机人员，以这些人为骨干，培训出一批后方急需的技术人才，专门修理在川江上航行的各种驳船、板船和轮船。它还承担了重庆和长江南岸海棠溪之间的转运汽车的摆渡轮船之设计与制造工程。在三北造船厂的影响下，头塘地区也由一个偏僻的江边小镇成为热闹地区，拥有电源、渡轮和五十多家工厂。重庆商船学校也由于三北造船厂愿意提供学生实习场所而迁到该处。三北造船厂为大后方培养了大量抗战急需的轮船制造、修理、驾驶人才，并且大大改善了当地的交通状况，为大后方的经济发展作出了贡献。"三北造船厂直到抗战胜利后才重新迁回上海。

与三北航运集团一样毅然沉船封堵日军水路的还有宁波实业家陈顺通于1930年9月创建的上海中威轮船公司。

陈顺通早在北伐时期，就以国民航运公司副经理的身份，参与为北伐军运输粮草、军火，包括运送革命党人的重要工作，为北伐建立一条从上海到广州的革命航线。北伐胜利后，陈顺通到浙江省建设厅工作，出任过浙江省内河招商局局长、轮船招商局上海分局副局长。1930年，陈顺通因故辞去官职创办中威轮船公司。离职时，陈顺通的老上级张静江原拟将国民航运公司的“东丰轮”相赠，但陈顺通认为这份礼物实在贵重，推辞拒绝，最终半价买下“东丰轮”，改名为“太平轮”。1933年6月1日，“顺丰轮”代表中国首航苏联。上海《申报》和新加坡*STRAITS TIMES*都进行了报道。

就在中威轮船公司航运事业蒸蒸日上的时候，全面抗战爆发了。国民党政府立即着手进行一项战时特别措施：封锁全国的重要江河入海口。即为实施江阴要塞、黄埔口、闽江口、宁波镇海、海州、珠江口以及马当一带封锁阻塞工事，而征用吨位较大的船舶，将它们沉没于上述重要的航道上，以防止日本海军的进攻。

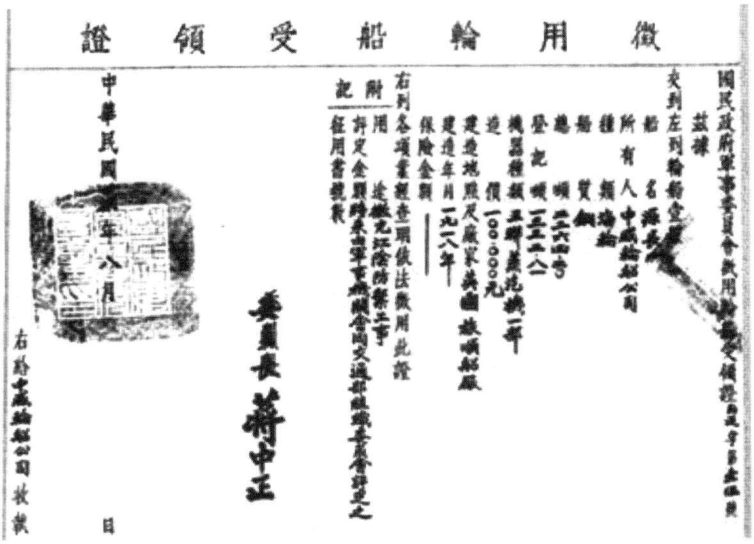

徵用輪船受領證

國民政府軍事委員會徵用[illegible]受領證[illegible]

茲據

交到左列輪船壹艘

船名 源長

所有人 中威輪船公司

種類 海輪

船質 鋼

總噸 [illegible]

登記噸 [illegible]

機器種類 三聯蒸汽機一部

造價 一〇〇，〇〇〇元

建造地點及廠家 英國 [illegible]船廠

建造年月 一九〇八年

保險金額 ——

右列各項業經查明依法徵用此證

附記

用途 [illegible]江陰防塞工事

折定金額 [illegible]

徵用書號數

委員長 蔣中正

中華民國 [illegible] 年 八 月 日

右給中威輪船公司收執

丨“源长轮”征用轮船受领证

1937年8月，日寇的铁蹄侵犯到上海一线。淞沪会战全面爆发前夕，南京最高国防会议决定，在日军尚未进攻长江流域之前，先采取封锁长江航路，阻滞日军沿长江向西进犯。随即，上海市航运业同业公会就征用船舶之事，召集各航商开会，并且推举招商局的沈仲毅先生具体负责此事。陈顺通带头表示全力支持，响应政府之号召。

在全面抗战爆发前，中威轮船公司旗下共有“顺丰轮”“新太平轮”“太平轮”“源长轮”四艘海轮。其中“顺丰轮”和“新太平轮”租借给了日本大同海运株式会社（后并入三井株式会社），战争爆发后被日方以各种理由强行扣留，已经难以要回。因此，中威轮船公司只剩下了“源长轮”（三千三百六十吨）和“太平轮”（三千五百五十吨）。即便如此，陈顺通还是将所剩的两轮全部交由国民党政府征用。

1937年8月12日上午8时，江阴江面各舰由“平海号”轻巡洋舰率领进行升旗典礼。在抵达位置之后，各舰同时打开水底门，缓缓下沉。因为水流甚急，第一批下沉时多半被水流冲离理想原位，导致封锁线并不完整。当海军部发现封锁线并不完整而空隙甚多之后，又调用征用的民轮、商船沉入封锁线；在镇江、芜湖、九江、汉口、沙市等地缴获的八艘日籍趸船也先后被拖到封锁线凿沉。海军部又请国民党政府行政院训令江苏、浙江、安徽、湖北各省政府紧急征用大量民用小船、盐船，满载石子沉入封锁线的空隙中。就这样“源长轮”和其他二十二艘商船、十二艘舰艇、八艘趸船、一百八十五艘民用船只，共计六万三千八百多吨，一起作为军事防御工事自沉于江阴要塞。自沉前，各艘商船都点燃三支清香，以示它马上要为国而战，开赴疆场。其中“源长轮”吨位较大，自沉在南北两岸中间最深的16号泊位。

大量的沉船、石料在长江上构筑了一条牢固的阻塞线，日本舰艇无法越雷池半步，只好派飞机对江阴要塞和中国海军舰艇进行轰炸。保卫江阴封锁线的战斗阻遏了日军沿江西上的企图，粉碎了日本“三个月灭亡中国”的迷梦，保护了长江下游军政机关、工矿企业的安全转移，为抗日战争做出了应有的贡献。

第一次自沉时，并没有中威轮船公司的“太平轮”。早在1938年初，“太平轮”便悄悄停靠到了镇海码头，它负有一个重要的使命：在必要时立即自沉于甬江出海口的主航道。在之后的一年多岁月里，时常会有“太平轮”或沉或不沉的消息传来。到了1939年6月，为登陆镇海做准备的日军，开始了新一轮的大轰炸。从6月23日至25日的三天里，日军飞机连续出动了五十一架次，投弹三百余枚，给镇海人民造成了巨大的损失。镇海一带的防卫形势立即紧张起来。

“太平轮”

6月27日，“太平轮”的船长同时收到了两封电报：第一封电报是将“太平轮”沉没的指令。另一封电报是陈顺通从上海发来的，要求船长在沉船时挂好国旗。自沉之前，船上大量生活用品和十多吨用来压舱的食盐，全部通知百姓运走，改善生活。

6月28日晚上约8点，“太平轮”在夜色中起航了，由于缺少了压舱物，它的吃水很浅。镇海城里的许多百姓都赶到了码头默默地为“太平轮”送行。汽笛拉响了，接应船员的小艇开了过来，船长带人离开“太平轮”，沉船命令下达。随着一声沉闷的爆炸声，一股浓烟冒出，“太平轮”开始慢慢下沉于宁波镇海招宝山脚下。当时的报道记载说：“在许多人的眷恋里，在许多人的悲叹里，太平轮终于沉下去了。”清晨时分，在镇海口，人们看到了露出水面的太平轮的烟囱，当潮水退下去时，太平轮的小半个身子会露出来。这艘船的自沉对于日军沿水路上溯造成了相当的阻碍。

自沉轮船就等于毁掉了自己的经营业务。全面抗战爆发后，即使有再多的钱，也难以从国外订到船舶，沉掉一艘，就少一艘。而抗战期间，整个航运市场异常繁荣，运费节节攀升，船舶的租金也从战前的每月每吨一美元多猛涨到七美元多，一艘三千吨的货轮每月的租金就可达两万多美元，所以航运业为阻日寇而自沉轮船的损失是非常大的。

抗战胜利后，陈顺通一直没有忘记被日本强占的“顺丰轮”和“新太平轮”。当时的中国政府外交部门也为此进行了努力，但是没有结果。这场因抗日战争而起的官司，直至2014年4月方告结束。上海海事法院在浙江舟山嵊泗马迹山港扣押了日本三井株式会社的“宝韵轮”，最终迫使三井株式会社向陈顺通家族支付船舶租金、运营损失等赔偿款。侵略者终为自己的行径付出了代价。[①]

在烽火连天的抗战岁月，虞洽卿、陈顺通沉船阻敌堪称壮举，而山东枣庄的中兴公司也以停产、炸港、沉船阻挡日寇进犯……

---

① 琴心：《“中国船王”陈顺通：家族四代77年索赔路》，《人生与伴侣》2014年第22期。

| 拆除前的中兴煤矿第三大井

1929年初，中兴公司聘请德国采矿专家克礼柯为总矿师，煤炭产量成倍增加。1933年，第三大井建成投产，煤炭日产量达到七千多吨。为了缓解运销压力，拓宽销售门路，开辟国际市场，中兴公司投巨资兴建连云港码头，港内建有东西两座码头，可停靠四千吨级轮船六艘，港内还建有500KVA交流发电机一台，灯塔两处，其他设施如车站、停车场、货栈、装卸设备等一应俱全，是当时国内一流的大型运煤码头。同时大力发展航运业务，1933年，中兴公司

| 炸毁前的中兴公司连云港运煤码头

投巨资成立中兴轮船公司，鼎盛时有货轮九艘，拖轮三艘，小火轮一艘，加上驳船共十九艘，是全国著名的轮船公司。

七七事变发生后，日本侵略军大举南下。1938年3月18日枣庄沦陷之前，中兴公司已将枣庄矿区的各种主要设备拆除，或转移掩埋或西迁武汉，遣散全部外工和一千二百多名职员，全矿停产，坚决不留给日本侵略者。日军占领中兴煤矿后，实行军事管制。同时，软硬兼施，拉拢中兴公司与其“合作”。1938年4月29日，中兴公司董事会在汉口召开，作出决议“一致主张坚决反抗，决不与日伪合作！”

5月，日本海军舰艇准备占领连云港，中兴公司总部责令连云港分厂经理浦禹峤抢先一步炸毁码头、装煤机等机械设施，把停靠在连云港的“中兴号”“大宝号”“盖苏号”三艘轮船炸沉封港，堵住航道入口，以阻止日军舰进港。南京沦陷后，为阻止日军沿长江西进，按照政府的部署，中兴轮船公司把多艘轮船炸沉于长江航道。这一系列举动致使中兴煤矿公司多年辛苦建设经营的连云港和轮船公司毁于一旦，但中兴公司宁可沉船江海，也要阻止日寇进犯；宁可停工停产受损失，也绝不与日寇合作的爱国壮举震动全国，《大公报》等新闻媒体高度赞扬中兴公司的民族气节和家国情怀。

用自沉轮船的方式阻止敌军的进攻，这既是中华民族近代以来落后衰弱的表现，更是中华民族团结悲壮抗敌不屈的象征。为了延缓日军的进攻速度，为我军民及物资的后撤赢得宝贵的时间，包括三北航运集团、上海中威轮船公司、中兴公司等在内的中国企业深明大义，慷慨应征，为了拯救民族危亡，作出重大牺牲，表现了全民同仇敌忾共赴国难的抗战精神。

在西迁这场民族工业大迁徙中，担负着更重要职责的则是忧国忧民的实业家卢作孚。卢作孚是四川合川县人，青年时期在孙中山民主主义革命大旗的影响下参加了同盟会，经历了四川保路运动和辛亥革命，有过出色的表现。1925年秋，卢作孚本着“创办实业，振兴教育，救国救民”的思想，白手起家，创办了民生公司，正是有了这样“先天下之忧而忧，后天下之乐而乐”的使命感，卢作孚在全面抗战爆发后，临危受命，先后担任了交通次长、全国粮食管理局长等职务。在那样的艰难环境里，他出色地完成各项任务，为抗战竭尽全力，毫无怨言，所以他不单是一代船王、爱国实业家，还可称为杰出的教育家和社会实践者。

全面抗战爆发时，卢作孚正准备赴欧洲考察。国难当头，他毅然放弃欧洲之行，全力投身抗战。卢作孚抵达南京后，立即投入到了研究总动员计划的工作中。另一方面，他又安排民生公司集中所有的轮船，将赴前线抗日的川军及时从重庆、万县送到宜昌。所谓“天有不测风云，人有旦夕祸福”，1937年7月25日，卢作孚的母亲不幸在北碚去世，但适逢国家民族处于生死存亡之重要关头，卢作孚仅是回北碚匆匆办完丧事即乘飞机回南京，重新投入到了紧张繁忙的工作中。

8月15日，国民党政府成立抗战大本营，下设六个部，卢作孚被任命为政略部副部长。此时，沿海地区的工厂必须立即撤退至后方，卢作孚一方面要主持草拟抗战总动员的计划，又要“组织民生公司的精干人员赴镇江，参与抢运内迁工厂的设备；从南京接运撤退的机关人员和学校的师生、仪器、图书；从芜湖接运撤退的金陵兵工厂；从武汉接运撤退的所有兵工厂和钢铁厂”，其工作量之大是常人无法想象的。

在整个撤退运输期间，卢作孚始终坚守在最前线。他临危不乱，亲自指挥，不分昼夜地工作，直到撤退的最后一批物资及人员已离开，卢作孚才从南京撤出。此时，距离南京失守仅剩半月。

南京沦陷后，武汉成了全国政治中心，也成为民生公司的工作重心。1938年1月，卢作孚又被任命为国民党政府交通部常务次长，兼任军事委员会下属水陆运输委员会主任，负责统一调度指挥长江上的一切民用船只。此刻，从上海、江苏、浙江等沿海地区撤退至武汉的工厂机件，急需继续运往西部；成千上万从各地蜂拥至武汉的难民，也需要疏散；几十万军队及给养，亦需要从后方运到前线。卢作孚集中长江中下游的轮船，日夜工作，进行了紧张的抢运工作。1938年夏，安庆失守，武汉顿时告急，那些内迁而来的机关、学校、工厂又纷纷撤退，争先恐后地涌向川鄂咽喉的宜昌。

卢作孚在《一桩惨淡经营的事业》一文中写道："（民生）公司集中了所有的轮船，第一期运一万两千吨，两个月间完成了，第二期运八万吨，分为二段，集中扬子江（长江）上游轮船，担任宜昌、重庆间一段运输；集中扬子江下游轮船，担任汉口、宜昌间一段运输，这时除这八万吨以外，还有政府机关、学校、航空委员会、民间工厂等单位，通通需要内迁，其总量远在八万吨以上。大半年间，以扬子江中、下游及海运轮船的全力，将一切内迁人员和器材，集中到了宜昌。"

1938年10月25日，武汉失守后，日军又逆长江而上，进犯岳阳，同时沿平汉铁路北进，直捣襄阳。如此一来，宜昌便处于日军包围之中，情势岌岌可危。而此时的宜昌是这样一幅情景：

武汉陷落后，还有三万名以上待运的人员，九万吨以上待运的器材，在宜昌拥塞着。全中国的兵工业、航空业、重工业、轻工业的生命，完全交付在这里了，遍街皆是人员，遍地皆是器材，人心非常恐慌，因为争着抢运的关系，情形非常紊乱。[①]

从宜昌驶向重庆的轮船

原本只有十万余人口的宜昌城已被滚滚而来的难民和源源不断运来的战时物资撑得爆满，这时在宜昌的难民至少有近十万人。从

民生公司抢运物资器材

① 凌耀伦等：《卢作孚文集》，北京大学出版社1999年版，第557页。

城区通惠路到船码头，大街小巷都是人，所有的旅店客栈、学校，都挤满了人，不少人露宿街头，栖身屋檐下。而此时，天空中还不时有日军的飞机盘旋、轰炸，投下一枚枚罪恶的炸弹！

在国家和民族危亡的紧要关头，安全撤离滞留宜昌的人员及物品成了当务之急，这个重担又落到卢作孚的肩上。卢作孚抵达宜昌后发现：各轮船公司从大门起直到每一个办公室，都塞满了交涉的人们，各公司办理运输的职员，都用全力办理交涉，没有时间去办理运输了。管理运输的机关，责骂轮船公司，争运器材的人员互相责骂。①

更为严峻的是，自10月中旬起，长江已接近枯水季节，中水位的航运时间仅剩四十天，此刻较大轮船尚能航行，过后便是漫长的枯水期，大型设备根本无法入川，此即意味滞留在宜昌的人员及器材必须在四十天之内运出。然而，按照当时的运输能力，货物全部运至重庆却需要整整一年。因此，压在卢作孚身上的担子之重是可想而知的。然而，卢作孚却临阵不乱，他抵达宜昌后，一方面立即召集各轮船公司负责人及各轮船的船长、引水、宜昌港的技术人员连夜开会，制定出在四十天内将堆积物资和人员运出之详细计划及具体措施，一方面当机立断，抽调民生公司最得力人员参与抢运工作，要求大家有秩序地按照计划工作。此外，卢作孚还亲自分配有限的运力，随后，各机关再根据分配给他们的吨位，各自选择重要器材，配合成套，先行起运，其余再交由木船运输。方案一经确定，原先的混乱没有了，所有人开始投入到紧张的抢运战斗中去了。宜昌至重庆一段长江，滩多流急，负责抢运的轮船只得白天航行，夜间装卸，所有船只及人员，必须全天候地投入。

① 凌耀伦等：《卢作孚文集》，北京大学出版社1999年版，第557页。

阎顺章作为当时搬运工人的一员，谈及当年这既紧张又激动的一幕时，他饶有兴致地说："我们搬运工人，首先一条是要喊号子，一是要提精神，二是可以透气。川江上的号子有两种，分为上五弦和下五弦，又分为慢趟号、快号。我们当时搞搬运的，分两个人一组，四个人一组，八个甚至十六个一组抬的。大件是要十六个人来抬的，这个号子还有个节奏的。我们把东西套好了，抬头扛的，搭肩的，都搞好后，前面那个喊号子的人，就开始喊，大家就跟着抬起来，要是不喊号子，就不能齐心协力。他的号子要是快一些，就抬快些，慢些，我们抬得也就慢些。要是一般两个人抬的，一个喊号子，另一个卸。有时我们扛着粮包，扛起时也喊了起来，'太阳出来红似火，扛起背包爬上坡'，这一喊，气也透出了。"

民生公司为了有效地维持秩序，提高抢运效率，使抢运计划准确实施，又专门组成总动员委员会，分派处室人员轮流上船值班，出巡万县、洛陵等港口码头检查监督。整个抢运工作在卢作孚的领导和指挥下，如同一部开足马力的机器，紧张而有条不紊地进行着。据卢国纪的回忆，卢作孚在指挥抢运时，由于白天晚上声嘶力竭地打电话指挥，最后竟然肺膜破裂。此外，为了节省航行时间，充分发挥白天航行的时效，民生公司发展了他们在1936年便已创造的"三段航行"经验，采用分段航行的方法，加快轮船的周转速度。所谓"三段航行"，其实是卢作孚等人为了克服长江枯水期航运的困难，又根据重庆至宜昌一线水路的特殊危险性及航道的险恶性所探索的航行方法。他们把重庆至宜昌一线分成三段，由适宜的船只分别负责各段的航行。[①]在最危险的地段则由陆地转运货物。当时，在历史

① "三段航行法"中，宜昌至三斗坪为第一段，三斗坪至万县为第二段，万县至重庆为第三段。

上最严重的枯水期里，民生公司凭借着“三段航行”，创造了长江上游通航的奇迹。

丨在三峡抢运物资的轮船

为了抗战运输的需要，民生公司又先后在宜昌、重庆附近等处增设办事处，以利指挥和调度抢运的工作。另一方面，民生公司又在三斗坪、青滩、巴东等地设立公司转运站，增添趸船，并雇用了一支两千多人的装卸队伍。宜昌四十天的抢运中，民生公司遇到了前所未有的技术难度。很多待运的器材是民生公司从未起卸过的大件，技术人员发挥了极大的创造力，如在公司较大的轮船上，装上较大型的起重吊杆。其中，他们在“民乐”轮上便专门设计安装了能起吊三十吨的吊杆。他们又在上海招聘四十名起重工人，由他们专门负责重型设备的起吊、装卸，圆满解决了大件起卸的问题，创下了在长江上游货运装卸大件的纪录。除此之外，民生公司又在一些较大的轮船及沿江重要码头、港口等地装备无线电台，在通讯上将轮船、岸上及宜昌指挥中心连接起来，有效地掌握船舶运输的情况，使得调度运输、航运、装卸均得以有序进行。有了上述一系列有效的措施，加之民生公司广大职工及大量当地人民的奋力拼搏，终于胜利地完成了抢运任务。卢作孚回忆说：“四十天内，人员早已运完，器材运出三分之二。原来南北两岸各码头遍地堆满的器材，两个月后，不知道到哪里去了。两岸萧条，仅有若干零碎废铁抛在地面了。”

整个宜昌大撤退，卢作孚是总指挥，他卓越的组织、指挥才能，充分地在这次抢运任务中得以展现。从人的因素而言，民生公司广大职工在抢运过程中所体现的爱国奉献精神亦是极其重要的。此外，当地人在抢运中的贡献也是不能忘记的。卢作孚本人也曾高度赞扬过当地人在宜昌大撤退中的贡献。

宜昌大撤退功劳不仅仅是民生公司的，作出贡献的还有宜昌人民。“那些三峡的纤夫，还有搬运工，那些码头的工人、挑夫都作出了贡献。那些人衣不遮体，光着脚，有的穿着一双草鞋，有的甚至全身都没有穿衣服。三峡滩多、险多，非常不畅通，有的地方很容易触礁。有的地方要绞船，有的地方要靠人工拉，拉那些木船。很多人就是乘木船进的川，靠的就是那些纤夫一船一船地拉，非常的辛苦，他们拼命地抢运，唯一的报酬就是民生公司给他们的补贴。”

一位参与过宜昌大撤退的人，曾写下这样一段话：“我们并不顾虑工钱太少，职业无保障，对于战时的交通，曾尽了和正在尽着最大的努力，输送杀敌壮丁，抢救生产器材，护送伤员和避难同胞等，在敌人的飞机炸弹下工作，不管死或活。如果说我们是在为微薄的工资而苟延残喘，实在不如说我们是为了抗战的胜利。”

宜昌大撤退不但是民生公司有史以来的一段最艰巨的工作，亦是整个抗战运输当中的一段最艰巨的工作。在民族危亡、救亡图存的危难时刻，民生公司的职工不顾个人的安危，忘我工作。同时，民生公司还承担了巨大的经济损失。卢作孚回忆说：“二十四艘扬子江上游的中国轮船当中，只有两艘不是民生公司的轮船，外国轮船亦有数艘，但因中立关系，只运商品，不运一切有关抗战的东西。中国轮船公司为了报效国家，兵工器材，每吨只收运费三十元到三十七元，其他公物只收四十余元，民间器材只收六十余元到八十余元，而外国轮船只装商品，每吨运费却收三百元到四百元，即此比较，可知中国公司尤其是民生公司牺牲之多，报效国家之大了。”

诚如卢作孚所说，外国轮船因为保持“中立”立场，因此宜昌大撤退中军工物资和工业设备器材的运输重担悉数落在中国轮船上，而其中的90%是由民生公司承担的。

宜昌成功的大撤退保存了民族工业的命脉，大后方有了这些贵重的物资，才能迅速建起新的工业基地，尤其是军事工业基地，对中国抗战的最后胜利起了重大作用。亲历了宜昌大撤退的晏阳初感慨万千地说：“这是中国实业史上的敦刻尔克，在中外战争史上，这样的撤退只此一例。”法国敦刻尔克大撤退，是在英国政府的主导下，动员了八百五十多艘各种船只，将被压缩在敦刻尔克地带的英法几十万大军抢运到英国，避免了一场惨重的伤亡。它依靠的是一个国家的力量，由多个部门协调指挥完成的，而宜昌大撤退则完全依靠卢作孚和民生公司。对此，《大公报》著名记者徐盈称赞说：“中国的敦刻尔克的撤退的紧张程度与英国在敦刻尔克的撤退并没有什么两样，或者我们比他们还要艰苦些。”

人员及物资被运至大后方后，卢作孚又在四弟卢子英的帮助下，相继将各处迁来的科研机构，大、中院校及大批政府机构、工矿企业、文化机构、出版单位等在北碚妥善安置。

在漫长的神圣抗战中，民生公司及其广大职工，为了保卫祖国，坚持抗战，作出巨大贡献的同时，也付出了惨重牺牲。据不完全统计，1937年至1945年，民生公司先后抢运军工物资及厂矿器材约二十万吨，撤退人员四十七万多人。而在这一过程中，民生公司的船员有一百一十六人牺牲，七十六人伤残。船只方面，被炸沉、炸坏十六艘。这些损失，使得长江上游的运输力比战前减少了一半。然而，民生公司的损失绝不仅如此，抗战中大后方的物价飞涨也带来了颇为严重的经济损失。

卢作孚毕生以实现国家的强盛和民族的复兴为己任。抗战后期，他便开始考虑战后中国建设的问题。他认为，抗战胜利后的希望是建设，而建设应以有计划的经济为中心。同时，他又呼吁政府将各种人才的培养要作为一个中心问题而予以重视。卢作孚的这些构思集中反映在《论中国战后建设》和《国际交往与中国建设》等文章中，他对自己的理想及未来的中国充满了坚定的信念，他说："我们国家的未来，是可以依照理想画成的。一般已经成熟了的国家，是已经污染了的纸。我们却是在一张白纸上画丹青。因此她的美丽是完全如我们的意，比世界上任何国家都值得努力。而这一幅美丽的图画是完全操在我们手上，只看我们的画法了。"

第二节　闪耀西部：申新与工合

全面抗战爆发后，大量工业企业西迁到大后方，其中以大西南为主，隆隆的机器声响彻了祖国西南的山山水水，各种物资被源源不断地生产出来，成为中国军民坚持抗战的物质保证。

与西南地区相比，西北地区由于远离政治中心，其工业活动较少有人关注。其实，西北的一些地区，例如陕西，也有不少企业在为抗战和民生坚持着，在极其艰苦的环境下做出了突出的成绩。本节以陕西宝鸡的申新纱厂和陕西工合为例，为读者展现另一段工业阵线的抗战。

陕西宝鸡申新纱厂的前身是创办于1921年的申新纺织公司汉口第四纺织厂。该厂系荣氏家族产业的重要组成部分，总经理李国伟为荣德生长婿。1937年全面抗战爆发后，国民党政府资源委员会着手组织企业西迁。1938年8月，宋美龄和路易·艾黎等来到申新视察搬迁工作，提出因长江水道拥挤，不如沿铁路迁往陕西宝鸡的建议。宝鸡地处关中平原西部，系西北地区的一个极为普通的农业小县。考虑到陕西是重要的棉产区，以及宝鸡已开通至西安、汉中的公路和陇海铁路等情况，申新决定迁陕，并于1938年8月16日开始将内迁设备从武汉徐家棚车站发出，共计二十一批次，包括纱机两万锭、织布机四百台、三千千瓦透平发电机组一套等大批设备。[①]新厂址选择了宝鸡县城东北方向、陇海铁路沿线的斗鸡台。1939年8月，宝鸡申新纱厂开始试生产。

① 萧尹：《宝鸡申新纺织厂史》，陕西人民出版社1992年版，第26页。

全面抗战期间，西迁后申新纱厂的生产供应数目尚无全面统计。仅有若干年份的数据如下：①

棉纱：

1940年10月至12月，国民党政府军事委员会军政部军需局（以下简称军需局）每月提取“统制纱”四十五件，其他按“平价纱”提取，“统制纱”价格为市场价格的70%，每件二千二百五十元，“平价纱”按官定市价的94%计算，每件三千二百九十元，全部供应部队。

为补贴企业，申新纱厂原先有少量民用纱自销，至1942年8月，军需局电令全部停售，申新纱厂所有棉纱均供应军需。

布匹：

1942年2月至12月，生产坯布三万八千匹；1943年产量十二万六千匹；1944年产量十五万匹。申新纱厂棉布生产完全处在军需局监督管制之下，只付成本费和加工费，所有产品均供给军用。

虽然由于档案资料不足导致数据不全，但是可以看出，这些产品主要是作为军用物资保障中国军队的使用，因此，申新纱厂的军事工业价值不言而喻。然而，鲜为人知的是，这些军工产品的制造，却绝不是像《中华民国史》中说得那样简单和轻松：“总之，通过国民党政府的大力扶持，在大量内迁厂矿企业的基础上，大后方的工业在1942年前取得了快速发展，成就斐然。”②

对于申新纱厂，日军轰炸不止。1939年1月19日，日军飞机首次轰炸宝鸡，此后轰炸不断，申新纱厂防空形势日益严峻。例如，

① 本处数据由萧尹：《宝鸡申新纺织厂史》，陕西人民出版社1992年版，第四章“管制时期的营业”内容综合而来。

② 吴景平、曹振威：《中华民国史》第9卷，中华书局2010年版，第519页。

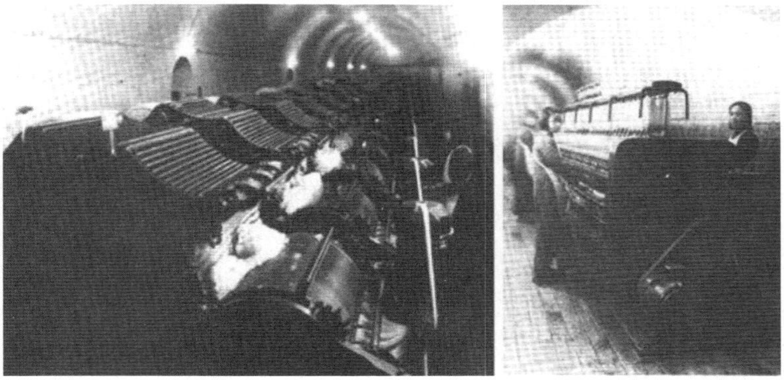

正在生产的窑洞工厂

1940年8月31日，日机12架轰炸申新纱厂、斗鸡台火车站等地，申新厂区直接中弹二十多枚，损失惨重：伤亡五人，一千多包棉花被焚，七十多台织布机、十辆布车及伸幅机和码布机等一批机械被毁，直接经济损失高达八十多万元。[①]

不得已之下，申新纱厂决定挖掘窑洞作为工场以抵御空中威胁。1940年1月，申新窑洞工程启动，建设过程之曲折远超预期，至1941年2月28日，历时一年零两个月，工程方告竣工。窑洞工程总土方量两万四千立方米，用砖八千七百立方米，耗资一百一十三万元。共挖掘窑洞二十四孔，总长度近两公里，面积四千八百平方米；其中超过六十米的长洞有七个，最甚者达到一百零九米，这七道南北走向的纵洞又被六道东西走向的横洞贯通起来；洞内还设有交通道、储水窖、棉条洞、吸尘塔及避让拐洞，另有三眼直通陈仓峪塬顶的通气孔。[②]整个窑洞系统交错纵横、设置合理。窑洞工厂的上部，

① 龚一鸥：《天地一沙鸥》，未刊稿，第18页；宝鸡文史学者冯驱2000年4月对申新纱厂老员工陈杏棣的采访（录音整理稿）。

② 窑洞主要数据由以下综合统计：无锡博物馆（民族工业博物馆）馆藏申新第二纺织工场（窑洞工厂）平面图、剖面图；宝鸡文史学者冯驱2005年4月对申新纱厂副厂长李启民的采访（录音整理稿）。

则是三十至一百米的自然黄土覆盖层，防空效果极佳。1941年4月19日，占到申新纱厂设备总量70%的全套设备和细纱机一万两千纱锭在窑洞工厂开动。

1941年5月22日，八架日机再度轰炸申新，投弹四十余枚，其中两枚直接命中窑洞工厂顶部。由于人员和主要纺织设备已迁入窑洞，此次受袭申新员工无一伤亡，大型设备无一受损，仅有分散隐藏的棉花若干包被焚毁。当日恰逢国民党政府经济部部长、资源委员会主任翁文灏到厂视察，对窑洞工厂的生产和防空模式极为赞赏。此外，申新纱厂还组织了厂区防护团，分为警卫、工程、避难、消防等组，制定了各种应急预案，储备了相关防护和抢修物资，开展了防空知识培训。

抗战期间，适合的工人不好找。除了在宝鸡本地继续宣传动员外，申新先后增派大批人员前往陕西的西安、渭南、咸阳、汉中各地招工，足迹遍布上述地市的十几个县，陆续招到了一些工人。考虑到河南为人口大省，又系抗日前线，可能产生大量难民，申新纱厂的招工活动也延伸至郑州以及洛阳难民总站。1942年12月，申新纱厂在郑州豫丰纱厂失业工人中挑选了八名女工；同年，又从洛阳江苏同乡会介绍的青楼女子中“择勤良无习气者”选到几人。连这样的小数目都被记录在案，可见招工活动之艰难。1943年6月，申新纱厂人事股制定了“人托人”的招工优惠政策，即鼓励本厂工人介绍新手入厂，工作满三个月以上者，按介绍人数每名发奖金三十元。后来逐渐增加到三百元，1945年4月又提高到五百元。此项政策为申新纱厂解决用工难发挥了一定效力。

西迁之前，申新纱厂副总经理华栋臣受命在上海设立办事处，下大力气筹办了一批英美等国生产的核心机物材料，后将这批物资

申新纱厂薄壳车间

绕道香港、经重庆转运宝鸡，或远走越南海防内运。为此还在海防、缅甸仰光等地物色专人负责接发运输。然而，随着日军封锁日渐严密，物资转运困难不断增加。例如，1942年申新纱厂购买的美制粗细纱锭子各一千多套及压脚等零部件，运至仰光和腊戍未及内运，两地先后沦陷，物资全部丧失。申新纱厂与重庆英商安利洋行也保持联系，有时高价购入一些必需品。但不论哪条线路，购货周期都非常漫长，发货半年仍未收到的情况也有发生。不得已之时，申新纱厂甚至派人从重庆乘飞机经驼峰航线，至印度、锡兰采买急需物资。[①]众所周知，驼峰航运能力有限，本身是以保障军需为主，且航线危险系数极高，可见申新纱厂为了保障机物材料不断货已经穷尽所有手段。

随着纱厂复工规模的扩大，越来越多的设备需要零部件及维修，仅靠购买高价物料显然是不现实的，必须从自身上想办法。1938

① 锡兰，即今斯里兰卡。

年，申新纱厂招收六名河南巩县兵工厂的逃难技工，开始简单的设备维修。至1940年5月，机物材料紧缺矛盾愈发尖锐，申新纱厂延请到机器制造专家李统劼来陕主持铁工厂建设，随之同来的还有原津浦铁路济南大修厂的十几名技术工人。陇海铁路机车修理厂工程师吴本涛也被相邀协助。申新纱厂铁工厂得以正式组建。

该厂充分发挥技术人员的智慧，以仅有的十台小型皮带机床为基础，因陋就简赶制出翻砂场需要的化铁炉及工装设备后迅速开工，对铸出的锭子、锭管、锭壳、罗拉、钢领圈、钢领板、皮辊架盖板、梳棉机锡林等各式零部件毛坯进行加工，满足了申新纱厂设备运行的一般损耗补充。然而该厂并不满足于仅仅供应普通零配件，随即开始试制工作母机，先后生产出各种型号钻床、工具磨床、车床、牛头刨床、龙门刨床、冲床等共计一百零二台。至1943年，铁工厂已经发展到拥有机器、翻砂、车刨加工和镶配等四个工场及三百五十名工人的规模，不仅能够生产普通配件，更先后制出细纱机九台及大型牵引粗纱机、梳棉机、棉条机、并条机和豪猪式清花机等大批设备，诸项性能指标均达良好，保证了申新纱厂的艰难运转。当时，能制造工作母机的机械工厂在大后方只在重庆、昆明等地有为数不多的几家，而能够生产纺织、制粉、造纸机械的纺织厂，申新纱厂是全国唯一的一家。

在克服种种困难，发挥所有人的才智开展自救的基础上，申新的生产活动终于得以维持。全体申新人以自己的艰苦努力，为抗战生产做出了应有的贡献。

抗战时期中国大后方的工业生产，除了类似申新纱厂这样的大型企业的规模化生产活动之外，还包括一种非常特殊的类型，即以个体手工业者为基础集中组合而成的合作社工业，这就是抗战时期兴起的中国工业合作运动（简称工合运动）。

1938年8月5日，斯诺和艾黎主导成立了中国工业合作协会，以争取国际援助为重要途径，以创办工业合作社为主要形式，以组织难民开展生产自救支援抗战为主要内容。这场运动尽管发轫于上海，但是其真正的勃兴却是在大后方。当时西南、西北遍布着众多的工合小企业，点点滴滴地增强着中国的抗战物质力量。值得一提的是，工合运动在陕甘宁边区，尤其是延安的发展也很活跃，它对延安军民支撑抗战起到过积极的作用。

1938年8月23日，卢广绵奉中国工业合作协会之命，同工合指导员、上海技工孙夏威来到宝鸡。卢广绵毕业于北京大学，1929年留学英国。九一八事变后回国，先后任华北工业改进社总干事、河北省棉产改进会技术部主任、国民党政府军事委员会农产调整委员会技术专员、棉业处副主任等职，是我国农村合作社事业最早的创办者之一。卢广绵他们到达后的第一件事就是与有关方面商议后，挂出了“中国工业合作协会西北区办事处”的招牌。不久后，卢广绵等在宝鸡“天字元号”建起了第一个工业合作社——大华手工铁器合作社。随后，工合运动不断发展。到1939年4月成立了西北区宝鸡事务所。在事务所主任领导下设有六个股和四个管理处，一个特种委员会和统管全县合作社的工业合作社联合社。到1939年9月，全县工业合作社已达一百零四个，社员一千零七十六人。1940年上半年奉命整顿，经解散、合并、改组，减至六十四个社，七百八十五名社员。

几乎与此同时，工合西北区办事处从宝鸡开始，在陕、甘、晋、鄂、豫五省成立了一批办事处，以陕西为最多，甘肃、山西次之，其余两省各有一所。南起汉中、安康、沔县，北抵榆林、延安，西达兰州，迤东则有晋南的阳城、晋城，河南的镇平、湖北的老河口，中部以宝鸡为中心，有西安、凤翔、陇县、天水、双石铺等事务所。

工合扶持创办的企业，不仅仅是促进大后方经济，增强物质力量，更直接服务中国军队，直接服务抗战。

1941年1月，美国记者卡尔·迈登斯夫妇接受美国著名杂志《生活》周刊的派遣，抵达中国，开启了一段长达数月的抗战采访之旅。这一路上，他们先从重庆到成都，又远赴西北重镇兰州，而后一路向东进入关中，经停宝鸡、凤翔、西安，最后到达陕西黄河防线的要塞——潼关。

身背军毯的黄埔军校学员接受检阅

迈登斯夫妇用好奇的目光打量着这个战争阴云笼罩下的古老国度，拍摄了数以千计的照片。其中包括一组反映黄埔军校第七分校（位于西安城南王曲镇）师生官兵战备训练和日常生活的照片，在这些照片中，有一种很不起眼但却十分实用的军用装备多次出现，它就是军毯。

丨身背军毯的黄埔军校学员进行枪榴弹射击训练

例如，在迈登斯夫妇拍摄的第七分校第十七期第九总队步科学员接受检阅的一张照片中，队列整齐的学员们上身着草黄色夏常服、立领白衬衣，下身为草黄色齐膝短裤、绑腿，脚穿麻草鞋，身后背负着单兵背包、饭盒、水壶、干粮袋及深浅灰两色毛毯。

在一张第七分校军官训练班学员进行枪榴弹射击训练的照片中，因为拍摄距离很近，可以清晰地看到这名学员身后背着饭盒和浅灰色的军毯。

还有一张在第七分校的窑洞宿舍中拍摄的照片，学员们有些在休息，有些在整理内务，通铺土炕上白色单人床单每每相连，军装上衣整齐叠放于床沿，并依次摆放小帽、钢盔、单兵背包及饭盒、军毯。

抗战期间，风餐露宿是家常便饭，军毯成为士兵必不可少的伙伴和朋友。在第七分校不少学员的回忆文字中，都有军毯的影子掠过。

第十八期第十五总队陈维能回忆："虽然冬季天寒地冻，夏秋温度甚高，幸均知国家艰难，意志坚决中亦不畏服装之不蔽体，养成刻苦耐劳精神。在睡眠时仅一条粗毛毯，两人一件棉大衣，共同合作通铺亦感温暖。”

丨合作社社员在制毯纺毛

第十八期第二十二总队张维海回忆：“总队以下各大队、各队又零星分驻，不论寝室、教室、操场，亦均因陋就简，夜晚睡的是以土砖所砌的土炕，每一区队或每一班，睡一个大通铺，炕上垫些干枯的麦草，上铺灰色粗军毯，盖的是灰蓝色的棉被……睡那种大炕，遇到冬天外面风雪交加，大伙儿同挤在一起暖乎乎的，正别有一种温情呢。”

中国西北冬季凛冽的寒风，身上薄薄的军毯和同袍相互依偎的大炕，成为老兵多年之后挥之不忘的记忆。那么，这些军毯，是从哪里生产出来的呢？

在工合运动西北区办事处（以下简称西北工合）官方刊物《西

北工合》第三卷第九期上，刊登过一篇名为《西安光华军毯合作社近况报告》的文章。西安光华军毯合作社位于西安东关附近，占地四亩，有厂房、库房及宿舍等共计七十余间。这篇文章详细描述了军毯的制作过程：弹毛—纺毛—制线—准备（包括分浆、导纱、整理、通棕等）—整网，最后一道工序是染色。

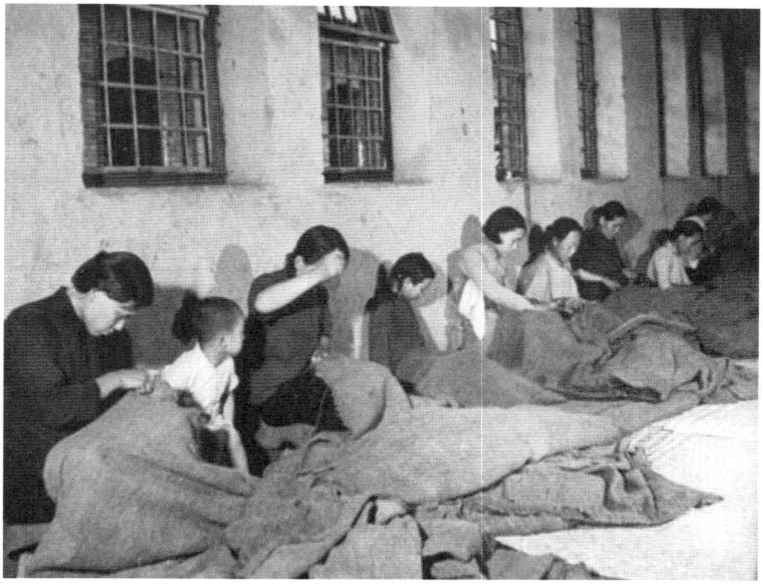

合作社社员在为军毯缝边

1940年初，为满足抗战前线日益增大的军毯需求，西北工合发起了“百万军毯运动”。首先在机关所在地宝鸡设立军毯制造管理处，又先后在西安、榆林、天水、兰州等地设立分处。在西北工合的统一领导下，大量军毯被制作出来。其中，西安光华军毯合作社四个多月时间，即织成军毯五万余条。经过十余道工序后完工的军毯，经过打包，再由军事委员会军政部驻陕军需局按照年度需求进行统一派发，最终到达包括第七分校学员在内的广大中国军队将士手中。

随着工合运动在西北地区如火如荼地展开，它的设计者们就想到要把它与中国共产党的抗日根据地经济联系到一起。

内迁到西北地区的工业，原本就少，其中80%又集中在陕西西安、宝鸡和甘肃玉门一带，形成秦宝工业区和玉门油矿区。

自1939年开始，国民党顽固派开始对边区实行军事包围和经济封锁，布匹、棉纱及各种生活日用品是封锁重点，只允许奢侈品如烟酒等物资进入边区，使边区无法获得必需的生产资料，无法同外界进行商品交换。在这种情况下，边区的经济建设不可能利用外来的机器设备进行生产，只能发展手工生产。而边区本来有着较好的手工业基础，传统的手工从业者种类比较齐全，例如，木匠、铁匠、土匠、皮匠、毡匠、石匠、裁缝、染匠等。同时，边区政府也十分注意发展经济，1937年5月，抗战尚未全面开始，中共领导人就注意到手工业在根据地经济建设中的重要性，提出保护手工业。林伯渠指出：“在工业上注意发展石油、盐、煤、铁等主要生产，同时要保护好手工业。”[①]1938年，边区建设厅长刘景范提出了普遍发展农村手工业以平衡发展农村经济来供给战时需要。1939年1月，毛泽东在陕甘宁边区第一届参议会上提出“自己动手，发展生产”的口号。2月，中共中央在延安召开了生产动员大会，李富春在会上代表党中央作了《加紧生产，坚持抗战》的报告。总之，抗战初期，边区就把发展手工业和发展农业、军事工业放在同样重要的地位来考虑。加之边区还有丰富的矿产资源，社会安定，税收合理，这些都成为西北工合向延安发展的基础。

斯诺夫妇很关注边区，他们曾建议说：抗战将是长期的，而且

---

① 《林伯渠文集》，华艺出版社1996年版，第50页。

主要是游击战，因此应以合作方式动员后方的人力物力进行生产自救，支持游击战。斯诺还致信毛泽东，对工合作了全面的介绍，毛泽东和边区的其他领导人也逐渐开始注意到工合这一新生事物，在延安召开的生产会议上不仅采纳了中国工合协会的有关章程，还决定在延安建立一个工合指导站，开始进行筹备工作。陕西宝鸡西北工合办事处组建后不久，西北工合延安事务所成立，至此延安工合开始全面展开工作。

1939年2月，艾黎冲破国统区的重重阻力，从成都辗转到达延安，受到毛泽东的亲切会见，毛泽东对艾黎所从事的工合事业很感兴趣，并给予积极的支持，后来艾黎向林伯渠、曹力如提议在延安设立工合事务所，并积极协助时任边区银行行长的曹菊如进行筹备。3月26日，经当时负责中央财经领导工作的李富春批准，工合延安事务所正式成立。边区银行行长曹菊如任延安工合事务所的主任，边区政府建设厅工矿科科长孙齐东主持日常工作，工合发给延安事务所投资资金两万元和开办费一千五百元，每月拨给三百元办公。虽然数量有限，但是对边区的经济复苏来说，是“雪中送炭，起了救急的作用”。

1939年9月23日，斯诺以工合代表的身份前来延安，对延安事务所的工作给予指导，并对陕甘宁边区进行采访。毛泽东在听取斯诺关于工合运动的发起、工合国际委员会的组成以及海外资金筹备委员会等项的情况汇报后，发表谈话指出：“我们用这种方法可以达到以下几层目的：1.阻止敌货从被占领区向游击战争农村根据地的渗透；2.利用中国的原料和资源为我们自己的工业服务，防止日本之掠夺；3.创立游击战争经济上自给自足的根据地，以支持持久战；4.培训失业人员和不熟练劳工，使日本不能利用他们来反对我们；

5.供应农民以所需的工业品来交换粮食，维持农村的繁荣。中国所有的朋友都应该支持这个进步的活动。”[①]

延安事务所一成立，马上就向民众解释合作社原理和工合运动对于持久抗战的重要性和必要性。为了适应长期抗战的各种需要，发展边区手工业以增强抗战的实力，延安事务所在五个月内就陆续成立了不同性质的合作社，如五金、纺织、服装、文化、化学、食品、土木石和运输等八类。

抗战时期的延安军用物资匮乏，人民生活用品奇缺，整个战时经济极其困难。延安工合用简陋的设备，克服重重困难，开展技术革新推动战时延安经济的发展。它对于提高边区的经济地位，改善人民的生活，增强抗战力量以及为边区的工农商业繁荣都做出了一定的贡献。

例如，延安事务所利用边区盛产大量的名贵中草药，因地制宜生产出：止咳丸、补脑丸、行军散、红白痢疾丸、保婴丹、平胃散、妇女调经丸、保和荃、湿热散等几十种药品。[②]又如，边区地处黄土高原，畜牧业发达，尤其羊毛产量较大，事务所在注意发展当地棉花制品的同时也注重发展毛织工业。建立了被服、染织、鞋靴等合作社，可以生产毛呢、毛巾、自由布、斜纹布、毡帽、毡袜、毛毯、航空衣、航空帽、皮包、皮手套等四十多种军民用品。再如，边区纸张用量相当大，事务所扶持成立的造纸工业合作社，可以生产稻纸、麦秆纸、硬布纸、麻纸、糜草纸、马粪纸、图书纸等，基本解决了边区党政机关的用纸需求。此外还有油灯、化工、瓷窑（生产盆、碗、壶、瓶、盘）、木炭、铁器、农具、豆腐、榨豆、榨油、制

① 〔美〕埃德加·斯诺:《红色中国杂记》，群众出版社1983年版，第86页。

② 穆欣:《工合运动在陕甘高原》，《新华日报》1940年7月3日。

粉、运输、制盐等合作社。

到1942年，延安工合每月的产量为，羊毛毯二百七十条，棉毯六百条，色布一万四千多包，粗布两千四百多包，毛袜毛鞋一千三百多双，毛帽一千五百顶，羊毛袋三百二十五只，肥皂三万条，牙粉一万六千多包，面粉三千二百多斤，豆粉一千四百磅，植物油六千磅，盐三千八百多磅，纯碱二百五十七箱，酒精六百多磅，粉笔两千多磅，墨水五千多瓶，纸五十五万张。[①]边区的合作社则从1939年的十个发展到1945年7月的八百八十二个。毛泽东曾指出："目前我们在经济上组织群众的最重要形式，就是合作社。"[②]"如果在华北游击区和西北因地制宜生产边区特色产品、紧缺物资和必需品为广大军民服务。接近战区的地方组织建立这种工业合作社，对于我们的斗争贡献之大，将是不可估量的。"[③]

延安工合还在人力有限的情况下，通过经验交流和开办各种训练班、青年技术学校等方式，来提高边区合作社的工作效率。例如，1939年夏组织第一次会计人员训练班，授以新式簿记，分发给各社工作，解决了当时在开展工作中关于会计人员的应用问题。1940年举办青年技术学校。1941年举办两次妇女纺织训练班，组织学员到延安所属专区指导妇女纺织工作。1942年至1943年又连办三次会计训练班，充实了各地合作社的会计力量。

由于延安工合的推动，边区手工纺织业的增长也带动了农业种植结构的变化，全面抗战前边区农业的种植结构以单一的粮食作物为主，抗战期间随着手工业的增长，边区农业经济的种植结构开始

① 朱敏彦：《抗战时期的"工合"运动》，《近代史研究》1989年第4期。

② 《毛泽东选集》第3卷，人民出版社1991年版，第931页。

③ 〔新西兰〕路易·艾黎：《艾黎自传》，甘肃人民出版社1987年版，第65页。

发生变化，除粮食作物外，种植的经济作物有棉花、麻、桑等，其中棉花为大宗。边区推广植棉是从1939年开始的，1939年至1945年边区棉花种植面积逐年扩大，1939年是耕地面积的0.04%，1945年达到2.46%。[①]因此可以说，陕甘宁边区的工合运动，也是大生产运动的一支重要方面军，大生产运动的成功，工合起过不可磨灭的作用。

合作社社员在生产间隙就餐

另外，延安工合还筹备了工农业生产展览会，以推销工合产品，繁荣边区市场。例如，1940年陕甘宁边区举办第二届工农业展览会，展示工合近年来的生产果实，主要产品包括线袜、皮大衣、皮革衣、中山服、麻纸、染布、土布、毛呢、洋布、棉鞋、夹鞋、墨水、毛线、油灯、饭锅、公文箱、粉条、麻油、牙粉、盆瓮等等。手工业的发展和生产展览会的举办，使得已近枯竭的农村贸易重新

① 陕甘宁边区财政经济史编写组：《抗战时期陕甘宁边区财政经济史料摘编》第2编，陕西人民出版社1981年版，第69页。

活跃起来，各地普遍建立乡村集市和定期举行骡马交易大会，广大农民踊跃交易各类农副产品以及农业工具、运输工具和生活用品。

可见，抗战时期的延安工合运动，经过国际友好人士、边区政府和人民的共同努力迅速在陕甘宁边区开展。抗战爆发所造成的相对封闭的环境为延安工合的发展提供了广阔的市场，大批失业工人和难民，又为工合发展提供了技术和劳动力。它的发展，促进了边区工农业的发展，繁荣了边区农贸市场，特别是增强了边区抗战的物质力量，对于坚持抗战发挥了无可替代的作用。

第三节 星火黄崖洞

山西省黎城县城北四十五公里处，有一特别的峡谷，周边山崖伟岸，峭壁皆为黄色，被称为黄崖山。这里曾是八路军总部兵工厂所在地，也是著名的黄崖洞保卫战战场。

黄崖山

位于黄崖山深处山坳间的黄崖洞兵工厂被称为“八路军的掌上明珠”，从选址、修建到投入生产，这里曾集结了八路军中最优秀的军工科技人才、技术工人和最英勇的守卫部队。而海拔一千六百多米高、纵深四十米的天然大石洞——黄崖洞，则成为兵工厂绝佳的原料储藏地和产品仓库。

五年间，黄崖洞兵工厂生产枪支九千多支，各类炮弹二十四万余发，是八路军名副其实的“武器生命线”。当年，五千日军向黄崖洞兵工厂屡次进犯，八路军驻守部队只有不足一千人，却赢得了敌我伤亡六比一的辉煌战绩。深山峭壁间的黄崖洞兵工厂，是中国抗战史上的军工奇迹，也创造了一个战斗奇迹。

1938年底，在山西省阳城县举办的一次规模不小的八路军战利品展览会上，除了从日军手中缴获的“三八大盖”“歪把子”等标志性的战利品外，十支特殊的步枪和两支冲锋枪引起了官兵们的注意。看上去，这些枪支制作工艺不算精良，甚至可以说粗糙，比一旁最有代表性的日军武器“三八大盖”逊色不少，肯定不是军工生产的标准化产品。若是和那些纯手工制作的工艺品枪支相比，又与“精美”相差很远。但是，这十几支出自八路军战士之手的枪支，还是成了展览会上的“明星”。缴获的日军武器，在八路军官兵眼中不算新鲜，很多战士手中就用着这样的枪——“没有枪没有炮，敌人给我们造”嘛。只是这些八路军“自产”的枪，倒真是头回见到。

1938年8月，一批来自河南孟津县一带的手工造枪工人，投奔了抗日游击队，成为八路军最早期的造枪工人。这几支手工制造的步枪和冲锋枪，就是出自他们之手。据说，朱德总司令还特意宴请了这批造枪工人。只是，造出了第一批手工枪械，距离真正的八路军兵工厂还差得远。手工造枪，工艺和产量都远远满足不了战争的需要。八路军实在是太缺枪支弹药了。

全面抗战初期，中国工农红军改编为国民革命军第八路军，从此走上了抗日前线。八路军先后进行了平型关、雁门关、阳明堡等战役战斗，战场上的胜利，同时也赢得了人心。八路军的队伍一路不断扩大，1937年底就从最初的四万五千人发展到八万人，到1939年底人数增加到二十七万，人员增加带来的新问题，就是武器不足。[①]抗战初期，国民党政府拨给八路军的武器、弹药、军饷都是按照改编时的四万多人给付，至于后期扩充的则不予保障。因此，这一时期，八路军的武器装备主要靠从敌人手中缴获和收集民间散落

① 米艾尼:《黄崖奇功》,《北京日报》2019年10月8日。

枪支两个办法，武器弹药的不足成为制约八路军发展的瓶颈，对八路军抗日的前线战事造成了极大影响。

1937年10月21日，毛泽东致电周恩来和朱德，明确提出："我们必须在一年内增加步枪一万支，主要方法自己制造。"[①]一个月后，八路军总部在山西和顺县石拐村召开干部会议，传达了中央关于创建以太行山为依托的晋冀豫抗日根据地的指示，具体部署了开展游击战争的任务。总部提出，除每个师外，每个旅，每个团，各个游击支队以及地方政府和自卫队都要招募技术工人，开办修械所和炸弹厂。

当时，八路军最初招募的技术工人，主要来源于太原兵工厂的工人、铁路工人、煤矿工人以及民间铁匠、木匠等手艺人。[②]这一大批人作为技术骨干，立刻被充实到各抗日武装开办的修械所里。从此，大小抗日武装开办的修械所、修造厂、炸弹厂如雨后春笋一般，遍及太行山大小根据地。但是，这些小型修械所，因为人员少、规模小、设备落后、位置分散，远称不上真正的兵工厂，只能达到简单修一修枪械的水平。

此时，八路军在晋东南的抗战局面，一度十分危急。日军华北方面军为解除后方威胁，从四个师团中调集三万余人的兵力，在第1军司令官香月清司统一指挥下，由同蒲、正太、平汉铁路线和长治、屯留等地出动，分九路向晋东南地区大举围攻，企图将八路军第129师等部和在这一地区的国民党军，围歼在辽县、榆社、武乡

① 刘世超：《中共山东抗日武装武器来源探析》,《抗日战争研究》2018年第4期。

② 太原兵工厂，阎锡山在山西开办的制造枪炮弹药的兵工企业之一。

地区，史称“九路围攻”。[①]这次围攻以日军的失败告终。八路军收复沁县、榆社、武乡、辽县、沁源、屯留、长治、黎城等县城十八座，巩固和扩大了晋冀豫抗日根据地。

八路军的这一重要战果，为建设自己真正的兵工事业创造了有利条件。总部决定，将原有的一些修械机构合并扩大，形成一定的生产规模，实行统一领导和集中生产。

当时处于山西抗日根据地中心地带的韩庄村，成为了八路军总部修械所的所在地。韩庄村，地处山西省榆社县和辽县交界处，住有四十余户人家。1938年9月，八路军总部参谋处第四科副科长徐长勋在此地组建了八路军总部修械所，代号“流动工作团”。

总部修械所设在村前占地一亩多的一座庙宇中，六间殿堂作为工厂的厂房，八路军最初的兵工厂就在这里诞生了。

最初到达韩庄村的，是第115师第334旅修械所的百余名工人，他们此前的主要工作是在战争间歇为部队修理枪支，亲手制作过的武器，大概只有几千支红缨枪。随后调来韩庄村的是第129师的补充团修械所，这里的工人大多曾在国民革命军孙殿英部修械所当工人，孙殿英撤离晋东南后，不少工人投奔了八路军。不久后，晋豫游击队修械所也合并进来，他们的杰作便是在八路军战利品展览会上大显身手的手工枪支。

来自四面八方的技术工人，组成了八路军总部修械所。到了1938年底，人员已达三百八十多人。修械所当时有五台车床、两台刨床、三节锅炉和蒸汽动力机。有限的设备和人员的聚集，让八路军总部修械所初步具备了小批量制造枪支弹药的条件。

---

① 辽县，即今左权县。

虽然有工人的参与，修械所还是缺少真正的技术力量，于是，中央派毕业于日本早稻田大学电机制造系的程明升担任所长。没有先进的工具，程明升领导工人们“因陋就简”，用各种“土办法”造枪。

比如，他们把老虎钳固定在树桩上，配上钻头、锉刀等，进行步枪的试制。到了1939年4月，八路军总部修械所月产步枪六十余支，同时完成了大量的修枪任务。但是由于工具简陋，当时制造出来的枪支尺寸不一，零件不能互换，射程也达不到标准。特别是枪管连射数枪就会发红，这不是规范化、制式化的步枪。

黄崖洞兵工厂主入口——天险翁圪廊

时任总部特务团长的欧致富在回忆录《戎马生涯》一书中写道：“我们兵工厂的家当，还没有王二麻子剪刀铺齐全，这样的家底，要发展成能生产各种兵器的像样工厂，可以预想，道路该多么艰难。”

尽管如此，韩庄八路军总部修械所的建成，标志着太行山军事工业的诞生。但是，随着战事的推进，韩庄很快便不再是“平安之地”。1939年夏天，日寇入侵榆社后，八路军总部修械所的安全受到极大威胁。朱德指示，工厂应该搬到更为隐蔽的地方。

寻找新厂址的重任落在了时任八路军前方指挥部参谋长的左权身上。左权出生于湖南省醴陵市平侨乡黄茅岭的一个贫苦农民家庭。

作为黄埔军校的第一期学员，左权的军事造诣极高。参加革命后，左权被党组织派往苏联留学，先后进入莫斯科大学和伏龙芝军事学院深造，被称为“八路军中学历最高的将领”。

1939年4月的一天，左权在一张地图上发现了一个叫黄崖洞的地方，顿时眼前一亮。黄崖洞，东接辽县，西接武乡，南邻黎城，北邻榆社，是太行抗日根据地的腹心地区。这里山崖陡峭、峰峦重叠，地势险要。根据左权多年的战场经验，他判断，此处非常适合建立隐蔽的敌后兵工厂。

为了看清黄崖洞的整体情况，左权亲自登上了黎城和武乡交界处的板山。这里群山环绕，地势隐蔽，三面悬崖，一面靠山，而悬在绝壁上的黄崖洞，就是一个天然的“弹药库”。根据欧致富的回忆，左权曾多次指着黄崖山的山头说，这是我军的地下兵工厂，也是晋东南的地下长城。

结束了这次初步考察后，在朱德和彭德怀对黄崖洞修建兵工厂的初步方案表示认同的基础上，左权又马不停蹄地拉着时任军工部部长的刘鹏，翻山越岭，再次来到了绝壁之上的黄崖洞。在黄崖洞下，他们发现了一块数十亩大的山间谷地，有一股清泉从山崖下流出。这里三面都是悬崖峭壁，只有西北方有个叫左会垭口的地方，是敌人有可能进来的。黄崖洞位置隐蔽，易守难攻，的确是战时兵工厂的理想选址。这一趟深入考察，几乎确定了大部分的建厂方案，从厂址到哨点，甚至进出道路他们都规划好了。

回到总部后，左权向朱德和彭德怀讲了他的方案，左权认为，最多半年，兵工厂的建设便可全部完成。欧致富回忆，当时，朱德亲自拍板，立即成立了工事委员会，由他亲自兼任工事委员会主任，负责与外部协调。左权兼副主任，具体负责组织实施。

| 黄崖洞兵工厂旧址

同时，为了确保工程的安全和进度，中央决定派总部特务团1营和炮兵团三个连，尽快开进黄崖洞。可以看出，八路军非常重视黄崖洞兵工厂的建设，八路军总部特务团是为了保卫总部机关的，他们派出特务团来守卫兵工厂，而总部只留下几个连，等于把主力团都调到兵工厂去了。

1939年底，艰苦的建厂工程开始了。黄崖洞特殊的地理环境，决定了在这里建厂的方式也是极为特殊的。

在勘察地形时，刘鹏等人决定用石头砌墙，石板盖顶建房。一则是石头坚固，二则大规模土木作业容易引起注意，暴露兵工厂，所以就地取材用石头盖房，是更好的选择。但是，设备和材料的运输，却没法“就地取材”。从韩庄到黄崖洞，全程都是羊肠小道，起伏不平。所有的建筑材料和设备器材，只能靠人力肩挑背扛，或者靠毛驴来运送。一些大的设备不易搬动，只能拆卸成数块儿，一部分一部分地运进山，非常艰难。

为了加快工程进度，军工部又派来两名大将：一个是土建工程师陈志坚，一个是技师企云龙。

陈志坚负责营建厂房。他带领工人就地取材，开山凿石，以石块垒墙、石板做瓦、石灰勾缝。就这样，一栋栋石头房沿着山谷盖起来。工房、宿舍、办公室、俱乐部等十二栋新房相继建成，分布在一平方公里的山谷中，最大的钳工房有一千余平方米，工厂的总建筑面积六千平方米左右。不到半年时间，厂房建成。接下来就是安装机器了，这主要由企云龙负责，对一台台机器进行安装调试。虽然被运送到黄崖洞的机器多数都十分老旧，却个个都是“宝贝疙瘩”。一大部分机器，是战士们冒着生命危险，从敌人手里夺来的。还有一些机器，是八路军自己制造的。山西地区其他小的兵工厂也都相互协作，制作出做各种类型的机床、冲压设备等，再运到黄崖洞。此外，还有两台在当时非常先进的荷兰造的精密车床，是中央派人从延安专程送来的。

当时，黄崖洞兵工厂虽然已经开工，但工人们面临一个巨大的问题：没有动力锅炉，无法发电，所有的机器都要人力来传动，效率很低。

1940年2月，特务团接到一个紧急的任务，共产党的地下工作人员费尽周折，在五阳煤矿弄到了一台动力锅炉，中央要求他们在二十天时间里，必须把这台锅炉安全搬运到黄崖洞。一共一二百里的路程，并不算长，但是要把这个高大笨重又无法拆卸的锅炉通过陡峭的山路运到黄崖洞，常规的方法是行不通的。开始，特务团的战士们用最原始的办法，在地上放上滚木，锅炉放在滚木上，一路向前推，一路倒腾滚木。但是山上都是蜿蜒崎岖的羊肠小路，滚木都滚不起来，前进速度近乎蜗牛，根本无法在二十天内把机器运到指定地点。最后，特务团决定先在前面修路，后面再搬运机器，这样工作量成倍增长，但官兵昼夜工作连续奋战，最后只用了十二天，就把这台巨大的锅炉运到了黄崖洞。

黄崖洞兵工厂在1939年底开始投入生产，共有机器设备四十余台，其中锅炉一台，蒸汽机两部，切削机床二十多部，动力设备还新增了十千瓦直流发电机一台，供应厂区的部分照明。一个现代化兵工厂的雏形，在黄崖洞初现。

硬件有了，对于黄崖洞兵工厂来说，人才的短缺，是当时急需解决的问题。1939年8月，三百多名技术人员组成的“工人行军营”，由延安出发，开赴晋东南。这支由当时八路军内高精尖技术人才组成的队伍，是中央军委特别派给黄崖洞兵工厂的“技术支援”。这些人里很多都是名牌大学毕业生，甚至是留学生。

事实上，从黄崖洞兵工厂建成后，已经陆陆续续引进了不少人才。有很多名校毕业的，比如燕京大学、河北工学院等，这些大学生和工程师来到太行山上参加了八路军，组织了解到他们的特殊才能，就把他们放到兵工厂来。“工人行军营”则是一次更大规模的人才聚集。然而，从延安到黄崖洞的行军之路并不平坦。

“工人行军营”跟着抗日军政大学第四支队渡过了黄河，在山西孝义，他们到达了第115师下辖的晋西支队陈士榘部驻地。晋西支队派了一个营的兵力，掩护“工人行军营”渡汾河。途中，部队多次被日军的炮火阻挡，停滞不前。此时，日军正组织对晋东南的第二次围攻，“工人行军营”三次突破封锁线都没能成功，一耽搁就是两个月。直到1939年10月初，“工人行军营”才在第129师的接应下，成功突破封锁线，顺利到达了黄崖洞。

如此多方护送，千辛万苦到达黄崖洞兵工厂的“工人行军营”，确实在荒僻的黄崖洞为八路军的兵工事业立下了汗马功劳。“工人行军营”中不乏八路军中的名人，刘贵福就是其中一个。

刘贵福十五岁就进入北平西北边防督办公署修械所当学徒，此后在国民党军的兵工厂里工作了十三年。1937年8月，刘贵福带领十六名兵工厂技工赴延安参加革命，曾任延安柳树店兵工厂科长、茶坊兵工厂枪械修造部主任。刘贵福是真正的造枪高手。1937年4月，他成功试制了八路军第一支新式轻型马步枪，开创了我军现代化步枪研制的先河。

1939年5月1日，延安举行了隆重的陕甘宁边区工业展览会。在展品中，最引人注目的就是刘贵福研制的马步枪。因为展出时还没来得及起名，展览会就标了个“无名式马步枪”。“无名式马步枪”不仅被评为甲等产品奖，毛泽东还亲笔为刘贵福题词——“生产战线上的英雄”。

到了黄崖洞兵工厂后，刘贵福被调入军工部黄崖洞一所任副所长，主要负责在改进“无名式马步枪”的基础上设计新式马步枪。在新枪研制过程中，刘贵福遇到了一位“知音”，此人便是1940年5月接任八路军军工部部长、曾在莫斯科东方大学学习的又一位军中“高知”——刘鼎。

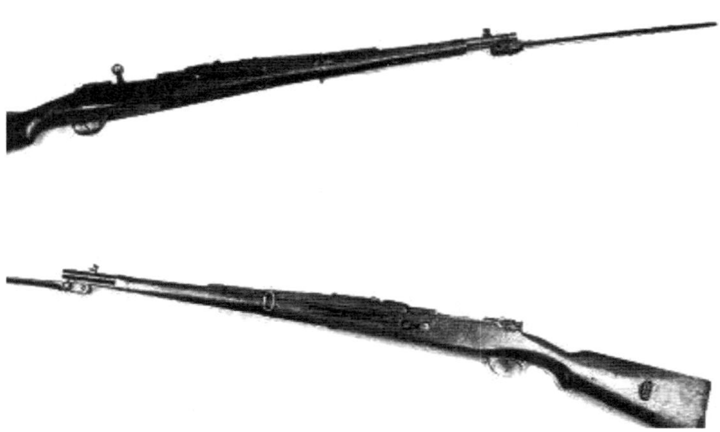

“八一式”马步枪

刘鼎得知刘贵福正在进行新枪研制，主动要求看图纸，他还提出了一个重要建议：作为近战武器，步枪只要能够保证二百米以内射击准确就可以，关键是要轻巧。而且刺刀的操持很重要，一定要迅速、可靠。刘鼎还特地派人送来“捷克式”和“三八式”步枪，供刘贵福在设计中做比对参考。经过四个多月的设计、试制，新式马步枪终于在1940年7月底装配完工。

新枪的实弹射击实验定在那一年的八一建军节进行。实验成功后，刘鼎当天便让刘贵福带上新造的步枪，直奔八路军总部报喜。因为当天为八一建军节，彭德怀给新枪取名为“八一式”。“八一式”马步枪口径7.9毫米，长不到一米，枪重仅三公斤多。枪的性能超越了日军的“三八式”及国产“汉阳造”等当时一些主流轻武器。除了轻巧以外，“八一式”的准度也十分出色，枪管上的瞄准星被彭德怀誉为“天下第一准星”。

此外，刺刀部分也是这把枪的亮点。“八一式”马步枪的刺刀平时反贴在枪管上，肉搏时只需按动键钮一甩就可迅速自行固定，比其他枪支的出刀速度快好几秒，这对争取时间、取得白刃战的胜利至关重要。这种刺刀安装设计一直沿用到新中国成立后的“五六式”步枪。枪管上的折叠型刺刀是人民解放军“刺刀见红”精神的显著特征。更为重要的是，区别于过去设计的那些零散的枪支，“八一式”是制式化，可量产的。

据统计，从1940年到1945年，黄崖洞兵工厂共生产了近九千支“八一式”马步枪。在设备、材料、工艺和技术都极端落后的根据地，世界一流的轻型“八一式”马步枪的研发和量产过程堪称奇迹。

1939年到1941年短短两年间，兵工厂快速发展，成为抗日根据地创建最早、规模最大的兵工制造基地，年产武器弹药可装备十六个团。这些武器源源不断地运往抗日前线，大大增强了八路军的战斗力。尤其是1941年1月至11月间，兵工厂生产了五〇炮八百多门，炮弹两万发，让日军在战场上吃尽了苦头。

黄崖洞兵工厂生产的迫击炮

然而此时，战火正在慢慢逼近几乎完全与世隔绝的黄崖洞兵工厂。1940年10月的一个清晨，黄崖洞兵工厂正在酣睡的工人们突然被连续不断的炮声惊醒，紧急集合号瞬间响起。

原来，黄崖洞外，山西的抗战局势早已烽火连天。1940年秋，八路军总部发动了百团大战，大败日军。气急败坏的日军实行烧光、杀光、抢光的“三光”政策，对根据地开始了灭绝人性的报复性“扫荡”。其中，位于武乡的八路军总部是日军的重点“扫荡”对象。

1940年10月20日，日军集结了上千兵力，对太行山区开始了第二次扫荡。其中主要一路是冈崎大队，共有官兵六百余人，大队长为冈崎谦受。冈崎大队的主要目标是八路军总部。他们一路“扫荡”，一路根据日本侦察兵的信息搜索，一直行进到了黎城一带。10月25日凌晨，冈崎大队从东崖底出发，“扫荡”赤峪、槐树坪一带。槐树坪距离黄崖洞只有七八里地的路程，冈崎并不知道，他沿路一直走下去，竟然摸到了八路军最隐秘的黄崖洞兵工厂的门口，闯入了八路军的军工禁区。

从日军“扫荡”开始，特务团绝大部分官兵撤出了黄崖洞，派往前线配合第129师主力部队迎战日军，此时留在黄崖洞兵工厂的兵力很少。左权观察到敌人的动向，立刻命令兵工厂迅速转移和掩埋好机器、工具和材料，组织大部分工人迅速撤上高山顶，留下工人自卫队和特务团的警卫分队守住山口。

山口的地势，绝对是易守难攻。按常理，在这样的地势下遭遇防守部队，进攻不会有结果。可是冈崎谦受观察到这里地势险要又有精兵把守，反倒野心大涨，猜测此地一定是八路军的重要机关，于是下令猛攻。

负责守卫山口的是总部特务营一营三连的连长邱贤贵。他看敌人来势凶猛，认为兵工厂应该已经全部转移了，于是擅自决定撤离阵地。南口失守，日军像一群饿狼一样向黄崖洞兵工厂厂区扑来。第一次迎战的工人自卫队虽然因为缺乏经验，攻防有些无序，工人们却极为英勇，但最终还是未能顶住冈崎大队猛烈的进攻，10月26日下午，冈崎大队占领了黄崖洞兵工厂。

由于日军“扫荡”频繁，这一时期黄崖洞兵工厂已经暂时停工，工厂里的重要设备和物资进行了转移，重要设备被掩埋。因而，日军的这次“误闯”，除了破坏了部分工厂里的设施外，只缴获了手榴弹两千枚，子弹一万发，各类物资几十箱。但是对于当时武器弹药和物资储备都十分不足的八路军来说，这个损失也是相当惨重的。

八路军总部得知黄崖洞兵工厂遭到日军攻击，急令在武乡的第385旅和新10旅赶到黄崖洞支援。冈崎大队也得到了消息，迅速撤离了黄崖洞。“误闯”黄崖洞的冈崎大队，虽然并没有对八路军兵工厂造成致命伤害，但他们却摸到了黄崖洞兵工厂的地理位置，黄崖洞一旦暴露，后果不堪设想。怎么能让他们跑掉？

于是，在冈崎大队撤离的途中，第129师主力部队将这一股日军围困在关家垴高地，彭德怀亲自部署并指挥了著名的关家垴战斗。这场战斗进行得十分惨烈，绝大部分日军被八路军消灭，但仍然有一些日军突围了出去。黄崖洞兵工厂暴露的危险骤然提升。

按常理，黄崖洞兵工厂的位置已经被日军掌握，这样的重要设施，应该重新寻找一处安全的位置。正所谓“兵不厌诈”，日军虽然攻击了黄崖洞，也推测出这里驻扎过一个重要机关，但显然已经转移。而且，从日军的“收获”看，这里更像是一个弹药库，再次攻击的意义不大。八路军偏就不按常理出牌，在日军撤离后不久，黄崖洞兵工厂就在原址恢复了生产。

当然，这也是“兵行险招”，黄崖洞兵工厂经此一险，必须加强防御工作。彭德怀亲自点名要第129师工兵主任王耀南前来负责黄崖洞兵工厂的安全工作。王耀南的方案对左权的方案进行了补充调整和加强，得到彭德怀和左权的认可，左权亲临一线督办，短时间内就组织了一千人的施工力量。在左权的精心管理下，黄崖洞的设防工事如期竣工，比以前加修了三百多处石碉和战壕，构成了完整的防御体系。

就在黄崖洞正在构筑“铜墙铁壁”的时候，日军在这一年中进行了上百次千人以上的大“扫荡”，为了确保兵工厂的安全，八路军总部决定，将特务团全部调到黄崖洞一带，一边帮忙修筑工事，一边严阵以待敌人来犯。

一年以后，1941年夏天，日军在与八路军的一次作战中获得了一部分“八一式”马步枪、五〇炮等武器。他们在拆解研究后发现，其中一支步枪的枪托上有笔画细如蝇腿的三个字："于水窑"。黎城黄崖洞在当地又被称为水腰，也叫水窑。这个发现，印证了冈崎大队败逃的日本兵中对黄崖洞有八路军兵工厂的传言。

一场真正的暴风雨终于向黄崖洞袭来了。1941年11月，驻潞安地区日军第36师团主力山地、葛木两个联队等共五千余人，以装备精良、五倍于守备力量的兵力，杀气腾腾，向黄崖山奔袭而来。

11月11日凌晨2时，日军先头部队出动了，标志着黄崖洞保卫战的正式开始。战斗开始后，八路军占据有利地形，构筑了坚固的工事，地雷战、肉搏战先后打退敌人十多次冲击。虽然有工事的保护，这仍然是一场十分英勇艰苦的战斗。坚守工事的王振喜班长带领十一名战士，从三面扔出手榴弹、滚雷，让进攻的日军尸横遍野，毙敌七十余人。遭受重创的日军用火力掩护几个火焰喷射器射手，向我军阵地狂喷火焰，整个阵地顿时成为火场。王振喜等十二名战士猝不及防，在被烈火吞噬时，他们忍着剧痛，仍拼尽所有力气向敌人投掷手榴弹，十二位战士，全部壮烈牺牲。此役后，他们被追认为"黄崖洞保卫战十二勇士"。

八路军总部特务团，领受了五天的坚守任务，实际守卫黄崖洞整整七天。在这七天时间里，特务团按照预定方案掩埋了机器、转移了人员。11月16日晚上，欧致富向左权报告，兵工厂机器设备转移完毕，只剩下一座大锅炉无法转移。左权要求欧致富派人把工厂的所有厂房炸毁，特别是那座锅炉房，让碎石瓦砾给这座大锅炉做最好的掩护。完成所有任务后，根据左权的部署，特务团所有官兵撤离阵地。

日军见八路军主动撤离，一窝蜂地进入了黄崖洞兵工厂后，却只看到一片废墟。十几座厂房倒塌在一片碎石瓦砾中，一个人也没有，更不要说机器，就连一颗螺丝钉都看不到。日军以为这是他们重炮轰炸的“杰作”，马上让摄影师拍摄下这一场景。

此时，八路军的外围部队已经收复了黄崖洞周围的东崖底、赵姑村等十多个村庄，第129师的部队也已经按时开进了埋伏区。在日军放松警惕之时，特务团开始全面反击，到11月19日破晓时，收回了黄崖洞兵工厂几乎所有阵地。仓皇逃出黄崖洞的日军，又落入了第129师部队的埋伏圈，在伤亡五百余人后，日军被迫于11月20日夜退出了黎城。整个黄崖洞保卫战，历时八天八夜，终于取得了最后的胜利。

11月22日，八路军总部公布了黄崖洞保卫战的战果：此次战斗，在左权的直接领导下，八路军总部特务团以一千三百人抗击了五千多日军的进攻，歼敌千余人，我方伤亡一百六十六人（其中牺牲四十三人），敌我伤亡比例六比一，创造了以少胜多的模范战例，开中日战局敌我伤亡对比空前未有之纪录。

2019年发现的黄崖洞兵工厂机器零部件

据不完全统计，抗日战争时期，黄崖洞兵工厂共造枪九千七百五十八支，修枪万余支，生产掷弹筒二千五百门，修炮约千门，生产各类炮弹二十四万发，手榴弹五十八万余枚。[①]

那些为了建设黄崖洞兵工厂挥洒汗水的工人、那些为了掩护兵工厂受难的老百姓、那些在保卫战中英勇战斗、付出鲜血和生命的八路军战士，历史永远不会忘记他们。

2019年10月，本书编者之一蒲元赶赴黄崖洞兵工厂遗址考察。不巧的是，黄崖洞遗址正在进行封闭式整改，不对外开放。幸而此次考察得到了黄崖洞风景区的大力协助，蒋晓祥经理不仅同意进入遗址参观，全程陪同专业讲解，而且还看到了一个刚刚挖掘出来的兵工厂机器零部件。

黄崖洞不仅仅是华北敌后最大的兵工厂，而且可以称得上是抗战时期八路军兵工厂的摇篮，从这里划分出去了一大批兵工厂，为中国共产党领导的抗日军民坚持敌后作战提供了有力的保证。正所谓“聚是一团火，散是满天星”，这漫天的星火无不燃成灼烧侵略者的熊熊火焰。

当然，客观上看，这些兵工厂生产的武器远远不及日军装备的性能，数量上也是如此。但是，根据地军民却用自己顽强的斗志，将这些武器的性能发挥到了极限，在战争中发挥出了超乎寻常的作用。

黄崖洞兵工厂以制造武器为主，也制造和组装弹药。但是，黄崖洞兵工厂并不出产最基本的原材料。例如，制造炸药用的硫酸，如果离开了这种基本的弹药原材料，兵工厂也是巧妇难为无米之炊。

因此，抗日战争期间，中国共产党领导的敌后根据地的生存和发展，也需要另一种军事工业的支持。

---

① 米艾尼:《黄崖奇功》,《北京日报》2019年10月8日。

1939年春天，河北保定地区唐县的葛公村来了一批奇特的人。他们虽然身穿土布衣服，却大都戴着眼镜。他们自称是抗日的游击队，却没有枪没有炮，反而是用大车运来了各种坛坛罐罐甚至是玻璃瓶子。有几个胆大的村民特意到这些人住的院子去看，回来便跟其他老乡说，这些人准是“炼丹”的。葛公村得名于东晋炼丹家葛洪，老百姓也都听说过炼丹术的神奇。其实，葛公村村民口中“炼丹”的外来“眼镜”们，是当时八路军冀中军区技术研究社的技术员，他们转移到葛公村时，确实正在“炼”一样重要的东西——硫酸。

七七事变后，在华北敌后坚持抗战的八路军军工人员，一方面因陋就简，努力维持黑火药的制造，以满足前线需求，另一方面收集一切能收集到的资源，尝试自行制造烈性火炸药。在这一过程中，八路军恰巧在滹沱河沿岸收集到了国民党政府军工单位丢弃的一批原料，其中有不少氯酸钾、硫酸和硝酸之类的炸药原料。于是，八路军的军工战士便利用这些原料，制造了一批烈性炸药，用于对日军控制的交通线进行破坏，前后共摧毁日军火车车头三十多台，还制成了一批威力较大的迫击炮弹支援前线。

化学品是制造火炸药的基础。但是，由于收集到的炸药原料有限，日军又逐渐加紧了对根据地的封锁，八路军军工部和冀中军区军工部都面临坐吃山空的困境。而要想获取烈性炸药的制造能力，必须首先解决生产原料的来源问题。当时，在八路军的敌后抗日根据地，既有五台县的硫磺、冀中的土硝，又有用土法酿制的酒精和纯碱，还有品质较高的棉花，但是唯独没有硫酸和以硫酸为基础的硝酸等一系列化工原料。因此，用八路军总部军工部部长刘鼎的话说，当务之急是把硫酸这种“火药之母”搞出来。

1938年夏天，八路军总部军工部和冀中军区军工部分别开始研

为建造硫酸蒸馏塔而特制的陶瓷缸

究如何土法制造硫酸。在这一时期，日寇对我敌后抗日根据地的扫荡越来越频繁，各根据地的军工单位不得不随部队转战各地，边打仗边生产。为了能够给技术人员提供一个相对安全而稳定的研究环境，这种情况下，冀中军区军工部的技术研究社迁到了相对安全的唐县地区。

有了相对稳定的研究环境，还必须有一支善于创造的专业队伍。据刘鼎回忆，他是经过查阅职工档案，发现了几位适合负责火炸药研发的专业人员。其中白英和王化南曾在国民党政府兵工署的火药厂工作过，王锡瑕是高等技术学校化学系的毕业生。而冀中军区军工部技术研究社负责硫酸制造工艺研究的几位技术人员，没有一个曾从事过与化学工业相关的工作，门本忠曾在清华大学实验室工作过，算是最接近化学的一位，另一位技术骨干张方，原来是燕京大学物理系的研究生。

经过反复的试验，大烧瓶中慢慢出现了一些“露水珠”，工作人员将其收集起来，只有小半酒杯。由于没有pH试纸，只能请门本忠用鼻子来闻，最终判断反应产生的正是硫酸。欣喜若狂的技术人员们将稀硫酸放入蒸发皿，最终获得了小半瓶“洁白而浓稠，质量很好的”硫酸。

根据地自己生产出硫酸的消息很快惊动了冀中军区和晋察冀军区的领导。聂荣臻司令员在了解了技术研究社的成果后，认为这个“半瓶”意义重大，提出“一套设备出半瓶，搞上十套百套设备，不就十个百个半瓶了？”并要求尽快组织工业化生产。

制酸缸塔“车间”

但是，由于无法制造“铅室法”中标准的“铅塔”，根据地自制硫酸的研究长期停滞。[①]张方等技术人员，在研究硫酸工业制备工艺后，认为既然根据地没有办法制造耐酸的“铅塔”，就用其他耐酸材料来制造反应塔。经过调查，张方和张奎元发现陶瓷的釉面也能够抗酸，便决定调动根据地民间的陶瓷工人，为军工部制造“制酸缸塔”。

“缸塔法”绝对是全世界化工史上的一个创举。晋察冀工业部很快从周边老乡手里收购了一大批水缸，又自行铸造了一批用于连接“缸塔”的铅管，1940年3月开始搭建第一套“制酸缸塔”。据张方回忆，为“缸塔”供氧的是一部风箱，缸塔内放有作为还原剂的焦炭。但开始生产后，这座“缸塔”只能生产黑色的硫酸铁，并不能

① 铅室法是硝化法制硫酸的一种方法，硫酸工业发展史上最古老的工业生产方法，因以铅制的方形空室为主要设备而得名。铅室法曾作为硫酸的唯一制造法盛行于世，历时一百多年。20世纪起，逐渐被塔式法和接触法取代。

生产纯净的硫酸，“缸塔法”第一次试生产就这样失败了。

在军工人员忙着试验“缸塔法”制酸的同时，日军在扫荡中曾一度接近“缸塔”所在的葛公村。为此，晋察冀工业部决定，将整套制酸试验设备搬迁到唐县大青山中的大岸沟村，继续进行试生产。

1939年4、5月间，晋察冀军区工业部正式成立。张方等技术人员向工业部部长刘再生和政委杨成提出继续研究硫酸工业制造的建议。5月，晋察冀军区工业部开始在大岸沟建立化学厂。经过第一次试生产的失败，张方和张奎元等技术人员已经基本摸清了制造硫酸的工艺关键。趁着搬迁的机会，他们对水缸进行了改造，增加了冷凝瓷管和用于观察情况的大烧瓶。据张方回忆，见过这种第二代“缸塔”的人，都认为它的外形很像一头瓷猪，于是“猪”就成了这种“缸塔”的代号，后来在日军扫荡中，这个代号还曾多次迷惑了敌人。在随后的生产中，技术人员又在这套“缸塔”上增加了玻璃制的观察管，但由于铅管的堵塞问题（铅的纯度较低）以及硫酸从“猪”型“缸塔”釉面的缝隙渗入，第二代“缸塔”也被淘汰了。

此后，张方和张奎元等技术人员又对制酸缸塔进行了改进，首先是将定制的“猪”淘汰，改为用普通水缸改造，增加相关的接口，这样既方便了维修，也便于隐蔽。其次就是对反应中间气体的走向进行了优化，细化了各“缸塔”的功能。后来张方在一本从敌占区买来的《化学工业大全》上看到了生产步骤与晋察冀“缸塔法”基本相同的工业化“塔式法”设计图，证明我们技术人员创造的工艺是相当科学的。除了“制酸缸塔”之外，晋察冀工业部的技术人员与工匠们合作，铸造了三角形的硫黄箱，用水缸和陶瓷夜壶建造了多级蒸馏室。

1940年6月，第一批优质纯净的浓硫酸终于被制造出来。八路军副总司令彭德怀和副参谋长左权在得知晋察冀军区成功制造出浓硫酸后，专门给聂荣臻发来电报，称“这是我们工业建设上的一大进步，也是解决工业建设特别是兵工工业建设之关键”。[①]7月，大岸沟化学厂竣工。随后大岸沟化学厂又开始摸索硝酸、乙醚和高浓度酒精的制造工艺，1940年12月就生产出第一批硝酸和乙醚。而这一切成绩，其基本生产设备竟然主要是用中国农村最常见的陶瓷大缸改造的。在设计硝酸和乙醚制造设备时，技术人员首先考虑使用铁锅和铅管，但经过试验发现，大岸沟附近缸北村生产的陶瓷器皿，品质稳定，搭配老工匠殷梦秋发明的三角截面铅管和工业部玻璃厂技师设计的石英砂封口技术，远比金属制品更靠得住。

大岸沟化学厂的厂址相当隐蔽，但在建厂过程中，晋察冀工业部仍然要求尽一切可能隐蔽“缸塔”等设施。例如在搭建“缸塔”时，要全部采用便于拆卸和维修的木质框架，所有部件必须能够拆装等。工厂本身设在依山的农家宅院中，不设围墙，只用苇席隔断。因此，从1940年底开始生产，到1943年夏，日军始终没能找到这处关键的化工厂。

虽然大岸沟的生产极少受到日军袭扰，但由于化工厂的设备和生产条件都极度简陋，因此给生产人员的健康造成了不小的影响。据当时参加过大岸沟村儿童团的王俊龙老人回忆，化工厂排出的酸雾长时间笼罩在村子上空，初来乍到的人都会被熏得流眼泪，村子周边的树叶基本都被熏黄了，很多树木根本不出芽。由于硫酸和硝酸烟雾的腐蚀性很强，所有工人和技术人员，包括厂长黄锡川的衣服上都布满了窟窿，因此大岸沟化学厂必须给工人多发被服，即便

① 韩正坤:《晋察冀抗日根据地的军工传奇》,《河北日报》2020年9月10日。

这样，仍有些女工因为衣服遮不住身体而躲在屋里哭泣。与衣服破损相比，身体上的病痛更为严重。当时所有人的脸上手上都会大面积脱皮，化学厂给大家发了护肤的油脂，但对于吸入酸雾导致的呼吸系统疾病，却长期没有特效药。

当时大岸沟化学厂的工人每人每天有五分钱菜金，只能吃小米、韭菜和酸杏叶子，但为了照顾病号，大家经常会把菜和小米攒起来，给生病的同事加餐。每人每月有一个鸡蛋的补助，都舍不得吃。因为住宿条件太差，所有人身上和头上都长了虱子，还会得疥疮，必须通过涂抹“油调硫黄粉”和烤火来治疗。

虽然生产和生活条件异常恶劣，大岸沟化学厂却取得令人惊叹的成绩。1942年以后，化学厂的产能基本达到稳定，每日可生产50%浓度的硫酸四十坛（约合六百千克），这些硫酸能够生产两百千克浓硝酸，配上其他原料，可制得三十千克无烟火药和三十三千克硝化甘油。三十三千克硝化甘油能够制造六百六十千克朱迪生炸药。

除了为晋察冀军区生产各种火炸药外，大岸沟化学厂还生产其他三十余种化工产品，支援军区被服厂、印染厂、制药厂和边区政府玻璃厂的生产。另外，大岸沟化学厂培养的大批技术人员和工人被派往晋冀鲁豫、胶东等其他根据地“开枝散叶”，在当地建立起了缸塔式制酸工厂，进而建立起成系统成配套的化工体系，成为抗日战争取得胜利的有力保证。

根据地军事工业在敌后极度恶劣的条件下取得大量成绩的一个关键，就在于强调“自力更生，立足现实”，能够在没有条件的情况下，创造生产条件。其中，无数军工工作者为之付出了无法计算的心血，甚至献出了宝贵的生命。抗战期间的敌后根据地军事工业的成绩，也必然永远记载在中国人民抗日战争的史册之中。

第四节　钻井隆隆

石油是现代工业的血液，所以抗战也必然与石油勘探、开发、储运有着密切的关系。从这个意义上说，中国人民抗日战争历史的研究，应该包括石油开采这一章。

长期的和平生活，已使许多人难以真正理解何谓战略物资，何谓运输命脉，何谓战略大通道。和平甚至使人忘记了石油作为战略物资的特殊属性。只有回到那个战火纷飞的年代，才能体会到石油的重要性。谁找到了油田，谁掌握了油源，谁控制了石油通道，谁就有可能坚持到最后。

抗战爆发以后，液体燃料成为最重要也最紧缺的物资。因为大后方铁路缺少，运输几乎全部依赖汽车。沿海口岸的陷落，进口燃料基本上断绝来源，原来完全依赖进口洋油的中国公路运输几乎陷

1938年的玉门老君庙油田

于瘫痪，甚至有“一滴汽油一滴血”之说。

谈起抗战时期的石油勘探与生产，玉门油田是一个无论如何都绕不过去的关键和重点。

作为地质学家的翁文灏，很早即已意识到石油将成为未来工业的重要能源，派人着手中国石油地质调查，撰写有《甘肃玉门石油报告》。

抗战爆发后，翁文灏决定尽快着手开发玉门石油。1938年6月12日，在汉口成立负责主持筹备玉门油矿的勘探、开发事宜的资源委员会甘肃油矿筹备处，9月，曾主持陕北油矿勘探，刚刚赴美考察油矿工程回国的严爽，出任筹备处主任。

要进行勘探的一个困难是缺少钻机。如果从国外购买，资金、运输都是问题。虽然四川有一部从德国引进的旋转钻机，但是当时对四川石油也抱有很大的期望，不可能抽调玉门。翁文灏又想到了当年资委会因红军占领陕北而留在延长的两台顿钻。[①]他亲自商请当时驻武汉的周恩来，请中国共产党予以帮助，得到周恩来热情支持。1938年6月18日资委会正式函请八路军驻汉口办事处，请予以协助。办事处主任钱之光复函同意，并说明“已商榷周恩来同志介绍本军驻陕代表林伯渠同志，于张心田主任到陕时就近照料一切。并转电延安陕甘宁政府”。张心田到陕后，受到高自立、萧劲光等人的接见，并得到边区政府和八路军后勤部门给予许多方便和照顾。10月18日两套钻机及配件安全运抵咸阳。12月26日，筹备处主任严

① 顿钻，亦称“冲击钻”，使用方法是交替地升起和降落钻具在硬岩石中钻孔，即利用钻绳连接钻具，靠钻头的上下冲击作用钻凿地层，经一段时间之后，用汲砂绳接汲筒将岩屑取出，使井内清洁后，再下钻头，如此反复进行，直至完成工作。这种开采方式工作效率较低，且有井喷危险，已很少使用。

爽、地质学家孙健初和技术员靳锡庚一行骑着骆驼抵达风雪中的戈壁荒漠玉门老君庙。

玉门位于祁连山北麓，海拔2400米。老君庙坐落于距玉门县城三十公里、嘉峪关西八十多公里处。此地气候变化无常，冬季更是奇冷无比。严爽等人不顾天寒地冻，立即着手在冰天雪地中测量地形，绘制地质构造图。1939年3月，勘测队不等钻机运到，就确定井位，用人工挖掘了第一号井。3月27日，见到该井工业油流，日产一吨半。5月6日开始利用刚运到的两台顿钻钻井。8月11日，探得油层，日产原油达十吨，定名为K（干油泉露头）油层。K油层的发现为大规模开发玉门石油提供了科学依据。孙健初写出《甘肃玉门的地质》报告，确认该处地质是良好的储油区域，具有重要开采价值。

然而在当时的条件下，真要开发玉门石油还有许多困难：第一是气候条件恶劣，地高天寒，戈壁荒漠寸草不生，一切生产、生活物资均需从数十公里甚至上千公里外运入；第二是地理位置偏僻，远离交通干线，运输困难；第三是资金困难。石油勘探、开采和冶炼的大量设备国内不能制造，大部分需要进口，正值抗战国家财政支绌，资金从何而来？因此，尽管1939年当年玉门就产油四百二十八吨，加工了七十一吨，在着手大规模开发之前，翁文灏等人还是慎之又慎，唯恐投资之后不能达到预期目的，而浪费了国家的物力、人力。

1940年9月8日，翁文灏又派钱昌照和孙越崎亲往玉门调查研究，探寻油矿发展的前景和可行性。钱、孙二人听取了专家的报告，查看了有关材料，了解了玉门附近的情况。孙越崎主持过陕北油矿的开采，从管理到技术都是内行，他认为开发玉门石油有三个有利条件：一是从地质资料上看，玉门有较丰富的石油蕴藏；二是有严爽、孙健初、靳锡庚等一批懂石油、不怕艰苦的人；三是有翁文灏的坚决支持，“玉门油田开发一定大有希望”。于是孙越崎就与严爽、孙健初、翁文波等人共同商议，根据抗战的需要、油矿当时的情况和将来的发展情况，草拟了一份比较积极的《甘肃油矿二年扩充计划》。按照这一计划，玉门油田到1942年8月要达到每日产炼原油七万加仑的能力，而1940—1942年两年内，用于购置设备材料、运输、安装等方面的费用共计七千四百万法币和三百万美元。1942年9月至1943年2月，还要再投资一百五十万美元、三千万法币，用于扩充炼油厂。

翁文灏对这一计划表示积极支持，并立即上报国民党政府行政院请求批准。但是这个计划上报以后，在国民党政府行政院会议却遭到孔祥熙等人的冷遇。在一次国防工业会议上，钱昌照再次提出开发玉门石油问题，并激动地说：“中国如果是一个上轨道的国家，在抗战以前这样的矿早就该开发了。时至今日，再不开发，太不像话了。请大家好好审议，立即决定。”朱家骅起而反对，他说在去敦煌视察之时即顺路到过玉门油田，认为那样的环境和条件下开油矿，生产出汽油来在抗战期间肯定也用不上。他主张应该把有限的外汇用在购买兵工器材，而不应该用在开发石油上。朱家骅是学地质的留德学生出身，而且又到过玉门，说话自然受到很多人的重视。陈果夫、徐堪也都公开表示反对。孙越崎听到这些以后不免有些失望，但是翁文灏并不灰心。他对孙越崎说：“会上解决不了的事情就要靠会下去想办法。你同我去见孔祥熙。由你当面向他说明计划。向他多说几句好话，大约可以成功。”于是二人专程登门拜会国民党政府行政院副院长兼财政部部长孔祥熙，由孙越崎当面说明计划，孙越崎在孔祥熙面前表示："这是功在千秋的事情。院长批准了，历史会记下您一笔。如果院长批准，我们决不浪费一分钱。可以请翁部长监督。"或许是"历史会记下您一笔"的话打动了孔祥熙，他竟完全批准了这一计划。

与此同时，资源委员会为解决油田运输问题，与西北公路局签订《为运输机件及供应油料互助合约》，规定：油矿所购机料从重庆等地运往矿区所需车辆，除该矿自有者外，不足之数自公路局负责调用；从1940年9月起，油矿所产汽油除已订约预售者外，按重庆市价七折，尽先供给公路局。此外，油矿为解决运输困难，还向国外订购了五百辆卡车。为解决工人缺乏的问题，经军政部同意，从1941年4月起，玉门、酒泉、金塔、安西四县应征壮丁拨给该矿充当工人。在国外订购的设备尚未运到之际，资委会又将江西高坑、湘潭、萍乡各地原用以采煤的钻机移运玉门，增加钻井能力。

1941年3月16日，资委会撤销油矿筹备处，在重庆正式成立甘肃油矿局，任命孙越崎为总经理。在翁文灏的积极支持和协助下，孙越崎挑选调集了各方面的技术专家和专业人才参加油矿开发：原筹备处主任严爽出任矿长，炼油厂厂长是重庆动力油料厂厂长、前地质调查所燃料研究室主任金开英，负责设备器材的组织和油品销售业务的是从工矿调整处调来的法国留学生郭可诠，负责全局物资运输的运输处长由张心田担任。1941年，翁文波也带着自制的物理探测仪和他的得意门生童宪章正式加入了开发玉门的行列。翁文波在英国获得博士学位回国后，先在中央大学任教，1939年用自制的仪器电测石油成功，后被称为"中国测井之父"。他们的加入，更壮大了玉门开发的队伍。

孙越崎布好阵势，只待从美国订购的机械设备运抵玉门即可大干一场。从美国订购的设备共有能钻一千米的旋转钻机十二套，顿钻两台，抽油机四十部，发电机五部，还有储油、输油等设备和一套日炼原油一千五百桶的裂炼装置。但是1941年12月7日爆发的太平洋战争使这一切成为泡影。战争爆发之时，玉门油矿订购的设备除少部分在美待运外，大部分散在香港、仰光、腊戍等地运输途中。由于香港、仰光很快沦陷，虽经竭力抢运，但大部分机械尽陷敌手。据统计，在仰光、腊戍、畹町等地相继沦陷时损失的设备共一万两千多件，总重两千余吨，价值七十余万美元；在香港损失的卡车等零件价值近两万美元。抢运入境的物资仅拼凑成四架钻机，最可惜的是炼油设备一点没有得到。

进口设备的路被断绝，油矿开发只能自力更生立足于国内。孙越崎从重庆赶到玉门，与有关人员商讨立足国内开发玉门的对策措施。在翁文灏的支持下，四川油矿探勘处的德制钻机紧急调往玉门，其他设备也就国内能够办到的尽力搜罗，川、陕、豫、粤、湘、黔、滇各省，无不寻访。向重庆的工厂订购了车床、水泵、油泵、炼油釜闸门等配件，从各地收购了各种钢管、马达、水泥、重晶石等原料，千里迢迢运往玉门。由于国产钢材质量不高，又无耐温耐压的无缝钢管，只好自行设计制造釜式蒸馏炼油炉，而自制釜式炼炉最高也只能提炼20%的汽油。如果得到从美国进口的蒸馏裂化式设备不仅炼油能力可极大提高，而且从原油中提炼的汽油比例可高达64%，并包括4%可供飞机使用的优质汽油。假如当初计划早些得到批准，以后的情况可能完全不同。

尽管有如此大的困难，油矿局还是提出了1942年要比1941年提高九倍产量，生产汽油一百八十万加仑（约合五千多吨）的宏大目标。翁文灏在后面坐镇指挥，孙越崎在前方冲锋陷阵，两人配合默契。1942年7月翁文灏还亲自到玉门，帮助解决困难。由于翁文灏用人得当，孙越崎和全局职工、技术人员拼力奋战，玉门油矿的开发迅速走上正轨，形成生产规模。1942年11月，一百八十万加仑的目标提前实现。

整个抗战时期，玉门油矿从无到有，从小到大，历经日机轰炸扫射，1941年的井喷大火和1943年的特大水灾等重重艰难险阻。1939年至1945年的七年间，玉门共实现钻井六十一口，其中最深者达九百余米，原油产量共约七千八百六十六万加仑，炼产汽油一千三百零三万加仑，煤油五百一十一万余加仑，柴油七十一万余加仑，此外还有石蜡等副产品。到抗战结束时，玉门炼油厂已能日炼原油五万加仑。这些产量在今天看来微不足道，可是在当时却给抗战增加了巨大的物质力量。“战时川、甘、陕、新及宁夏、青海部分区域，凡所用油皆赖其供应。”[①]特别是汽油多供给西北地区的军

延安的早期炼油设备

① 朱钊、穆爽：《解密抗日战争中的石油暗战》，《石油知识》2021年第4期。

事机关、公路局等交通运输部门，煤油、柴油则多销往重庆等后方城市。

经过数年的努力，玉门油矿不仅钻井、炼油生产规模初备，而且还盖起了干打垒的房子，在附近有水源的地方兴办了农场，还自己生产蔬菜、畜养牛羊，建立了医院，学校、剧场、茶社、浴室等，较好地解决了职工生活福利问题。老君庙附近一带成为一座沙漠中的城市。

抗战时期玉门油矿的开发建设，不仅生产出了大量的燃料、能源，有力地支持了抗击日寇侵略的伟大民族战争，而且它还培养造就了中国自己的石油工业队伍，为以后新中国石油工业的发展奠定了基础。

除了国统区的石油工业外，抗战时期的陕北，中国共产党也已经有了虽十分简陋但完整的石油钻探、炼制、运输的工业体系。

延安有石油的记录，在东汉班固的《汉书》和宋人沈括的《梦溪笔谈》中都有提及。相传清朝以前，延河边的石缝里就有油花冒出来，老百姓把它叫“黑水子”，可以点灯照明。1904年，延长县知县余元章通过陕西省巡抚曹鸿勋奏请朝廷试办起了“延长石油”。在20世纪初至1937年的三十多年间，虽经多次努力，但油田始终无大的发展，原油年产量长期徘徊在一二百吨左右。

1935年，刘志丹等率领的红军攻占了延长，接管了陕北油矿探勘处本部及延长区、延长石油官厂。同年10月，中央红军北上先遣队到达陕北，决定恢复延长石油厂的生产，以供应党中央机关和红军的需要。矿冶专家严爽被任命为延长石油厂厂长，高登榜为特派员（党代表），他们迅速组织恢复延长、永坪两地的生产，将永坪采出的原油用毛驴驮运到延长炼制，炼出了煤油、擦枪油、蜡烛、石墨等产品，供应中共中央机关和红军各部队。1936年2月，毛泽东视察了延长石油厂。

| 延长石油厂

七七事变后，国共两党第二次合作，抗日民族统一战线逐步形成，延长石油厂开始了新的发展。1938年2月，从上海到延安的产业工人陈振夏、胡华钦、王凯等受中共中央组织部副部长李富春派遣，到延长石油厂进行调查。当时全厂共有职工五十余人，只有永坪201井日产原油一百二十五公斤至一百五十公斤。

延长石油厂1938年7月改隶中共中央军事总后勤部军工局，厂长张永清和工程主任陈振夏发动职工，自力更生，艰苦奋斗，克服设备器材缺乏的困难，把分散的器材收集起来，经过整理、组装、配套，继续钻探。首先加深永坪204井，获日产原油200～250公斤，全厂原油产量增加1.6倍以上。为减少运输工作量，将延长炼油炉拆运一台到永坪，就地提炼原油。1940年春开钻19井，至冬季钻遇油层，日产原油一万六千吨，为进一步发展打下了基础，被称为“起家井”。

1940年冬，军工局派工程师汪鹏到延长石油厂负责地质工作。汪鹏毕业于清华大学地质系，七七事变后到延安。他到厂后，认真整理分析资料，仔细研究老井的地质和生产情况，开展区域石油地质调查。他骑着马，带着一个罗盘、一个地质榔头和一张一比五万的地质图，在西起安塞、东至黄河长达一百五十余公里的延河河谷，进行地面地质调查和大面积的测量工作。对于过去群众报告过的七里村油苗区域，他认为存在向西南和西北倾斜的地层，到七里村河谷形成了一个状如鱼背的不对称小背斜。这一发现成为进行钻探的依据。陈振夏担任延长石油厂厂长后，1941年12月决定在七里村构造进行钻探，汪鹏提出五口井位。在边区政府和八路军的大力支援下，延长石油厂职工积极采取措施，修旧利废，将磨秃了的钻头、管钳、钢丝绳及锅炉和柴油机等修理好，自制螺丝和配件，把钻机配成套。同时，抓紧进行钻前准备工作。

在群众的支持下，修路、平井场、盖宿舍等任务如期完成，钻机很快就位安装。1941年6月，七里村构造钻探工作开始。最先钻探的七1井，至秋季先后在井深35.35米和79.46米钻遇油层，日产油一至两吨，发现七里村油田。随后开钻的七2井、七3井也相继钻成产油。而钻七4井产油不多。为了增加产量，延长石油厂职工积极钻研，大胆探索，革新生产技术。封堵水层用的套管，是八路军缴获的日军山炮筒。在堵水过程中，厂领导和技术人员、工人一起研究，经过多次试验，创造了“空中套井法”，封堵成功。当加深至87米时，发生强烈井喷，喷出的油柱高达数丈，强行完井投产，获得高产。钻获这样高产量的油井，在延长油田开发史上尚属首次，轰动了陕甘宁边区。

随后又加深七3井，获得自喷，日产原油十一万六千吨。两口高产油井的钻获，使1943年的原油产量达到一千二百七十九吨，创历史最高水平。炼油工人加强提炼，两套炼油釜昼夜开工，改敞口小火脱水为加盖大火脱水，由过去的三天炼一釜改为一天炼三釜，炼油量比过去提高5.6倍。试验炼制黄油获得成功，边区黄油开始自给。

在艰苦的抗日战争年代里，延长石油厂1939年至1946年共生产原油三千一百五十五吨，经加工生产汽油一百六十三吨、煤油一千五百一十二吨，蜡烛五千七百六十箱，以及蜡片、擦枪油、凡士林、油墨等产品，供应中共中央机关、八路军总部和前线各部队，满足了陕甘宁边区的运输、照明、印刷等需要。特别是边区政府各部队等单位的照明用油，军委的电台用油和八路军后方兵站的运输用油，都得到较好保证。此外，还以部分产品换取大量布匹和其他物资，实现了毛泽东1942年12月在陕甘宁边区高级干部会议上提出的“增加煤油生产，保障煤油自给，并争取部分出口”的指示，直接支援了抗日战争。①

延长油矿职工的贡献，得到了陕甘宁边区政府的奖励。毛泽东、朱德奖给延长石油厂每个职工一枚铸有“西北油矿”四个大字的奖章。1944年5月25日，在陕甘宁边区工厂厂长暨职工代表会议上，陈振夏被授予“边区特等劳动模范”称号，是中国石油工业的第一位劳动模范。会议期间，毛泽东挥笔为陈振夏题写了“埋头苦干”四个大字。

石油勘探与开采是非常专业的科学活动，抗战时期中国石油工业的发展，离不开一众石油专家的辛勤努力。

---

① 宋鹏：《苦干实干溯源》，《石油知识》2017年第3期。

抗战中，众多的石油专家虽然没有走上抗日前线，和日本侵略者面对面进行浴血奋战，但在一滴石油一滴血的能源生死战中，他们在特殊的领域用自己的生命和热血支持着抗战——或在敌占区默默抗争，或埋头学术研究和著述，或投身实业为前线输送能源……用行动证明他们不仅是中国石油工业的脊梁，更是与中华民族同呼吸共命运的一分子。

第三章　纵横贯通——交通抗战

交通是国民经济及社会生活的“命脉”和“经络”，本就在国防中占有举足轻重的地位。20世纪30年代到40年代，军事交通线更成为中国军民打赢战争的重要保证。全面抗战爆发之后，中国之所以能够在大后方苦苦支撑八年，除全国上下齐心协力、誓死抗战的决心外，来自海外的物资补给也是一个不能忽视的原因。在日军利用制海权和制空权严密封锁中国的情况下，通向海外的交通线就成为名副其实的“抗战输血管”。不仅如此，抗战期间国内的大量军事活动及工业生产，如果离开了交通运输也是无法想象的。因而，抗战期间中日双方围绕着交通运输线展开了殊死搏斗：中国竭尽全力建设并确保它的畅通；日本则动用大量军事力量想尽办法企图摧毁之。广大中国人民为巩固军事交通阵线作出了巨大的贡献，将永远被历史所铭记！

第一节　凿通西北

20世纪30年代，高度发达的工业和技术改变了战争形态。以大消耗、大毁伤为典型特征的机械化战争形态日渐成熟，对作战保障提出了更高的要求。即使是实力强大的国家，也不可能拥有备战和进行战争所需要的全部资源，获得广泛的国际支援成为进行战争的重要手段，国际通道就成为获取国际战略物资支援的重要一环。

卢沟桥上的中国守军　仍然配备着冷兵器

特别是中国这样的弱国，要在大战中生存下来并坚持到最后胜利，国际交通线具有重要意义。1939年，中国的工业总产值在国民经济总产值中仅占10%。[①]而且这些工业中还主要以手工业为主，工

① 徐豪：《抗战损失大调查》，《中国经济周刊》2015年第34期。

业上的落后，使得中国抗战在很多方面都依赖国际社会。据统计，全面抗战爆发前夕，中国的石油、钢铁、机械、车船等几类重要战略物资的自给率仅分别为0.2%、5%、23.5%、16.5%。一旦爆发战争，中国所需战略物资绝大部分需要从国外进口。中国的兵工厂大多只能生产步枪、机枪、手榴弹和小口径火炮，且生产能力不强。例如，1935年中国军队步枪弹药的库存量是一千万发，正在制造的有两千万发，共计三千万发，只可供应五个师月需的三分之二。[①]当时中国军队武器弹药的储量只能勉强维持三个月的作战。而同一时期日本不仅可以设计与生产性能先进的坦克、重型火炮、飞机和航空母舰，而且产能充沛，产量较高。

因此，全面抗战爆发后，中国要坚持下去，就必须从苏联、美国、英国、法国等国家进口大量武器弹药和其他军事物资，而畅通无阻的国际交通线则是物资输入的基本保障。

日本侵略者对中国抗战严重依赖外援这一致命弱点非常清楚。从战争一开始，就依靠强大的军事实力尤其是海空军力量，以军事占领和交通线封锁为主，经济、外交、军事等多种手段并用，企图切断中国与外部世界的全部国际战略通道，阻止战略物资特别是武器装备运入中国，达到困死中国的目的。

首先，日军陆海军配合占领中国沿海大中型港口，掠夺和破坏中国的海上运输船舶。中国沿海有大连、天津、青岛、连云港、上海、广州等大中型港口，交通较为发达。日军在全面侵华战争爆发后，立即对这些港口进行分割包围和占领，切断了中国与海外的大部分联系。而后，日军封锁中国全部海岸线，拦截、检查海上往来

① 杨晓辰、吴京昴：《抗战期间中日军队实力对比：武器装备差距惊人》，澎湃新闻2015年8月15日。

船舶，以杜绝武器和其他物资从小型的港口输入中国。至1937年9月5日，日本海军对几乎全部中国海岸线实施了封锁，并成立了专门执行封锁任务的舰队。不断加强海上封锁，使中国几乎难以通过自己的港口或船只，从海上通道获取重要的战略和军事物资。与此同时，日军以航空兵轰炸中国的国际铁路、公路、海港、机场，企图阻止国际交通线的通行。

日军侵占下的定海港

另外，日军还组织海、陆、空力量联合作战，实施大规模的切断中国重要交通线的军事行动。例如，日军先后发动过切断桂越交通的南宁战役（1939年11月）、占领华南主要港口的香港战役（1941年12月）、切断滇缅交通的缅甸战役（1942年1月）等。另外在中国沿海港口、岛屿进行的小规模切断作战更是难以计数。

面对日本的全面封锁，中国军民当然不会坐以待毙，而是想方设法积极开通和维护对外军事交通线。

其中，最早开通的当属中苏公路（又称西北公路或西北国际交通线）。中苏公路开通的背景是苏联政府对华援助政策的出台。苏联出于对日本法西斯扩张的警惕，以及避免东西两线作战的考虑，希望通过与中国合作来遏止日本的侵略，确保其东部领土的安全。而中国面对日本强大的军事压力，也迫切希望得到军事大国的援助。因此在1937年左右，中苏两国在这个问题上形成了共识。

1937年8月21日，《中苏互不侵犯条约》正式签订，同时就中国由苏联输入军火物资等问题达成初步协议。1938年3月1日，中苏在莫斯科商定了《关于使用五千万美元贷款的协定》：苏联给予中国总数为五千万美元的贷款，用以向苏联购买工业品及设备，年息3%，同年7月1日，中苏代表又商定年息3%的第二笔五千万美元贷款，分五年偿还。1939年6月13日，中苏代表再次商定第三笔一亿五千万美元的贷款，分十年偿还。这些贷款主要用于购买苏联军火武器。苏联以低于市价20%的价格供应中国急需的飞机、火炮、坦克及其他军用物资，中国以茶叶、皮革、猪鬃、羊毛、锡、锌、钨、铜、棉花、桐油、药材等物资抵偿。苏联同时应中国请求派出一批军事顾问和专家，帮助训练中国军队，甚至参与作战指挥等行动。①

那么，这些军用物资和军事人员如何进入中国，就成为关键问题。原先中苏之间在东北和华北都有陆路交通线相连接，从苏联远东的港口也可以通过海运向中国运输，但是日本发动侵华战争后，中国东北和华北很快沦陷，陆路交通断绝，而弱小的中国海军又根本无力守护海上航线，因此中苏之间原有的通道都无法继续运行了。幸而，中国西北地区与苏联有着漫长的边界线，这就为两国在这个方向重新开辟一条不受日军干扰的内陆交通线提供了有利条件。因

① 李成刚：《论抗战时期的中苏西北战略通道及其作用》，《军事历史》2015年第4期。

此，中苏国际交通线建设问题很快提上日程。

穿越大西北，建立内地与西域的联系，是中国人自古以来的愿望。公元前138年，汉武帝派使节张骞出使西域，去寻求可以帮助汉朝免受匈奴劫掠威胁的盟友。他们听说有一个大月氏国，被匈奴打败，向西逃去。如果能联合大月氏，夹击匈奴，便可一举消灭之。历经艰险，张骞与助手堂邑父经匈奴、大宛、康居到达大月氏。这次张骞没有搬来大月氏的兵，却全面了解了西域的政治和地理情况。公元前116年，汉武帝又派张骞率领三百多人的使团第二次出使西域。这次，张骞及使团的足迹到达了大宛、康居、大月氏、安息、身毒等国。这两次西行，使中国和中亚、南亚、西亚诸王国之间建立了直接的贸易往来关系，发现了一个外部世界的存在，掀起了一场文化上的革命。因此，张骞通西域的壮举被司马迁赞誉为“凿空”（即凿通）之旅。

不过，古人“凿空”的，充其量是人员和牲畜可以通行的小道，而运输现代战争所使用的武器物资，需要在骡马、骆驼运输以及人类肩挑背驮的基础上，又增加现代的公路运输和航空运输。

中苏公路具体地说，从苏联的萨雷奥泽克开车出发，向东经过中国的边境城镇霍尔果斯，穿过迪化、哈密，由星星峡沿河西走廊抵达甘肃兰州，全长近三千公里。①其中，苏联境内约二百三十公里，中国境内约两千六百九十五公里，包括两个路段：霍尔果斯至星星峡的新疆段，长一千五百三十公里；从星星峡至兰州的甘肃段，长一千一百六十五公里。不难看出，中苏公路的主体部分在中国境内。

1937年10月，霍尔果斯至乌苏古老的大车道上，板车辙印上

① 萨雷奥泽克，城市名，位于今哈萨克斯坦境内。

仿佛还回荡着赶车汉子的吆喝声；乌苏到星星峡则是一条简陋的低等级省内公路，根本不堪重装车队的重负。

中苏公路新疆果子沟段

此刻，在广袤的华北和淞沪水乡，中国军队将士们正在以一寸山河一寸血的悲壮与日寇鏖战，急需军事补给，大旱之下盼云霓，把先进的苏制武器星夜送至前线，成为最紧迫的任务。但是，如果等到中苏公路完全修好再运进物资，缓不济急。中国政府只得采用先行通车，将第一批物资由苏联起运，沿着古老的西北驿道驶往中国，同时抓紧时间打通公路的非常规办法。

西北公路沿途地理环境复杂险恶、道路崎岖，有地域广阔的戈壁滩、随风移动的流沙以及春夏间难以通行的沼泽地；不但要翻越海拔三千米的高山，也要穿过低于海平面一百五十四米的吐鲁番盆地。可以说，在环境异常恶劣、时间异常紧迫、设备异常简陋的情况下，开辟这样一条立体交通线，对于经济本就落后又处在战时的中国来说，几乎是难以想象的。

军情如火！明知不可为，为求民族独立，亦需为之。

为了尽快打通中苏公路，中国的新疆和甘肃都发起了大规模筑路行动。相比较来说，新疆段更为艰险。这一路段穿过沙漠地带和天山山区，海拔比较高，有些路段甚至修在海拔一千五百米到三千米的高山上。可谓要求高、难度大。除了修路之外，根据运输需要，新疆境内还需设立新二台、精河、乌苏、绥来、迪化、吐鲁番、鄯善、七角井、哈密、星星峡等十个接待站。

为开通中苏公路，新疆各界全部动了起来。1937年9月3日，新疆组织了主要领导亲自挂帅，各主要政府部门负责人参加的“转运抗战物资因应小组”，不到三天的时间里，拟定了三十多个大项建设方案，在总人口三百多万的新疆，紧急动员了各民族五十多万人的建设大军，相当于每七个人（不论男女老幼）里就有一人参与施工。

西北地区恶劣的自然环境，加之公路是边修建边通车的，甚至有的地方是先通车后修路，困难之巨大可想而知，但广大民众和士兵不畏艰险，以近乎“发疯”的状态投入工作，忘我地艰苦工作，全力以赴保障通道如期建成。

当时修路全靠人工，不少修路民众都是自带干粮，全家出动义务劳动。尤其在难度比较大的路段上，参加修路大会战的民众更集中。例如，霍尔果斯—果子沟一线有三万多名修路人员，迪化—达坂城—吐鲁番沿线有五万多，鄯善—哈密—星星峡一线也有至少五万名。这种场面不仅是新疆历史上，就是在中国历史上也是罕见的。为了中华民族的存亡，各族人民大团结的光荣传统在这里得到了充分展现和高度升华。

从霍尔果斯到古城惠远镇沿线，到处可以看到修路的锡伯族民众日夜奋战的身影。新疆锡伯族是东北锡伯族官兵西迁的后裔。锡伯族素来以好骑善射、剽悍骁勇著称，具有团结、爱国、勇敢的文化传统。

日本帝国主义侵占东三省的恶行，激发起了新疆锡伯族人民的反抗斗志，他们与全国各族人民同仇敌忾，希望早日打败日本侵略者。得知为了运输苏购物资而修路的消息，锡伯族民众表现出了高度的爱国热情，当地一万三千多人的族群，就有七千多人参加修路，除去老人、小孩、病患等不适宜重体力劳作者，可以说是几乎全部出动了，而且很多工作都是义务行为，只为了早日打败日本侵略者。锡伯族在世代戍边中凝聚起来的伟大爱国主义精神在中华民族的危难时刻得到了完美展现。

伊犁是哈萨克族的主要聚居地之一。伊犁果子沟，这个号称“死亡之谷”的地方是中苏公路的必经之地。1937年9月份，新疆伊犁山区已经堆满了雪。为了赶工期，至少有一万两千多名哈萨克族民众积极参加到修路工作中。他们以民族部落结构为组织形式，组成了六支修路大军，奋战在死亡之谷。在修建道路的同时，哈萨克族民众还成立了义务护路队，随时对道路进行护理和维修。

1937年10月，苏联首批抗日物资进入中国境内的前一天，果子沟一带下了一整天的大雪，第二天当庞大的车队路过这里时，人们发现了十三具义务护路的哈萨克族民众的尸体，他们都是在连夜清理积雪时冻死的。这一切让苏方驾驶员感动不已，为了举行追悼仪式，车队因此临时停车一个多小时。

除了广大当地民众外，还有一支战斗力极强的修路大军，这就是撤退到新疆的东北抗日义勇军。1931年九一八事变后，蒋介石寄希望于国联调停，结果东北很快沦陷。东北人民不甘心做亡国奴，

丨 新疆工程委员会工程专门教育班第一期毕业典礼

组织起抗日义勇军同日寇进行了浴血奋战。由于兵力和武器装备悬殊，一些义勇军被迫撤入关内，但是还有一部分在最北面活动的义勇军，因日军步步紧逼，不得不退往中苏边境。在这种情况下，这部分义勇军经过苏联西伯利亚，辗转进入中国新疆。

1932年冬，约两万名义勇军将士历经千辛万苦终于重新回到祖国的怀抱，受到新疆当局和民众的热烈欢迎。义勇军在离故土万里之遥的新疆“安营扎寨”，被改编为九个骑兵团和炮兵大队、战车大队、工兵队、通信队、教导团，分别驻守新疆广大地区；另外以东北抗日义勇军为骨干，组建了喀什、和田、阿勒泰、塔城四个边卡大队。

得知要打通中苏国际交通线，这些做梦都想打败日本鬼子、杀回东北去的义勇军将士激动得热泪盈眶，纷纷请缨参战，有的部队上至团长下到士兵，人人都写了血书，要求承担最艰巨的修路任务。迪化向东三十多公里的干沟和达坂城一带是有名的“百里风区”，由于作业条件简陋，生活艰苦，不少官兵在这里献出了生命。

仅为拓宽干沟一带的盘山公路，就有三十五人在爆破作业中被炸身亡。在玛纳斯、达坂城、哈密、星星峡等地段，最艰巨的任务都是由东北抗日义勇军官兵当主力打头阵。据史料记载，仅工兵队就有一百五十多人倒在了修筑西北国际大通道的路上。一位义勇军军官写道："义军西征尚未还，满洲儿女遍天山；筑成公路三千里，军援源源入玉关。"

中苏公路上的装备运输车队

除了从苏联萨雷奥泽克起，自中国霍尔果斯入境，过乌苏、绥来至迪化，再通往星星峡的道路外，新疆境内的中苏公路还有一条辅道：从苏联阿亚古斯起，自中国巴克图入境，过塔城、额敏、托里，经乌苏至迪化（以后合并于前一条路线）。[①]这条路原是新疆与苏联之间的主要通道，苏联土西铁路建成，阿拉木图始为枢纽后，霍尔果斯进出口量大增，塔城的交通量才有所减少。在烽火连天的抗战岁月，这条传统古道承担了相当份额的苏联援华抗日物资的运输。

但是，自塔城到乌苏线路四百五十三公里，路况极差，而且沿

① 阿亚古斯，城市名，位于今哈萨克斯坦境内。

途山多沟险。为了保障交通线畅通，塔城驻军和各族民众齐心协力，用铁锹、十字镐、抬把子等近乎原始的筑路工具，年复一年地精心维护。遇到暴雨洪水阻碍，各县随即抽调人员和马匹，把运输汽车连拉带拖拽过漫漫河沟。护路民工抢修公路，开山架桥，都是自带工具，每天补助一斤口粮，没有一分工钱的义务劳动。

1943年2月，塔城有声望的人士恰古勒、巴特汉、斯汉三人接受行政长公署命令，发动民众分段修理垫平二道桥、石门子公路，十五天全部竣工。从1943年开始，塔城区用有限的人力物力，整修铺垫公路一百五十公里，修建中小桥梁长度达三百米。

无论风雪载途的严冬，还是烈日酷暑的炎夏，从苇沼丛生的巴克图、风暴雪狂的老风口，到荒无人烟的大戈壁，护路民工不舍昼夜，埋头苦干，用人拉、肩扛和畜力维护线路畅通，硬是用自己的血肉之躯把抗战物资运上前线，运输线路沿途的民众竭尽全力为苏联运输队备好铺盖、茶水、列巴（苏式面包）、马肠、火腿、西餐等，保证援华司机休息好、吃好。一位当年参与其事的工程师曾感慨地说：“这些踏踏实实、不求闻达的小人物、‘义民’，才是中华民族真正的脊梁。”

交通线的建设是系统工程，有了路还得有配套设施。例如，接待站和加油站就是通道的“补血站”。中苏公路中国境内共有二十个接待站和加油站，其中，新疆的乌苏接待站、玛纳斯接待站、奇台接待站、吐鲁番接待站、鄯善接待站、七角井接待站、星星峡接待站都是大站，接待能力在两百人以上，不仅可以保障人员食宿，而且还配备了澡堂和简单的娱乐设施，尽最大可能地让车队人员放松身心，以良好的状态搞好运输。

中苏公路中国境内的两千六百九十五公里路程，是由新疆和甘肃两段连接而成的，缺一不可。

1937年10月，首批购自苏联的物资已经开始起运，甘肃段道路的抢修也迫在眉睫。国民党政府甘肃省主席贺耀祖以省府名义组织了甘新公路工程总队具体负责施工，同时组建甘新公路督办公署。

督办公署下设工程处，聘请东北大学毕业的土木工程师罗永忱、郑恩荣等十余人开始设计，首先全力修建原大车道使之勉强通车，然后拟定了三期修建计划分期进行修建。

中苏公路上的车辆与乘客（车身有西北公路字样）

第一期于1938年4月开始，设立七个公路段，各段在施工之前先要进行测设，然后按照测设的标准进行修建。例如，玉门至安西一段原大车道在疏勒河以南，修建时将其线路移至疏勒河以北的戈壁滩上，施工过程中桥涵较少，进而工程简易。第二期从1938年8月开始至1939年11月为止，工程处重新设立三个公路总段负责修建，主要修建桥涵、铺筑路面和路基石方。第三期工程，从1940年3月开始至12月结束，主要改建、增建桥涵，继续铺筑路面。经过修建，甘新公路的工程技术标准为路基宽九米，路面三米以上，全线共修桥涵八十一座。此外，还在公路沿途种植树木以保护公路，据1947年时统计有行道树一万六千棵。

修好后的甘新公路还设有六十一个道班，每个道班以十五至二十人计，共有养路工人约一千至一千二百人。道工们使用的是铁锨、镐头、芨芨草筐等原始工具，保证着公路可以基本通行。

在甘新公路修建过程中，国民党政府的筑路经费原本由第八战区长官部转拨，但公路沿线各县也筹措了相当一部分。

中苏公路甘肃段沿途广大民众为整修道路作出了巨大贡献。例如，武威县境内一段全长仅八十三公里，就有桥梁三十一座，计五十九孔三百八十米，此外还有涵洞二百四十四道。全路在老牛车碾压的土路基础上以砂砾铺筑为六米宽的汽车道。为修建这条公路，武威人民在荒原扎寨，风餐露宿，将铁锨、镐头、背篼、木轮大车、独轮车、骆驼、骡马等一齐使用。拆除了公路沿线的不少房屋，将椽子、檩子用于工程建设，工程需要的土方、石料、沙子均由各乡农民无偿提供。虽则如此，但沿途的民众为了全民族抗日战争的早日胜利，依然勤勤恳恳地修建着这条公路。

至1939年夏，中苏公路中国段完全竣工。全路共架设桥梁数百座，拥有众多的转运站、加油站、汽车修理厂和仓库。后来，这条公路进一步向东扩展到陕西咸阳，从而使公路总里程达到三千七百五十公里。在辽阔的西北大地，满载军火和其他物资的汽车，源源不断地沿着中苏公路从苏联进入中国。

近代以来，新疆社会动荡、匪患横生，中苏公路上运输的都是价值不菲的军用物资或农矿产品，特别是军火，往往都是价格高昂。尽管大型车队都配有一定的武装护卫，但在巨大的诱惑面前，垂涎不止的各色土匪还是千方百计袭击公路、抢夺物资，对这条重要的战略通道造成了很大威胁。于是，劫掠者和守护者之间激烈较量的序幕也随之拉开。

黄埔军校第9分校

黄埔军校第9分校（驻地乌鲁木齐）第15期通信科学员王建堂老先生就参加过北疆剿匪的战斗。当年，学校派遣包括他和同班十几名同学在内的两百多人，组成黄埔军校第9分校校团，配合新疆驻军展开剿匪，最终击溃了土匪主力，有力保证了中苏公路的安全畅通。抗战期间曾任第191师少校参谋的张皞曾驻守新甘交界地区。他回忆说，土匪常将扎轮胎用的三角钉撒在公路上，还拥有步枪、地雷等武器，不仅杀人越货，甚至敢于袭击沿路驻扎的小股守军，十分猖獗。为了确保这一段交通线的通畅，他们付出了不小的代价，多名官兵在与土匪交火和排雷过程中牺牲。

当然，对中苏公路的日常养护也是必不可少的。那时有一首打油诗这样写道：“一去二三里，抛锚四五次，修理七八回，八九十人推。”虽有夸张调侃之意，但道路通行条件差导致车速慢、耗油大、易故障等问题，也的确令司机们头疼不已：假如一天一夜能够不出问题跑一百六十公里，就算是很幸运了。漫长的中苏公路上，养护力量却十分薄弱。在极其艰苦的条件下，为数不多的公路养护职工在戈壁山岭中默默坚持，尽力维护着运输线路的畅通，中国抗战的历史丰碑上也应该有他们一席之地。

中苏公路的主体是公路，但并不仅限于公路。在这条陆地交通

西北航空处后勤部工程大队证章

线的上空，还有一条基本重合的空中交通线。全面抗战开始后，中国的国防力量面临巨大的考验，地面作战部队缺乏充足的补给，作战飞机面临着更加严重的困难。《中苏互不侵犯条约》签订后，苏联同意向中国提供军用飞机。为了尽快从苏联接运飞机参战，当时采取了两种运输方式，一是将飞机拆解为零部件装车运输，二是直接由苏联飞往中国。同公路运输一样，飞机转场要通过相对固定的航线，因而就需要在修建地面交通线的同时开辟一条空中航线。

航空站是空中运输的节点。根据运输要求，在新疆境内要新建和扩建伊宁、乌苏、奇台、迪化、哈密、塔城六个航空站（机场），以提供往来飞机和人员的接待保障。其中，伊宁、迪化、哈密三个大的航空站，由苏方技术人员依据苏联战斗机、轰炸机起降的技术性能要求提供建设方案，中方组织人员施工；乌苏、奇台、塔城航空站，依据前三个航空站建设标准要求进行，由中方全面负责。西北航空处后勤部工程大队等单位参与了建设工作。伊宁、迪化和哈密航空站在9月5日开工，到9月28日前投入使用；乌苏、奇台和塔城作为备用航空站，9月8日开工，同样于28日前投入使用。在这么短的时间内同时完成六个航空站的建设任务，就是在今天看来，也是挑战极限的任务。新疆人民以坚忍不拔的精神，如期完成任务，创造了中国航空建设史上的奇迹。

2015年，本书编者之一蒲元在新疆经过四次实地寻访，终于在乌苏以东十余公里处今奎屯市西南独克公路与奎屯河之间的戈壁滩上找到了乌苏航空站遗址。该地现为新疆生产建设兵团第7师第131团水工连所在地。

当地史料这样记载道："1937年底，乌苏机场竣工，花费银两一百一十六万两，时任航站站长王连陆。当时乌苏机场建有房屋一百余间，约三千平方米，除办公室、车库、仓库外，还配有加油站和飞行员食宿设施。1939年，中苏航空公司成立，乌苏机场由中苏航空公司管辖，公司又为其补充了电台、气象观测和预报等设备。"

仅存的乌苏航空站营房

乌苏机场的扩建开始于1937年 10 月，当地气候已经相当寒冷，民众用开水和泥，修建机场设施，夜晚就支起牧民的毡房作为临时房舍休息。戈壁地经过平整后成为简易跑道。21世纪初，奎屯记者刘江等人寻访乌苏机场遗址时看到："机场中心地带现在已是中铁一局的轨排基地……由于所需石料太多，地面已被挖下去几米深，从断面望去，多是大小均匀、参差有致的青色圆石，石质一看就非常好。由此也可以看出，乌苏机场的地质地基非常好。”从这段话不难推断，在没有任何大型工程器械的情况下，乌苏民众一定是花费了无数心血才修建出如此一座合格的机场。1937年11月，首批苏联飞机在乌苏机场着陆。繁忙时期，机场甚至多达数十架飞机。数十名乌苏民工在机场装卸物资、送水、送柴，作后勤保障。乌苏民众为开辟和维护西北空中国际交通线的畅通作出了重要贡献。

蒲元前往乌苏机场遗址考察时，机场跑道和主要建筑均已无存，根据当地居民指点，还有一座当年的机场营房尚存。在一座被居民当做杂物储藏间的营房遗址中，蒲元看到房屋墙壁内嵌着巨大圆形空心物体，不知是何物，在北方农村民居中从未见过，惊讶之余隐约感到可能与取暖有关。后来在《奎屯地理》书中看到《奎屯的机场》一文这样写道：“在房间里，最叫我们称奇的是保存完好的苏式壁炉，厚铁皮做的，粗大，直通屋顶。”

除有壁炉的一间外，乌苏机场遗址残存的其余营房屋顶均已坍塌，但是有些房屋的墙壁还竖立着。在一面残壁顶部，蒲元看到三根垂直排列的粗大木头，应该是原先的房屋梁架，在其下端露出一个月饼大小的铸铁物体，估计是用于固定木梁的紧固件。考虑到这座房屋已经倾塌无人居住，蒲元便请人将三根木梁锯断，不料取出的竟是一根超大号螺栓。这枚螺栓为铁质，头部为圆形，全长90厘米，螺杆直径3.5厘米，螺杆尽头旋有螺母一枚及垫片两片。经询问当地居民和文保工作人员，乌苏本地不曾见过此种建筑零件，而这批营房自中华人民共和国成立以后亦从未进行过整体翻修，因此这枚超级螺栓可以肯定是抗战时期修建乌苏机场营房时所用之原物。尽管它黑黢黢的很不起眼，却是那个山河破碎举国御侮时代的一个缩影。

在新疆中苏公路的诸多航空站中，哈密航空站的建设可称得上

乌苏航空站营房铁质建筑构件

最有代表性。哈密西连乌鲁木齐，东接兰州，扼河西走廊通新疆的咽喉，是中苏公路上的一个重要中转站。起初苏联飞机是在阿拉木图经中苏两国负责人检查试飞后，直接飞往中国。但当时歼击机因体积小，续航能力差，不适于长距离飞行，且大部分飞机没有无线导航系统，只能依靠地标飞行，通过天山时气候恶劣，容易发生坠机事故。所以，从1938年夏天开始，轰炸机和少量急需的歼击机由中苏飞行员直接驾驶经阿拉木图—伊犁—乌苏—迪化（或奇台）—哈密—酒泉，飞至兰州；同时大量的援华飞机零部件在哈密组装调试好后，再经酒泉飞抵兰州，然后分配到各战区。哈密航空站因此升级为航空基地。

早在1929年，哈密就建成了一个小型机场，曾是欧亚航空公司的飞机加油站。[①]但这个建在城北约三公里处的戈壁滩上的小机场，

① 欧亚航空公司，中国最早的国际航空公司，1931年3月成立，总公司设于上海。

| 哈密航空基地航站楼

设施简陋，跑道凹凸不平，根本无法满足军用飞机起落的要求。为了将哈密航空站扩建为航空基地，中苏双方都派出工程师参与规划设计和领导施工工作。

由于客观条件的限制，机场跑道的改造只能是将地势较高处挖平、低凹处或沙土地段用黄土垫高夯实。飞机在这样的跑道上起飞降落时，扬起的沙石高达数十米，起飞时要从上风口处发动，防止吸入大量沙尘损坏发动机。尽管建设的标准不算高，但工程量却不小。为了尽快建好跑道和其他设施，哈密当地机关职员、农民、城市居民、学生等四五百人，自带工具参加工程建设。在不到一周的时间里，一条长一千米宽八十米的简易跑道抢修成功，还建成停机坪一处，可停放飞机十多架。

到1938年，哈密基地又建成轻型轰炸机停机棚六座，战斗机停机棚十二间，虽全部是土木结构，却已经可以满足基本的停放需求。

同时，还修建了存放武器弹药的仓库，存放汽油、润滑油、黄油等的油库，以及飞机配件库房、修理厂房、宿舍、办公室等各类设施。修建过程中，大部分材料就地取用，木材、土坯是从哈密四乡运来的，有民众还将自家的土坯无偿献给政府。

哈密的各族民众同技术人员，克服重重困难，不分昼夜地忙碌在工地上。为了及时完成任务，数千人的施工队伍采取三班倒的方法，二十四小时不间断地施工。有时一天就吃一顿饭，最紧张的时候甚至连吃饭的时间都没有。不少中方技术人员一干就是几个通宵，经常有人因为劳累过度而晕倒和休克。

除了飞机转运之外，大量军事物资也是由苏方运至哈密，再由中方人员从这里运到兰州。故而，当时的哈密已成为中国抗战初期中苏公路上最重要的站点，而这一切都是建立在无数军民的默默奉献之上的。

在新疆各界积极修筑交通线的热潮中，也活跃着一大批中国共产党人的身影。早在全面抗战爆发之前，应新疆地区领导盛世才的邀请，中国共产党派出了一大批优秀分子到新疆各级组织和团体担任职务。确保西北国际交通运输线的畅通，也成为中国共产党人在新疆的一项极其重要的工作。新疆各地的共产党员无不积极参加到修路相关工作中，并以各种方式发动各族民众筑路护路。在新疆开展这么浩大的工程，除了组织动员人力外，还有经费保障问题。当时国民党政府答应保障经费，但需新疆先行垫支。

短时间拿出如此大额的巨款，这对经济落后的新疆来说，是一个巨大的考验。此时主持新疆财政厅工作的是共产党员毛泽民。毛泽民要求涉及国民党政府中央运输委员会的公文，要优先于其他一切公文，随到随办，不分昼夜。他带领新疆财政系统，采取了一系列增加财政收入的改革措施，为保障工程建设提供了最大限度的经费支持。新疆境内中苏公路的主要费用，例如陆路建设维修费用，境内所有接待站的建设维修费用，头屯河飞机修配厂的费用，包括途经交通线的中苏双方工作人员的接待费用，都是由新疆财政垫支保障的，实际上这些费用国民党政府最后并没有支付兑现。

1939年5月12日出版的《新疆日报》发表了文学家茅盾的《筑路歌》：

领：嗨呼杭育，
大家一齐用力。
合：不怕高的山，
不怕无边的戈壁，
不怕风霜雨雪，
我们——为了新疆的建设，
嗨呼杭育，
大家一齐用力。

这首《筑路歌》就是西北各族人民建设国际交通线最真实的写照。

日本深知这条国际交通线的战略意义，对其恨之入骨，一直企图切断该通道。日军策划和实施了多次进攻作战，以平绥线为主要路线进攻中国西北。中国军队在傅作义的领导下，坚持绥西抗战，取得了奇袭包头、会战绥西、会战五原等大捷，堵住了日军沿蒙古草原西进的路线。在地面进攻的同时，从1937年冬到1941年秋，日本飞机以包头和运城两个机场为主要基地，对中苏公路的终点兰州及其附近区域进行了长达四年的空中作战，造成一定的麻烦，但在中苏两军的反击下，日军的空中轰炸始终无法切断这一国际线路的运行。

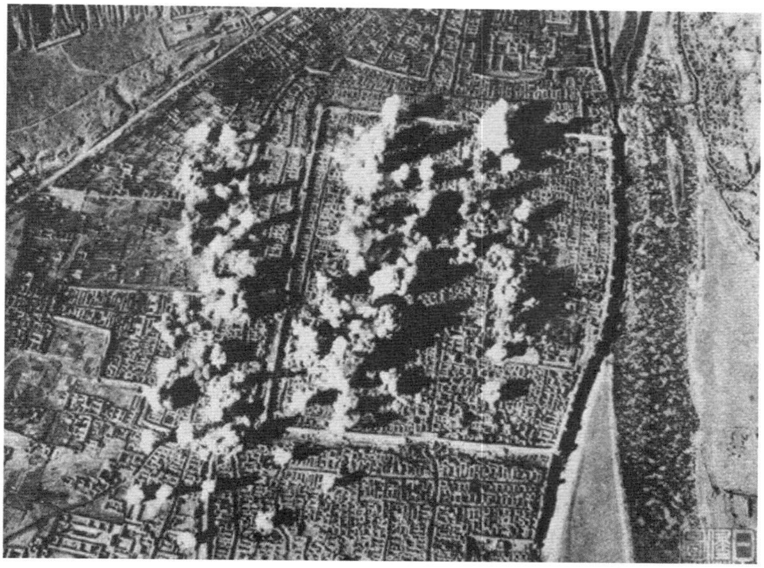

1939年12月日军轰炸兰州

日本在军事手段不能奏效，且在张鼓峰和诺门罕两次败于苏军的情况下，于1940年10月制定了《调整日苏邦交要纲草案》。1941年3月，日本外相松冈洋右出访莫斯科，与斯大林、莫洛托夫进行会谈。4月13日，双方在克里姆林宫签署《苏日中立条约》。

《苏日中立条约》签订后，苏联停止了对中国武器的供应，中苏公路的大规模运输就此告一段落。

尽管如此，这条由西北各族民众同心协力修筑的陆地和空中援助通道，从1937年10月一直通行到1941年4月，相比抗战时期其他几条国际交通线，这一条线是“中国境内延伸距离最长，运行时间最长，也最安全的国际交通线，成了关系到中华民族生死存亡的生命线”[①]。

① 徐万民：《战争生命线：抗战时期的中国对外交通》，广西师范大学出版社1995年版，第90页。

据中国方面统计，1937年至1941年，中国共向苏联购买各种飞机九百九十七架，坦克八十二辆，火炮一千余门，机枪五万余挺，汽车一千余辆。[①]这些物资大部分是通过中苏公路运进中国的。其中，飞机几乎全部是通过西北国际航线进入中国的，抗战初期中国空军损失巨大亟待补充，这批苏制战机的到来具有重要意义。陆军武器方面，除坦克、大口径火炮等不适合汽车运载的重型武器由海运至香港、海防、仰光再转运至中国抗战前线外，其他大部分也都是由中苏公路运进的。从1937年10月至1941年6月，有四十个师的中国军队装备了苏制火炮，约五十个师配置了苏制枪械，特别是中国第一个机械化师也主要是由苏购军事装备组建起来的，这些装备对中国抗战起到了雪中送炭的作用。

例如，战史资料记载，1938年4月14日至6月6日，由苏联援助的苏制DP轻机枪、M1910马克沁水冷式重机枪下发到国民革命军预备第9师、第52师、第190师等部队。以上各部在随后爆发的武汉会战南浔战役中，于庐山西麓、东南麓及德安等地与日军作战。研究抗战史的江西学者李勇在庐山金官桥朱家山中国军队阵地遗址，曾经发掘出多枚7.62毫米口径苏制弹壳。部分弹壳底标为37、3B，意为1937年苏联乌里扬诺夫斯克机械制造厂平底铅芯轻尖弹。

2014年6月，本书编者蒲元、李波龙探访关爱陕西咸阳乾县梁村镇黄埔第7分校第18期抗战老兵陈生华，陈生华在讲述他在黄埔军校第9分校学习经历时，专门提到，“训练装备大部分是苏联给的，步枪比中式笨重，上子弹很困难，刺刀是三棱的。”可见，中苏公路的建设与疏通，不仅直接助力中国军队的作战，也为中国军事

① 尚季芳：《论西北抗战大后方的地位》，《历史教学（下半月刊）》2020年第5期。

研究抗战史的江西学者李勇发掘出的苏制弹壳 上下部分别有3B和37字样

人才培育工作尽了一份力。

中苏公路运输的并非仅只有由苏联输入到中国的物资，也有由中国交付苏联的抵债物资，靠运送军用物资的回程车辆拉走。据有关统计，从1938年到1941年，中国向苏联出口的主要物资有：钨、锡、锑共计近三万吨，桐油四千余吨，茶叶近三万吨，羊毛一万余吨等。其中钨、锑、锡等是制造现代化武器装备的重要战略矿产物资，意义极大。中国的矿产品和农产品等物资，客观上加强了苏联的国防物资保障能力，对于世界反法西斯战争具有积极作用。

输送进出口物资只是中苏公路的功能之一，它的另一项重要功能是保证人员通行。苏联的军事顾问和技术专家，基本上都是通过这条线路进入中国的。据苏联历史学家的统计，1937年底至1939年2月，苏联来华的各军兵种顾问及空军教官共三千六百六十五人，先后来华参战的苏联空军志愿队人员有两千余人。一些中国空军官兵还通过西北通道前往苏联受训。此外，不少西方人士也是经由中苏公路出入中国，进行外交和新闻采访活动的。

西北国际通道还是连接延安与莫斯科的桥梁。陕甘宁边区通过中苏公路获得了一些苏联物资。时任八路军驻兰州办事处主任的伍修权回忆说："当时苏共曾经支援我们一部分物资和军事装备，还运来一部分马列主义的中文书籍。这些物资通常是用汽车从苏联经新疆长途运来……"①据《谢觉哉日记》记载，1937年11月27日至1938年8月18日，经过八路军驻兰州办事处往返苏联的人员就有十二批，一百三十多人。②

综上不难看出，中苏公路的建设对中国在极其艰难困苦的条件下坚持持久战、消耗敌人有生力量中发挥了重要的作用。无论今天如何评估打通中苏公路对抗日战争胜利的作用，都不应该忘记西北各族人民为此付出的巨大牺牲和所创造的一系列奇迹，抗战胜利的史册上也将永载西北各族人民书写的坚韧不拔、可歌可泣的一页。

---

① 王慧君：《伍修权与八路军驻甘办事处》，《甘肃日报》2021年12月16日。

② 王惠宇：《第二次国共合作与西北国际交通线》，《长白学刊》2020年第5期。

第二节　打通抗战输血管

抗战期间，除了纵贯西北的中苏国际交通线之外，在中国的大西南，还有一条知名度更高，被誉为“中国抗战输血管”的军事交通线，这就是滇缅公路。滇缅公路修建的基础是中国背靠亚洲大陆面对太平洋的地理优势。除西北与苏联相连接外，中国在西南方向还与英国控制下的缅甸和印度毗邻。

从1937年开始，日本进入全面侵华的阶段。中国海上对外运输有被切断的危险，急需另辟一条国际交通线，以取得外援。由于铁路修建工程量十分浩大，公路修建首先提上日程。1937年10月底，国民党政府交通部次长王芃生到云南，同云南省政府共同商讨滇缅公路的修建工程，商定路线是：从昆明向西经下关、保山、龙陵到中缅交界的畹町与缅甸境内的公路相连接；再由缅甸的公路和铁路连接其最大的港口仰光，这样就可以将由海外购买来的各类物资以海运结合陆运的方式输送到中国境内。

滇缅公路云南境内全长九百五十九公里，由中国负责修筑。缅甸境内的道路已有一定基础，剩余部分经中方代表赴缅与英缅当局商定，由缅方负责。双方议定，以一年为期，各自将公路筑到边界衔接。

云南省政府决定将全路划分为东西两段，东段从昆明经楚雄到下关，长四百一十一公里，已在1935年初步修筑了路基，但路面、弯道、桥涵等还需要进行适当的改扩建；西段从下关向西经保山到畹町，长五百四十八公里，全部属于新建，此前供人交通的只有一条滇缅通商驿道。秦汉以来，滇西地区就与缅甸相通，中缅两国人民往来不断，马帮络绎不绝，但这些都是原始驿道，与现代化交通运输所需的公路完全不是一个概念。

丨 滇缅公路纪念碑

以中国云南省今天的行政区划来说，滇缅公路穿越了昆明市、安宁市、禄丰县、楚雄市、南华县、祥云县、大理市、漾濞县、永平县、保山市、龙陵县、芒市、瑞丽市等县市。主要穿越的大山大河包括螳螂川、绿汁江、龙川江、漾濞江、澜沧江、怒江等河流以及点苍山、怒山、高黎贡山等山脉。公路既要横跨高耸险峻的延绵山脉，又要在水流湍急、两岸悬崖峭壁的江河上筑路、架桥，还要面对每年夏季长达四到六个月的雨季。如此复杂艰巨的工程，完工通车的时限却只有短短一年。难怪有人在得知筑路的消息后就议论道："那么多的崇山峻岭，那么多的大江大河，即使徒手游历，也需要几个月的跋涉，才能完成旅行，更何况是劈山造路，过河架桥！"

1937年11月2日，滇缅路西段路线方案最后确定。国民党政府行政院拨款三百二十万元，下令云南省政府主席龙云，限期修通滇

丨全民参与修筑滇缅公路

缅公路，打通国际交通线。随即，云南省在保山成立滇缅公路总工程处，由云南省公路总局技监段纬主持工作。接着，在沿线成立了关漾、漾云、云保、保龙、龙潞、潞畹六个工程分处，分段负责管理和指导施工技术。次年2月，又设立功果桥桥工处，负责功果桥等桥梁建设。

滇缅公路修建事关国防军事及抗战前途，云南省政府高度重视。由于工期紧，任务重，经费不足，又无筑路机械，省政府确定按非常时期的义务工役制办法，除跨径一米五以上的桥涵由政府安排包商修建外，全部路基、路面土石方工程均由沿线各县组织民工义务承担，政府只给每公里两千元的微薄民工补贴。

1937年12月，工程正式开工。1938年1月至8月是滇缅公路施工的高峰期，全线施工人数平均每天五万多人，最高时达到二十万人，全部工程的整体参建人数则在三十万左右。

建设者们绝大多数都是来自邻近公路的各地农民，分属于十多个民族，包括彝、白、傣、苗、傈僳、景颇、阿昌、德昂、佤、回、汉等等。因大量青壮年男丁入伍参战，云南广大妇女成为修建大军的主力。美国人尼克·史密斯与美国驻昆明领事馆领事保罗·梅耶曾乘车沿滇缅公路到缅甸，看到在一个地方有三百多名修路工，他们写道“最令我们奇怪者，是其中有差不多相等人数的女工”。实际上，修路队伍里儿童、老人也很多，有些家族甚至是祖孙三代人都参加了筑路。

妇女带着孩子敲石筑路

当时中国的施工条件极其落后，滇缅公路沿线的滇西地区更属偏远，勿论先进的施工手段，就连修筑公路的基本机械如推土机、钻机、压路机等都没有，全由民工自带家中的刀锄锤钻来工作。开山筑路，肩挑人扛，劳动强度极大。

十二岁参加滇缅公路修筑的朱凤儒老人，至今还清楚地记得当年公路的施工流程：“翻毛路，把要挖的路面上的树枝清理掉，刨出树根来，然后挖毛路。毛路完成后就挖石头，大的石头要几个人抬。石头挖出来用大锤敲，敲成公分石，敲了以后码起来，堆好等验收委员来验收。验收委员说‘可以啦’，就把公分石铺在路上，用大碾子碾压。”

还有一位八岁就随父母一起来到工地的辛文荣老人，当年参与了瓦窑大桥、永保桥等的修建，他回忆道：“当时仅我们瓦窑就出动了好几百人。没有大机器，大家拿着锄头、撮箕、大锤和錾子干，在工地吃住。我当时年岁小干不了重活，就帮着大人敲石头。”“修路费时费力不说，工人还经常受伤。”

当年十五岁，后来成为抗战军人的腾冲人许本祯回忆滇缅公路工地场面：“当时修土方没有机械，完全用人挖，当时修路就像接龙一样，各个民族的人都有，还有裹着小脚的女人背着小孩来。工地不是战场胜似战场，爆炸声、坍塌声、哭声、叫声……”

滇缅公路的修筑本来就面临施工设备落后、生活待遇太差、劳保措施缺乏、地势艰险、气候恶劣等不利因素，而某些政府官员的腐败则又加剧了情况的恶化，为此修路人员付出了惨重的伤亡代价。

在1937年底至1938年底的《云南省政府公报》中，每月都有筑路民工死亡的记载。据统计，整个滇缅公路云南段建设过程中，因伤因病而牺牲的民工一千六百六十七人，伤残人数达三千三百三十四人，共计五千余人。其中包括沙伯川、杨汝光、王纪伦、李华、潘志霖、杨汝仁、张文远和陈昭等八名技术人员。[①]因伤亡主要发生在下关至畹町五百多公里路段中，因此几乎是平均每修筑一公里道路，就要伤亡九人以上。

用最原始的方法运送筑路物资

爆破、开山、坠崖、落江、坍塌、疾病……

① 中国政协西南文史资料协作会：《抗战时期西南的交通》，云南人民出版社1992年版，第114页。

各种不可预知的因素随时都会夺走筑路者的生命。由于伤亡频发，几乎每名参加修路的民工都目睹过身边人死去。当年十五岁的李洪顺就目睹了一场塌方惨剧："那个山岩边，人们在挖路，突然塌下来，捂死好些人。"滇缅路上有多达三百七十座桥，很多桥都有不平凡的来历和不忍回视的血泪史。可以说，滇缅公路几乎每座桥下都埋有建设者的尸骨。

当年，《大公报》记者萧乾花了三个月的时间深入滇缅公路修建工地，写下了《血肉筑成的滇缅路》的文章，文章中记载了多则小人物的感人故事，记叙了滇缅公路建设中惊心动魄的人物和事件。为了让读者最真切地体会中国民众在修筑滇缅公路中所作出的巨大奉献，本节节选萧乾文章的两个片段。

历史的原料[①]：

龙潞段上有位老人，年纪已快六十了，带着儿孙三代，同来修路。放工时，老先生盘膝坐在岩石上，捋着苍白胡须，用汉话、白族话对路工演讲这条国防大道的重要，并引用历史上举国反抗暴力的事迹。他不吸水烟筒，但喜欢闻鼻烟。生活是那样苦，他却永远笑着。他是用一个老人的坚忍感动着后生。在动人的故事中，这是唯一不令人听完落泪的了。到了保山，我才知道连这位老头儿也为瘴气摄去了。临死，他还望了望那行将竣工的公路，清瘦、满是皱纹的脸上，浮起一片安详的笑容。

沿途我访问了不下二十位"监工"，且都是当日开天辟地的先驱者。追述起他们伙伴的惨剧，时常忍不住淌下泪来。干活太疲倦，因昏晕而掉下江的；误踏到炮眼上，崩成粉末的。路面高出山脚那

① 陈光俊：《滇缅路：血肉筑成抗战路》（第一辑），云南人民出版社2019年版，第70、71页。

么多，许多人已死掉，监工还不知道，及至找另外的尸首时才发现。像去年4月25日，腊猛梅子菁放工资时，因道狭人多，竟有路工被挤下江去。等第二天又有人跌下去时，才在岩石缝隙发现早先掉下去的。

| 滇缅公路老虎嘴今夕

残暴无情莫过于黑色炸药，它眼里没有壁立千仞的岩石，更何况万物之灵可是不经一锤的人！像赵阿栓明明把炮眼打好，燃着。他背起火药箱，随了五个伙伴说说笑笑地往远处走了。火捻的延烧本足够他们走出半里地的，谁料他背着的火药箱装得太满了，那粉末像雪山蛇迹般尾随在他们背后。轰地一声，岩石炸裂了，他们惬意地笑了。就在这时候，火却迅速地沿了那蛇迹追踪过来，而且直触着了他背着的火药箱。在笑声中，赵阿栓同他的伙伴们被炸到了空中，然后落下江心去了。

更不容埋没的是金塘子那对好夫妇。男的打炮眼，一天挣四毛，女的三毛，工作是替他背火药箱。规定每天打六个炮眼，刚好日落西山，双双回家。

有时候我们怪马戏班子太不为观众的神经设想，而滇缅路上打炮眼的工作情形如果被心灵脆弱的人看到，也会马上昏厥的！想在一片峭岩绝壁上硬凿出九米宽的坦道，那不是唾手可成的。打炮眼的人是用一根皮带由腰间系住，一端绑在崖脚的树干上。然后，人如桥上的竹篮那么垂挂下来。挂到路线上，便开始用锤斧凿眼。仰头，重岩叠嶂，上面是乔木丛草，下面江水沸锅那么滚滔着，翻着乳白色的浪花。人便这样烤鸭般悬在峭壁上。待一锤锤把炮眼打好，这才往里塞炸药，须再覆上一层沙土，这才好点燃。人要像猿猴般即刻矫健地攀到崖上。慢了一步，人便与岩石同休了。

那一天，这汉子手也许特别勤快。打完六个炮眼，回头看看，日头距峰尖还老高的，金黄色的阳光洒在大龙竹和粗长的茅草上，山岚发淡褐色，景色异常温柔；而江面这时浮起一层薄雾，一切都在鼓励他工作下去。

“该歇手了吧！”背着火药箱的妇人在高处催着他。她本是个强壮女人，但最近时常觉得疲倦，一箱火药的重量可不轻呢！

他啐了口唾沫，沉吟一阵。来，再打一个吧！

这“规定”外的一个炮眼表征什么呢？没有报偿，没有额外酬劳，甚而没人知道。这是一个纯朴的滇西农民，基于对祖国的赤诚而捧出的一份贡献。

但一个人的体力和神经的持久性毕竟有限，而自然规律原本无情，赤诚也不能改变物理因果。

这一回，他凿完了眼，塞完了药，却忘了敷上沙土。

轰地一声，没等这个好人爬远，爆炸了，人碎了；而更不幸的，火星触着女人的药箱，女人也炸得倒在崖边了。

江水还浩荡滚流着，太阳这时是已没山了，峰尖烘起一片红光，艳于玫瑰，而淡于火。

妇人被担到十公里外工程分段的茅屋里，她居然还有点微息。

血如江水般由她的胸脯肋缝间淌着，头发为血浸过，已凝成稍黏的饼子。

过好一阵，而且就在这妇人和世界永别的前一刹那，她用搭在胸脯上的手指了指腹部，哽声地说："救救——救救这小的……"

随后，一个痉挛，这孕妇仅剩一缝的黑眼珠也翻过去了。

这时，天已黑了，滇西高原的风在旷古森林中呼啸着，江水依然翻着白浪，宛如用尖尖牙齿嚼啃着这悲哀的夜，宇宙的黑袍。

有一天你旅行也许要经过这条血肉筑成的公路。你剥橘子糖果，你对美景吭歌，你可也别忘记听听车轮下面咯吱吱的声响。那是为这条公路捐躯者的白骨，是构成历史不可少的原料。

桥的历史[①]：

挖土铺石凭的还仅仅是一股傻力气，桥梁和崖石才是人类血肉的吞噬者。异于有钢架的火车桥，公路的桥梁时常是在不知不觉中便开过去了。有一天，也许你会跨过这已坦夷如平地的横断山脉，请侧耳细听，车轮下咯吱吱压着的有人骨啊！长城的修筑史已来不及搜集了，我们却该知道滇缅路上那些全凭人力搭成的桥梁是怎样筑成的。并不是"上帝说有桥，于是就有了桥"，每座桥都有它不平凡的来历。修胜备桥的桥基时，先得筑坝，把来势凶猛的江水迎头拦住。然后用田塍上那种水车，几十只几百只脚昼夜不停地踩，硬把江水一点点地淘干。然后还要筑围坝，最后下桥基。下桥基的那晚，刚好大雨滂沱。下一次，给水冲掉一次。这时，山洪暴涨了。为了易于管理，一千多桥工是全部搭棚聚住在平坝上的。江水泛滥到他们的棚口，后来侵袭到他们的膝踝。可怕的魔手啊，水在不息

① 陈光俊：《滇缅路：血肉筑成抗战路》（第一辑），云南人民出版社2019年版，第66页。

地涨，终于涨到这千多人的胸脯。那是壮烈凄绝的一晚：千多名路工手牵着手，男女老幼紧紧拉成一条受难者的链索，而对着这洪泛（液体的坟土！）绝望地哭喊。眼看它涌上了喉咙，小孩子们已没了顶，大人嚎啕的气力也殆尽。身量较高的，声嘶力竭地嚷：“松不得手啊！”因为那样水势将更猖獗了。——半夜，水退了。早晨，甚至太阳也冒了芽。但点查人数的结果，昨夜洪流卷去了三十四个伙伴。

如果有人要为滇缅路建一座万人冢，不必迟疑，它应该建在惠通桥畔。怒江在全国河流中踞势之险峻，脾气之古怪，读者或已闻名了……为了使桥身坚固，非使用栗木不可，十个月修桥，有半年时间都用在搬运木料上。如果栗木遍地皆是，自然就没什么神话意味了。然而栗木稀少得有如神话中的“奇宝”。它们长在蛮老凹（属龙陵），藏在原始的深山密林中。七八天的路程，摸着悬崖，在没人的鬼剑草丛中钻出钻入，崎岖得不可想象。半年来，有近百人经常在蔽不见日的古森林中，披荆斩棘地四下寻觅，砍伐下来，每天又有几百人抬运。好沉重的栗木啊！每十五个人搬运一根：七个抬，八个保驾。这样搬了一千根，才筑成了这座驮得动钢铁的桥。

筑桥自然先得开路。怒江对岸鹰嘴形的惠通崖也不是好惹的家伙，那是高黎贡山的胯骨。一百二十个昼夜，动员了数万工人才沿那段悬崖炸出一条路。那真是活生生一幅人与自然的搏斗图，而对手是那么顽强坚硬。一个修路的工头在向我描述由对岸望到悬崖上的工人时说：“那真像是用面浆硬粘在上面一样，一阵风就会吹下江去。”说起失足落江时，他形容说：“就像只鸟儿那么嗖地飞了下去。”随之怒江起个漩涡，那便是一切了。但这还是“美丽”点的死呢。惨莫惨于炸石的悲剧了。一声爆响，也许打断一条腿，也许四肢五脏都掷到了半空。由下关到畹町，所有悬崖陡壁都是这么斩开的啊！

一个没声响但是更贪婪的死神，是那穿黑袍的“瘴毒”，正如地府里有牛头马面，当地人也为这神秘病疫起了许多名称。如龙陵、芒市段的双坡、放马厂、芭蕉窝等地，据说是流行着：一、泥鳅痧——症相同一般发痧，腹痛，土治法是把胸脯刮出红筋，但红筋若翻过肩膀，希望便濒绝了。二、哑瘴——发烧，把手放到脑顶上都觉发烫，随后又发冷，渐渐神志昏迷，不能讲话。据说患者延至三天必死。三、肛疔——一位路工指导员曾染此症，症状是骤冷骤热，呕吐昏晕。死后发现肛门内有菜子状疹豆。四、羊皮痧——头疼，皮肤起红点，燃之以火，噼啪作响。及红点一黑，人即完事。另外，还有无数种神秘病症。总之，永昌以南的路工死于瘴毒的数目很惊人。如云龙一县即死五六百，筑梅子箐等石桥的腾越二百石工，只有一半生还。

虽然有些人武断地否认瘴毒的存在，直谓为“恶性疟疾”，而许多云南朋友又把这“如一股旋风，腾地而起”的“五彩虹氲”说得那么神秘。我不谙医学，不便妄作论断。但只要看看边地筑路工人的生活情形，即知死亡以种种方式大量侵入，原是极其自然的。这些老少英雄们很多是来自远方的，时常须走七八天的路才能抵达。他们背负了干粮（还有没粮可带的穷人，白天筑路，晚上沿门讨饭）。爬山越巅地走到工作地点，便在附近的山坳里扎了营。地势是低洼潮湿的，四面为巉岩围起。一路上，山箐里这些“棚”中腾起缕缕炊烟，棚子其实只有两根木棍作支架，上面散铺着树叶，低矮到仅容一个人“钻”进去。遇到阴雨，那和露宿实在分别不大，而赶工的时期刚好就在雨季。那小棚是寝室、厨房，又是便溺坑。白族路工炊饭的燃料是捏成饼形的牛粪。

这便是为烈日晒了一天的罗汉们晚上安歇的地方！

萧乾的这些文字，尽管是几十年前的旧作，但至今读来，仍让人心惊。

极其艰苦的工作环境并未吓住具有源远流长的爱国传统的公路沿线各族民众，他们纷纷踊跃投入修路，克服困难，忘我劳动，硬生生地用大锤、火药炮杆、十字镐等原始简陋的工具，一米一米地将公路向前推进，用血汗和生命筑起这条抗战之路。

在澜沧江畔料峭的高崖上，在怒江滚滚的急流上，在横断山的高树林中，一首高亢的《筑路励民歌》始终在蜿蜒的滇缅公路上空飘扬：

民众在怒江边修筑滇缅公路

“我辈当为难中难，竭力打开生命路，运粮利器到疆场。杀彼日魔，救我国亡！”[①]

滇缅公路施工沿线一些爱国官员也想方设法保障工程进度和质量。例如，龙陵县县长王锡光接到云南省政府在封套上贴着鸡毛的紧急命令，还有装着手铐的木盒一个。命令说：“分配该县之土石方工程，务在限期内完成。到期不完成者，该县长自戴手铐，来昆听候处分。”

龙陵县第八区潞江，由土司线光天兼任区长。按任务分配标准，龙陵县承担的公路修筑任务，潞江要负担四分之一。因为限期紧，

① 昆明市文化产业办公室编：《昆明三万年》，2015年版。

负担重，而且筑路民工是自带工具口粮，困难重重。王锡光亲临潞江拿出省府紧急命令和手铐给线光天看，并严肃告诉线光天，如果完成不了任务，“只好拉着你去跳潞江。”两人都心急如焚，寝食不安，召集有关人员日夜开会，派人各方动员。潞江土司署捐出一千多箩稻谷作主粮，殷实之家捐出两千元作副食费，供给潞江区的民工两餐伙食，免除他们自带口粮之苦，安心出力修路。王锡光忙于布置，甚至患了急症而致一只眼睛失明。

血肉之躯筑起滇缅公路

为鼓励民工修路，王锡光还特地作了一首滇缅公路筑路歌，让民工一面劳作，一面歌唱。歌曰：“修公路，大建树；凿山坡，就坦途；造桥梁，利济渡。裹粮携锄潞江边，哪管老弱与妇孺，龙陵出工日一万，有如蚂蚁搬泰山；蛮烟瘴雨日复日，食风饮露谁偷闲。总动员，追呼征逐荒园田，褴褛冻饿苦群黎，星月风尖度新年，一段推进又一段。死病相寻受颠连，飞沙走石轰石方，力已竭尽汗已干，伟大工程三百里，数月完成凭苦干。……兵员补充战疆场，胜利必须武器强，还要交通畅。努力打开生命路，出海通达印度洋。国际同情齐援我，军火运输畅通航。最后胜利确把握，驱逐强盗国土复，还我山河武穆志，坚定信念兴民族。”①

经过九个多月的艰苦奋战，滇缅公路的筑路大军用最简陋的设

① 歌词系1995年出土于永平县原县衙旧址的《修筑滇缅公路纪念歌石碑》所载。

备，完成了土方一千九百八十八万立方米，石方一百八十七万立方米，架设小桥五百二十二座，较大的桥梁，除功果、惠通两桥外，还有洱河桥、漾濞桥、胜备桥、小老河桥等。1938年8月31日，滇缅公路九百五十九公里路基全线修通，路面为泥结碎石面，宽度为五至十米。[①]11月，横越澜沧江跨径八十四米的功果悬索桥和怒江上改造的惠通铁索桥也先后建成。同年12月，第一批军需物资经滇缅公路运入昆明，至此，该路正式通车。

滇缅公路上的运输车队

滇缅公路的高速建成，是云南各族人民和筑路员工爱国热忱和辛勤劳动的结晶。在当时云南物质条件极其匮乏的情况下，为完成滇缅公路西段工程，云南人民确实付出了极大的代价，整个工程基本以纯人工开辟，血肉筑成的滇缅路也因此被誉为“中华民族生存力量的纪念碑”。在修筑条件极为艰苦的情况下，中国人仅用九个月的时间就完成这一宏大的工程，成为公路史上的奇迹，震动了全世界。

① 滇缅公路在中国境内九百五十九公里，分东、西两段，分别是：昆明至下关长约四百一十一公里，下关至畹町长约五百四十八公里。其中，东段道路1924年动工，最初设计为铁路，后因经费问题无法实施，改以按铁路路基修筑，暂先行驶汽车，以备将来铺设铁轨，行驶火车。后又为适合汽车行驶，路面加宽至九米。1935年通车。在抗战时为能适应大量汽车的通行，对东段道路部分路段又进行了改造工程。西段工程是1937年12月全面开工，次年8月31日完工。抗战期间滇缅公路的修筑，实际上主要指的是西段。

滇缅公路通车后工程依旧在继续。1939年至1941年间，云南先后动员十八个县人民二十七万人，对二十多条路基过狭、弯道过急、坡度过陡等行车困难甚至危险的路段加以拓宽或改线，并铺筑六十多公里的弹石路面；在畹町至保山的线路上铺筑一百五十七公里柏油路面。

这条穿过了中国最坚硬的岩石山区，跨越了中国最湍急的河流，蜿蜒上千公里的“用手指刻出来的公路线”，对于中华民族的生存是一条不折不扣的输血管与生命线。特别是1940年6月日军切断滇越通道之后，滇缅路成了西南国际运输的唯一陆上通道，战略价值无法估计。

滇缅运输中虽然存在着腐败和走私等各种问题，但巨大运输量仍然充分体现了它的极端重要性。据统计，仅在运输量并不很大的1940年6月，一个月的输入量就占全国当月输入总量的16%。1942年元旦至2月20日，在仰光告急的紧张情况下，滇缅公路在五十天中仍抢运物资五万两千吨，其中绝大多数都是抗战急需的汽油、兵工器材、药品等战略物资。毫无疑问，这些物资对增强抗日作战力量，缓解后方生产和经济方面的困难，都具有极其重要的作用。

滇缅公路不仅输入了大量中国抗战急需的战略物资，同时也输出了大量英美所急需的钨、铜、锡等有色金属以及桐油等物资。太平洋战争爆发后，滇缅路更成为联系中国和东南亚两大战区的纽带。中国从此路输入大批援华物资的同时，也运出八万余名远征军官兵，为盟军的联合作战起了重要作用。

另外，滇缅公路的修建极大地推动了滇西的经济发展，促进了滇西各民族的团结。公路修通后，滇西与内地的交流大大加强，内地的许多工厂、学校迁往滇西，滇西的经济在短时期内得到了相当

丨 云南省碧鸡县民众庆祝中印公路通车

快的发展。

当然，抗战时期中国的国际军事交通线的建设，并不仅只有西北的中苏国际交通线和西南的滇缅公路，还包括滇缅铁路（未完工）、滇越公路（未完工）、中印空中交通线（驼峰航线）、中印公路（史迪威公路）等。在中印公路、滇缅公路部分路段，还有一条并行的跨国石油管线，即中印输油管线。

1942年，日军攻入缅甸，滇缅公路被切断。这使得燃料本来就非常缺乏的中国更是雪上加霜。严重的油荒在各地蔓延，大批车辆因为缺乏油料而无法动弹，物资运输受到极大限制，军事用油也捉襟见肘。而仅仅依靠空中走廊驼峰航线空运油料，一是飞机的运量毕竟有限，二是本身还要耗费掉大量油料，成本极为高昂且远不敷用。当时人们用“一滴汽油一滴血”来形容汽油的珍贵。

在这种情况下，解决中国战区严重的缺油问题，已是刻不容缓，铺设输油管道成为当时交通运输战线的头等大事。为此，1943年8月，中、美、英三国首脑在魁北克举行会议，决定铺设从印度到中国的输油管道。起点为印度的加尔各答港，经布拉马普得拉河流域及帕特卡山脊、汀江到利多，到利多后，沿中印公路进入缅甸密支那、八莫，从畹町再沿滇缅公路到达终点中国昆明，全长三千二百一十八公里，是当时世界上最长的一条成品油管线。

印度、缅甸境内的油管铺设工程，由美国陆军建筑队承担，中国境内的由中、美双方负责。管线所经过的地方，环境非常恶劣，沿线多山谷、河川、密林，瘴疟、毒蛇、猛兽为害，特别是要经过一望无际的原始森林地带的野人山，极大地考验着工程的进行。中、美两国付出了巨大的人力、物力、财力，修筑中印输油管道堪称一场艰苦卓绝的丛林会战。

工程技术人员在进行管道布设

尽管工作非常艰苦，但是来自中、美、印、缅等国的工程师、工兵、劳工们，不惧艰险，忍受着万般痛苦，争分夺秒，保证了工程的顺利进行。中印输油管线工程于1943年12月开始，1945年4月铺至昆明，比计划提前了一个星期。全线共设置三十五个抽油站，五十个储油池，还有为数众多的加油站、储油库，共使用油管总重量五十多万吨。

1945年4月9日，经过万水千山，在一节又一节的钢管里流淌了三千多公里后，第一批油料输抵昆明。大量从中东和其他产油区运到加尔各答的石油，开始源源不断地输向中国。据统计，不包括印缅战区的用油，自1945年6月起，每月由中印输油管线输入中国的油料为一万八千吨，每天平均输入六百吨。中印输油管线七个月输入的油料相当于滇缅公路用汽车运油一年半的数量，较之飞机空运之油量则更为巨大。

大量能源的注入，使濒于瘫痪的中国公路运输迅速恢复了元气，一度萧条冷清的西南公路上，又开始变得繁忙起来；大量原来运输油料的汽车和飞机，可以改为运送更为急需的物资；云南军用机场上空军战机起降也愈加频繁。中印输油管线的修建，是盟军在亚洲大陆打败日本侵略军的重要因素之一。

据统计，中印输油管线工程用了两百万个人工日，其中，美国工兵的工作量是一百万个人工日，中国、缅甸、印度劳工的工作量也是一百万个人工日。中国劳工付出之巨可见一斑。

除了上述几条现代国际交通（运输）通道外，中国还曾经打通了一条的由印度通往新疆的古老驮运交通线。

这条交通线曾有着悠久的历史。古代岩画等考古材料表明，此道在象雄时期可能就已凿通。[①]然而，历史资料中并没有详细的地理信息，喀喇昆仑山区的道路情况也在不断变化，所经之地极度凶险。为了打破日本的封锁，解决急需的抗战物资运输问题，这条远在天际且荒废已久的通道被中国人再度重视起来。

国民党政府交通部于1943年5月组成新印交通勘察团，查勘新疆至印度的轻便铁路、公路路线及驿运业务。勘察团一行十二人，

① 象雄王国是吐蕃之前在西藏高原雄霸一方的部落国家，建立于公元前1500年到公元元年之间的铁器时代，于645年被吐蕃王朝征服。

以印度斯利那加为起点，新疆莎车为终点，全线步行勘察一千余公里，历尽风霜，仅用时就达到一年零三个月（1943年7月至1944年10月）之久。这条线路由于过于艰险，最终没有启用。

也就在同一时期，约有上万吨国际援华物资滞留在印度卡拉奇港口，无法运回国内。经过选择，1944年初夏，国民党政府交通部将这个重任交给了刚从法国留学归来，通晓道路运输专业的青年学子陆振轩，并委任他为印伊运输处副处长。7月，陆振轩到达卡拉奇，然而他到达后才了解到，由于伊朗口岸不开放，借道西亚运输物资的计划无法实现。焦虑中的陆振轩，在偶然中发现了一条线索，他写道："我在港口焦急等待的时候，偶尔在英国人的一本书中，看到有这样的记载：从印度到新疆有两条路，北道由伊朗经哈萨克斯坦进入新疆；南道是一条驮马古道，由卡拉奇经斯利那加，到拉达克首府列城，再翻越喜马拉雅山脉和喀喇昆仑山脉就能到达新疆叶城。这个信息立刻鼓舞了我，我马上向大使馆问询。没想到，大使不知道有这条路。随即，我向交通部报告，提出了我新的运输设想，并请求由我带队先试运踏探开辟这条通道。"

不久，国民党政府交通部公路总局同意了陆振轩的计划，随后，陆振轩物色了哈尔滨工业大学毕业的刘宗唐、上海交通大学毕业的马家驹、昆明西南运输局工程师白生良、西北公路局材料技术员陆士井等人，组成了勘探队，考察印度斯利那加—列城—新疆叶城的驿运路线，并适时组织将滞留在印度的援华物资运输回国。

1944年9月，陆振轩以国民党政府交通部的名义与时任新疆督办的盛世才取得了联系，议定从印度斯利那加将货物运到列城，再由新疆方面备驮马到拉达克的列城来接应。新疆方面高度重视，在喀什、和田、克孜勒苏三个地区筹集了一千余匹马匹，召集了

丨新印驮运路线（叶城一卡拉奇）

一百八十多名少数民族驮工，他们大多数是维吾尔族、柯尔克孜族和塔吉克族。驮队给养即往返途中人员、牲畜吃的粮食、饲料和燃料等全部自理，去时把给养全部带上，沿途选择适当地段按站贮存。驮队中最有行路经验、最有威信的是驮队总领队木沙。

一路上道路艰险，驮工们一边行走，一边探路，一边留着标记，还要埋好返回时吃的食粮，他们克服了常人难以想象的困难，损失了一百多匹驮马，有十几位驮工因患高原病，在半路去世。驮队终于到达列城。

1944年10月15日，首批驮队从列城出发，向北越过海拔五千三百多米的卡尔东山口，进入奴勃拉山区，渡过旭腰克河，向西穿过海拔也是五千三百多米的西塞拉山口，进入喀喇昆仑山区，经海拔达五千五百多米的喀喇昆仑山口进入新疆，再翻越新达坂及土达坂，到达叶城。

途中无数的考验，都被陆振轩记录在日记中：

"第十二天，驮队行至西塞拉山口。这是翻越昆仑冰山的行旅者公认最险要的地段。西塞拉山口两面都被海拔七千四百五十米以上的雪峰夹击包围着，北面直接与世界第二高峰、海拔八千六百多米的乔格里峰相连，是驮队最难走的一段路。

离西塞拉山口越来越近，气温降到了零下二十几摄氏度。沿途可见血迹斑斑，木沙说：牲畜到了西塞拉都会头痛，要用针刺它的鼻子出血，给它减压才行。冰川在光线的照射下发出刺人的白光，使人的眼睛涩涩发疼根本睁不开。行走在冰凌上，人的眼前不时出现黑晕，我们赶忙戴上了保护镜，驮工们也赶快用牦牛毛绑在眼镜上保护自己的眼睛。据说一些驮工被雪光刺伤眼睛，就得了‘雪盲’症，下山后就不能再做驮工了。[①]

桑株达坂上驮队经过的栈桥

驮马、牦牛在冰川上行走，双腿打滑，马腿别在冰洞里很容易折断，在刺骨的寒风中驮队不敢停留。在极度缺氧和极度严寒中，一些驮工出现了意识丧失，幻听、幻觉的现象，还有一些驮工在风雪中不知去向。

翻过了西塞拉山口，驮队又损失了六十多匹驮马。驮队行进到第十五天，陆振轩在日记中这样描述：“中午吃饭，木沙把掩埋在石堆

① 雪盲是紫外线对眼角膜和结膜上皮造成损害引起的病症，特点是眼睑红肿、结膜充血水肿、有剧烈的异物感和疼痛，症状有怕光、流泪和睁不开眼，发病期间会有视物模糊的情况。

中的食物分给大家。在饥饿和疲劳中，我觉得这可能就是高原行路上最好的食物了。”

驮工运送轮胎

驮队终于登上了喀喇昆仑山口，尽管海拔很高，缺氧、疲惫，但精神为之一振，因为驮队即将跨入国门。这一天令陆振轩感慨万分：“走到这里我的心情十分复杂，为了寻求救国之出路，我到法国求学。在国外我不愿意学外语，觉得那是做洋奴的材料，选学了铁路交通。今天在这昆仑雪域之巅，我没有看到中国的边防军人出现，眼前只有木沙这些生活在社会底层的新疆少数民族义民和我们一起同生共死。这次驮队拉运抗战物资，木沙他们呈现出了极高的爱国热情，他们没有向我们要过工钱，也没有向我们提出过条件，一路上和我们患难与共，他们这种善良淳朴的爱国热忱，给了我很大的信心。”

第二十三天，驮队开始翻越海拔四千九百多米的桑株达坂。就在木沙爬上第一个山梁时，由于高缺氧和身体衰弱，年过五十的他突然跌倒在达坂上，当场昏迷了过去，在人们呼号抢救中，极富爱国情怀的木沙再也没有醒过来，为中华民族抗日战争献出了宝贵的生命。不仅仅是木沙，广大驮工们都怀有一颗赤诚的爱国之心。

2003年，新疆拍摄了关于新印驿运的纪录片《1943：驮工日记》，采访了当时还健在的五位老驮工。片中，九十二岁的维吾尔族老驮工阿不都拉说："东北被占了，我们国家被日本侵略了，我们这儿的学校里都这么唱……让我们从达拉克、列城把轮胎驮回来……我们一定要抗战。"八十六岁的维吾尔族老驮工阿孜尤甫说："那个时间，害怕的事情没有。"八十七岁的塔吉克族老驮工托克逊阿洪说："我们中国的汽车需要轮胎。"九十三岁的维吾尔族老驮工麦麦提明那斯尔说："我们中国没有轮胎，所以我们要驮运轮胎。"2003年纪录片拍摄时，摄制组寻找到的老驮工仅剩七人，年龄最小的也已是八十五岁高龄。2022年本书截稿时，年龄最小的那位老驮工如还健在，也到了一百多岁了。一队"老兵"远去了……

从列城至叶城全程六百七十五公里，沿途平均气温零下五至十摄氏度，靠近终年积雪和冰川的地方，就下降到零下三十摄氏度，路途艰险，驮队用了二十七天，日行八个小时，每天平均才走三十公里，终于在当年11月10日到达叶城。而后，陆振轩一行和前来接应的汽车队又开始了从南疆前往关内继续运送物资的漫漫长路。1945年7月上旬，国民党政府交通部滇缅公路局昆明局工程师白生良带领第二批驮队回到新疆。

翻越昆仑山驮运抗战物资，直到抗日战争胜利后才结束。据不完全统计，整个运输活动动用驮马二千九百二十五匹和牦牛近千头，以及大量驮工和民力。从1944年10月起，经此道共运进汽车轮胎四千四百四十四套、军需署布匹七百八十二包、经济部装油袋五百八十八件、电讯总局呢料六十三捆五千八百五十件，及各种医疗器械。从物资数量上看并不很多，但在当时抗战物资奇缺的情况下，发挥了一定作用。

此后，这条横跨喜马拉雅山脉和喀喇昆仑山脉的驮道，再也没有走过驮队。

驮运结束后，当地的少数民族驮工各自回了家。一则当时的公文这样写道：途中死亡的马匹可以以马尾报账。但人员的补偿在公文中没有说明。有资料显示，整个驮运过程中，人畜损失率高达10%。

在这条穿过世界最坚硬的山区，跨越中国最湍急的河流，人迹罕至的高山通道，经历了无法想象的艰险与壮烈的运输人员们，他们用行动铭刻出的英雄主义丰碑，将如同喀喇昆仑山一般永远耸立。

劈山开路

除了对外的线路外，中国还建设了更为漫长的国内交通线。只有国内外军交路线连接畅通，来自海外的装备物资在运进了国内的终点城市后，才能快速分发至各个战区。同时，国内军事交通线在中国军队调动、后勤输送保障等方面，也发挥着无可替代的作用。

仅就西部地区的公路这一项而言，抗战时期就先后建设和重点整修达三十条之多。

其中，川湘公路四川段，自綦江至茶洞止，全长六百九十八公里，是川湘间的交通捷径。自陕西汉中至重庆的汉渝公路，全长五百八十七公里，是川东通向陕西的重要干线。自黔桂路之车河至岳墟止的河岳公路，全长四百九十公里，为中越国际路线的重要辅助线路。全长一百九十一公里，自宝鸡至平凉宝平公路，虽然不长，却是经过陕西宝鸡连接西南西北的重要通道。自四川隆昌至云南沾益的川滇东路，全长七百九十六公里，则是川黔滇三省联络干线。

其他的还包括：五百四十四公里的汉白公路、二百三十一公里的天双公路、三百七十四公里的川康公路、一百九十公里的内乐公路、五百四十八公里的西祥公路、五百一十七公里的乐西公路、五十九公里的垒畹公路、规划一千零八十公里（实际完工六百二十四公里）的甘川公路、一百二十一公里的韩宜公路，等等。

抗战期间中国其他交通设施的修建，也一样充满着艰难险阻，无不是在广大民众付出巨大代价的前提下完成的。在烽火硝烟的抗战岁月里，由无数中国民众组成的筑路大军，如今已寥寥无几了。当年的懵懂少年，今天已是耄耋老人。默默无闻的筑路工们，他们的身影在时间的长河与历史的烟云中渐行渐远，他们的身后，一条条抗战军事交通线宛如一座深深镌刻在高山大地上的英雄纪念碑，铭记着修路者不朽的功绩。

值得庆幸的是，斯人虽去，但他们的“作品”至今尚存。中华人民共和国成立后，滇缅公路历经多次修缮，一直使用至1994年新改道的320国道建成通车，此后滇缅公路逐渐被取代。如今的滇缅公路，大部分路段已隐匿于山谷，但滇缅公路的部分路段仍被沿用，例如在保山境内就有一些，是由原来的主干道变为当地县乡之间的

| 惠通桥

通道。在现存老滇缅公路中，龙陵路段最长，均为弹石路面，保存完好。惠通桥也被完整保存下来。成为一处著名景点，很多经过此处的人们都停车从公路边下到桥头，拍照留念。

滇缅公路还将永远书写着它的传奇！

第三节 B-29从这里起飞

20世纪20年代至30年代是世界航空技术发展的黄金时代，科技进步推动着各类飞机的性能不断提高，民用与军用的航空事业获得了高速的发展。各种轻重型号的轰炸机也应运而生。欧洲一些技术先进国家先后将飞机用于规模性的军事作战，陆续创建了空军。除了各种战斗机，在此基础上，有人提出了“战略轰炸理论”。例如，意大利一位名叫杜黑的空军军事理论家，在其提出的制空权理论中就倡导了“战略轰炸论思想”。杜黑十分推崇战略轰炸，他认为轰炸是打击敌军的有效手段，而且进一步指出：这样一种空中进攻（轰炸）的精神效果对战争进程的影响可能比物质效果更大。[①]

1943年开始，盟军对德国连续的战略轰炸开始了。随着对德战略轰炸规模不断扩大，德国军事力量受到重创，德国的战争经济也受到了很大削弱，这对加速结束战争进程的作用是显而易见的。随着美军在太平洋战场上的逐步推进，对日战略轰炸也被提上议程。美军在欧洲战场上主要的轰炸机型是被称为“空中堡垒”的B-17重型轰炸机。经过战火考验的B-17轰炸机坚固可靠，但它的航程只有不到三千公里，它们可以从英国本土的基地起飞，飞越英吉利海峡对德国进行纵深轰炸；但是却无法从中缅印战区的印度基地出发去轰炸日本，这段距离超过六千公里，确实太远了！

B-29的出现解决了这一问题！

1943年9月开始，被称为“超级空中堡垒”的B-29轰炸机开

① 〔意大利〕朱里奥·杜黑著：《制空权》，解放军出版社2005年版，第44页。

始了批量生产。工具问题解决了，新的问题是：从哪里起飞？

美国陆军航空兵领导人阿诺德上将构想了一个方案：在印度离喜马拉雅山南麓不远的临海大城市加尔各答建造一批B-29轰炸机的空军后方基地，在中国西南四川盆地建造一批前进机场，行动前将炸弹及油料由运输机运往成都前进机场，机群按现有“驼峰行动”航线飞越喜马拉雅山，夜里在成都机场加满油料及装上炸弹，次日凌晨起飞去轰炸东京及日本本土军事工业目标，投弹后返航飞回成都地区机场。美国军方的研究成果指出，日本的海军运输力量严重依赖钢铁工业，而半数供日本钢铁生产用的焦炭加工厂都能被从中国成都地区起飞的远程轰炸机所覆盖。因此，从成都出发的战略空袭，既是打击日本指挥中枢的士气和心理，更是打击日军军队的后勤保障体系，不仅对中国的抗战有益，更对整个亚洲反法西斯战争具有重要意义。

B-29重型轰炸机

阿诺德的计划得到了罗斯福、马歇尔及参谋长联席会议大部分成员的支持。1943年开罗会议批准了盟国对日联合作战的基本计划及代号“马特霍恩行动”的对日战略轰炸计划。[①]美国总统罗斯福告诉丘吉尔和蒋介石：为了在亚洲战场打败日本人，美国研制出来一种战略远程轰炸机，它要比德国人害怕的B-17更先进，载重量更大，更具威慑力和杀伤力，即“超级空中堡垒”B-29轰炸机。

为保证这一计划的顺利实施，阿诺德决定亲自飞去成都地区实地看一看，经过实地查看，初步确定在四川近郊建立四处B-29远程重型轰炸机基地，同时，另建五处战斗机基地，作为护航战斗机部队驻扎之用。

四川省政府紧急召集相关厅局及新津、成都、灌县、华阳、温江、广汉、郫县、彭山等二十九个县主要官员的“特别紧急会议”。会议传达了在四川修建“特种工事”即美军空军基地的命令。四川省民政厅厅长明确了“四川省特种工事”的计划要点：第一，在省会成都近郊的新津、邛崃、彭山、广汉建立四处轰炸机基地。其中，新津、邛崃机场是扩建，彭山、广汉的机场是新建；另在成都、温江、德阳等地建立五处战斗机基地。第二，工事完全由四川人民承担，从二十九个县抽调三十二万名民工，考虑患病和工伤，直接参与工事的人员需五十五万人。第三，每人每天供应白米1.4升，需筹集五个月三十二万人的口粮，运往工事现场需二十万人次的劳力，由各县自行负责。第四，各县设立民工委员会，负责招募民工、调配作业用品、征用土地、补偿等事宜，不得以任何理由拖延工期……[②]

空军机场技术专家介绍了美国方面的要求，滑行跑道长两

① 马特霍恩行动，1943年秋美国制订的计划，计划以印度和中国四川的机场为基地，用B-29轰炸机对日本本土等相关目标实施战略轰炸。

② 陈敦德：《B-29轰炸机群从中国起飞——美国援华空军远炸日本本土始末》，解放军出版社2014年版，第50、51页。

千六百米、宽六十米、厚度一米。战斗机用的机场跑道长两千二百米、宽四十米、厚度四十公分。轰炸机和战斗机总计需要九条跑道。一条滑行跑道就需要十万立方米的砂石，而且要求严格，必须用多层的河卵石、沙砾、黏土浆混合夯实。另外，还有附属设施包括三个燃料储存库、六个弹药库、两处无线电通信所、能储藏三十五架美国大飞机的机库、两处引擎修理所以及指挥部、飞行员宿舍等。最初要求所有工程在五个月内完成。实际上，由于时间紧迫，后来国民党政府要求各处工程统限于1944年1月开工，新津、邛崃同年3月底以前完成，其余同年4月底以前完成，雨天和空袭时间也算在内，根本达不到五个月。

在会议上，有位县长问："这么看来，这是世界上最大的飞机了，我们修建的也是世界上最大的机场了？"专家答称："可以这么说。"

B-29的确是当时世界上最大的飞机，单机重量就达六十四吨。在印度修建机场时，美方向英方提供现代大型机械和高标水泥，这样的话，罗斯福要求在五个月内完成机场修建也是有可能的。然而，中国自己没有大型工程器械，对外陆路和海路通道均被日军切断，仅剩飞越喜马拉雅山脉的驼峰航线，而美国巨型挖掘机、压路机等大家伙，又无法用飞机经"驼峰"运到成都。中国只能用锄头、箩筐、独轮手推车这些最原始的工具和肩挑、人扛、小车推这样最原始的劳动方式，去修建最现代化的机场。

1944年1月中旬，来自四川各区县的数十万名民工带着口粮、铺盖等生活用具，以及斗笠、锄头、箢篼、扁担等生产工具涌向新津、广汉等机场所在地。

由于新津机场是美军航空兵第五十八联队指挥部所在的核心机

场，动工最早。参加扩建新津机场的，除了新津本地民工外，还有来自成都、华阳、温江、崇宁、郫县等二十二个县的各族民工。

卵石，是地球的地壳板块碰撞或是山体运动形成的大小碎石块，没有经过江河冲刷的就是常称的岩石。在江河中经历了数万年的水流冲刷，大自然的神工使这些碎石变成了线条弧圆的大小卵石，形状小的俗称“鹅卵石”。

修建B-29轰炸机起降的跑道，取自当地最重要的材料就是江河卵石与岩石。青壮年民工们在山谷里、山坡上、河滩边，将鹅卵石装入筐里，用肩挑，或装入独轮小斗车，手推运走；大的岩石装入牛车，或是马车，搬运到机场跑道工地。据新津、邛崃、彭山、广汉等地县志记载：从河床到现场的扁担队和各种小车队络绎不绝，最初每人往返能担二十趟。由于工程所要建的跑道要能够承受六十多吨的大型轰炸机起飞与降落所产生的冲击力，比一般飞机跑道的要求高得多，需要的卵石量也大得多。仅彭山基地需要的河卵石，

击碎卵石用以铺设跑道

就开尽了新津到眉山、岷江两岸五十公里的资源。成都远郊、近郊大小河流里的鹅卵石基本都被采空了。随着采石场和工事现场距离的不断拉长，运送的次数下降，最后竟然早上挑上卵石箩筐出发，队伍一直走到第二天早上才能到达工地，如同蚂蚁队伍长途搬迁。

参加过当年工程建设的老人后来回忆说，个别县也都出动了一辆或两辆装货的汽车来运载卵石。但是，很快公路边河滩的卵石挖运完了，要到上游或者山里去，没有公路开通，汽车就没有用武之地了。故而，装运卵石的主力军，还是肩膀挑、小车推。

卵石运到机场工地附近后，由妇女和儿童用锤子加工成大一点的“狗头石”和小一点的“羊齿石”。待石料备好，首先用锄锹铺平地面，然后先铺放“狗头石”，上面浇灌黏土或水泥，再往缝隙间铺入“羊齿石”，然后再浇灌黏土或水泥；如此反复铺设，直到达到要求的厚度。

推动巨大石碾压平跑道

跑道铺就之后，需要使用碾轧机反复碾轧。平整跑道是建好机场的关键。为滚压跑道、滑行道基础，四川省政府向重庆、成都两

修建太平寺机场时所用的石碾

市租用蒸汽压路机两部，向川滇公路局租用柴油压路机一部，但是这仅有的几部机器远不敷用。四川省政府调用云南各机场使用的十吨铁滚数十副，又委请成都四川机械公司就地铸造六套滚压，更多的则是中国农村最常见的石碾子。在中国，人们常常用石碾子碾轧谷物，不过这种石碾子太小，根本不能碾轧机场的大跑道，机场跑道需要更大、更重的石碾子。制作大石碾子非常困难，得动用多名石匠，使用凿子从山上将巨大的石岩劈成大石块，众石匠围着它，再一锤锤雕凿成石碾子，工作既艰苦又容易将石块凿碎。后来，美国从驼峰空运来了水泥，利用模具制造碾子，就方便得多。2014年，本书编者蒲元在四川成都考察抗战遗址时，于成都太平寺机场旧址看到了一个保存较好的石碾。难得的是，石碾一侧还刻有说明文字：外圈为“太平寺机场工程处”字样；内圈文字风化较严重，但从“中华民国二十七年”（即1938年）等内容不难判断，这正是一个抗战机场建设所用的石碾。太平寺机场的石碾并不算很大，有一些碾子重量达十吨，需要一百多人才能拉动，最多时甚至动用过一百五十人。

如此巨大沉重的碾子，不仅需要大量人力，而且牵引过程也相当复杂。粗大、牢固、耐磨的牵引主绳长度一般都长达四十米至五十米，在这根粗大的牵引绳索两边分别拉出许多稍微细一点的绳索供每一个民工使用。拉碾子时，每一个人都必须将绳索紧紧套在肩膀上并系上绳扣，队伍指挥员拿着小旗吹着哨子发号令，在有节奏的号令下，大家一起拼命用力，这才能将石碾子拉动。如果使力不协调，指挥又有错误，就会使民工们前后跌倒，造成损伤。一些民工听不懂方言号令，也没有接受过很好的训练，用力不均匀，要么拉不动，更糟糕的是拉动后又不知道什么时候停止，结果被石碾压死压伤的事也常常发生。实践中，更多的是来自一个村子相互熟悉的人拉一个石碾子，尤其是苗族、彝族、瑶族民工，同族人合拉

广大民众修建机场

一个石碾更好。

每个B-29轰炸机机场一般需要二十多个这样的石碾子。数千米长的跑道工地上，成百上千人同时拉动许多石碾子的场面非常壮观，一些美国工程人员用相机记录下中国军民拉石碾子的珍贵镜头，那场面至今仍令人震撼。

在当地老人的回忆里："修机场真正是一个大得不得了的工地，这边望不到那边，人山人海，热火朝天。"白天，民工们肩挑背扛、鸡公车、架架车、挑篼、箩筐、背篼，什么工具都用上了。入夜，点起瓦斯灯照常作业，工地上一片通明，通往工地的夜幕中则显现好几条长长的火龙，那是民工挑运卵石的长蛇状队伍，汽灯与松明灯共用。有目睹修机场的美军士兵如此形容："当时我们觉得，修机场的现代化物品只有一样，就是通宵点灯的汽灯，那是古代没有的。"

据四川省民政厅相关史料记载，参与修建机场的民工人数，初次征调了二十九县共计三十万九千二百五十名。在工程进行中，"民工不免有伤病遗散，又得陆续增补，前后统计，共达五十万人"。B-29机场所在的新津、邛崃、彭山、广汉四个县出动的民工最多。由于需要劳动力太大，加之四川青壮年男子大量参军抗日，当地大批妇女甚至青少年都被征发。据亲历者回忆，往往整个村子差不多都空了，留在村子里的，除了太老的、太小的，要不就是生病的，其余都去修机场了。"这是打日本的事，啥子人要是不去，大伙都看不起的。"

在新津的老渡口，至今还流传一个"美军大飞机的司令向四川老太婆敬礼"的故事：

1944年春夏间，美军航空兵某部司令检查新津机场工程之后，乘吉普去邻县察看另一个机场工地，沿公路经过老渡口。摆渡过江不久，天气酷热，这位美军将领就在路边一棵大树下小歇，看见一株大树下摆着众多竹篓子、竹箩筐，里面坐着站着的全是男女稚童，有个白发苍苍的高龄老太婆在逗哄着这群稚童们玩耍。美军将领走近观看，觉得竹箩里的幼小儿童很可爱，小儿们头次看见这个洋人也觉新鲜好奇。川人好客，老太婆也热情地打着招呼。

用肩膀运送石块

在随行翻译的帮助下，两人的对话开始了。美军惊讶地问：“老阿婆，这些都是你的孙子？”老太婆点头笑答：“是的。”美军将领赞扬道：“您老战斗力真强啊！有福气，有那么一群乖孙子！”老太婆听了认真地回答说：“我在村里年岁最高，要说娃们都是我孙子玄孙，也都是！要说不是嘛，也不是。”美军将领问：“这话怎么说？”老太婆说：“属于我家孙辈的娃，有五六个，其他的娃，都是村里别人家的，村里从七八岁的娃子，到六七十岁的老人，都去修机场了，他们这些娃们，由我管护了！”

美军将领听后，不禁肃然起敬，双脚一并，向这位中国乡下白发老人行了一个标准的军礼！

为了早日修好机场，其余各县的出工任务也并不轻松。据《灌县县志》载：1944年1月27日，“全灌县派出民夫一万五千余人到新津、彭山修筑飞机场”。县派出的队伍为大队，乡里为中队，按村子分为排。当时交通不便，灌县民众要靠步行，工具自带，许多村民工从家里出发，一天一夜才走到新津。

牛车已属于难得的“现代化”工具

由于国民党政府管理不尽完善，腐败行为横行，特别是条件过于艰苦，劳动强度太大，医疗条件差，死伤者接连不断地出现。据《简阳县志》记载，简阳县民工中因病、伤死亡者就达数百人。这些中国百姓为迎接B-29轰炸机修建机场而献出了最宝贵的生命。

有一则回忆是这样记载的：“当时修机场，大部分民工住工棚，有的住附近农户家中，劳动强度大，生活条件艰苦，伙食极差，十几人挤在一间阴暗潮湿的屋子里，吃喝拉撒将就，睡的是地铺，吃的是碎米子，饭里常伴有稗子、石头，稗子须须一二厘米长，十天半月看不到一点油荤。白天还要顶着烈日，挥汗如雨完成规定的挖基、运石、运沙、锤石、铺路、浇灌、碾轧任务。民工们身上普遍长满了虱子，身体健康状况受到极大伤害。想起来十分寒心啊！但是，每天看见机场上有盟军飞机在起降，我们心里就高兴，感到离小日本完蛋的日子不远了，他们也该尝尝炸弹的滋味！”

的确如此，绝大多数参与施工的中国人，包括很多锤鹅卵石、搬运沙石的妇女和儿童在内，士气高涨，深明大义，通宵达旦，坚持出工，他们盼望修建好机场，让无比厉害的美国大飞机多多地去轰炸日本鬼子，报仇雪恨，重整河山。

1944年4月24日，首架试飞B-29“超级空中堡垒”飞抵成都地区，它从加尔各答卡拉科布尔基地机场起飞，飞越世界屋脊，降落在成都北边的广汉机场。①广汉机场的第一条跑道已经竣工，第二条跑道正处于施工的最后阶段，数万名民工尚在赶工，数个大石碾在民工拉动下，在为第二条跑道来回碾轧。这天，在广汉机场举行了一个低调、不张扬的仪式。飞机飞到广汉上空，随机来的美军将领乌尔夫从视野开阔的驾驶舱里看到，广汉机场除了刚建好的主跑道空旷地等候轰炸机降落之外，周围地面上全是施工的民工。乌尔夫问身旁的机长史密斯：“你看，密密麻麻，跑道周围像蚂蚁似的全是人，那可都是不辞辛苦修建机场的老百姓啊！”史密斯问：“将军，你估算有多少万人？”乌尔夫说：“我看至少有六万人！”

闪烁着银色光辉的B-29降落在机场的一刹那，宽阔的机场工地掌声雷动。特别是正在施工的数万名中国民众，看到自己两三个月来流血流汗没有白费，亲眼看到巨型飞机在自己亲手建造的机场上降落的情景，并预感到，报仇雪恨的日子就要到来，所有人欢呼雀跃，欢呼声和掌声震天撼地。在欢迎人群中，乌尔夫问道：“现在机场工地有多少人？”当地官员答复：“将军，现在在工地的民工有七万五千人。”乌尔夫感慨不已。

---

① 加尔各答，印度西孟加拉邦首府，位于印度东部恒河三角洲地区，胡格利河（恒河支流）的东岸。

| 用牛车运输砂石

同样目睹这个难忘场面的美军领航员威廉·欧莫莱上尉，后来在回忆录中说："这就是中国！无数阡陌纵横的稻田出现在了我们的眼前，广汉机场从空中鸟瞰简直棒极了，当我们的'超级空中堡垒'，在广汉机场的主跑道着陆时，七万五千多名中国农民目睹了这历史性的场面。我们跨出飞机舱，排好队伍，这时摄影机和照相机不断向我们拍摄，美军将领陈纳德与其部属以及中国官员与美国工程师都前来迎接，所到之处中国人都笑着喊道'顶好！顶好！'"

乌尔夫和威廉·欧莫莱等看到的是一个即将竣工的宏伟的广汉机场，然而他们无法看到的并且无法想象的是，一片乡村田野如何变为一个可以起降现代化大型战机的机场。广汉机场场址在三水镇刘家燕窝，占地六千七百五十亩。界内原有居民约一千三四百户，其余均为农田。按当时的跑道施工要求，田中的积水和烂泥须在一周内全部清除，运到半里以外。民工们一面架水车，一面开沟排水。

用最原始的方式修建机场

田水戽干后，开始挖烂泥。跑道线内稀泥运走后，接着就是填土方。高处铲低，凹处填平，用干黄泥刨平夯紧，后敷设卵石。卵石共分三层，底下用十厘米以上大石铺砌，中层稍小，上层更小一些，约三至五厘米直径。每层铺好后浇灌黄泥浆，再于上层铺上质地坚硬的碎石，夯实压紧。道面另铺豆石并浇注柏油（沥青）夯紧后，面上一层细沙。仅跑道上铺设碎石的厚度，即达五十厘米。

轰炸机场工程除跑道工程外，还包括停机坪工程和机场环境。广汉机场跑道两旁计划设三十五个停机坪，由滑翔道滑入。停机坪的铺压方式，与修建跑道无异。为隐蔽飞机，每个停机坪均用拱桥式卷成洞子，飞机停歇洞中，上面除覆盖混泥石外，另需积土于上以栽植花草，作为伪装。机场环境方面，全场有若干房屋地基和交通道，周围大小坡度，均有一定规定。照上述规格计算，一条轰炸机机场跑道所需石方约九万三千立方米，加上停机坪、滑翔道，不下十万立方米。

1944年5月，当年只有十三岁，后来成为著名学者的流沙河就是修筑广汉机场的一员。当时广汉机场工程已近收尾，工程紧急，在金堂私立崇正初中一期的中学生被叫去工地支援修建机场，包括流沙河在内的学生们主要负责机场最后一条跑道上的一段，白灰白线划定范围，任务与普通民工无异。为提高效率，学生间分工合作，大个子同学挖土担石，小个子同学砌卵石。即使是砌卵石，也是十分不易，需先蹲着砌，砌好再锤紧，蹲久了吃不消，有的学生只好跪着砌，结果导致膝头磨烂生疮，双手因摩擦起泡，只好使用掌捧继续砌。多年之后，流沙河回忆起当时的情景，仍历历在目。

1944年5月，“特种工程”如期完工，共建成B-29跑道九条，每个机场还修建两条一千多米长的辅助跑道和二十个停机坪等，每个停机坪可停一架B—29轰炸机。每个机场配备燃料仓库三座、弹药库六座、无线电通信所两座，并有机库、发动机配备所、指挥所、兵营宿舍、发电所、招待所等设施。全部通过验收。此外还建有办公室、娱乐场、饭厅、厨房、厕所等。同年夏，又有四万民众参与扩建梁平机场，加修了两条供B-29轰炸机起降的跑道。至此，成都周围的机场规模已达到空前的程度。

随后，七十多架B-29抵达成都的诸机场。6月15日，乌尔夫在新津机场发布命令，远程空袭日本九州八幡帝国钢铁厂。6月16日凌晨3点半，首次轰炸成功！B-29第一次轰炸日本，在精神上、心理上对日本人的打击是巨大的。获知日本本土遭到轰炸的消息，日军大本营分外震惊。

乌尔夫对中央通讯社记者发表讲话说：“如果没有五十万名离开家园建设机场的爱国的中国民工，此次的空袭是不可能的。今后，为了尽快打倒日本，还要继续以四川省为基地对日实施空袭。”

此后，第五十八联队从中国成都的机场起飞，对日本占领的中国东北重工业区、日本九州的飞机工厂、日本在台湾和汉口的空军基地等进行大规模的轰炸。日本东北最大的军事工业基地鞍山钢铁厂、煤铁基地本溪、东北最大的军港旅顺、东北最大的兵工厂“奉天遣兵所”、大型飞机工厂沈阳“满洲飞行机制造株式会社”、日本九州的大村飞机工厂、日军台湾冈山机场、日军华中最大的空军基地汉口机场均遭到沉重打击。1945年1月15日，第五十八联队从四川起飞，执行最后一次任务。2月，该联队撤回到印度的后方基地，转场飞往马里亚纳空军基地。

旨在对敌战略轰炸的“马特霍恩行动”期间，B-29重型轰炸机共从中国四川进行了三千零五十八架次出击，执行了四十九次不同任务，投下了一万吨炸弹。“马特霍恩行动”首次大规模连续轰炸日本，对日本社会、军队及国民的心理重创力，是难以估算的。而且，“马特霍恩行动”积累了极有价值的战略轰炸经验，锻炼出一大批熟悉战略轰炸的空军人才，为日后马里亚纳基地更好地使用B-29“超级空中堡垒”，及美军将领李梅火攻东京，给东京毁灭性的打击，打下了良好的基础。

建设机场的百姓与盟军战机

国民党政府致电四川省临时参议会的电文中写道：“去冬以来，发动五十余万之同胞，修筑多数机场，严寒赶工，风雨无间，昼夜辛劳，沉瘁无比。即民间财力之所耗费，土地之被征划，其贡献之巨，盖亦不可数计。而各县同胞，皆能深明大义，勇于报效，使此项空前伟大之军事建设工程，仅以简单之人力，均于最短时间，如期完成。故我四川同胞，不惟在抗战史上克尽其国民之天职，无愧为贯彻胜利之基础，即在全世界反侵略战争之阵容中，亦具有卓越光荣之贡献。”①

四川民众以原始方法艰难修建的机场远不止上述数座。四川地处中国西南地区的国防纵深地带，适宜机场建设。在抗战期间，整个四川（含重庆）新建扩建多达三十三个军用机场。除上文提及的之外，还包括简阳、崇庆、太平寺、凤凰山、双流、南充、梓潼、雅安、内江、广元、刘营、塘汛、夹江、大邑、黄天坝、秀山、广阳坝、大中坝、铜梁、白市驿、宜宾、梁山、遂宁、兔儿坪、合川等机场，合计用工逾九十万人之多。四川百姓为中国抗战大业默默无闻、辛劳无怨地流血流汗，做出了巨大贡献，值得后人永远纪念！

也不单单是四川，抗战期间，所有未沦陷区都进行了极其艰苦的机场和航空设施建设。当然，为了减少日军的威胁，机场建设以四川、云南、广西等西南大后方地区为主。

例如，全面抗战的八年里，为适应抗日战争及“驼峰航线”的需要，云南累计出动一百五十多万人，对原有二十七个机场进行改扩建，又相继新建四十个机场。为了修建机场，国民党政府军事委员会专门成立了机场建设工程委员会，并与云南省政府联合成立了数十个工程处，一个工程处就负责一个机场的建设。在云南这样一

① 童燕、周锐京：《抗战时期四川民工的待遇和伤亡探析》，《四川档案》2008年第4期。

个多山而落后的地方，人们用绳索拉着大石碾子将跑道压紧，手持竹片、木板拍打平整地面。和四川一样，在云南修建机场使用石碾子碾压跑道时，往往也需要上百人，人们将碾子上伸出绳索紧紧套在身上并系上扣。1943年3月26日，日军五十四架飞机突袭云南驿机场，死难者达一千多人，其中就包括许多正在拉石碾子来不及解开绳索的中国百姓。在当时形势下，抢修机场的工作绝不能被耽误。往往是日军飞机轰炸后，活着的劳工还来不及埋葬死去的同伴，又套上绳索重新拉动石碾子……在这些石碾子上，不仅洒下了云南劳工的汗水，还流淌着他们的鲜血。

军事委员会工程委员会昆明飞机场工程处证章

云南人民用血肉之躯创造了机场数量、质量、建设周期均为全国第一的奇迹：六十七个机场遍布全省，构建四通八达的航空网络，密度之大，堪称亚洲第一、世界少有。云南因此成为第二次世界大战东方战场最主要的对日空战基地之一。然而，由于劳累和疾病，以及经常面临日机的轰炸和扫射，数以万计的民工为此付出了生命的代价。云南各族人民为中华民族抗日战争作出了重大贡献。

2016年，本书编者蒲元、李波龙在陕西咸阳探访关爱抗战老兵朱云。朱云原名朱文瑛，祖籍安徽省安庆市，1939年考入西南联合大学经济系。1943年毕业后前往云南曲靖沾益军用机场从事财务工作。朱云在这里与白族姑娘林淑敏相识相恋并结为夫妻。林淑敏的家乡大理，就有一座美军航空兵的主要基地——云南驿机场，想必她的同乡同族中也很可能有人参加过机场建设任务。而朱云和林淑敏所在的沾益机场，作为滇缅公路被切断后的“驼峰航线”主要中转站和美军第十四航空队重要空军基地之一，也曾遭到过日军的空袭。七十多年后，两位老人依然能够回忆起当年一起“跑轰炸”的危险情景。[①]诚然，朱云、林淑敏夫妇并没有什么惊天动地的功绩；然而，中国抗日战争的胜利，不就是靠千千万万个这样普通人的努力一点一滴拼出来的吗？朱云后来将自己的名字由朱文瑛改为了朱云，云南的云，就是为了纪念抗战期间祖国大西南的这段难忘经历。2018年7月，朱云老先生安详去世，蒲元作为志愿者代表前往殡仪馆送老兵最后一程。而此前林淑敏奶奶已经过世。一段关于云南抗战机场的历史就此终结。

抗战期间，广西也在全省范围内进行了大规模的军用机场建设，扩建和新建了包括柳州帽合、桂林二塘、李家村、临桂秧塘、梧州高旺、融安、武鸣标营、平南丹竹、百色七塘和龙州等十个机场。其中，桂林地区的二塘、李家村、秧塘机场群是按照美军机场建设标准扩建的。例如，有轰炸机跑道和战斗机跑道各一条的李家村机场，共有约十一万民众投入建设。秧塘机场也曾于1939年、1940年和1941年进行了三次较大规模的扩修，参与建设的民众数量也极为庞大。

机场建设分前期基建和后期维护两部分。巨型石碾子不是专业的机场建设工具，规格又参差不齐，压出来的跑道不结实，战斗机每次起降都会出现新的陷坑，重型轰炸机每次起降后，都会形成更严重的塌陷。为了保障战机的起降安全，民工需要及时抢修受损跑

① 跑轰炸，当地俗语，意即躲避日机轰炸。

道，每天不断地在跑道上填补石料，并来回滚压道面。日机频频前来偷袭，然而，“不管日本轰炸机在跑道上炸多少个坑，大群的抢修兵能在不到两个小时内迅速地把他们填平”。

作为在华美军航空兵主要指挥员的第十四航空队司令陈纳德，曾经对中国民众进行机场建设的辛勤付出表达了由衷赞叹：“驼峰航线没法运输推土机、轧路机和供飞机起降的分段平钢板。我们在中国使用的一百多个机场，无一例外，全是千千万万中国男人、女人和儿童用双手和汗水辛勤修建起来的。”陈纳德还曾满含感情地说：“瘦小而肌肉发达的中国民工是第十四航空队最有力的后援力量。正是由于有了他们，才使日军无论强占了我们多少飞机场也不能把我们击垮。”

在抗日战争的硝烟烽火中，类似四川、云南、广西这样的机场建设情形，不仅出现在后方地区，在中国共产党领导的华北敌后根据地，距日军微子镇据点只有十五公里的山西黎城县长宁村，也曾经出现过一座极为传奇的长宁机场。

长宁机场是在中共中央北方局代理书记邓小平的指示下兴建的，太行军区司令员李达亲自选址，之所以把场址选在山西黎城县长宁

今日之“长宁机场”

村，是因为这里地势平坦，视野开阔，便于飞机起降。同时，这里距当时晋冀鲁豫军区所在地——河北涉县赤岸村较近。长宁机场于1944年8月建成后即投入使用，到1945年9月一年多时间里，美军飞机共来往起落十余架次，运送多位美军观察员和失事战机飞行员往返。该机场还曾在晋冀鲁豫军区成立后，将第129师抗战时期积累的大量电报档案运到了延安，使这批珍贵的档案能够保存至今。

长宁机场只有一条普通的黄土跑道和简易停机坪，既无指挥塔、导航灯，也没有任何建筑物。然而，在完全没有借助任何大型工程机械的情况下，这座太行山第一个简易机场的诞生，依然凝聚着广大根据地军民的心血。据时任长宁区委书记的张耀华老人回忆，1944年8月20日，机场开始动工。除了驻扎在附近的八路军第129师第769团指战员外，长宁村及附近村庄的众多村民都参加了修建。修建的方法是洒一层水，垫一层土，然后反复碾轧。在长宁川，民众和战士们一道，或推小车，或担箩筐，或牵牲口拉着石碾子磙，最后用时约半个月，修建了一条长三华里、宽三十米、厚一米的东西走向的飞机跑道，至此机场方才完工。

如今，原先的长宁机场早已恢复成为农田，一马平川的绿色原野欣欣向荣，而当年飞机隆隆的起落声则似乎还隐隐回响在这片中国抗日军民奋战过的热土上。

美国俄亥俄州代顿市的国家空军博物馆，被称为世界上最大的航天航空博物馆。

在这座博物馆早期展览中，有两张美国航空兵援华时期的“飞机与石碾”老照片。其中一张照片中前景是为数众多的中国民工用绳子牵拉着一个大石碾，背景是一架B-29巨型轰炸机昂首腾空而起飞上天；另一张照片是一架B-29轰炸机在空中飞掠而过，下面地平线上是众多在劳动的民工挥舞锄锹朝空中飞机欢呼。这两张珍贵的历史照片，是当年参与抗战的美军飞行员捐献的。

B-29轰炸机在石碾上方腾空而起

美国是个科学技术发达的社会，众多青少年甚至成年观众看了照片中的大石碾，都不知道此为何物，更是根本无法想象中国人是用这样“中世纪”或者是“石器时代”的工具来修机场的。百思不得其解后，有些观众甚至认为是“中国人拉石碾开运动会，庆祝我们的B-29轰炸机在中国飞上天空”。面对这些疑问，不熟悉这段历史的博物馆工作人员自然也解释不清。后来这一情况被在博物馆参加活动的美国参战老飞行员知悉，他们建议馆长到中国寻找一个与照片展示相类似的石碾，运回美国展出，并辅之图片以形象地说明它的作用和意义。

2002年，美国国家空军博物馆馆长麦考特向访美的中国国务院新闻办公室主任赵启正正式提出，希望中国方面能够送给他们一个抗战时期用于修建机场的石碾子。国务院新闻办迅速发文联系云南、四川、广西等地区，因为当年这些地方修建的机场最密集。据说各地发来的照片及材料提供了二十个左右大小不等的石碾子。其中，有的是石质的，有的是水泥质地，有的缺角，有的裂痕。经过筛选，最终挑出一具由云南提供的大而完整的青石碾子。这个石碾子来自云南呈贡机场。抗战期间，呈贡机场是一个训练机场，美军一个轰炸机中队在这里驻扎。除了运走的一个外，还有三个大石碾子静静地躺在机场边上的一片草地上。

2004年3月29日，中美双方在云南举行石碾赠送仪式，出席仪式的中美官员全体起立，向所有参与修建机场的中国民众致敬。随后，重达3.7吨的巨碾先是用载重卡车通过公路送到上海，再从上海港上船运往美国。

在今天的美国国家空军博物馆主展厅内，一架巨大的C-46运输机实物和这尊来自中国的巨石碾子，并排摆放在精心铺设着碎石沙砾地上。石碾文字说明的标题是："Runways By Hand（手工铺造的飞机跑道）！"那张众多中国民众拉着石碾碾轧机场跑道的巨幅照片也陈列在一旁。这尊朴拙天然的石质碾子和满馆精密的航空器械摆放在一起，似乎格格不入，但它默默无声，却有一种无言的力量，叩击着每位参观者的心灵。

历史，不会忘记为正义而战斗过的每一个人！

第四节　知识报国

1931年九一八事变之后，中华民族伟大的抗日战争即行打响。到了1937年7月7日卢沟桥事变爆发，日本帝国主义对中国发动了全面侵略战争，烽火燃遍了中国各地。在民族到了最危险的时候，全中国人民爱国热情空前高涨，同仇敌忾，地不分南北，人不分老幼，都以不同方式投入了抗日救国斗争。

在这股浩浩荡荡的洪流中，中国的知识分子是最醒目、最重要的社会集群之一。他们有悠久的爱国传统和爱国思想，岳飞、文天祥、史可法是他们自小就学习、崇拜与效法的人物，汉代名将霍去病的名言“匈奴未灭，何以家为”，一直是他们的最高理想和行为准则。当日本帝国主义处心积虑、丧心病狂地发动侵略、瓜分、吞灭中国的战争时，很多知识分子就已经指出了日本的侵华阴谋和巨大危险性，最早发出了抗日救亡的呼喊，以强烈的爱国激情，呼吁全国各阶级、各阶层、各党派，捐弃前嫌，扫除私利，团结起来，真诚合作，有钱出钱，有力出力，共同抗敌。

在积极投身抗战的中国知识分子群体中，有一个类别在战争中具有非常特殊的地位，这就是工程技术人员。毫无疑问，战争是国力的综合较量，但具体到某一次战役的成败或是某一阶段战况的走向，则可以说是对阵双方精神士气、武器装备、工程技术等一系列细节问题的比拼。与日本所谓的武士道精神相比，中国军民保家卫国的士气绝对是有过之而无不及；但是在技术方面，积贫积弱的中国则远不如人。因此，具有特殊才能的工程技术类知识分子，成为中国持久抗战的宝贵财富，其价值怎么高估都不为过。

例如，军事交通线的修建，绝不是单纯依靠无数民众的艰辛劳动就可以完成的。规划、设计、测绘、制图、施工、验收……修筑过程中任何一个重要环节，如果离开了专业的工程技术人员，则整个交通线根本不可能贯通。工程技术人员可以称得上是军事交通线建设的灵魂。

一大批爱国工程技术人员以不同的方式为抗战军事交通作出贡献，例如，仅仅一条滇缅公路的修建，其主要工程技术人员就包括了李温平、陆振轩、龚继成、黎杰材、钱昌淦、嵇储彬、张佐周、周赞邦、王序森、刘曾达、李宗达、殷之澜、徐为然、王度、周绍良、赵祖康、徐以枋、夏舜参、梅旸春，等等。

限于篇幅，本节不可能将所有战斗在抗战军事交通阵线上的工程技术人员事迹一一列举，仅选择部分代表性人物进行记叙，他们是：抗战时期中国军事交通建设工作的主要领导者曾养甫；军事公路建设工作主要领导者赵祖康；桥梁专家茅以升；公路专家李温平；交通工程专家邹岳生及桥梁专家钱昌淦。

曾养甫，原名曾宪浩，字养甫，男，汉族，1898年10月生，广东平远人。北洋大学本科毕业，美国匹兹堡大学工学硕士。

1931年底，曾养甫被任命为国民党浙江省政府委员兼建设厅厅长，兼任浙赣铁路理事会理事长、建设钱塘江大桥委员会主任委员、国民党政府委员长行营公路处处长。

曾养甫认为，在浙江建设中，“最重要者为开发交通。因浙江原有公路不达八百公里，而全浙需要之公路，须在二千公里以上，故到浙之初，即决定于一二年内，筑成一千公里以上之公路，以开发浙东之交通。……政府于万分艰困之中，进行交通之开发，仍不遗余力”。

1932年1月，日寇在上海挑起一·二八事变，近在咫尺的战争对曾养甫影响很大，他说：“平时开发经济，固赖交通，战时欲求安内攘外，更须运输便利。同仁认清此点，不问经济如何困难，环境之如何改变，仍继续努力进行，毫不放松。”从这段话来看，曾养甫对交通对于军事的战略价值已有相当的认识。

因此，曾养甫大力推进浙江省交通建设工作，并特别重视公路和铁路建设。公路方面，1932年完成四百八十余公里，1933年完成七百多公里，至1934年6月又完成一千余公里，并有五百多公里在建之中，加上原有的八百公里，除个别深山与海岛之外，公路建设基本覆盖到了浙江的县城一级。这批道路网，在日后对日作战的军队调动和军事物资转运中，贡献不小。

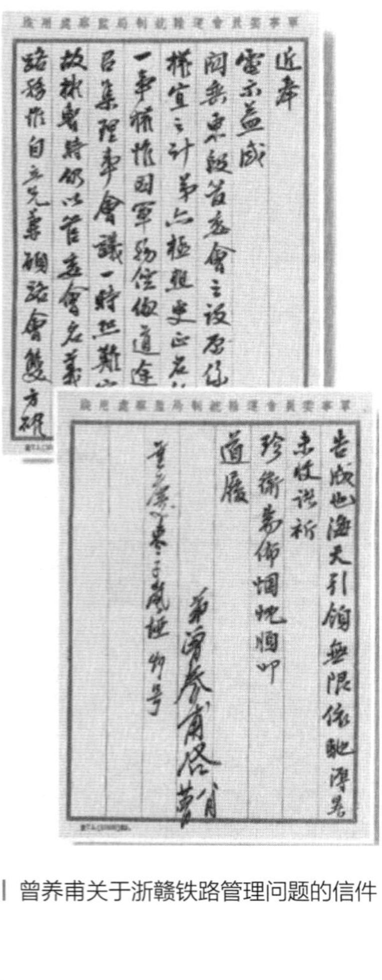

曾养甫关于浙赣铁路管理问题的信件

铁路方面，杭江铁路通车后，曾养甫主张继续西筑并极力推动，终于在1933年11月全线竣工。在曾养甫努力督工筹款下，建成的另一条重要铁路是浙赣铁路。1932年开始修筑，仅数月贯通金华；1933年冬，又由金华筑至江山，1934年冬，复由江山贯通江西省会南昌，1937年又由南昌贯通萍乡，与粤汉铁路相衔接，成为长江以南的交通大动脉。从1937年底至1939年3月的十五个月中，浙赣铁路共开用列车一千七百余列，运送部队一百五十万人、伤兵六万人，运输军需品、商货各二十三万吨。从抗战开始到1942年，皖、浙、闽、赣数省连成一片，交通运输主要靠浙赣铁路维持，充分发挥了运输物资和军队调动的巨大作用。[①]

为了连接两浙，曾养甫在各方支持下，决定开建在军事方面具有重要意义的钱塘江大桥。曾养甫力排众议，采用了茅以升的工程方案，并积极筹集资金，物色建桥人才，即使生病也不歇息。大桥于1935年4月正式开工，1937年9月建成通车。主持设计修筑该桥的茅以升曾评价："在一心集资修建钱塘江大桥一事上，可以看出曾养甫是有爱国心的，有一定的气度，在工程方面比较专业，为人也是清廉的……幸亏有曾养甫的'赶'和'逼'，钱塘江大桥才能真正于二年半内完工，没有耽误大桥在抗日战争中的作用，否则二年半还是不够的。"[②]

1935年，曾养甫调任国民党政府政务次长兼新路建设委员会委员长，奉令入川，督办西南当局赶筑西南五省的联络干道，次年秋工程即告完成，使以贵阳为中心的公路网四通八达，东通湖南，西达云南，南至粤桂，北接重庆。在抗战期间，这条公路网，对军队的调遣、物资的运输起着重要作用。

1937年全面抗战爆发前，曾养甫敏锐地意识到，由于日军海军强大，中国的海岸线很难保全，如果沿海口岸不保，中国将失去外援，陷入危险境地。必须尽早铺设一条从西南向外与国际联系的通道，这就是后来以悲壮和惨烈镌刻在中国抗战史上的滇缅铁路。1939年，曾养甫任滇缅铁路督办公署督办。为协商筑路事宜，国民党政府于1941年9月组织"中国友好访缅团"，任蒋梦麟为团长，

---

① 陈慈林：《曾养甫：浙赣铁路大功臣》，《浙江工人日报》2015年1月17日。

② 路古玉：《话说钱塘江大桥》，《科学24小时》2013年第3期。

曾养甫为副团长。经中缅英多方会商后，便动工勘测、修筑。其修筑工程之艰巨，超乎滇缅公路。铁路长八百多公里，比公路少一百多公里，但土石方数量则超过公路一倍。施工人员爬山越岭，凿路架桥，工程艰巨。曾养甫自任督办日起，奔走筹措财力、物力和人力，可谓头绪百端，常是席不暇暖。加之中缅边境属蛮荒地带，崇山峻岭、悬崖深谷、森林遍野、瘴气弥漫，因瘴疠及工伤死亡人数较之公路建设也更多。但曾养甫不避瘴雨，不仅亲率员工勘测施工，并常抽时亲临工地沿线视察，抚慰民工，甚至过问民工伙食，无车处要步行几公里，宵旰之勤，人所共钦，由于过于操劳，致使其左肢不适，变成痼疾。铁路施工未及半年，缅境军事失利，仰光沦陷，中国国际通道乃完全断绝，筑路工程亦告中辍，为避免日军迫害，铁路各处段仓皇撤走，然而曾养甫犹自坐镇腊戍督运仓库物资，及至烽火在望，才怆然驰回。

1942年底，曾养甫任国民党政府交通部部长兼军事委员会工程委员会主任委员，其间积极整理邮政、电信，极力改善抗战后方的公路、铁路、水运、机场。滇缅公路被切断后，中国国际通道完全断绝，美方决定用大型运输机载运军需物资，经印度空运抗战后方，并利用后方基地出击日本，这就需要大量修建机场。曾养甫时任交通部长，对这批机场的修筑提供了有力的支持。

1945年初，当初在滇缅路上的拼命修筑而落下的疾病终于暴发，曾养甫左肢右腿日益僵硬，影响脑神经，经请准辞去交通部长职务后赴美治疗。1969年8月，曾养甫在香港去世。

赵祖康，字静侯，1900年生，江苏松江人。本科毕业于交通大学唐山学校，又留学美国康奈尔大学进修道路与给排水工程。

1932年，赵祖康回国。恰逢九一八事变后不久，日本侵吞中国的狼子野心昭然若揭，中华民族面临前所未有之生存压力。然而中国用什么来抵挡侵略者的野心？刚刚回国的赵祖康忧心忡忡，当时全国的公路总长度不过两万七千多公里，而且晴通雨阻，质量低劣，各地之间互不联通。为了改变各自分割的局面，他主持省际联络公路的筹建和督修，联络公路由三省到七省，又扩大到十省；颁发了统一的工程技术标准；逐步改善桥渡；统一汽车牌照，建立全国各省市交通互通和公路监理制度等。到1936年，全国公路总公里数达到十万公里，初步形成了全国互通的公路网，为抗战期间物资和人员运输提供了基础。

在赵祖康的修路经历里，有四条路是他毕生难忘的，不仅因为其地势险峻、开凿艰难，更因为其为抗战胜利作出了卓越功勋。这四条公路是“三西公路”：西兰（西安到兰州）、西汉（西安到汉中）、乐西（乐山到西昌）公路，以及滇缅公路。

西兰公路，自西安到兰州，全长七百零六公里，大部分在黄土高原之上，沟壑纵横，高低之间，相差达两千三百余米。原有道路坡陡弯急，行车异常危险；有山无石，有沟缺水，施工十分困难。例如，平凉段始建于1926年，因施工人员缺乏测修常识，工程质量极差；加之数量较多的铁、木轮马车驶于此道，路面常被轧坏，致使汽车不能正常通行。面对难题，赵祖康亲自安排指导，根据缓急先后，采取分期通车办法；同时大胆采用土质拱桥和挡土墙，节省了大量资金。从1933年到1935年，工程在极度艰苦中进行，亲临一线的赵祖康写道：“忧国浑忘病，筹边不顾家。”[①]最终，西兰公路于1935年全线畅通，中苏公路开通后，作为中苏公路终点兰州向东

① 寒山：《赵祖康与酒奠梁》，《宝鸡日报》2009年12月25日。

的主要延伸干线，在运输军械方面发挥了很大的作用。

来自苏联的装备物资，从兰州经西兰公路只能过西安向北方各战区输送，还有大量物资需要向南即四川方向转运，这就必须通过赵祖康修建的西汉公路。

西汉公路，由西安到汉中，所经之地，为古蜀道的北栈道部分，李白诗云："蜀道之难，难于上青天"，足见其艰险程度。赵祖康从选线到施工，无不亲自过问，该路自1934年底动工，两万多工人顶风冒雪，于1936年5月抢通。西汉公路上，秦岭的越岭线，回旋舒展，"鸡头关"沿溪线的雄伟壮观，加上跨越褒河的钢桥，和凿穿嶂壁的连环三洞，堪称中国筑路史上的典范之作。而且路面质量之高，在运送苏联物资时备受好评。

绝壁上凿出的乐西公路岩窝沟路段

滇缅公路于1937年12月正式动工，赵祖康时任国民党政府交通部公路总局副总局长，他深知滇缅公路对于援华物资运输的重要性，从各省抽调人员赴云南抢修，他自己多次飞抵云南与云南省政府主席龙云协调。滇缅公路开工后，为了按时修建滇缅公路，赵祖康亲赴云南，商量滇缅公路的施工进度，以及如何分期拨款的问题。滇缅公路贯通也倾注着他的大量心血。

赵祖康倾注最多心血的一条道路，当属乐西公路。

该路在抗战最艰苦的1938年启建，当时粤汉铁路已被日军切断，主要国际通道滇缅公路已于1938年8月31日全线通车；而川滇之间，须绕道昆明、贵阳才能到达重庆。而乐西公路可以作为四川通往缅甸国际公路的一条最直接的通道。同时，国民党政府预备一旦重庆失守，可由此路迁都西昌。早在1935年，蒋介石就有过修筑乐山至西昌公路的构想。但是，乐西公路却迟迟没有动工。原因何在呢？施工难度大是一个重要因素。

1939年8月，乐西公路在西昌宣告开工，正式揭开建设序幕。由国民党政府交通部公路总管理处处长赵祖康担任工程处处长，全面负责乐西公路建设，受令于1940年通车，否则以军法论处。

海拔二千八百米的蓑衣岭和波涛汹涌的大渡河是横在公路修建者面前的两道难题。蓑衣岭因其终年云雾弥漫，雨水滴零，行人翻越必备蓑衣、斗笠等雨具而得名。赵祖康曾在回忆中提到蓑衣岭动工的艰难："征集民工要走十天以上的路程才能到达工地"，"且因牲口缺少，仅仅为运送粮食就要成千上万人，其他如开山所需的钢钎、火药、炮引等，也要外省购运到工地。这种情况在当时建筑公路史上是罕见的"。

岩窝沟是乐西公路上路基工程最为艰巨的地段。这是一条触目俱为千丈悬崖的深沟，沟口相距不到二百米，沟深却有二百米以上。行过的路人在纪行中写道："两边都是刀劈斧削的悬崖峭壁，俯视沟底，深邃黝黑不见底，惊心动魄。"当年的筑路民工邓开银老人回

| 工程人员和民工共同修建乐西公路

忆，为了开山，工人们都是用绳子拴住腰，有的蹲在箩筐里用绳索吊至悬崖上，悬在空中冒着生命危险施工。“其中一次山体垮塌就搭进了十五六条民工的生命，连尸体都没法清理，直接和岩石一起推到悬崖下。”

修建乐西公路，能否突破大渡河天险是保证全路按时修通的关键。由于赵祖康指挥有方，施工队科学抢建，仅三个月就完成了石砌桥台，六天即完成主索的架设。随后用土法自制木吊篮安装八十二根吊杆，二十天完成桥面铺设。

1941年1月，乐西公路毛路粗通，赵祖康和总工程师孙发端一起冒着危险于1941年2月1日上路试车，经过三十六小时四十分到达西昌。由于施工时间短促，很多困难地段都没有按照标准完成。试通车后，赵祖康带领着工程人员又相继对乐西公路实施了第二期和第三期工程，主要为拓宽路基，降低坡度，建设永久性桥梁和铺

赵祖康亲书的“蓑衣岭”和“褴褛开疆”石碑

筑路面。直至1942年3月方正式通车，历时三十四个月。

乐西公路修通后，与川中公路、西祥公路连接，打通川滇西线，成为纵贯川、康、滇三省边区之重要交通线。在分流滇缅公路物资，支撑驼峰航线，分流中印公路物资等方面，于全国抗战发挥了相当的作用。

然而，就在修路过程中的1940年隆冬，横断山脉间不毛之地，一个形销骨立的中年人病倒了，总指挥赵祖康累得皮包骨头，咳血不止。公路打通时，赵祖康亲书“褴褛开疆”，立碑于工程最艰难的蓑衣岭上。并赋诗一首以表纪念：“广播声喧遍五洲，终教戎首作阶囚。初看妻子鸣花爆，转念慈亲客海陬。千里还乡应已近，八年筑路复何求？踏歌门外刘生到，呼取余杯约北游。”

著名雕塑家刘开渠曾雕过一尊雕塑送给赵祖康。雕塑主体是一个健硕的开路工人，一手持锤一手持凿。在他手下，一座高山上已经出现了蜿蜒盘山公路。山脚下的石碑上镌刻着四个字——“开路先锋”。1995年1月，赵祖康在上海逝世。

茅以升，字唐臣，1896年1月生，江苏镇江人。中学毕业后，先考入唐山工业专门学校土木系。1916年毕业后，被清华学堂官费保送留美，于1917年获美国康奈尔大学研究院专业硕士学位，1919年获美国加利基理工学院工学博士学位。博士论文为《桥梁桁架之次应力》，荣获康奈尔大学颁发的金质研究奖章。学习期间，曾于匹兹堡桥梁公司实习。

1920年，茅以升回国。先后任唐山工业专门学校教授、南京东南大学工科教授兼主任、河海工科大学校长、天津北洋工学院院长兼教授等职。

1933年8月，浙江省建设厅成立了钱塘江桥工委员会，经浙赣铁路局局长杜镇远和浙江省公路局局长陈体诚的举荐，茅以升辞去了北洋大学教授一职，任主任委员，开始主持修建我国第一座公路铁路兼用的现代化大桥——钱塘江大桥。第二年4月1日，浙江省政府成立钱塘江桥工程处，茅以升任处长，罗英任总工程师。

钱塘江乃著名的险恶之江，水文地质条件极为复杂。建造钱塘江大桥首先要克服两大困难，一是洪水和涌潮。钱塘江上游是山区，有衢江、兰江、新安江、桐江、富春江、浦阳江、进入杭州后才名为钱塘江。每年雨季时有洪水暴发，从新安江到上游只是普通河道，到了杭州江面越来越宽，南星桥一带达两千米，下游江面更加宽了，先形成杭州湾，再扩大成喇叭形的黄盘洋后东流入海。每当大海潮涌入时，高过江面约两米，整个江面一字摆开，涛声大作，不绝于耳。如遇洪水上下同时迸发，汹涌澎湃，翻腾咆哮，势不可挡，再遇上台风季节更是浊浪排空似万马奔腾，雷霆万钧之势。观者无不为之失色。唐代施肩吾有诗云："天堑茫茫连沃焦，秦皇何事不安桥。"二是流沙。钱塘江特有的地理环境，自然风貌影响下所形成的流沙深达三四十米。最深达四十八米，经水冲刷更是变化无常。大石头经冲刷而下沉埋入江底难觅踪影，因此杭州民间有"钱塘江无底"之说。

钱塘江特殊的水文地质特点对建桥造成的第一个困难是打桩难。为了使桥基稳固，需要穿越四十一米厚的泥沙在九个桥墩位置打入一千四百四十根木桩，木桩立于石层之上。当木桩被锤击离水面一米时，套上二十二米长的钢送桩，就像笔套套在笔杆上，然后再锤击，将木桩送入河床以下十米。刚开始打桩，泥沙就像橡皮似的，重达一万多斤的气锤，锤重了桩就折断，打轻了桩不下去，一天只能打一根桩。照这样的速度，光打桩就需要四年。

茅以升从用浇花壶水把土冲出小洞中受到启发，创造出抽江水在厚硬泥沙上冲出深洞再打桩的"射水法"。对桩位用水枪冲出十米深的坑，旋即插入木桩锤击，这样就使原来一昼夜只打一根桩，加速到每天可以打二十根桩，最多能打三十根，大大提升了工程进度。

建桥遇到的第二个困难是水流湍急，难以施工。茅以升采用的是"沉箱法"，将钢筋混凝土做成的箱子口朝下沉入水中罩在江底，再用高压气挤走箱里的水，工人在箱里挖沙作业，使沉箱与木桩逐步结为一体。开挖沉箱内的泥沙时，最初用吊桶将泥沙运出墩外，这种作业方法进展缓慢，每天只能使沉箱下降十五厘米，以后改进为把泥沙和成糊状，开启真空管的阀门，凭借气压作用泥浆被吸入管内直排墩外，大大提高了工效，沉箱每天可以下降一米。每当泥沙挖至桩顶时，茅以升和罗英都会到沉箱底亲自查验，直到数完全部木桩心里才踏实。这时墩身已基本浇筑完成，接下来沉箱可以用混凝土封底，在上面构筑桥墩。

第三个困难是水上架设钢梁。钱塘江大桥正桥每组钢梁长六十七米，重二百六十吨，用一万八千个铆钉铆合。如果在地面上提前组装好，没有任何机械可以吊装如此巨大的钢梁，那么就需要在水面上组装，施工难度很大。茅以升见状，采用了巧妙利用自然力的“浮运法”。仍然把钢梁在陆地上的工地组装好，装在由两只承载五百吨的木船连接固定而成的浮运船上，由五米高的木架托举，潮涨时用船将钢梁运至两座桥墩之间，潮落时钢梁便落在两墩之上，省工省时，进度大大加快。

使用浮运法运输安装正桥钢梁

1937年7月7日，卢沟桥事变爆发，日寇侵略凶焰很快向全国各地蔓延。8月13日，上海爆发淞沪抗战。此时建桥的整个工程已接近尾声，只剩下6号桥墩沉箱底部施工出现状况，该处的沉箱沉入岩石时才发现这是一个南北相差九米左右的大斜坡，沉箱无法搁置，必须采用将高出的岩层用炸药炸，再用手工凿平，低处打入短混凝土桩和钢管桩注入混凝土填平的方法。

8月14日，茅以升、罗英等几十人都在水下三十米深的沉箱气室内紧张施工，突然停电漆黑一团，众人无不紧张。一旦因为断电引起气压下降，江水就会涌入，沉箱内之人必死无疑。幸亏照明和动力是两条电路，危险没有发生。直到三十分钟之后才恢复通电，原来是因为日军轰炸，工地关闭了所有的电灯。幸亏守护气闸和气压房的几位桥工临危不惧，坚守岗位，继续向沉箱气室供气，才使茅以升等人幸免殒命江底。

工程未完，战火已烧到了钱塘江边，在此后的四十多天里，建桥的工人们同仇敌忾，以极大的爱国热情，冒着敌人炸弹爆炸的尘烟，夜以继日地加速赶工，1937年9月26日清晨，第一列火车从大桥上通过。通车当日，运送大批军火物资的列车就开始陆续从这座大桥上通过了。

1937年9月26日钱塘江大桥建成通车

| 乘火车从桥上经过的中国军人和民众

然而，这座具有极其重要作用的大桥，仅仅通车八十九天，就被它的建造者茅以升亲手炸断，这又是怎么一回事呢？

原来，淞沪会战爆发后，华东地区的抗战形势一天比一天吃紧。到了11月中旬，战况已经明显出现不利于中方的局面。11月16日下午，南京工兵学校的丁教官在桥工处找到茅以升，向他出示了一份国民党政府绝密文件，并简单地介绍了当前十分严峻的形势。文件明确要求炸毁钱江桥。茅以升何尝不知道，建桥有国防的考虑，而炸桥也是为了抗日。但是，集所有心血建成的大桥刚刚通车，就要自己亲手去炸毁它，这是无比痛心的事情，是茅以升经历的一生中最痛苦的时刻。

南京工兵学校的丁教官奉命协调炸桥事宜，他没有想到，茅以升等在做大桥设计时，已经考虑到毁桥问题，故在靠南岸的第二个桥墩里，特别准备了一个放炸药的长方形空洞，在这里放置炸药，不仅可以炸坏钢梁，更可以炸断关键桥墩，彻底破坏大桥，让敌人难以轻易恢复。从这个细节便可以看出茅以升不是那种单纯的工程技术人员，而是高度关注国防局势，自觉地将工作与国防建设融为一体。

最后炸桥的一刻，茅以升这样回忆道：“（1937年）12月23日，午后一点钟，上面炸桥命令到达了，丁教官就指挥工兵将装好的一百几十引线接到爆炸点上，到三点钟时完毕。本可立刻炸桥，但北岸有无数难民，潮涌过桥，一时无法下手，等到五点钟时，隐约间见有敌骑来到桥头，江天暮霭，象征着黑暗将临，这才断然禁止行人，开动爆炸器，一声轰然巨响，满天烟雾，这座雄跨钱塘江的大桥，就此中断。”①

一千四百五十三米的卧江长龙被从六处截断。这座历经了九百二十五天夜以继日的紧张施工，耗资一百六十万美元的现代化大桥，一共存在了八十九天。

但是，这通车的八十九天，却是对抗战极为重要的八十九天。前期，中国军队通过钱塘江大桥，以最快速度向前方运送了大量的兵员和物资，同时运回大量伤员，对于支援前线作战发挥了巨大作用。1937年11月5日，日军偷袭登陆金山卫，形势突变后，又通过钱塘江大桥抢运撤退机车三百多台，各种客货车辆两千多辆，以及难以计数的各种物资。据不完全统计，经这座桥运送的抗战军用物资、民生物资价值应在三千万元以上。

钱塘江大桥的建成为抗日战争做出了杰出贡献。建桥纪念碑的碑文记录了这段悲壮的史实：“时值抗日战争爆发，在敌机轰炸下昼夜赶工，铁路公路相继通车。支援淞沪抗战、抢运撤退物资车辆无数，候渡过江，数以十万计。当施工后期，知战局不利，因在最难修复之桥墩上预留空孔，连同五孔钢梁埋放炸药，直至杭州不守，敌骑将临，始断然引爆，时一九三七年十二月二十三日。”

大桥炸毁的这一天晚上，茅以升在书桌前写下了八个字：“抗

① 葛许国:《茅以升与钱塘江大桥》,《杭州》2017年第3期。

战必胜，此桥必复”；并赋诗一首表达当时心情：“斗地风云突变色，炸桥挥泪断通途。五行缺火真来火，不复原桥不丈夫。”

大桥炸毁后，桥工处全部撤退，茅以升则将钱塘江大桥建设过程中的所有图表、文卷、相片等重要资料整理收集起来。茅以升后来在回忆录中专门提到了这批档案：“这十四箱资料，我从杭州带到平越，饱经风霜，遭遇到多次敌机空袭，但幸而保存得完整无缺。后来我往贵阳、重庆，又回到杭州，它们一直跟着我，最后则移交给上海铁路局。”①这批珍贵的资料后来成为国家重点档案中的珍品，并为探明杭州市水文情况及建设钱江二桥节省了大量资金。

茅以升对于抗战的贡献，并不仅限于修建和炸毁一座大桥，还在于人才培养方面。钱塘江大桥既是中国桥梁建筑史上的一座里程碑，又是中国桥梁工程师的摇篮。

为了培养桥梁人才，茅以升对于参与建设钱塘江大桥的二十九位刚从大学工科毕业的青年，委以绘图设计和勘测施工等重任，将他们培养成设计施工的骨干成员；茅以升还把工地办成学校，钱塘江桥工程处于1936年7月和8月先后办了两届培训实习班。通过实际锻炼，一批桥梁工程技术人员被培养出来。例如，任滇缅铁路工程局、叙昆铁路工程局、四川綦江铁路工程处副总工程师、副处长等职的汪菊潜；担任国民党政府交通部桥梁设计处正工程师和湘桂铁路桂南工程局正工程师的梅旸春；及赵守恒、赵燧章等等。这些人才，在抗战时的不同军事交通项目中，都发挥了积极的作用。

抗战胜利后，茅以升实践誓言，又主持修复了大桥。建桥、炸桥、复桥，茅以升先生始终其事，克尽厥职。钱塘江大桥建成于抗

① 刘守华：《茅以升：不复原桥不丈夫——访茅以升秘书郑淑涓》，《中国档案》2009年第3期。

日烽火之中，再生于和平建设之世。

清华大学土木系师生在钱塘江大桥参观学习

1989年11月，茅以升病逝于北京。

李温平，1912年生，福建惠安人。本科毕业于唐山交通大学土木工程系，1939年获得美国密歇根大学运输工程学博士学位。

1937年，正在李温平勤奋撰写博士论文之际，震惊中外的七七事变爆发。在日寇的狂轰滥炸下，中国许多铁路、公路遭到毁坏，交通瘫痪，运输受阻，祖国河山百孔千疮。身在异国他乡的李温平急祖国之所急，忧抗日之所忧，决定放弃在美国优渥的学习环境和即将到来的富足生活，立即向校方提出回国参加抗战的请求，学校看他救国心切，破例同意他回国续写论文。

赶回灾难深重的祖国后，哪里需要，李温平就奔赴哪里，参与了湘黔、川滇、川中、洛西等公路、铁路的设计和修建工作。同时继续撰写论文，1939年夏，密歇根大学通知李温平，根据论文审定，已于1939年2月24日正式授予他博士学位。

1941年底，李温平受国民党政府军事委员会运输统制局的派遣来到云南，参与滇缅公路的改善工程。

当时，滇缅公路虽已修通三年多了，但因该路是“先求通、后求好”，迅猛抢通，标准较低。1938年10月国民党政府交通部接管这条公路后，成立“滇缅公路运输管理局”，负责此路的养护、改善、管理和组织客货运输业务，并进行了一系列的改善工程。李温平来滇伊始，就担任了“滇缅公路运输管理局”的工程师。

1942年，李温平到畹町至龙陵路段上指导铺设柏油路，从畹町至龙陵黄草坝，共铺设了柏油路一百三十五公里，这是我国公路修建史上第一次规模性的铺筑柏油路，这段路铺成后，大大提高了公路的运力，以前每天只能通过三百辆汽车，改良后一天可通过两千辆。路面的改善也为加快车速提供了条件，从畹町到昆明的时间，从原先的一个多星期缩短为三四天。铺路期间，李温平曾手抬柏油桶喷洒柏油，为民工示范。他因指挥修柏油路不辞辛苦，卓有成绩，获得了局长谭伯英颁发的奖状。

1943年至1945年，年仅三十出头的李温平担任了滇缅公路工务局（其前身是滇缅公路运输管理局）的副总工程师，除担任技术指导外，还负责技术管理工作。1942年5月日寇占领怒江以西后，铺设柏油路的工作已无法继续进行，此后，李温平以工务局副总工程师兼工程总队副总队长的身份，代行总队长职权，他与总队顾问、美国工程师陶逊等合作，在下关借助美国提供的各种筑路机械，培训机械筑路人才，在一年多的时间，培训出了一批优秀的技术人才。

抗战后期，为了配合滇西反攻，李温平与国民党政府交通部派来云南的江务局局长龚继成和工程师黄京群等一起，冒着生命危险参与了反攻复路工作，即修复1942年被我方破坏以防日军渡江东进的滇缅公路701至759公里段公路，并修复被我方炸毁阻敌渡江的惠通桥，保证了反攻作战的交通顺畅。

1944年，中国驻印军和中国远征军开始反攻，中印公路开工修筑。中国负责从保山修到密支那（美军工程队以机械协作），称为保密公路，起点在保山附近滇缅公路六百九十公里，终点在缅甸密支那伊洛瓦底江东南岸的宛貌，长三百六十七公里。保密公路由滇缅公路工务局负责，1944年7月在保山成立“保密公路第一工程处”，李温平为副处长，负责修筑滇缅公路六百九十公里处起经腾冲至国界37号界桩这一段（称国内段）及腾冲至龙陵支线。

为保证对日反攻的胜利，要以最快的速度修成这条路。在修复怒江上的惠通桥时，日军在惠通桥西岸负隅顽抗，李温平带着他的队伍顶着日军的枪林弹雨于1944年7月将其修复，人员伤亡颇大。事后，美军工兵团总指挥薛德乐上校在总结工作时指出：“修复惠通吊桥以及被破坏了的五十公里道路是主要工程！原来钢索塔是钢筋混凝土的，有一座已经被破坏，中国军队司令限三十天通车，中国工程师们仅用十五天就完成了任务。”这与李温平高超的修复指导水平是分不开的。

道路修到猴桥时，猴桥以西至中缅国界公路段，沿高山坡上的山脊有多处大石挡住了工程进程，尽管有推土机、空压机等日夜三班突击施工，效果依旧不明显。李温平见状向美方建议采用大爆破后用推土机开路基的技术，有时一次开爆二百个炮眼，结果使工期大大缩短，这也是中国公路修建史上首次使用大规模爆破技术。李温平也由此逐渐成长为驰名中外的爆破专家及中国大规模定向爆破技术的开山者。

1945年春，中印公路国内段全部修通。李温平奉命随美军过国界抢修距国界二十多公里处的陡壁悬崖路基开方工程。一座长五十多米，高一百多米，削壁式石山拦住去路，光秃秃的山上无一立足之处，任何筑路机械无能为力。美国工兵采用贴炸药包的方法，在安放炸药时因站立不稳落崖牺牲。面对巨大的拦路虎，美方工程人员一筹莫展，李温平仔细观察分析后，决定采取顺着石层纹理钻孔爆破的方法，苦战三天三夜后，终于开辟出一条通道。最终仅用两个多月时间，这条约三百余公里长的被断言不可能打通的路段打通了。保密公路于1945年1月初完工，仅用六十天的时间。

修筑保密公路期间，无论是国内段或国外段都采用了大规模的机械施工，这在我国公路修筑史上也是第一次。中国两万多筑路民工与美军工程兵操作的四百多台各种筑路机械密切配合，场面壮观。在此期间，除了精湛的专业知识外，李温平还显示出杰出的指挥才能，受到薛德乐的多次表扬，并称他为“工兵团的总工程师”。

1945年1月28日，中印公路南北两线全线打通。在1945年2月至8月的半年时间，运进中国的物资达五万多吨，驶入汽车一万多辆，为争取抗战的最后胜利作出了很大贡献。

由于在交通建设方面功勋卓著，李温平先后获得国民党政府颁发的甲种光华一等奖章和美国政府颁发的自由勋章。[①]美军总部还特

---

① 光华奖章是中华民国时期颁发的一种奖章，分甲、乙两种，每种又分一、二两等。自由勋章是美国最高荣誉的文职勋章，由美国总统一年一度颁发，与国会金质奖章并列为美国最高的平民荣誉。受奖者可以是非美国公民。

别颁发其锦旗一面，旗上印着中印公路路线及通车日期。

2010年5月，李温平在北京去世。

邹岳生，字峻五，1896年生，江苏省阜宁县人。1918年入复旦大学理学部学习，1924年毕业于北洋大学土木工程科。

1924年至1925年夏，任安徽桥工局实习工程师，1928年10月至1931年10月，任江苏公路局工程师，1931年11月至1932年1月，代理南京国民日报社长，1932年2月任浙江公路局工程师，先后担任了杭徽公路及义长公路主任工程师，1935年3月任国民党政府行营公路处湘黔、黔滇公路主任工程师兼总段长，负责黔滇公路的施工。

在来到贵州之前，邹岳生已经在华东五省修筑过京杭公路、杭徽公路、浙闽公路等不下十条公路，然而晴隆县鸦关茶马古道段的陡峭地形与华东有很大不同，山坡六十度，直线距离三百五十米，高差二百五十米。要在这里修筑一条公路，谈何容易。邹岳生多次深入山中考察，寻找解决方案，利用在江浙地区积累十年的公路建设经验，三次精密测量，比较多个方案，最终设计出一条科学的方案。

修筑公路少不了要用沙子，可黔滇路沿线竟无沙可觅，执行施工任务的郝梦龄部队命工兵用石块捶石屑以代之。捶石屑一立方，需工十余个，非常辛劳。邹岳生见此状，及时向行营公路处反映，对工人的报酬每华里二百元外再加石屑一百，以示体恤。八十年后，邹岳生之侄邹人倜在晴隆调研时发现，晴隆至今仍然用石屑代替河沙建房修路，只不过都用机械加工。可见当年修路之不易。

经过工程师们精妙的勘测设计和全体筑路人员的不懈努力，耗

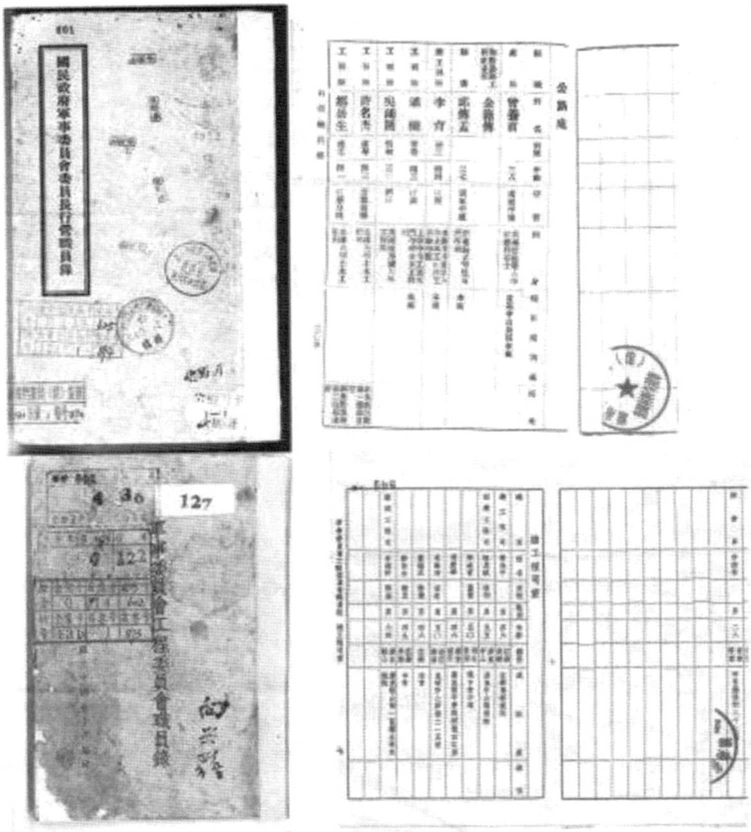

| 邹岳生任职行营公路处和工程委员会的职员表

时一年的“二十四道拐”于1936年夏竣工。这条路从山脚至山顶在倾角约六十度的斜坡上以“一”形顺山势而建，蜿蜒盘旋至关口，共二十四个回头弯，全长约三千八百五十米，平曲线最大半径十五米，平曲线最小半径八米，最大纵坡约15%，路面宽约六米，泥结碎石路面，这就是著名的“二十四道拐”。[①]由昆明方向来的车，在

① 1943年，美国陆军第1880工兵营对“二十四道拐”进行了维修改造，主要是减去了三个弯道，拓宽弯道，护坡固土等。由于上述活动并未改变原道路基本面貌，加之“二十四道拐”之名已广为人知，因此，这段道路仍被称为“二十四道拐”。2006年，“二十四道拐”被批准为国家重点文物保护单位。

黔滇公路晴隆段“二十四道拐”

这条七米宽的路上，左一拐右一弯，蜿蜒曲折盘旋而上，煞是壮观。

1936年秋，国民党政府派出一百八十位各界知名人士组成的“京滇公路周览团”浩浩荡荡来到晴隆，称赞新建的山区国道因地制宜，勘测设计及施工品质“除湘省外无出其右者”。

至1937年3月，黔滇公路完工之后，起于南京止于昆明的京滇公路全线打通。该路全长两千九百七十四公里，横贯苏、皖、赣、湘、黔、滇六省，是当时中国“东部与西南联络公路之唯一干线”和“全国公路中最长的一条干线”，成为首都南京至西南边陲昆明之间的大动脉。昆明到南京的时间，由公路开通前最快的四十四天，骤然缩短到八天。

全面抗战爆发后，中国从海外购买的武器装备和战略物资经滇缅公路到昆明后，要经“二十四道拐”向内陆转送。当时在昆明至贵阳和贵阳至重庆区间，每天共有不下两千辆货车，日夜行走在“二十四道拐”，这里由此成了中缅印战区交通大动脉的关隘地段。经黔滇公路由昆明内运至贵阳的军品物资，仅1940年至1942年即达到九万五千七百二十四吨。

国民党政府军事委员会军政部将晴隆作为大后方支援滇缅战场人员和物资的重要集散地，先后驻扎于晴隆的主要军政单位有：第

56军第38师、第57军、军政部105陆军医院、第28师军械库、国民党政府交通部公路卫生站等。美英盟军的相关机构主要有：英国战时生产服务部驻晴隆办事处、美国陆军战时生产服务部驻晴隆办事处、美国陆军战时生产服务部供应站、美军车站、美军加油站、美军第1880工兵营等。

“二十四道拐”建成后，邹岳生离开晴隆，陆续转战湘、桂、黔、滇以及缅甸和印度，参与修建中越、黔滇公路、铁路及一些机场的建设。

1938年，邹岳生调滇缅铁路工程局，先后担任总段长、处长。在云南负责滇缅铁路部分路段的修筑时，邹岳生冒着生命危险现场督工。就在铁路路基即将完工准备铺轨时，进口铁轨因故不能到位，日军进攻缅甸，国民党政府不得已下令炸毁已建成的桥梁桥墩和路基隧道。这是邹岳生一生最痛苦的时刻，亲眼看着滇缅铁路在一片爆破声中化为烟尘。

滇缅铁路功亏一篑后，为保障国际通道畅通无阻，国民党政府当局决定另修中印公路。1942年，邹岳生所在滇缅铁路西段工程处奉命入缅抢修中印公路。工程队本已在缅甸密支那、孟拱安营扎寨，正准备大干一场，而此时远征军在缅甸遭遇惨败，十万大军除一部分撤至印度，大部分经野人山逃回国内后仅剩四五万人。而在密支那的中国筑路工程人员失去护持后，也经野人山逃回云南，邹岳生险些命丧野人山。

缅甸归来，滇缅铁路工程局编制撤销。1942年7月，邹岳生被调至军事委员会工程委员会，先后任委员、副总工程师，为配合飞虎队作战和驼峰航线的地面保障，负责抢修军用机场。当时国民党政府计划修筑七十二座机场，其中军用机场四十七座，邹岳生先后完成羊街、桂林、柳州、罗平、南宁、江西新城等六座军用机场的修筑任务。江西新城机场的修筑任务最为艰巨，因为美军要求该机场要确保能为B-29轰炸机提供起降保障；江西新城机场的修筑也最为危险，因为离敌占区较近，常遭敌军空袭。但这些基础工程的建设，对支援美军航空兵空中作战起了巨大作用。

1935年到1945年，整整十年，邹岳生几乎都在祖国西南的大山里。这里山高林密、瘴疠弥漫、疟疾横行。邹岳生在崇山峻岭中工作时的行头，是头戴拿破仑帽，身穿中山装，外披风雨衣，胳膊肘挂一根拐杖，脚穿克拉克鞋，须臾不离身的则是罗盘。他以这身行头，用双脚踏遍云贵高原！

国民党元老于右任曾给邹岳生写过一副对联："高松来好月，大略展雄才"，以赞扬他为抗战所作出的贡献。

1966年9月，邹岳生从陕西咸阳火车站离家，在郑州等地亲属家中短暂停留离开后失踪，至今下落不明。多年来，邹岳生之侄邹人倜一直致力于挖掘整理伯父设计、修建"二十四道拐"的相关史料，是这一领域公认的专家，也成为贵州省晴隆县开发"二十四道拐"抗战遗址工作的重要参与者和顾问。

2015年，中共中央、国务院、中央军委向邹岳生的亲属颁发了抗战胜利七十周年纪念章。

钱昌淦，字少平，1904年11月生，上海崇明人。清华大学毕业后赴美国伦斯勒理工学院深造，就读民用工程学桥梁工程专业，1925年获得桥梁工程专业土木工程师资格。

九一八事变起，东北沦陷，日寇得寸进尺，之后又将侵略魔爪伸向华北，民族危机与时俱增。远在大洋彼岸的钱昌淦，心存祖国的安危，虽在美国建立了美满幸福的小家庭，又有理想的工作、丰厚的收入，其乐融融，但“留学海外、回国报效”的思想深植于心，他毅然决定回祖国去，以学得的知识为国家建设服务，为反抗侵略添力。深明大义的妻子爱丽丝·莱德夫唱妇随，告别父母亲友，与钱昌淦带着孩子来了中国，一家人住在上海。

钱昌淦利用自己桥梁工程专业的专长，在父母亲的帮助下，开设了东亚工程公司，自任总经理。上海交通大学慕其名，聘请他担任土木工程学院讲师。中外闻名的钱塘江大桥，钱昌淦是设计者之一，并由他的工程公司承包建造长两百八十八米的北引桥全部工程。建设期间，钱昌淦不论风雨寒暑，坚持奋战在建桥现场。工程末期，淞沪大战打响。大桥横贯钱塘江南北，是连接沪杭甬、浙赣铁路的交通要道，于军需而言，又是极其重要，早一天建成，效用与价值不可限量。为集中精力、时间建桥，他毅然动员爱妻带着儿子回了美国娘家，自己吃与住也都搬在了桥头。

1937年9月26日，钱塘江大桥顺利建成，钱昌淦与他的公司立下了汗马功劳，茅以升在《钱塘江桥工程记》中有载：“东亚工程公司钱昌淦、夏彦儒，无假期，无昼夜，悉力奔赴，艰危不辞，始终其事，各有贡献，遭遇万难，而卒底于成。公司监工王贤良、机匠袁明祥，工人王德元、陆才明四人，因公忘身，遇难殉职。”

钱昌淦尽心竭力于钱塘江大桥，顾不上他的公司，来不及转移财产，更谈不上内迁，他的公司随着上海的沦陷而破产，可谓为国家而舍小家。

钱塘江大桥建成后，钱昌淦调往南京，出任国民党政府交通部技术厅桥梁设计处处长。上海失守，南京告急，国民党政府决定迁都重庆，钱昌淦跟着到了陪都。西南军事交通干线滇缅公路1938年底通车后，澜沧江连接两岸的功果桥由于设计荷载能力低，载重汽车上桥后必须过了一辆才能过另一辆，难以适应日渐增加的战时运输任务。

1939年初，国民党政府交通部组织了以钱昌淦、唐文悌为首的澜沧江桥工程队，负责建造新桥，钱昌淦为设计师。钱昌淦临危受命，马不停蹄赶去澜沧江边考察，把桥址选定在功果桥上游七百米处。5月间，钱昌淦如期设计完毕，全长一百三十五米，名为“新功果桥”。所需建桥材料是向美国订购的，计划先运到中转站缅甸仰光，再由仰光运回国内。为此钱昌淦把办公室直接安在了仰光，在那里等待材料抵达验收，转运国内。几个月里埋头繁忙事务，足不出户。建桥最重要的钢缆全部到仰光后，钱昌淦亲自逐一检验，亲自押运回国到工地，一路上栉风沐雨，废寝忘食。

开工建桥后的十七个月时间里，钱昌淦整天忙碌在工地上，组织施工、督查进度、检验质量，或是与工人、技术人员一道，边劳作边听取意见，竭诚付出，再苦再累无一句怨言，唯一的心愿是早日竣工，多一条运输战备物资的通道，为抗战救国添力。

1940年11月4日，新功果桥建成通车，彩旗招展，锣鼓喧天，欢呼声中，满载军需的大货车，一辆接一辆稳稳当当从桥上驶过。然而人丛中却没有钱昌淦的身影，参与建设的国民党政府交通部技术厅桥梁设计处副处长唐文悌及工程师王序森、刘曾达、李宗达脸上爬满了泪水，是喜极而泣，又是掩不住的悲伤神情，旁边的员工、民工似有所觉察，面容变得肃穆起来。

原来，建造中的新功果桥，屡遭日机空袭，多次炸坏，敌机一走，钱昌淦就已出现在了现场，组织抢修。炸了修，修了炸，再炸了再修，已成了平常事。1940年10月29日，钱昌淦乘“重庆”号客机飞昆明公干。他本计划次日返回工地，接到桥梁又被日机炸坏的电话后，决定当天赶回去组织抢修。途中14时30分飞经云南曲靖上空时，遭到日军战斗机袭击，“重庆”号中弹起火，机上全部司乘人员遇难，其中的一个就是钱昌淦。[①]再过九天，就是这位年轻桥梁工程专家的三十六岁生日。

就这样，在新功果桥竣工前的六天，钱昌淦不幸以身殉国。噩耗传到大桥工地，官员、技术人员、民工无不伤心落泪、深感痛心。

| 钱昌淦设计建造的昌淦桥

国民党政府交通部给钱昌淦在美国的妻子爱丽丝发去了一份电报：“非常悲哀地通知，您的丈夫钱昌淦先生于10月29日下午，执行公务和其他八人乘坐飞机前往昆明时，遭到日本飞机的机关枪射击而牺牲。他的牺牲是我们巨大的损失。就此我们向您和您的家庭致以最诚挚的哀悼，并向为了自己的祖国而献身的钱先生致以最崇

① 钱昌淦牺牲后，遗体安葬在哪里至今不明。

高的致敬。他死后的荣誉另外详细通知。希望您节哀顺变。”

钱昌淦主持设计建造的新功果桥，是中国第一座有钢加劲桁的公路悬索桥，进口、外援、华侨募捐的抗战物资得以源源过桥抢运昆明，分发前线后方。曾多次驾车通过新功果桥的南侨机工翁家贵老先生回忆：“这是滇缅公路上最好的桥梁。每次一辆跟着一辆过桥都没有问题。而其他的桥梁必须一辆过了以后，再过另外一辆。”

新功果桥赢得了“滇缅公路咽喉”的美誉。中国军民感谢这座大桥对抗战大业的贡献，当然不会忘记设计者及建造者钱昌淦，为了纪念他，开始有人以昌淦桥改称新功果桥，很快得到各界公认。国民党政府交通部顺应民意，特将新桥命名为昌淦桥。战时因陋就简，“昌淦桥”三个大字是用毛笔写在铁片上的，一个字一块铁皮，就在桥梁上方，十分醒目。

多年来，钱昌淦与昌淦桥长留在人们的记忆中。2009年，因下游建造水电站的需要，昌淦桥被拆除，2013年整体拆迁至距原址二十七公里处，云龙县人民政府于当年12月树立了昌淦桥文物建筑迁移保护工程说明碑、昌淦桥简介碑，让后人永远铭记这位功臣。

无数的抗战往事证明：中国知识分子的大多数人，是中华民族最具有爱国思想与爱国传统的社会群体之一。中国的知识分子在抗日战争的血雨腥风中，绝大多数人都经受了考验，谱写了一曲曲响彻云霄的爱国主义与英雄主义战歌。

血　脉

（下册）

主编　蒲　元　曹唯溪

中共中央党校出版社

第四章　笔墨投枪——文化抗战

本章标题为笔墨投枪，主要介绍中国文学界、艺术界、新闻出版界等文化群体在抗日战争中的突出贡献。本章分为四节。第一节为文人的抗争，主要介绍文化领域人士以文章、报刊、剧本等为阵地，宣传抗日救亡的情况。第二节为以画为矛，介绍绘画领域人士以漫画、版画等形式开展抗日宣传的情况。第三节为鲁艺之光，介绍中国共产党在延安开设的鲁迅艺术学院教学、服务抗战的相关情况。第四节为消失在战场，主要以新闻领域的杰出代表——战地记者方大曾为重点，讲述其奔赴抗战前线、不惧危险、敏锐采访的故事。

第一节 文人的抗争

中国数千年的历史表明，中华民族是民族感强烈的民族，历代都有这方面的记载。西汉时的苏武，奉命出使匈奴被扣，威胁利诱不能屈其节、牧羊苦寒不能丧其志，经历了十九个春秋才见到了故乡明月。宋朝的文天祥更为可歌可泣。他辗转逃亡、九死一生的经历，他那气势磅礴的《正气歌》，以及昂首刑场的高大身影，永远铭刻在世人的心中。明代的戚继光，成功地抗击倭寇从海上入侵，捍卫了民族的尊严，保卫了一方平安。鸦片战争以来，中国不断遭到外国列强入侵，致使割地赔款，生灵涂炭，灾难深重，其中尤以日本为最。日本侵略者独霸中国的野心由来已久，至20世纪30年代更是变本加厉：1931年侵吞了东北，1937年又发动了大规模的侵略战争。中国人民忍无可忍，胸中燃起了熊熊烈火。

面对侵略，面对战争，文人们考虑最多的是什么？郑振铎说：“身处危乡，手无寸铁，所恃以为宝者，唯有一腔正气耳。”老舍说：“一个读书人最珍贵的东西是他的一点气节。我不能等待敌人进来，把我的那一点珍宝劫夺了去。”

那是1931年九一八事变后不久，在北平图书馆内，一群著名的文人在此聚会，他们讨论的题目是：“书生何以报国？”——这也是一种选择，它不仅包括了面对“国家兴亡”的反躬自问，也包括了面对“匹夫有责”的严肃思考。

固然，“投笔从戎”者不乏其人，但是更多的文人们还是选择了“形而上”——以知识为武器，以专业为战场，一如既往地坚守着自己的“岗位”。这个“岗位”就是守住中华民族的文化传统，就是延续中华民族的文化血脉。于是，有人悄悄地保护文化遗产，有人默默地培养文化新人，有人静静地发掘文化精髓，有人苦苦地积蓄文化食粮……

要么，奉献自己的知识，为抗日救亡出谋划策。

梁漱溟是研究哲学的，并将方向定在了“人生问题”和“社会问题”上。为此他兢兢业业摸索了“乡村建设”的道路，乃至妻子病亡也没能让他停下手中的工作。战争开始后，他拟定出《非常时期乡村工作计划大纲》，向政府提交了若干有关战时农村问题的建议案。他的关注点，是广大的农民，是如何将他们迅速地发动起来，成为抗战的中坚力量。

马寅初是留美经济学博士，面对因为战争而陷入困境的中国经济，他认真研究世界各发达国家在战争中的经济政策，以及如何借鉴，如何取舍，并向政府提出了一系列解决财政不足的办法。他更是频频写书，四处演讲，向民众普及经济学原理，让百姓了解中国面临的实际问题。

费孝通是从事社会学研究的，为了参加祖国的抗战，他迫不及待地回国了，并一头钻进贫困山区。他这样解释自己的行为：“现在很可能有人会不太明白，为什么一个所谓‘学成归乡的留学生’会一头钻入农村去做当时社会上没有人叫好的社会调查。我觉得中国在抗战胜利之后还有一个更严重的问题要解决，那就是我们将建设成怎样一个国家。在抗日的战场上，我能出的力不多，但是为了解决那个更严重的问题，我有责任，用我所学到的知识，多做一些准备工作。那就是科学地去认识中国社会。”

要么，坚守自己的专业，为抗日救亡添砖加瓦。

以大学教授为例，抗战爆发后绝大多数人都一如既往地坚守在自己的三尺讲台上。学生们这样回忆钱穆的《中国通史》课："……感情是那样的奔放，声音是那样的强劲而有力，道理是那样深刻鲜明。那时正是国难方殷，中原陷没，学校搬迁甫定（未定），师生们皆万分悲愤之际。因此先生的讲演，更能感人动人，异乎寻常。两个小时的课，自始至终，人皆屏息而听，以致偌大一个教室，人挤得满满的，却好像阒无一人似的。我们不仅具体地、活生生地看到中国历史的可敬可爱之处，而是从先生讲授时所表现的、所流露的对国史的无限深情和崇高敬意，看到了榜样，感到了更大的感染力。"

如果说，认真上好每一节课是教师的本职工作的话，那么还有许许多多的文人，他们却在自觉自愿地担负着没有任何人指派给他们的任务。战争爆发后，郑振铎没有离开上海，不为别的，只为挺身而出保护面临散亡的文化典籍，他说了："我们的民族文献，历千百劫而不灭失的，这一次也不会灭失。我要把这保全民族文献的一部分担子挑在自己的肩上，一息尚存，决不放下。"为此他受到敌人的通缉，不得不隐姓埋名转入地下。常书鸿也是这样的一位"痴人"，为了保护敦煌的文化遗产，他毅然放弃了法国的舒适生活，以及如日中天的事业，一头扎进大西北的滚滚沙漠之中。妻子跑了，同伴走了，只有他岿然不动，心甘情愿地坚守在莫高窟，承受着"长期的甚至是无期的徒刑"。

要么，忠于自己的使命，为抗日救亡呕心沥血。

例如清华大学的校长梅贻琦、浙江大学的校长竺可桢等，他们于抗战中肩负着一定的使命。杭州面临陷落，竺可桢带领着浙大的师生，一迁，再迁，三迁，四迁，夫人病逝了，幼子夭亡了，他埋葬了他们，继续向前。同仁们写下这样的文字："上千的人，驮着一个大学，在烽火连天的夹缝中，奔走万里的路程，经历六七省的地域。……（最后）又凭着四千人的力量，依然驮回来，不能不算是五千年来的奇迹。”梅贻琦则于合并后的西南联大立下了这样的誓言：在这风雨飘摇之秋，清华正好像一个船，漂流在惊涛骇浪之中，有人正赶上负驾驶它的责任。此人必不应退却，必不应畏缩，只有鼓起勇气坚忍前进，虽然此时使人有长夜漫漫之感，但吾们相信，不久就要天明风定。到那时我们把这船好好地开回清华园，到那时他才能向清华的同人校友“敢告无罪”。

同样，如果说这些人毕竟是接受了政府委派的话，那么还有一些人则完全是自己“任命”于自己了——陶行知创办育才学校，没有任何人授命于他，但是为了众多的失学儿童，他把全部的爱奉献给了他们。有人说他这是“抱着石头游泳”，他回答道：“我不是抱着石头游泳，而是抱着爱人游泳——越游越起劲！”

要么，紧握自己的笔杆，为抗日救亡谱写诗篇。

作家群体，在战时的文人当中是一支不小的队伍。他们既没有坚实的单位为靠山，也没有固定的薪俸作后盾，只能卖文为生，只能以笔战斗，为这场战争留下了众多的记载。这里有日军暴行的“铁证”，有国民心理的“档案”，更有着为民族精神谱写的诗篇。

“我们的祖先，他们为保卫土地／从不曾屈辱过一次”（艾青《北方》）。我们有什么理由不继承祖先“不曾屈辱过”的精神？各种文学作品满怀激情地表现了祖先的这种精神演化出来的强烈的民族意识。“救亡的感情像沸水，使大家全部变成了疯狂，这声音，比敌人的炸弹更响，这声音，像爆裂的火山一样”（臧克家《伟大的交响》）。作家们热情歌颂了具有“像沸水”一样“救亡的感情”的民族武装。中华民族到了最危险的时候。国内各政治势力几经曲折，在抗日救亡问题上达成了共识，枪口一致对外，打了一些硬仗，比如八一三淞沪抗战、台儿庄大捷等。郭沫若、田汉等都热情进行了民族主义精神的歌颂。除了正规军之外，还出现了不少民众性的地方抗日武装。他们不愿当亡国奴，将祖先不屈辱的精神转化为了自己的实际行动。曹白《访江南义勇军第三路》写了长江南岸与太湖东岸一带民众不屈服的民族情感和救亡斗争——民众组建的游击队“非常多，宛如晴夜的星星”。同以这一地区为背景的是谷斯范的长篇《新水浒》。这部小说以太湖为背景，写那里的民众武装的不屈战斗和由不纯到纯，进而转变成真正游击队的故事，为太湖抗日武装唱了一首令人难忘的民族赞歌。从客观上来讲，不拿起武器也没有出路。“假使我们不去打仗，敌人用刺刀杀死了我们，/还要用手指着我们的骨头说：‘看/这是奴隶！’”（田间《假使我们不去打仗》）。

作家们也热情歌颂了普通民众“像爆裂的火山一样”的爱国精神，这种精神促使了民众从军观念的变化。过去是好男不当兵、好铁不打钉，现在是好男要当兵，还要争取当好兵。老舍在《兄妹从军》中写道：“王家少妇不知愁，夫婿出征雪国羞。更有银娥奇女子，雄心壮胆美名留。”由消极的“悔叫夫婿”到自己积极地参与，心态完全不一样了。主动从军的热情之高，前所未有。曹白《这里，生命也在呼吸》就做了如此反映。这篇散文写难民所的青年难民要求想方设法让他们到前线去，他们说：“我们在这里光是吃吃睡睡，无聊，我们愿意上火线，扛子弹，掘壕沟……”使人们深深感到“四百多条生命的强烈的呼吸”。

旅居海外的、被称颂为“东方的雪莱”的著名诗人王礼锡，他选择的是回国——“不是长城缺不了我，是我与长城相依为命。没有我，无碍中华的新生；没有中华，世界就塌了一座长城。”他于

1938年6月报名参加了作家访问团，任团长，亲临中条山前线，带领着一支“笔部队”，出生入死地写下了一部《笔游击》，向后方的人民报道了前线将士的英勇奋战。王礼锡不幸于1939年8月英年早逝，全国举行了哀悼。

战前被人们划归到“鸳鸯蝴蝶派”的张恨水，选择了“国难小说”。他说：“吾不文，然吾固以小说为业，深知小说之不以国难而停，更于其间，略进吾一点鼓励民气之意，则亦可稍稍自慰矣。”为了力求真实，这位既不懂得军事也从未上过战场的书生，一遍又一遍地向前方的将士请教，甚至问到炮是怎样响的，子弹在夜里发什么颜色的光。他还认真地阅读了各种各样的资料，包括地图、照片、日记、剪报等等，有时为了搞懂一个问题，能够追问对方一两个小时。

海外学者余英时曾这样分析道：“如果从孔子算起，中国‘士’的传统至少已延续了两千五百年，而且流风余韵至今未绝。‘士不可以不弘毅，任重而道远。仁以为己任，不亦重乎？死而后已，不亦远乎？’这一原始教义对后世的‘士’产生了深远的影响，而且愈是在‘天下无道’的时代也愈显出它的力量。”——的确，作为另一种动力，这便是传统文化的力量，它包括“天将降大任于斯人”的责任感，包括“天下兴亡，匹夫有责”的使命感，这是永远也割断不了的承传。

当年一个日本军官曾说过这样一句话：“如果我炸毁的只是上海的几条马路，中国人一年半载就能把它修复起来；只有炸毁了商务印书馆，中国人才不得翻身！”就连这帮强盗们都明白：要想灭掉存着数千年悠久历史的民族，必须先灭掉它的根，灭掉它赖以生存的文化！民族间的一切较量，归根到底就是文化的较量！为此，当时的国民党中央大学校长罗家伦立下了这样的誓言：“我们抗战，是武力对武力，教育对教育，大学对大学，中央大学所对着的就是日本东京帝国大学！”那么结果又是如何呢？1944年剑桥大学教授李约瑟到中国考察，他得出的结论是：“西南联大、浙江大学足可与牛津、剑桥、哈佛媲美。”他们基于自己的专业立场，基于自己的文化良知，对国家、对民族投入了实实在在的热爱与关切，他们同样应该是“中华民族抗战史”中的英雄。

抗战中以笔墨为投枪匕首，刺向侵略者的中国文化人的事迹不胜枚举，限于篇幅，本节谨在不同领域选择其代表人物简述之。

抗战记者曹聚仁。

曹聚仁，字挺岫，号听涛，1900年6月出生，浙江浦江人，中国现代著名作家、学者、记者。

曹聚仁的理想是当一个学者，但日军的炮火让他经历了家破人亡的惨剧，曹聚仁开始变了，变得几乎判若两人！他自己也曾这样总结道：“1936年以后，我的政治觉悟引我从书斋中走出，走向抗战的洪流中去，这也正是我的生活转折点。”

以往从不过问政治的他参加了上海文化界救国会，并被推选为领导人之一。他慷慨激昂地表示：“这回抗日，乃是我们这一辈人的事；要死，我们就去死好了！”以往从不参加政治活动的他到处去演讲，去向民众宣传抗日的道理和团结的重要。一次在无锡，他被当场逮捕，好在并无大碍。过去坚决反对文学为政治服务的他写下了振奋人心的救亡歌曲《战神的脚步》：“枪在我们的肩膀，血在我们的胸膛。我们来捍卫祖国，我们齐赴沙场！渡过鸭绿江，冲过大同江！哈，富士山算得什么！嘻，富士山算得什么！我们濯足乎扶桑！我们濯足乎扶桑！”

1937年，全面抗战爆发以后，曹聚仁选择了前线，选择了做战地记者。他还写下了这样一首诗，以示胸中的激情与抱负——“海水悠悠难化酒，书生有笔曰如刀；战地碧血成虹影，生命由来付笑嘲。”

就这样，曹聚仁昂首挺胸地走上了前线，步入了“超死生的境界”：1937年8月，他担任上海《大晚报》的战地记者，并兼任《申报》《立报》及中央通讯社记者，前往淞沪前线采编战地新闻；1937年10月，他受聘于金华《东南日报》，为其采写东南各战场的通讯报道；1938年2月，他受聘于中央通讯社，担任战地特派员，亲赴台儿庄前线进行现场报道；1941年，他担任赣州《正气日报》总经理、总编和主笔；1944年，他接受上饶《前线日报》编务，并担任《前线周刊》主笔……

抗战中，他奔走于各个战区之间，穿梭于枪林弹雨之下。其间，甚至有他为国捐躯的消息传出，朋友们奔走相告，深表哀悼。此间，他也曾有过多次机会“改行”：1938年的春天，全国抗日救亡总会正在筹组，沈钧儒亲自上门相邀，他谢绝了；随后，中华全国文艺界抗敌协会成立，他被推选为候补执行委员，他没有上任……就这样，他由一名教授、学者、编辑、作家，变成了战地记者，变成了“有笔如刀”的新闻工作者！

淞沪会战期间，他一共发表了五十多篇战地通讯和特写，其中还不包括那些数量惊人的“战场小语”，部队对此非常满意。其实，与后来的成绩相比，曹聚仁在淞沪战场仅仅是小试锋芒，数月之后的台儿庄大捷，则让他大显了一番身手。作为国民党中央社的战地特派员，曹聚仁于3月25日抵达徐州，4月5日亲临台儿庄正面战场。4月6日中午，第31师师长池峰城邀请记者团到运河车站见面，不料半路遇到敌人的炮击，只得由一位副官草草地接待了一下。众人颇感失望，唯独曹聚仁没有放过对方于闲谈中的每一句话，尤其是“我们正准备反攻”这看似不经意的几个字。此时范长江和陆诒都不在场，曹聚仁为了核实它的准确性，立即返回司令部，向参谋长金典戎做进一步的了解，他的回答是：“敌人确有撤退的趋势。”6日晚8点25分，曹聚仁利用司令部的军用电话向国民党中央社徐州随军组报告了这一重要情报。10点，为了全面了解整个战场的情况，尤其是侧翼部队的消息，他连夜搭乘军车赶往一百二十公里外的徐州，希望通过综合战讯，再次证实这一反攻消息的准确性。7日凌晨，曹聚仁抵达徐州，果然得到来自右翼阵地汤恩伯军团的可靠情报：台儿庄战役获得了全面胜利！没有一分钟的耽搁，曹聚仁立即提笔，将这一电讯飞快地发往中央通讯社——于是，台儿庄大捷的消息，就这样通过他的笔传遍了海内外。8日，曹聚仁再接再厉，他综合各方面的消息，撰写出一则长篇报道《台儿庄巡礼记》，并由电台发往总社。9日，全国各大报纸便纷纷刊载了出来。

曹聚仁成功了。他终于成为了第一个报道台儿庄大捷的记者！他最早登出的关于台儿庄大捷的消息，也是全面抗战以来最振奋人心的消息，一扫笼罩在人们头顶的亡国论的阴霾，让全国军民更加坚定了顽强抵御日寇的信心和决心。

徐州会战之后，曹聚仁辗转洛阳、武汉、长沙、杭州等地。途经长沙时，在他刚刚离开的第二天，敌机轰炸长沙，曹聚仁下榻的旅馆也被炸毁。不久杭州敌伪报纸发表消息，造谣说曹聚仁已被炸死。这不仅说明战地记者的工作是极其危险的，而且敌伪的通报更说明了曹聚仁手中的笔是多么令敌胆寒的武器。

此后，曹聚仁一直辗转在东南战区采访，他还专门访问新四军叶挺、陈毅等将领，报道新四军英勇抗战的事迹。1940年，曹聚仁定居赣州，主持《正气日报》，才结束了战地记者的生活。

从1937年到1939年，在担任战地记者三年多时间里，曹聚仁写了近百万字的各类新闻作品。

1945年8月，日寇无条件投降，国人欣喜若狂。此时，曹聚仁一家住在赣东北，听到胜利的消息，曹聚仁不顾身患恶性疟疾的身体，挣扎着走到街上去。入城的军队，高唱“枪在我们的肩膀，血在我们的胸膛……”而这正是曹聚仁在抗战前应国立音乐学院院长萧友梅之约写的《战歌》。此时此刻，曹聚仁不由得热泪纵横。

曹聚仁曾说：“……把践踏宰割我们的日本军阀赶出去，我愿献出我的生命。我们的口号是‘抗日先于一切’”。而曹聚仁也用自己的行动去践行了这句口号。

永世其芳田汉。

田汉，原名田寿昌，笔名田汉，1898年3月生，湖南长沙人。中国现代著名剧作家、词作家、社会活动家。

1932年4月，田汉加入了中国共产党，成为中共左翼戏剧家联盟党团书记和中共上海中央局文化工作委员会委员。[①]在这之后，田汉的创作和思想开始进入了一个新的高度。

1933年2月下旬，正宁义勇军参加抗击日军的热河保卫战前夕，东北民众抗日救国会王化一、杜重远与上海辽吉黑热义勇军民众后援会负责人朱庆澜等率百余人，携弹药、服装等慰问品，到辽西建平县朱碌科镇的辽西义勇军所在地慰问。田汉、聂耳作为随行人员，接触和了解到义勇军的大量情况，并听到了辽西义勇军的军歌《义

① 柳建辉：《艺术家的气节》，黑龙江教育出版社2015年版，第125页。

勇军誓词歌》和辽东义勇军军歌《血盟救国军军歌》。

前者的歌词是："起来！起来！不愿当亡国奴的人！家园毁，山河破碎，民族危亡！留着头颅有何用？拿起刀枪向前冲！冒着敌人的枪林弹雨向前冲！携起手，肩并肩，豁出命，向前冲，用我们的身体筑起长城！前进啊！前进！前进！豁出命来向前冲！前进啊！前进！向前进！杀！杀！杀！"后者的歌词据整理如下："起来，不愿当亡国奴的人们。用我们的血肉去唤醒全国民众，中华民族到了最危险的时候。我们不能坐以待毙，必须起而杀敌！起来，起来！全国人民团结一致，战斗！战斗！战斗！"这两首歌给了田汉和聂耳很大的震撼和启发。

1934年春，田汉为上海电通影片公司编写以长城抗战为背景的电影剧本《凤凰涅槃》，除剧本之外，田汉还为电影主题歌《军歌》谱写了歌词。后来田汉被捕，由夏衍接手，剧本改名《风云儿女》。电影主题歌曲则交由聂耳谱写，聂耳将初稿《进行曲》寄回上海后，经夏衍等研究，决定将这首由田汉作词聂耳谱曲的歌定名为《义勇军进行曲》。[①]

1935年5月24日，影片《风云儿女》在上海首映后，主题歌《义勇军进行曲》便插上了腾飞的翅膀，迅速唱遍了抗日烽火熊熊燃烧着的神州大地，很快又唱到了二战同盟国的美国。

1949年中华人民共和国成立时，这首诞生于中华民族危难之际，展现了中华民族坚强斗志和不屈精神的《义勇军进行曲》，被确定为代国歌。1982年经第五届全国人民代表大会第五次会议决议，将《义勇军进行曲》定为国歌。2004年3月14日第十届全国人民代

① 柳建辉：《艺术家的气节》，黑龙江教育出版社2015年版，第128页。

表大会第二次会议正式将《义勇军进行曲》作为国歌写入宪法。

1937年7月7日，卢沟桥的炮声响了。国家有难，匹夫有责。值此国家危难之时，田汉受邀协助南京记者组织撰写抗战剧《卢沟桥》剧本，当时正值七月中旬，南京的气温已经很高，田汉冒着酷暑，夜以继日地奋战，仅仅不到十天的时间，就完成了一部优质的三幕剧《卢沟桥》。后来，著名导演洪深执导这部作品，经过紧张排演，《卢沟桥》第一场在大华电影院上演。这部剧与上海戏剧界集体创作的《保卫卢沟桥》一剧相互辉映，打响了“抗战戏剧”的第一炮。

1938年初，田汉准备在长沙创办《抗战日报》，当时仅有很少的启动资金。众所周知，办报纸涉及编辑、排版、印刷、发行，以及场地、设备等等，需要不小的花费。然而，抗战期间，条件极其艰苦，正常生活物资尚且得不到保障，开展文艺工作阻力就更大。田汉对这些非常清楚，但为了抗战救亡，他很多事都是一经决定就干起来，没有条件的就去创造条件，没有经费依靠其他同志筹措点滴资金，就这样干起来。在很短的时间内，田汉想尽办法，极其艰难地开始出版报纸。后来，《抗战日报》陆续得到中国共产党驻湘办事处代表徐特立和周恩来筹措的经费补助，情况才稍好一些。

《抗战日报》是一张新型的四开报纸，第一号出版日期特地选在1938年1月28日，这是1932年“一·二八”抗战六周年纪念日。田汉在该报《创刊之词》中特别声明：“《抗战日报》是在‘八·一三’全民抗战的炮火声中（创刊），与郭沫若在上海创立的《救亡日报》是姊妹刊”，旗帜鲜明地表明了《抗战日报》的立场。该报的社论、短评等也都紧紧围绕抗战宣传，主题非常鲜明。《抗战日报》不仅是形式上的新颖，内容上在当时的湖南报纸中也别开生面，很快轰动了这个湘水之滨的古城，并在唤起民众团结抗日、振奋精神共御外侮等方面起到了积极的作用。

1938年，中国军队在徐州以北的滕县、临沂及台儿庄一带与日军血战，重创日军，歼敌万余。战役期间，田汉曾组织抗敌剧团到台儿庄战场慰问抗日军民，田汉还于1939年和1944年去过湘北、粤北和湘桂前线。每次前线之行，他都奔波于炮火硝烟之中，表现了英勇无畏的气概。

4月，国民党政府军事委员会政治部在武汉成立，周恩来任副部长，郭沫若任第三厅厅长，田汉赴武汉担任第三厅第六处处长，负责戏剧、电影、美术、音乐等抗日宣传，更广泛地团结了文艺界的爱国民主人士。[①]田汉也很善于团结广大的地方戏曲艺人，鼓励他们进行抗战爱国宣传。他先后组织了十个抗敌演剧队和四个抗敌宣传队及其他剧团，在各战区开展抗日宣传运动。

1938年11月13日，长沙发生大火后，田汉和洪深带着西南的抗敌演剧一、二、八队和抗敌宣传第一队，回到灾后的长沙，在周恩来和郭沫若的领导下，开展善后工作，掩埋尸体，抚慰灾民，恢复秩序，发放灾款，田汉不仅负责指挥，还身先士卒。

整个抗日战争中，田汉组织了大量抗敌演剧队，在各个战区前线和后方进行了宣传鼓动工作。同时，田汉还创作《江汉渔歌》《新雁门关》《岳飞》等大量戏曲剧本，完成了《秋声赋》等话剧剧本，并参加编写和拍摄了许多进步电影，其中相当一部分都反映了全民抗战的主题，曾在大后方广泛演出，有力地配合了中国共产党提出的抗日民族统一战线政策，为中华民族的抗战事业作出了突出贡献。

---

① 柳建辉:《艺术家的气节》，黑龙江教育出版社2015年版，第128页。

戏剧抗敌洪深。

洪深，字浅哉，号伯骏，1894年12月生，江苏武进人。中国话剧的开拓者、杰出的戏剧家、导演、电影戏剧理论家、电影艺术家。

九一八事变爆发以后，抗日救亡运动蓬勃兴起。而在此之前的1930年至1931年，洪深已经参加了中共地下党领导的左翼作家联盟和左翼剧作家联盟，汇入了无产阶级戏剧运动的滚滚洪流，在左翼文化运动中贡献自己的热忱和力量。

1936年初，洪深因在青岛宣传抗日被韩复榘追捕而返回上海。面对全国人民正在掀起的抗日热潮，洪深兴奋得像一团烈火，以戏剧为武器，为抗战服务。这时，抗战几乎成了他艺术创作和艺术活动的唯一主题，此时的洪深进入了他一生中创作最旺盛的时期。

1936年6月，洪深与夏衍、沈起予等一起，在政治、经济等各方面条件十分困难的情况下，首先创办了《光明》半月刊。该刊发表了大量国防戏剧的剧本和评论，成为国防戏剧的主要宣传阵地。与此同时，洪深还执笔创作了大量优秀的话剧剧本，例如《洋白糖》《汉奸的子孙》《鸽》《走私》《咸鱼主义》等，表现了强烈的爱国主义思想，在当时对宣传抗日影响很大。例如，《咸鱼主义》是讽刺与批判资产阶级自私自利贪生怕死的思想和抗日的软弱性。这些剧本无情地揭露了日本帝国主义和汉奸的罪恶活动，密切结合了人民群众的抗日斗争，热情地歌颂了人民群众的抗日要求和自发斗争。他们在广场、街头和剧场广泛演出，对于激发广大群众同仇敌忾的抗战热情产生了巨大影响。

1937年7月7日，当卢沟桥的炮声传到大江南北，洪深高昂的爱国热情就像一团烈火般迸发，他积极投入当时上海文化界的救亡运动。洪深参加了三幕话剧《保卫卢沟桥》十九人组成的庞大导演团，接着，他又与马彦祥一起在南京导演了田汉编剧的大型剧目《卢沟桥》。1938年初，中华全国电影界抗敌协会在汉口成立，洪深被选为理事。在上海戏剧界救亡协会主持下，成立了十三个救亡演剧队，洪深和金山、王莹、冼星海等组成上海救亡演剧二队，洪深任队长。他放弃了大学教授的优裕地位和生活，脱下了西服革履，换上粗布衣装，做好了献身疆场的准备，并动员妻子把孩子送到香港亲戚家，留下遗书便毅然率队出发了。他们冒着敌机骚扰轰炸的危险，不顾长途跋涉的疲劳，边宣传边向大后方转进。洪深曾率队到硝烟弥漫的徐州，敌机狂轰滥炸下的开封、洛阳、郑州等城市，冒着危险宣传民众、鼓动抗战、救护伤员、组织演出，受到抗日军民的热烈欢迎。他们先后演出了《九一八以来》《卢沟桥》《日军暴行》《放下你的鞭子》等短小精悍的街头剧、广场剧。

1938年4月，洪深任国民党政府军事委员会政治部第三厅第六处第一科科长，主管戏剧音乐。从此，洪深不计地位，不辞辛劳，事事认真，处处带头，全力以赴地投入抗日宣传活动。

1938年10月，洪深创作的《米》和独幕剧《飞将军》，在武汉演出时轰动全城。一幕四场剧《米》是个结构新颖别致的戏，它在第一场提出问题后，通过三场三个不同的答案，为爱国粮商指出了正确的道路。这个戏在武汉演出时，对动员商人团结爱国、支援抗战很有影响。独幕剧《飞将军》是一出从侧面反映抗日空军的戏，剧本批判了国民党军队中的悲观颓废思想，歌颂了群众抗战到底的决心。这个戏不靠情节的曲折吸引观众，它以真挚充沛的感情打动人心。演出在国民党空军中引起强烈反响，很多空军战士纷纷表示要向空军英雄学习。

1938年的武汉，是中国的政治、军事、文化中心，集中了全国十几个戏剧团体和大批知识分子、戏剧人才，实际上也是全国抗战戏剧运动的中心。这一年，洪深充分发挥了他的导演才能，先后导演了为抗战服务的《最后的胜利》(田汉编剧)、《塞上风云》(阳翰笙编剧)、《夜光杯》(于伶编剧)、《阿Q正传》(田汉改编)、《李秀成之死》(阳翰笙编剧)、《马百计》等剧目。排演中，洪深以他丰富的学识，饱满的政治热情，娴熟的艺术技巧，使舞台上声色壮丽、激动人心。由洪深导演的《最后的胜利》，参加演出的单位达十几个，剧中大小人物达百余个，而洪深却能调度自如，特别在群众场面的处理上，显示了他导演艺术的宏大气魄和丰富经验。

武汉沦陷后，抗战进入到了艰苦的相持阶段。国民党政府军事委员会政治部第三厅从武汉向南撤退后，人员已逐渐减少，到桂林时又有部分人留在西南行营政治部，继续坚持抗日宣传工作。因此，第三厅撤到重庆时，人员已大大减少。而洪深则坚持下来继续以戏剧为武器，坚持抗日宣传。

在抗战最艰苦的几年中，在浓雾弥漫的重庆，洪深仍然创作了不少以抗战为题材的话剧。在十分险恶的政治环境中，他不避艰险，不图名利，始终坚持不懈地以戏剧为武器，直接反映抗战斗争的现实生活。他先后创作了反映金融界艰苦抗战的《黄白丹青》，讽刺声讨卖国贼汪精卫的《樱花晚宴》和反映战时妇女命运的《女人女人》等抗战戏剧。为了民族解放事业的需要，洪深第一个采用广播剧的形式，创作了揭露汉奸投降活动的《开船锣》。

可以说，在整个抗日战争时期，洪深都是和进步戏剧运动联系在一起的，在占领和巩固舞台阵地的战斗中立下了功勋。他是中国爱国知识分子不断追求进步，献身于人民革命事业，鞠躬尽瘁的典型，作为一位具有强烈民族意识的爱国主义者，他的人格和作品都令后人钦佩。

亦侠亦文郁达夫。

郁达夫，原名郁文，字达夫，1896年12月生，浙江富阳人。中国现代著名作家、社会活动家。

1921年10月，郁达夫出版了中国现代文学史上第一部白话短篇小说集《沉沦》，奠定了他在新文化运动中的重要地位。1931年九一八事变的爆发和1932年日军在上海挑起的一·二八事变，充分显现出日本侵略中国的狂妄野心，严重的民族危机激起全国人民抗日救亡的爱国怒潮。

作为文学家的郁达夫，开始运用手中的笔，抒写他心中抗日救国的怒吼。其实自九一八事变后，他就陆续在《文艺新闻》《青年界》等报刊上发表了一些政论和随笔，特别是从1932年底开始，他在黎烈文主编的《申报》副刊《自由谈》上发表了不少杂文。在这些文章里，郁达夫以比较多的篇幅来揭露日本侵略中国的严重罪行。郁达夫通过文章向读者宣传，呼吁各种社会力量都要认清日本及其走狗是当前的主要敌人，并且积极地起来与之作斗争。

1933年1月，日军占领了山海关，并向关内长驱直入。郁达夫悲愤之下写就一诗："秦筑长城比铁牢，当时城此岂知劳！可怜一月初三夜，白送他人作战壕。"在这首诗里，郁达夫通过对政府指挥作战的不利，表现出强烈的不满，感情愤懑而沉痛。

1933年初，为国为民的郁达夫加入中国民权保障同盟。1936年，他又担任了福建省府参议。[①]

1937年七七事变，全面抗战爆发，广大人民爱国热情空前高

① 柳建辉：《文人的风骨》，黑龙江教育出版社2015年版，第115页。

涨，英勇地投入抗击日军的伟大斗争。对伟大抗日战争的衷心拥护和对野蛮日本军阀的满腔仇恨，以及对受难妇孺同胞的深切同情，这一切都使郁达夫的思想继续发生着变化。他除了写作之外，还满腔热情地投入到支援抗战、为抗战服务的活动之中。为了更有效地组织抗日救亡活动，1937年10月福州市成立了“福州文化界救亡协会”，郁达夫被推选为理事长。

郁达夫在积极从事抗战救亡事务性工作的同时，也没有放下笔，他奋笔疾书，撰写了大量宣传抗日救国的文章，以匕首投枪式的战斗杂文，来为抗日战争呐喊。郁达夫写作的热情很高，例如，自1937年11月15日至12月4日的短短二十天中，他就为《小民报》的副刊《救亡文艺》写了十二篇杂文，其中有一个星期每天都有他的文章见报。郁达夫在这个时期撰写的杂文，常常是从各个方面来动员民众积极投入抗战的行列。

1938年，郁达夫在中华全国文艺界抗敌协会成立大会上当选为常务理事，同时他也在郭沫若的领导下参与了国民党政府军事委员会政治部第三厅的工作。“4月中，去徐州劳军，并视察河防，在山东、江苏、河南一带，冒烽火炮弹，巡视一月之久”。6月，“又奉命去第三战区视察”。两次赴前线慰劳将士并视察战区，亲自感受到前线广大军民为保卫祖国而战斗的热情。在前线的所见所闻，和在后方进行抗战工作是完全不同的。郁达夫承受了正义战争的洗礼和教育，并在爱国主义思想鼓舞下焕发出惊人的献身精神，这些都使郁达夫在以后的日子里能够以无比坚定的姿态站在反对日本法西斯的战斗前列。

1938年12月，郁达夫应邀赴新加坡办报并从事宣传抗日救国工作。第二次世界大战期间，日军不仅侵入了中国，整个东南亚都是日军的目标。因此，新加坡并不是世外桃源。在这里，郁达夫主编了《星洲日报》等报刊副刊，写了大量文章和诗词。1939年，郁达夫写了《估敌》一文，对南京弃守、武汉撤退和广州沦陷后的抗战局势作了全面精辟的分析，认为敌人所占的地方只是线和点，有些地方线都连不起来，至于面的全部，仍在我们手里。全面游击战发动之后，游击队大大发挥威力，最后的胜利当然是我们的，“必成必胜的信念，我们决不会动摇”。这篇文章吸取了蒋百里和毛泽东关于抗日持久战战略的一些思想，肯定了共产党领导的广大军民在敌后开展抗日游击战争的重要作用，坚定了抗战必胜的信念，鼓舞了新加坡人民和爱国华侨的斗志，是一篇高瞻远瞩的战斗檄文。

除了宣传抗日救国、揭露内外敌人、培育青年作家这几个方面的活动外，郁达夫在这里的三年中还发表了许多政治、时事评论，研究敌我力量的对比，探讨夺取胜利的有利条件，分析国内战局和国际形势的变化，增强人们对于反法西斯战争的必胜的信心。

1942年，日军进逼新加坡，郁达夫与胡愈之、王任叔等人撤退至苏门答腊，化名赵廉。后来这里也被日军所占据，而郁达夫由于早年留学日本精通日语，被迫为日军从事一些翻译工作，但他利用职务之便暗暗救助、保护了大量文化界流亡难友、爱国侨领和当地居民。一日，几个华侨汉奸带人缉拿陈嘉庚，来宪兵队请求协助。他们不懂日语，郁达夫翻译时故意添乱，宪兵大怒，把他们痛骂一顿，打发走人。临行郁达夫说：“你们还是中国人吗？中国人为什么要抓中国人？快滚回去，不许再来。”败类们屁滚尿流而去。

1945年8月15日，日本宣布投降。29日20时左右，郁达夫在家闲坐，一个印度尼西亚青年跑进来，说有事相商，借一步说话。郁达夫穿着睡衣拖鞋就走了，从此再没有回来，永远地失踪了。据日本郁达夫研究专家铃木正夫考证，郁达夫深知宪兵队内部事务，日本宪兵怕他战后揭露罪行，将他秘密枪杀，装进麻袋扔进大海。[①]郁达夫没能够看到自己为之奋斗的事业获得成功，这是莫大的遗憾。1952年，中华人民共和国中央人民政府追认郁达夫为革命烈士，1983年6月20日，民政部授予其革命烈士证书。

夏衍曾评价郁达夫：达夫是伟大的爱国者，爱国是他毕生精神支柱。胡愈之说：在中国文学史上将永远铭刻着郁达夫的名字，在中国人民反法西斯战争纪念碑上，也将永远铭刻着郁达夫烈士的名字。诗人龚自珍有诗："不是逢人苦誉君，亦狂亦侠亦温文。照人胆似秦时月，送我情如岭上云。"恰为郁达夫一生写照。

以诗擂鼓胡风。

胡风，原名张光人，又名张光莹，1902年11月生，湖北蕲春人。中国现代著名诗人。

胡风十九岁时，考入了由著名共产党人董必武创办的武昌启黄中学。1929年9月，胡风启程东渡日本留学。岂料日本帝国主义对侵略中国蓄谋已久。1931年9月18日夜，日本帝国主义者挑起战火，震惊中外的九一八事变爆发。消息传到日本的中国留学生中，胡风以十二万分的愤慨，于10月29日在日本东京郊区中新井村写成强烈声讨和控诉日本侵略者的强盗行径、充满国际主义和爱国主义精神的诗篇《野花与箭·仇敌的祭礼》。作者站在国际主义的高度，不是以国家与国家、民族与民族的对立来解释这场战争，而是以正义和非正义的对立，以帝国主义统治者、卖国贼和人民群众的对立来解释这场战争。《野花与箭·仇敌的祭礼》这首鼓动诗，是胡风诗

① 柳建辉：《艺术家的气节》，黑龙江教育出版社2015年版，第118页。

歌创作的里程碑，也是诗人诗歌创作的新起点，标志着诗人已经转而走向社会、走向民众、走向了抗日革命的激流。胡风、聂绀弩、周颖等人所编印的《文化斗争》，也曾发表过揭露日本当局侵略中国阴谋的文章。

胡风的一系列活动，早被日本警察发觉，日方拘捕了胡风。胡风被捕后，被押送到四谷警察署，关押半个月，不提不审，半个月后，接连两天对他进行闪电式的拷打审问，主要是要胡风招供和日本共产党的关系。审问的第一句话是要胡风回答“书记局是什么？”胡风一口咬定不知道，然后是一顿暴打，胡风被打得皮开肉绽。1933年6月，被关押了三个多月的胡风，在中野景警察署被宣布驱逐出境。在列车启动时，胡风把头伸出窗外，高呼：“反对日本帝国主义侵略中国！”此举，警察对他也无可奈何。

淞沪会战打响后，回到祖国的胡风每天到外滩去观空战。在飞机声和轰炸声中，在熙熙攘攘的、惊恐失措的逃难人群中，胡风显得毫不惊慌，照样出门访友，互相“交换快乐的心情和看法”。在血与火的热潮中，胡风唱出了慷慨激昂的《为祖国而歌》：

祖国啊

你的儿女们

歌唱在你的大地上面

战斗在你的大地上面

喋血在你的大地上面

在卢沟桥

在南口

在黄浦江

在敌人的铁蹄所到的一切地方

迎着枪声、炮声，炸弹的呼啸声——

祖国啊

为了你

为了你的勇敢的儿女们

为有明天

我要尽情地歌唱

……

为了抖掉苦痛和侮辱的重载

为了胜利

为了自由而幸福的明天

——1937年8月24日遥见敌机在南市轰炸的时候

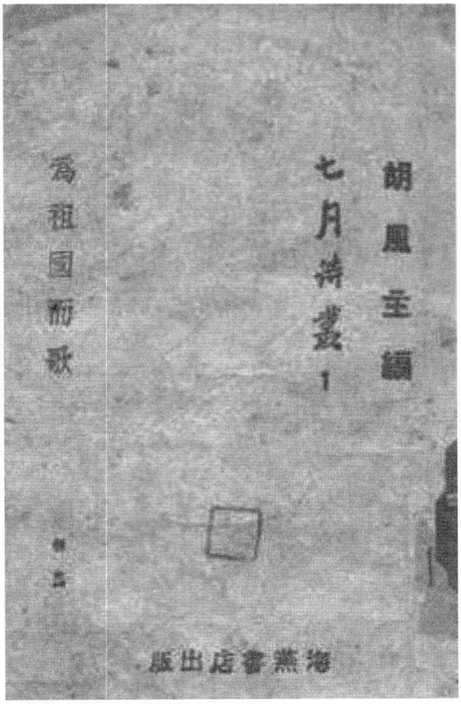

诗集《为祖国而歌》

神圣的民族革命战争，唤起了胡风诗歌创作的第二次热潮，继《为祖国而歌》以后，他又写了《敬礼》《血誓》《给怯懦者们》等鼓舞、歌颂民族革命战争的诗篇。当他看到了祖国儿女在抗日战争中英勇战斗的光辉事迹，看到了祖国儿女为这神圣的民族革命战争，正用自己的鲜血谱写英雄的诗篇时，诗人擂起了时代的鼓点，并举起手来，向着英雄的儿女们致崇高的敬礼。但胡风很快意识到，在这风雷激荡的伟大的战争年代，只靠自己的歌喉显然是力量单薄的，必须把全国一切可以团结起来的诗人、歌手组织起来，形成一个气势磅礴的时代大合唱，让诗歌成为团结人民、共同抗战、打击敌寇、消灭敌寇的战斗武器。他热烈期望中国出现马雅可夫斯基那样无所畏惧英勇战斗的诗人，期望着中国的年轻歌手们放开歌喉，为神圣的民族革命战争而英勇献身。

全面抗战爆发后，胡风和其他国统区的进步作家一样，在颠沛流离中仍然坚持“斗争”。例如，编印很有影响力的抗战文艺周刊《七月》。当时《七月》经常发表延安等解放区作者的来稿，而且每期出版后都设法寄到延安一些，其中一部分是赠给毛泽东等人，一部分则是请延安的朋友代销。《七月》的主要贡献概括起来主要是两点：一是继承了中国革命文学的优秀传统；二是和反对日本帝国主义的斗争结合在一起，和这个神圣的民族革命战争中的人民群众及广大读者结合在一起。胡风在《七月》创刊号上的《愿和读者同成长——〈七月〉代致词》中指出：“中国的革命文学是和反抗日本帝国主义的斗争（五四运动）一同产生，一同受难，一同成长。斗争养育了文学，从这斗争里面成长的文学又反转来养育了这个斗争。”

他提出了编者的愿望：“……在神圣的火线后面，文艺作家不应只是空洞地狂叫，也不应作淡漠的细描，他要用坚实的爱憎真切地反映出跃动着的生活形象。在这反映里提高民众的情绪和认识，趋向民族解放的总路线。文艺作家的这一工作，一方面将被壮烈的抗战行动所推动、所激励，一方面将被在抗战热情里面涌动着、成长着的万千读者所需要、所监视。”编者的这种主导思想，使《七月》在整个抗日战争中，成为团结人民，打击敌人的有力思想武器。

抗日战争以来，胡风除坚守《七月》阵地，参加中华全国文艺抗敌协会等工作外，还在极为困难和恶劣的条件下，撰写了四本文艺评论集，即《民族战争与文艺性格》（后改名《剑·文艺·人民》）、《在混乱里面》《逆流的日子》和另一本专门讨论民族形式问题的专著《论民族形式问题》。

书生救国顾颉刚。

顾颉刚，原名顾诵坤，字铭坚，号颉刚，1893年5月生，江苏苏州人。中国现代著名学者、历史地理学家、民俗学家。

1931年，九一八事变后，东北三省沦陷。民众悲愤填膺，顾颉刚认为唤起民众的机会到了。燕京大学成立了中国教职员抗日会，顾颉刚及洪业、容庚等人均加入其中，该会经费是由会员的薪水中按月扣付百分之五来筹措，即每人均在十元上下。抗日会中洪业任宣传组长，顾颉刚任宣传干事，他们开会商量宣传的办法，顾颉刚因为在北京大学曾主编过《歌谣周刊》，对于利用民众喜闻乐见的方式宣传比较有经验，便说："我们的文字是民众所不能了解的，他们有他们的辞藻、语句、趣味。我们的宣传如面对知识分子，他们天天看报，自会知道一切，用不着我们费力。如果面对民众，便该顺着他们的口味，不能闭门造车。"并建议用大鼓书词的形式来宣传。当时，大鼓书在北方乡村最流行，演奏简单，句子长短不拘，最接近说话，尤其适于做宣传之用。

1936年，日军大举侵犯绥远、东北地区，驻军傅作义部奋起抗击，收复百灵庙。为此，顾颉刚编了一本反映绥远抗战的《百灵庙》鼓词，予以颂扬其部队战绩，排练完毕顾颉刚便请傅作义来听演唱，傅作义听后就邀训练班去绥远唱给他的部队听。一唱起来，惹得许多士兵都哭了，他们想不到在冰天雪地里的战士竟给北平城里的作家描写得这般亲切，使他们的艰苦奋斗取得了历史的地位。《百灵庙》名声大噪，半年之内印了五版，每版两万册，均售毕。在这一年里，北平城识字的民众、警察、邮差、洋车夫都常常来到顾颉刚等编印书籍的地方询问，有什么新出版的，一有就买去读，可见其影响力。

顾颉刚认为灌输民众知识，光有抗日内容还不够，必须兼及工业及医药卫生等项，才有改善他们生活的希望，所以扩大范围，成立通俗读物编刊社。后来，编刊社又出了反映长城抗战“宋哲元大战喜峰口”等为内容的小册子，印五千册，发给书摊，几天就销完了。喜峰口离北平近，民众都知道这地名，也听到最近这次战事，所以销得更快。作战的第29军那时撤退到北平，看见摊子上有说他们战绩的新书，大家来买，官兵都读到了。这对于坚定部队官兵继续抗战的意志无疑是一种很大的激励。

与此同时，顾颉刚还在燕京大学和北京大学讲授《中国古代地理沿革史》这门课程。1934年，顾颉刚组织禹贡学会，创办《禹贡》半月刊。《禹贡》的创办，表面上看为了加强地理历史方面的研究，其实顾颉刚还有自己深层次的考虑。3月1日，《禹贡》第一期出版，他在与谭其骧合写的《发刊词》说：“民族与地理是不可分割的两件事，我们的地理学既不发达，民族史的研究又怎样可以取得根据呢？”“试看我们的东邻蓄意侵略我们，造了‘本部’一名来称呼我们的十八省，暗示我们边陲之地不是原有的；我们这群傻子居然承受了他们的麻醉，任何地理教科书上都这样叫了起来。这不是我们的耻辱？”

1934年夏，顾颉刚与燕京大学的同事冰心夫妇、郑振铎、雷洁琼等到绥远旅行，听当地人讲起王同春开发河套的故事，十分敬佩，以后多次在《禹贡》半月刊作文为之宣传，在于引起国人对于边疆开发的重视。自1936年夏，《禹贡》在一年之中先后出了西北、东北、南洋、康藏、察绥等专号。这些工作对于加强国人对于边疆地区重要性的认识，及提高对日本向我边疆渗透的警惕性，都不无裨益。

1937年7月7日，卢沟桥战事兴起。顾颉刚与燕大同事等分别致电国民党政府及宋哲元，勉励其抵抗日寇，并作《卢沟桥》之唱本，自7月15日出版，八日内，已在北平销出五千册。由此可知该社工作效率之高、成绩之大。七七事变后，顾颉刚由于办通俗读物出版社宣传抗战，为日本特务人员所注目。[①]7月18日，顾颉刚得到宋哲元通知，自己被列在逮捕名单之中，因此被迫离开北平。7月29日晚，顾颉刚应绥远省主席傅作义的邀请将编刊社西迁归绥。此前编订的小册子种类很多，有剧本《淞沪战》，有弹词体《义勇军女将姚瑞芳》，以及《二十九军男儿汉》等都被人民群众所欢迎。顾颉刚的通俗读物编刊社出版的通俗读物小册子，至20世纪40年代初，共出版六百多种，行销五千万册，对于"唤起民众"功不可没。

1937年9月底，顾颉刚等四人抵达西北，边宣传抗日救国边考察兰州、临洮、西宁的教育。由于顾颉刚积极抗日，在青年中有很大的影响，在兰州宣传抗日期间，更受到西北抗日青年的拥护，他也被很多学生、抗战团体聘为指导员、顾问等职。连八路军驻兰州办事处主任谢觉哉亦协同彭加伦曾去访问过他。从他的日记中可以清楚地看到顾颉刚已经认识到只有中国共产党能认识发动群众抗日的重要性，也只有中国共产党敢于发动群众抗日。

顾颉刚一生嗜学如命，为追求真理从不崇拜偶像，亦不加入任何学派，但求研究材料之正确完备而不辞劳苦。但国难当头之际，他却将大量时间用在启迪民智、呼吁抗日方面，有些人觉得他这样做不值得。对此，顾颉刚的女儿顾潮曾说："父亲的情感太强，非理智所可驾驭，以前他沉浸于学术研究中，还可用此冷静的工作来抑制自己炽热的情感；但值此国难当头之时，他受爱国心的驱使而走

① 柳建辉:《教授的傲骨》，黑龙江教育出版社2015年版，第119页。

上书生救国之路，任凭情感的发泄，竭尽全力去呐喊，去行动。”这一句书生救国，就是对顾颉刚最好的评价。

抗战是一个大忧患时代。日寇的入侵和本民族统治的黑暗，致民族的生命以及组成民族生命的无数活生生的个人，从肉体到灵魂都经受着灭顶的威胁。此时文人们民族情绪的体验尤为强烈，对国家和民族的命运尤为关切，中国人传统的与国家、民族“同甘苦，共患难”的忧患意识，此时此刻表现得异常集中。时代赋予了文人热烈坚定的民族自尊心和民族意志力，也赋予博大深沉的历史使命感和社会责任感，他们为抗战呐喊、为抗战撰文，在威胁面前表现出了中国文人的民族气节，他们在抗战时期发挥着重要的作用。文人们是一个群体，他们中的代表还有曹禺、陈寅恪、蔡元培、冯友兰、傅斯年、郭沫若、胡适、鲁迅、刘文典、林语堂、金岳霖、李叔同、夏衍、闻一多、吴宓、张恨水、章太炎、朱自清等许多人，抗战的胜利，有他们独特的贡献。

第二节　以画为矛

20世纪30年代到40年代，中国出现了大量以抗日战争反抗侵略为主题的美术作品，其中在绘画类方面就包括漫画、版画、国画、西洋画、招贴画等等。如此众多的艺术形式共同为抗战宣传、为抗战呐喊，世间少有。

这是一部用图像的形式“撰写”的中国抗战史。抗战爆发之后，很多平时热衷吟诗作词、留恋书房画室的文人画师，在关系到民族存亡的战事面前，义无反顾地投入到抗战御侮的救亡事业中去，于风雨如晦的激荡之际创造出了许许多多无愧于时代的优秀之作，他们的很多作品都发表在各地报刊上。西南后方条件落后，纸张、印刷质量和沿海都市都不能相比；战时形势多变，迁徙流离更是家常便饭，结集出版尤为不易。但是，当时在中国几乎任何一个城市集镇，或公开或地下，或慷慨激昂，或隐晦暗喻，抗战宣传都在进行着。

当时的中国，正面战场上有枪炮回击，文化战线上则是笔墨交锋，有怒涛也有暗流，有正面对抗，也有侧面迂回。可以说，在飞扬激越的抗战美术运动中，如果以比喻来形容，漫画和木刻则可以说是一对冲锋陷阵的急先锋，它们是抗战美术的宠儿和骄子；在两翼布阵的是稳步推进的中国画和西洋画，它们的背后是齐头并进的各画种大军。中国抗战美术就是这样，以多军种、大兵团作战的方式，打了一场相互配合，团结作战的胜利战役。

漫画抗战篇

什么是漫画?《中国大百科全书·美术》释义：以简练手法直接

揭示事物本质、特征的绘画。多采用夸张、比喻、象征、寓意、讽刺等表现手法和形式。有较强的讽刺、歌颂、抒情、娱乐等方面的功能，并善于表达作者对世事人情的看法，尤以讽刺与幽默见长。1926年，丰子恺的《子恺漫画》问世后，中国正式开始广为使用“漫画”这一名词。

半月刊《抗战漫画》封面

1932年第一次淞沪抗战爆发后，中国的漫画界就曾探讨过“究竟是枪杆厉害，还是笔杆厉害”。面对危如累卵的中国局势，一部分漫画家自觉拿起笔杆，高举抗日民族统一战线大旗，以唤起广大民众家国意识为己任，向侵略者挑战。这种自觉性在第一届全国漫画展览会的作品上，在1933—1934年创办的众多漫画刊物中都有体现。

1937年全面抗战爆发，漫画创作势如井喷，漫画家们挥动犀利的笔尖，尽情描写敌人的阴谋和丑态，可以说是不留余地。1937年的战火加速了全国漫画作家协会各地区支部的设立。

在上海文艺界救亡协会领导下，1937年8月成立了上海漫画界救亡协会，中国漫画家迅速团结在一起，成立漫画宣传队，奔赴第一站南京地区活动。从组建至1941年解散，漫画宣传队走过武汉、广州、桂林、重庆及各战区。这支以笔当枪的“特种部队”印发刊物、训练人才、街头展览，无日不在斗争着。要特别指出的是，这批三十岁上下的漫画家们，来回穿梭在前线后方，他们的战地写生、人物素描、街头速写都是创作漫画的题材，他们也为其他美术宣传提供素材。木刻、招贴、国画、年画、布画、壁画、壁报、传单等常取材于漫画，张贴在城市街道、乡村灶头，让抗敌的火焰燃烧到各个角落。漫画宣传队在抗战宣传运动中建立了显赫功勋。

|《蹂躏得体无完肤》· 张仃

1937年底，上海沦陷，漫画家四散南北各地。叶浅予、张乐平、陆志庠、梁白波、宣文杰、陶谋基、廖冰兄等，远走武汉。他们白天在《新华日报》《扫荡报》及政治部第三厅等处工作，晚上编辑半月刊《抗战漫画》。高龙生、赵望云、汪子美等人，则奔波于平汉沿线，出版《前线画报》《抗战画刊》等。鲁少飞、黄苗子、特伟、张谔等，在日机轰炸的广州市，出版《国家总动员画报》；张仃、胡考等，奔赴延安鲁迅艺术学院传授漫画艺术理论和实务，培养漫画新生力量。在武汉期间，全国漫画作家协会还筹办赴苏中国抗战漫画展，送展作品四十五幅，这是中国漫画界第一次集体参加国际文化交流活动，为中国宣传抗战取得良好效果。

1938年10月，武汉失守，桂林暂时成为西南地区的漫画中心，但漫画出版已陷入困境。战时不具备印制版条件，只能通过手工木刻版印刷的方式出版，石印、油印成为当时最常用的印刷法。

当时，在一些大中城市，漫画家们齐聚在一起进行漫画创作。在西北地区除延安外，西安在抗战初期是漫画相当活跃的一个城市。1938年春，中华全国漫画作家协会派著名漫画家张仃等，来陕西筹备成立中华全国漫画作家协会西北分会。

|《游击战》· 胡考

当年展出的作品有叶浅予的《松江车站被炸》、张仃的《收复失地，拯救东北同胞》、张乐平的《抗战人人有责》、陈执中的《东北回忆录》连环漫画，及蔡若虹、华君武、丁聪、力群、赖少奇等人的作品。1943年，丰子恺漫画展也到西安巡回展出，红火程度在西安美术史上是史无前例的。《陕西省志·文化艺术志》上这样评价："由张仃等组织的西安抗日漫画会，在西安青年会、菊林中学和渭南、宝鸡等地办展览，并巡回展出，对宣传抗日战争起到积极作用。"

重庆是抗战时期中国国民党政府的陪都。它不仅成为20世纪30年代至40年代中国的政治中心，也是文化中心，文化界知名人士云集，各界群众团体很多。因此也是中国漫画的一个重要活动据点。上海和武汉等许多地区的漫画作者陆续来到这里，如丁聪、黄苗子、黄尧、陆志庠、宣文杰、沈逸千、布罗、高龙生、张文元、王乐天等。"牛鼻子之父"黄尧，这位漫画家群中的"出版家"，1938年初在重庆创办自己的出版社——民间出版社，践行其"国家兴亡，匹夫有责”的信念。该社出版了大量画册，担负了前方后方民众宣传和士兵教育的责任。告诉前方的士兵，怎样利用武器，怎么进行军民合作，怎么对待俘虏，瓦解敌人；告诉后方的民众，好男儿要当兵，农人要努力耕种等。黄尧所绘连环漫画《一个中国兵》就是其中一种。此外，民间出版社还印刷了大量抗战主题的门神画和贺年片等，符合老百姓传统审美需求，开辟出另一条宣传路径。黄尧还摘录国际漫坛揭露德国纳粹、日本法西斯的作品，《欧洲在漫画中》《亚洲在漫画中》出版于1940年4月，介绍世界反法西斯运动，为国内同行加油鼓劲。

《合力歼敌》· 汪子美

老舍先生认为，抗战艺术，无论门类，一样重要。从老百姓识字能力有限的角度看：“能用形象、色彩、声音或动作表现出来的，就比专用文字的更重要、更有效。一出戏就比一本小说更有力量，一张壁画就比一段文章更多效果。”

经过抗战烽火的淬炼，漫画家们也积累了丰富经验，他们不断自我调整，逐渐摆脱原先抽象、夸张、洋派的风格，向本土化转变，趋于写实、直白、民俗。在抗战中期出现的抗战连环漫画，就是漫画家采用老百姓喜爱的载体形式，以达到更有效的传播效果。漫画家们在创作的同时，还自编配图文字，撰写文章总结理论技巧，帮助更多有志于从事艺术抗战的青年人。汪子美《绘画之战斗性与其战略》、黄茅《粤北的漫画运动》、王乐天《漫画认识》、侯子步《致宣传画作者》等等，对漫画发展史、战时漫画创作技巧形式、存在问题、漫画队伍培养等进行一一阐述。

在抗战漫画家中，张乐平堪称典型代表之一。

|《敌人在被占区域》· 张乐平

谈起张乐平，人们往往第一印象就是“三毛”之父。的确如此，不过，张乐平还是抗战漫画的一位主将。自全面抗战爆发之初，他就加入全国漫画宣传队，八年间创作出无数优秀作品。这些漫画很多都被用于印制传单来宣传抗日，也有被用作招贴或者巡回展出等。

1937年全面抗战爆发后，上海是全国的漫画中心，大量漫画界同仁，迅速行动起来，身体力行地参与到救亡运动中。包括张乐平在内的爱国漫画家在“中华全国漫画作家协会”的基础上迅速成立

“上海漫画界救亡协会”。在八一三淞沪抗战发生后，叶浅予、张乐平、特伟、胡考、席与群、梁白波、陶今也等人组成了救亡漫画宣传队，叶浅予在大家的推举下成为领队，张乐平为副领队。

1937年9月，战事不断，此时的漫画宣传队已到达南京，在南京的新街口大华电影院、夫子庙，镇江市等地做抗敌漫画展览。漫画家们日夜赶制出了两百余幅的宣传画以及漫画用以展览。这些漫画家，不顾当时形势的紧张，自身的安危，每到一地，来不及安置，行李一扔就作起画来，有招贴、木刻版画以及大幅醒目的壁画等，并编辑印刷一些以不认识字的普通老百姓为对象的漫画刊物，用于宣传抗日，激发广大人民同仇敌忾团结抗敌的斗志。

1937年11月，漫画宣传队由上海撤往武汉，由张乐平担任主编，一共出版了12期《抗战漫画》。张乐平是当时创作量最多的画家之一，还被评为全国漫画作家协会战时工作委员会的十五名委员之一，《抗战漫画》也成为战时漫画运动的中心刊物。1938年2月，救亡漫画宣传队改为抗敌漫画宣传队，叶浅予和张乐平改称为队长和副队长。张乐平平时负责主持漫画宣传队的队务，他总是全身心投入其中，为了漫画宣传队，为了抗日，无论条件多么艰苦，他依然坚持着作画，把漫画宣传的队伍处理好，全然不顾自身的安全问题。

1938年6月，张乐平创作的《啊！中国孩子！》和漫画宣传队的其余45件布画在莫斯科展出，这是张乐平以及漫画宣传队应国际宣传处的要求在两个月内赶制出来的。

1938年5月20日，由中国空军徐焕升、佟彦博等八名成员，驾驶两架马丁轰炸机“空袭”日本本土，他们放下的“炸弹”中就包括由漫画宣传队绘制的漫画。这些漫画在佐贺、福冈、久留米、长

|《抗战力量》· 张乐平

崎等地撒放，数量相当巨大。

1938年6月，张乐平带领部分漫画队的队员到达安徽的休宁，此时武汉的《抗战漫画》因人员短缺而停刊。到达安徽后，张乐平和队员们不顾辛苦，马不停蹄地绘制抗日宣传漫画，并把绘制的漫画发给地方政府和当地军队，还在安徽省内进行流动展览。他们的抗日宣传漫画收到了很好的宣传效果，成为当时战区政治部的重心，因此国民党政府给工作成绩出色的他们颁发了嘉奖令。

1938年9月，张乐平和漫画宣传队的成员以及第三厅的一些人员到达长沙。他们展出了大量从安徽带来的布画，还继续绘制了好几幅大的壁画，上面还有第三厅对敌宣传处配上的日文标语。在长沙很具影响力的《抗战日报》，采纳了周恩来和徐特立的建议，任命田汉为社长和主编，廖沫沙担任副主编，张乐平为其主要作者之一。

1938年至1939年间，张乐平相继率领漫画宣传队在桂林、浙东宁波及浙西天目山等地举办抗日展览。其间，张乐平开拓了漫画

|《三毛从军记》· 张乐平

形式，画出大量的“漫画示范”印刷成传单或发表到报刊上，方便各个地方组织的抗日宣传活动。这些“漫画示范”还可以作为样板，让不会画画的群众也可以参照示范画绘画漫画，参与到漫画宣传的队伍中来。之后张乐平和漫画宣传队还在金华举行了义卖画像活动，并把所得款项全部用来捐助抗战。1942年5月，浙赣会战爆发，战火不断，张乐平并没有因此放弃抗日漫画的宣传，他和家人经过重重困难一路从崇安、建阳、南平到永安，路上坚持举办抗日画展，最后历尽艰险抵达江西赣州。张乐平个人抗战宣传画展在赣州公园以及泰和举办，此外，张乐平还编辑了《抗日画展》《抗日救亡漫画展览》《抗战美展》等。

1945年2月，日军侵占赣州，赣州告急，张乐平全家撤往广东。同年3月，张乐平的漫画在梅州兴宁展出时被美军第十四航空队东江分站军官所欣赏，于是邀请张乐平为他们创作漫画。之后张乐平就把创作好的漫画交到美军第十四航空队，由他们配上日文再印成传单，到日本本土及敌占区进行空投。5月底，因为印刷条件的问题，张乐平迁往梅县，在那里航空队为张乐平准备了一间用来作画的房子，并给他配了日文和英文的翻译。此后，张乐平一直坚持为美军航空队画抗日宣传画，直到抗战胜利为止。

张乐平的作品，多是用于招贴、宣传单、壁画和布画等。这些用血与汗创作的作品记录了战争时期中华民族灾难和民族奋起斗争的历史，也是日本帝国主义者对我国国土侵略的历史罪证之一。

文史学家魏绍昌说：“整个抗日战争时期，张乐平在极其艰苦的环境中，辗转沪、苏、鄂、皖、浙、湘、桂、赣、闽、粤诸地，以画笔为武器，为中华民族的救亡生存作出了卓越的贡献。尤其是张乐平与他的漫画队友们在东南一带战地艰苦奋斗、百折不挠地宣传抗战的事迹，理应在中国漫画史上占有光荣和重要的一页。”

《抗战宣传漫画》· 国际反侵略运动中国分会等制

因而，抗战中的救亡题材漫画，已经成为真正的战斗工具。国民党政府第九战区司令长官部政治部曾经编印了一本《对敌宣传手册》，这本手册直接把漫画归为对敌宣传品，并称这是“最优良的武器”，用它可以袭击敌人，瓦解其军心。

抗战期间，国民党政府军事委员会政训处、各战区司令长官部政治部、国际反侵略运动中国分会等机构都曾印制过抗战漫画。这些宣传画作尽管内容各异，但是大都符合第九战区司令长官部政治部《对敌宣传手册》中提到的漫画宣传品应有的三个特点——针对敌人的弱点；合乎当前的需要；文字简明有力，富有鼓动性。在中华民族这场艰苦卓绝的御外战争中，这批漫画发挥了其特有的积极作用，即使在八十多年之后的今天再看，仍然能够从中感受出那个山河破碎而又铁血抗争的年代气息。应该指出的是，国民党政府军事委员会政训处等印制的宣传漫画，署名都是单位而不是创作者个人，显然，有一批“无名”的绘画工作者曾经为此进行了艰苦的创作，作品上虽然没有他们的名字，但是他们的精神随着这些画作将永远激励和警醒着世世代代的中国人。

版画抗战篇

在印刷技术十分成熟的中国，版画的历史源头似乎也可以追溯到千年之前。19世纪，在欧洲开始出现了“版画独立运动”。后来，根据版面性质和使用材料的不同，主要分为凸版（木刻版画、纸版画、石膏版画等）、凹版（铜版画、锌版画）和平版（石版画）三大类。

随着1937年全面抗战的爆发，木刻版画这种“战斗的艺术”为更多的普罗大众所认识。木刻版画艺术——这样一种表现力极强的艺术形式，在抗战宣传的洪流之下得到了迅猛的发展，与民族命运紧紧相连。木刻这一古老而又新鲜的艺术创作手法，因其简便易行，且黑白强烈对比的艺术张力，成为身陷抗日烽火中的美术家们用来反抗日本侵略的有力武器，在宣传救亡中发挥出了巨大的作用。

|《冒着敌人的炮火前进》· 沃渣

1938年4月16日，“武汉木刻人联谊会”成立，半个月之后在此基础上成立了“中华全国木刻界抗敌协会”筹备会。1938年6月12日，“全国抗战木刻展览会”开幕的同时，宣布成立“中华全国木刻界抗敌协会”，聘请蔡元培、冯玉祥、潘梓年、田汉等为名誉理事，马达、力群、卢鸿基、刘建庵、陈九等为常务理事，负责总务、研究、展览、组织、出版等工作。至此，新兴木刻也完成了从阶级反抗到民族救亡的主题切换，真正成为抗战艺术运动的一面旗帜。“中华全国木刻界抗敌协会”成立的头一期报纸和杂志上刊登木刻理论研究文章达数万字。为适应抗战需求，还印制了木刻宣传卡片无数，在汉口举办了两次展览，展出作品八百余件，观展者逾万。尔后在成都、桂林、衡山等地也巡回举办了木刻展览。

1938年10月，武汉沦陷，新兴木刻的参与者们不得不再度内撤。一部分作者如力群、马达、胡一川、江丰、沃渣等北上延安；

一部分则迁往大西南和华南地区，主要活动于重庆的有陈烟桥、王琦、张望、汪刃锋、王树艺、刘铁华、段干青等，在桂林的有黄新波、刘建庵、赖少其等，在成都的有王大化、郭钧、秦威、张漾兮、王朝闻、乐以钧等，在长沙、昆明等地的有李桦、夏明、李衔等。整个抗战期间，除重庆之外，长沙、桂林、成都、昆明、贵阳等大后方城市，都有木刻团体积极进行抗日救亡的宣传活动。1939年4月在重庆举办的“第三届全国抗战木刻画展”，展出了包括一百零二位作者的五百七十一幅作品，吸引了一万五千名观众，成为这一时期的标志性展览。

此外，“中国木刻研究会”还与苏联、英国、美国、捷克等国外的木刻艺术家有较为频繁的接触和交流，通过一幅幅生动的木刻艺术作品，让世界对中国抗战的实情有所了解，为争取最广泛的支持和同情作出了贡献。如1939年、1940年和1942年，在中苏文化协会的主持下，中国木刻界收集了几百帧抗战版画与其他艺术作品一同数次送往莫斯科和列宁格勒等地进行展览。

|《八路军来了》· 彦涵

1943年3月，苏联大使馆在重庆举办了“苏联版画展”，展出了木刻版画、铜版画、石版画等三十二位画家的二百五十幅作品，引起巨大反响。除苏联外，中国木刻界也与美国建立了良好的交流合作关系。1942年秋，中美联合在重庆举办了“联合艺术展览会”，其

中就有不少以抗战生活为题材的作品。其中的部分作品，后来还被应邀访华的罗斯福总统特使威尔基带往美国，在纽约博物馆展出，并有部分作品选登在《时代》杂志上。1945年初，与中国渊源颇深的美国女作家赛珍珠，将其中的八十二幅作品结集在纽约出版。此外，中国木刻研究会还在印度举办过三次大规模的木刻展览，在英国的伦敦和爱丁堡也举办过“中国艺术展”和“现代木刻艺术展”。

1937年1月7日，中共中央进驻延安，延安随之成为中国革命的圣地，也成为延安文艺运动的摇篮。武汉沦陷后，随着力群、马达、胡一川、沃渣等木刻家的到来，延安也成为边区木刻的中心。1938年在延安成立的鲁迅艺术文学院（以下简称鲁艺）美术系，几乎成了木刻系，培养了诸如古元、彦涵、罗工柳、夏风等木刻名家。

《轰炸出云舰》· 马达

1938年，胡一川、罗工柳、彦涵、华山等人组成的鲁艺木刻工作团进入太行山区，此后还成立了鲁艺的晋东南分校。他们深入生活，与部队吃、住、战斗在一起，创作了一批反映八路军和当地人民战斗生活的传世佳作。木刻家们不仅创作反映战时生活的作品，还要制作大量抗日宣传品，同时要为报纸制作标题、插画以及地图，有时还要刻制邮票、钞票等。

|《日军守备队的生活》· 李少言

抗战期间创作出优秀版画作品的人物很多，其中彦涵和赖少其是非常有代表性的两位。

如果没有战争的话，彦涵的梦想曾是当一名小学或是中学的美术老师。七七事变的爆发，改变了一切。日军长驱直入，国土大片沦丧。1937年11月中旬，彦涵就读的杭州艺专的师生们在林风眠的带领下，仓促撤离，如逃难一般，于1938年1月初，辗转到了湖南长沙。

1938年6月底，彦涵看到了辗转传来的鲁艺的招生简章，决定去延安。经过了一路辛苦，终于到达了延安。

彦涵的木刻生涯，是从鲁艺开始的。鲁艺美术系只有两个画种：木刻和漫画，而在这两个画种中，又以木刻为主。在延安，由于敌人的封锁，画画用的笔墨纸砚、油彩、画布很难运进来，这就使得油画、国画乃至水彩画都受到极大限制。相比之下，木刻所需的木板、刻刀、油墨、纸张，延安基本上都能解决，加上木刻印刷简便，一次可以印好多张，可以像锌版或铜版那样，直接印在报刊上，木刻便成了延安美术界的宠儿。

进入鲁艺，彦涵很快就喜欢上了木刻。木刻简洁、刚健，有股浓烈的战斗气息。这正好符合他的性格与气质。他从系主任沃渣那里领来了几把刻刀和几块木板，学起了木刻。毕业的时候，彦涵没有像其他同学一样被分配到火热的前线，而是留在美术系当干事，彦涵很失望。他喜欢轰轰烈烈的战斗生活，渴望横刀立马，驰骋疆场，杀敌报国。他说："我是党员，我应该到最艰苦的地方去，到前方去。"此时，他刚刚入党，就在他一次次地提出申请，坚决要求去前方的努力下，他的要求终于被批准，彦涵作为系里成立的木刻工作团的正式成员，跟随部队去太行山根据地，开展敌后木刻活动。鲁艺木刻团随同一支八路军大部队，浩浩荡荡开往太行山根据地。彦涵一去便是四年。

四年中，彦涵用木刻这种艺术形式，揭露敌人，鼓舞民众，宣传抗战。彦涵根据当地群众的欣赏习惯，刻了一套反映民兵生活的连环画。在从延安开赴太行山的行军途中，以及到达根据地以后，他听了不少民兵打鬼子、保家乡的故事。他把这些零散的故事集中起来，集中在了一个民兵形象身上，一会儿让他抬担架、送鸡毛信，一会儿让他埋地雷、炸岗楼，一会儿又让他袭击鬼子，最后戴上大红花，光荣地参加了八路军。这套连环画，一共有四十几幅。这就是作品《李大成》。

时间转眼到了1940年初，彦涵和木刻团成员接到了用年画形式宣传抗战的紧急任务，大家在排除了用纸、印刷技术等困难后开始了创作。搞新年画，当然要画新门神。彦涵想，现在最大的恶魔，就是日本帝国主义，而能战胜和驱逐这个恶魔的，就是武装起来的中国人民。于是，他以此为思路很快刻出了两幅新的门神画。

一幅是：一个肩扛步枪的八路军战士和一个身背大刀的民兵，并肩走在一起，上写四个字：保卫家乡。另一幅是：一个妇救会员和一个儿童团员，手持红缨枪站岗放哨，也写“保卫家乡”四个字。

|《门神》· 彦涵

为了适应门画的特点，他采用了均衡对称的构图，颜色也是大红大绿，有很强的装饰性，人物的形象和服饰，也非常淳朴、真实，令人耳目一新。值得一提的是，他把那个妇救会员的脚刻成了一双小脚，脚上穿着红鞋，十分引人注目。

八路军总部驻地也贴了新年画。一天，彭德怀副总司令出来散步，看见了墙上的年画，回去后叫人捎话给木刻团，希望能送给他几张。胡一川马上挑选出一套，托人给彭总送去，没想到收到了彭总的亲笔信，赞扬鲁艺木刻团同志们在宣传和动员群众工作中所做出的努力。

彦涵不仅以木刻宣传抗战，还以木刻保卫抗日民族统一战线。抗战以来，国民党政府控制的一些宣传机器，一直污蔑八路军是

|《当敌人搜山的时候》· 彦涵

“散兵游勇”“游而不击”。回击污蔑的最好办法，就是用事实说话。彦涵想出了一个计划，组织大家创作一批反映八路军在华北英勇抗战的木刻作品，回击这些污蔑之词。在他的带领下，作品很快创作了出来，一共有二十几幅。彦涵自己刻了《奇袭阳明堡飞机场》《纷纷建立根据地》《攻克井陉煤矿》，艾炎、黄山定、古达等人刻了《平型关大捷》《百团大战》……彦涵把这些木刻编成一本画册，起名叫《八路军华北抗战》。他拿着编好的画册请罗瑞卿题写书名并作序言，罗瑞卿欣然答应。这本画册印了几千本，不但在根据地和延安发行，敌工科的同志还散发到了敌占区，发行到了国统区。有许多人，尤其是国统区的人，通过这本薄薄的画册，了解了八路军在华北战场上的卓著功勋。

完成《八路军华北抗战》之后，彦涵又开始创作木刻连环画。内容是根据地民兵们的故事。他到根据地两年多了，接触过不少民兵，也听说过许多民兵的故事。他们与游击队、武工队密切配合，展开麻雀战，三五成群，声东击西，搞得敌人提心吊胆，寸步难行。

后来彦涵又创作了《狼牙山五壮士》，表现武工队员的《侦察员》，表现抗日军民宁死不屈的《不可征服的人们》《当敌人搜山的时候》，反“扫荡”的《不让敌人抢走粮食》，表现群众对八路军的信赖的《来了亲人八路军》《奋勇出击》《民兵的故事》《护送伤员的民兵》《把她们藏起来》等等。

在残酷的战争岁月，彦涵一手拿枪，一手握笔，为着民族的解放而战，为着正义与理想而战，满怀激情地记录了那个伟大的时代。他是一个多产的艺术家，在那动荡的岁月里，以史诗般的作品，代表了一个时代的美术精神。他用行动把鲁迅提倡的版画的战斗精神，提高到了一个难以企及的高度。

赖少其的艺术经历与彦涵有类似之处，他们都在艺术专科学校打下了很好的创作功底。所不同的是，赖少其一开始就接触到版画这种艺术形式。

|《东北民众的怒吼》· 赖少其

1937年7月7日，爆发了震惊中外的卢沟桥事变。日军进攻北平，全面抗战爆发！日寇侵略军的铁蹄在中国的土地上留下了污浊的蹄印，这蹄印沾满了中国人民的鲜血。一场风起云涌的抗日民族救亡运动席卷全国。

赖少其热血沸腾，他以昂扬的斗志，犹如江河奔向大海，汇入了汹涌澎湃的滚滚洪流中，全力以赴地投入到这场抗日救亡的运动中去。1938年1月，赖少其经桂林来到抗战的前线——武汉。他一到武汉，立刻投入了声势浩大、如火如荼的抗战救国斗争中。

赖少其每日奔波不息，早出晚归，不知疲倦地参加抗战的宣传工作。他绘制宣传画，制作巨幅标语口号，在街头绘制大型壁画。深夜回到住地，还以刻刀为武器，创作抗战内容的木刻作品。他总

|《抗战门神》· 赖少其

是保持着一种昂扬的斗志，尽管他的身体是那么单薄和瘦弱，他的体内却似乎有着一股无穷的力量在支撑着他。

这年4月，一大批文化人士集中到由郭沫若任厅长的国民党政府军事委员会政治部第三厅，参加抗日救亡的宣传工作。赖少其也加入了其中，成为抗战漫画宣传队的骨干成员。由他创作的套色木刻《抗战门神》广为流传，影响极大。

抗战期间，他奔走于上海、武汉、西安、惠州、广州、湖南和桂林等地，积极开展抗日文化宣传活动，并作出了卓著的贡献。1938年10月，他毅然投笔从戎加入新四军，皖南事变后历经牢狱之灾和战斗洗礼，越狱重回新四军继续从事宣传文艺工作并屡建奇功，直至抗战和解放战争胜利。

他是杰出的画家，勇敢的钢铁战士。鲁迅也称赖少其为“最有战斗力的青年木刻家”。

国画、西洋画抗战篇

抗战时期是中国现代美术发展壮大的一个特殊阶段，各个画种都在这个特殊熔炉中熔化锻打，百炼成钢。除漫画、版画外，国画和西洋画可能是最重要的两大主流画种，这和它们在美术界的原先地位有关——国画是中国美术界传统意义上理所当然的执牛耳者，而西洋画则更具有当代性，在世界范围内有更多的共同语言。

其中，张善孖的“抗战之虎”，堪称抗战国画的代表作；而油画中的《血战宝山路》和空军系列画影响力也非常大。

|《中国怒吼了》· 张善孖

张善孖，号虎痴，张大千的二哥，画虎大师。1937年七七事变爆发，张善孖慷慨悲愤，曾在武汉、昆明、重庆多地举办画展，以凛然正义号召国人。在旅途中，他写信给其弟目寒：“今日第一事为救国家于危亡，万一国家不保，则虽富拥百城又将何用？恨我非猛士，不能执干戈于疆场。今将以我之画笔写我忠愤，鼓荡志士，为海内艺苑同人倡。”次年，张善孖到宜昌，时值汉口正筹备八一三一周年纪念，张善孖取两大素帛拼为巨幅，长3.15米，宽1.05米，作一巨大宣传画，雄狮怒吼于敌国富士山，此即后来声名大振的名作《中国怒吼了》。

1938年8月13日，淞沪抗战周年纪念日，张善孖开画展于重庆大梁子青年会图书馆，展出《正气歌图像》等画作，作品所流露之民族精神与凛然正气，正足以激励人心、鼓舞士气。月余后，又应于斌主教之邀，去欧美举办画展，宣传国画的精神和艺术魅力，并为祖国抗战募捐。他不辞辛苦，风尘仆仆，跑遍了欧美很多城市，频频举办画展，发表演讲，将它作为宣传中国抗战、争取世界援助的一个绝好舞台。

张善孖离国赴欧美前曾立下志愿，所有售画收入，全部捐给国家，作为抗战宣传的费用。之后他实践其言，将在欧美售画所得全部共二十多万美金，悉数捐给国家，自己分文不取。①

1940年10月张善孖回国，但因旅途过于疲劳，当月20日溘然长逝。国家特发布褒奖令，对画家张善孖予以表彰："抗战以后，先在国内以艺术宣传、激励民众，继赴欧美举行画展义卖，弘扬文化，赈济灾黎，弘征爱国之悃。"张善孖的壮烈行为，足以感动一个时代，也毫不逊色于战死在沙场的前线将士。正所谓：前方后方皆为战场，文人武将都是战士。

名留史册的岂止国画家们的作品，大敌当前，有血性的男儿都不惧马革裹尸，捐躯沙场；即使在后方，硝烟背后同样是战场，笔杆犹如枪杆，一样能斩敌于无形之中。

张云乔1997年重绘的大型油画《血战宝山路》

① 柳建辉：《艺术家的气节》，黑龙江教育出版社2015年版，第42页。

1932年1月28日，日军对上海发动突然袭击，第十九路军奋起反击。交战中，日军向宝山路一带的商务印书馆及其附属东方图书馆投下大量炸弹，宝山路顿时成为一片火海。战后，上海在西郊龙华路修建了淞沪抗战纪念堂，并向社会征集大型绘画作品。毕业于上海美专的青年画家张云乔绘制的巨幅油画《血战宝山路》(长13.3米，高5.3米)在众多作品中脱颖而出，光荣中选，被陈列在纪念堂中。然而，时过境迁，纪念堂和张云乔绘制的这幅油画后来都销声匿迹了，只留下一张黑白照片。1997年，上海市人民政府决定筹建抗战纪念馆，张云乔已八十七岁高龄，虽已垂垂老矣，但他仍鼓起勇气，凭记忆和简单的照片，整整用了半年时间，顽强地重新绘制成大型油画《血战宝山路》，再现了历史。这幅对上海这座城市来说具有独特意义的大型油画，现已由上海历史博物馆收藏。

淞沪抗战爆发，其时正在上海美专任教的画家蒋兆和参加了第十九路军组织的临时宣传队，应部队邀请为蒋光鼐和蔡廷锴两位抗战将领绘制油画人物肖像。蔡廷锴那幅画像，蒋兆和还是在沪西南前线指挥部当场绘制的。这两幅将军的画像，由良友出版社大量印制，在社会上广为散发，鼓舞了前线将士的士气和市民大众的信心，据说创出了最高的印刷纪录。

在中国现代画坛上，曾有过一个“空军画派”，抗战期间产生过很大影响。在第二次世界大战时期涌现出的大量先进武器中，空军作战飞机是当时最耀眼的军事明星。抗战初期，中国空军曾和日军进行过激烈的空战，但很快就因国力落后无法支撑，退出了空战，日军飞机得以肆虐我领空，并导致了重庆大轰炸等惨案。在此期间，不少画家努力创作以空战为题材的作品，当时甚至出现了《中国的空军》《铁风画刊》等专门刊载空战画作的刊物。

|《笕桥“八一四”胜利第一幕》· 梁又铭

在“空军画派”中，以梁又铭影响最广，创作的作品最多，成就也最大。抗战时期，梁又铭虽未持枪上前线，却以画笔为武器，创作了大批以抗日战争为题材的史实画作，尤其是表现中国空军的艺术作品。他受现实主义思潮影响，以严格写实的手法描绘空战的场景，表现中国空军抗击日军的激烈场面，既反映了艰苦卓绝的全民族抗战，又展示了较高的艺术水准。梁又铭的创作非常严谨，每当空袭警报响起，别人都奔向防空洞时，他却不顾安危，带着速写本爬上高处仔细观察，在战火硝烟中进行空战实景写生。空袭结束后，他再用飞机模型模拟战斗场景，并绘制草图请教空军将士，对飞机机型、作战队形、天气状况、飞行高度等进行严格求证，然后才着手正式绘制。

梁又铭创作的以中日空战为题材的油画，表现内容新颖，创作手法独特，在当时深受媒体和军民关注，在重庆、成都、香港等地举办过多次展览，还举行过专题研讨会，发行过评论集，之后更以

“中国空军抗战史画”为名出版大型画册，可谓影响广泛而深远。国民党政府空军将领周至柔在为《中国空军抗战史画》作序时曾评价梁又铭：“为时代艺术巨手，其于绘事，不尚风月、泉林、美人、花草，而独于机械静体机动军种得其三昧，故一划一钩，均有根据，一人一事，均属信史。”

自2012年起，梁又铭的抗战史画曾多次展出，2015年7月，中国国家博物馆为纪念抗日战争胜利七十周年举办馆藏文物系列展，其中就有梁又铭的抗战美术作品展。展出的作品是其家属捐赠给国家博物馆的重要收藏，这也是梁又铭作品首次在国家博物馆展出。

在弥漫着战火与硝烟的全面抗战期间，还有一位画家，既以自己的画笔记录着饱经战乱摧残的社会现状和民众凄苦的生活，又通过创办画刊的形式，将更多的优秀绘画作品展现给大众，他就是赵望云。

赵望云，1906年生，河北束鹿人，长安画派创始人。早年与王森然、李苦禅等组织吼虹艺术社，擅长山水、人物。创作面向生活，画风于质朴厚重中蕴含秀雅。

1938年，在冯玉祥参与倡导下，“全国文艺界抗敌协会”成立，赵望云就在其中。冯玉祥出资创办了两份刊物，以通俗的形式进行抗战宣传。一份是《抗战画刊》，另一份是以文字为主的半月刊《抗到底》。

1938年1月20日，《抗战画刊》在武汉创刊。冯玉祥每月出资五百元经费办刊，由赵望云出任主编，高龙生、汪子美、张文元、侯子步、黄秋农等人担任编辑。初为旬刊，每月三期，小三十二开本。稿件编成后，由三户印刷厂印制，华中图书公司出版发行。作为主编，赵望云不仅要作画、写稿、审稿、核稿、筹组栏目、安排画刊的结构、策划选题，还要联络画刊外围、约稿、了解各方的反映和宣传需要。工作强度之大，可想而知。但正如赵望云所说："我们不能拿枪，'纸弹'如能在抗战宣传中发生点功效，就算尽了我们一些职责。"他在从事这项神圣的抗日救亡文化事业时，是不知疲倦的。

|《抗战画刊》封面

《抗战画刊》以图文的形式，通俗易懂地向大众宣传抗战，鼓励民众团结起来，救亡图存。由于面向大众，紧贴现实，宣传抗战，反对投降，实例鲜明，形式新颖，因而在抗日战场的前后方广泛传播，获得极好的社会反响，受到民众广泛赞誉。不到半年，出刊十四期，每期即出，便销售一空。在当时川、贵、湘等地城镇的壁报上，十有八九的作品都临摹于《抗战画刊》。在国难当头，前方战士浴血奋战的时刻，赵望云与画刊的同仁一道，夜以继日地工作着，为抗战贡献着自己的力量。

《抗战画刊》的救国理念和坚持抗战到底的鲜明立场，从一开始就获得了大众的认同，也获得了文化艺术界有识之士的积极响应，他们鼎力相助，纷纷投稿，加入到抵抗日寇侵略的文化战场的前沿，同"投降派"做了坚决的斗争。这里很快成为了文化抗战又一新的战场。画刊最初的特约撰稿人有：冯玉祥、田汉、老舍、吴组缃、张仃、张光宇、老向、何容、叶浅予、赵望云、黄苗子、李可染、张乐平等一大批抗日爱国人士。老舍、田汉撰写的抗战故事，经由赵望云等人配上图画，以连环画的形式刊出，动员民众抗日。“西洋景词画”便是由老舍作诗，赵望云配画，在《抗战画刊》第十期刊发的。冯玉祥、赵望云抗战诗画选，连续刊出，成为《抗战画刊》宣传抗日爱国，最具影响力的栏目之一。李可染、张乐平、叶浅予、丁聪、特伟等人的宣传画、漫画与速写，也给抗战中的将士和民众带来震撼和鼓舞。

《抗战画刊》创刊半年后，由于武汉已处于日军兵锋之下，画报社从武汉迁移到长沙。后迁至桂林，出版三期。1939年，《抗战画刊》编者入川，同年三月，在重庆开始印刷。《抗战画刊》依旧旗帜鲜明，反对在民族危亡的关头躲在后方苟且偷生的消极抵抗。赵望云用大量的篇幅，刊发揭露日本侵略军在华暴行，抨击汪伪汉奸势

《敌于临沂大败 我军乘胜追击》· 赵望云

力，表达中国人民抗击日本侵略者的坚强意志和悲壮可歌的抗战故事，用形象和行动，展示了中国人民的爱国力量。

赵望云本人也在《抗战画刊》上发表了大量的作品。他创作出《民间英雄》《农村民众起来！》《河北农村动态》《放下锄头，拿起枪来》等画作，以饱满的热情，将目光聚焦于农民身上，围绕战斗在敌后的农民抗日英雄来构思创作自己的作品。与此同时，赵望云还在《中苏文化》的文艺特刊等处撰文，从一个画家的视野出发，深刻论述了“抗战生活是新绘画推进的主力”这一主张，提出抗战中国画应有新的发展。他率先在国画领域里倡导“民族情调”与“中国气派”基础之上的国画改造，呼吁将艺术家个人与国家和民族危亡有机地结合在一起，将自己的艺术自觉同人民的事业结合在一起，才会有无穷的动力。

从1931年九一八事变爆发到1945年8月15日日本政府宣布投降，这十四年是我国遭遇外来侵略、面临巨大劫难的关键时期，也是我中华民族前赴后继、英勇抗战、不惜牺牲的特殊阶段。整个抗战期间，无数将士在前线冒着敌人的枪林弹雨英勇作战，以血肉之躯铸成钢铁长城，粉碎了日寇速战速决“三个月内征服中国”的迷梦；文化战线的勇士们则在前方和后方两线作战，采访战情，鼓舞群众，用他们的智慧和手中的笔，为这场事关民族存亡的战争鼓与呼。整个抗战期间，漫画、版画、中国画、西洋画以及它们背后齐头并进的各画种大军，在相互配合下打了一场团结作战的胜利战役。中国抗战美术，与抗战洪流水乳交融。

艺术向来被认为是一种高雅的贵族化的东西，可以束之高阁、藏之名山，表现出极大的超凡脱俗的品性。然而，烽火弥漫的抗日战场，艺术从战争中汲取了无穷的力量，即使在面对烽火硝烟的战争环境时，战时艺术工作者仍然不忘手中的画笔，鼓舞前线的将士，唤起后方的民众，不对日伪低头，表现了画家们不屈的民族精神和高尚的民族气节。他们是一个群体，我们还能看到张大千、齐白石、徐悲鸿、黄宾虹、刘海粟等许多名家的身影。

时至今日，当人们再次看到那些宣传抗战的画作时，定能感受到那一幅幅才华横溢的作品饱含的抗战精神！这就是艺术家们所展现出的抗战力量！

第三节 鲁艺之光

鲁迅艺术学院（简称鲁艺）是中国共产党1938年春在延安创办的一所综合性的艺术学院，1940年后改称鲁迅艺术文学院。整个抗日战争期间，中国共产党通过这所学院，团结并培养了大批文学、艺术干部，为抗日民族解放战争，为革命文学、艺术事业作出了很大贡献，成为中国新文艺运动的活动基地之一。

奔赴延安

1937年七七事变爆发后，抗日烽火燃遍全国，延安成了人心向往的革命圣地，这里吸引着无数怀抱着抗日救国强烈要求的热血青年，从全国各地云集到这里。据统计，仅在1938年5月至8月期间，经八路军驻西安办事处赴延安的知识青年，就有两千两百八十八人之多。其中包括许多革命的文艺工作者以及抗日的文艺组织和演剧团体，他们先后来到延安。那燃烧着的热情有如柯仲平在《延安与中国青年》诗中所写这般：

青年，中国青年，
延安吃的小米饭，
延安穿的麻草鞋，
为什么你要爱延安？
青年回答：
我们不怕走烂脚底板，
也不怕遇上“九妖十八怪”，
只怕吃不上延安的小米饭，
不能到前方去抗战，
只怕取不上延安的经典，
不能变成最革命的青年。

急速发展的抗日事业，迫切需要筹办一所培养文艺人才的专门学校。这样，一所专门培养抗战文艺干部的学校——鲁艺于1938年4月10日在延安诞生了。

鲁艺开学典礼的合影

1938年11月，刚到延安不久的诗人、散文家何其芳在一篇散文中写道：“延安的城门成天开着，成天有从各个方向走来的青年，背着行李，燃烧着希望，走进这城门。”在走进延安城的人们当中，有很多是文学家、艺术家和文艺青年。他们中的很大一部分人，先后进入鲁艺学习或工作，形成了具有鲜明特点的新型的教师群体和学生群体。

据统计，鲁艺建校初期共有教师三十七人，其中有三人来自中央苏区，占教师总数的8%，来自上海的左翼文化人和非左翼文化人各十七人，各占教师总数的46%。[①]在这三十七个教师当中，已经有一定数量的中共党员。这在很大程度上已经表明了鲁艺的教师群体不同于一般大学教师的基本特征。

新创办起来的“鲁迅艺术学院”是一个综合性的艺术专门学校，在专业设置上先有戏剧、音乐、美术三个系，后来又增设了文学系。当时负责领导学校的“院务委员会”由副院长沙可夫和周扬、朱光、徐以新、李伯钊、吕骥、张庚、沃渣等同志组成。各系学生在学习组织上，按系别成立大队，设大队长，并有指导员负责学生的生活、学习和思想工作。大队分若干区队，设区队长，班组设组长，生活军事化，政治气氛浓厚，学习氛围活跃。在极端困难的条件下，大家怀着饱满的革命热情，发扬艰苦创业精神，克服困难，开展工作。抗日战争的烽火烈焰，燃烧着这座革命熔炉。

鲁艺在教学实践中，首先强调要培养适合抗战需要的能坚持团结战斗、吃苦耐劳，并具备一定专业能力的艺术工作者及干部，同时又重视马列主义和文艺理论基础课程的学习。参照了抗大办学模式的鲁艺，在初期具有“艺术短训班”的性质。各系第一、二期的在校学习时间均为六个月，分前、后两个阶段进行，每个阶段为期三个月。前一个阶段在校学习满三个月后，由学校统一安排到前方抗日根据地或部队实习三个月，之后返回学校，再继续完成后一个阶段三个月的学习任务。这种被称为“三三制”的教学和实习安排，

---

① 龚亦群：《党的艺术教育的辛勤开拓者——沙可夫同志》，引自《沙可夫诗文选》，文化艺术出版社1990年版，第388页。

是鲁艺初期教学方式上的一个突出特点，也可以说是开门办学的一种尝试。

全院第一次较大规模的实习活动，是1938年11月由文学系代理主任沙汀和教师何其芳，带领文学系第一期以及音乐系、戏剧系和美术系第二期的部分学生，跟随八路军第120师师长贺龙，到抗战前线去。

1938年9月，中共中央六中全会开幕不久，从前方回延安参加这次会议的第120师师长贺龙，便应邀到鲁艺做了一次讲演。这一次贺龙到鲁艺讲的内容是第120师指战员开过黄河到山西去作战的情况。他以一种农民式的诙谐，把前线的战斗故事讲得丰富精彩而又鼓舞人心。他呼吁鲁艺师生响应毛泽东的号召，到敌人后方去，扩大敌后抗日根据地，变敌人后方为前线，拿起文艺的武器，为抗日战争服务。贺龙的讲话吸引了沙汀、何其芳和一些鲁艺的学生，他们很想跟随贺龙一起到前方去看看。

在回晋西北根据地之前，贺龙又亲自来到鲁艺，他希望有大量的文化人到他的部队里去。当时，正赶上各系的学生第一阶段三个月学习期满，按规定需要安排到前线实习。院里便组织了一支由二十一名学生组成的实习队伍，由沙汀、何其芳带队，和贺龙一起到前线去。

第三天，汽车开到米脂之后，他们换骑骡马，每人分得一匹。因为大多数学生过去没有骑过马，上路后从骡马上掉下来的人很多。第四天下午，他们渡过了波涛汹涌的黄河，进入山西。第五天到达了目的地——晋西北小城岚县，第120师司令部驻扎在这里。

在岚县，每个人都安排了工作。莫耶、成荫、王元方到第120师战斗剧社。尤淇到战斗宣传队做文化教员。康濯等人分到358旅宣传科，担任随军记者。张冶和陈滋德分配到358旅，奉命组建战火剧社。岳瑟、浪淘、艾提、王文秋、陈正熙分配到师政治部宣传部作宣传干事，主要任务是编印油印的《战斗报》，为战士编写文化课本。沙汀和何其芳则留在师司令部，收集有关材料，准备写战地报告。沙汀还准备写贺龙的传记，他已经被这位八路军将领的豪迈和热情的个性吸引住了。

莫耶等人分到战斗剧社后，组成了一个教员班，成荫做戏剧教员，王元方做音乐教员，莫耶做编剧教员和舞蹈教员。除了对剧社成员进行辅导之外，他们的主要任务是编写新剧本，谱写新歌曲，排演新节目。他们工作得很出色，得到了贺龙以及政委关向应、政治部主任甘泗淇的赞扬。

康濯到第358旅以后，随同一支部队到山西雁门关附近打游击。后来，他根据这段战斗生活经历，写了报告文学《捉放俘虏记》。孔厥下到基层连队，做了文化教员。他还利用战斗空隙时间，和指战员们一起讨论，共同编排了表现一个八路军战士被俘后坚贞不屈，最后壮烈牺牲的活报剧《英勇牺牲》。

1938年12月底，中共中央根据华北军事形势的新变化，命令120师主力一部赶赴河北，帮助急速发展起来的吕正操领导的抗日队伍进行整顿和提高，以反击日寇对根据地的军事“扫荡”。一个大雪纷飞的早晨，沙汀、何其芳和十几位学生，又跟随第120师司令部、政治部和一个团、一个游击支队，从岚县

鲁艺学员参加大生产

启程，向冀中进发。孔厥和康濯等四五位学生则继续留在山西的部队里。

部队给沙汀和何其芳每人分了一匹马，与司令部同行。其余学生三人分得一匹马，和政治部一起行动。时值隆冬，他们顶风冒雪，在严寒笼罩的塞北大地上，和部队一起行军。过同蒲铁路时，他们下午两点钟即从静乐东部的山沟出发，走了七十里路，才于午夜时分通过日寇严密巡逻封锁的铁路。然后连续不停地又走了七十多里路，进入了晋察边区的安全地带。

这期间，尤淇等人奉命担任《行军快报》的记者。他们既要采写，又要编稿，还需刻蜡版和印刷，经常忙得没有时间睡觉，于是只好在行军途中休息。这是一种奇妙的休息方式——边走边睡，即脑子在休息，而双腿仍在做机械、惯性的运动。尤淇回忆说："有一天，我在行军中睡着了，前面的牲口暂停了一下，我依然闭着眼睛往前走，撞到了一匹骡马身上。那匹骡马受了惊，尥起后蹄就给了我一下子。幸好踢偏了，只踢破了我肩上的一层皮。它把我的瞌睡吓醒了。"没有实际经验的人，可能是无法理解人怎么会边走路边睡觉的。

过了同蒲铁路，部队在五台山下的阎家村休整了几天。过了1939年元旦以后，他们便又立即出发，通过了敌人重兵封锁的平汉铁路，进入到广袤的冀中平原。

贺龙率领几千人的大部队通过平汉铁路的消息，敌人马上就知道了，于是派出飞机，从早到晚在部队活动的地区飞行侦察、盘旋轰炸。白天部队根本无法活动，只好隐蔽起来睡觉，把行军改在夜间。几乎每天夜里都要走路，总是在肃宁、任丘、河间几个县之间的乡村地带穿插、回旋，一夜少则走三五十里，多则要走百里左右。

何其芳后来回忆说："进入冀中平原后，刚好碰到了敌人的大'扫荡'，不断地战斗，不断地夜行军。我们的司令部总是最多距离敌人的据点不过二三十里，雷一样的炮声，震耳的机枪声，总是响在我们的周围。"

贺龙的部队与吕正操的部队会合后，敌人调集了两个师团的兵力向他们围攻。他们不停地在冀中平原上与敌人战斗，打圈子，才粉碎了日寇的"扫荡"。在这期间，何其芳感到，老是在司令部"作客"不是办法，就向贺龙要求分配工作。于是他就到了政治部宣传部，与早在山西岚县就分配到这里工作的几位学生一起，给部队指战员编教材，编油印的《战斗报》。沙汀则单独留在司令部，继续收集有关材料，准备写贺龙的报告文学。

1939年2月底，实习期到了。文学系的多数同学提出了回延安的要求，在3月上旬得到了批准。成荫、莫耶和王元方留在了战斗剧社工作，张滋德等人留在了战火剧社，其余学生跟着沙汀、何其芳一起于4月启程，路上走了两个多月，7月1日回到延安。孔厥和康濯早已于3月从山西返回延安，两个人都进入了新成立的文学研究室工作。留下来的几位学生成了战斗剧社的骨干，成荫先后担任过战斗剧社的政治指导员和副社长，莫耶担任剧社的编辑股长（即创作组长），成为一名创作上很有成就的文学家。

另一批人数较多的各系实习学生，是1938年底到晋东南八路军总部，然后又分配到各部队去的。例如，美术系第二期学生古达和五六个同学，到了刘伯承任师长、邓小平任政委的129师，最后古达分配到385旅宣传队。他在队里办了一个美术训练班，教几名爱好美术的小队员学绘画。后来，他又被调回师部，编印《战场画报》。

丨鲁艺木刻工作团的部分作品

派赴前方部队或地方实习的各批鲁艺学生，工作积极，热情很高，普遍受到干部、战士和农民群众的欢迎。实习期满以后，大多数被挽留。有的学生则留了下来，长期从事部队或地方的文艺宣传工作。鲁艺一至三期的学生毕业后，大多数都被派往前方工作，成为部队和地方的文艺骨干。为感谢鲁艺为部队培养、输送了众多的文艺人才，八路军的一些高级将领曾一起宴请鲁艺的教师，向他们表示衷心的感谢。

1938年9月至11月召开的中共中央六届六中全会，发出了到抗日最前线去的号召。延安各学校师生热烈响应这一号召，在全会闭幕以后形成了一个到敌人后方去的热潮。初期鲁艺安排学生赴前方实习，可以说是这个潮流的一个组成部分。除此之外，能够体现鲁艺紧密结合抗日战争实际、实行开门办学的教育方针的，还有在

1938年至1939年分别派遣木刻工作团、实验剧团和文艺工作团三个专业文艺团体到前线去开展工作。

“希望木刻‘到前方去’‘到敌后去’”。这是观众参观了鲁艺美术系木刻研究班举办的首次木刻展览会之后，在留言簿上写下的意见。这个展览会从1938年10月10日起，在延安连续展出三天，由于参观者很多，不得不延展一天。在展览的总结会上，木刻研究班的成员一致认为，应该把木刻带到前方去，带到敌人后方去。随后不久，院部决定抽调木刻研究班的五名成员，组成鲁艺木刻工作团开赴前线。工作团由团长胡一川，团员彦涵、罗工柳、邹雅、华山组成。

1938年底，他们唱着抗日歌曲《到敌人后方去》，离开了延安。在他们的背包里，还装着参加全国第三届木刻展览会的二百多幅作品。原打算在上海举办的全国第三届木刻展览会，因战事无法举办了。于是，木刻家江丰把这次展览会所征集的二百多幅作品带到了武汉。在诗人胡风的支持下，以《七月》杂志社为主办单位，在武汉展出了这些作品。之后，这些作品又由江丰全部带到了延安。现在，木刻工作团又背着这些作品渡过黄河，翻过吕梁山、天平架和太行山，先后在八路军第120师、第115师、第129师、山西决死二纵队的驻地，以及太岳地区和山西长治等地开办展览会，向抗日将士和农民群众展示这些来自全国各地的木刻作品，宣传抗日救亡。

他们深入部队，参加过艰苦卓绝的反“扫荡”战斗，和战士们一起攻打过敌人的碉堡，还和游击队一起打过伏击战。在战火硝烟中，他们手握画笔刻刀，坚持进行木刻创作和开展美术宣传活动。胡一川、罗工柳和华山参加了《新华日报》(华北版)的工作，担任该报的美术编辑，主编《敌后方木刻》副刊。彦涵到晋东南鲁艺分校担任了美术教师。

为了创作出群众喜欢的木刻作品，他们进行了各种尝试。其中让鲁艺木刻团一下子出名的当属木刻年画了。在1940年春节即将来临的时候，他们想到了年画这种大众化的美术形式，决定利用群众喜欢年画的这种形式进行创新，宣传抗战。彦涵、胡一川、罗工柳、杨筠等人创作的作品有《八路军和民兵》《妇救会员和儿童团员》《军民合作》等，这些作品反映敌后军民的斗争生活，从思想内容到表现形式，都有自己的鲜明特点。因而不仅为根据地人民所喜爱，在国统区以及国际上都产生了较大的影响。1942年周恩来曾把这批新年画连同延安的木刻一起带到重庆展览，同国民党政府统治下的萎靡文化，形成了光明与黑暗的强烈对比，使大后方人民为之耳目一新。1943年，这批年画又分别到美、英等国展览。使国外观众得以从这些作品中了解中国共产党领导下的根据地军民英勇战斗的真实情况。

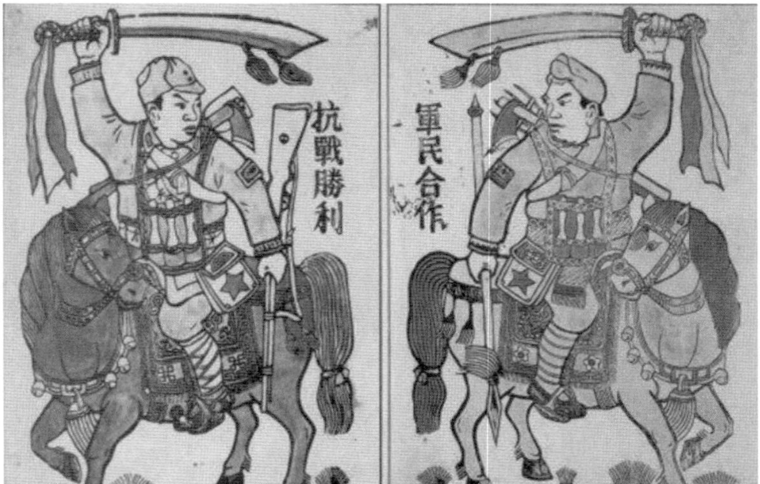

鲁艺木刻工作团的作品《军民合作 抗战胜利》

有实践也有教学。鲁艺的教学方针，也和抗大、陕北公学一样，必须与战争的需要密切结合，从战争中去学，从实践中去学。在十分困难的条件下，集体动手，挖窑洞，修课室，制教具，编教材。各系的专业教学和创作实践几乎经常是结合在一起进行的。

| 冼星海指挥鲁艺师生排练《黄河大合唱》

例如，美术系和音乐系的许多基本技巧课，都只能在狭小的窑洞教室里进行，有时也常到窑外或野外去进行练声合唱及绘画素描等课程。在专业实习上，美术系更多的是作了不少宣传画、木刻画和街头画报，音乐系则创作了大量歌曲和演唱民歌，并经常在群众性的晚会上表演节目。戏剧系常常只能在席棚下排练，教学和创作更是与晚会演出密切结合的。为了便于及时地反映现实，他们就充分利用时事活报、短剧、旧剧改编等多种形式，学生的实践和演出的机会就很多。

鲁艺在抗战初期延安的文艺活动中，是非常活跃的。就以当时演出的各种性质的晚会来说，从1938年4月开学到1939年冬以前不到两年的时间里，鲁艺的晚会任务甚为繁重。据一个小统计的记录，就有大小晚会的演出一百六十多场，观众约达九万人次。那时出现了各种样式的创作，包括歌曲、木刻以及活报、话剧、歌剧等，真可说是一片繁荣。例如，1938年7月，鲁艺演出的新歌剧《农村曲》，由李伯钊编剧，吕骥、向隅作曲，左明导演，是一出反映抗战初期农村斗争生活的小歌剧，在延安演出后影响很大，几乎在许多抗日根据地都先后传演。1939年5月鲁艺演出的《黄河大合唱》，由光未然作词，冼星海作曲，演唱时冼星海又自己担任指挥，得到毛泽东、周恩来等中央领导同志的鼓励和嘉勉，并受到广大群众的好评，影响甚大。

音乐家冼星海（1905—1945）生于澳门的一个贫苦船工家庭。在中学读书时开始学习小提琴。1926年至1928年先后进北京大学音乐传习所、国立艺专音乐系和上海国立音专，学习音乐、小提琴和钢琴。1929年赴法国巴黎勤工俭学，主要研习作曲。1935年回国后，积极投身抗日救亡运动。抗战一爆发，他便参加了上海抗敌演剧二队，后来在武汉与张曙等人一起开展救亡歌咏活动。1938年9月，冼星海收到了鲁艺副院长沙可夫和音乐系全体师生签名的信，热情邀请他前往鲁艺担任音乐系主任。在周恩来的关照下，冼星海和夫人钱韵玲于当年11月初抵达延安，到鲁艺任教。

冼星海到鲁艺后创作的第一部成功的大合唱，是1939年3月初完成的《生产大合唱》，取得了很大成功。从此，“二月里来好风光，家家户户种田忙，指望着今年的收成好，多打些五谷充军粮”的歌声，很快唱遍了边区和各抗日根据地。

《黄河大合唱》是冼星海根据多次合作过的歌词作者光未然写成的歌词《黄河大合唱》配曲而成的。歌词写好后，一天晚上，光未然把冼星海和演剧三队的一些成员，请到他住的窑洞里，向大家介绍了自己写作《黄河大合唱》的意图和感受，还朗诵了全部歌词。

“朋友！你到过黄河吗？你渡过黄河吗？你还记得河上的船夫拼着性命和惊涛波浪搏战的情景吗？”在一盏光线昏暗的煤油灯旁，光未然用低沉的声音开始了朗诵。这位诗人的激情感染了窑洞里的每一个人，大家静静地听着。包括《黄河船夫曲》《黄河颂》《黄河之水天上来》《黄水谣》《河边对口曲》《黄河怨》《保卫黄河》《怒吼吧，黄河！》八个部分的《黄河大合唱》，更是在冼星海心中激起了汹涌澎湃的浪潮：

啊！黄河！
你是中华民族的摇篮！
五千年的古国文化
从你这儿发源；
多少英雄的故事，
在你身边扮演！
……
啊，黄河！
你抚育着我们民族的成长；
你亲眼看见，
这五千年的古国
遭受过多少灾难！
……

冼星海边听着朗诵，边回想起自己曾经随同一个电影摄制小组到黄河之滨的情景，黄河岸边的农民的极度贫穷和深重苦难，使他感到触目惊心。从老艄公在与黄河的滚滚波涛的殊死搏斗时发出的沉重、有力、嘶哑的号子声中，他听出了一种压抑、痛苦、哀伤、愤懑的音调。冼星海还联想他和张曙等友人1938年7月在武汉组织歌咏火炬游行的宏大场面，近百个歌咏队和无数市民汇集在黄鹤楼下和长江边，通宵达旦地放声高歌抗日救亡歌曲。

光未然朗诵完了，冼星海站起来，上前把歌词抓到手中，激动而自信地说："我有把握把它写好！"回到鲁艺东山窑洞，他伏在临窗的小木桌上，夜以继日地谱写起来。一动笔他便进入了一种兴奋得难以抑制的精神状态之中，很长时间也不休息，偶尔他会躺到床上抱头沉吟一下，很快又回到桌前挥笔写下去。他喜欢吃糖果，但延安又买不到，就叫光未然给他弄两斤白糖来代替。白糖送来后就放在桌子上，冼星海写一会儿便抓起一把放进嘴里……六个昼夜过去了，冼星海呕心沥血，写完了《黄河大合唱》的全部曲谱。

十几天之后的4月13日，在鲁艺音乐系的协助下，抗敌演剧第三队在陕北公学大礼堂首演《黄河大合唱》，受到了热烈欢迎。在5月11日庆祝鲁艺成立一周年的音乐晚会上，冼星海亲自指挥由100多人组成的合唱团，演唱《黄河大合唱》。

7月8日，为欢迎周恩来从重庆回到延安，冼星海再次领衔演出。周恩来观看后也给予了高度评价，并赞誉他是"为抗战发出怒吼，为大众谱出呼声"。①

冼星海在鲁艺期间，在采用民间曲调和民族乐器，创作具有民族风格的大型音乐作品方面，进行了大胆而富有成果的尝试。《黄河大合唱》是他最杰出的作品。这部大合唱成功地表现了象征着中华民族的黄河的音乐形象，热烈讴歌了在侵略者制造的民族灾难中挺起脊梁的中国人民英勇不屈的英雄气概和坚韧不拔的胜利信心。全

① 张晓飞：《冼星海："为抗战发出怒吼，为大众谱出呼声"》，《党建》2021年第4期。

曲充满了雄伟磅礴的气势和激动人心的艺术力量，富有极大的情绪鼓动性和精神感召力。当时延安的中国共产党人和无数爱国青年，以聚集在黄河之滨的中华民族的优秀子孙自诩，他们自觉地以拯救民族危亡、改变中国人民的命运为己任。《黄河大合唱》之所以受到他们的欢迎，是因为它悲壮而有力地表达了他们这一伟大的理想和崇高的目标。

| 鲁艺师生在排练合唱

从创作上来看，冼星海是我国现代音乐史上一位非常多产的作家。从1935年到1945年，仅仅十年的创作生涯，他写了五百多首群众歌曲，四部大合唱，一部歌剧，两部交响乐，四部交响组曲，一部大型管弦乐曲以及许多器乐独奏、重奏和声乐独唱曲。其中不少作品都传唱至今，比如《保卫黄河》《太行山上》《二月里来》以及儿童歌曲《只怕不抵抗》等等。冼星海创作的绝大多数作品都取材于现实生活，鲜明地表达着爱国、救亡、抗日的革命主题，这些主题正是他生活的那个年代每个中国人日常生活中最重要的背景。

他怀着满腔热血，以自己对生活的感知和理解，借助音乐的表达方式，动情地描述了身处战争旋涡中的祖国，使我们能够借助音乐来了解那个战争频发的年代里中国民众的苦难、奋进和抗争，他的作品也因此成为我国现代音乐史，特别是抗战音乐史上一份宝贵的遗产。在国际上，也获得广泛的赞誉！

鲁艺汇集了一大批像冼星海这样将自己的才华和精神全部投入抗战的优秀教师，也培养出活跃在中国各个抗日战场的优秀学生。就这样，在全面抗战期间，鲁艺师生克服战时极度匮乏的物质条件，根据抗战需求，不断调整教育目标和教育方针，成功实现了理论与实际相结合，教育与生产相结合，教学、研究、创作与实践相结合的新民主主义教育模式。不仅本部培养了文学、音乐、戏剧、美术等方面的人才近千名，还接收西北战地服务团、东北战地服务团、华中鲁艺、新四军军部鲁艺工作团、华北前线剧社黄河剧社、七月剧社、战斗剧社、奋斗剧社、前卫剧社、吕梁剧社、陇东剧团、回民支队抗战剧社等许多艺术团体前来进修和提高，为抗战与解放事业培养了大批文学艺术人才。

在全面抗战期间，鲁艺师生“自觉把艺术理想融入党和人民的事业之中，胸中有大义、心里有人民、肩头有责任、笔下有乾坤”，为民族解放和人民福祉奉献出青春和热血。在毛泽东延安文艺座谈会讲话精神的指引下鲁艺的文艺工作者走出“小鲁艺”，走向“大鲁艺”，深入生活，贴近实际，创作出一大批具有浓郁的民族特色、时代精神和泥土气息的经典艺术作品，在翻译、文艺理论、文学评论、文艺研究及民间文艺的搜集整理等方面也成就卓著。鲁艺成为中国共产党领导的解放区革命文艺的核心。鲁艺的创办和发展，是中国共产党领导和实践文艺运动的一面旗帜，是引领时代风貌的成功典范。

丨鲁艺校舍

鲁艺，是一所生机勃勃的大学校，更是一座青春淬炼的大熔炉。在民族存亡生死攸关的年代，抗日战争的号角，召唤着中华儿女齐聚宝塔山下；共产党人的使命担当，感召着文艺青年汇集延河之滨。鲁艺，在风云激荡的岁月中诞生，在硝烟弥漫的烽火中发展壮大。鲁艺时期，文艺前辈以苦为乐，在延安鲁艺接受革命洗礼，锻造成为坚强的无产阶级文艺战士，这群人为数众多，其中不乏名家前辈，他们有王曼硕、王震之、陈荒煤、钟敬之、吴玉章、田方、王滨、符律衡（阿甲）、张泯等。他们都在历史中书写了属于自己的那一笔。

从鲁艺诞生的那天起，爱国意识就深深地浸润在师生的血液中，鲁艺人将心中蕴积的爱国情怀用炽烈的艺术作品表达出来。这些作品是民族忧患意识与必胜信念的交融统一，激发了全民族雪耻抗战的热情，成为中华民族不可或缺的精神支点。

第四节　消失在战场

2006年3月16日，八百三十七张拍摄于1935年至1937年间的珍贵原版底片颠沛多年后被国家博物馆收藏。而此时，距离这些底片的拍摄者方大曾悄然失踪已经过去了将近七十年的时间。八十多年前，这位风华正茂的战地摄影师抱着满腔热情投身于抗战第一线，在炮火纷飞中将最新的战事信息传递到后方，然而就在他的摄影生涯刚刚走向辉煌时，这个年轻的生命却悄然从人们的视野中消失，年仅二十五岁。

方大曾，又名方德曾，笔名小方，祖籍江苏无锡，1912年出生于北京。方大曾的家境殷实，其父当时在外交部任职，待遇优厚。还在中学时期，他就用母亲给的7块大洋买了一架蔡司折叠相机，由此走上了摄影之路。1934年，方大曾从中法大学毕业。1935年，方大曾先应聘到北平基督青年会当干事，后又转到天津青年会工作。不久，中共地下党员组建的“中外新闻学社”在津成立，方大曾就加入该社担任摄影记者。这一时期，他先后到天津、山西、内蒙古等地拍摄了大批反映当地民众生活状况的照片，获得了广泛好评，逐渐在国内摄影界崭露头角。

方大曾自绥远战地寄给母亲的照片

1936年11月，在绥远，傅作义率领的晋绥军和日本关东军配合下的李守信、蒙古德王旗下的武装力量发生激战，这场战争是抗日战争初期中日双方的一次重要冲突，其中有红格尔图战役、百灵庙战役和锡拉木伦庙战役三个主要战役，最后以晋绥军大获全胜而告终。

作为七七事变爆发前夕中日之间一次大规模的局部战争，绥远抗战堪称1936年中国最具轰动性的事件。绥远抗战进行期间，全国舆论高度关注。不过由于通信手段落后、交通不便，亲赴前线的新闻记者极少，在当时信息极度闭塞的情况下，除了些零星的文字报道之外，广大内地民众渴望了解更多战事详情。

绥远前线头戴防毒面具的中国士兵 · 方大曾摄

绥远抗战爆发后，为了将前线的有关情形第一时间传给国人，带有极强新闻敏锐性的方大曾冒着严寒踏上了极其艰辛而凶险的采访路途。这次长达四十三天的行程，使他全面报道了著名的“绥远抗战”。他在12月14日写于集宁的《绥东前线视察记》中这样写道：“十二月四日晚，自北平启程，平绥道上的火车在冽风中挣扎了一个整夜。经过张家口、大同等处，记者均从睡梦中惊醒，听到车窗外面咆哮的大风，就觉到冷栗，而体会到战壕中守国土的将士之身境。啊，冷！冻得死人的冷！”作为《世界知识》杂志社的特约记者，方大曾此行的目的很明确：“为了把绥远抗敌的情形，可给读者一个实际的正确的认识。”随后四十三天时间，在塞外的冰天雪地里，他几乎是孤身一人奔波于各个战场之间，沿途用手中的相机留下了一个个震撼历史的镜头。当时生活在内地的人们可能很难想象，要完成这次战地采访需要多么大的勇气和意志。时值隆冬，绥远地区的气候格外寒冷，有时甚至达到零下四十多摄氏度！而由于交通不便，方大曾主要靠骑马奔波于草原大漠上。

尽管条件如此艰苦，但方大曾仍凭借超人的毅力圆满完成了在绥远前线的战地采访任务，其行程大致为：12月5日下午搭乘军用运输车经黄家村到达大六号；6日上午再次搭乘军用运输车由大六号到达贲红；到达贲红后徒步北行，黄昏时到达二十公里外的高家地，在此停留了一晚上和一上午，对驻地官兵和团长进行了采访；7日下午，由当地驻军派出三十人的骑兵队伍护送至红格尔图，在这里走访了参与战役的军官、士兵和百姓，在前线与战士们同吃同住采访后，方大曾返回集宁，遇到了《大公报》记者范长江等人。数日后几人共同前往绥东的另一处军事重地兴和县采访，采访后再次回到集宁。1937年1月5日在这里完成通讯《兴和之行》。驻集宁的汤恩伯听说方大曾的计划，提出派汽车送他，方大曾拒绝，因为他清楚这段原始状态下的路程并不适宜汽车行走，他打算骑马赶路。

就这样，1937年1月6日，方大曾和一名士兵同行，冒着可怕的严寒翻越大青山赶赴陶林县采访。天气冷得厉害，狂暴的北风迎面吹来，就连同行的士兵都受不住，想打退堂鼓。方大曾不愿半途而废，便建议士兵自己先回去，士兵看他意志坚决，还是咬着牙随之继续赶路了。

除了天气，在陌生的崇山峻岭中辨认道路也是一大困难。方大曾在文章中写道："我们并没有领路人，有的只是我的方向鉴别力，在我们越过那段盘山道路之后，就再也遇不到行旅的踪迹，因之，我断定这是走失了正路，我们陷于危险的环境中了。"没办法，他只

方大曾在绥远采访途中

好一边估量着山的形势，一边用眼力寻找蒙古族人辨别山路的“敖包”，翻过一座又一座山峰，经历一次又一次失望，整整走了一天，终于，一片平原出现在眼前，村庄也多了起来，目的地到了。这一趟旅程之后，方大曾的代表作之一，战地通讯《从集宁到陶林》问世了。这次长达四十三天的绥远之行，是目前已知方大曾外出持续时间最长的一次采访，也是留下照片和文字最多的一次采访，他拍摄了四百多张照片，完整地报道了绥远抗战。《绥远军事地理》《绥东前线视察记》《兴和之行》《从集宁到陶林》等来自塞外的通讯，都发表在《世界知识》上。报道中，前线战士们挖战壕、擦枪备战的紧张、头戴面具进行防毒演习的场景，兴和街头“反对日军在青岛的暴行”的大幅标语以及战后尸体的惨状，一一呈现。

这些报道鼓舞了民众抗日斗争的士气，也引起了范长江等新闻界人士对方大曾的赏识与重视。正因如此，后来被新闻史学家方汉奇称赞为“中国新闻史上的双峰”的方大曾与范长江，才得以在全面抗战爆发后成为同事，并肩战斗在抗战一线。

1937年7月7日，卢沟桥畔的枪声，让紧张了许久的北平城愈发人心惶惶。为了躲避战火，宛平县的许多百姓纷纷涌向城里，当

担负防空任务的中国士兵·方大曾摄

时，正在北平家中休假的方大曾得知日军进攻的消息后，却决定逆人流而行，前往卢沟桥。如果没有这场战争，他的命运很可能是另外一个样子。两年前的1935年，中共地下党员吴奇寒、进步青年周勉之等人在天津成立了“中外新闻学社”，通过研究新闻和新闻写作，向国内外传播抵御外侮及学生运动的图文报道。方大曾是中外新闻学社唯一的摄影记者，得知卢沟桥发生的重大新闻，当然不想错过。

7月10日早晨，方大曾整理了相机和胶卷，带着简单的行李，与母亲和妹妹匆匆地告别，骑上自行车，只身前往卢沟桥。这段路程方大曾早已驾轻就熟，八个多月前，他才去过丰台卢沟桥一带。那是1936年10月，听说驻（北）平丰（台）通（县）（天）津的日军将在北平附近进行大规模的“秋操”，方大曾特意于10月20日步行至宛平观察采访。他在采访后发表的《宛平之行》中写道：“侵略者越闹得起劲，而反抗者的势力，则也随着增加。记者愿以愉快的态度敬告国人，就是华北的民众都在待机发动，发动一个伟大的民族解放战争，而愿自任先锋。”

后来，方大曾在战地笔记里写道，“十日清晨，战争既停，记者骑自行车前往卢沟桥视察，由广安门通卢沟桥的大道，已于去年此

方大曾关于卢沟桥事变的图文报道

时修成了很好的汽车路。路的两旁尽是农田。时已仲夏，田野亦显得特别美丽，经小井村、大井村，市集都相当热闹，战事似乎已完全成为过去了。在丰台岔道口，我被几名日军截住，我身边的相机引起了他们的注意，他们怀疑我是中国军队的高等侦探，理由是新闻记者没有勇气到日军方面来，我递上一张名片，加之态度自若，这个猜疑也就消除了。一小时后，我被放行，穿过涵洞，再行了一里多路，就到了宛平城下，这里正是战场地带，伤亡的兵士想必都已由双方运回了，只剩下一匹死去的骡子，肚肠流露在腹外。城角上着一面停战的白旗，城上有几个保安警察在放哨。城东门紧闭着。西门开了一半，我随一位姓于的警官各处拍照并了解战况。时已正午，忽然听到了两个消息，第一是大井村又被日军占领，第二是日军四五百人又从丰台出动，向卢沟桥进发。”当日，在卢沟桥的石狮子旁，背着大刀巡逻的二十九军战士进入方大曾的取景框，定格为历史——这些照片后来刊登在《良友》《申报每周增刊》等许多杂志上，成为了历史的见证。

方大曾尽快完成了宛平城的采访，然后经过战火暂熄的卢沟桥，西行至长辛店。这里的官兵百姓热情欢迎方大曾的到来，并为他提供各种方便，经了解，方大曾才意识到，自己是卢沟桥事变后第一个赶到现场的记者。他写道：“从卢沟桥到长辛店只有五里，该地为平汉路北段的要站，机厂、材料厂都在这里，居民有七千户，百分之七十都是平汉路上的职工，因之同时也是个工人区。在一条街的尽头上，排列着阵亡的兵士的尸体，正在一个个地拍照抬埋。说也很巧，事变发生的那天，北平某木厂有一批订货由铁路运来，计木板四十吨。此项木板因战争阻于此，于是恰好就被军队出价买来，赶制了棺材。中国人对于保全尸体是很重视的，这次为国牺牲的健儿们，可瞑目于九泉了，军队中以四毛钱一天的工资招募了本地的老百姓做抬埋工作，老百姓都很勇于服务，军民的感情非常融洽。休息的时候，兵士还把自己的香烟分给他们共享。

街头小学的童子军，打着一面小旗向各商户宣传募捐，商会特做了十几担绿豆汤，背了好些烟卷糖果，由一大排人排着往卢沟桥去劳军。长辛店的民众都活跃起来了！

南下、北上的列车全止于此，所以长辛店更显热闹，一列伤兵专车正要开往保定，列车的最后一辆车，躺着守卫宛平县城的营长金振中，他的腿部被炮弹炸伤了。长辛店的‘员工慰劳团’带来大批慰劳品，挨车分送给各伤兵，金营长得的东西最多，但随后又命令他的传令兵把这许多东西转送给各车里的许多同难者。”采访至下午，街上的气氛更加紧张，卢沟桥战事又起。方大曾这样写道：

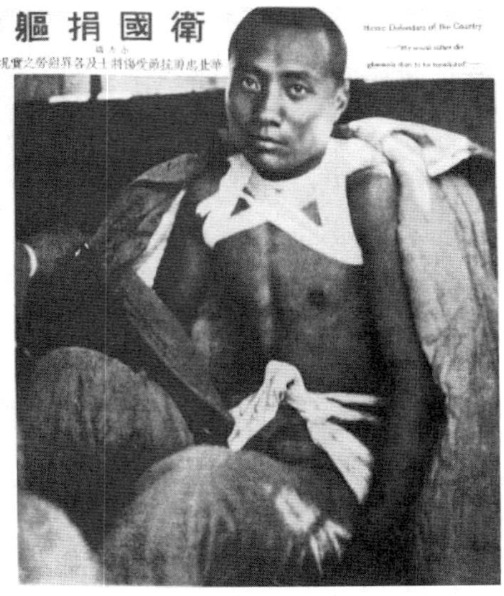

方大曾摄影专题报道《卫国捐躯》

“下午四时，赴驻军团部去访吉星文团长，他是这次战役的直接指挥官，我们会面时，他手里正拿着一个电报，同时很匆忙地对我说：‘前方很紧，日本兵恐怕又有新的动作！你从北平来吗？要不要回去了？’

……记者以发稿关系，又必须当日返平，但战争既又复起，卢沟桥自然不能通过，不得已乃沿永定河西岸绕道门头沟路线返平。

这条路正是我军沿河的一道防线，所以要经过好多次守军的盘问，但每次留难之后又必很客气地说几句道歉的话表示，‘对不起，耽误了你的时间。’这条路很少有人走，所以我这不速之客颇易引起他们的误会，我又曾遇到一个兵，从侧面五十米远的高粱田里跑出来，并立刻做卧倒的姿势用枪口瞄准我，喊一声‘站住！’我停住，告诉他我的来历和去向，他才叫我离他很远地走过去，但是他仍用枪口向着我，直到我的背影在前途中消失之后。我感觉二十九军的兵士每一个都很可爱，他们平均年龄都很小，二十岁左右的青年，正充满了天真活泼和英勇热烈的心，又何况他们都受过铁的训练与强烈的民族意识的浇灌呢。

离长辛店十二里，至卢井村，正是下午六时，隆隆的炮声从卢沟桥方向送来，激烈的战争又在进行着了。所谓‘和平’只是对方的缓兵之计，虽然我军为和平起见，已自动退至卢沟桥西岸，但是我好像有一个很坦然的心，相信二十九军绝对不会失掉自己的阵地。炮声一直把我送进了城，天色已黑，城门正要关闭了。”

方大曾在此次采访后完成的《卢沟桥抗战记》中感叹：“我站在卢沟桥上浏览过一幅开朗的美景，令人眷恋，北面正浮起一片辽阔的白云，衬托着永定河岸的原野，伟大的卢沟桥也许将成为伟大的民族解放战争的发祥地了！”

他的预言成为了现实，卢沟桥在民族抗战的记忆中占据了沉甸甸的分量。

方大曾是卢沟桥事变后第一个赶到现场的新闻记者，上海《新闻报》记者陆诒五十年后还清晰地记得方大曾那张年轻的脸庞，“他在第一时间赶到了宛平城，最先报道了震惊中外的卢沟桥事变”，在方大曾的笔下，战争的惨烈直刺心脾，虽然几十年过去，从他留下的亲历描述中，仍然让人心有余悸，仿佛战争就发生在眼前。

7月11日至22日，方大曾在家中写出长篇通讯《卢沟桥抗战记》，洗印了卢沟桥、长辛店被日军轰炸后惨状的照片，紧张工作的同时，他在不平静中度过了自己25岁的生日。7月23日，他将文章和采访拍摄的照片从北平寄出。不久，8月1日出版的《世界知识》杂志第6卷第10号发表了署名“小方”的《卢沟桥抗战记》及若干张照片。其中一段这样写道：

“二十九军在这次抗敌战争中，其悲壮热烈，实非笔墨所能形容。记得在日军二次进攻的夜里，我军有一排人守铁桥，结果全部牺牲，亦未能退却一步。及后援军赶到，始将铁桥再行夺回。一个伤兵告诉我：他在那天参加夺桥的战役，他冲到日军的战壕里，把一个敌人用刺刀扎死，没有来得及把刺刀拔出来的时候，旁边的一个敌人把他左背刺伤，他就放弃了枪，右手从背上拔出大刀，立刻把刺他的那个敌人斩去半个头，并且接连着还杀伤两个敌人。这时他腹部又受了另外一刺刀，他觉得够本了，就跳出敌人的战壕跑回来。他还说：弟兄们将敌军打败后，还拼命地追杀过去，集合号也不能把他们集合回来，结果还是官长们亲自把他们叫回来的。因为我们有命令：只死守，不进攻。但这种情形好像猎犬追赶兔子一样，是一件无法抑止的行为！伤兵们每人都有两处以上的伤，可是他们

方大曾作品《卢沟桥事件发生后之北平》

都很满足自己已经够本了。”

中国士兵的勇敢和牺牲精神已经跃然纸上了！

这篇亲历的文章，在第一时间，向读者详述了战事的轮廓和亲眼所见，与评论相得益彰，生动准确。与此同时，方大曾的《我们为自己而抗战》《日军炮火下之宛平城》《卫国捐躯》《民众慰劳》等专题摄影报道陆续被上海《申报每周增刊》《良友》杂志、英国《伦敦新闻画报》等国内外媒体刊发。一系列现场及事后的报道图文并茂，影响甚广，尤其是摄影作品反响极大，方大曾因此被公认为卢沟桥事变现场报道第一人。

报道了卢沟桥抗战之后，方大曾一刻不停地紧跟战事的发展。1937年7月28日，陆诒、方大曾和北平《实报》记者宋致泉结伴，从保定搭兵车去长辛店。到长辛店后，方大曾径直到离战火最近的地方拍照，回来后告诉陆诒：“我在前线为一个二十九军青年战士照了相，这位战士只有十六岁，高个儿，大眼睛，脸色红润。他身背大刀、步枪，手里拿了日本军官的指挥刀和望远镜，笑得嘴都合不拢来呢。”我和这名战士说话时，一颗炮弹在附近爆炸，我不屑一顾，只拍拍胸前的照相机说，“今天收获不小！”

29日，方大曾离长辛店赴门头沟，他写道：“长辛店车站上，冷清清的，一辆客车也没有，记者只得沿铁路徒步南下，吉星文团退下来的队伍，络绎不绝地陪伴着我，他们到了离长辛店二十里路的南岗洼集合，样子很疲倦。团长也随着队伍一同走，大家在这里休息。到南岗洼的十分钟，一队飞机又来了，先是九架，见他们盘在长辛店的上空，一升一降的抛着炸弹的响声，这里还听得很真。接着，六架重轰炸机往南岗洼飞来了，无疑，目标是向着吉团来的。机关枪连正在集合训话，一时散开不及，几个炸弹落了下来，随着又是机关枪的扫射。我们受到相当损失。飞机盘旋了很久，投弹五十余枚，并且飞得很低，我们没有高射武器，只得被敌人任情地屠杀。高粱地本是避飞机的去处，无奈因为人数过多，并且二十九军完全穿的是灰色服装，对于绿色的高粱地也不是很合适。更何况敌人能够飞得这样低呢？当时的情形实在'惨不忍睹'。"

辗转回到保定的方大曾完全没想到，就在29日这一天，北平失守，第二天，天津陷落。方大曾的家回不去了，他写信给已回到上海的《大公报》记者范长江："我的家在北平陷落了！我还有许多摄影材料工具不能带出来，我现在成为无家可归的人了！我想找一家报馆做战地记者，请你为我代找一岗位。"那时，上海《大公报》正需要人，主要负责战地记者派遣和联络工作的范长江，就请方大曾负责平汉线工作。

1937年8月8日，日军在北平举行了大规模的"入城式"，五千名荷枪实弹、耀武扬威的侵略者从永定门开进城区。

这一年北平的夏季异常沉闷和压抑，有家不能回的方大曾，迂回在长辛店、良乡和保定一带，方大曾开始东奔西跑，为《大公报》写通讯。

此外，他还以《卢沟桥事件发生后之北平》《被日军占领前的天津》《敌机轰炸我保定车站》等为题，进行一系列的专题摄影报道，被多家国内外报纸、杂志、画报采用，反响极大，对全民族的抗日战争起到了积极作用。

1937年8月初，南口战役爆发。方大曾独自一人由保定到南口前线采访。通过他的照片和文字，人们能感受到由远而近的炮声、厮杀声和浓烈刺鼻的硝烟。

“8月8日，敌人的骑兵到得胜口去搜索，遇到我们的打击，就跑回去了，这是南口战役的发轫。9日，南口正面的冲突爆发了，敌人的炮火猛烈得比我们的机关枪还要密，我们的前哨，首当其冲的是龙虎台阵地。……第二天，敌人向南口全面总攻，龙虎台是我们的一个凸出点，所以不能不把那里的部队撤下来，车站和机厂的放弃，是我们早即预料着的事情，我们先在机厂内布置了许多火油，于队伍撤入南口山头之后即由炮位调准了它把火油引着，于是著名的南口机厂即付之一炬了。专门行驶于南口康庄间爬山的七辆重力机车，亦早即开入山中，后来在战况最严重的时间，我们也把它毁掉了，与长城的工程齐名的八达岭山洞，亦遭破坏。

12日早晨，三十多辆坦克车驶入了南口。应验了美国武官给我们的忠告，坦克车简直是‘铁怪’，三寸厚的钢壳，什么也打不透它，重炮打中了它，最多不过打一个翻身，然后它又会自己把自己调整过来继续地行驶。只要有一道山沟，它就沿隙而上，怎么奈何它呢？办法是有的，第七连连长带着两排人跳出阵地冲向坦克车去，他们冲到这‘铁怪’的跟前，‘铁怪’自然少不了有好多窗口以备里面的人向外射击之用，于是大家就不顾一切地攀上前去，把手榴弹往窗口里丢，用手枪伸进去打，以肉和钢铁搏斗，‘铁怪’不支了，居然败走，并且其中的六辆因为里面的人全都死了，所以就成了我们的战利品，两排勇敢的健儿虽然死了一半，但我们终于获得胜利，坦克车没有人能驾驶，而又没有那样大的炸弹或地雷能将它毁掉，结果在我们阵地里放了两天，终归又被敌人用新的坦克车拖了回去。”

从方大曾的文字里，读到的不仅仅是新闻，更是最原汁原味的战史与中国军队的精神。在这篇文字的结尾处，方大曾写道：“居庸关从今以后再也不会看到它的模样了，有的只是由我们忠勇的抗日将士的血肉筑成的一座新的长城！”

惨烈的战斗还在继续，8月底，在范长江的召集下，方大曾、孟秋江和邱溪映赶去大同，召开了一次战地记者会。几个人交流了情况，分配了接下来的工作，邱溪映坚持绥远宁夏线，孟秋江支持同蒲线，方大曾仍挺进平汉线。紧接着，在大同城墙边的防空洞里，几个人分别将前一阶段的采访付诸文字，其中方大曾完成了《从娘子关到雁门关》和《血战居庸关》两篇通讯。

随后，范长江与方大曾先后到石家庄。听说保定吃紧，卫立煌所部三师正与日军激战于永定河上游青白口一带，方大曾异常兴奋，他带上充足的蓝墨水、稿纸和照相器材，急急由石家庄登上北去的列车。临别时，范长江对方大曾说：“希望你能写一篇‘永定河上游的战争’！”方大曾平和坚定地回答：“我一定有很好的成绩答复你！”果然，不久之后，《大公报》收到了方大曾发回的《平汉线北段的变化》。

但谁也没有想到，这篇文章之后，方大曾就沉寂了，似乎是一下子消失了，《大公报》再也没有接收到他的任何稿件。

方大曾的家人习惯通过每天的报纸了解他的踪迹，9月30日《大公报》刊出《平汉线北段的变化》后，许久不见方大曾的文章，家人起初也没怎么在意。直到年底，方大曾依然杳无音信，一家人才开始产生不祥的预感。多方打听，找到已搬至武汉的中外新闻学社（已改名为全民通讯社）询问，无果；联系《大公报》刊登了三天寻人启事，还是毫无结果。

范长江也失去了与方大曾的联络，他曾写信到邯郸邮局问方大曾的一个亲戚，收到的回信说，方大曾到保定时正值保定失守，他被迫退到保定东南的蠡县，在蠡县曾发出一信，以后就没有了下文。他在蠡县写信给邯郸的亲戚时还提到："我仍将由蠡县继续北上，达到长江原来给我的任务！"

烽火连三月，没有消息或许就是最好的消息，无论是方大曾的家人，还是范长江等记者朋友，都一直默默希望，哪天他会突然出现在大家面前。

可惜，天不遂人愿，方大曾就这么永远消失了……

方大曾失踪后，家人整理他留下的东西，发现了两个装满底片的小木盒。小木盒里有一千多张底片，底片中有关抗战题材的作品最多，不过几乎全是卢沟桥事变之前拍摄的，之后的大量战地照片，随着方大曾的消失已无从查询。几十年过去，除了方大曾家人和方大曾生前的一些朋友，已经没有人知道底片主人的故事了，甚至"方大曾"这个名字也变得陌生。

方大曾的妹妹，六十多岁的方澄敏开始悉心整理命途多舛的底片。1989年，方澄敏辗转联系上了在中国摄影出版社工作的摄影史学家陈申。1995年，抗战胜利五十周年之际，摄影杂志《焦点》向陈申约稿，对方澄敏作了一次专访并录音，首次将战地记者方大曾的故事公布于世。

不过，让方大曾真正回到大众视野的，还是中央电视台记者冯雪松长达二十年的寻找。

正是冯雪峰对方大曾不懈地追寻，让我们看到永不磨灭的抗战精神在今天延续。

冯雪松第一次知道方大曾的名字是在1999年。那天，他无意中在办公室的报纸堆里看到了一份传真，传真是时任中国摄影出版社副社长的陈申发来的，里面提到了一个陌生的名字“方大曾”，节录内容如下：

作为抗战初期活跃在国内的一位战地摄影记者、欧美许多报刊的供稿人，方大曾在民族抗战如火如荼、个人事业刚刚展开的时候神秘地失踪了。半个多世纪以来，这位摄影家短暂而传奇的一生和大师水准的作品，几乎完全沉入了历史的烟尘，只有他的胞妹珍藏着哥哥留下的一千多张底片，在孤寂中默默地守候。她相信哥哥没有死，相信他总有一天会突然出现在自己面前。出版社拟将方大曾的作品及世人对他的回忆，合编成《方大曾的故事》一书，以示怀念。

传真没有明确的接收人，“战地摄影记者”“神秘地失踪”“一千多张底片”这些关键词语却触动了冯雪松这名纪录片工作者的直觉。他记得那时的心情，有点兴奋，有点冲动。从此，持续20年之久的寻找方大曾之旅开始了。冯雪松习惯说“寻找”小方，而不是“纪念”之类的词语，因为“一开始还怀有美好的愿望，希望方大曾还生活在世界的某个角落，希望他只是因战争失忆，或者别的原因，一直不曾回家”。

他先翻开了厚厚的《中国摄影史》，结果让人失望，其中的方大曾没有独立的篇章，没有连贯的履历，没有定论和结语，他只是一个被叫作“小方”的年轻人，他的名字只是零星出现在相关联的历史事件中。

冯雪松找到陈申，并在陈申的引见下拜访了方大曾的妹妹——八十五岁高龄的方澄敏。于是，冯雪松对那个碎片化的方大曾有了一点轮廓。当冯雪松第一次见到被方澄敏悉心保存多年的方大曾拍摄的底片时，他就决定答应这位老人，用拍纪录片的方式寻找并纪念消失的方大曾。他在工作笔记里写道："我们拍摄此片的目的不仅仅是去寻找一个人，是通过'寻找'去还原一个真实的热爱和平与自由的生命……我们试图依照他的最后旅程解读抗战初期一个人的命运和一个国家的遭遇。"

2000年7月，央视科教频道播出了最早版本的《寻找方大曾》；同年11月第一个记者节前夕，素材更完善、内容更充实的第二版纪录片《寻找方大曾》正式播出。同一年，陈申、冯雪松等人策划，由中国摄影出版社出版的《寻找方大曾——一个失踪的摄影师》顺利面世。

纪录片的播出和图书的出版，让方大曾引起了一定的关注。2002年7月，由中国摄影出版社和四川摄影家协会主办的"追溯——方大曾摄影作品展"在成都四川美术馆举行，方大曾的一百零六张照片穿越时空与公众见面。

2014年底，冯雪松的著作《方大曾：消失与重现》出版。原本，这只是他对十几年来寻找方大曾历程和收获的一次总结和交代，出版社也没有安排宣传活动，甚至第一版只印了两千册。万万没想到，两千册图书一周就卖完了，很快加印了五次。年底，各大媒体的关注和报道也随之而来。

2015年2月，《大公报》北京分社总编辑孙志慕名来访，并主动陪冯雪松前往新闻史学界泰斗方汉奇家中拜访。当时八十九岁高龄的方汉奇看完书后高度评价，称该书填补了中国新闻史的空白；

对于方大曾他更是盛赞："方大曾与范长江双峰并峙，二水分流，一个长于文字，一个长于摄影，是中国新闻史上的双峰，可以并存于世，并存于史，并存于书。"

这一年的7月7日，在冯雪松的推动下，方大曾纪念室在方大曾最后战斗过的保定顺利落成，方汉奇先生为纪念室题写了匾额。9月，公益活动"方大曾校园行"在清华大学启动，这是冯雪松发起的公益计划，他希望更多学子尤其是新闻学子认识方大曾。他告诉记者，截至目前，"校园行"已经走进了约四十所大学，其中包括美国的纽约州立大学。

2017年12月，在发现更多史料和照片的基础上，《方大曾：消失与重现》的姊妹篇《方大曾：遗落与重拾》出版，一个更加鲜活生动的方大曾跃然纸上。

2018年7月7日，方大曾研究中心在河北保定成立。"这个研究中心不仅是寻找方大曾，而且要发掘研究一批抗战记者、感人的事迹，传承抗战精神。"冯雪松说。

2019年是冯雪松寻找方大曾的第二十年，他最欣慰的是，方大曾的名字不仅写入了《中国新闻事业编年史》《中国名记者》《中国摄影大师》等权威书籍，更是被纳入《中国大百科全书》(第三版)，目前他已完成邀请撰写方大曾词条的工作。从最初的一个人，到如今的一群人、一个社会甚至国外，都在关注方大曾，他告诉记者，《方大曾：消失与重现》《方大曾：遗落与重拾》的英文版即将由中国外文局出版。此外，印度文、韩文版的版权也已被买走，"小方不仅重新'归来'了，而且开始从中国走向世界。"世界各地的人们一定会惊叹于他的作品和他坚持的"抗战"精神。

正如著名战地记者罗伯特·卡帕说的那样，"如果你的照片拍得

丨关于方大曾的图书

不够好，那是因为你靠得不够近。”我们觉得，为了把中华民族伟大抗战的消息报道出来，把中国军民不屈斗争的精神传递出来，记者方大曾不仅靠得足够近了，而且已经融入在他所执着关注的战场。

方大曾的执着不是个案，在抗日战争的新闻媒体“战场”上，新闻记者、新闻摄影师和报刊工作者是一个群体，他们在炮火的硝烟中敏锐地捕捉新闻，大量地采集抗战素材，迅捷而准确地发布报道，认真而及时地编刊办报。这群人中有顾执中、沙飞、童小鹏、金仲华、萧乾、张高峰、彭子冈、孟秋江、龚德柏、赵敏恒、曹觉民等，抗战胜利的书卷上也记录着他们用鲜血和汗水成就的功绩。

第五章　血脉深情——华侨抗战

本章标题为血脉深情，主要介绍抗日战争时期世界各地华侨华人对祖国的巨大支持。本章分为四节。第一节为输财·输血，介绍海外华侨华人以捐款、捐物、购债、投资等方式支援祖国抗战的情况。第二节为关山万里赴战场，介绍海外华侨华人归国参战、慰劳的故事。第三节为驰骋盘山路，介绍南侨机工不惧艰险奔赴祖国西南大通道，抢运战略物资的英勇事迹。第四节为侨领风范，介绍华侨团体特别是华侨领袖在抗战救亡运动中的突出作用。

第一节 输财·输血

中华民族在海外的儿女遍布五大洲，达一千二百多万人（当时中国政府采取双重国籍，不管是华裔、华族都算华侨），而南洋（地理上包括马来半岛、荷属东印度、菲律宾、暹罗、越南、缅甸、北婆罗洲）的华侨就有八百多万。这是遍布在五大洲中的华侨居住比较集中的地方。[①]

美国华侨举行支援祖国抗战大会

华侨华人在国外侨居相当艰难，在政治上遭到严重歧视，经济上遭到残酷的剥削，“贱之如奴隶，役之如马牛”。他们一般都是白手起家，以辛勤的劳动所挣得的一点血汗钱，还要赡养在国内的家眷。在血泪中创业，以赤子心怀乡。但华侨有着顽强的生命力，具

① 全国政协文史资料研究委员会华侨组：《峥嵘岁月——华侨青年回国参加抗战纪实》，中国文史出版社1988年版，第1页。

有中华民族勤劳勇敢、吃苦耐劳的奋斗精神，能很快接受国外先进技术和经营方式，在极端艰苦的困境中挣扎，在各种激烈竞争中拼搏，其中有部分华侨发家致富，也有个别人在政界或科技界崭露头角。

华人出国的原因以经济因素最为重要。贫困的人为了生存而出洋谋生，经济情况较好的人也为了追求更好的物质生活而移居国外。他们以寻求个人和家人更好的物质生活而出国，故而出国后，首要目的是汇钱回家乡给亲人作为生活费，同时持续关心家乡、亲人的生活和安危，因此海外华侨华人对于家乡的感情最为真挚热切。国内有宗亲故友，是华侨华人爱国爱乡的自然因素。亲人，是华侨家族乡土感情关系的直接纽带。

而广大华人在异国他乡艰苦创业的过程中，体会到“外人之所以欺我侮我者，皆我国之不振有以致之”，这就使祖国的兴衰存亡与其自身命运有了紧密联系，同时更关系到其家眷亲友的命运。这种关系，把华侨和祖国、家乡连接起来。华侨们无论漂泊到何处，就像向日葵一样昂首注目着故土，关注着祖国母亲，在心灵深处渴望祖国强大。祖国的兴衰、民族的枯荣，时刻牵动着他们的心。而一旦祖国发生灾难，许多侨胞都慷慨解囊，甚至毁家纾难，在所不辞。

抗日战争爆发后，海外华侨华人对于中国抗战的贡献，主要在于捐款、捐物援助抗日、购买各种救国公债、国防公债等，也有不少人投身运输物资行列和加入军旅参与作战，尤其是在空军中服役表现优异，另有协助医疗救援，在侨居地进行反日活动等等。其中，海外华侨的经济支援最为重要。有人这样评价华侨的捐款：“风起云涌，海啸山呼，热烈情形，得未曾有，富商巨富，既不吝金钱，小贩劳工，亦尽倾血汗。”

抗战集会游行中的美国华侨青年

在所有的华侨捐款中，以南洋各地华侨捐款所占比重最大，南洋华侨捐款一直是海外华侨捐款的主要来源。在慰劳淞沪抗战的第十九路军捐款中，南洋地区和美洲华侨几乎平分秋色，各占一半；1936年援绥运动中，南洋华侨捐献占海外华侨捐献总数的75.26%。1937年7月至1939年12月之间，达到82.49%。据南侨总会公布，从1937年7月起，到1939年12月止，该会各分会捐给祖国的款项总数为两亿一千零五十九万元，其中绝大部分来自南洋侨胞。南侨总会首领陈嘉庚曾说："七七事变以来，输财纾难，统计不下一万万元，

1941年马来西亚雪兰莪华侨的筹赈祖国难民委员会月捐证章

南洋方面，占十之八。”何应钦1940年在国民参政会上报告亦指出：1939年军费为十八亿元，同年华侨汇回祖国之款达十一亿元，其中捐款约占10%，而南洋捐款占华侨捐款总数的70%多。[①]

日本对东南亚的战略位置及丰富的橡胶、锡、石油等战略资源垂涎已久，太平洋战争爆发后，日军很快侵占了印度支那、马来西亚、泰国、缅甸、菲律宾和印度尼西亚等广大东南亚地区，在这种情况下，南洋华侨依然坚持捐款。

华侨的抗战捐款，主要形式有常月捐、特别捐、献金和义卖等。

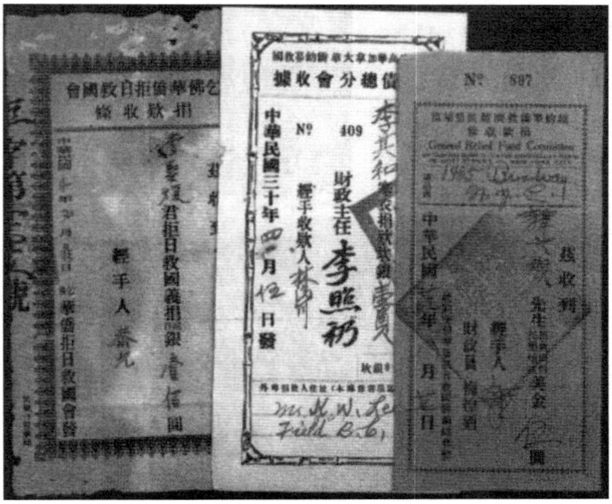

海外华侨华人的捐款收据

常月捐，简称月捐，是一种最常见且很见成效的捐款形式。七七事变爆发后仅两个多月，马来西亚槟榔屿华侨筹赈会就发出了《劝募长期月捐宣言》，这个宣言在海外反响极大，广大华侨提出了“逃避义捐，非我族类；捐而不力，不算爱国”的口号。据统计，太

① 全国政协文史资料委员会：《中华文史资料文库・第十九卷华侨华人编》，中国文史出版社1996年版，第26页。

平洋战争爆发前，海外各地华侨逐月义捐达到一千三百五十万元。其中，南洋华侨实际每月平均捐输七百三十四万元，为世界五大洲华侨之冠，远远超过了南洋华侨筹赈会的原计划。欧洲各国华侨和美国华侨的月捐也相当不少。以个人月捐平均捐输数而言，菲律宾华侨位居首位。

加拿大华侨吴基永购买的航空救国券

特别捐，是各种临时性专项捐款的总称，其中每一专项对应一种抗战具体用途，包括航空救国捐、坦克救国捐、救灾捐、寒衣捐、难童捐、防毒面具捐、劳军捐、献车捐等等。其中有代表性的是航空救国捐。中日之间空中实力相差悬殊，日军航空兵不仅在战场上对我军阵地狂轰滥炸，而且深入广大后方肆虐，对中国军事、经济和人民安全造成严重威胁。当时中国缺乏完善的航空工业体系，只能通过进口飞机弥补作战损失，而此项花费巨大。为加强航空建设，壮大空防力量，以达到用飞机对飞机，从空中打击和防御敌人的目的，号召海内外同胞捐款支持成为时局的需求。中国航空建设协会、侨务委员会、中国国民外交协会向海外华侨进行宣传后，得到广大华侨的热烈响应。

1938年10月，中国航空建设协会仰光支会举办筹款献机活动，很快集捐四十多万元汇寄祖国，后购置战斗机四架，命名为缅甸华侨号一、二、三、四号。航空建设协会仰光支会为表彰激励侨胞专门编印《缅甸华侨献机援助抗战专号》，国民党政府高级官员孔祥熙题词“义薄云霄”。1939年6月，“缅甸华侨号”战斗机在重庆与日机交战立功，缅甸华侨闻讯十分兴奋，再度捐款献机十架，其中有全缅两百一十四所华侨学校师生，捐出积攒的零用钱合缅币四万九千一百九十一盾，购买“缅甸华侨学生第一号”和“缅甸华侨学生第二号”飞机两架。其他如工商、店员、小贩等各阶层华侨都参加捐款献机活动。1939年，缅甸华侨救灾特别委员会亦筹捐两万七千五百盾。抗战期间，缅甸华侨共捐款献机十九架。1941年9月6日，国民党政府向中国航建协会仰光支会颁发嘉奖令和金质奖章。

旅菲华侨在其领袖李清泉、中国航空建设协会菲律宾支会会长杨启泰的领导下，也为祖国空军而热情捐款。1937年4月，中国航空建设协会菲律宾支会成立，陈荣芳、杨启泰先后任会长。该支会在全菲设立区支会二十多处。七七事变后，在这些组织及其他救国团体发动下，到1941年底，全菲华侨捐购机款达五百万元左右，可购机五十架。国民党政府高度评价菲律宾华侨的这一贡献：“际此抗战时期，订购航空器材，换取外汇不易，……募集巨额外汇，供献祖国，裨助航空建设，厥功甚伟。”

1941年8月14日，印尼巴达维亚侨胞举行中国空军节庆祝大

美国华侨方良基所获抗战献金纪念章

会，当场捐款一百万元，以加强祖国空军建设。

新西兰华侨也累计捐款四万两千元购机。

旅居美国、加拿大、古巴等地华侨的捐款献机也很积极。据不完全统计，截至1940年底，美洲侨胞航空救国捐款达六百三十余万美元。从1931年至1945年，美国华侨为祖国抗战捐助的训练和作战的飞机在三十五架以上，其中有二十四架以上用于作战。

抗战时期，世界各地华侨共捐多少架飞机，目前尚无确切统计，仅从1937年至1942年，华侨即捐机二百一十七架，约占国内外同胞捐机一千二百七十架的17%，接近战时中国从国外进口飞机二千三百多架的十分之一。[①]

献金，与特别捐颇为相似，也是一种临时性捐款。不同之处在于，献金一般在节日或纪念日进行，有“元旦献金”“七七献金”“庆功献金”，还有“结婚献金”“生子献金”“做寿献金”“丧葬献金”等。献金的种类除了各类通行货币外，还包括可变现的金银首饰、器皿、纸币、银圆、银行支票等。就献金的用途而论，有些是专项筹捐。例如，仰光华侨救灾总会在七七事变爆发三周年时，

① 任贵祥：《华夏向心力——华侨对祖国抗战的支援》，广西师范大学出版社1993年版，第91页。

决定筹款百万元作为缉拿汪精卫的献金。此外，也有相当数量的献金是多种用途或不规定用途的。例如，南非七十五岁老华侨刘浮初，把长期省吃俭用积存的九百镑养老款，全部献作军饷、劳军及救济难童。

从1939年至1941年，南洋华侨的献金运动从未间断过。之后，献金运动成为美洲等地华侨捐资助战的重要形式。1938年元旦，美国旧金山华侨在一天之内捐得献金三万多美金。1941年“长沙大捷”后，纽约侨胞献金三十五万元祝捷。

特别值得一提的是，泰国华侨在亲日的銮披汶政府的高压政策和残酷迫害下，面对存国债者以捐款论罪的困境，仍在1938年的“七七献金运动”中，秘密筹得百万元巨款汇寄祖国，实属不易。

寒衣捐也是华侨捐助的一个大项。国民党政府为解决前方将士和难民的过冬衣服，每年都征募寒衣。宋美龄曾亲自过问，为“完成五十万件”寒衣而奔走，国民党政府侨务委员会委员长陈树人则向海外发表了题为《望侨胞加紧劝募寒衣》的广播演讲。华侨捐款活动“风起云涌，热烈进行，成绩极佳”。根据侨务委员会的记录，仅1939年10月，就收到来自南洋、美洲、非洲等地华侨的捐助款项二百一十多万元，可购买寒衣十四万件。

1939年9月24日，全国妇女慰劳会领导人宋美龄，为前方将士捐募棉大衣三十万件、棉背心二十万件，特致函陈嘉庚，“恳请侨胞捐款采购材料等品”。陈嘉庚接函后，于10月6日公布《南洋华侨筹赈祖国难民总会通告第二四号》，指出：“值此严冬倏届，将士无衣，忍冻受寒，辛勤为国，实堪轸念”，望“我各属各埠筹赈团体，热心侨胞踊跃响应”。南洋各地华侨随即掀起了轰轰烈烈的捐衣活动，仅一个多月就募得五百多万元，很快完成所分配的数额。巴拿马华侨也热烈响应宋美龄发起的征募运动，演剧筹得九万多元，分三次汇给宋美龄以为前线将士购置棉衣。国内三十万名爬冰卧雪的将士因此免受寒冷之苦。

义卖，是通过高于原有价格的数倍乃至数十倍、数百倍付款购买义卖物品的方式募集捐款。这种捐款形式当时非常普遍。自香港的卖菜小贩发起后，很快就在海外华侨中形成声势浩大的义卖献金运动。从华侨团体到个人，从学生到各种职业人员均热心参加，活动范围从大城市到穷乡僻壤，凡有华侨足迹的地方，都有义卖活动。每逢假日和纪念日场面更为热烈。

义卖一般是由参加者领取封固的钱箱，分成小队，到指定地点进行劝买。夜市义卖是规模最大的一种。它在空旷地设宏大市场，里面分门别类摆设由侨胞和外国友人或单位捐助的义卖品。场内的服务人员都放弃自身的工作，通宵达旦地参加义卖活动。除此以外，还有报童、摊贩的义卖，家庭妇女的义卖，酒楼饭馆的义卖，等等。不少华侨当场把手表、首饰奉献作义卖品。这样，往往一件物品，一碗饭菜，一次理发，要比原价高出几倍甚至几十倍，但愿意购买的人依然络绎不绝。

在南洋各地，最为普遍的是卖花募捐。花分四种，名誉花无定价，一等花十五元，二等花十元，三等花五元。其方法是先登记，再送花及证书，随后由救亡侨团发消息并登报宣扬。不少华侨团体都组织了义务卖花队，天天上街劝买募捐。

特别引人注目的是由女工、女理发师、舞女、女佣和中小学生组织的一支支卖花义卖队，串街走巷，大力宣传买花救国。在街上时常听到这样的叫卖歌：

先生太太买朵花吧！

这是爱国的花啊！

这是救国的花啊！

买了这朵花啊，

救了我们的国家……

歌声和叫卖声深深震撼了人们的心灵，唤起了同胞们的爱国热情，许多同胞在大街上流着热泪买花救国。仅七七事变四周年纪念日当天，在星洲（新加坡）参加售花活动的，就有二千余人。菲律宾马尼拉华侨妇女的集体卖花义卖活动，直至日军占领该岛才被迫终止。

此外，有些地方的华侨还举行游艺、演出、球赛、书画展览，或邀请名流讲演，发售入场券，有的则售卖奖券等，通过各种方式，千方百计地募集捐款。

抗日战争期间，华侨捐款踊跃热烈的情形、五花八门的捐款方式，用笔墨难以形容，遗留下来有关华侨募捐和捐款的各种记载也特别多。位于南京的中国第二历史档案馆馆藏国民党政府有关华侨捐款的档案可谓卷帙浩繁。感人肺腑的华侨捐款的事例多不胜数，限于篇幅，本节无法将华侨捐款情况全面呈现出来，仅列举一些典型事例，再现战时华侨捐款的动人情形。

南洋北婆罗洲山打根（马来西亚沙巴州第二大城市）华侨瓜子小贩郑潮炯，对日本侵华义愤填膺，在当地义卖瓜子，为祖国伤难筹款先后共七次，将三百五十多元捐给祖国。1940年，其父在老家广东省新会县许坎乡遭日机轰炸身亡，他闻讯后十分悲愤，因苦于家穷，赈助无力，遂毅然将自己的第四幼子卖给别人抚养，得婆币八十元，悉数捐给祖国。同年9月10日，他又抛妻离子，舍去其一家数口赖以为生的小贩生涯，由山打根启程，走遍大小十五个城镇，

| 设在华侨会馆内的抗日“献金箱”

共筹得五千八百多元捐给祖国。郑潮炯身为瓜子小贩，竟有如此伟大救国牺牲精神，“诚为抗战史上侨胞救国之可歌可泣的一页！”侨务委员会委员长陈树人于1941年2月15日为其题词“义举堪风”。

印尼巴达维亚华侨刘长英，毅然把儿子送回祖国杀敌。1939年冬，其子刘盛芳在陕西南郑空战中英勇牺牲，国民党政府航空委员会发给刘长英抚恤金一万元并附一封慰问信。刘长英动情地说：“承政府赐之恤金一万元，值此抗战期间，国家经济上正待张罗之际，实不敢领受，拟请将盛芳恤金，全部捐赠祖国，为抗战军费。”子是抗日英烈，父是救国义士，其动人事迹可歌可泣。

缅甸仰光侨胞叶秋莲女士，为支援祖国抗日，将自己所有的金银首饰及家产拍卖殆尽，得款三万余元，悉数捐给祖国。因自己未留生活费，无以为生，便削发为尼，并说：“只要祖国战胜，我自己饿死是不妨的。”其毁家纾难、无私奉献的救国胸怀，古今罕有。

七七事变发生后，越南美拖埠华侨“缩食会”积极发动华侨捐款。一次，“缩食会”会员吴景福、洪湛等到街市沿门劝捐时，忽有一位年逾花甲的华侨老妪，步履蹒跚地走近吴景福身边，从怀中掏出四张五元纸币交给吴景福。吴景福最初以为老妪欲找换零纸币，便问老人是否欲换零钱。老人说不是。又问，要换一张二十元的整钱吗？老人也答不是，以手指吴景福手中的献金册，大家这才明白是要捐款给祖国。吴景福登记老妪的职业、姓名，方知老人叫刘瑞芝，为本埠源发店的煮饭佣妇，月薪仅六元钱。刘瑞芝虽职微薪寡，却爱国情深，使在场者肃然起敬。

“结婚不忘救国”华侨萧丕居将女儿结婚所收的一万八千元贺礼全部捐献

菲律宾十五岁的侨童杜兴侨，把历年积蓄的扑满（存钱罐）打破，将存得的二十六元菲币购买面包献给妇慰会义卖，结果得款三千多元。后来，此事被美国汽车大王福特夫人得知，深受感动，特赠给他一辆珍贵的脚踏车，并举行赠车礼。杜兴侨当即把车交妇慰会代其出租，把租金捐赠祖国。

英国伦敦华工吴耀如，把十余年所积存的三千八百元，倾囊捐助中国难民。

美国底特律一位四十多岁的华侨妇女简夫人，丈夫早逝，带着两个女儿孀居，以开一个洗衣店为生。在全面抗战爆发后的半年内，她慷慨地捐出自己积攒的血汗钱一万五千美元。她发表讲演时说："若是中国不亡，我愿意花掉最后的一元以救国，若是中国不幸而亡了，我誓将离开这个世界。"

澳大利亚一位华侨，年近古稀，将其数十年积蓄准备养老用的三百余金镑全部捐献，他慷然说："我老了行将入土，能以区区微金，贡献祖国，实是无上光荣，死可瞑目矣。"

尤为可敬者，侨胞中生计极其困难的乞丐和残疾人也投入到抗日救亡行列。

马来西亚乞丐赖凉，年逾花甲，当天乞得四角四分，除饭费外，尚余三角。他手持木杖步至救难会，把余款献出后说："余虽行乞，尚能平安度日，较之祖国难民，饥号啼哭家破人亡，则优越得多矣！"

印度尼西亚坤甸华侨马细旦，腿部残废多年，常年以手代步，生活艰难，其状可怜。当他得知日本大举侵华，大好河山陷于敌手，国内同胞惨遭蹂躏的消息时，民族感和爱国热血涌上心头，他每日爬至闹市区，放开嗓子慷慨陈词，痛斥日本侵略者的罪行，呼吁炎黄子孙，值此国难当头，应为抗战做点力所能及的事。两天募捐所得的四十盾全部交给慈善委员会，再转汇给中国红十字会作抗战之用。伤残行乞为国捐献，实为爱国史上所少有。

男女青年结婚是人生中的大喜事，按中国传统习惯都要操办一番，亲友宾朋皆来送礼庆贺，免不了要有一笔花费。抗战期间，南洋各地许多华侨青年表现出高尚的爱国情操，纷纷节省自己的婚礼费捐给祖国，支援抗战。

新加坡九十四岁老华侨捐款救国

许多华侨老人瞑目仙逝之际仍惦记着遭难的祖国，还有不少华侨将亲人的丧葬费用节约出来捐赠。

泰国华侨黄俊卿疾终泰寓，弥留之际，嘱其家属捐出遗产一万元给祖国。

印尼华侨郑世深老人逝世时，为家属立下遗嘱，国难期间，救生尤重于吊死，死后出丧不要铺张，告之亲友如欲惠赠挽轴者，请折为现金捐给祖国用以杀敌。

印尼泗水华侨赵天助为响应国内伤兵之友运动，节省其婶母逝世后的丧费两千元，捐给祖国慰劳受伤官兵。

马来西亚霹雳州怡保华侨李瑞荣之母去世，李瑞荣将节省的丧费五百元捐给祖国。

菲律宾马尼拉粤侨何纪常的夫人去世，他把丧仪费及亲友送给的祭奠费五千二百一十九元四角四分，全部汇寄广东省政府转给儿童教养院，用来救济贫苦难童。

…………

华侨对中国共产党及其领导的八路军、新四军和其他抗日人民武装，也积极给予经济上的大力援助。

1937年9月，平型关首战告捷，海外华侨纷纷捐款相助，以表示他们对八路军的慰问和鼓励。中国妇女慰劳自卫抗战将士会菲律宾分会捐款一万元给八路军购置雨具之用；美国华盛顿全体华侨抗日救国会和檀香山祖国抗战将士慰劳总会慷慨捐赠一万零八十元给八路军。新加坡华侨还成立星州华侨援助第八路军大会，该会发给朱德、彭德怀的电报说：八路军“军事的巧妙，政治的严明，组织的缜密，爱民的赤诚，作战的神勇，为民族求生存而不顾一切的任何牺牲，都很使我们远居海外的侨众，钦佩万分”。这封热情洋溢的电文，真实表达出海外华侨对中国军队英勇抗战所寄予的无限深情。1940年，八路军百团大战的胜利，给国内外同胞以极大的振奋，华盛顿全体华侨抗日救国会和檀香山祖国抗战将士慰劳总会，捐款一万多元资助八路军。泰国华侨妇女筹赈会曾为支援八路军抗战捐款三千四百多元。

1938年6月，宋庆龄在香港发起组织保卫中国同盟，从世界各地和华侨中募集了大批医药用品和物资，通过八路军驻香港办事处转送给八路军、新四军。1938年冬，八路军驻香港办事处和保卫中国同盟收到海外华侨、国际友人及港澳同胞捐赠的药品和医疗器械一百三十多箱，用船运往惠州、老隆转八路军驻桂林办事处，再转往延安。

1939年5月，保卫中国同盟为新四军伤病员募集毛毯的倡议传到海外，仅半年时间，就募集到毛毯两万条，其中大部分为华侨捐赠。

世界各地侨胞时常汇款至新华日报社请求代转，或通过中国红十字会转交，或汇寄宋庆龄、廖承志等收转，把款项送往敌后根据地。

1939年，新四军第二支队敌工干事、泰国归侨陈子谷，遵照军长叶挺的指示，以叶挺军长秘书的名义赴泰国为新四军募捐筹款。他在侨胞中进行抗日救国宣传，募集六万元捐款，连同他个人在泰国分得的二十万元遗产，全部捐献给新四军。叶挺在《抗敌报》上表扬陈子谷“是一位富贵于我如浮云的爱国赤子”。

著名的延安洛杉矶保育院，也是美国洛杉矶的华侨响应宋庆龄的号召捐款兴办的。最初，这一所为了让前方出生入死、浴血奋战的指战员无后顾之忧而建立的幼儿园，只有六间窑洞、七个孩子，非常简陋。身居香港的宋庆龄将美国洛杉矶华侨及国际友人们捐助的一批药品、食品、玩具及幼儿生活用品，万里迢迢送到延安。宋庆龄在信中说：“这些东西是送给孩子们的，饱含着洛杉矶人民的一片深情。”为了表示感谢之情，1942年，中共中央决定将中央托儿所改名为洛杉矶保育院，让孩子们永远记住这段历史。

成立于1937年7月的延安陕北公学到南洋筹款时，甚至有人一天内连捐三次。后来菲律宾华侨一次就向陕北公学寄来捐款一万元。

海外一些华侨救国团体还发起成立援助八路军新四军委员会、支援东江纵队的惠侨救乡会和援助冯白驹领导的琼崖纵队的援冯委员会等。东江、琼崖抗日游击队也因此都得到海外华侨的很多捐助。南洋惠侨救乡会第二次代表大会，决定把华侨捐款的百分之四十献给新四军，百分之四十献给惠宝人民抗日游击总队。

此外，华侨还对中国的工合运动进行了积极援助。其中，既包括国统区的工合企业，也包括中国共产党控制区内的工合企业。

1939年4月，工合协会以“行政费”名义借出款项计两万一千五百元，设置工合延安事务所。1940年国际委员会从马尼拉的捐款中拨出十万元给陕甘宁边区发展毛纺织工合企业。1941年到1943年，国际委员会和保卫同盟还从菲律宾、荷属印度各地华侨及美英工合促进会的献金中，拨出一百多万元送给延安工合企业。在八路军太行山区敌后根据地，为了游击队生产军布、毛巾而成立的数间织布工和小企业，也收到过马尼拉、爪哇华侨的捐款。

那么，抗战期间，海外华侨的捐款究竟有多少？

据国民党政府侨务委员会财政部的捐款资料统计，全面抗战的八年，华侨捐款共达十三亿余元。

总之，华侨巨大的捐款作为一种重要的经济援助，构成中国长期抗战的重要财源之一，是战时国民党政府财政经济的重要补充，对于中国抗日战争的坚持具有非常重要的意义。

除捐款外，广大华侨还无偿地为祖国抗战捐献大量物品。全面抗战期间，海外华侨捐献的抗战物资源源不断地运到中国。

加拿大华侨捐款购买的飞机

华侨的物资捐献形式多样，品种齐全，大到飞机坦克及各种车辆，小到冬夏服装、毛毯、被褥、蚊帐，甚至献出自己的热血救死扶伤。由于资料零散，涵盖面广，这里以介绍华侨捐献的飞机、车辆、服装、药品等大宗捐献为主，以窥一斑。

飞机类。华侨捐献飞机的形式主要有两种：一是给国内捐款，由国民党政府相关部门使用此款项购机，这在前文已有介绍；另一种是捐款后在国外购买飞机，设法运回国内，这就属于捐物的形式。

丨加拿大华侨捐款购买的坦克

1932年11月，淞沪抗战参战将领翁照垣，在菲律宾马尼拉华侨举行的欢迎大会上呼吁捐款献机，立即得到当地华侨的广泛响应。随后，当地即成立以侨领李清泉为首的中国航空建设协会马尼拉分会。一个多月后，参加会员达四千多人，分会在全菲各地建立下属分支机构达三十五处，积极组织捐款献机。李清泉首倡捐款两万五千比索，购战斗侦察机一架。在菲的印尼侨商黄奕住也慷慨捐五万元购机。到1933年，全菲华侨捐款购机达三十架，这些飞机最终全部被送回国内。

车辆类。献车也是一项广泛的捐输运动。从抗日前线的坦克车、铁甲车到后方的运输卡车、运送伤员的救护车等，不少都是华侨捐献的。1939年4月，新加坡发动献车运动，原定捐募卡车三十辆，但十多天内捐献四十多辆。1940年，纽约华侨一次捐献救护车一百辆。越南侨胞缩食委员会购献轻型铁甲车多辆。在加拿大温哥华，华侨曾发起“坦克车救国大运动”，以献车救国。

1939年春，我国西南国际交通大动脉滇缅公路重新开放后，因路质差和临时抢修的桥梁多，一时仅能通行两吨型卡车，当时国内缺少这种运输车辆，只能雇用商车代运。南侨总会得悉后，广泛发动华侨捐献车辆，仅马来西亚一地就迅速捐购优等二吨型卡车一百辆。

南洋华侨捐赠卡车和救护车

据不完全统计，从全面抗战爆发到1940年10月，华侨捐献的坦克车有二十七辆，救护车一千多辆，运输卡车和其他各种车数百辆。

服装类。为祖国抗战军民捐献冬夏服装，也是抗战时期海外华侨踊跃献物的重要一项。

自1937年冬到1939年，马来西亚沙捞越诗巫华侨筹赈会发动三次大规模募衣活动，共募得四万三千套运送给祖国。据1937年10月至1939年9月的统计，缅甸华侨、侨胞通过缅甸红十字会运回祖国的物品计有：单夹衣裤三十二万五千二百件；新棉衣二十九捆，每捆四百件，共计一万一千六百件；新旧麻袋三百六十七捆，每捆五百条，共计十八万三千五百条。越南海防华侨捐募新旧衣被五千余包。泰国华侨捐献衣服六百二十包。印尼华侨捐衣六万件，菲律宾华侨捐衣四万件等。

1939年，加拿大华侨为祖国抗日前线将领捐献高级羊毛毯三千条。大洋洲新西兰华侨仅有三千四百人，抗战时期为祖国捐款献物达三十七次，先后五次共捐献毛织品十吨以上，这些最终被运至香港东华医院并转运回内地。

非洲毛里求斯华侨抗敌后援会，发动华侨捐献麻袋和衣服，规定一等商店捐一百条，二等店捐五十条，三等店捐二十五条，并欢迎私人捐赠。后来，第一批运至香港华商总会转入国内的麻袋就达到一万八千条，衣服五十包四千多件。有些侨胞还为祖国捐献大量雨衣和胶鞋。

据统计，从全面抗战爆发到1940年，仅南洋华侨即为祖国捐募各种棉衣七百多万件，夏衣三十万套，军用蚊帐八万床，另外还有寒衣捐四百万元。

药品类。捐献药品也是华侨抗战捐献重要活动之一。医药是中国抗战的紧缺物资，华侨依照国民党政府所开列的药单，配足全料，称为一“单位”。一“单位”药品，共计五十余种，可供五百名伤兵的后方医院一个月之用。从七七事变到1940年夏，美洲华侨捐献药品一千六百个单位，可供八十万伤兵一个月之用，其中大部为美国华侨所捐献。

瑞士华侨1940年捐献药品一千一百四十六包，医疗器材一百八十三件。非洲毛里求斯华侨捐献X光镜一架和一批药品。

菲律宾华侨捐凡士林油膏五百万磅，防疫浆苗一百万剂，救伤袋十万个，以及许多防毒面具。新加坡南洋筹赈会捐赠阿司匹林药片三百五十万粒。越南华侨捐药棉四十箱。

抗战时期，中国南方恶性疟疾流行，急需奎宁丸（金鸡纳霜丸）。金鸡纳霜是印度尼西亚的特产，是治疗疟疾的特效药。印尼各

美国华侨进行募捐活动

地华侨多次捐献此种药品，合计约达一亿一千七百万粒，够五百万人服用。缅甸华侨也捐赠该药五百万粒。

此外，侨胞所组织的救护队带回国内的药品器械和各种物资，则无法计算。

为彻底解决药品短缺问题，有些华侨还在国内外建立制药厂。例如，陈嘉庚等人创办重庆制药厂，美国华侨侯总榜、张毓芳等在纽约建立中美药厂等。

华侨捐赠给八路军的救护车

抗日战争期间，中国军队伤亡惨重，又由于东南沿海大部陷入敌手，许多医院、制药厂及医疗器材、防护设备又大多遭到破坏或被敌占领，由此造成前方军民大量伤亡、后方救死扶伤跟不上的困难局面。在此期间，华侨捐献的药品、医疗器材，华侨建立的制药厂和伤兵医院，在一定程度上缓解了这些困难。

食品类。为救济受难饥饿的国内同胞，1938年初，泰国华侨秘密发动捐米活动，一星期内捐得大米十万包。菲律宾华侨也曾为祖国赈济大米二百五十万包。

据侨委会委员长陈树人的统计，从1937年下半年到1940年初，华侨为祖国抗战捐献的各种物品总数达三千批以上。华侨的大批赠物，在一定程度上缓解了抗战时期物资紧缺的状况，是中国长期抗战的重要物资补充，在为国内受难同胞带来温饱的同时，也为前线抗敌将士增添了力量。

为缓解国民党政府军费支出和财政经济上的巨大困难，国民党政府成立了战时公债劝募委员会。著名侨领和侨界知名人士陈嘉庚、庄西言、陈守明、胡文虎、李国钦等被聘为常务委员。1937年8月和9月，国民党政府先后颁布《救国公债条例》《救国公债募集办法》《修正救国公债募集办法》和《购募救国公债奖励条例》，同时开始向海内外发行大批救国公债、国防公债、金公债和节约储蓄券，号召各界购买。

国难当头，唇亡齿寒。广大华侨积极响应祖国号召，在踊跃热烈捐款捐物的同时，又掀起了广泛的购债活动。

美国华侨拉旗游行募捐

淞沪会战爆发后，国民党政府发行第一期救国公债五亿元，海外华侨便认购了一半。

抗日战争期间，国民党政府共发行六期救国公债，总额达三十亿元，华侨无不踊跃认购。据统计，1937年至1942年，华侨购买救国公债达十一亿元之巨，占国民党政府发行救国公债总数的三分之一多。[①] 此外，从全面抗战爆发到1940年，华侨还认购了国防公债六百二十六万多元，金公债两百九十一万多元又两万两千九百二十四金镑。1940年9月至12月，华侨还购买了节约储蓄券一千万元。

旅美华侨统一义捐救国总会颁发的捐献纪念章

广大华侨认购巨额公债对抗战起着特殊的作用。国内推销公债仅能增加通货之流通数量，通过发行公债，政府把民间的资金集中到国家手中，实际货币总量并未增加；而华侨购债是用各种侨居国政府的货币购买，使我国政府增加大笔外汇收入和外汇储备，可用其从国外购买军需物资。另外，有些国家的华侨购债后，又掀起“还债”和“焚债”等活动，如1938年初菲律宾华侨发起“一元还债运动”；1941年春，马来西亚槟榔屿中华中学发动的献债焚债运动等，实际上是销毁债券，为国家无偿捐款。

还需说明的是，按照国民党政府颁布的《救国公债条例》规

① 任贵祥：《华夏向心力——华侨对祖国抗战的支援》，广西师范大学出版社1993年版，第82页。

定："本公债自战事结束后第三年起，由国库指拨基金，分二十年还清。"但是，由于战后法币严重贬值，国民党政府忙于内战，国库空虚，根本无力偿还，华侨购买的债券成了废纸。华侨认购的巨额公债，等于全部捐赠给了抗战事业。

抗战期间，华侨对于中国抗战的经济支持，还包括投资。

投资，是为了赚取利润，华侨的投资当然也包含这一目的。同时，抗战期间华侨对祖国的大量投资还体现出很强的爱国性。日军全面侵华后，沦陷区的侨资企业已经丧失殆尽，大后方的华侨企业、合资企业也因日军的经济封锁和狂轰滥炸而遭受很大损失。但在很多领域又特别需要资金投入以打破因战争带来的困境。尽管某些行业可能存在一定的利润，然而投资环境之恶劣，投资风险之高，不可控因素之多，很大程度抵消了利润的因素，这时的投资就带有了保家卫国、增强抗战经济实力的色彩。此外，还出现了不少不计利润、单纯着眼于抗战服务的投资活动，这在世界商业史上也是罕见的。这一时间，国民党政府为利用和开发大后方的丰富资源，也制订了一些有利于华侨投资开发的政策。

抗战时期，华侨投资的重点由原来的商业、房地产业、交通运输等非生产性投资向生产性投资转变，例如，工矿业投资、垦殖业投资、金融业投资等。不难看出，投资种类与战时需要有着密切的联系。

抗战时期华侨总的投资情况大致分为两个时期：从七七事变到太平洋战争爆发，华侨总投资额达十六亿元，为华侨投资的高潮。从太平洋战争爆发到抗战胜利，华侨的投资为两亿至三亿元，是战时华侨投资的低潮。整个抗战期间华侨共投资十八亿至十九亿元。[①] 西南大后方是华侨投资的重点地区。

例如，陈嘉庚、侯西反、郭兆麟等得知国内前线各战区药品奇缺的情况后，便决定在新加坡筹建大规模制药厂，以长期供应抗战前线伤病用药。建厂时，华侨陈贵无偿捐献发动机三台。太平洋战争爆发后，陈嘉庚等准备将机器设备移入重庆建厂未果，遂把资本五十万元移入国内，与国内中国制药提炼股份有限公司五十万元合股，建立重庆制药厂，制造药品有没食子酸、碳酸钾、沉降碳酸钙、硫肝、大黄、流浸膏、甘草流浸膏、十滴水等九十一种，为战时“中国唯一新式之最大提炼药厂”。当时正值抗日战争激烈进行，前线后方缺医少药，重庆制药厂的建立，急救了大量伤兵难民，部分地解决了国内战时医药紧缺的困难。该厂从创建到生产及在国内重建，旨在为祖国抗战服务，不重利润多寡，是典型的爱国投资。

1940年7月，马来西亚华侨王振相及橡胶商王金兴投资七十万元，与国内茶叶公司三十万元合资在重庆创办胶轮复制厂，定名为中南橡胶股份有限公司（又称中南橡胶厂或中南有限公司），在昆明、贵阳及各交通要道设分厂，在南洋聘请技术人员十二人。经试验结果，该厂翻新的轮胎花纹、颜色、厚度与新轮胎无异，使用效果可达新轮胎的80%，而费用仅为新购轮胎的六分之一。如旧轮胎镶布未折坏，可翻新三至四次。建厂不久即翻新旧轮胎一万多个。由于国内技术落后，此前大量旧轮胎报废而无法利用。该厂的建立，为西南紧张的战时交通解决了急难，为国家节省大量外汇，又从国外带回了先进技术，可谓一举多得。

---

① 任贵祥：《华夏向心力——华侨对祖国抗战的支援》，广西师范大学出版社1993年版，第83、84页。

太平洋战争爆发前夕，泰国华侨和港商合办之大华胶鞋厂迁到昆明，“以廉价出品供应军鞋，动逾数万，不计成本，裨益军事，不无征劳足录”。与之相类似的还有侨办的国民制炼漆油有限公司，主要生产国防飞机涂料和军需漆油。由于产品质地良好，被国民党政府军政部兵工署批准通令各厂采用。1938年，国民党政府航空委员会向该公司采购一批飞机涂料，总值港币十六万五千元，该公司不计较工值与成本费，只折收不到两万五千元港币，以示报效祖国抗战。这种不吝惜成本金钱的爱国之心，令人敬佩。

与轻重工业等投资比较，垦殖业投资花费劳动力大，获利较少，以往华侨对此投资不多。但抗战时期，在祖国大后方的荒山野岭上，人声鼎沸，出现了华侨垦殖开荒的热潮。华侨在垦殖业的投资主要是为帮助国内军民解决抗战中的粮食供应问题。

在金融业方面，不少华侨鉴于国内战争需资浩繁，无力拿出大笔资金扶助农工矿业，遂在国内创办各种侨资银行，为祖国抗战服务。此外，还有为扶植国内工矿业而创办的中国工矿银行、华侨工业银行等等。

也有许多爱国侨胞不辞辛苦，千里迢迢奔赴陕甘宁边区投资，兴办实业。1942年菲律宾华侨在延安组织了西北华侨实业公司，开办了华侨毛织厂和华侨制药厂。其中华侨毛织厂投资额达一百万元。该厂有织布机五架，织毯机六架，合股机六架。每天生产毛毯十五条，洋白布一匹。起初，工厂条件艰苦，设备简陋，技术落后。例如，毛织厂弹毛机用两头毛驴拉着机器，用健壮工人的臂膀推动轮轴才能开始生产，但在边区政府的支持及大生产运动的推动下，工厂越办越好。尤其值得称赞的是，该厂的创办主要是为了繁荣边区的商业，不是为了赚取利润，此举难能可贵。

抗战时期华侨的捐款、捐物、购债、投资，浸透着海外炎黄赤子的一片爱国之心和不畏强暴的抗争精神，凝聚着他们的血汗和劳累，充满着华侨对祖国独立自由和繁荣富强的期望。[①]这部分经济支援对中国抗战发挥了巨大的作用，特别是其中蕴含的爱国主义精神力量，怎么高估都不为过。

对此，毛泽东曾作过这样的评述：“中国军队的广大官兵，在前线流血战斗，中国的工人、农民、知识界、产业界，在后方努力工作，海外华侨输财助战，一切抗日政党，除了那些反人民分子外，都对战争有所尽力。”[②]1940年6月，延安《新中华报》发表社论指出：“所有这些直接、间接参加抗战的工作以及对政府财政上的帮助，都说明了华侨在抗战中的伟大作用，没有他们的努力，国内的抗战一定是更加困难的。”

国民党方面的评价是：“海外侨胞为抗战建国力量源泉之一……抗战期间，其重要性尤倍于往日。”他们“慷慨解囊，尽量捐输助饷，或汇款回国增加外汇。……此庞大外汇，对于祖国之抗战，实予以巨大之助力”。

在经济支援祖国抗战方面，全球华侨还发起其他一些积极行动，例如抵制日货运动，这一运动在世界各地华侨聚居地都有发生。特别在非洲，这里的原料和市场对日本战时经济十分重要。一方面日本需要从非洲各地进口各种工业原料，如棉花、棕榈产品、铬矿石、铜等；另一方面，日本又将各种轻工业产品如棉布等源源不断地倾销到非洲，赚取巨额利润。非洲华侨发起抵制日货活动，华商在进

---

① 海外华侨为中国抗战捐献的款项中，也有部分该国当地居民的捐款。例如，美国华侨的募捐活动就经常有美国人参与捐款。

② 《毛泽东选集》第3卷，人民出版社1991年版，第1033页。

货时，自觉不进日货；对进口日货或与日本有联系的外国商家进行抵制，不购买其货物；对进口日货的华商进行谴责和抵制。这些活动对日本战时经济有一定影响，从而支援了祖国抗战。

又如，禁运废铁运动。废旧金属如果运往日本，可能成为制造武器的原料，因此美国、加拿大等国华侨积极推动这种禁运活动。1937年至1941年，美国与加拿大的太平洋沿岸各港口城市中的华侨，共同组织了一个反对美国与加拿大的船只向日本运送废旧金属的网络。他们在堆放废旧金属待运至日本的码头上举行示威，这对争取当地白人民众的同情特别有效，有些白人民众也加入示威的行列，而且至少有一个白人团体——平民合作联盟——支持对这类物资进行禁运。这些活动导致一些船主由于害怕发生骚乱而停止承运废旧钢铁去往日本。

这些行动都为中国抗战的坚持与胜利注入了力量！

第二节 关山万里赴战场

一首由田汉作词、聂耳谱曲的《告别南洋》，曾经响彻了南洋各国各埠及其大大小小的岛屿。它沉郁、悲壮的歌词和曲调，激发了华侨青年的抗战热情。特别是唱到“你不见那尸横着长白山，血流着黑龙江，这是中华民族的存亡”时，南洋各地的华侨青年，无不义愤填膺，热泪盈眶。为了祖国的兴亡，为了中华民族的生存，“到抗日的前线去”“到延安去”的呼声便见诸行动了。

随着中国抗战的激烈进行，华侨的抗日爱国救亡活动也不断向纵深发展。一批批热血华侨青年离开温馨宁谧的家庭，脱下西装革履，漂洋过海，冲过一阵阵惊涛骇浪，闯过一道道艰难险阻，关山万里，奔赴战火纷飞的祖国，穿上戎装军鞋，加入抗日救国的行列。

华侨青年回国参战，不限于个别人，也不是个别地区和个别国家的现象，而是带有普遍性和广泛性。全世界大多数侨居地，都有华侨儿女回国抗日。就连最为遥远的非洲，也有华侨回国效力。

美洲华侨航空学校第一期学生合影

广大归国华侨穿梭往来于战争的前线和后方，在抗日正面战场，有华侨洒下的热血；在敌后战场和各抗日根据地，留下华侨深深的足迹。华侨归国报效的形式多种多样：有的直接到前线杀敌，有的作为记者回国采访，有的组织慰劳团回国考察；有的参与救护队、服务团回国服务，有的担负运输战略物资的重任，还有的参加大后方和敌后抗日根据地的生产建设工作，以下列举其中有代表性的几个方面。

空军方面

祖国广阔的蓝天，碧空万里，美不胜收。但自日本发动侵华战争后，中国上空战云翻滚，敌机恐怖声贯耳、爆炸声轰鸣，遭到轰炸的喊叫声惨不忍闻。要想与敌人争夺制空权，一方面要有先进的武器装备，另一方面要有高素质的航空人才。

海外华侨以战略的眼光，“默审我国空防能力之薄弱，深悉今日抗敌救国之要图”而创办航空学校，成为为祖国抗战培养空勤人才的摇篮。一批批华侨青年“攻读于青灯黄卷之下”，“操劳于芳草旷野之间”，锻炼成长为保卫祖国领空的人才。

早在九一八事变后，美国旧金山、波特兰、纽约、洛杉矶、芝加哥、底特律、匹兹堡、檀香山、菲尼克斯、图森以及加拿大等地的华侨，纷纷创办航空学校或组织航空学会，先后培养一批华侨飞行技术人员。其中成绩最为卓著的，当属波特兰的美洲华侨航空学校和旧金山的旅美中华航空学校。

美洲华侨航空学校的经费多靠华侨募捐集资而来，没有雄厚的资金作为后盾，但置地办学，聘请教练，增添配套后勤设备，各项都需资甚巨。从1931年12月第一届开学至1933年，因经费困难停

美洲归国华侨航空员合照

办，该校招收两届学员，共三十六人。毕业学员人数虽不多，但这三十六人中却有多达三十二人归国服务，其中黄泮扬、陈瑞钿等四人后来更升至中国空军大队长，成为抗战时期著名的空军英雄。

旧金山的旅美中华航空学校从1933年7月成立至1941年初航校解散，八年时间共办三期，学成归国的空勤人员约七十多人。

抗战时期有多少美国华侨回国参加中国空军，未有确切统计，但数量较大是可以肯定的。广东地方空军（后合并到中国空军）从队长到飞行员几乎全是华侨。“在驱逐机飞行员中，华侨几乎占四分之三”。

还有一种情况是，华侨参加美国组织的空中力量，在中国战区服务。在众所周知的“飞虎队”中，就有一部分华侨。例如，华侨梁汉一作为“飞虎队”队员，曾多次参加空战，地勤人员中华侨更多。曾任国民党政府航空署技术处处长、中国航空工程学会会长的钱昌祚，在写给国民党政府侨委会一份报告中说：“查美空军修护司令部第十四地勤大队，由美军部征集华侨编组，其中士兵全系华侨，官佐有三分之一为华侨。已派中国服务者有飞机修护一中队二百余员名，电讯连一百余员名，现在受训已毕，即待命开拔者七百余员名，连同已赴华者，约一千名。”由这封报告可见，至少有三百名美国华侨作为地勤人员，随美军航空兵部队到中国参战。据美国学者麦礼谦统计，抗战期间到中国服务的美国华侨飞行人员（不含地勤人员）即达到两百人左右。

东南亚各国也有许多华侨飞行员和地勤人员回国参战。1938年4月，数名菲律宾华侨飞行员和不下百人的机械师回国效力；1939年初，又有十六名菲律宾华侨飞行员回国参战。1940年7月，中国国内招考空军，仅越南华侨青年回国报考者即有一百四十五人，越南华侨还选送华侨青年三十人进入当地飞行学校学习，以备回国杀敌。

在驾机凌空迎敌的华侨健儿中，涌现出众多的功勋卓著的英雄飞行员。

华侨飞将陈瑞钿。陈瑞钿，生于美国俄勒冈州波特兰市，父亲是广东台山人，母亲是秘鲁人，作为混血儿的陈瑞钿年轻时非常英俊。1932年，他回国报效，后往德国受训，1936年9月被授予中尉军衔，之后担任笕桥中央航空学校教官。1937年8月16日在长江口附近严重击伤日机九六式陆攻一架，迫使其“非常规迫降”，但陈瑞钿的战机也受弹一百五十余发，幸而本人无事。9月27日，陈瑞钿在广东乐昌上空严重击伤日机九六式陆攻一架，致其迫降。1938年5月31日，在江西湖口上空击落日机中岛九五式水上侦察飞机一架。6月，被提升为中队长。6月16日，又在广东乐昌、仁化上空击落日机九六式陆攻一架。1938年8月3日，陈瑞钿率部参加武汉空战，日机数量占据优势，双方混战在一处，陈瑞钿的战机受到猛烈攻击，飞机翼间张线被打断多根，飞机严重受损。由于飞机已经几乎无法控制，不能继续作战，陈瑞钿决定与敌机同归于尽，他撞上了一架正在进攻他的日机，在疯狂旋转的飞机中几经挣扎才得以跳伞，后被地面的中国军民救助。1938年12月，陈瑞钿晋升少校，并提任副大队长。1939年8月，他担负广西北部的防空，率部以区区五架战机抵御日军绝对优势的空中力量，并击落敌机七架。

1939年12月27日，正值昆仑关战役紧要关头，陈瑞钿率六架战机掩护苏联志愿航空队轰炸机轰炸日军，遭遇敌军十余架战机拦截，我军击落敌机三架，但陈瑞钿也被敌偷袭得手，飞机油箱被击中，油料溢出着火，火势迅速蔓延，虽然侥幸得以跳伞但已是浑身大火。陈瑞钿大智大勇，先不开伞凭借大速度坠落时的气流冲刷抑制住火势，直至跌落到低空时才开伞落地，虽然性命得保，但是被火焰灼伤导致昏迷。此战我方共损失三架战机，却为空中轰炸乃至地面部队反击创造了良好条件。

由于烧伤严重，陈瑞钿辗转多家医院。由于内地医疗条件有限，陈瑞钿在香港治疗一段时间后来到美国，经过长达五年的治疗终于痊愈，但是原本英俊的面貌却已全非。1944年左右，在美国已经组建家庭的陈瑞钿始终牵挂的是中国抗战，他此时已是美籍，便再次应征入伍进入美国陆军航空队，在极其险要的驼峰航线上为大后方运输战争物资。为此，美国妻子和他离婚，他仍然义无反顾。

多年后，当记者采访陈瑞钿时，问他为什么要放弃美国优越的生活，返回国内参加抗战。陈瑞钿只是平静地说了一句：“祖国在召唤我。”

抗战期间，陈瑞钿先后击落八又二分之一架日军飞机。[①]先后获得五星星序奖章、六星星序奖章、干城奖章（授予受伤官兵）、三等

① 二分之一架为与战友联合击落。

复兴荣誉勋章（两次）、二等胜利军功章、三等宣威奖章、忠勇勋章（退役人员专授）、光华奖章（退役人员专授）和抗战胜利军功章（退役人员专授）。1997年9月3日，抗战胜利纪念日，陈瑞钿在美国家中去世，享年八十四岁。一个月后，他被美国空军历史博物馆委员会承认为首位美国二战空战王牌飞行员，入选美国空军战斗英雄馆，三千多人出席了为他位列英雄榜举行的盛大仪式。遗憾的是，英雄没能目睹这一切。

空中虎将黄泮扬。黄泮扬，原籍广东恩平，七岁即随父亲背井离乡赴英国伦敦，后来又转到美国。同其他的早期华侨一样，在异邦，他目睹了很多同胞因国弱民穷而被外国人欺侮，他悲愤不已，但仅以一己之力，斗赢几个外国人，也根本改变不了“落后就要挨打”的局面。当时，飞机作为先进装备无疑是救国的利器，为了救国，黄泮扬遂选定航空这一领域，决心学习飞行技术。

1931年12月，美国华侨在波特兰创办美洲华侨航空学校，规定招收十八岁以上三十岁以下的有志青年入学。黄泮扬闻讯立即报考，校方因他不足十八岁而拒绝招收。黄泮扬不甘就此错过学习飞行救国的良机，他言辞恳切，坦陈自己的救国心志，考官看他人小志向大，破格同意其报名。后来，黄泮扬通过严格的体检和考试，终被录取为第一期学员。1932年5月毕业后，他与同班的八名学员以及早前在亚卡斯航校毕业的三名青年一起，回到广州，先在广东航校华侨班受训，半年后被编入广东空军司令部所属的空军服役。1934年被提升为分队长，不久奉命赴德国见习高级驱逐飞行。1936年见习期满回国，入杭州笕桥航校高级班，毕业后任驱逐科教官，随后升任中队长，奉命驻守句容，捍卫南京。

抗战初期，黄泮扬先后在南京、衡阳、南雄、汉口、广州、重庆等地驻守和作战。1938年4月，黄泮扬任副大队长，7月，他升为大队长。至于黄泮扬的战绩，刘伯骥在《美国华侨史》中著文说，黄泮扬英勇善战，曾经击落日机八架，声名大震。在萧强和李德标合著的《国父与空军》中记载更为具体：黄泮扬在1937年8月中旬的句容空战、1937年9月下旬的南京空战以及1938年6月中旬的汉口空战中，曾单独击落日机三架，并与僚机一起，击落日机三架。其中黄泮扬个人的战绩并不是最突出的，但是他的领导指挥才能出众，深为行内人所称道，其所带团队战绩彪炳，陈瑞钿也曾长期是他的部下。1939年2月22日，黄泮扬参加广州空战，仅两天，他就率队击落日机十五架，是当之无愧的空中虎将。战时重庆出版的《中国空军》对黄泮扬的事迹曾做过多次报道，赞颂他为“空军英雄”。

抗战期间，为保卫祖国领空，不少华侨健儿英勇献身。其中第一位华侨英烈是美国加利福尼亚归侨黄毓全。黄毓全祖籍为广东台山，1905年出生于美国加利福尼亚州。他少年时喜爱飞行，中学毕业后考入美国铁士航空学校学习，结业后进入侨办芝加哥三民飞机练习所执教。1926年随其兄黄毓沛回国，曾任广东航空处中校飞行员、中央航空第六中队副队长等职。1932年淞沪抗战爆发，他新婚蜜月后，即请命率领九架战机迎战日机九十余架，在上海真如上空与日军展开激烈空战，并击落敌机数架。2月5日（农历除夕），成批日机再次轰炸真如机场，他再次驾驶战斗机升空迎敌，当升空爬高时，因飞机操纵系统故障致飞机失控坠毁，黄毓全壮烈殉国，时年仅二十八岁。

以身殉国的华侨空军英烈还有马来西亚麻坡华侨林日尊。林日尊，原籍广东文昌，出身于马来西亚华侨商人家庭，父亲林敬初是当地知名的爱国华侨。林日尊中学毕业时，正值祖国东北沦陷于日本之手。在国内外航空救国浪潮的影响及其父亲的支持下，他毅然选择了航空救国的道路，回国投考广东航空学校，被编在七期甲班学习。1936年毕业后，先后任广东空军司令部见习员、广东空军第八中队队员、中央航校第五期高级班学员、空军第六队队员、第五大队华侨中队中尉队长等职。

抗战爆发后他反复向父亲和战友们表示："我等既为军人，生死已置之度外，若为民族为国家虽不幸战亡，亦为无尚之光荣。"1940年5月18日，敌机空袭成都，林日尊白天空战后，凌晨又起飞应战，与战友们同二十七架敌机激战。战斗刚结束，他又与敌第二批二十七架飞机展开了恶战。由于连续作战，艰苦异常，他在猛烈的战斗中，左腿和右腕都受了伤，已不能继续作战。由于当时正在黑夜，无法跳伞，林日尊以最后之力量追击敌机，击毁敌机3架。这时，他气力已尽，飞机坠下，他本人壮烈牺牲。

陆军方面

抗战爆发后，海外侨胞青年积极爱国参军，但加入空军需要特别知识技能，普通人难以实现，因此不少人便参加地面作战。例如，一支由约二百名华侨组成的抗日救国义勇军就曾开赴上海，编为华侨义勇军第一总队，吴越任总队长，总部设于西门大吉路91号。又如，1937年，新加坡华侨十三人组织华侨决死队，回国参战。再如，1938年8月18日，缅甸华侨义勇工程队一行七十八人启程回国，被编入国民革命军陆军特种兵工兵团，在桂林等地进行抗日工作。这支队伍是由参加过辛亥革命的缅甸华侨黄富求发起的，以粤籍华侨木工、铁工、汽车司机为基干，队员们抱着"掷头颅溅热血亦义所弗辞”的献身决心。为掌握作战和救护技术，回国前还进行了几个月的培训，主要内容有射击、爆破、埋雷、刺刀、防空、救护等。

中央陆军军官学校第17期第26总队第8队旅泰侨生毕业纪念照

到了1940年左右，日军侵略凶焰愈炽，战争发展愈烈，国内外同胞同仇敌忾的情绪也愈发激昂，越来越多的青年加入抗战阵营。而海外同胞亦不落后于人，纷纷请缨杀敌，于是在海外各地侨区内掀起了一阵从军热潮。

于是，国民党政府军事委员会便命中央陆军军官学校（通称黄埔军校）第4分校招考有志青年回国受训，由侨务委员会及驻东南亚各国领事馆负责招生。青年入校后组建华侨总队，后来于1942年改为统一番号——第17期第26总队，总队长为黄百强（黄埔3期）。

曾在该总队任中队指导员的侯西林回忆：“从1940年至1941年初，从新加坡、马来西亚、印尼、缅甸、越南、泰国、菲律宾、欧美各地，总共招收了一千多人，进入第四分校接受入伍教育……1942年华侨总队学员学成毕业，正值抗战进行激烈之际，部队急需要补充干部，大部分学员被分配到陆军各野战部队，之后马上投入战场，为抗日作战而牺牲奋斗，他们有的成功，有的成仁……华侨总队这一期学员，平均年龄较同期其他总队为大，因为这批华侨青年大多入校前在海外各地工作过一段时间……”

可见，华侨总队虽有其特殊性，但是毕业生一样分配至各战区部队，在对日作战中，攻击阵地、争夺据点、夜间奇袭、白刃相交，很多华侨青年血洒疆场。

侯西林还曾回忆：“另有两百位左右的同学被选到贵州息烽所设的训练班，接受特种训练，期满后大都潜入南洋各自侨居地，去做敌后工作。那时正值太平洋战争发生之次年，日军大肆南进，东南亚各地多为日军控制，这种深入虎穴的工作，必须具备胆大心细的精神才可以担当，这批同学有些作了无名英雄，有些作了殉难的烈士，都为抗战流血、流汗、尽心尽力、成功成仁，各有千秋。”

据统计，中央陆军军官学校第17期第26总队学员总数逾千人，抗战胜利后生还者仅二百余人，大部分捐躯沙场，表现出了黄埔军人本色及华侨爱国的情操，是抗战史上不能忘却的一页。

广大华侨青年归国入伍，不止限于正面和东南亚敌后战场，在中国共产党领导的陕甘宁边区和敌后根据地，也有四百多名华侨健儿参加八路军和新四军队伍，英勇杀敌。例如，马来西亚柔佛华侨工人彭士馨等十五人组成的汽车司机回国服务团，携带着南洋侨胞捐献的两部汽车，跋涉万余里，历尽艰辛，到延安参加八路军。不久，又有由马运添为团长的第二批华侨汽车司机服务团回国为八路军服务，并赠送汽车八辆、药品数车。菲律宾华侨回国随军服务团在团长沈尔七的带领下，脱下西装穿上军衣草鞋，同新四军转战大江南北。还有华侨参加东江、琼崖抗日游击队，在极其艰难的环境里同侵略者进行顽强的战斗。李林，就是其中的杰出代表。

李林，1915年因生父母家贫，出生后由侨眷陈茶领养。自她3

岁时随养母侨居荷属爪哇十年。李林在爪哇侨办小学读书时，耳闻目睹荷兰殖民者歧视和虐待中国侨民的情况，在她幼小的心灵中产生一种同情感、孕育着一颗爱国心。1930年，十四岁的李林回到中国，进入厦门爱国侨领陈嘉庚创办的集美中学读书。

1936年8月，李林前往北平上大学，她先是参加中华民族解放先锋队，继之参加了援救“七君子”的活动。同年底她加入中国共产党，随即奉派到山西太原，参加牺牲救国同盟会举办的军政干部训练班，担任特委宣传委员兼女子11连党支部书记，开始了横刀立马的抗日斗争生活。

1937年7月，李林结束训练，来到大同抗日前线，任牺牲救国同盟会大同中心区委宣传部部长。后随晋绥边区工作委员会到雁北抗日前线，宣传和组织工人、农民、学生参加抗日武装。她组织开办训练班，编写军事、政治教材，亲自授课，教育和武装青年。11月，雁北抗日游击队第8支队成立，她担任支队长兼政治主任，率部队深入敌后开辟抗日根据地，与日伪展开斗争。1938年春，雁北抗日游击队改编为独立支队，李林担任骑兵营教导员，率铁骑驰骋雁北、绥南等地，横扫敌伪，屡建战功。因她骁勇善战，日伪闻之丧胆，以五千元高价悬赏其首级。1938年7月，牺盟晋绥边工作委员会成立，李林调任中共晋绥边委会宣传委员，兼管边区地方武装。

1940年4月，日、伪军集中兵力，开展对晋绥边区腹地的第九次大“围剿”。这次“围剿”，日、伪军倾巢而出，纠合众多兵力，向游击区洪涛山西侧吴辛寨一带分进合击，形成对根据地党政军民机关的大包围。接到情报后，李林和边、特委负责同志赵仲池、姜胜立即召开紧急会议，分析敌情，决定边委会、边特委机关警卫部队和三个训练班，迅速向3营靠拢，以3营的两个步兵连为前卫开

| 山西省平鲁县烈士陵园内的李林烈士塑像

路，李林、姜胜带警卫排和骑兵连作后卫，带领机关、训练班人员向敌兵力薄弱的地带平鲁方向突围。在敌众我寡、突围不成的情况下，为掩护主力，李林催马来到骑兵连，高举驳壳枪一马当先，带领部队沿沟向东口的方向进军，意在调虎离山。敌军为这部兵力的声势所惑，调集重兵向东增援，机关大部趁机迅速突围。

李林率部在敌群中猛烈冲杀，经过血战，她与仅剩的数人冲出重围，只要继续向东南撤退即可脱险。但这时她听身后方向枪声密集，担心机关大队人员未完全突出包围，遂重新杀进敌阵。当冲到郭家窑山坡时，身边官兵已全部伤亡，只剩她一人边打边冲。各处敌军以机枪、步枪向李林方向射击，李林和战马均已负伤，马失前蹄，李林坠马后仍在一个小洼地旁持枪连续向敌军射击，面对围拢而来之敌，她用枪内最后一颗子弹打进自己的喉部，壮烈牺牲，年仅二十五岁。

李林及其战友的壮烈牺牲，换来大部分机关人员的安全转移。

当天夜里她的遗体被抢运回来，当地军民挥泪将她安葬并树碑纪念。李林牺牲不久，中共中央妇委发来哀悼唁电，称她为“光辉模范”“女英雄”；延安中共中央机关报《新中华报》《中国妇女》杂志，重庆的《新华日报》，晋西北的《新西北报》等报刊都介绍了她的英雄事迹。

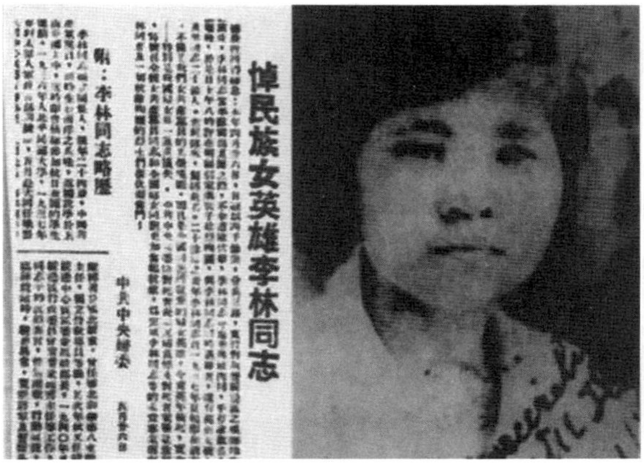
悼民族女英雄李林同志

中共中央妇委

附：李林同志略历

当年宣传李林英雄事迹的报纸

抗日女英雄李林的照片

1985年4月26日，李林牺牲四十五周年纪念日，中国侨联和中共山西省委联合召开隆重的纪念大会。在山西省平鲁县人民政府重刻的李林纪念碑上，写道：“……对敌人骁勇讨杀，建功卓著；与人民血肉相连，亲如手足；对祖国无限热爱，赤胆忠心；为革命坚贞不屈，鞠躬尽瘁。她的崇高的革命精神，永远是亿万人民学习的光辉榜样。”

海军方面

抗日战争期间，中国海军由于自身实力弱小，与日本海军差距悬殊，又缺乏制空权，少数相对较大的舰艇在全面抗战爆发不久即消耗殆尽，只得以内河阻塞、近岸防御、防空和水雷布设为主要手段与敌周旋。中国海军将士与其他军种官兵一样，都充满着对侵略者的仇恨，一心报国，奋勇杀敌。

同时，为了继续培养海军人才，中国海军也在坚持办校。创建于清同治五年（1866年）的福州船政学堂，于1931年12月正式更名为海军学校。1937年7月7日卢沟桥事变爆发，为了防止日军轰炸造成破坏，海军学校迁址福州鼓山，后又迁湖南湘潭，最后于1938年10月中旬迁至贵州北部的桐梓。

为了让在贵州大娄山中这些远离大海、无法登上军舰的学生成为合格的海军军官，为正在进行的抗日战争培育急需的海军人才，桐梓海军学校制订了旗帜鲜明的校训："雪甲午耻、制海图强、明耻教战、国防第一线要在敌人的海岸"，同时将"爱国雪耻"教育贯穿在海军学校的日常生活中。

1941年夏，迁到贵州后海军学校毕业了第一批学生，他们离开课堂直接奔赴战场。特别需要指出的是，桐梓海军学校还接收过一批华侨青年。1941年10月，桐梓海军学校招生，包括新加坡及马来西亚各大报章均刊登有招生广告，新、马两国青年踊跃报名，最后由中国驻新加坡总领事馆初审保送六人，分别是新加坡华侨子弟黄锡骥、莫余襟、郑有年、黄良科、李光昌和马来西亚华侨子弟许焕武。这六名大都出身于富裕家庭的青年，由新加坡乘船至缅甸仰光，然后经滇缅公路回国。路途遥远，公路崎岖，他们于10月下旬出发，直到12月中旬才抵达重庆。此时考期已过，海军司令部特许他们于1942年3月14日再招生时应考，结果六人全部录取，黄锡骥、许焕武编入航12班，其余四人编入轮6班。

尽管这一批学员毕业时，抗日战争已经胜利，他们没能亲身赶赴前线与敌厮杀。但是，在报名赴战之际，又有谁能够想象到这样的结果呢，又有谁不是抱着为国尽忠的心情而千里迢迢奔向战火的呢？因此，他们的所作所为也一样值得后人景仰。

2018年7月，定居海外的黄锡骥带领家人游历时途经陕西西安。得知这一消息后，本书编者蒲元与众多志愿者一起，为九十二岁的黄锡骥举行了隆重的抗战老兵致敬仪式，并聆听黄锡骥讲述了在桐梓海军学校学习和训练的难忘经历，一同感受了华侨与祖国同呼吸共命运的赤子情怀。①

抗战宣传方面

海外华侨在抗战宣传方面也同样不遗余力。1937年底，由《星洲日报》《马华日报》等十余家侨报的十五名记者联合组织南洋华侨战地记者通讯团，由曾圣提率领回国，到武汉及各战场采访战地新闻，向世界报道中国抗战情况，鼓舞军民士气，争取国际支援。

医疗救护方面

抗战期间，残酷激烈的战争使前方中国军队伤亡惨重，后方难民遍地。因缺医少药，使大批伤病员和难民“呻吟待绝，厥状至惨”，对战事“影响至大”。海外华侨闻讯后，既心痛又焦虑，在捐献药品、医疗器械和救护车的同时，还有不少华侨组成医疗救护队，回国救死扶伤。

那时，一批批华侨救护队奋战在大江南北长城内外，他们在火线上抢救伤员，在后方治疗了许多伤兵和难民，为抗日救国出力。其中，林可胜可以称得上是代表人物之一。父亲林文庆，曾任孙中

① 黄锡骥于解放战争期间随重庆舰官兵一同起义，后加入中国人民解放军海军，曾在海军院校任教。20世纪50年代转业。

山的机要秘书和私人医生，后任厦门大学校长；母亲黄端琼是著名同盟会员黄乃裳之女。林可胜八岁被送往英国爱丁堡上学，中学毕业后考进爱丁堡大学专攻医科。1920年与1924年，又先后获得哲学博士与科学博士的学位。1923年，林可胜领美国罗氏基金会研究员衔，赴芝加哥大学从事研究工作。

1925年秋，林可胜回到中国，担任北平协和医学院生理科客座教授兼系主任，为协和医学院第一位华人教授。1937年7月7日，卢沟桥的炮声震撼着北平，林可胜毅然走出书斋，准备奔赴抗日的最前线。为了免去后顾之忧，他携子女去新加坡，将孩子安顿好后即只身回到武汉，组织中国红十字总会救护队，为祖国的抗战贡献自己的力量。抗战爆发后，中国红十字会总会成立了救护委员会，聘请林可胜为总干事。1938年春，中国红十字会救护总队部（一般称救护总队）在汉口成立，由林可胜担任总队长。救护总队在武汉

中国红十字会救护总队图云关旧址

立足不久，日军就发动攻势。1938年6月，日军进逼武汉，救护总队决定迁往湖南长沙。当年底再次西迁，1939年2月迁至贵州贵阳图云关。此后，直至抗战胜利，贵阳图云关一直是救护总队的中心。

全面抗战初期，前线由于缺医少药，伤兵得不到及时的医护，往往轻伤转重，重伤致死，造成不应有的伤残与死亡，严重影响到士气和战斗力。为迅速改变这种情况，林可胜部署救护总队先后派出了一百多个救护队分赴各战区。自从在前线设立战地医院后，情况大有改善，伤兵运到后，及时加以医治，轻伤者医至痊愈即重返战场，重伤员则经过紧急处置后，转移到后方医院。救护总队前线医院的设立，对于提高中国军队的士气和战斗力意义极为重大。

救护总队成立初期，工作重心为抢救治疗前线伤病士兵。1939年以后，抗战处于相持阶段，由于卫生医疗条件差，中国军队中各类传染病肆虐，部队士兵染病比例颇高，传染病所导致的减员数量已经超过战斗减员数量。例如，1939年，救护总队德国籍顾问白乐夫在一份报告中指出，第28集团军之兵士患疟疾者甚多，至少有30%，总计急性、恶急性及慢性疟疾患者约一万五千人；士兵中患疥疮者竟占95%。林可胜等救护总队领导者根据这个新的情况，及时调整工作重心，将战地防疫提高到与治疗相同的地位，这是非常有必要的。

此后，救护总队所辖各队以小型医疗队和灵活的形式，在全国各战区及缅甸、印度等地为中国军队及平民进行传染病治疗、指导防疫工作。针对当时天花、霍乱、伤寒等恶性传染病，救护总队通过各种途径，筹集防疫药品，如奎宁、霍乱疫苗、牛痘、阿司匹林等，送往各地协助部队进行防疫工作。在各地的救护总队所辖各队也在军队驻地周边为平民提供医疗防疫服务。例如，1941年8月，第七战区前线疟疾蔓延迅速。第7中队将大量奎宁丸送往各个医务队，令各队适当分配到各军、师应用。又由卫生处负责将《防治疟疾》小册子大量油印，随同奎宁同时送达发放。

在领导防疫工作的过程中，林可胜认识到战地防疫的基础是改善军队的卫生环境。早在1938年，他在湖南祁阳时，就看到过大批因卫生环境差而患有皮肤病的中国士兵，当时林可胜便以大汽油桶改装成锅炉，设置成简易灭虱治疥站，在多个后方医院进行灭虱、治疥，并给予特别营养，疗效显著，深受广大官兵的欢迎。后来，救护总队所属各队均派出环境卫生视导员，深入前方作战部队，推进卫生改善工作，涉及灭虫站建设、饮用水消毒、建设洗浴设备等。例如，士兵作战中容易滋生跳蚤、虱子，有诱发回归热、斑疹伤寒、疥疮等传染病的风险，救护总队就在军中大力推进灭虫工作。战时的中国各项物资紧缺，尤其是医疗防疫物资更是紧张，救护总队则就地取材，推行简易灭虫方法，第4中队在湘北就利用酿酒灶改造出了灭虱器。救护总队奥地利籍医生富华德描述了军中用酒桶灭虫的情景："用大酒桶改造成灭虱站，将大酒桶放在铸铁大锅上，蒸汽进入酒桶后，所有的虱子都得出来报到。"

1940年，救护总队第74队指导了驻中条山附近第15军第64师及第65师的防疫工作，这些部队驻扎在山区，又是第一线，有些哨位距日军仅两里，卫生条件原本十分恶劣，患病率很高，经过第74队指导，据第193团第1、第2、第3营统计，士兵患疥疮者大幅降低到15%，与去年相较，患肠胃病者减少95%之多。患各类疾病的士兵总数，由原平均每营一百五十人，急剧下降到仅五六名。

根据1940年4月的统计，救护总队各队这一个月种痘十五万六千二百二十五人，霍乱疫苗注射十六万八千四百三十六人，治疖六万八千五百二十五人，灭虫衣物四十三万三千七百一十件。

救护总队的这些工作，大大提升了中国军队的战斗力，为抗战作出了突出贡献。在枪林弹雨中从事医疗防疫工作的医生、护士，也有不少以身殉职，为抗战献出了宝贵的生命。林可胜领导的救护总队，成为抗战期间中国军队最有效的救护单位，救死扶伤，疗效显著，深受广大官兵的欢迎。凡红十字会旗帜所到之处，前方将士无不欢欣雀跃。

林可胜作为中国红十字会总会总干事兼救护总队总队长，自然不可能完全扑在一线，但是，他制定科学的方案措施，居中指挥调度协调，这些卓有成效的工作，成为救护总队能够取得巨大成绩的基础和前提。

另外，尽管可以就地取材、因陋就简开展一些医疗卫生活动，但就中国抗战的规模和中国军队的需求而言，如果没有大量的医疗物资的保障，则巧妇难为无米之炊，势必严重影响战时医疗防疫工作。而当时中国既缺乏医药产品，也缺少资金。因此，救护总队成立后，如何募集资金和物资就成为当务之急。

为此，林可胜多次出国，充分发挥他在欧美医学界和社会各界的声誉及在海外华侨中的影响力，为中国军民募集了大量款项，并吸引了一大批国际人士来华参与医疗工作。在林可胜任职期间，美国各界人士捐献给救护总队的款项不下六千六百万美元，这在当时是一笔巨款。

林可胜领导救护总队之所以能够取得显著的成效，除了他高超的医术，很强的组织能力之外，更重要的是他对抗战将士的深挚感情。1940年夏，林可胜亲率医师，深入到各战区考察军医设施。当时许多地区不通公路，全靠步行，盛夏烈日下，他时常光着上身，头包白布，走在队伍前列。午饭后就在乡村的长凳上躺着歇息，他训练自己该睡就睡，要醒即醒，始终保持充沛的精力。这次巡视持续了七十天方才结束，返归贵阳后，林可胜又不顾辛劳，马上拟定出“水与污物管制计划”，针对水致传染病与肠胃病展开预防，先在长沙前线试行后推广到各战区，减少了中国军队的传染病。

特别需要指出的是，基于平等博爱、救死扶伤、一致对外的精神，林可胜对于中国共产党领导下的武装力量的医疗卫生工作，也给予了有力支持和帮助。

林可胜多次向延安和八路军部队调拨医药物资和派遣医疗队协助工作。1937年底，他应周恩来的请求，首批派出第7、第23、第39等三支医疗队开赴西北，协助八路军开展医疗救护工作。其中，第23医疗队由于总体实力较强，被派到延安东北的甘谷驿八路军第二后方医院。该医院担负着治疗八路军三个主力师及山西新军决死队等部队和对同蒲路、石太路沿线日军作战的伤员治疗任务，院部原有救护力量有限，医护人员全部处于超负荷工作状态。第23医疗队到达后，协助该院做了大量工作。1938年4月至1939年6月，该队还先后派出数支分队至拐木沟、延长、交口、张家驿、延川及禹居等处，协助八路军第一、二后方医院及第一兵站医院治疗伤员。1940年5月，医疗队被抽调前往五战区老河口前线。该队在陕北的近八百天中，完成各类大小手术三千余例，无一死亡病例，这在红会史上是不多见的，对于八路军战斗力的保持和恢复做出了突出贡献。离别前，周恩来、朱德为医疗队赠送了锦旗，举行了隆重的欢送会，表达了边区军民对医疗队的衷心谢意。此后还有多支医疗队前往延安和八路军敌后根据地开展战地医疗服务。对于新四军部队，林可胜也给予了形式多样的支持。除了调拨药品器械外，新四军军医处长沈其震曾在他手下做过研究，他便找到林可胜提出选调医疗人才的请求，林可胜对此积极支持，他向沈其震提供了相关人员名单，沈其震从中挑选了一批优秀医生和护士，这些宝贵的医务人员的到来，为新四军开展医疗卫生工作提供了重要保障。也可以说，救护总队在新四军创建医疗卫生工作中发挥了关键性的作用。

1942年至1944年，林可胜奉命随中国远征军出国到缅甸，任中缅印战区司令部医药总监。这期间，由于战况紧张，他经常每日工作十六小时。而他的辛勤工作，则为中国远征军的医疗保障打下坚实的基础。为此，林可胜多次得到国民党政府的嘉奖，以及英、美政府的授勋。1943年，林可胜获美国总统罗斯福授予的荣誉勋章，1946年获美国政府颁发的自由勋章。

在中国人民反抗日本侵略的战争中，林可胜舍弃优越的工作和生活条件，毅然决然地与祖国同胞一起共赴国难，领导医疗卫生救护人员投身抗日救国事业。他在战火中组织战地救护队、创建救护总站，为中华民族的解放做出了极其可贵的贡献，这些都将永远成为中华民族团结抗战史上光辉的篇章。

慰问激励方面

在万里赴国难，无数奔向战场的华侨群体中，还有一个极其特殊的类别，这就是以宣慰抗战军民、传达海外侨情为目的的华侨慰劳团。

1939年冬，陈嘉庚倡议组织南洋各属华侨筹赈会回国慰劳团，并在报上发出通告，号召南洋英荷美法等各属华侨筹赈机构代表参加，同时附有简章五条。这一倡议得到南洋各地华侨的响应。

慰劳的内容主要为代表南洋侨胞慰劳“前敌将士”“正规军与游

南洋华侨慰劳团访问延安

击队”和“伤兵难民”。并强调：“慰劳纯为一种情感表示，必须恭敬诚恳，无敷衍简慢之态而予受者以精神上之安慰，籍以鼓励。”考察的内容为农业、有无鸦片种植、矿产开发、工业情况、肃清日货情况、交通、文化、民风、军风、各级行政官员的工作等十二个方面的关系。“第一当在慰劳，其次则为考察”。为避免浪费和减轻国

延安各界热烈欢迎慰劳团一行

家负担，团员从南洋自带帆布床、蚊帐、手电筒及一切生活费用。

南洋华侨慰劳团万里迢迢回国慰劳考察，是抗战时期华侨抗日救亡活动的一件大事。首先，慰劳团的爱国精神极大地鼓舞了祖国抗战军民的斗志。慰劳团一行虽然只有四十多人，但他们是全南洋千百万华侨的代表，把南洋广大华侨的爱国赤诚之心和深情厚谊带回祖国，带给抗战军民。慰劳团的足迹踏遍中国川、滇、黔、甘、宁、陕、晋、绥、青、湘、鄂、赣、闽、粤、浙、豫、桂等十七个省上百个城镇和乡村，到过战火硝烟的前线，到过血迹斑斑的战地医院，参观了繁忙的工厂、矿山、农田、机关。抗日军民看到海外亲人漂洋过海、翻山越岭来慰劳他们，备受感动，增强了抗日杀敌的决心和力量。

其次，南洋华侨慰劳团了解到了中国抗战的真相，沟通了海内外抗日救亡的情况。抗战爆发后，广大华侨十分关心祖国抗战，但他们并不全面了解抗战的真实情况。慰劳团除了深入到各战区，还在广大城乡了解战时建设和生产情况，参加党政军机关各部门召开的座谈会，耳闻目睹，并把自己掌握的真实情况传达给海外广大侨胞。尤其是陈嘉庚、庄西言、李铁民等到陕甘宁边区的慰劳和考察，使他们感触颇深，如陈嘉庚对采访的记者说：中国共产党“勤俭简朴，公忠耐苦，以身作则，纪律严明”，“延安市面，依然有荣华的商业，商人和地主与普通人民，享受着同样的权利，整个说来，人民是在安居乐业，绝不像某些人的宣传。我们相信，中共言行一致，绝无欺骗和假局。”

此外，慰劳团还在政治上维护国内团结抗战，推动华侨的爱国投资。

整个抗日战争期间，到底有多少华侨回国参加抗日救亡活动，目前尚无确切的统计。但据广东省侨务委员会1946年的统计，战时回国参加抗战的华侨中，仅粤籍一个省就有四万多人[①]。而华侨的牺牲情况虽亦无统计，但有迹可查的也有不少，例如，在九江战斗中，菲律宾华侨商报记者张幼庭殉国于抗日前线。又如，在广惠战役中，一支由二十二人组成的华侨服务队，壮烈牺牲者即达二十人，仅二人生还，等等。

在艰苦的抗日战争期间，旅居世界各地的华侨们，为了中华民族的生存和独立，冒死返回祖国，与祖国同胞一同抗击日本侵略者。他们坚强不屈，敢于拼搏，阵前效命杀敌，功成身退淡泊名利，真可谓“生死不足惜，但愿国家兴”！他们的爱国主义精神，亘千秋而不朽，历万古而常昭。他们对祖国的贡献，祖国永远铭记！

① 任贵祥：《华夏向心力——华侨对祖国抗战的支援》，广西师范大学出版社1993年版，第97页。

第三节 驰骋盘山路

全面抗战爆发后，中国沿海口岸及对外交通要道先后沦陷，国际军援运输濒临断绝，军需用品的输入立即成为重要的课题。

为了将大批军火迅速由香港转运至内地，国民党政府于1937年10月1日在广州成立西南运输处，另于香港、河内、桂林、长沙等处设办事处，曾养甫、宋子良先后担任处长。1939年初，滇缅公路开始通车，这条公路自云南昆明至缅甸腊戍，全长一千一百四十六公里。内可联川、康、黔、桂四省，外可通曼德勒、仰光（皆为缅甸城市），成为我国与东南亚联系的纽带，海外华侨捐赠的军需物品、药物和世界各国支援的军火武器均赖此路输入，这成为战时运输量最大的生命线。

滇缅公路地势险恶、山高谷深、崖壁陡峭、山路崎岖，沿途要翻过海拔三千多米的横断山脉、怒山和高黎贡山；要横跨水流湍急的漾濞江、澜沧江和怒江；还要穿越亘古荒凉、人烟稀少的“烟瘴之地”。这条临时仓促抢修的战略公路不仅是速筑、速成、速通车，而且其路况极差，在很长时间里，它是边行车，边抢修；边塌方，边补修；边拓宽，边铺石。更要紧的是，日本还极力封锁轰炸这条公路，并专门成立了“滇缅公路封锁委员会”，频繁出动飞机进行破坏性轰炸。据不完全统计，至日军入侵缅甸前，日机共出动六十批六百三十九架次，另外还有二十九批日机（轰炸架数不详），在滇缅交通要道轰炸。仅滇缅路上的“咽喉”惠通桥和功果桥，各被炸坏二十次以上。“生命线”被视为“死亡线”。

这样恶劣的行车环境，必须具备质量好的卡车和技术过硬的驾驶人员。而当时国内这二者都十分稀缺，那时的中国，汽车还是比较稀少的，特别是滇缅公路途经的中国西南边陲，经济落后，接触过汽车的人更少。因此，能否找到大批熟练的司机和汽车修理工成为决定滇缅公路运输效率的主要因素之一。假如从头训练这种人才，则远水救不了近火。

因而，西南运输处面临最大的困难和挑战是，缺乏大批技术高超的驾驶人员和修车技术人员，在这种紧急的情势下，考虑到南洋各地，司机、机修等人员中华侨人数众多。于是西南运输处主任宋子良便致电南侨总会主席陈嘉庚，请求代雇司机和修车工人等回国，派往滇缅路及西南等省服务。

陈嘉庚及其领导的南侨总会立即表示，事关祖国抗战大业，决定全力以赴。西南运输处主任宋子良得到陈嘉庚和南侨总会如此坚定明确的态度后，立即急电陈嘉庚和南侨总会，正式提出“征募”汽车司机和汽车修理技工，其中汽车驾驶员为五百名，修理人员为五十名，回国到滇缅公路抢运作战物资。招募的部门，以西南运输处为主，还有后勤部、军政部、复兴公司等部门。

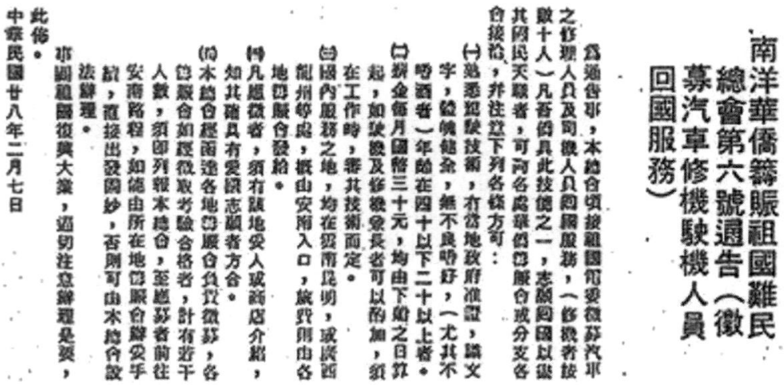
南洋華僑籌賑祖國難民總會第六號通告（徵募汽車修機駛機人員回國服務）

為通告事，本總會頃接祖國電要徵募汽車之修理人員及司機人員回國服務，（修機者拔數十人）凡吾僑具此技能之一，志願回國以盡其國民天職者，可向各處華僑籌賑會或分支各會接洽，并注意下列各條方可：

（一）熟悉駕駛技術，有當地政府准證，識文字，體魄健全，無不良嗜好，（尤其不嗜酒者）年齡在四十以下二十以上者。

（二）薪金每月國幣三十元，均由下船之日算起，如駛機及修機優長者可以酌加，須在工作時，審其技術而定。

（三）國內服務之地，均在滇南昆明，或廣西龍州等處，概由安南入口，旅費則由各地籌賑會發給。

（四）凡應徵者，須有該地殷人或商店介紹，如其確具有愛國志願者方合。

（五）本總會經函達各地籌賑會負責徵募，各籌賑會如經徵取考驗合格者，計有若干人數，須即列報本總會，至應募者前往安南路程，如能由所在地籌賑會辦妥手續，直接出發固妙，否則可由本總會設法辦理。

事關祖國復興大業，過切注意辦理是要，此佈。

中華民國廿八年二月七日

| 征募汽车修机和驾驶人员的第六号通告

“急电”如火！“急电”是祖国的呼唤，民族的需要！南侨总会接函后，一方面立即发动广大侨胞捐献卡车，另一方面于1939年2月7日和3月9日分别向南洋侨胞发出征募汽车驾驶员和机修人员的第六和第八号通告，向广大华侨青年发出回国效力的号召。

其中第六号通告写道：“为通告事，本总会顷接祖国电，委征募汽车之机修人员及司机人员回国服务（修机者接数十人），凡吾侨具此技能之一、志愿回国以尽其国民天职者，可向各处华侨筹赈总会或分支各会接洽，并注意下列各条方可。事关祖国复兴大业，迫切需要，望各地侨胞侨领深切注意办理是要。此布。”

第六号通告里对征募回国的驾驶机修人员的规定具体详细，要求严格。第八号通告要求再次征募汽车驾驶员三百五十名，机修员五十名。

南侨机工集中回国的情景

1939年4月6日，南侨总会发布《机工回国服务信约》十条写道：

一、国家至上民族至上，是一切精神动员的基本信念，也是为争取民族自由国家独立的最高信念。

二、为要争取全民族的自由，必先牺牲个人的自由。

三、我们必须坚信抗战必胜，建国必成，并须努力为国家民族服务。

四、遵守团体纪律即是遵守国家的法律。

五、“华侨青年义勇队”是祖国政府对我们青年机工回国服务的称呼，我们必须名副其实，矢忠矢勇，埋头苦干为八百万华侨争体面，为国家民族争生路。

…………

上述机工信约，实际上是严格规定了华侨机工回国应遵守的纪律。不难看出，南洋华侨响应祖国的号召既积极又认真，把他们当中最优秀的华侨青年选送回国抗战，不使祖国人民失望。

南侨总会是东南亚华侨支援祖国抗战的最高救国组织，征募华侨机工的倡议发出后，各地华侨救国组织纷纷行动起来，层层落实。

在中华民族的呼唤、南侨总会的发动和各地筹赈会的宣传下，广大华侨热烈响应，纷纷报名参加。不少华侨青年留下豪迈的誓言，怀着满腔爱国热情，喊出“生是中国人，死是中国鬼”的口号。各地参加报名的人川流不息、成群结队地涌向报名地点，为了“考验”合格，年龄小者，虚报年龄，超过年龄者，“隐瞒”岁数。经过“考验”，最后选定合格者三千多人，远远超过国民党政府要求征募的数额。

陈嘉庚在《南侨回忆录》中谈道：“有一修机工在洋十余年，每月收入坡币二百余元，自甘牺牲，并招同伴十余人，带其全副机器前往。”这名在新加坡收入颇高的修机工叫王文松，是第二批回国南侨机工的一员。他的“同伴十余人”中有一位叫陈昭藻。陈昭藻报名时已三十九岁，妻子病故，他带着一个未满十岁的女儿在身边。为了能报名成为机工，他把年龄改为三十四岁，并买了张船票，像寄物件似的把幼女和一张床寄回海南原籍，有生之年他再未能与女儿相见。这“同伴十余人”不仅带回人力，还带回了数十箱工具，尤其是当时世界最先进的汽车无损伤磁粉探测仪，应用于滇缅公路紧张的汽车军需运输中，能够检测汽车“致命”零件上肉眼难以发现的疲劳裂痕，用处极大。

华侨青年林春材，是马来西亚大富商之子，是学校篮球和游泳冠军队的队员。得知祖国的战况后，他毅然放弃优渥的生活，用一米九几的身高掩盖自己只有十六岁的年纪，“混过”了“考验”，奋斗在滇缅公路的运输前线。

甚至还有华侨女青年冒充“男儿身”回国服务，成为当代“花木兰”。李月美就是其中一位。

新加坡华侨夹道欢送南侨机工奔赴战火中的中国

李月美，祖籍广东台山。报名时她剃了光头，穿了弟弟的衣服，化名“李月眉”成功过关，后来被分配到红十字会当司机。在长达一年多的工作中，她从未暴露性别秘密。她充满活力、胆大心细，从前线抢救伤病员，到开重卡运输医药、武器，从来都争先踊跃。她在风风火火工作的同时，却又少言寡语，不愿与人深交，令人难以接近。她的“神秘”更加增添了吸引力，年轻的护士都普遍对这个秀气的机工“小伙子”有好感。

直到1940年的某日，李月美在滇缅公路翻车，身负重伤，脑部震荡。正好路过的南侨机工杨维铨，急忙施救，将李月美从压扁的驾驶室中拖出，又送往医院急救。由于伤势过重，杨维铨获得队部批准后，留下照料饮食起居。在救治过程中，医生发现这名机工竟是女性，医院上下无不感动。痊愈后李月美继续在红十字会服务，她变身为“白衣天使”，经她救护的人都忘不了她有力而温柔的手和坚定而含情的目光。何香凝女士闻讯后非常感慨，亲笔题写“巾帼英雄”红绸锦旗相赠。

滇缅公路上的花木兰李月美

李月美女扮男装的照片

1939年2月18日，第一批华侨机工由白清泉、廖国雄率领从新加坡启程出发。八十名成员集中出发前，南洋华侨筹赈祖国难民总会举行盛大欢送会。陈嘉庚勉励大家：“你们是代表千万华侨回国服务的，一定要坚持到底。”新加坡报纸出版欢送专刊，把首批回国机工赞颂为“八十先锋队”。

此后一批接着一批机工回国。每批出发的机工们，都身着统一的制服，列队整齐，步伐一致，穿行于十里长街两旁欢送的“人墙”之中。码头上，欢送的人潮如海；亲人离别可歌可泣，悲壮的情景令人激动。要走的人是那样的激动、自豪；留下的人是那样的依恋、深情。当时出征者们的前途、命运将是什么？没有人知道，也没有人去想这个问题，更没有人去问这个问题。大家的脑际里只有一个共同的信念：同日本侵略者决一死战，把蹂躏祖国残杀亲人的豺狼消灭！热血华侨青年的头脑中所容纳的祖国和民族的分量，远远超过了自己宝贵的生命。

后来，南侨机工回国服务团人数不断增加，最后达到三千一百九十二人，这些是由南侨总会及其下属机构办理登记并安排回国的统计人数。[①]实际上，在此人数之外，还有一些南洋各地自行招募的机工和一些因报国心切径自回国参加机工队伍的华侨青年，均未在南侨总会的统计之中，究竟数量有多少已难以考证。机工人员来自东南亚各国，以新加坡、马来西亚、印度尼西亚、泰国等较多，其祖籍地多为广东、福建两省。

这批从南洋各地回国支援抗战的华侨汽车司机与修理技术人员，其组织全称是“南洋华侨机工回国服务团”，通常被称为“南侨机工”。他们由南侨总会组编为九批，每批自有建制，全部属于有组织回国参加抗日战争的战士。他们有严格的纪律，有明确的参加抗战的目的，有不避肝脑涂地、赴汤蹈火、决不回头的坚定意志和信念。

---

① 沈云龙：《近代中国史料丛刊续编（44）》，文海出版社1985年版，第994、995页。夏玉清：《1939年“南洋华侨机工”返国始末》，新加坡《南洋学报》2015年第69卷。

雪兰莪华侨第二批机工回国服务团

他们与披坚执锐、效命疆场的战士无分轩轾。

南侨机工归国后，受到国内各界各阶层、民间或官方的热烈欢迎。不久，机工们被集中在昆明市小西门外潘家湾的军事委员会西南运输处训练所编队集训。

1939年3月6日，军事训练开始。军训分为军事、政治和技术三科，训练相当严格，训练所条件差、生活苦，南侨机工一进国门就受到这样严峻的考验，然而他们都自始至终地坚持完成了两个月的训练期。

军训完毕后，便由西南运输处进行分配与编队。南侨机工们先被编为第11、12、13、14等四个大队；稍后又组建了华侨先锋运输第1、第2两个大队。共计六个大队。其余的机工则被混编于运输处其余几个大队中。

车队五至七辆车为一班，一车一司机，班长无车，掌握全班车辆运行，随时替补病事假者，三个班为分队，三个分队为一中队，四个中队为一大队（内含一个预备中队）。每一大队约有汽车一百八十辆到一百九十二辆，总人员在两百名以上，并配备若干名车务、技佐、总务、会计、出纳、政训员、车卫兵等专职人员。纯由南侨机工编成的六个大队共有车一千一百五十二辆。

机修人员一部分被编入各大队随队服务，大部分被分配到芒市、下关、保山、昆明、贵阳、重庆等地的汽车大修厂担任修理工。

一踏上滇缅公路，南侨机工们就面对着必须闯过的三道“鬼门关”：

一是瘴疟关。尤其是被人称为“焖头摆子”的恶性疟疾，“十人得九人死”。这里各种传播疟疾的疟蚊猖獗，日夜袭人；各种毒虫猛兽随时袭击来往行人，毒蛇不下数十种，不慎被其咬伤，数小时之内即能丧命。

滇缅公路西段的很长一段范围内，都属于古人所称的瘴疠之区。在现代医学未揭开其秘密时，瘴气，通常被误以为热带或亚热带森林里动植物腐烂后所形成的有毒气体。实际上，对人更具致病和致命性的是在雨湿环境中滋生流行的为疟蚊所传播的疟疾。滇缅

暹罗（泰国）华侨司机归国服务团抵达广州

公路上疟蚊滋生繁盛，疫情自古肆虐，且该地区的疟疾不仅有“间日”“三日”、恶性疟各型，也不限于雨季高发，而是全年流行，致死率远远高于其他地区。

南侨机工在服务期间，死于疟疾的不在少数。据粗略统计，仅华侨先锋两个大队，每月就要因此死亡七八人。在南侨机工的整个服务期内，始终缺医少药和治疗服务，有人在前往滇缅公路沿线考察时，曾对机工疾病专门报告，其中涉及医疗点确有“奎宁一种”，这是由前期疫情暴发时南洋捐购的。但有奎宁不等于就能挽救机工的生命，关键在于配套的预防治疗。更紧要的是，根据机工移动和长途出车的特点，一切之要，在于对症治疗或对机工个人实行药品的足量配发。因为疟疾的反复发作，疟原虫直接侵害肝细胞，造成病者健康极度受损，必须及时服药，否则不堪设想。

在得知机工的悲惨处境后，南侨总会曾多次调集物资回国支援机工，主要包括奎宁、蚊帐、毛毯、衣裤、鞋袜等，但有一些被截留，奎宁没有做到按人配发。跑滇西路段的机工，都信守一条法则，看到战友染疾，如果自己有奎宁（往往是自治后谨慎留用的），一定要先救战友。同时，南侨机工与沿途质朴的少数民族百姓天然融合，少数民族群众教会了他们如何用土法对付毒素。此后，人员损失大大减少。但仍有人因致命疟疾溘然而逝。

二十六岁的蔡世隆随第五批机工回国服务，他出生于南洋华侨富商家庭。服务于滇缅公路时担任领队，蔡世隆喜欢在上路时，带领大家握起拳头喊：“机工统统有！”“机工统统有”就是机工什么都不怕、什么都能克服的意思，以闽粤方言喊出来，十分振奋。后来，就成了南侨机工的“上路仪式”，只要有一队机工又上路了，都可以听到“机工统统有！”的口号。

在一次带领队伍运送军火的任务中，蔡世隆在芒市患上恶性疟疾。他先感到周身寒彻，寒冷是从骨子里透出的，牙关不由自主地剧烈磕碰，如机械操动。他将所有衣物裹缠起来，仍不能止住周身颤抖。此时蔡世隆已经不能把持方向盘，全凭熟练的驾驶技术，保持车辆的领队位置，但随后而来的剧烈头痛和高烧，伴随呼吸困难，令他眼前一片模糊。他打开“双闪”尾灯，后续车辆似乎完全明白缘由，因为同时发病的尚有多名机工，只是蔡世隆最为危急。检查发现，蔡世隆的两臂、颈部出现环状的青瘢，面颌赤红，已经出现红色斑点，他已进入间歇昏迷。通常，机工在“摆子”发作时，骤然间失去自控，将车停下来，等“摆子”打过再驾车行驶已成常态。有人掰开牙关，给蔡世隆喂了两粒奎宁，但众人都不知道他得的是致命性的恶性疟疾，几粒奎宁已无济于事。

运输刻不容缓，队友且行且歇，最后将他安顿在芒市医院，就匆匆上路了。待到车队折回芒市，队友们带上点心、水果去看望蔡世隆，没想到面对他们的竟是一个红土垄，只稍高于地面，没有墓碑……队友们将蔡世隆的遗体起出火化，骨灰寄回新加坡。家中还有他年老的父母，这是给望眼欲穿的老人一个“交代”。处理完后事之后，机工们又驾驶着十几辆卡车出发了。

二是险路雨水关。滇缅公路既要穿越于崎岖的重峦叠嶂，又要由顶峰绕达江边谷底，渡涧越溪。不少地段是上有危悬欲坠的巨石，下有深邃难测的万丈深渊。很多地段因地形特殊，弯道急促狭窄，行车极其危险。

尤为特殊的是，滇缅公路不仅道路艰险，而且属于“生路”。机车驾驶这一行，习惯将刚刚开凿的道路称为“生路”，其含义可能会让不明白的人疑惑。由于当时公路勘测技术设备的落后及多种原

丨滇缅公路上的翻车事故

因，地质状况往往在公路启用后才显现它的复杂，甚至灾难性变化，而不仅仅是路基松软，弯急、坡陡的问题。“生路”意味着一切人为因素之外的莫测险象。

在南洋只开过柏油公路的多数机工，尽管接受了短期训练，一开始仍难以适应如此艰险的路况。“初一翻车，十五到底”，在很多危险地段，尤其是“伴江”路段，稍一不慎，即车毁人亡，粉身碎骨，落入滔滔浊浪，连尸首也无法寻觅。

同时，滇缅公路沿路天气变化无常，尤其是降雨量很大。据统计，滇缅公路上的多数恶性事故都发生在雨天和雨季。1941年7月，西南运输处特派技术考察人员顾文彬一行考察滇缅公路路况，尚在雨季之初，他看到的情况触目惊心，“四、六、七三总段（塌方）较为严重……一次塌方达三千立方米之多，曾阻碍通车前后三天”。这种情况下行车，一不小心，轻则陷入泥潭，重则滑坡翻车。

机工们常常亲眼所见前后行车的战友一个小小差池便连车带人滚入万丈深谷，这种时候，没有别的选择，只有咬定眼泪，沿着战友未走完的路继续前进。他们会在回程的时候，采一把野花，放在战友殉难的地方，急劲的山风将野花瞬间旋入山谷，几点花瓣在空谷飘荡，将生与死系于微茫。

李伟庆，原籍广东梅县，祖父因参加洪秀全领导的太平天国起义，逃亡印度尼西亚。1938年，李伟庆就告别母亲，参加由柯全寿等组织的华侨救护队回国服务，转战南北，经历了武汉、广州、南宁的失陷。当他服务于滇缅公路时，已是身经百战的“老兵”了。

1939年雨季，李伟庆带领车队运送桐油至畹町出口。五辆汽车，每车装载十八桶桐油出发，李伟庆开车殿后。当他开过横跨怒江的惠通桥，爬上一段陡坡时，由于雨季冲刷、路基松动，车突然倾覆，连车带人翻下山坡。李伟庆被甩出车外，压在汽车大梁下，汽车底盘一颗五寸长的螺丝直穿其左大腿，而螺钉顶在一块石头上，使李伟庆被“钉”在了山坡上。伤口撕心裂肺地疼痛，血流不止，染红了一大片，毒蚊成群飞来，叮咬着伤口。因为流血过度，李伟庆意识开始模糊，不知过了多久，清凉的雨滴落在已经昏迷的李伟庆脸上。瓢泼大雨骤然而至，石头明显松动了，他使出全身力量搬动石头。不久，同事们提着马灯赶来，李伟庆大声呼喊，终于被机工们发现并送往龙陵县医院而得救。李伟庆遭遇了不幸的事故，然而他又幸运获救，很多机工却并没有这样的“福气”。

滇缅公路上的南侨机工车队

邱九良，新加坡华侨，祖籍福建莆田，是第一批回国运输的机工之一。他离开家乡的那天是除夕，合家团圆之夜，他却告别家人，回国驾车翻越滇缅公路的崇山峻岭。山路陡峭惊险，在一次运输途中，他不慎从惠通桥旁的山路上翻入怒江，壮烈牺牲。

吴再春，毕业于南洋马来西亚华侨星洲道南学校。他原在英属工厂内有不错的职业，基于爱国热诚，他毅然放弃了在新加坡的优越生活，告别父母妻子回国抗战。在一次运载军火至龙陵时，山区天降大雨，气温剧寒，汽车突然发生故障，车上没有修理工具。他本可以离车步行他处暂避，但为了保护重要军需物资，他坚持留在车里，始终不忍离开，最终因冻僵献出年仅三十二岁的生命，其事迹与前线将士守土成仁同样悲壮。

符气簪，原籍海南文昌，肄业于暨南大学，后在新加坡育英中学任教。他随第四批回国抗日服务团归国，任服务团秘书。滇缅公路服务期间任第十三大队分队长。1939年11月的一天，他从畹町出发，运送军用物资至下关，驶入永平县境内。这里是著名的沧浪古道，汉代的古道栈桥在澜沧江绝壁间时隐时现。车窗之外，不可睥睨，下临万仞，江水浊浪排空，令人目眩。在一处下坡急弯处，他的汽车冲出公路，滚下几百米的山崖，符气簪当场身亡。此时，距离他踏上祖国的国土还不到半年。

永平县百姓深深惋惜这位“出师未捷身先死”的年轻人，1940年，云南永平筹赈会、各侨团侨胞和当地百姓，为符气簪烈士举行追悼会。符气簪七十三岁高龄的老父亲符振弟从南洋赶到现场致辞。直到后来，参加过追悼会的人都还记得当年的情形，老人须发苍苍，痛不能已：“余生二子，俱为国牺牲，老夫残生无靠，民族危在旦夕，余深望各位侨胞以国家为重，精诚团结，誓将日寇逐出我神州，使我同胞永享太平自由。则余深慰也，不负白发送黑发也……”

机工林树容，海南文昌人。1940年夏，他突然接到队部的一项特殊任务：去接运一位翻车殉难队友吴世光的尸体回队部。林树容与吴世光是同乡，两人一起编入第五批机工团回国。他驱车来到出

南侨机工们推车前行

事地点：永平一千米处的陡崖。一位修路工亲眼见到汽车滚入悬崖，司机被抛出车外十数米，砸在岩石上，当场身亡。尽管乱石林立，根本无处下脚，但修路工不忍尸体暴露于天光之下，他们奋力到达尸体处，用绳子绑牢，再回到公路上一点点往上吊，在吊运过程中，尸体又多处碰伤。当林树容看到躺在路边血污残破的尸体时，仅从面部依稀可见死者生前的轮廓。下半夜，林树容回到车队。第十四大队为死者举行了简朴的追悼会，按照西南运输处“就地安葬”的不成文规定，殉难者安葬于下关董家湾。

更多被记录为“覆车”而殒命的南侨机工，没有遇难细节记载，甚至没有留下姓名。

滇缅公路上有一处U形大急弯的三合山路段，这是由短促的三十度下坡在折中处突然又三十度仰上的奇险路段。一旦冲出路面，下临两百米的深谷，绝无生还可能！这里有一个闻名遐迩的名字——孔明炮台洼，相传孔明南征曾在此架设炮台。机工车辆经由此处极为谨慎，但一天傍晚，一台后勤车在下坡时突然刹车失控，径直冲出路面，在将近三十秒后，才听到了爆炸声。山洼里，浓荫深处甚至看不到火光，唯有青烟和惊飞的白鹇鸟，凄厉地叫着掠过头顶，在黛色的山影中画出一个圈又一个圈。后续车辆止行，机工们下车，站在路沿上，足足有几分钟，没有声响。不知谁仰头长叹：“鸦雀也要回家啊！”这像是一声召唤，十来个机工用绳子牵着，从崖头下到洼底，寻找到两名战友不忍目睹的残骸，将他们葬在崖头一块斜坡上。暮色里，车队全部点亮车灯，齐鸣长号致哀，又继续前行。

三是日机轰炸关。日本侵略者为切断堵死这条中国对外交通的“大动脉”“输血管”，派出大批飞机对滇缅路狂轰滥炸。包括南侨机

日军飞机轰炸惠通桥

工在内的许多司机粉身碎骨，连尸体都无法找到。

南侨机工就是在这三道“鬼门关”中夜以继日、出生入死地行驶着，在世界上里程最长、跨越地带最复杂，却唯一没有通过“试运行”就投入使用的国际战略公路上战斗着。因为此时的中国，这个“血泵”的启动，每一分每一秒对挽救危厄都至关重要。滇缅公路必须永远清晰地指向它的目标。机工也从来没有因“鬼门关”的原因停止过工作，抗日的历史使命决定了机工们必须“拼命”！“出不入兮往不返”“首身离兮心不惩”。前面的人倒下了，后面的人踏着烈士的足迹，车辙复车辙，层层碾压，道路抢通了，继续前进。

在战后缴获的日军情报照片中可以看到，滇缅公路从来都是目标显著：旱季，尘土万丈；雨季，一条黄泥路轮廓清晰，在青黑的山体中蜿蜒如游龙，时腾时潜。

从1939年春出征滇缅路，到1942年缅甸沦陷，几年如一日，南侨机工不分昼夜地战斗在运输线上，从通车之始他们就成了开路先锋。据日本参谋本部的估算，自滇缅公路开通，南侨机工加入运输队伍以后，1939年9月至1940年6月，每月通过滇缅路运入中

南侨机工的奖状、奖章和证书

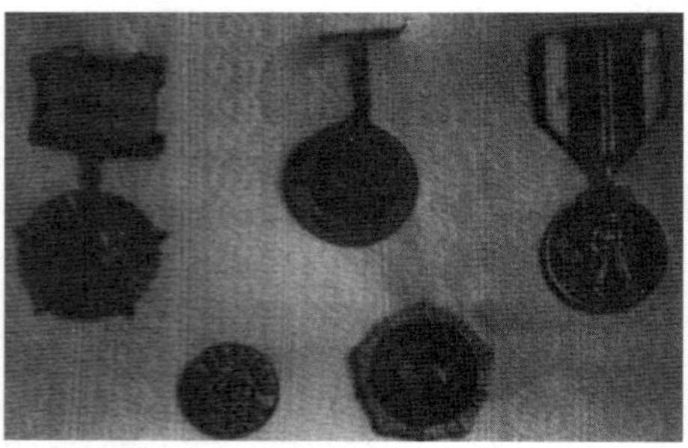

南侨机工所获奖章

国的军用物资达一万吨。实际上，仅在1941年的一年中，通过滇缅公路运回中国国内的机枪、炮弹、汽车、无线电收发报机、汽油、药品、铁路器材、汽车器材等重要战略物资即达十三万二千一百九十三吨。而在南侨机工投入运输前的日子里，每月的运输量约为一千吨，两者相差约十倍。据粗略估计，经南侨机工运回的军用物资总共达四十五万吨之多。这一数字充分说明，南侨机工运输于滇缅路在整个中国抗日战争战略中具有的重大价值和重要地位，直接支持了中国抗战。

除了由国外向国内抢运战略物资、将国内的出口品运出外，南侨机工们还直接参与了部分战斗任务。例如，1942年5月初，日军连续攻陷畹町、龙陵等地，直扑怒江西岸，云南全省震惊。危急时刻，第11集团军总司令宋希濂紧急联系西南运输处昆明黑林铺办事点，请求协助调兵。西南运输处随即派遣以南侨机工为主体驾驶员的车队，约五百五十辆汽车，星夜兼程，将驻祥云一带的第36师两个团运往惠通桥东岸阵地。师长李志鹏率先头部队第106团迅疾抢占东岸大坪子、孩婆山高地实施阻击，击溃强渡怒江的小股日军，稳固了防线，将日军遏止于怒江以西，也稳定了整个大后方。南侨机工车队的快速运输在这一战事中发挥了关键作用。

在三年多的大抢运中，南侨机工与滇缅公路生死与共。日军的狂轰滥炸，机工伤亡惨重；热带亚热带流行的疟疾，成了机工遭遇的“夺命杀手”；滇缅公路山高路险翻车事故频发，牺牲的机工往往就地掩埋，以至青山处处，忠魂永存……

滇缅公路一千一百四十六千米究竟掩埋了多少忠骨？究竟有多少无名烈士归于山水的寂寞？究竟有多少山花因骨血而烂漫？据西南运输处统计，滇缅公路每年损失七百辆以上汽车，但没有确切的数据记录死于路险翻车的机工人数，一般认为约有一千余人牺牲在滇缅公路的崇山峻岭之中。①

滇缅公路中断后，三千多名回国报效的南侨机工，除一千多人牺牲外，一千余人复员返回南洋与家人团聚，另有约一千人因各种原因留在国内各地，其中一部分辗转各地继续参加抗战。

需要指出的是，滇缅公路是南侨机工的主要战场，但他们的战斗并不仅限于此。例如，第八批回国的南侨机工共三百三十多人，其中，机工林广怀被编入第十七大队华侨补充队。他和其他队员不仅在滇缅公路上接运军车，还运送武器到广西柳州前线，接着又奉命运军需品上潜江前线。1941年，林广怀还随车队调往云南宣威，运送军需品到四川泸州、贵州贵阳等地，这些地点都不在滇缅公路上。

还有部分南侨机工参与了对中国共产党领导的陕甘宁边区的运输工作。1939年5月22日，新加坡华侨青年程龙庆报名加入第五

① 张海鹏：《中国近代通史》第9卷，江苏人民出版社2013年版，第163页。

丨吉隆坡华侨机工回国抗战殉难纪念碑

批南侨机工团的回国队伍。到重庆之后程龙庆没有和大部分机工同伴一样奔赴滇缅公路，他和十多人被分配到了八路军驻重庆办事处。1940年3月，程龙庆等运送一批物资到延安去，由十多辆雪佛兰卡车组成的车队从重庆经成都、广元、宝鸡到延安，道路破旧和日机的狂轰滥炸使运输充满着生与死的考验。在办事处的两年多，程龙庆三次驾车往延安运送物资，大部分是运送药品、汽油等急需物资，有时也顺便护送民主人士、青年学生到延安。

除了做车队驾驶员和修理工之外，部分南侨机工还担负着汽车装配的任务。例如，前文提到过的海南籍新加坡华侨陈昭藻，于1939年3月22日抵达云南昆明，在西南运输处设在昆明师专的司机训练所接受了不到一周的训练，即刻赴缅甸仰光汽车装配厂。之前美国工程师的进度是，每六人一组，一周装配一辆新车，陈昭藻等一批南侨机工到达后，为了给祖国尽快地提供急需的运输工具，在露天的工作场里，不分酷暑和暴雨，每天工作十多个小时，一天完成装配新车四辆，是美国人的二十八倍！这一成绩，不仅让美国工程师惊叹不已，西南运输处处长宋子良得知后，也不由得发出感慨："海南人真了不起！"并称他们为"模范机工"。后来，这批技术娴熟的机工辗转服务于缅甸腊戍、八莫，中国的保山、下关、云南驿美军机场等地。

抗战期间，不仅仅是东南亚，远隔万水千山的欧美和非洲都有华侨回国从事与南侨机工相类似的工作。例如，1938年初，英国华侨四十人，组成汽车工友回国服务团，回国效命。1939年夏，德国华侨机工二十八人，经越南西贡、河内回国服务。1938年4月中旬，非洲罅沙汽车工友回国服务团五十四人回国抗日。欧美和非洲的华侨机工，尽管人数相对较少，规模较小，但也一样值得尊敬。

马来西亚槟城华侨抗战殉难机工暨罹难同胞纪念地

广大机工的牺牲精神和英勇表现，受到了各界人士的广泛赞誉。早在1947年11月30日，马来西亚雪兰莪华侨筹赈会为表彰和纪念华侨机工的爱国精神，就于吉隆坡广东义山亭为殉难机工立起纪念碑，其碑文赞颂，“此种爱国精神，至为可风”。“为国牺牲，谁不敬服”。

在马来西亚槟城，也有一座这样的纪念碑，这就是建成于1951年槟榔屿华侨抗战殉职机工暨罹难同胞纪念碑。纪念碑左侧为南侨机工推动汽车于滇缅公路的雕塑，纪念碑后为南侨机工和滇缅公路浮雕墙。每年11月，槟城州各界代表都会举行纪念碑公祭仪式，以祭奠抗战殉职的南侨机工及罹难同胞。

中国人民也永远怀念南侨机工的爱国事迹。为了纪念他们，在中国云南昆明和畹町，也各建有一座华侨机工纪念碑。

昆明南洋华侨机工抗日纪念碑

1989年，南侨机工回国抗战50周年，云南省人民政府为表彰南侨机工光辉历史功绩，激励后人，特于昆明西山竖立南洋华侨机工抗日纪念碑，其碑文为："……南侨机工沐雨栉风，披星戴月，历尽千难万险，确保了这条抗日生命线的畅通，被誉为'粉碎敌人封锁战略的急先锋'。在执行任务中，有一千多人因战火、车祸和疫疠为国捐躯……他们以自己的生命、鲜血和汗水，在华侨爱国史上谱写出可歌可泣的壮丽篇章，也在中国人民抗日战争史和世界人民反法西斯战争史上建立了不可磨灭的功勋。"2005年，昆明市人民政府建成南洋华侨机工抗日事迹陈列室。

1989年，云南省德宏傣族景颇族自治州人民政府在滇缅公路中国段终点畹町，修建南洋华侨机工回国抗日纪念碑。后来，又扩大为南侨机工回国抗日纪念公园，还包括一座南洋华侨机工回国抗战纪念馆。纪念馆从入口到出口共五十级台阶，象征滇缅公路上抢运的五十多万吨抗日物资。纪念馆东侧为二十米的架空，与抗战名桥畹町桥桥面的长度等同。建筑高度二十米用于纪念用血肉之躯开凿建筑滇缅公路的二十多万名滇西各族民众。

畹町南侨机工回国抗日纪念公园

2018年5月30日，“南侨机工档案”入选《世界记忆工程亚太地区名录》。档案提供了中日战争和第二次世界大战中鲜为人知的信息，不仅是来自海外华人社区的民间志愿者的战时支援记录，也是中国本土与东南亚国家移民社会之间独特纽带的证明。

华侨机工用鲜血和生命，为中国抗日战争的胜利谱写了一曲悲壮的战歌，作出了重要的贡献，他们的英雄事迹和伟绩丰功，光照千秋，可昭日月，丰碑永铸，永垂不朽！

第四节 侨领风范

毫无疑问，广大华侨的抗日救亡活动取得了巨大的成绩，为中华民族的解放和独立，创下了惊天动地的英雄业绩。对此，本章前三节对此已经进行了充分的论述。

这自然是由于华侨们都有着心系华夏的赤子情怀，也充满着精忠报国的英雄气概。因而，他们才能在正义与邪恶的较量中，不计得失，不畏死生，大义凛然地投入到那场轰轰烈烈的民族解放战争中去。

但是很少有人注意到，海外华侨是在怎样的环境下支援祖国抗战的。

有学者指出，广大华侨的抗日救亡活动是在复杂的国际形势下进行的。这一情况在海外华侨聚居区东南亚体现得尤为明显。

新加坡当时是英属殖民地，英国殖民当局一开始就对华侨的抗日运动设置种种障碍。法国殖民当局与荷兰殖民当局的政策则与英国基本相同，同样“不许我侨胞作公开抗日救国活动”。

泰国是太平洋战争期间唯一与日本合作的国家，其立场当然迥异于南洋各殖民政府，如英、美、法、荷。因此，泰国华侨备受压迫，各种抗日活动都遭到制止。[①]泰国各界华侨组成的抗日救国会和抗日救国联合会，“都是秘密团体”，只能在爱国侨胞中“进行半公开的活动”。1935年2月12日，抗日救国联合会的主要骨干二十二人被捕入狱，之后十九人被驱逐出境。1939年7月间，泰国政府

① 李盈慧：《跨越边界：华侨在中国抗战、太平洋战争中的行动和意义》，《抗日战争研究》2016年第3期。

“连日大捕我救国分子”，“查封华校二十余所，复因搜得救国会捐款收据，搜查华侨、广东两银行，并扣留其正副经理”。

至于美国、加拿大等西方国家，在1941年底太平洋战争爆发前，虽未明确限制华侨开展救亡活动，但都与日本保持着一定的外交和经济往来，因此也不可能对华侨开展救亡活动采取支持的态度。

在此种情况下，海外各国华侨的救亡活动，还能够保持很长的时间，覆盖很广的范围，达到很深的程度，这绝不是凭着一腔热血就可以实现的，而需要有力的组织才可能实现。

以捐款为例，华侨为中国抗战的捐款，从1931年九一八事变后开始，一直持续到1945年抗战胜利，长达十四年之久。捐款之人遍及亚洲、美洲、欧洲、非洲、大洋洲，从富有的侨领巨贾、中小商人到生活清贫的工农大众、文化界人士、中小学生乃至一贫如洗的乞丐、舞女、囚犯等各个阶层，上迄两鬓斑白的老人，下至刚刚懂事的孩童。为了促使愿捐多捐，除了长期的宣传之外，捐款还创新出了集团捐款、个人捐款、婚丧献金、节日筹赈、劳军义捐、救济难民、救国公债、月捐、义卖、伤兵之友捐、航空救国捐、救灾捐、祝寿献金、节约献金等几十种形式。

1940年底，《新华日报》记者陆诒在缅甸目睹了这样一幕：“记者于6日晚由仰光搭火车转赴泰缅边境时，在一个距大市不远的小站上，遇到一群当地华侨学校的小同学，他们在车厢内作五分钟的鼓动演讲，劝谕乘客捐款，为祖国购机以抵御敌人的轰炸。他们的话说得许多华侨乘客都流下了眼泪。大家解囊捐款，连一个印度工人也受到感动，抢上来捐了半盾钱，他还抱起那个中国小学生亲吻，并以英语大呼：‘中国抗战胜利！’目送这群小同学下车，我深深地受了感动，看看表，时已午夜，他们的背影消失在寒冷的大雾中……这情景即使在国内也不多见啊！”

类似的情景还出现在美国，波士顿广教小学的华侨子弟学生，“努力参加救亡工作，如女生之插花募款，男生之卖物筹款，以及其他各种方法，收效颇宏，所得之数大约在两万余元。”

不仅上述两例，抗战时期，在世界各地尤其是南洋，到处可见华侨宣传队、歌咏队、话剧团，深入城乡各地劝捐。他们高唱：“你一角，我一毫，涓涓滴滴积成江河变成怒潮，只要你有多少捐多少……寄到前方去，买子弹、买枪炮，赶走强盗。到那时吐气扬眉，誓把中国保。”曲曲战歌，声声号召，呼唤起四海侨胞为国捐输的满腔热情。

至于返国参战或服务，涉及人员征募、经费筹集、路途往来、对接联系、安全保障等一系列问题，更为复杂，根本不是个人或者少数人可以完成的，必须要由相关的组织来实施。

因而，抗日战争时期，广大海外华侨的抗日救亡活动的另一个突出特点就是具有很强的组织性。

抗战爆发后，祖国处在危急关头，海外华侨提出“爱国高于一切”，海外华侨中的各党各派在民族利益一致的基础上，捐弃前嫌，消除过去的隔阂，走向了团结和统一。其标志就是一大批华侨抗战救亡团体的诞生。

到1940年12月，据国民党政府侨务委员会统计，海外华侨建立的抗日救国团体已发展到九百一十九个。这些团体，成为华侨抗日救亡活动开展的重要组织基础。

例如，为了尽可能募集到更多的捐款，南洋一些华侨救亡团体的募捐人员自备干粮，深入山村僻寨去发动侨胞捐款，有些华侨自备汽车汽油，按时去远乡海隅征集月捐。他们放弃了私人的生意或优厚的薪俸，甚至不顾亏本、破产，仍不放松自己承担的募捐工作。

在美国，统辖两万多华侨的旧金山救国总会的收款人员，每天分三班由十八人轮值，两年半内从不放假。值班者迟到或缺席要罚款，如有要事不能上班，只能请其他轮值人员代工。其他科室人员亦日夜忙碌，几乎无法兼顾私人事业，而且全体工作人员都无分文报酬。

这些高效的募捐工作，既有赖于参与者的拳拳爱国之心，更得益于华侨抗日救亡团体有计划地组织实施。而众多爱国团体之所以能够不断展开支援祖国抗战的各项活动，华侨领袖的作用非常重要。

华侨领袖大都是在华侨群体中自然产生的，在华侨社会中有广泛的影响和很大的号召力。在义捐、购债、投资、回国服务等抗日救亡运动中，爱国侨领起着不可替代的模范带头作用。

例如，著名南洋侨领李清泉是马尼拉中华商会会长，抗战后担任南侨总会副主席、菲律宾华侨后援抗敌委员会主席。在认购救国公债运动中，他带头购买四十万元。当他病重弥留之际，叮嘱家属将他遗产中的十万美元捐赈祖国的难民难童。纽约华昌公司总经理李国钦，1939年至1941年先后五次捐款，共计七十五万元国币及十一万美元，作为中国抗战防空和慰问中国抗战官兵之用。新加坡华侨李俊承，倾力购买十万元救国公债，1938年初，他又将用作兑换的全部债票经华侨银行转交国民党政府财政部，拨作国立中央研究院奖励发明基金，相当于将十万元全部捐献给抗日事业。

榜样的力量是无穷的，在爱国侨领的带领下，海外华侨无论是富商巨贾，还是小贩劳工，都能尽其最大的责任，支援祖国抗战，其典型事例，不胜枚举。但限于篇幅，本节重点介绍陈嘉庚、司徒美堂、蚁光炎三位爱国侨领的抗战事迹。

陈嘉庚，字科次，1874年10月生，原籍福建泉州。十七岁随父亲到新加坡学习经商，逐渐发展成南洋各埠声名显赫的实业家。陈嘉庚致富后不忘苦难中的祖国，他曾加入同盟会，资助孙中山从事革命活动，并倾资兴办集美学校和厦门大学，以“教育救国”。

1928年初，日本为了阻止北伐军北上平津，借口保护侨民，派兵侵占山东青岛和胶济铁路沿线。5月3日，日军开枪打死打伤了中国军民数千人，并公然杀害前往交涉的国民党政府外交特派员蔡公时，制造了“济南惨案”。5月17日，一千多名华侨代表齐聚狮城，在新加坡中华总商会召开大会，成立“山东惨案筹赈会”，详细讨论了筹赈“济南惨案”的具体办法，陈嘉庚被选为主席。他谴责日本“侵略我主权，惨杀我同胞，无异乘危抢劫，落井下石。其野心凶暴，险恶蛮横，实全世界所未有”。在陈嘉庚领导下，截至1929年结束时，参加筹赈活动的华侨达十多万人，募款总数达一百三十四万元，全部汇交国民党政府财政部，用于赈济山东灾民。同时，他还号召抵制日货，实行经济绝交，以洗雪国耻。南洋华侨团结一致，持续抵制日货，致日本在新加坡“与华人之贸易已完全断绝”。

1931年九一八事变发生后，陈嘉庚在新加坡以福建会馆主席名义召开声讨日本侵略者的侨民大会，谴责日本侵略行径。为了揭露日本侵华阴谋，陈嘉庚授意《南洋商报》印刷五千本“田中奏折”，广为分发。1932年1月28日，日军进攻上海，第十九路军迎头痛击侵略者，海外华侨人心振奋，陈嘉庚积极筹款支援。

全面抗战爆发，陈嘉庚深知海外华侨救国心切，但盲目的救国行动缺乏必要的组织性，他认识到：“如成战争，关系国家民族存亡，事体极为重大，期间亦必延长多年。开会筹款当有相当计划，不宜急切轻举，贻误成绩。”在他的倡议组织下，1937年8月15日，南洋地区第一个抗日救亡团体——马来亚新加坡华侨筹赈祖国伤兵难民大会委员会（简称新加坡筹赈会）正式成立。新加坡众多的侨团凝聚在了一起，与其他南洋抗日团体共同筑起了抗日长城。陈嘉庚在民族危难之际，敢于挺身而出，展现了自己卓越的政治眼光和领导能力。

随着抗战形势进一步发展，菲律宾侨领李清泉、印尼侨领庄西言提出有必要成立一个联合组织，克服南洋各抗日团体各自为政、步伐不一的弊端。陈嘉庚赞同这一主张，并勇于承担了繁重的筹备工作。1938年10月10日，南洋华侨筹赈祖国难民总会成立，陈嘉庚被公推为主席。他在大会上历数了近代以来日本侵华种种罪行，并呼吁：“抗战严重期间，凡我侨胞自应精诚团结，集思广益，俾能加紧出钱出力，增强后方工作。”

为了全身心投入抗日筹赈工作，陈嘉庚常年住在总会办事处，不问家事。在他的领导下，各团体分头劝募，筹赈运动如火如荼，每月可募十七八万元。他还要求福建华侨多作贡献，指出“抗战重要在出钱出力，我闽省出兵力不及他省，我闽侨应多出钱，以补省内出力之不足”。

而无论是在捐款、购债，还是在义捐、义卖等方面，他则处处起着模范表率作用。全面抗战一爆发，他首先带头购买了十万元救国公债。在新加坡筹赈会成立大会上，陈嘉庚又带头月捐，他每月捐两千元，直至抗战胜利。在其企业经营已然滑坡，经济状况并不好的情况下，陈嘉庚每逢捐款购债之时，还是毫不犹豫地竭其所能，以为人先。1938年底，武汉合唱团在新加坡为抗战捐款演出时，陈嘉庚掏出五万元购买入场券一张。1941年秋，他又捐助国内桂林儿童教养院生产事业费六万元。国民党政府成立了战时公债劝募委员会后，陈嘉庚担任常务委员，主动承担劝募公债两千万元的任务，并首先认购十万元，以为提倡。

抗战期间，国民党政府曾来函陈嘉庚，请求采购大宗药品。陈嘉庚得知抗战前线药品奇缺，遂决定在新加坡筹建大型制药厂。后因战事，厂址从新加坡改为重庆，成立了重庆制药厂。重庆制药厂的建立，部分解决了国内战时前线后方缺医少药的困难，救治了大量的伤兵难民，在当时作用极大。而陈嘉庚为促成此事操劳奔波、殚精竭虑，该厂从筹备、建厂再到国内重建，其宗旨始终是为解决祖国军需药品紧缺之需，不计利润多寡，是典型的爱国投资。陈嘉庚曾发表演讲说：“我们如果终日只知赚钱，不知救国，纵然发了财，但是做奴隶，做亡国奴，发了财有什么用？”

陈嘉庚的爱国热忱深深影响了远在海外的侨胞，无论是华侨社会的上层人物，还是广大贫困的侨众，他们秉持着对陈嘉庚的崇敬和爱戴，都积极响应陈嘉庚的号召，或慷慨解囊，或节衣缩食，誓为祖国抗战贡献出一己之力。

1939年冬，陈嘉庚深感海外华侨对战争状况、民众生活多不熟知，对机工回国服务情况也缺乏了解，为了解国内军事、政治、团结三问题，并向国内军民汇报南洋华侨抗日救亡运动的开展情况，他发起组织了南洋华侨回国慰劳视察团。1940年3月，陈嘉庚、庄西言率领南洋华侨回国慰劳视察团回国视察。十个月的时间里，陈嘉庚以年迈之躯，不辞劳苦，走遍大江南北，行程数万公里，分别视察了祖国各战区以及重庆、延安等地。

5月31日，陈嘉庚一行抵达延安。他在欢迎会上指出：“南洋广大华侨有钱出钱，有力出力，全力支持祖国抗战。现在日寇占领我大片领土，我方内部却不断发生摩擦，汪精卫又叛国当汉奸，形势可虑。广大华侨迫切希望国共两党坚持合作，坚持抗战。”[①]在延安期间，陈嘉庚边慰劳考察，边与各界人士交谈，他参加了四次民众性集会，同毛泽东、朱德等党政领导人多次会晤，深入交谈，并同延安各界人士和归国华侨青年进行了多次接触和座谈。经过实地考察，陈嘉庚亲眼看到边区军民一心，官兵一致，认为这是“克敌制胜之本”。在拜会毛泽东时，陈嘉庚恳切地说，一是希望坚持抗战，把日寇赶出中国去；二是希望国共合作，兄弟间一切摩擦都等打败了日寇再解决。[②]离开延安后，陈嘉庚在重庆等地发表演讲，实事求是地谈了自己对延安的良好印象，再次疾呼“举国一致，枪口对外，团结到底，抗战到底”！认为“这不仅是关系于国家一时的安危，而且关系今后民族永久的存亡”！

同年12月底，陈嘉庚结束了整个行程，安全抵达南洋，受到了当地华侨的盛大迎接。陈嘉庚不远万里率领慰问团归国慰劳将士，鼓舞了军民士气，增强了国人的民族自信心，增进了南洋华侨与祖国人民之间的相互了解，鼓舞了海外华侨坚信中国必胜的信心。

太平洋战争爆发后日军南侵，1942年1月，马来西亚全境陷落，新加坡危急。日军对陈嘉庚早就恨之入骨，认定他是“南洋抗日之巨头”，他因此成为搜捕的重点对象。危急之际，陈嘉庚不顾个人安危，紧急将华侨义捐等项银行存款八百多万元汇回祖国，继续支持抗战。新加坡于2月中旬沦陷后，在友人一再催促下，陈嘉庚于2月3日凌晨乘小船离开新加坡，就近避难于爪哇。不久，爪哇群

---

① 陈碧笙、陈毅明：《陈嘉庚年谱》，福建人民出版社1986年版，第115页。

② 林斯丰：《陈嘉庚对中华民族抗日战争的重大历史贡献》，《集美大学学报（哲学社会科学版）》2015年第1期。

岛沦陷。在当地华侨和集美、厦大校友掩护下，陈嘉庚历经数月辗转颠簸，于同年8月改名换姓隐居玛琅。日本宪兵队日夜搜捕，一时间风声鹤唳，但陈嘉庚并不畏惧，他随身携带一包氰化钾，坦然告诉友人："人生自古孰无死！万一不幸被捕，敌人必强我作傀儡，代他说好话，我决不从！那时一死以谢国家，有什么不得了？"铮铮铁骨，令人钦仰！避难期间，陈嘉庚并不虚度，他写下《南侨回忆录》，记录了南洋华侨在抗日战争中的杰出贡献和鲜活事迹，为华侨抗战史提供了不可多得的史料。

1945年11月18日，旅渝福建同乡会、厦大集美校友会等十个团体在重庆发起召开"陈嘉庚安全庆祝大会"。毛泽东主席派人特送条幅，题"华侨旗帜、民族光辉"。这是对陈嘉庚在中华民族抗日战争中重大历史贡献的最好评价。

司徒美堂，字基赞，1868年4月生，原籍广东开平。十二岁时为生活所迫随乡人远渡重洋到美国谋生，1885年加入洪门致公堂。1894年，司徒美堂来到波士顿，成立安良堂，打出了"锄强扶弱，除暴安良"的旗号。安良堂很快就成为洪门致公堂旗下的强势团体，最后发展到全美国三十一个城市都有安良堂，规模浩大，成员达两万多人。1904年，司徒美堂拜会了孙中山。

1931年，九一八事变爆发，日寇占领东北，司徒美堂受到很大震动，他积极领导侨众开展抗日救亡运动，共同发动华侨募捐支持抗日。

司徒美堂在旧金山、波士顿、纽约等地组织和发动华侨捐款。在他的领导和带动下，不少华侨毁家纾难，除了捐出自己的积蓄外，有些还从自己的商店中抽出一半铺底（即如果商店价值美金一千元，就捐出五百元）用作捐款。为了更有效地援助抗日部队，1932年3

月，司徒美堂与致公堂同仁在旧金山成立了美洲华侨抗日救国会后援总会。

1932年，淞沪抗战爆发，蔡廷锴、蒋光鼐率第十九路军将士英勇抵抗。消息传到美国，广大侨胞莫不热血沸腾，备受鼓舞。司徒美堂立即通电全美致公堂成员以实际行动支持抗战，即刻组织募捐。后来由于一部分款项受到截留，司徒美堂将捐款直接汇给蔡廷锴将军本人，并捐出兵器、粮食增援。此后，淞沪停火以后，司徒美堂又亲率侨胞携带捐赠物资到上海慰问第十九路军，并与蔡廷锴结成莫逆之交。

1937年卢沟桥事变的消息传到美国纽约，司徒美堂在几个小时里就把整个华侨社会动员了起来。当晚，司徒美堂联合其他进步华侨团体召开各侨团特别会议，成立纽约华侨抗日救国筹饷总会，司徒美堂被选为常委，是十九名执委中年龄最长、资历最老、影响力最大的一位。司徒美堂为该会确立的主要工作任务是广泛动员华侨各界，协调推动一切抗日爱国活动，组织和领导各项以支持国内抗日为目的的宣传、筹款活动。为了承担起华侨抗日救国筹饷总会繁杂而艰巨的工作任务，他辞去其他职务，全力以赴投入募捐救国工作达五年之久，夙夜不解，极尽劳苦。

在司徒美堂和其他成员的奔走呼吁下，仅纽约市区一个月组织的华侨抗日救国活动就吸引了三万多人前来参加，抗日救国的声势浩大，带动了整个美洲地区华侨界的抗日救国热情。在华侨团体的呼吁和组织下，在爱国热情的驱使下，广大华侨仍以月捐、航空救国捐、游艺捐、劳军捐、义卖、公债、餐馆自由捐、一碗饭运动等多种方式募集了数以千万计的巨款，源源不断地汇回祖国，支援全国抗战。

在美国华侨社团中，司徒美堂领导的安良堂捐款最多。1940年1月19日，《新华日报》报道了司徒美堂等号召十万洪门人士完成五百万元航空救国捐的事迹。据统计，从九一八事变到抗日战争胜利的十四年间，美洲华侨共为国内抗日大业捐款总额近七千万美元，其中美国大大小小九十五个筹款募捐团体共召开筹款集会四百三十七次，共捐款五千六百万美元。而仅司徒美堂直接参与领导的华侨抗日救国筹饷总会一家就募捐了一千五百万美元。而司徒美堂本人，尽管并不很富有，也是竭其所有，尽力捐输。

中国共产党主办的《新华日报》曾对司徒美堂的义举做出过高度评价：“抗战以来，他领导旅美侨胞作热烈捐献活动，成绩斐然”，“旅美侨胞，洪门兄弟，在司徒美堂先生等侨领领导之下，数十年来，对民族解放事业，素有热忱帮助，抗战以来，呼吁团结，输财输力，更不遗余力，老成谋国，劳绩昭著，吾人实深敬佩！”

1941年1月6日，国民党军队悍然发动皖南事变，中国共产党领导的抗日军队新四军遭到国民党军重兵伏击，共有七千多人被俘或牺牲。[①]这对数年来不遗余力，输财助饷支援祖国抗战的广大华侨来说，实为震惊，忧心如焚。1月8日，司徒美堂当即发表通电，敦促蒋介石悬崖勒马，劝其停止摩擦，一致对外。在他的带动下，纽约的《五洲公报》、旧金山的《世界日报》等美洲十多家华侨报纸联合谴责国民党的分裂行为，提出“反对分裂，反对内战，反对破坏抗战”的口号，呼请全国以抗战为重，一致抗战，奋斗到底，直至最后胜利。[②]以上这些都表明了司徒美堂关心祖国命运，坚决支持团

① 金冲及：《联合与斗争——毛泽东、蒋介石与抗战中的国共关系》，三联书店2018年版，第109、110页。

② 赖晨：《司徒美堂与抗战》，《红广角》2015年第2期。

结抗战，实现救国图存的鲜明立场。

1941年冬，司徒美堂被选为国民参政员，从美国返华出席国民参政会。不料途经香港时，太平洋战争突发，香港沦陷。周恩来以中共中央南方局名义紧急电告指示我驻港办事处和广东党组织：要尽一切办法，将困留在香港的民主人士营救到解放区。此时，司徒美堂的行踪被日军侦知，已遭到“软禁”。由于多年来在美国从事抗日活动，司徒美堂早就被日军盯上。日本情报机关鉴于司徒美堂在海外华人中的影响和威信，对他威胁利诱，强迫其出任维持会长，企图利用他来组织香港帮会，以巩固日寇的“占领秩序”。遭到司徒美堂的断然拒绝。

其间，中国共产党的秘密营救计划已经制定完毕，遂派一位同志与司徒美堂先生联系，准备转移，在东江游击队等人和洪门兄弟的安排下，司徒美堂化装离港，连夜至大浦，乘上早已等候的渔船，至江面，曾遇土匪开枪追击，但东江游击队员奋力划船，安抵汕头，司徒美堂在游击队大队部休息了三天，恢复了体力。此后或步行或乘车，在中共地下党和游击队帮助下抵达桂林。最后于1942年3月9日抵达重庆。

司徒美堂在香港誓死不入伪职的消息早已传到重庆，周恩来和邓颖超不久即到旅馆看望，代表中国共产党表示亲切问候，并随后派人送去《新华日报》，向司徒美堂介绍时局和中国共产党倡导的抗日民族统一战线的主张。后来，八路军驻渝办事处又专为司徒美堂举行欢迎大会，中共中央南方局主要负责人周恩来、董必武及社会各界一百多人出席。周恩来在致辞中盛赞司徒美堂的爱国热忱，向他介绍敌后根据地军民坚持抗战的情况，并邀请他在方便时访问延安。

1942年，司徒美堂回美做华侨工作。因接受了重庆国民党政府交给的“宣慰美洲华侨”的任务。司徒美堂经印度飞返美国后，不顾年迈体弱，奔走于南北美洲十余个国家，向华侨宣传祖国抗战，为抗战募捐。每到一处都要介绍敌后战场八路军、新四军艰苦作战，消灭日寇的情况，宣传抗日民主根据地的真实情况，使侨胞对中国抗战有了更全面的了解。

为使侨资直接而迅速地用于抗战，司徒美堂还在重庆创立华侨兴业银行，自任董事长，开办侨汇业务，为抗战吸纳了大量资金，为抗战取得胜利发挥了积极作用。

1945年3月，“美洲洪门恳亲大会”在纽约举行，决定将洪门致公堂改组成海外华侨政党——中国洪门致公党。司徒美堂被选为全美总部的主席，成为了举足轻重的美洲侨领。

司徒美堂终其一生追求光明、进步，赢得“爱国旗帜、华侨楷模”之美誉。廖承志说：“司徒美堂一生所走的道路反映了国外爱国侨胞自鸦片战争以来所走过的道路”，“所走的数十年如一日的爱国的道路，也是一千二百多万国外侨胞所走的历史道路”，是“美洲华侨的一面旗帜”。

司徒美堂常说的一句话是：“我是一个地地道道的中国人，因此只知爱中国。”

蚁光炎，泰国华侨，1879年生于广东澄海。十七岁时因生活所迫，背井离乡到东南亚谋生，后在泰国从事航运、粮油加工、垦殖等行业的经营，是南洋有名的华侨工商大贾，曾担任泰国中华总商会主席。

日本自发动九一八事变，中国军民的抗日救亡运动不断高涨，海外华侨从此掀起了支援祖国抗日的救国浪潮。泰国华侨在蚁光炎的领导下也掀起了抗日救亡运动。为开展抗日宣传，一些泰国华侨青年将在国内被查禁的作品《八月的乡村》（萧军著）改编为话剧《李七嫂》搬上舞台。蚁光炎看了演出后，当即请他们到泰国中华总商会大礼堂光华堂公演。演出的第一晚，还以自己的名义发票邀请各界侨领前来观看。在他的支持下，泰国华侨以捐助演员为名，公开喊出“东北是我们的”“打回老家去”等抗日口号。

海外华侨组织抗战募捐

全面抗战爆发后，蚁光炎更是奔走于抗日救国的第一线，为支援祖国抗战而尽心尽力。他领导的中华总商会号召和发动商界华侨抵制日货，使过去日货的集散地——泰京力察旺大马路，成为门前冷落车马稀的死市。其他各地，如泰北的清迈、南部的合艾，华侨商店和摊贩一律不进日货，转而经营国货或欧美货。蚁光炎作为曼谷和湄南河的大驳船主，指示下属拒绝装卸驳运日货。使日本与泰国的贸易值从1937年9月的六百三十万日元降到1938年4月的二百七十万日元。这一定程度上打击了日本的战时经济。

抗战爆发后，国民党政府成立战时公债劝募委员会，在海外各重要侨居地成立分会。泰国由辛亥革命元老萧佛成任分会会长，蚁光炎任副会长，是实际主持工作者。他常用这样的话激励广大侨胞：“我们都是中国人，救国人人有责！”他通过组织义演、舞“救国醒狮”、号召素餐过年等形式，在侨胞中筹募爱国捐款，并带头认购救国公债。

为了抗日将士御寒的需要，蚁光炎曾以华侨慈善机构“报德善堂”的名义组织侨胞捐献衣物，三天之内就把泰国的布匹买光了。当中国重要的国际交通线——滇缅公路告急时，蚁光炎带头捐献卡车并发动华侨司机回国运输。他还托人运送两辆救护车和大批药品转交八路军驻香港办事处，并多次汇款到香港华比银行给宋庆龄、廖承志转捐八路军、新四军。

七七事变后，泰国华侨青年纷纷成立救国团体，有的直接回国上前线杀敌，有的回国担任战地救护工作，还有的回国参加各种服务团。先后回国参战者约上百人，其中有不少人的车船票是由蚁光炎资助的。例如，欧阳惠等十多名青年回国辗转到达延安，路费就是由蚁光炎提供的；女青年白萍洲想去延安，因人生地不熟，蚁光炎亲自为重庆八路军办事处写介绍信，使得她顺利到达延安。

蚁光炎还担任国内广东省参议员等职务，对国事尽职尽责。1939年5月3日，年已花甲的蚁光炎回国赴广东韶关参加省参议员第一次会议。会议结束后，蚁光炎在两广监察使刘侯武等的陪同下，视察前线并慰劳将士。此后，他曾回到阔别多年的家乡南畔洲村看望亲人和乡亲，不料日军突然登陆，汕头失陷。蚁光炎紧急经兴宁转惠阳抵达香港。

抵港后，蚁光炎与何香凝、廖承志会晤，商讨抗日救国大计，并把一批抗日物资和一笔捐款交给廖承志，请其转交八路军。

由于蚁光炎是泰国华侨众望所归的侨领富商，在侨界有很高的威信和地位，他的抗日救国活动带动和影响了整个华侨社会，“使当时泰国华侨社会确实掀起一阵抗日救国热潮，并且遍及每个角落”。商界华侨抵制日货，文化界侨胞开展抗日宣传，华侨青年回国参战，甚至在学校读书的华侨学生们，“也被这个运动深深地卷进去了”。“可见当时抗日救国动员的深度和广度”。1939年底，重庆出版的《华侨先锋》一卷十六期中写道：“蚁光炎先生对祖国抗日异常尽力。抗战开始后，他领导暹罗侨胞献纳捐款总计六百万元以上，加上推销救国公债和捐献大批抗日物资，数量更为庞大。”

蚁光炎因领导泰国华侨开展抗日救国活动，而成为日本侵略者的眼中钉。为了扑灭泰国华侨的抗日救国怒潮，日伪采取各种卑鄙手段拉拢蚁光炎。汪精卫集团先是以女色向蚁光炎献媚拉拢，不成后又派走狗游说威胁，均遭到蚁光炎严词痛斥。

如前文所述，当时的泰国政府推行对外亲日对内排华的政策，日本方面也阴谋挑拨泰国当局与蚁光炎等华侨的关系。1939年10月25日，日本侵略者在广州的广播电台恶意造谣说：暹国法庭23日判令蚁氏出境一年，罪状即为“抗日”。泰国当局态度对华侨的抗日救国活动由短时间的放任默许很快发展到暗中压制，最后成为武力镇压。在泰的日本特务机关的活动也愈发猖獗。

形势险恶，风声越来越紧。蚁光炎身边的人提醒他：日本在曼谷的特务机关可能会下毒手，你最好暂时躲避一下。还有人劝他尽量少出门，特别是晚间不要出门，可免的活动尽量免了。而蚁光炎认为：“职责所在，何能辞卸，自问与人无争，更无私仇宿怨，当不至以私事相干犯，若为国家与侨社之事，则何处非危险地，大义所在，余何敢以性命自私乎？”表现出一个赤子无所畏惧的爱国献身精神。为了安慰众人，他表示：以后我当谨慎行事，请大家放心。但是，他的抗日救国活动并未因此而放松。

由于蚁光炎义无反顾地“反抗侵略，全力救亡”，日伪的各种利诱威吓手段失败后，便决定实施凶恶的暗杀计划。1939年11月21日晚10时半，蚁光炎在曼谷耀华力路杭州戏院前看望一位朋友后准备上车回家时，受日伪指使事先埋伏于此的凶手，突然向他连击四枪，均中要害，伤势严重。[①]在送往中央医院途中，蚁光炎因失血过多，呼吸越来越短促，在弥留之际，以极其微弱的声音对身边的夫人说：“我虽死，你等勿用痛心，中国一定胜利。”这是他留下的最后一句话。送到中央医院半小时后，蚁光炎停止呼吸，为国献身，时年六十一岁。

汕头蚁光炎纪念亭

① 任贵祥：《泰国侨领蚁光炎抗日救国史事述评》，《抗日战争研究》1999年第4期。

爱国侨领蚁光炎遇害的噩耗震惊了泰国华侨社会，震动了东南亚广大华侨，惊动了国内各界。泰国、中国国内及南洋各地各界同胞纷纷举行悼念活动。

蚁光炎是为祖国抗战直接献身的一位侨领富商，他家产万贯，地位显赫，又没有置身于国内硝烟弥漫的战场之中，本可以继续经营自己的企业，过着富足安逸的生活，但在强烈爱国心驱使下，他不顾一切投入挽救民族危亡的事业之中，并最终为祖国而牺牲，堪称广大华侨支援祖国抗战、挽救民族危亡的楷模，在中国抗日战争史上占有重要的地位，在中华民族爱国史上具有深远影响。

蚁光炎的爱国事迹在华侨中树立了一座不朽的丰碑。从蚁光炎为国献身的那天至今，每逢其殉难纪念日，泰华各界人士都到“蚁光炎纪念堂”致祭，悼念这位爱国侨领。后人有凭吊蚁光炎血诗一首，曰：“光明磊落宇轩昂，驱寇逐胡侨帜扬。生命无私明剑戟，究奸有诡暗刀枪；英魂饮恨魂天碧，热血凝仇血地香。伟大长城添好汉，东方祖国铸新章。”蚁光炎的爱国英名，“永垂史籍，日月同光”！

除了捐款、捐物、购债、投资、回国参战、运输军用物资、维修机车、医疗救护和各类战地服务外，广大华侨还在各侨居国参与了多种形式的对日武装斗争，特别是东南亚华侨的大部分居住国，都在日军兵锋之下，不少华侨牺牲在当地的抗日战场上。这些活动，都为包括中国抗日战争在内的世界反法西斯战争的胜利做出了贡献。因本书主题为中国抗战，故此处不再展开。

回顾中国抗战的最后胜利，除了国内人民的团结奋斗牺牲之外，海外华侨华人援助中国、投身抗日的行列也是制胜的因素之一，而且是相当重要的因素之一。

正如习近平总书记在纪念中国人民抗日战争暨世界反法西斯战争胜利75周年座谈会上所指出的那样："七七事变后，抗击侵略、救亡图存成为中国各党派、各民族、各阶级、各阶层、各团体以及海外华侨华人的共同意志和行动，中国由此进入全民族抗战阶段，并开辟了世界反法西斯战争的东方主战场。在艰苦卓绝的抗日战争中，全体中华儿女为国家生存而战、为民族复兴而战、为人类正义而战，社会动员之广泛，民族觉醒之深刻，战斗意志之顽强，必胜信念之坚定，都达到了空前的高度。"①

① 习近平在纪念中国人民抗日战争暨世界反法西斯战争胜利75周年座谈会上的讲话。

参考文献

专著

王明伟:《东北抗战史》,长春出版社2016年版。

《民族记忆》编委会:《民族记忆——中原抗战实录》,中州古籍出版社2015年版。

政协河南省郑州市委员会:《郑州文史资料第38辑——郑州抗战纪事》,政协河南省郑州市委员会2015年刊印。

张彦:《四川抗战史》,四川人民出版社2014年版。

郑光路:《四川大抗战》,四川人民出版社2015年版。

宽城抗战文化丛书编委会:《喜峰口长城抗战记》,解放军出版社2015年版。

汪金国:《反法西斯战争时期的中国与世界研究(第8卷):战时苏联对华政策》,武汉大学出版社2010年版。

陶文钊:《反法西斯战争时期的中国与世界研究(第6卷):战时美国对华政策》,武汉大学出版社2010年版。

冯驱:《西迁西迁》,银河出版社2013年版。

苏智良:《中国抗战内迁实录》,上海人民出版社2015年版。

黄振亚：《长江大撤退全景实录》，广东人民出版社2013年版。

唐润明：《衣冠西渡：抗战时期的政府机构大迁移》，商务印书馆2015年版。

黄振亚：《王洸传》，中国文史出版社2001年版。

赵国壮、张守广：《工业重塑》，陕西师范大学出版社2020年版。

电视纪录片《大后方》创作摄制团队：《大后方——看见战场背后的人民》，江苏凤凰文艺出版社2016年版。

李学通：《抗日战争时期后方工业建设研究》，团结出版社2015年版。

张守广：《抗战大后方工业研究》，重庆出版社2012年版。

朱健：《工合历程》，金城出版社1997年版。

严鹏：《战争与工业：抗日战争时期中国装备制造业的演化》，浙江大学出版社2018年版。

雪融开、闫晶：《苏联与中国抗日战争史话》，四川人民出版社2017年版。

刘志兵、邵志勇：《西北国际大通道》，未来出版社2015年版。

陈敦德：《B-29轰炸机群从中国起飞——美国援华空军远炸日本本土始末》，解放军出版社2014年版。

唐伯明、张勃、尚婷：《二战交通史话——国家生命通道》，人民交通出版社2017年版。

徐万民：《战争生命线——国际交通与抗战》，广西师范大学出版社1995年版。

李戈瑞：《国殇：抗战中的血色交通线》，团结出版社2015年版。

周勇：《从怒江峡谷到缅北丛林》，云南人民出版社2014年版。

邓茜、陈亚林：《历史的弯道》，解放军出版社2005年版。

《广西抗战纪事》摄制组：《广西抗战纪事》，广西师范大学出版社2019年版。

陈洁、陈天白：《重拾历史的碎片：中国艺术界抗战备忘录（1931—1945）》，江苏凤凰美术出版社2015年版。

柳建辉：《文人的风骨》，黑龙江教育出版社2015年版。

柳建辉：《艺术家的气节》，黑龙江教育出版社2015年版。

陈虹：《大师的抗战》，当代中国出版社2016年版。

张伟：《笔墨长城——宣传画里的中国抗战丛书》，安徽人民出版社2015年版。

钟敬之：《延安鲁艺》，文物出版社1981年版。

王培元：《抗战时期的延安鲁艺》，广西师范大学出版社1999年版。

延安桥儿沟革命旧址管理处、延安鲁艺文化园区管理办公室：《延安鲁艺》，世界图书出版西安有限公司2017年版。

冯雪松：《方大曾：消失与重现——一个纪录片导演的寻找旅程》，上海锦绣文章出版社2014年版。

中国摄影出版社：《寻找方大曾：一个失踪的摄影师》，中国摄影出版社2000年版。

徐云：《丰碑永铸：华侨华人与抗日战争图片集》，暨南大学出版社2015年版。

任贵祥：《华夏向心力——华侨对祖国抗战的支援》，广西师范大学出版社1993年版。

林少川：《烽火赤子心——滇缅公路上的南侨机工》，新华出版社2015年版。

陈嘉庚:《南侨回忆录》,上海三联书店2014年版。

期刊

霍燎原:《吉林义勇军抗战述略》,《社会科学战线》1985年第4期。

王钟钦、刘兆伟:《东北沦陷时期教育界抗日斗争特点及历史作用》,《锦州师范学院学报(哲学社会科学版)》1996年第3期。

齐宏伟:《浅谈齐齐哈尔沦陷时期的日伪统治及人民的反抗斗争》,《齐齐哈尔大学学报(哲学社会科学版)》1998年第1期。

杨小东:《"东北民众抗日救国会"在东北抗日战争中的作用》,《辽宁省社会主义学院学报》2003年第3期。

杨小东:《"东北救亡总会"会旗暨对东北民众抗日斗争的再认识》,《辽宁大学学报(哲学社会科学版)》2009年第3期。

关伟:《论东北各民族抗日斗争的特点》,《军事历史研究》2008年第1期。

张海艳:《全国抗战时期东北军民的抗日斗争》,《抗战史料研究》2017年第2辑。

范庆超:《东北抗战歌谣的国家意识》,《北方民族大学学报(哲学社会科学版)》2019年第5期。

刘耕:《试论人民群众对东北抗联的支援》,《世纪桥》2019年第4期。

霍楷、徐晨:《悲壮与抗争——东北抗战宣传画风格及影响》,《艺术工作》2018年第6期。

范立君、卞慧芹:《抗战初期社会各界对东北抗日义勇军的援助》,《吉林师范大学学报(人文社会科学版)》2017年第2期。

李庆文:《太行奶娘》,《记者观察》2015年第5期。

刘有根:《太行奶娘》,《党史文汇》2012年第6期。

许兴达:《沁源围困战精神的丰富内涵及时代价值》,《中共山西省委党校学报》2019年第4期。

黄道炫:《抗战时期冀中地区的地道和地道斗争》,《近代史研究》2015年第3期。

马广志:《丰富多彩的抗日游击战争》,《文史月刊》2009年第8期。

胡国庵:《王建堂与“川西北青年请缨杀敌队”》,《绵阳市文史资料选刊》第13辑。

梁星亮:《抗战后期冯玉祥发动的献金救国运动》,《民国春秋》2001年第6期。

金功辉:《抗战初期全国各界捐资救国概述》,《民国档案》2002年第3期。

喜饶尼玛:《论战时藏传佛教界僧人的抗日活动》,《抗日战争研究》2003年第2期。

金功辉:《1938年七七献金评析》,《江苏教育学院学报(社会科学版)》2005年第4期。

李燕:《从武汉“七七献金”运动解读中华民族凝聚力》,《党史文苑》2006年第12期。

金功辉:《抗战时期的民众捐机运动》,《钟山风雨》2004年第4期。

郝小玮:《抗战后方参与献金运动的机关和社团》,《绵阳师范学院学报》2012年第1期。

吕传彬：《江民声的“鞋童军”抗日救国始末》，《红广角》2013年第11期。

马小艳：《略论新疆各族妇女在抗日战争时期的贡献》，《乐山师范学院学报》2013年第1期。

焦润明、田瑞雪：《从抗日募捐广告看中华民族的抗战意志——以1937年前后〈申报〉为核心》，《民国档案》2015年第1期。

简奕：《大义输财　共赴国难》，《红岩春秋》2015年第7期。

史卫：《抗日战争中的“全民财政”》，《新理财》2015年第8期。

马青莲：《青海各族军民在抗日战争中的贡献》，《攀登》2015年第5期。

王浩：《大义输财　共赴国难——抗战大后方民众献金运动》，《炎黄春秋》2019年第1期。

苏海红：《论抗战时期的工业西迁》，《三峡大学学报（人文社会科学版）》2015年第37卷第5期。

李惠康、李建明：《论抗战时期工厂西迁的原因及其对西部工业的影响》，《邵阳学院学报（社会科学）》2002年第1卷第4期。

齐福霖：《试论抗战时期中国工业合作运动》，《民国档案》1998年第2期。

钱和辉：《抗战时期中国工业合作运动的特点》，《安徽教育学院学报》2007年第25卷第2期。

张哲：《抗战时期西北工业合作运动述论》，《延安大学学报（社会科学版）》2006年第28卷第2期。

曹敏、杨明东：《抗战时期西北近代工业的发展及启示》，《理论探索》2007年第3期。

孔庆泰：《抗战期间中国石油工业的建立》，《历史档案》1989年第4期。

王永强：《抗战时期玉门的石油工业》，《科教导刊》2009年12月(中)。

唐小刚：《抗战中的延长石油厂》，《中国石油石化》2015年第17期。

王晋林：《抗日战争时期陕甘宁边区的石油工业》，《中国石油大学学报·社会科学版》2012年第28期。

路琪琪：《20世纪以来苏联西北援华物资通道研究综述》，《商》2016年第22期。

李成刚：《论抗战时期的中苏西北战略通道及其作用》，《军事历史》2015年第4期。

陆水林：《新疆经喀喇昆仑山口至列城道初探》，《中国藏学》2011年第1期。

李佳佳：《因运而生：抗战时期西北驿运再研究》，《抗日战争研究》2017年第3期。

朱振明：《抗日战争时期的滇缅公路》，《云南社会科学》1982年第4期。

赵惠昆：《抗日战争时期云南的独特贡献》，《云南社会主义学院学报》2015年第2期。

贾国雄：《抗战时期滇缅公路的修建及运输述论》，《四川师范大学学报(社会科学版)》2000年第27卷第2期。

周继厚：《抗战时期的机场建设》，《云南档案》2016年第12期。

赵淑婷：《抗战时期广汉机场建设研究》，《中国民航飞行学院学报》2018年第4期。

张莉：《抗战时期四川国防工程建设征用民工情况探析》，《西南交通大学学报（社会科学版）》2008年第9卷第2期。

韩竞铖：《桂柳会战前后国际力量与民间力量的关系——以飞虎队桂林机场的建设为例》，《桂林师范高等专科学校学报》2019年第33卷第2期。

陈新：《四川抗战航空历史遗存及其价值——以新津机场为例》，《四川省社会主义学院学报》2015年第3期。

春紫：《长宁机场的传奇空运》，《福建党史月刊》2016年第3期。

孟红：《承担特殊历史使命的长宁机场》，《党史纵览》2015年第10期。

刘守华：《茅以升：不复原桥不丈夫——访茅以升秘书郑淑涓》，《中国档案》2009年第3期。

冉绵惠：《钱塘江大桥——茅以升的抗日壮举》，《西南交通大学学报（社会科学版）》2016年第17卷第3期。

陈楠枰：《乐西公路：只把天堑作等闲》，《交通建设与管理》2015年第17期。

张晰：《民国时期的实干家——曾养甫》，《浙江档案》2007年第5期。

张勃、万宇、刘场、邹人倜：《黔滇公路二十四道拐的修筑及其历史价值研究》，《重庆交通大学学报（自然科学版）》2016年第35卷增刊1。

徐敏、郭洋、张鑫、杨雅楠：《邹岳生：从历史的弯道走来》，《新西部》2016年第9期。

赵国通:《我的父亲赵祖康二三事》,《档案与史学》1999年第4期。

陈静娴:《一枚迟到的二战勋章——记原农工党中央委员、“滇缅公路”总设计师李温平》,《前进论坛》2005年第1期。

张炳芬:《抗战功臣李温平的传奇生涯》,《福建史志》2005年第5期。

陈文清:《辽宁在抗日战争中的历史贡献》,《党史纵横》2015年第8期。

曾瑞炎:《抗日战争时期海外华侨作出的历史贡献》,《四川大学学报(哲学社会科学版)》1984年第2期。

钟青:《澳门同胞的抗日就亡运动》,《统一论坛》1999年第6期。

赵佳佳:《抗战时期的澳门救亡团体》,《党的文献》2018年第4期。

邹建辉:《抗战中的澳门四界救灾会》,《党史博采(理论)》2017年第1期。

肖泉:《抗战前期缅甸华侨献金献物运动》,《东南亚研究》1987年第3期。

黄小用、贺鉴:《论非洲华侨对祖国抗日的贡献》,《抗日战争研究》2001年第3期。

诸葛达:《华侨对祖国抗战经济的贡献》,《浙江师范大学学报》2005年第6期。

周俊利:《抗战时期国内外民众捐献来源探析》,《民国档案》2015年第2期。

李砂砂:《略论抗日战争时期华侨的经济支援》,《阴山学刊》

2005年第4期。

李盈慧：《跨越边界：华侨在中国抗战、太平洋战争中的行动和意义》，《抗日战争研究》2016年第3期。

王帅：《试析抗日战争时期中国红十字会在延安的救护活动》，《赤峰学院学报（汉文哲学社会科学版）》2019年第4期。

袁灿兴：《抗战时期的中国红十字会总会救护总队》，《文史天地》2012年第8期。

杨吉：《把拳拳之心化为报国之志——记两位南侨机工的抗战故事》，《重庆与世界》2011年第20期。

彭彬：《南侨机工纪事——献给为抗战事业做出巨大贡献的南侨机工们》，《春秋》2015年第2期。

陈训先：《“高节君子”蚁光炎——一位爱国抗日侨领的传奇一生》，《同舟共进》2005年第6期。

任贵祥：《泰国侨领蚁光炎抗日救国史事述评》，《抗日战争研究》1999年第4期。

郝涛：《蚁光炎　第一个捐躯的爱国侨领》，《中华儿女》2015年第16期。

孙思源：《简述胡文虎与抗日战争》，《抗日战争研究》2002年第1期。

肖忠生：《胡文虎对祖国抗日战争的贡献》，《福建史志》2006年第4期。

陈蓉祯：《爱国侨领陈嘉庚对祖国抗日战争的历史贡献及启示》，《长春大学学报》2016年第3期。

林斯丰：《陈嘉庚对中华民族抗日战争的重大历史贡献》，《集美大学学报（哲学社会科学版）》2015年第1期。

吴敏：《华侨楷模司徒美堂的爱国历史活动》，《兰台世界》2013年第25期。

赖晨：《司徒美堂与抗战》，《红广角》2015年第3期。

报纸

马欢：《蛋窝河伏击战》，《济源日报》2017年3月27日。

黄道炫：《地下长城：抗战时期冀中地区的地道战位置》，《团结报》2016年1月28日。

徐敏、杜晓婧：《抗日前线的"新疆号"战斗机——追忆抗战时期新疆各族民众的献机运动》，《兵团日报》2015年8月30日。

米艾尼：《黄崖奇功——中国抗战史上的军工奇迹》，《北京日报》2019年10月9日。

段之栋：《"工兵团的总工程师"李温平》，《云南日报》2015年8月16日。

杨丽娟：《小方"归来"——卢沟桥事变现场报道第一人方大曾寻访记》，《北京日报》2019年5月21日。

贾平凡、刘凯旋：《南侨机工：用热血铸就国之干城》，《人民日报（海外版）》2019年6月26日。

袁灿兴：《中国红十字会救护总队的战地防疫》，《团结报》2020年5月7日。

李亚楠：《抗日物资运输队翻越喀喇昆仑山》，《人民日报》2015年7月23日。

学位论文

李倩：《日伪时期吉林人民抗日武装斗争研究》，东北师范大学

2006年博士学位论文。

廖芳芳:《抗战时期湖南各界抗敌后援会研究》,湘潭大学2011年硕士学位论文。

郝小玮:《抗战时期后方的献金运动》,西南大学2012年硕士学位论文。

马小艳:《新疆抗日捐献运动(1937—1945)》,西南大学2013年硕士学位论文。

李雪:《1931—1937年"航空救国"运动探析》,云南大学2014年硕士学位论文。

余桂琴:《抗战时期四川民众节约献金运动研究》,四川师范大学2016年硕士学位论文。

杨黎:《〈大公报〉战时募捐活动研究——以汉口版为中心》,安徽大学2017年硕士学位论文。

张金龙:《抗战时期西北工业合作运动》,宁夏大学2006年硕士学位论文。

张蕾:《20世纪30—50年代甘新公路修建及贡献研究》,西北师范大学2012年硕士学位论文。

牛丽瑞:《盟国通过西北地区的对华军事援助》,新疆师范大学2010年硕士学位论文。

张莉:《抗战时期四川征用民工探析》,四川师范大学2007年硕士学位论文。

会议论文

李玉蓉:《从进入山西到立足太行(1937—1940)——试论八路军后勤供给与军事财政的创建》,第四届抗日战争史青年学者研讨会会议论文，2017年。

何友良：《略论中国农民与抗日战争》，中国社会科学院近代史研究所会议论文，1995年。

洪卜仁、孔永松：《华侨对抗日战争的贡献》，《抗日战争史论文集——中国现代史学会第四、五次学术讨论会论文选》，1987年。

卢再彬：《华侨在抗战中的特殊功绩》，《牢记历史　振兴中华——江苏省纪念抗日战争暨世界反法西斯战争胜利60周年论文集》，2005年。

后　记

十四年艰苦卓绝的抗战，中国军人的英雄壮举感天动地。但抗战中的中国民众，到底发挥出怎样一种巨大力量？这些内容虽然在一些报刊中有过介绍，但全面系统介绍人民抗战的书，却很少见到。

基于此，2019年10月，在庆祝中华人民共和国成立七十周年之际，时任人民武警出版社社长郭海涌策划编著《星火——人民的长征》《血脉——人民的抗战》《源泉——人民的解放》《拼搏——人民的祖国》《奋斗——人民的大业》《伟力——人民的时代》"人民六部曲"丛书，本书是其中的第二部，讲述十四年抗战中，全国人民万众一心，在各条战线全力抗战的故事。郭海涌同志与时任武警工程大学军事基础教育学院政治委员曹学义共同研究了本书的编写提纲，确定了本书编写的主题、思路、框架、要求。此后，一直大力指导督促本书的写作，提供了大量珍贵资料，对本书进行了认真修订和统稿。

在武警工程大学党委和很多领导的大力支持下，本书被列为"武警工程大学学术著作出版资助项目"。我们成立了课题组，以一批从事党史军史教学研究的骨干为成员，组成了一个年富力强、协同攻关的科研团队，并明确了任务分工。

民众抗战所涉及的内容异常丰富，几乎关联到当时中国社会的方方面面，仅在本书编写中涉及的参考书目和各类文章，就多达五百册/篇以上。在调查收集了大量珍贵史料的基础上，经严谨细致的研究整理，我们力求用更生动活泼的语言来展现这段伟大而悲壮的历史，这对编者的材料整合和文字功力都提出了很高的要求；加之主要参编人员因为工作调整等原因，故而本书的编纂经历了一个艰难的过程。好在，我们坚持了下来，一千多个日夜，回首看去，不胜感慨。

在这个艰难的过程中，作为主编，我得到了许多支持；可以说，正是这些力量的汇集，才使得本书得以问世。

感谢各位顾问老师的认真审读和宝贵建议；感谢河南省黄埔军校同学会郝娜女士提供河南抗战的重要史料；感谢四川绵阳王烈勋先生将他祖辈和“死字旗”的故事分享于我，并赠送由他亲手复制的“死字旗”；感谢河北承德长城抗战学者曹建民先生、李焕强先生，不辞辛劳陪我考察抗战遗址，并赠送珍贵研究资料；感谢陕西宝鸡文化学者冯驱先生提供申新纱厂重要史料；感谢上海陈经纬先生告知一段鲜为人知的家族沉船抗战壮举；感谢河南郑州文史研究者郭桂兰女士陪同考察抗战遗址并提供本土抗战资料；感谢浙江省社会科学院的朱健先生赠送工合研究专著；感谢山西武乡黄崖洞风景区蒋晓祥先生，在闭园期间特许我进入考察并全程陪同；感谢山西长治文史学者王箭先生提供关于沁源围困战的珍贵历史文献；感谢云南腾冲抗战学者李根志先生赠送滇缅公路修建专著；感谢陕西西安的邹人倜先生提供关于抗战公路二十四道拐的珍贵资料；感谢军工专家刘鼎之子刘文石先生赠送相关史料；感谢辽宁沈阳九一八历史博物馆研究馆员高建女士指点关于九一八事变的历史问题；感谢浙江杭州钟光明先生提供极为少见的钱塘江大桥历史照片和资料；感谢浙江诸暨远征大酒店陈永新先生提供张乐平先生的照片及画作。

…………

特别感谢的是两位抗战亲历者。

第一位是卢彩文老兵。卢彩文，1925年12月生，云南腾冲人。中华人民共和国成立后，曾任腾冲县黄埔军校同学会会长，云南省黄埔军校同学会副会长，黄埔军校同学会（总会）理事，腾冲政协第八、九、十、十一届常委。2015年获中共中央、国务院、中央军委颁发的抗战胜利七十周年纪念章，并应邀赴京参加阅兵，接受中央领导同志的致敬和检阅。卢老的书画在滇中颇有名气，多次获奖。我的好友、抗日英烈寸性奇将军曾外孙胡家兴先生，多年来一直关爱照顾卢老，两人已成忘年之交。当胡家兴向老兵转达了我们希望求其书法的愿望后，卢老欣然应允，“人民的抗战”书法一挥而就，古风盎然，名不虚传！

第二位是孔相宗老兵。孔相宗出生在一个抗战英烈之家。其父孔墉，浙江宁波人，1938年3月，日军进犯，孔墉率地方部队奋勇抗击，不幸中弹，堕马被俘，怒目裂眦，喝斥敌酋，以身殉国。2004年，浙江省人民政府批准孔墉为革命烈士。孔相宗继承其父之风，少有大志，1944年底响应“一寸河山一寸血，十万青年十万军”的壮烈号召，以高中学生身份投笔从戎，服役于青年远征军第208师第622团。2015年获中共中央、国务院、中央军委颁发的抗战胜利七十周年纪念章。可谓一门忠义！

我曾致信孔相宗老兵，希望他能为本书写下若干文字。已是九十九岁高龄的老兵回信道："蒲元先生您好，非常抱歉，赐示早已收到。由于我肺气肿急性发作，休克两次，出院后无法好转，西药一直无效，每晚数十口痰液阻塞肺部，难以咳出。改吃中药，目前稍好些。您所托之事，迁延至今日，还望赐予原谅……"随后，他于病榻之上手书十页，赐下三千多珍贵的文字！这些文字以孔相宗老先生在抗战时期所见所闻为基础，以一个亲历者的角度阐述了"人民的抗战"，堪称宝贵的历史资料。

行文至此，不由又想到，在本书编写过程中帮助过我的很多朋友，竟然都未曾谋面过，王烈勋先生、朱健先生、李根志先生、胡家兴先生、钟光明先生、孔柏年先生……是抗战这段最厚重的历史把我们联系在一起！

本书是集体智慧的结晶。全书共计五章，郭海涌同志全程参与了全书五个篇章的编写，曹学义同志执笔完成了序言，我完成第一章和第二、三章的部分内容，曹唯溪全程参与了书稿结构框架的确立。曹唯溪、李波龙、李沛、张城瑜等编者，完成了第二、三章大部分和第四、五章的编写。

书中的历史图片大多是各抗战纪念馆提供，其余是本书编著者在现场采访时所拍摄，在此，对全国各地抗战纪念馆和众多爱国人士表示衷心的感谢！抗日战争研究永无止境，欢迎读者朋友提出宝贵意见和研究线索，请发邮件至：928270504@qq.com。

谢谢。

蒲元

二〇二二年十月